zanim się
pojawiłeś

Jojo Moyes
zanim się pojawiłeś

Z angielskiego przełożyła
Dominika Cieśla-Szymańska

Świat Książki
wydawnictwo

Tytuł oryginału
ME BEFORE YOU

Redaktor prowadzący
Beata Kołodziejska

Redakcja
Lidia Drabik

Korekta
Ewa Grabowska
Maciej Korbasiński

Świat Książki
Warszawa 2016

Świat Książki Sp. z o.o.
02-103 Warszawa, ul. Hankiewicza 2

Księgarnia internetowa: swiatksiazki.pl

Skład i łamanie
KOLONEL

Druk i oprawa
Opolgraf SA

Dystrybucja
Firma Księgarska Olesiejuk Sp. z o.o., Sp. j.
05-850 Ożarów Mazowiecki, ul. Poznańska 91
e-mail: hurt@olesiejuk.pl tel. 22 733 50 10
www.olesiejuk.pl

ISBN 978-83-8031-588-4
Nr 90090054

Dla Charlesa, z wyrazami miłości

Prolog

Kiedy on wychodzi z łazienki, ona już nie śpi, siedzi oparta o poduszki, przeglądając katalogi biur podróży leżące obok łóżka. Ma na sobie jeden z jego T-shirtów, a jej potargane długie włosy nasuwają myśli o zeszłej nocy. On przystaje na chwilę i wycierając głowę ręcznikiem, cieszy się tym krótkim wspomnieniem.

Ona spogląda na niego znad katalogów i wydyma usta. Z pewnością jest już na to za duża, ale są ze sobą na tyle krótko, że to wciąż jeszcze jest urocze.

– Czy koniecznie musimy jechać gdzieś, gdzie trzeba wspinać się po górach albo zwisać nad przepaścią? To właściwie nasz pierwszy wspólny wyjazd, a tutaj nie ma ani jednej wycieczki, która nie wymagałaby skakania skądś albo – udaje, że się wzdryga – noszenia polaru.

Rzuca katalogi na łóżko, wyciąga nad głową ramiona o karmelowej skórze. Jej nieco schrypnięty głos świadczy o tym, że niewiele spała tej nocy.

– A może luksusowe spa na Bali? Moglibyśmy wylegiwać się na piasku... dawać się rozpieszczać... i te długie relaksujące wieczory...

– Zwariowałbym na takich wakacjach. Ja muszę coś robić.

– Na przykład skakać z samolotu.

– Nie krytykuj czegoś, zanim nie spróbujesz.

Ona robi niby-obrażoną minę.

– Jeśli i tak ci nie zależy, raczej nie przestanę krytykować.

On czuje, że jego koszula jest lekko wilgotna. Czesze włosy grzebieniem i włącza komórkę, krzywiąc się na widok listy wiadomości, która natychmiast rozbłyskuje na ekraniku.

– Dobra – mówi. – Muszę lecieć. Weź sobie śniadanie.

Pochyla się nad łóżkiem, żeby ją pocałować. Jest ciepła, pachnąca, zmysłowa. Wdycha zapach jej włosów i na chwilę gubi wątek myśli, gdy ona obejmuje go za szyję i pociąga na łóżko.

– Czy nadal zamierzamy wyjechać w ten weekend?

Niechętnie wyswobadza się z jej objęć.

– To zależy, co będzie z tą transakcją. Na razie wszystko wisi w powietrzu. Wciąż jest możliwe, że będę musiał być w Nowym Jorku. Ale niezależnie od tego, może jakaś kolacyjka w okolicach czwartku? Ty wybierz lokal.

Sięga po strój motocyklowy wiszący na drzwiach.

Ona mruży oczy.

– Kolacyjka. Z panem BlackBerry czy bez niego?

– Słucham?

– Przez pana BlackBerry mam wrażenie, jakbyśmy nigdy nie byli sami, jakby zawsze jeszcze ktoś zajmował twoją uwagę.

– Wyciszę go.

– Drogi panie Traynor! – mówi ona z przyganą. – Przecież musi pan czasem go wyłączać.

– Przecież wyłączyłem wczoraj wieczorem.

– Tylko pod przymusem.

On uśmiecha się szeroko.

– A więc teraz to się tak nazywa?

Wkłada skórzane spodnie motocyklowe. I wreszcie uwalnia się od czaru Lissy. Zarzuca kurtkę na ramię i wychodząc, posyła jej całusa.

Na jego blackberry są dwadzieścia dwie wiadomości, pierwsza przyszła z Nowego Jorku o trzeciej czterdzieści dwie nad ranem. Jakiś problem prawny. Zjeżdża windą na podziemny parking, starając się zorientować, co wydarzyło się w firmie w ciągu nocy.

– Dzień dobry panu.

Ochroniarz wychodzi z budki. Ma na sobie kurtkę nieprzemakalną, chociaż tu na dole nie trzeba się chronić przed deszczem. Will zastanawia się czasem, co ten facet tu robi w środku nocy, wpatrując się w monitor kamer bezpieczeństwa i lśniące zderzaki drogich samochodów, które nigdy się nie brudzą.

Wkłada kurtkę.

– Jak jest na dworze, Mick?

– Fatalnie. Leje jak z cebra.

Will zatrzymuje się.

– Naprawdę? Marna pogoda na motocykl?

Mick potrząsa głową.

– Marna, proszę pana. Chyba że ktoś ma ze sobą dmuchaną szalupę. Albo chce się zabić.

Will spogląda na motocykl, po czym zdejmuje spodnie i kurtkę. Nieważne, co myśli sobie Lissa, on uważa niepotrzebne ryzyko za bezsensowne. Otwiera bagażnik motocykla i wkłada tam strój, po czym zamyka go i rzuca kluczyki Mickowi, który chwyta je zręcznie jedną ręką.

– Wsuń je przez szparę na listy, dobrze?

– Nie ma problemu. Zawołać panu taksówkę?

– Nie. Po co mamy obaj zmoknąć.

Mick wciska guzik, by otworzyć automatyczną bramę, a Will wychodzi, unosząc rękę w geście podziękowania. Wczesny ranek jest ciemny i burzowy, ulice centralnego Londynu powoli się zatykają, chociaż jest dopiero wpół do ósmej. Stawia kołnierz i długimi krokami idzie w stronę skrzyżowania, gdzie najłatwiej złapać taksówkę. Asfalt jest śliski od wody, mokre chodniki odbijają szare światło.

Przeklina w duchu, widząc innych ludzi w garniturach stojących na skraju chodnika. Od kiedy to cały Londyn wstaje tak wcześnie? Chyba wszyscy wpadli na pomysł z taksówką.

Zastanawia się, gdzie najlepiej stanąć, kiedy dzwoni jego telefon. To Rupert.

– Jestem w drodze. Właśnie próbuję złapać taksówkę.

Dostrzega wolną taksówkę nadjeżdżającą po drugiej stronie ulicy i rusza szybko w jej kierunku, mając nadzieję, że nikt inny jej nie zauważył. Z rykiem przejeżdża autobus, a za nim ciężarówka, której hamulce piszczą, zagłuszając słowa Ruperta.

– Rupe, nie słyszę, co mówisz! – próbuje przekrzyczeć samochody. – Powtórz!

Staje na chwilę na wysepce pośród rzeki samochodów, dostrzega pomarańczowe światełko wolnej taksówki i wyciąga rękę, mając nadzieję, że kierowca dostrzeże go mimo ulewnego deszczu.

– Zadzwoń do Jeffa w Nowym Jorku. Jeszcze się nie położył, czeka na ciebie. Próbowaliśmy cię złapać wczoraj wieczorem.

– A jaki jest problem?

– Prawny. Dwie klauzule, które próbują wcisnąć w paragrafie... podpis... dokumenty... – Głos Ruperta zagłusza przejeżdżający samochód, opony syczą na mokrym asfalcie.

– Nie usłyszałem, co mówisz.

Taksówkarz go zauważył. Zwalnia i wzbijając fontannę wody, przystaje po drugiej stronie ulicy. Will widzi nieco dalej truchtającego żwawo mężczyznę, który jednak zwalnia rozczarowany, bo Will jest szybszy. Ogarnia go uczucie triumfu.

– Niech Cally przygotuje te papiery i położy mi na biurku! – wrzeszczy. – Będę za dziesięć minut.

Rozgląda się, po czym z pochyloną głową przebiega ostatnie kilka metrów do taksówki, już prawie mówiąc: „Na Blackfriars". Deszcz spływa mu za kołnierz. Zmoknie, zanim dotrze do biura, choć ma do przejścia niewielki kawałek. Będzie musiał wysłać sekretarkę po koszulę na zmianę.

– I musimy załatwić tę sprawę należytej staranności, zanim zobaczy to Martin...

Podnosi głowę, słysząc piskliwy dźwięk, gwałtowny ryk klaksonu. Widzi przed sobą lśniący bok czarnej taksówki, której kierowca już opuszcza okno, a na skraju pola widzenia coś, co niezupełnie potrafi rozpoznać, zbliżające się do niego z niebywałą prędkością.

Odwraca się w tamtą stronę i w ułamku sekundy dociera do niego, że stoi na drodze tego czegoś, że w żaden sposób nie ucieknie. Zaskoczony otwiera dłoń, upuszczając blackberry na ziemię. Słyszy krzyk, być może swój własny. Ostatnia rzecz, jaką widzi, to skórzana rękawica, twarz za przyłbicą hełmu, grozę w oczach tamtego człowieka, niczym lustrzane odbicie własnej grozy. Następuje wybuch i wszystko rozpada się na kawałki.

A potem nie ma już nic.

1

2009

Z przystanku autobusowego do domu jest sto pięćdziesiąt osiem kroków, ale jeśli człowiek się nie spieszy, wychodzi i sto osiemdziesiąt, na przykład kiedy ma się buty na koturnach. Albo buty kupione w sklepie z tanimi ciuchami, z motylkami na palcach, ale słabo trzymające piętę, co wyjaśnia, dlaczego zostały przecenione do 1,99 funta. Skręciłam za róg, weszłam na naszą ulicę (sześćdziesiąt osiem kroków) i od razu zobaczyłam dom – szeregowiec z czterema sypialniami w rzędzie innych trzy- i czteropokojowych szeregowców. Przed domem stał samochód taty, co znaczy, że jeszcze nie pojechał do pracy.

Za moimi plecami słońce zachodziło za zamkiem Stortfold, a czarny cień zamku spływał ze wzgórza jak płynny wosk, żeby mnie zagarnąć. Kiedy byłam dzieckiem, nasze wydłużone cienie walczyły, strzelając do siebie z karabinów, cała ulica zmieniała się w scenę z westernu. Któregoś dnia mogłabym wam opowiedzieć o wszystkim, co przydarzyło mi się na tej drodze: gdzie tato uczył mnie jeździć na rowerze bez bocznych kółek, gdzie pani Doherty w przekrzywionej peruce piekła nam walijskie ciasteczka, gdzie Treena, która miała wtedy jedenaście lat, wetknęła rękę w żywopłot, prosto w gniazdo os, i biegłyśmy z krzykiem aż do zamku.

Trójkołowy rowerek Thomasa leżał przewrócony na ścieżce, więc zamykając za sobą furtkę, zaciągnęłam go na ganek i otworzyłam drzwi. Ciepłe powietrze uderzyło we mnie z siłą poduszki powietrznej; mama nie znosi zimna i nie wyłącza ogrzewania przez cały rok. Tata nieustannie otwiera okna, narzekając, że przez nią wszyscy zbankrutujemy. Mówi, że nasze rachunki za ogrzewanie są wyższe niż budżet małego afrykańskiego państwa.

– To ty, kochanie?

– No.

Powiesiłam kurtkę na przepełnionym wieszaku.

– Ale która ty? Lou? Treena?

– Lou.

Rozejrzałam się po salonie. Tata leżał na brzuchu na kanapie, z ręką wciśniętą głęboko pod poduszki, co wyglądało, jakby pożarły mu ją w całości. Thomas, mój pięcioletni siostrzeniec, siedział mu na pupie, wpatrując się w niego badawczo.

– Lego. –Tato odwrócił do mnie twarz buraczkową z wysiłku. – Czy oni muszą robić je takie małe? Widziałaś może lewą rękę Obi-Wan Kenobiego?

– Leżała na DVD. Chyba przyczepił Obiemu ręce Indiany Jonesa.

– Ale teraz Obi nie może mieć beżowych rąk. Musimy znaleźć czarne.

– Nie przejmowałabym się tym. Dobrze pamiętam, że Darth Vader i tak obcina mu rękę w drugiej części? –Wskazałam palcem na swój policzek, żeby Thomas dał mi całusa. – Gdzie mama?

– Na górze. Zobacz tylko. To waży chyba z kilogram!

Spojrzałam w górę, skąd dochodziło znajome skrzypienie deski do prasowania. Josie Clark, moja mama, nie potrafiła ani przez chwilę siedzieć bezczynnie. Nieustanne krzątanie było dla niej punktem honoru. Któregoś razu stała na zewnątrz na drabinie i malowała okna, czasem tylko przerywając, żeby nam pomachać, podczas gdy reszta rodziny jadła na obiad pieczeń.

– Spróbujesz poszukać tej cholernej ręki? Szukam jej od pół godziny, a muszę się zbierać do pracy.

– Jesteś na nocnej zmianie?

– Tak. Jest wpół do piątej.

Zerknęłam na zegarek.

– Właściwie to jest wpół do czwartej.

Wydobył rękę spod poduszek i mrużąc oczy, spojrzał na zegarek.

– W takim razie co robisz w domu tak wcześnie?

Potrząsnęłam głową tak, jakbym nie zrozumiała pytania, i poszłam do kuchni.

Dziadek siedział na swoim krześle przy oknie, pochłonięty sudoku. Jego opiekun powiedział, że to dobre na koncentrację, pomaga w skupieniu uwagi po wylewach. Podejrzewam, że nikt oprócz mnie nie zauważył, że dziadek po prostu wstawia w kratki dowolne liczby, jakie przyjdą mu do głowy.

– Cześć, dziadku.

Podniósł głowę i uśmiechnął się.

– Chcesz herbaty?

Potrząsnął głową i otworzył lekko usta.

– Coś zimnego?

Przytaknął.

Otworzyłam lodówkę.

– Nie ma soku jabłkowego. – Sok jabłkowy, jak sobie teraz przypomniałam, był za drogi. – Lemoniady?

Potrząsnął głową.

– Może chcesz wody?

Gdy wręczyłam mu szklankę, skinął głową i mruknął coś, co mogło być podziękowaniem.

Mama weszła do pokoju z wielkim koszem starannie poskładanego prania.

– Czy to twoje? – Wyciągnęła parę skarpetek.

– To chyba Treeny.

– Tak myślałam. Dziwny kolor. Chyba się wyprały z fioletową piżamą taty. Wcześnie wróciłaś. Idziesz gdzieś?

– Nie. – Nalałam sobie do szklanki wody z kranu i wypiłam ją.

– Patrick przyjdzie tutaj? Dzwonił wcześniej. Wyłączyłaś komórkę?

– Mhm.

– Powiedział, że już zarezerwował wasz wyjazd. Tata mówił, że pokazywali to miejsce w telewizji. Dokąd to jedziecie? Na Ipsos? Kalypsos?

– Skiathos.

– O, właśnie. Lepiej sprawdź dobrze ten hotel, zanim pojedziecie.

Można to zrobić przez internet. On i tata widzieli coś w wiadomościach w porze lunchu. Połowa z tych najtańszych hoteli jest podobno w budowie, a człowiek się dowiaduje dopiero na miejscu. Tatusiu, może napijesz się herbaty? Czy Lou ci nie zaproponowała? – Mama postawiła czajnik na gazie i spojrzała na mnie. Chyba wreszcie zauważyła, że się nie odzywam. – Wszystko w porządku, kochanie? Strasznie jesteś blada.

Wyciągnęła rękę i dotknęła mojego czoła, tak jakbym nie miała dwudziestu sześciu lat, tylko dużo mniej.

– Chyba nie pojedziemy na wakacje.

Jej ręka znieruchomiała. Spojrzenie przenikało mnie na wskroś, tak jak w dzieciństwie.

– Czy macie jakieś problemy?

– Mamo, ja...

– Nie chcę się wtrącać. Po prostu jesteście już razem bardzo długo. To zupełnie naturalne, że ludzie się czasem poprztykają. Mam na myśli, że ja i twój tata...

– Straciłam pracę.

Zapadła cisza. Słowa zawisły w powietrzu niewielkiego pokoiku.

– Co takiego?

– Frank zamyka kawiarnię. Od jutra. – Wyciągnęłam rękę z lekko wilgotną kopertą, którą wciąż zszokowana ściskałam w ręku przez całą drogę powrotną. Wszystkie sto osiemdziesiąt kroków od przystanku. – Dał mi trzymiesięczną odprawę.

Dzień zaczął się jak co dzień. Nie znam człowieka, który by lubił poniedziałkowe poranki, ale mnie one nie przeszkadzały. Lubiłam przychodzić wcześnie do The Buttered Bun, włączać wielki termos bufetowy na herbatę, przynosić skrzynki z mlekiem i pieczywem z podwórka na tyłach i gawędzić z Frankiem, gdy przygotowywaliśmy się do otwarcia.

Lubiłam dusznawe, lekko pachnące bekonem ciepło kawiarni, powiewy chłodnego powietrza, gdy drzwi otwierały się i zamykały, cichy gwar rozmów, a kiedy nie było klientów, radio Franka brzęczące w kącie. To nie był modny lokal – na ścianach wisiały zdjęcia zamku na wzgórzu, stoliki wciąż były pokryte laminatem, a menu nie zmieniło się, odkąd zaczęłam tu pracować, pojawiło się tylko kilka nowych batoników, a do tacy z drożdżówkami dodano czekoladowe ciastka z orzechami i muffinki.

Ale najbardziej lubiłam klientów. Lubiłam Keva i Angelo, hydraulików, którzy przychodzili prawie każdego ranka i przekomarzali się z Frankiem, wymyślając, gdzie kupuje mięso. Lubiłam panią Dmuchawiec, którą nazywałam tak z powodu rozwichrzonych siwych włosów. Codziennie od poniedziałku do czwartku jadła u nas sadzone jajko z frytkami, a potem siedziała, czytając darmowe gazety i sącząc powoli dwie filiżanki herbaty. Zawsze starałam się z nią pogawędzić. Podejrzewałam, że to być może jej jedyna rozmowa w ciągu dnia.

Lubiłam turystów, którzy wstępowali do nas po drodze na zamek albo z zamku, hałaśliwe dzieciaki, które wpadały po szkole, stałych klientów z firm przy tej samej ulicy oraz Ninę i Cherie, fryzjerki, które wiedziały, ile kalorii ma każda pozycja w menu The Buttered Bun. Nie przeszkadzali mi nawet irytujący klienci, tacy jak ruda właścicielka sklepu z zabawkami, która co najmniej raz w tygodniu czepiała się, że wydano jej za małą resztę.

Przyglądałam się, jak przy stolikach związki zaczynają się i kończą, jak rozwiedzeni małżonkowie przekazują sobie dzieci, widziałam pełną poczucia winy ulgę rodziców, których przerastało gotowanie, i potajemną błogość emerytów jedzących jajka na bekonie. Przewijali się tu przeróżni ludzie i niemal z każdym udawało mi się zamienić słowo, przerzucić się żartem albo jakąś opinią nad parującym kubkiem herbaty. Tato zawsze mówił, że nigdy nie można przewidzieć, co powiem, ale w kawiarni to nie miało znaczenia.

Frank mnie lubił. Sam milczący z natury, powiedział, że ożywiam atmosferę. Czułam się trochę jak barmanka, z tym że nie musiałam znosić pijaków.

I nagle dziś po południu, kiedy skończyła się pora lunchu, a w kawiarni nagle zrobiło się pusto, Frank wytarł ręce w fartuch, wyszedł zza kuchenki i obrócił wiszącą na drzwiach tabliczkę, tak by pokazywała „zamknięte".

– Czekaj, Frank, przecież ci mówiłam. Napiwków nie wlicza się do płacy minimalnej. – Frank był, jak ujął to tata, dziwny jak niebieskie gnu. Podniosłam wzrok.

Nie uśmiechał się.

– Ojej. Chyba nie wsypałam znów soli do cukierniczek?

Gniótł w dłoniach ścierkę i wyglądał na bardziej zdenerwowanego niż kiedykolwiek. Przemknęła mi przez głowę myśl, że może ktoś się na mnie poskarżył. A potem dał mi znak, żebym usiadła.

– Przykro mi, Louisa – powiedział, kiedy już wyjawił mi straszną prawdę. – Ale wracam do Australii. Z ojcem nie jest dobrze, poza tym wygląda na to, że na zamku otwierają kawiarnię. Przechlapane.

Siedziałam z otwartymi ustami. A potem Frank wręczył mi kopertę i odpowiedział na moje pytanie, zanim zdążyłam je zadać.

– Wiem, że nigdy nie podpisałem z tobą żadnej formalnej umowy, ale nie zostawię cię bez niczego. Tutaj jest kasa za trzy miesiące. Zamykamy jutro.

– Za trzy miesiące! – wybuchnął ojciec, a mama wetknęła mi do rąk kubek posłodzonej herbaty. – Cóż za hojność, biorąc pod uwagę, że harowała tam jak dziki osioł przez ostatnie sześć lat.

– Bernardzie. – Mama rzuciła mu ostrzegawcze spojrzenie, kiwając głową w kierunku Thomasa. Rodzice zajmowali się nim codziennie po szkole, zanim Treena nie wróciła z pracy.

– I co u diabła ona ma teraz ze sobą zrobić? Mógł jej o tym powiedzieć trochę wcześniej niż na dzień przed.

– Cóż... będzie musiała znaleźć sobie inną pracę.

– Ale Josie, nie ma pracy. Wiesz to równie dobrze jak ja. Jesteśmy w samym środku cholernej recesji.

Mama na moment przymknęła oczy, tak jakby zbierając siły.

– To bystra dziewczyna. Coś sobie znajdzie. Ma już spore doświadczenie na koncie, prawda? Frank wystawi jej dobre referencje.

– Och, po prostu fantastyczne: Louisa Clark rewelacyjnie smaruje grzanki masłem i dobrze sobie radzi ze starym czajnikiem.

– Dzięki, że tak we mnie wierzysz, tato.

– Tylko tak mówię.

Wiedziałam, czego obawia się tato. Moja pensja była ważna. Treena zarabiała grosze w kwiaciarni. Mama nie mogła pracować, bo musiała zajmować się dziadkiem, który miał bardzo marną emeryturę. Tata stale się martwił o swoją pracę w fabryce mebli. Jego szef od kilku miesięcy mamrotał coś o możliwych zwolnieniach. W domu rozmawiano ukradkiem o długach i żonglowaniu kartami kredytowymi. Dwa lata temu pewien nieubezpieczony kierowca skasował ojcu samochód i to wystarczyło, żeby chwiejna konstrukcja, jaką stanowiły finanse moich rodziców, wreszcie się rozpadła. Moje skromne zarobki były ważną pozycją w codziennym budżecie, dzięki nim rodzina mogła jakoś przeżyć z tygodnia na tydzień.

– Spokojnie. Lou powinna pójść jutro do biura pośrednictwa i zobaczyć, co mają. Na razie ma z czego żyć – mówili tak, jakbym nie stała obok. – I jest bystra. Jesteś bystra, prawda, kochanie? Może mogłaby pójść na kurs maszynopisania. Zatrudnić się w jakimś biurze.

Siedziałam na kanapie, podczas gdy rodzice rozmawiali o tym, do jakiej jeszcze pracy nadawałabym się przy moich ograniczonych kwalifikacjach. Praca przy taśmie, operator maszyn, smarowacz kanapek. Po raz pierwszy tego popołudnia poczułam, że zaraz się rozpłaczę. Thomas patrzył na mnie wielkimi, okrągłymi oczami, po czym w milczeniu wręczył mi połowę rozmiękłego herbatnika.

– Dzięki, Tomciu – powiedziałam bezgłośnie, po czym go zjadłam.

Był w klubie sportowym, tak jak zawsze od poniedziałku do czwartku, regularnie jak w zegarku, ćwiczył na siłowni albo biegał w kółko po oświetlonej rzęsiście bieżni. Zeszłam po schodach, obejmując się ramionami, żeby się rozgrzać, i wyszłam powoli na bieżnię. Pomachałam, kiedy znalazł się dostatecznie blisko, żeby widzieć, kto to.

– Pobiegaj ze mną – wydyszał, gdy dobiegł do mnie. Jego oddech tworzył jasne chmurki. – Zostały mi jeszcze cztery okrążenia.

Zawahałam się chwilę, po czym zaczęłam biec obok niego. Tylko w ten sposób mogłam z nim porozmawiać. Miałam na sobie różowe tenisówki z turkusowymi sznurówkami, jedyne moje buty nadające się do biegania.

Cały dzień spędziłam w domu, starając się na coś przydać. Mniej więcej przed godziną zaczęłam włazić mamie pod nogi. Mama i dziadek mieli swoje zwyczaje, rytm, który im tylko zaburzałam. Tata spał, bo w tym miesiącu pracował na nocnej zmianie, i nie można mu było przeszkadzać. Posprzątałam swój pokój, potem oglądałam telewizję ze ściszonym dźwiękiem, a kiedy przypominałam sobie, dlaczego w środku dnia jestem w domu, czułam w piersi ukłucie bólu.

– Nie myślałem, że przyjdziesz.

– Miałam dość siedzenia w domu. Pomyślałam, że moglibyśmy zrobić coś razem.

Zerknął na mnie kątem oka. Na twarzy miał warstewkę potu.

– Kotku, im szybciej znajdziesz sobie nową pracę, tym lepiej.

– Minęła dopiero doba, od kiedy straciłam poprzednią. Czy nie mogę być chociaż przez chwilę nieszczęśliwa i oklapnięta? Chociaż dzisiaj?

– Ale musisz na to spojrzeć pozytywnie. Wiedziałaś, że nie możesz zostać tam na zawsze. Trzeba iść dalej, piąć się w górę. – Dwa lata wcześniej Patrick zdobył tytuł Młodego Przedsiębiorcy Roku w Stortfold i chyba wciąż był pod wrażeniem tego zaszczytu. Od tego czasu znalazł sobie wspólniczkę, Ginger Pete, zaczął oferować osobisty trening na obszarze w promieniu siedemdziesięciu kilometrów od miasta i miał dwie kupione na raty furgonetki z logo firmy. Miał też w biurze tablicę, na której lubił zapisywać spodziewane obroty, wciąż na nowo poprawiając liczby, dopóki nie zaczęły go satysfakcjonować. Nigdy nie byłam całkowicie pewna, czy mają jakikolwiek związek z rzeczywistością.

– Zwolnienie z pracy może odmienić człowiekowi życie, Lou. – Zerknął na zegarek. – Co chcesz robić? Mogłabyś się przekwalifikować. Na pewno pomagają ludziom takim jak ty.

– Ludziom takim jak ja?

– Ludziom, którzy szukają nowych możliwości. Kim chcesz być? Mogłabyś być kosmetyczką. Jesteś dość ładna. – Szturchnął mnie, biegnąc, tak jakbym powinna być wdzięczna za komplement.

– Wiesz, jak dbam o urodę. Mydło, woda, stara papierowa torebka.

Wyraźnie zaczynało mu brakować pomysłów.

Zaczęłam zostawać w tyle. Nienawidzę biegania. Nienawidziłam go za to, że nie zwolnił.

– Pomyśl... sprzedawczyni. Sekretarka. Agentka nieruchomości. Nie wiem... Musi być coś, co chciałabyś robić.

Ale nie było niczego takiego. Podobało mi się w kawiarni. Lubiłam wiedzieć to wszystko, co można było wiedzieć o tym małym świecie i słuchać o życiu ludzi, którzy się przez niego przewijali. Czułam się tam bezpiecznie.

– Nie możesz płakać nad sobą. Musisz iść naprzód. Wszyscy najlepsi biznesmeni zaczynali od zera. Jeffrey Archer. Richard Branson. –

Poklepał mnie po ramieniu, chcąc, żebym przyspieszyła i biegła w jego rytmie.

– Wątpię, czy Archera kiedykolwiek zwolniono z pracy przy tosterze. – Brakowało mi tchu. I miałam na sobie nieodpowiedni biustonosz. Zwolniłam, oparłam ręce na kolanach.

Odwrócił się i biegł tyłem. Jego głos niósł się w nieruchomym, chłodnym powietrzu.

– Ale gdyby... tak tylko mówię. Prześpij się z tym, a potem ubierz się ładnie i idź do pośredniaka. Albo jeśli chcesz, możesz trenować i pracować ze mną. Wiesz, że z tego będą pieniądze. I nie martw się o wakacje. Ja zapłacę.

Uśmiechnęłam się do niego.

Posłał mi dłonią całusa, a jego głos odbił się echem w pustej hali:

– Oddasz mi, jak znów staniesz na nogi.

Po raz pierwszy w życiu wystąpiłam o zasiłek dla poszukujących pracy. Odbyłam czterdziestopięciominutową rozmowę, a następnie rozmowę grupową, wraz z mniej więcej dwudziestką kobiet i mężczyzn. Połowa z nich miała taką samą lekko oszołomioną minę, jaką zapewne miałam ja, a druga połowa obojętne, znudzone twarze ludzi, którzy są tu nie pierwszy raz. Starałam się ubrać jak przyzwoity człowiek – jak określił to tata.

W efekcie tych starań musiałam wycierpieć krótkie zastępstwo na nocnej zmianie w zakładzie przetwórstwa drobiu (całymi tygodniami miałam potem koszmary) i dwa dni na szkoleniu dla doradców do spraw energii w gospodarstwie domowym. Dość szybko zorientowałam się, że właściwie to jestem szkolona, jak omamić starszych ludzi, żeby zmienili dostawcę prądu, i powiedziałam Syedowi, mojemu osobistemu „doradcy", że nie mogę tego robić. Nalegał, żebym nie rezygnowała, więc wyliczyłam kilka metod, które miałabym stosować w tej pracy, a wtedy troszkę go zatkało i zaproponował, żebyśmy (to zawsze było „my", chociaż było dość oczywiste, że jedno z nas już ma pracę) spróbowali czegoś innego.

Dwa dni przepracowałam w sieciowym barze szybkiej obsługi. Praca była w sensownych godzinach, jakoś też znosiłam fakt, że od firmowego stroju elektryzują mi się włosy, nie mogłam jednak nauczyć się zasad „właściwych reakcji", to znaczy: „Czym mogę dziś panu służyć?"

oraz „Czy do tego duże frytki?". Zostałam zwolniona po tym, jak jedna z dziewczyn od pączków przyłapała mnie na omawianiu z pewną czterolatką rozmaitych walorów dodawanych za darmo zabawek. Co mogę powiedzieć? To była bardzo rezolutna czterolatka. Ja też uważam, że Śpiące Królewny są głupie.

Teraz siedziałam na swojej czwartej rozmowie w pośredniaku, a Syed szukał dla mnie kolejnych „możliwości zatrudnienia". Nawet on, ze swoją nieustępliwie dziarską miną kogoś, kto potrafi wcisnąć gdzieś nawet największych nieudaczników, wydawał się już lekko znużony.

– Hm... Czy kiedykolwiek brałaś pod uwagę pracę w przemyśle rozrywkowym?

– Na przykład jako zwariowana staruszka w teatrzyku dla dzieci?

– Nie. Ale szukają tancerek na rurze. Nawet kilku.

Uniosłam brwi.

– Chyba żartujesz.

– Trzydzieści godzin tygodniowo, samozatrudnienie. Myślę, że można liczyć na niezłe napiwki.

– Błagam, powiedz, że nie doradziłeś mi właśnie pracy polegającej na paradowaniu w bieliźnie przed obcymi ludźmi.

– Mówiłaś, że lubisz pracować z ludźmi. Poza tym wydaje mi się, że lubisz... efektowne... stroje. – Zerknął na moje błyszczące zielone rajstopy. Włożyłam je, mając nadzieję, że poprawią mi humor. Thomas przez prawie całe śniadanie nucił motyw z *Małej syrenki*.

Syed postukał w klawiaturę.

– A może moderator czatu dla dorosłych?

Gapiłam się na niego. Wzruszył ramionami.

– Mówiłaś, że lubisz rozmawiać z ludźmi.

– Nie. Nie zgadzam się też na kelnerkę topless. Ani masażystkę. Ani operatorkę kamery internetowej. Daj spokój, Syed. Musi być coś, co mogłabym robić, a od czego mój ojciec nie dostałby zawału.

Wyraźnie zbiłam go z pantałyku.

– Niewiele zostało, poza pracą w elastycznych godzinach w branży spożywczej.

– Czyli układaniem po nocach towaru w supermarkecie? – Byłam tu już wystarczająco wiele razy, żeby zacząć mówić ich językiem.

– Jest lista oczekujących. Zwykle biorą tę pracę rodzice, bo mogą to pogodzić ze szkołą dzieci – powiedział przepraszająco. Znów wpatrzył się w ekran.

– Więc tak naprawdę zostały nam już tylko oferty dla opiekunów osób starszych.

– Podcieranie tyłka staruszkom.

– Obawiam się, Louisa, że masz za małe kwalifikacje, żeby mieć większy wybór. Gdybyś chciała się przekwalifikować, chętnie wskazałbym ci właściwy kierunek. W ośrodku kształcenia ustawicznego jest mnóstwo kursów.

– Ale już o tym rozmawialiśmy, Syed. Jeśli to zrobię, stracę zasiłek dla szukających pracy, prawda?

– Jeśli nie podejmiesz pracy, tak.

Przez chwilę siedzieliśmy w milczeniu. Patrzyłam na drzwi, przy których stało dwóch krzepkich ochroniarzy. Zastanawiałam się, czy dostali tę pracę dzięki biuru pośrednictwa.

– Nie nadaję się do pracy ze starszymi ludźmi, Syed. Mój dziadek mieszka z nami, od kiedy miał wylew, i nie umiem sobie z nim poradzić.

– Ach. Więc masz jakieś doświadczenie w opiece nad starszymi ludźmi.

– Właściwie to nie. Moja mama wszystko przy nim robi.

– A czy twoja mama chciałaby pójść do pracy?

– Bardzo zabawne.

– Ja nie żartuję.

– A wtedy ja siedziałabym w domu i zajmowała się dziadkiem? Nie, dzięki. Jemu też by się to nie podobało. Czy nie ma żadnych ofert w kawiarniach?

– Chyba zostało za mało kawiarni, żeby zagwarantować ci zatrudnienie, Louisa. Spróbujmy Kentucky Fried Chicken. Może tam bardziej ci się spodoba.

– Bo lepiej będzie mi szło wciskanie ludziom kubełka w promocji niż chickenburgera? Nie sądzę.

– Może musimy poszukać na większym obszarze.

– Z naszego miasta są tylko cztery autobusy. Wiesz o tym. Wiem, że mówiłeś, że powinnam sprawdzić autobus turystyczny, ale zadzwoniłam na dworzec i on zatrzymuje się tutaj o piątej rano. Poza tym kosztuje dwa razy tyle co zwykły.

21

Syed wyprostował się w fotelu.

– Louisa, na tym etapie procedury naprawdę muszę zwrócić ci uwagę, że jako sprawna i zdolna osoba, aby nadal kwalifikować się do pobierania zasiłku, musisz...

– Wykazać, że próbuję znaleźć pracę. Wiem.

Jak miałam mu wyjaśnić, że bardzo chciałabym pracować? Czy miał choć blade pojęcie o tym, jak bardzo tęsknię za dawną pracą? Bezrobocie było dla mnie dotąd tylko abstrakcyjnym pojęciem, czymś, o czym ględzili dziennikarze w wiadomościach w związku ze stoczniami albo fabrykami samochodów. Nigdy nie sądziłam, że gdy ktoś traci pracę, może się czuć, jakby obcięli mu nogę – jakby stracił coś stałego, coś, nad czym się nie zastanawiał. Nie sądziłam, że oprócz oczywistych obaw o pieniądze i przyszłość utrata pracy powoduje, że człowiek zaczyna się czuć nie na miejscu, trochę bezużyteczny. Że trudniej mu wstać rano teraz niż wtedy, gdy budzik brutalnie wyrywał go ze snu. Że można tęsknić za ludźmi, z którymi się pracowało, niezależnie od tego, jak mało się miało z nimi wspólnego. Albo że idąc ulicą, zaczynasz się rozglądać za znajomymi twarzami. Kiedy pierwszy raz zobaczyłam panią Dmuchawiec, która snuła się wzdłuż witryn i wyglądała na tak samo niepotrzebną nikomu jak ja, musiałam się powstrzymywać, żeby nie podejść do niej i jej nie przytulić.

W moje rozmyślania wdarł się głos Syeda.

– Aha. Może się uda.

Próbowałam zajrzeć mu w monitor.

– Właśnie przyszło. W tej chwili. Szukają opiekuna.

– Mówiłam ci, że nie nadaję się do...

– Nie chodzi o opiekę nad starszymi ludźmi. To... szuka osoba prywatna. Opiekun ma pracować na miejscu, niecałe trzy kilometry od twojego domu. Opieka i towarzystwo dla osoby niepełnosprawnej. Masz prawo jazdy?

– Tak. Ale czy będę musiała podcierać...

– Nie, o ile mogę stwierdzić, warunki tego nie obejmują. – Wpatrzył się w ekran. – To człowiek z paraliżem czterokończynowym. Potrzebuje kogoś w ciągu dnia, do pomocy przy jedzeniu i towarzystwa. W takiej pracy często chodzi o to, żeby być z kimś, kiedy chce gdzieś wyjść, pomóc przy prostych czynnościach, których taki ktoś nie może sam wykonać. Och. Nieźle płacą. Sporo więcej niż płaca minimalna.

– Może dlatego, że trzeba też podcierać tyłek.

– Zadzwonię, żeby się upewnić, czy tego nie ma w umowie. Ale jeśli tak będzie, poszłabyś na rozmowę?

Powiedział to tak, jakby to było pytanie.

Ale oboje znaliśmy odpowiedź.

Westchnęłam i zabrałam torebkę, żeby pojechać do domu.

– Boże słodki – powiedział mój ojciec. – Wyobrażacie sobie? Nie dość, że człowiek wylądował na cholernym wózku inwalidzkim, to jeszcze będzie miał naszą Lou za towarzystwo.

– Bernardzie! – zganiła go mama.

Za moimi plecami dziadek śmiał się do kubka z herbatą.

2

Nie jestem tępa. Wolałabym po prostu pominąć ten temat. Ale trochę trudno nie czuć pewnych braków w Dziale Szarych Komórek, kiedy dorasta się z młodszą siostrą, która została najpierw przesunięta do mojej klasy, a potem klasę wyżej.

Katrina robiła wszystko, co sensowne albo inteligentne, wcześniej niż ja, chociaż jest młodsza o półtora roku. Każdą książkę, jaką kiedykolwiek przeczytałam, ona czytała już wcześniej, o czymkolwiek wspomniałam przy kolacji, ona już to wiedziała. To jedyna osoba, jaką znam, która naprawdę lubi egzaminy. Czasem myślę, że ubieram się tak, jak się ubieram dlatego, że jedyne, czego Treena nie potrafi, to dobrać ciuchów. Najchętniej chodziłaby w dżinsach i swetrze. Co najwyżej je wcześniej wyprasuje.

Tato mówi, że mam charakterek, bo zwykle mówię pierwsze, co przychodzi mi do głowy. Twierdzi, że jestem jak ciotka Lily, której nigdy nie poznałam. To trochę dziwne być nieustannie porównywanym do kogoś, kogo nigdy nie widziało się na oczy. Schodzę na przykład na dół w fioletowych butach, a tato kiwa do mamy i mówi: „Pamiętasz ciotkę Lily i jej fioletowe buty?", na co mama cmoka i zaczyna się śmiać, jakby z ich sekretnego żartu. Mama nazywa mnie indywidualistką, co jest grzecznym sposobem stwierdzenia, że nie rozumie mojego stylu ubierania się.

Ale poza krótkim okresem, kiedy byłam nastolatką, nigdy nie chciałam wyglądać tak jak Treena albo którakolwiek z dziewczyn w szkole, do wieku czternastu lat wolałam ubierać się jak chłopak, a teraz ubieram się tak, jak mi się podoba – zależnie od nastroju, jaki mam danego dnia. Nie ma sensu, żebym próbowała wyglądać normalnie. Jestem niewysoka, mam ciemne włosy i jak twierdzi tato, twarz jak elf. Ale nie chodzi o elfią piękność. Nie jestem brzydka, ale nie sądzę, żeby ktokolwiek uznał mnie za piękną. Nie mam w sobie tego czegoś. Patrick mówi, że jestem cudowna, kiedy ma ochotę się pomiziać, ale ja wtedy wiem doskonale, o co mu chodzi. Ostatecznie znamy się już prawie siedem lat.

Mam dwadzieścia sześć lat i właściwie nie wiem, kim jestem. Dopóki nie straciłam pracy, specjalnie się nad tym nie zastanawiałam. Myślałam, że pewnie wyjdę za Patricka, machniemy sobie kilkoro dzieciaków i zamieszkamy kilka ulic od domu rodziców, w którym mieszkałam od zawsze. Poza szczególnym gustem i niewysokim wzrostem niewiele odróżnia mnie od kogokolwiek mijanego na ulicy. Nikt by się nawet za mną nie obejrzał. Zwykła dziewczyna, wiodąca zwyczajne życie. I było mi z tym zupełnie dobrze.

– Musisz pójść na tę rozmowę w garsonce – upierała się mama. – Teraz wszyscy ubierają się stanowczo zbyt swobodnie.

– Bo przy karmieniu staruszka łyżeczką garsonka jest niezbędna.

– Nie bądź taka mądra.

– Nie stać mnie na kostium. A jeśli nie dostanę tej pracy?

– Możesz włożyć mój, wyprasuję ci jakąś ładną bluzkę i chociaż raz mogłabyś nie czesać się... – wskazała na moje włosy, zwykle związane w dwa ciemne supły po obu stronach głowy – jak księżniczka Leia. Spróbuj wyglądać jak normalny człowiek.

Wiedziałam, że lepiej się z nią nie kłócić. Domyślałam się też, że przykazała ojcu, żeby nie rzucał żadnych uwag na temat mojego stroju, kiedy wychodziłam z domu, drobiąc niezdarnie w za ciasnej spódnicy.

– Cześć, kochanie – powiedział, a ja widziałam, jak drgają mu kąciki ust. – Trzymam kciuki. Wyglądasz bardzo... profesjonalnie.

Żenujące było nie to, że mam na sobie kostium mamy, ani nawet nie to, że taki krój przestał być modny pod koniec lat osiemdziesiątych, ale że był trochę na mnie za mały. Czułam, jak pasek wpija mi się w brzuch, i z trudem dopięłam dwurzędowy żakiet. Jak mówi tato o mamie: „więcej tłuszczu jest na spince do włosów".

Czując, że lekko mnie mdli, przejechałam kilka przystanków. Właściwie nigdy nie byłam na prawdziwej rozmowie o pracę. Do The Buttered Bun trafiłam dlatego, że Treena założyła się ze mną, że nie znajdę pracy w jeden dzień. Weszłam do środka i zapytałam Franka, czy nie potrzebuje kogoś do pomocy. Otworzył kawiarnię właśnie tego dnia i sam nie wiedział, jak mi dziękować.

Teraz, gdy się nad tym zastanowiłam, nie mogłam sobie przypomnieć, żebyśmy kiedykolwiek rozmawiali o pieniądzach. Powiedział, ile będzie mi płacił tygodniowo, ja się zgodziłam, a potem raz do roku mówił, że daje mi niedużą podwyżkę, zwykle nieco wyższą, niż byłam gotowa poprosić.

A o co zwykle pytają na takich rozmowach? Co jeśli poproszą, żebym zrobiła coś konkretnego przy tym staruszku, na przykład nakarmiła go albo wykąpała, albo coś? Syed powiedział, że mają tam pielęgniarza, który zajmuje się potrzebami osobistymi (wzdrygnęłam się na to określenie). Wymagania wobec drugiego opiekuna były „nieco niejasne w tym względzie", jak powiedział. Wyobraziłam sobie, jak ocieram ślinę cieknącą staruszkowi z ust i jednocześnie pytam głośno: „Czy chce pan herbaty?".

Na początku, kiedy dziadek zaczął wracać do zdrowia po wylewach, nie był w stanie nic koło siebie zrobić. Mama wszystko robiła.

– Twoja mama jest święta – mówił tato, co chyba znaczyło, że mama podciera dziadkowi tyłek i nie wybiega z domu z krzykiem. Mnie by raczej nikt tak nie nazwał. Kroiłam dziadkowi jedzenie i robiłam mu herbatę, ale jeśli chodzi o inne rzeczy, nie wiem, czybym się do tego nadawała.

Granta House był po drugiej stronie zamku Stortfold, niedaleko średniowiecznych murów, przy długiej, pozbawionej chodnika ulicy, przy której stały tylko cztery domy i sklep National Trust, w samym środku strefy turystycznej. Mijałam ten dom milion razy, ledwo go zauważając. Teraz, kiedy przechodziłam przez parking i tory miniaturowej kolejki, przy czym jedno i drugie było tak puste i ponure, jak tylko pusta i ponura może być letnia atrakcja w lutym, zobaczyłam, że jest większy, niż sobie wyobrażałam: czerwona cegła, dwuskrzydłowe drzwi frontowe, taki dom, jaki widuje się, przeglądając stare numery „Country Life" w poczekalni u lekarza.

Podeszłam długim podjazdem, starając się nie myśleć o tym, czy ktoś przygląda mi się z okna. Podchodzenie długim podjazdem stawia cię w niekorzystnej sytuacji, człowiek od razu czuje się gorszy. Zastanawiałam się, czy nie zacząć ciągnąć się za kosmyk włosów na czole, kiedy drzwi otworzyły się znienacka, aż podskoczyłam.

Na ganek wyszła kobieta, niewiele starsza ode mnie. Miała na sobie białe spodnie i tunikę wyglądającą jak fartuch lekarski, a pod pachą niosła płaszcz i teczkę. Minęła mnie z uprzejmym uśmiechem.

– Dziękujemy, że pani przyszła – słychać było czyjś głos z wnętrza. – Odezwiemy się do pani. Ach. – Pojawiła się twarz kobiety w średnim wieku, ale piękna, pod kunsztownie ostrzyżoną fryzurą, niewątpliwie spod ręki drogiego fryzjera. Miała na sobie kostium ze spodniami, który, jak sądziłam, kosztował więcej niż miesięczna pensja mojego ojca.

– Pani to pewnie panna Clark.

– Louisa. – Wyciągnęłam rękę, tak jak wpajała mi mama. Teraz młodzi ludzie nigdy nie podają ręki, jak uważają moi rodzice. Kiedyś nikomu nawet by do głowy nie przyszło, żeby powiedzieć „cześć" albo, co gorsza, pocałować kogoś w powietrzu. Ta kobieta nie wyglądała na kogoś, kto miałby ochotę być całowany w policzki, nawet symbolicznie.

– Dobrze. Tak. Proszę wejść. – Wysunęła rękę z uścisku tak szybko, jak tylko się dało, ale czułam na sobie jej wzrok, tak jakby już mnie oceniała. – Zapraszam. Porozmawiamy w salonie. Nazywam się Camilla Traynor.

Wydawała się znużona, jakby dzisiaj już wiele razy wypowiadała te słowa.

Poszłam za nią do wielkiego pokoju z oknami sięgającymi od podłogi do sufitu. Ciężkie zasłony w eleganckich fałdach spływały z grubych mahoniowych prętów, a posadzki pokrywały perskie dywany o zawiłych wzorach. Pachniało woskiem i zabytkowymi meblami. Wszędzie stały małe eleganckie stoliki do kawy, na ich wypolerowanych blatach ustawiono ozdobne szkatułki. Ciekawe, gdzie u licha Traynorowie stawiają filiżanki.

– Trafiła pani do nas przez biuro pośrednictwa, prawda? Proszę usiąść.

Podczas gdy ona przeglądała papiery, ja rozglądałam się ukradkiem po pokoju. Myślałam, że będzie trochę jak w domu opieki, wszędzie podnośniki i łatwo zmywalne powierzchnie. Ale tu wyglądało raczej jak w jednym z tych przeraźliwie drogich hoteli, gdzie czuje się dawne fortuny, pełnych ukochanych przedmiotów, które same z siebie wyglądają na cenne. Na kredensie stały fotografie w srebrnych ramkach, ale były za daleko, żebym mogła dostrzec twarze. Podczas gdy ona przeglądała papiery, ja przesunęłam się nieco na krześle, próbując się im przyjrzeć.

I wtedy właśnie usłyszałam ten dźwięk – niedający się z niczym pomylić odgłos pękających szwów. Gdy spojrzałam w dół, zobaczyłam, że dwa kawałki materiału, które łączyły się z boku mojego prawego uda, rozeszły się, a spomiędzy nich wystrzeliły poszarpane kawałki jedwabnej nitki, niczym niechlujna grzywka. Poczułam, że robię się buraczkowa.

– Więc... Panno Clark, czy ma pani jakieś doświadczenie z paraliżem czterokończynowym?

Odwróciłam twarz w stronę pani Traynor, przesuwając się tak, żeby zakryć żakietem jak największy kawałek spódniczki.

– Nie.

– Czy od dawna jest pani opiekunką?

– Hm... Właściwie nigdy się tym nie zajmowałam – powiedziałam, po czym dodałam, tak jakbym słyszała w uchu głos Syeda: – Ale jestem pewna, że mogę się nauczyć.

– Wie pani, co to jest paraliż czterokończynowy?

– Kiedy... – zająknęłam się – ktoś jest uziemiony na wózku.

– Pewnie można to i tak ująć. Są różne stopnie paraliżu, ale w tym przypadku mówimy o całkowitej utracie władzy w nogach i bardzo ograniczonej władzy w dłoniach i ramionach. Czy to pani przeszkadza?

– No, oczywiście nie tak bardzo jak jemu – uśmiechnęłam się, ale twarz pani Traynor pozostała bez wyrazu. – Przepraszam, nie miałam na myśli...

– Umie pani prowadzić, panno Clark?

– Tak.

– Nie była pani karana za niebezpieczną jazdę?

Potwierdziłam.

Camilla Traynor zaznaczyła coś na swojej liście.

Rozdarcie powiększało się. Widziałam, jak pełznie nieuchronnie coraz wyżej. Jeśli będzie się posuwać w tym tempie, zanim wstanę, będę wyglądać jak striptizerka z Las Vegas.

– Dobrze się pani czuje? – Pani Traynor patrzyła na mnie dziwnym wzrokiem.

– Trochę mi za ciepło. Nie będzie pani przeszkadzać, jeśli zdejmę żakiet? – Zanim zdążyła cokolwiek powiedzieć, jednym płynnym ruchem ściągnęłam żakiet i zawiązałam go sobie w pasie, zasłaniając rozdarcie na spódnicy. – Jest tak gorąco – powiedziałam z uśmiechem – gdy się wchodzi z zewnątrz.

Pani Traynor milczała przez sekundę, po czym spojrzała znów do swojej teczki.

– Ile ma pani lat?

– Dwadzieścia sześć.

– I w poprzednim miejscu pracy pracowała pani sześć lat.

– Tak. Z pewnością ma pani kopię moich referencji.

– Hm... – Pani Traynor podniosła kartkę i zmrużyła oczy. – Pani poprzedni pracodawca twierdzi, że jest pani „serdeczną, rozmowną i ożywiającą atmosferę osobą".

– Tak, zapłaciłam mu za to.

Znów ta pokerowa mina.

„Cholera" – pomyślałam.

Czułam się, jakby mnie ktoś prześwietlał. Z niekoniecznie dobrym rezultatem. Spódnica pożyczona od mamy nagle wyglądała tandetnie, syntetyczna tkanina błyszczała w słabym świetle. Powinnam była włożyć najzwyklejsze spodnie i bluzkę. Cokolwiek, byle nie tę garsonkę.

– Dlaczego więc zrezygnowała pani z tamtej pracy, gdzie tak panią doceniano?

– Frank – właściciel – sprzedał tę kawiarnię. To jest ta u stóp zamku. The Buttered Bun. Była – poprawiłam się. – Bardzo bym się cieszyła, gdybym mogła dalej tam pracować.

Pani Traynor skinęła głową, albo dlatego, że nie miała już nic więcej do powiedzenia na ten temat, a może dlatego, że ona także cieszyłaby się, gdybym tam została.

– A co konkretnie chce pani zrobić ze swoim życiem?

– Słucham?

– Czy ma pani jakieś ambicje zawodowe? Czy to będzie krok do jakiegoś następnego etapu? Czy ma pani marzenia, które chciałaby pani zrealizować?

Patrzyłam na nią tępo, zastanawiając się, czy to jakiś podstęp.

– Ja... właściwie na razie o tym nie myślałam. Od kiedy straciłam pracę. Ja tylko... – przełknęłam ślinę. – Chciałam znów pracować.

Marnie to brzmiało. Kto przychodzi na rozmowę o pracy, nie wiedząc nawet, co chciałby robić? Mina pani Traynor świadczyła, że myśli dokładnie to samo.

Odłożyła długopis.

– Więc, panno Clark, dlaczego miałabym zatrudnić panią zamiast na przykład poprzedniej kandydatki, która ma wieloletnie doświadczenie w pracy z ludźmi z tetraplegią?

Spojrzałam na nią.

– Hm... szczerze? Nie mam pojęcia. – Milczała, więc dodałam: – Myślę, że wszystko zależy od pani decyzji.

– Nie potrafi mi pani podać ani jednego powodu, dla którego miałabym panią zatrudnić?

Nagle zobaczyłam przed oczami twarz mojej mamy. Myśl o tym, że wrócę do domu w zniszczonej garsonce, po kolejnej nieudanej rozmowie kwalifikacyjnej, była nie do zniesienia. Poza tym płacili tutaj więcej niż sześć funtów za godzinę.

Wyprostowałam się nieco.

– No... szybko się uczę, nigdy nie choruję, blisko mieszkam i jestem silniejsza, niż wyglądam... Pewnie mogłabym pomagać dźwigać pani męża.

– Mojego męża? Nie pracowałaby pani z moim mężem. To mój syn.

– Pani syn? – zamrugałam. – Yyy... Nie boję się ciężkiej pracy. Dobrze sobie radzę z bardzo różnymi ludźmi i... potrafię robić przyzwoitą herbatę. – Czułam, że zaczynam bełkotać, więc zamilkłam. Myśl, że to jej syn, powaliła mnie. – To znaczy mój tata chyba uważa, że to nie jest jakaś wielka umiejętność. Ale z mojego doświadczenia wiem, że niewiele jest takich rzeczy, na które nie pomogłaby filiżanka dobrej herbaty...

Pani Traynor patrzyła na mnie trochę dziwnie.

– Przepraszam – wykrztusiłam, gdy zdałam sobie sprawę, co powiedziałam. – Nie mam na myśli tego, że tetra... paraliż... pani syna... można wyleczyć filiżanką herbaty.

– Myślę, że powinna pani wiedzieć, panno Clark, że to nie jest umowa na czas nieokreślony. Najwyżej na pół roku. Dlatego właśnie wynagrodzenie jest... współmierne. Chcemy przyciągnąć właściwą osobę.

– Proszę mi wierzyć, kiedy ktoś pracował na zmiany w zakładzie przetwórstwa drobiu, nawet praca w obozie Guantanamo wydaje się atrakcyjna. – „Zamknij się, Louisa". Przygryzłam wargę.

Ale pani Traynor jakby nie zwróciła uwagi na moje słowa. Zamknęła teczkę.

– Mój syn Will prawie dwa lata temu został ranny w wypadku. Wymaga całodobowej opieki, którą zapewnia w większości fachowy pielęgniarz. Ja niedawno wróciłam do pracy, a od opiekuna oczekujemy, by był tu przez cały dzień, by dotrzymywał mu towarzystwa, pomagał przy jedzeniu i piciu, ogólnie służył pomocą i dbał o to, by nie stało mu się nic złego. – Camilla Traynor spuściła głowę. – To bardzo ważne, żeby Will miał przy sobie kogoś, kto rozumie tę odpowiedzialność.

Wszystko, co mówiła, nawet to, jak podkreślała poszczególne słowa, wydawało się dawać mi do zrozumienia, jaka jestem głupia.

– Rozumiem. – Wzięłam torebkę.

– Więc przyjęłaby pani to stanowisko?

To było tak niespodziewane, że w pierwszej chwili myślałam, że się przesłyszałam.

– Słucham?

– Chcielibyśmy, żeby zaczęła pani tak szybko, jak tylko się da. Honorarium będziemy wypłacać raz w tygodniu.

Na chwilę mnie zatkało.

– Chce mnie pani zatrudnić zamiast... – zaczęłam.

– Praca trwa długo – od ósmej do piątej, czasem dłużej. Nie ma przerwy na lunch, chociaż kiedy Nathan, pielęgniarz, który zajmuje się nim w ciągu dnia, przychodzi około południa, będzie miała pani wolne jakieś pół godziny.

– Czy nie będą państwo wymagać jakichś zabiegów... medycznych?

– Will ma zapewnioną wszelką opiekę medyczną. Chcemy, żeby był przy nim ktoś silny i optymistyczny. Jego życie jest... skomplikowane, i to ważne, by ktoś dodawał mu otuchy, by... – urwała, wpatrując się w coś za wysokim oknem. Wreszcie znów odwróciła się do mnie. – Powiedzmy, że jego dobry stan psychiczny jest równie ważny jak fizyczny. Rozumie pani?

– Chyba tak. Czy będę musiała... nosić fartuch?

– Nie. Stanowczo żadnego fartucha. – Zerknęła na moje nogi. – Chociaż mogłaby pani włożyć coś mniej... eksponującego.

Zerknęłam w dół. Żakiet przesunął się, odsłaniając hojnie spory kawałek gołego uda.

– Przepraszam. Spódnica mi się rozdarła. Właściwie jest pożyczona.

Ale pani Traynor chyba już mnie nie słuchała.

– Wyjaśnię pani, co trzeba robić, kiedy pani zacznie. Will nie jest teraz łatwy w kontaktach, panno Clark. W tej pracy chodzi w równej mierze o nastawienie psychiczne, co o umiejętności zawodowe. Zatem widzimy się jutro?

– Jutro? Nie chce pani... nie chciałaby pani, żebym go poznała?

– Will ma dziś kiepski dzień. Myślę, że lepiej, jeśli odłożymy to na później.

Wstałam, widząc, że pani Traynor jest już gotowa odprowadzić mnie do drzwi.

– Tak – powiedziałam, owijając się żakietem mamy. – Eee... Dziękuję. Do zobaczenia jutro o ósmej.

Mama nakładała tacie ziemniaki na talerz. Nałożyła mu dwie łyżki, a on próbował podkraść z półmiska jeszcze więcej. Zablokowała jego dłoń, kierując ziemniaki z powrotem na półmisek, a wreszcie dała mu łyżką po łapach, kiedy znów do niego sięgnął. Przy niewielkim stole siedzieli rodzice, moja siostra z Thomasem, dziadek i Patrick – który zawsze przychodził na obiad we środy.

– Tato – powiedziała mama do dziadka. – Czy chcesz, żeby ci pokroić mięso? Treena, pokroisz dziadkowi mięso?

Treena nachyliła się i zaczęła zręcznymi ruchami kroić jego porcję. Po drugiej stronie zrobiła już to samo dla Thomasa.

– Lou, więc jak bardzo jest chory ten pan?

– Chyba źle z nim, skoro są gotowi wypuścić na niego naszą córkę – stwierdził mój tato. Za moimi plecami był włączony telewizor, żeby tato i Patrick mogli oglądać mecz. Co jakiś czas przestawali jeść, zerkali na ekran i z pełnymi ustami patrzyli na kolejną sytuację podbramkową.

– Myślę, że to wielka szansa. Będzie pracować w jednym z tych dużych domów. Dla przyzwoitej rodziny. Czy to eleganccy ludzie?

Na naszej ulicy elegancki mógł być każdy, kto nie miał w rodzinie nikogo karanego za drobne przestępstwa.

– Chyba tak.

– Mam nadzieję, że ćwiczysz dyganie – uśmiechnął się tato.

– Poznałaś tego gościa? – Treena pochyliła się, żeby przeszkodzić Thomasowi w zrzuceniu soku na podłogę. – Tego kalekę? Jaki jest?

– Jutro go poznam.

– Ale to jednak dziwne. Będziesz z nim przez cały dzień, codziennie. Dziewięć godzin. Będziesz z nim spędzać więcej czasu niż z Patrickiem.

– To akurat nie jest trudne – odparłam.

Patrick po drugiej stronie stołu udawał, że nie słyszał.

– Ale nie będziesz się musiała martwić, że będzie się do ciebie dobierał – stwierdził ojciec.

– Bernardzie! – zganiła go ostro matka.

– Mówię tylko to, co wszyscy myślą. To chyba najlepszy szef dla twojej dziewczyny, jakiego można by znaleźć, co nie, Patrick?

Po drugiej stronie stołu Patrick uśmiechnął się. Właśnie starał się nie dopuścić, by mama dołożyła mu ziemniaków, choć starała się, jak mogła. W tym miesiącu był na diecie bezwęglowodanowej, bo przygotowywał się do maratonu na początku marca.

– Tak sobie myślałam, czy nie będziesz musiała nauczyć się języka migowego? Jeśli on nie jest w stanie się komunikować, skąd będziesz wiedziała, czego chce?

– Ale ona nie powiedziała, że on nie może mówić, mamo. – Właściwie nie pamiętałam, co powiedziała pani Traynor. Wciąż byłam w lekkim szoku, że naprawdę dostałam tę pracę.

– Może mówi przez takie urządzenie. Jak ten naukowiec. Ten, co był w *Simpsonach*.

– Dupek.

– Nie – odparł Bernard.

– Stephen Hawking – powiedział Patrick.

– A ty jak zwykle – odezwała się mama, patrząc oskarżycielsko to na Thomasa, to na tatę. Mogłaby pokroić stek tym spojrzeniem. – Uczysz go brzydkich słów.

– Nieprawda. Nie wiem, skąd on to bierze.

– Gnojek – powiedział Thomas, patrząc prosto na swojego dziadka.

Treena skrzywiła się.

– Chybabym się przeraziła, gdyby mówił przez taki laryngofon. Wyobrażasz sobie? „Po-daj mi tro-chę wo-dy" – wygłupiała się.

Była inteligentna – ale nie dość inteligentna, żeby nie wrócić do domu z brzuchem, jak mruczał czasem tato. Jako pierwsza z naszej rodziny poszła na studia, ale gdy pojawił się Thomas, przerwała je na ostatnim roku. Rodzice nadal mieli nadzieję, że pewnego dnia dzięki niej rodzina będzie bogata. Albo przynajmniej że Treena znajdzie sobie pracę, w której personel nie musi siedzieć osłonięty kratą. To by zupełnie wystarczyło.

– Dlaczego ktoś, kto siedzi na wózku, miałby mówić jak mutant z kosmosu? – zapytałam.

– Ale będziesz musiała być bardzo blisko niego. Będziesz musiała co najmniej ocierać mu usta i podawać mu picie i tak dalej.

– No to co? Do tego nie trzeba doktoratu.

– Tak mówi ktoś, kto założył Thomasowi pieluszkę tył na przód.

– Tylko raz.

– Dwa razy. A przewijałaś go trzy razy.

Nałożyłam sobie fasolki, starając się robić dobrą minę do złej gry.

Ale już kiedy po spotkaniu z panią Traynor jechałam autobusem do domu, te same myśli brzęczały mi w głowie. O czym będziemy rozmawiać? A jeśli tylko będzie się na mnie gapił przez cały dzień, chwiejąc głową? Czy będę się go bać? A jeśli nie będę rozumieć, czego chce? Byłam słynna z tego, że przy mnie nic się długo nie utrzyma. Nie mieliśmy już w domu roślin doniczkowych ani zwierząt, po katastrofach z chomikiem, patyczakami i złotą rybką o imieniu Randolph. I jak często będzie w pobliżu jego sztywna jak kij od szczotki matka? Nie byłoby fajnie, gdyby ktoś stale mnie pilnował. Pani Traynor wydawała się kobietą, pod której spojrzeniem nawet iluzjonista zmieniał się w niezdarę.

– Patrick, a ty co o tym wszystkim myślisz?

Patrick wziął duży łyk wody, po czym wzruszył ramionami.

Na zewnątrz deszcz stukał w parapety, ledwo słyszalny wśród szczęku talerzy i sztućców.

– To dobre pieniądze, Bernardzie. Lepsze niż w zakładzie przetwórstwa drobiu.

Wszyscy mruknęli z aprobatą.

– To chyba coś znaczy, jeśli wszystko, co możecie powiedzieć o mojej pracy, to że jest lepsza niż taszczenie kurzych zezwłoków w hangarze lotniczym – powiedziałam.

– Przynajmniej będziesz mogła tymczasem poćwiczyć, a potem jeszcze trenować z Patrickiem.

– Poćwiczyć. Dzięki, tato. – Właśnie miałam sięgnąć po kolejny kartofel, kiedy zmieniłam zdanie.

– Ale dlaczego nie? – Mama sprawiała wrażenie, jakby miała w końcu usiąść. Wszyscy umilkli na chwilę, ale nie, znów wstała i nałożyła dziadkowi trochę sosu. – Dobrze o tym pamiętać na przyszłość. Z pewnością masz dar elokwencji.

– Raczej niewyparzony język – prychnął tato.

– Właśnie dostałam pracę – powiedziałam. – Za którą zapłacą mi więcej niż w poprzedniej, jeśli o to chodzi.

– Ale to tylko tymczasowe – wtrącił się Patrick. – Twój tata ma rację. Może zaczniesz jednocześnie trenować. Mógłbyś być dobrym osobistym trenerem, jeśli tylko włożysz w to odrobinę wysiłku.

– Nie chcę być osobistym trenerem. Nie podoba mi się... całe to... podskakiwanie. – Zrobiłam obraźliwą minę do Patricka, który się uśmiechnął.

– Lou chciałaby pracę, w której może leżeć brzuchem do góry i oglądać telewizję, karmiąc starego Ironside'a przez słomkę.

– Tak. Ponieważ układanie podwiędłych dalii w wiaderkach z wodą wymaga takiego wysiłku umysłowego i fizycznego, prawda, Treen?

– Przekomarzamy się z tobą, kochanie. – Tato podniósł kubek herbaty. – To wspaniale, że dostałaś tę pracę. Już jesteśmy z ciebie dumni. I mogę się założyć, że kiedy tylko postawisz nogę w tym wielkim domu, te gnojki nie będą mogły się bez ciebie obejść.

– Gnojek – powiedział Thomas.

– To nie ja – odparł tato z pełnymi ustami, zanim mama zdążyła się odezwać.

3

– To jest przybudówka. Kiedyś tu były stajnie, ale doszliśmy do wniosku, że Willowi będzie tu lepiej niż w domu, bo wszystko jest na jednym poziomie. Tutaj jest dodatkowy pokój, żeby Nathan mógł zostać na noc, jeśli to konieczne. Na początku dość często potrzebowaliśmy kogoś w nocy.

Pani Traynor, stukając obcasami, szła energicznie korytarzem, pokazując mi kolejne drzwi i nie oglądając się na mnie. Najwyraźniej oczekiwała, że za nią nadążę.

– Tu są kluczyki od samochodu. Dodałam cię do naszego ubezpieczenia. Ufam, że dane, które mi podałaś, są zgodne z rzeczywistością. Nathan pokaże ci, jak działa rampa. Będziesz musiała tylko pomóc Willowi ustawić się odpowiednio, samochód zrobi resztę. Chociaż... on teraz nie ma szczególnej ochoty nigdzie się wybierać.

– Jest trochę zimno – powiedziałam.

Pani Traynor jakby mnie nie słyszała.

– W kuchni możesz sobie zrobić herbatę czy kawę. Dopilnuję, żeby w szafkach niczego nie zabrakło. Łazienka jest tutaj...

Otworzyła drzwi, a ja wpatrzyłam się w białą metalowo-plastikową poręcz przyczajoną nad wanną. Pod prysznicem był po prostu kawałek podłogi z odpływem, obok stał składany wózek inwalidzki. W kącie znajdowała się szafka o oszklonych drzwiczkach, w której piętrzyły się schludne stosiki owiniętych w folię rolek. Z tej odległości nie widziałam, co to jest, ale wydzielały słaby zapach środka dezynfekującego.

Pani Traynor zamknęła drzwi i odwróciła się na chwilę, by na mnie spojrzeć.

– Chciałabym raz jeszcze przypomnieć: to bardzo ważne, żeby Will stale miał kogoś przy sobie. Poprzednia opiekunka zniknęła pewnego razu na wiele godzin, żeby oddać samochód do naprawy, a Will... zranił się podczas jej nieobecności. – Przełknęła ślinę, jakby to wspomnienie wciąż budziło w niej grozę.

– Nie będę nigdzie chodzić.

– Oczywiście będziesz potrzebowała... przerw na odpoczynek. Chciałabym tylko zaznaczyć, że nie można go zostawiać na dłużej niż powiedzmy kwadrans. Jeśli zdarzy się coś, czego nie dało się uniknąć, albo daj znać przez interkom, bo mój mąż Steven może być w domu, albo dzwoń do mnie na komórkę. Jeśli będziesz potrzebowała urlopu, byłabym wdzięczna, gdybyś dała mi znać z jak największym wyprzedzeniem. Nie zawsze łatwo jest znaleźć kogoś na zastępstwo.

– To prawda.

Pani Traynor otworzyła szafkę w holu. Mówiła jak ktoś, kto recytuje dobrze wyuczony tekst.

„Ciekawe, ile opiekunek musiało być przede mną".

– Jeśli Will będzie zajęty, byłoby mile widziane, gdybyś trochę posprzątała. Wrzuć pościel do pralki, przejedź dywan odkurzaczem i tak dalej. Wszystko co potrzebne do sprzątania znajdziesz pod umywalką. On być może nie będzie chciał, żebyś nieustannie przy nim była. Będziecie musieli sami dojść do porozumienia w tej kwestii.

Pani Traynor spojrzała na moje ubranie, jakby widziała mnie po raz pierwszy. Miałam na sobie bardzo kudłatą kamizelkę – tato mówi, że wyglądam w niej jak emu. Uśmiechnęłam się z pewnym trudem.

– Oczywiście mam nadzieję, że... że się polubicie. Byłoby miło, gdyby mógł uważać cię raczej za przyjaciółkę niż za wynajętą opiekunkę.

– Dobrze. Co on... hm... lubi robić?

– Ogląda filmy. Czasem słucha radia albo muzyki. Ma takie cyfrowe urządzenie. Jeśli położysz mu je blisko ręki, zwykle jest w stanie sam je obsługiwać. Może trochę poruszać palcami, chociaż ciężko mu coś chwycić.

Poczułam ulgę. Jeśli lubi muzykę i filmy, to chyba znajdziemy tematy do rozmowy? Nagle wyobraziłam sobie, jak razem śmiejemy się z jakiejś hollywoodzkiej komedii albo jak sprzątam odkurzaczem, podczas gdy on słucha muzyki. Może wszystko będzie dobrze. Może się zaprzyjaźnimy. Nigdy wcześniej nie miałam niepełnosprawnego przyjaciela – tylko Davida, znajomego Treeny, który nie słyszał, ale gdybym nazwała go niepełnosprawnym, to chyba założyłby mi nelsona.

– Masz jakieś pytania?

– Nie.

– W takim razie chodźmy, przedstawię cię. – Zerknęła na zegarek. – Nathan chyba już skończył go ubierać.

Przystanęłyśmy z wahaniem przed drzwiami, pani Traynor zapukała.

– Jesteś tam? Will, przyprowadziłam pannę Clark.

Nie było odpowiedzi.

– Will? Nathan?

Silny nowozelandzki akcent:

– Już wygląda przyzwoicie, pani T.

Otworzyła drzwi. Salon przybudówki wydawał się ogromny, jedna ściana składała się wyłącznie ze szklanych drzwi wychodzących na łąki i pola. W kącie cicho palił się piecyk na drewno, a przed ogromnym telewizorem z płaskim ekranem stała niska sofa z siedzeniem przykrytym wełnianą narzutą. Pokój był urządzony w spokojnym, gustownym stylu – coś jak skandynawska kawalerka.

Pośrodku pokoju stał czarny wózek inwalidzki, z siedzeniem i oparciem wyłożonym baranicą. Mocno zbudowany młody człowiek w białym pielęgniarskim uniformie kucał, układając na podnóżkach stopy siedzącego na wózku mężczyzny. Gdy weszłyśmy do pokoju, ten na wózku spojrzał na nas spod długich, rozczochranych włosów. Popatrzył mi w oczy i po chwili wydał z siebie mrożący krew w żyłach jęk. Potem wykrzywił usta i wydał kolejny straszliwy odgłos.

Jego matka zesztywniała.

– Will, przestań!

Nawet na nią nie spojrzał. Kolejny odgłos godny neandertalczyka wydobył się gdzieś z jego piersi. Był to straszliwy, pełen bólu dźwięk. Starałam się nie wzdrygnąć. Z głową zwieszoną między ramionami mężczyzna spoglądał na mnie, wciąż wykrzywiony w straszliwym grymasie. Wyglądał groteskowo, trochę groźnie. Zdałam sobie sprawę, że ściskam rączkę torebki tak mocno, że aż zbielały mi palce.

– Will! Proszę cię. – W głosie jego matki pojawiła się nuta histerii. – Proszę, nie rób tego.

„O Boże" – pomyślałam. „To ponad moje siły". Przełknęłam ślinę. Mężczyzna wciąż na mnie patrzył, jakby czekał, co zrobię.

– Mam na imię... Lou – mój drżący głos przerwał ciszę. Pomyślałam, czy nie podać mu ręki, ale potem przypomniałam sobie, że nie będzie w stanie jej uścisnąć, więc tylko pomachałam słabo. – To zdrobnienie od Louisa.

Wtedy ku mojemu zdumieniu jego twarz wygładziła się, uniósł głowę.

Will Traynor patrzył na mnie spokojnie, po twarzy pełgał mu jakby uśmieszek.

– Dzień dobry, panno Clark – powiedział. – Podobno jest pani moją najnowszą opiekunką.

Nathan skończył ustawiać podnóżki. Wstał, potrząsając głową.

– Jest pan złym człowiekiem, panie T. Bardzo złym. – Uśmiechnął się szeroko i wyciągnął wielkie łapsko, które uściskałam słabo. Nathan wyglądał na kogoś, kogo byle co nie ruszy. – Obawiam się, że właśnie widziała pani jedną z najlepszych parodii Christy'ego Browna w wykonaniu Willa. Przywyknie pani. On nie jest taki groźny, na jakiego wygląda.

Pani Traynor smukłymi białymi palcami trzymała krzyżyk na szyi, przesuwając go nerwowo na łańcuszku. Twarz miała spiętą.

– Zostawiam was teraz. Jeśli będziesz potrzebowała jakiejś pomocy, zadzwoń przez interkom. Nathan opowie ci o rytmie dnia Willa i pokaże ci sprzęt.

– Mamo, jestem tutaj. Nie musisz mówić nad moją głową. Mózgu jeszcze mi nie sparaliżowało.

– Tak, Will, ale jeśli masz zamiar zachowywać się paskudnie, lepiej, żeby panna Clark rozmawiała bezpośrednio z Nathanem.

Zauważyłam, że nie patrzy na niego, kiedy mówi. Wzrok miała utkwiony w podłodze, jakieś trzy metry od niego.

– Dziś pracuję w domu. Więc zajrzę do was w porze lunchu.

– Dobrze – zaskrzeczałam.

Pani Traynor zniknęła. W milczeniu słuchaliśmy stukotu jej

obcasów, kiedy oddalała się korytarzem w stronę głównej części domu.

Potem Nathan przerwał milczenie.

– Will, mogę teraz opowiedzieć pannie Clark o wszystkich medycznych sprawach? Włączyć ci telewizor? A może chcesz czegoś posłuchać?

– Poproszę Radio Four, Nathan.

– Już się robi.

Poszliśmy do kuchni.

– Pani T. mówi, że nie miałaś za dużo doświadczenia z osobami sparaliżowanymi?

– Nie.

– Okej. To zaczniemy od prostych rzeczy. Tu masz teczkę, w której jest wszystko na temat stałych zabiegów Willa i wszystkie numery telefonów, na wypadek gdyby się coś działo. Radzę ci to przeczytać w wolnej chwili. Myślę, że ci ich nie zabraknie.

Nathan odpiął klucz od paska i otworzył zamkniętą szafkę, pełną pudełek i plastikowych pojemniczków z lekami.

– Dobra. To wszystko to głównie moja broszka, ale jakby co, musisz wiedzieć, gdzie co jest. Tu na ścianie masz harmonogram, żebyś wiedziała, co on codziennie musi wziąć. Wszystkie dodatkowe leki, jakie mu dasz, zaznaczasz tutaj. – Pokazał. – Ale najlepiej, jeśli uzgodnisz wszystko najpierw z panią T., przynajmniej na początku.

– Nie wiedziałam, że będę musiała podawać mu leki.

– To nie jest trudne. On raczej wie, czego mu trzeba. Ale czasem trzeba mu pomóc to połknąć. Zwykle używamy tego kubka z dzióbkiem. Albo możesz rozgnieść je w tym moździerzu i wymieszać z napojem.

Podniosłam jedną z etykietek. Poza apteką chyba nigdy nie widziałam tylu leków w jednym miejscu.

– Okej. No więc ma dwa leki na ciśnienie krwi, ten, żeby je obniżyć przed snem, a ten, żeby podwyższyć, kiedy wstaje. Ten musi brać dość często, żeby opanować skurcze mięśni – trzeba mu dać jedną pigułkę przed południem i jedną po południu. To są te małe powlekane, więc raczej łatwo mu je połknąć. Te są na skurcze pęcherza, a te na refluks. Czasem musi je brać po jedzeniu, jeśli czuje się niedobrze. To jest antyhistamina na rano, a to spraye do nosa, ale zwykle ja się tym zajmuję, zanim wyjdę, więc nie zawracaj sobie tym głowy. Jeśli coś go boli, można mu dać paracetamol, ma też pigułki na sen, ale zwykle po nich jest rozdrażniony w ciągu dnia, więc staramy się je ograniczać. To – podniósł butelkę – jest antybiotyk, który bierze raz na dwa tygodnie przy wymianie cewnika. Ja mu go podaję, a gdyby miało mnie nie być, zostawię jasne instrukcje. To dość silny antybiotyk. Tutaj masz gumowe rękawiczki, gdyby trzeba było go umyć. Tu jest też krem na odleżyny, ale nie mamy z tym problemu, od kiedy jest materac dmuchany.

Sięgnął do kieszeni i wręczył mi drugi klucz.

– To jest zapasowy – powiedział. – Nie wolno nikomu go dawać. Nawet Willowi, okej? Strzeż go jak źrenicy oka.

– Sporo tego – przełknęłam ślinę.

– Wszystko masz napisane. Dziś musisz pamiętać tylko o lekach przeciwskurczowych. To te. Tutaj masz komórkę do mnie. Kiedy mnie tu nie ma, jestem w szkole, więc wolałbym, żeby nie wydzwaniać do mnie zbyt często, ale dzwoń spokojnie, dopóki nie nabierzesz wprawy.

Wpatrywałam się w leżącą przede mną teczkę. Czułam się, jakbym miała zdawać egzamin, do którego się nie przygotowywałam.

– A co, jeśli będzie musiał... pójść do łazienki? – Pomyślałam o poręczy. – Nie jestem pewna, czy dam radę, no wiesz, go podnieść. – Starałam się nie dać po sobie poznać ogarniającej mnie paniki.

Nathan potrząsnął głową.

– Nie będziesz musiała robić nic takiego. On ma założony cewnik. Będę w porze lunchu, żeby wszystko zmienić. Ty tu nie jesteś od tego.

– A od czego?

Nathan patrzył przez chwilę w podłogę. Potem podniósł głowę.

– Żeby spróbować trochę go rozweselić? On jest trochę... marudny. Zrozumiałe, biorąc pod uwagę... okoliczności. Ale musisz być dość odporna. Ten mały odpał dziś rano to jego sposób, żeby wytrącić człowieka z równowagi.

– Czy to dlatego płacą tak dobrze?

– No tak. Nie ma nic za darmo, co nie? – Nathan poklepał mnie po ramieniu, aż się cała zatrzęsłam. – Ale w ogóle to jest w porządku. Nie trzeba się z nim cackać. – Zawahał się. – Ja go lubię.

Powiedział to tak, jakby był w tym zupełnie odosobniony.

Poszliśmy z powrotem do salonu. Wózek inwalidzki Willa Traynora stał teraz pod oknem, a on, siedząc plecami do nas, patrzył przez okno i słuchał czegoś w radiu.

– To ja już się zwijam, Will. Chcesz czegoś, zanim pójdę?

– Nie. Dzięki, Nathan.

– No to zostawiam cię w zręcznych rączkach panny Clark. Do zobaczenia koło południa.

Patrzyłam z narastającą paniką, jak życzliwy pielęgniarz wkłada kurtkę.

– Bawcie się dobrze. – Nathan mrugnął do mnie i zniknął.

Stałam pośrodku pokoju z rękami wciśniętymi w kieszenie i nie wiedziałam, co mam teraz zrobić. Will Traynor nadal patrzył przez okno, jakby mnie tam nie było.

– Może chciałby pan herbaty? – powiedziałam w końcu, kiedy cisza stała się nie do zniesienia.

– A. Tak. Specjalistka od herbaty. Zastanawiałem się, jak dużo czasu minie, zanim postanowisz mi zaprezentować swoje umiejętności. Nie, dziękuję.

– To może kawy?

– Na razie nie mam ochoty na nic gorącego, panno Clark.

– Może pan mówić do mnie Lou.

– A czy to w czymś pomoże?

Zamrugałam i na chwilę aż rozdziawiłam usta. Po czym je zamknęłam. Tato zawsze mówił, że wyglądam wtedy na jeszcze głupszą, niż jestem.

– Eee... A czy mogę coś dla pana zrobić?

Odwrócił się, żeby na mnie spojrzeć. Jego szczękę pokrywał wielotygodniowy zarost, oczy miały nieprzenikniony wyraz. Odwrócił się z powrotem do okna.

– Ja... – rozejrzałam się rozpaczliwie. – W takim razie zobaczę, czy nie trzeba pozmywać.

Wyszłam z pokoju z łomoczącym sercem. Gdy już schroniłam się w kuchni, wyciągnęłam komórkę i wystukałam esemesa do siostry:

To okropne. On mnie nienawidzi.

Odpowiedź przyszła niemal natychmiast:

Jesteś tam dopiero godzinę, mięczaku! M&T naprawdę martwią się o kasę. Zbierz się do kupy i pomyśl o stawce. Całusy.

Zamknęłam telefon i wydęłam policzki. Przejrzałam kosz z brudną bielizną w łazience, ale nie było prawie nic do prania, po czym przez kilka minut czytałam instrukcję do pralki. Nie chciałam źle jej nastawić ani zrobić czegokolwiek, przez co Will albo pani Traynor znów patrzyliby na mnie jak na kretynkę. Włączyłam pralkę i stałam, zastanawiając się, czym jeszcze mogłabym się zająć. Wyciągnęłam z szafki odkurzacz i przejechałam nim po korytarzu i dwóch sypialniach, myśląc, że gdyby to widzieli moi rodzice, chętnie zrobiliby sobie zdjęcie na pamiątkę. Dodatkowy pokój był prawie pusty, niemal jak w hotelu. Podejrzewałam, że Nathan nie nocuje tu zbyt często. Cóż. Trudno mu się dziwić.

Zawahałam się przed wejściem do sypialni Willa Traynora, ale uznałam, że trzeba tu odkurzyć tak samo jak wszędzie indziej. Pod jedną ścianą był wbudowany regał, na którym stało około dwudziestu oprawionych fotografii.

Odkurzając, pozwoliłam sobie rzucić na nie okiem. Na jednej był facet skaczący z klifu na bungee, z ramionami rozpostartymi jak figura Chrystusa. Na innej był chyba Will w jakiejś dżungli, a potem wśród gromady pijanych, obejmujących się mężczyzn, ubranych w smokingi i muszki.

Na kolejnej był na stoku narciarskim, obok dziewczyny w ciemnych okularach, z długimi jasnymi włosami. Przystanęłam, żeby lepiej mu się przyjrzeć. Na zdjęciu był gładko ogolony i nawet w jasnym świetle jego twarz miała ten kosztowny blask, jaki uzyskują bogaci ludzie, którzy trzy razy do roku jeżdżą na wakacje. Pod kurtką rysowały się szerokie, muskularne ramiona. Ostrożnie odstawiłam zdjęcie na stół i dalej odkurzałam wokół łóżka. Wreszcie wyłączyłam odkurzacz i zaczęłam zwijać kabel. Kiedy schyliłam się, żeby wyjąć wtyczkę z gniazdka, kątem oka spostrzegłam jakiś ruch i aż podskoczyłam, wydając krótki pisk. Will Traynor stał w drzwiach i patrzył na mnie.

– Courchevel. Dwa i pół roku temu.

Zarumieniłam się.

– Przepraszam. Ja tylko...

– Pani tylko oglądała moje zdjęcia. I myślała sobie, jakie to straszne mieć takie życie, a potem zostać kaleką.

– Nie. – Zaczerwieniłam się jeszcze bardziej.

– Reszta zdjęć jest w dolnej szufladzie, gdyby znów ogarnęła panią przemożna ciekawość – powiedział.

Po czym z cichym szumem wózka skręcił w prawo i zniknął.

Poranek jakby oklapł i postanowił trwać kilka lat. Nie pamiętałam, kiedy ostatnim razem minuty i godziny dłużyły mi się tak nieznośnie. Starałam się znaleźć sobie tyle zajęć, ile tylko mogłam, i zaglądałam do salonu tak rzadko, jak tylko się dało. Zdawałam sobie sprawę, że jestem tchórzem, ale miałam to w nosie.

O jedenastej przyniosłam mu kubek wody i lek przeciwskurczowy, tak jak prosił Nathan. Położyłam mu tabletkę na języku, po czym przysunęłam mu kubek do ust, tak jak mówił mi Nathan. Kubek był z jasnego, matowego plastiku, podobny do tego, jakiego używał Thomas, tylko bez obrazków z Bobem Budowniczym. Will przełknął z pewnym trudem, po czym dał mi znak, że chciałby zostać sam.

Odkurzyłam półki, które nie były zakurzone, i zastanawiałam się, czyby nie umyć okien. Wokół mnie w przybudówce panowała cisza, oprócz cichego szumu telewizora w salonie, gdzie był Will. Nie czułam się dość pewnie, żeby włączyć w kuchni muzykę. Na pewno powiedziałby coś kąśliwego na temat mojego gustu.

O dwunastej trzydzieści przyszedł Nathan, niosąc ze sobą powiew chłodnego powietrza z zewnątrz, i uniósł pytająco brew.

– Wszystko okej? – zapytał.

Już dawno tak się nie ucieszyłam na czyjś widok.

– W porządku.

– To świetnie. Możesz teraz zrobić sobie pół godziny przerwy. Ja i pani T. musimy o tej porze zająć się kilkoma rzeczami.

Niemal pobiegłam po płaszcz. Nie zamierzałam wychodzić na lunch, ale było mi aż słabo z ulgi, że wreszcie mogę wyjść z tego domu. Postawiłam kołnierz i z torebką na ramieniu ruszyłam żwawo podjazdem, tak jakbym miała jakiś określony cel. Tak naprawdę przez pół godziny po prostu chodziłam po najbliższych ulicach, dmuchając ciepłym powietrzem w ciasno owinięty wokół twarzy szalik.

Teraz, kiedy The Buttered Bun została zamknięta, w tej części miasta nie było żadnej kawiarni. Na zamku było pusto. Najbliższym miejscem, gdzie można było coś zjeść, był pub, gdzie pewnie nie stać by mnie było na drinka, nie mówiąc o lunchu. Wszystkie samochody na parkingu były wielkie i drogie, na nowych rejestracjach.

Stojąc na parkingu zamku, gdzie na pewno nie mógł mnie widzieć nikt z Granta House, zadzwoniłam do siostry.

– Hej.

– Wiesz, że nie mogę rozmawiać w pracy. Chyba nie poszłaś sobie stamtąd, co?

– Nie. Chciałam tylko usłyszeć jakiś ludzki głos.

– Czy on jest aż tak okropny?

– Treen, on mnie nienawidzi. Patrzy na mnie jak na coś, co kot przyniósł z podwórka. I nie pije herbaty. Ukrywam się przed nim.

– Własnym uszom nie wierzę.

– Co?

– Po prostu z nim pogadaj, na litość boską! To jasne, że jest nieszczęśliwy. Wylądował na tym cholernym wózku. A ty pewnie zachowujesz się beznadziejnie. Po prostu z nim pogadaj. Poznaj go. Przecież cię nie zje.

– Nie wiem... Nie wiem, czy dam radę to wytrzymać.

– Nie mogę powiedzieć mamie, że zrezygnowałaś z pracy po połowie dnia. Nie dadzą ci żadnych zasiłków, Lou. Nie możesz tego zrobić. Nie stać nas na to.

Miała rację. Uświadomiłam sobie, że chyba nie lubię mojej siostry.

Przez chwilę nic nie mówiłyśmy. Potem Treena odezwała się nietypowym dla niej pocieszającym tonem. To było naprawdę niepokojące, bo oznaczało, że ona wie, że naprawdę mam najgorszą pracę na świecie.

– Pomyśl – powiedziała. – To tylko pół roku. Wytrzymaj, będziesz miała coś sensownego w CV, a potem znajdziesz sobie naprawdę fajną pracę. A poza tym – to nie jest praca na nocnej zmianie przy kurczakach, prawda?

– Nocna zmiana przy kurczakach byłaby jak wakacje w porównaniu...

– Muszę kończyć, Lou. Tymczasem.

– Chciałby pan gdzieś się wybrać dziś po południu? Moglibyśmy dokądś pojechać, jeśli pan sobie życzy.

Nathan poszedł sobie niecałe pół godziny temu. Zmywałam

kubki po herbacie tak długo, jak tylko się dało, myśląc, że jeśli spędzę jeszcze jedną godzinę w tym milczącym domu, głowa mi chyba eksploduje.

Odwrócił ku mnie głowę.

– Na przykład dokąd?

– Nie wiem. Moglibyśmy po prostu zrobić sobie przejażdżkę po okolicy. – Starałam się udawać, że jestem Treeną. Ona należy do absolutnie spokojnych, kompetentnych osób, i w efekcie nikt nigdy nie próbuje z nią zadzierać. Wydawało mi się, że mówię jak ktoś profesjonalny i pełen optymizmu.

– Po okolicy – powiedział, jakby się nad tym zastanawiał. – I co zobaczymy? Drzewa? Niebo?

– Nie wiem. A co zwykle pan robi?

– Ja nic nie robię, panno Clark. Ja już nie mogę nic robić. Siedzę. Ja tylko istnieję.

– No tak – powiedziałam. – Powiedziano mi, że ma pan samochód, który jest przystosowany do wózków.

– I martwi się pani, że przestanie działać, jeśli nie będzie się go co dzień używać?

– Nie, ale ja...

– Chce mi pani powiedzieć, że powinienem wyjść z domu?

– Myślałam tylko...

– Pomyślała pani, że mała przejażdżka dobrze mi zrobi? Trochę świeżego powietrza?

– Ja tylko próbuję...

– Panno Clark, jakość mojego życia nie poprawi się znacząco dzięki przejażdżce po wiejskich drogach Stortfold. – Odwrócił się.

Zwiesił głowę i zastanawiałam się, czy dobrze się czuje. Ale chyba lepiej było nie pytać. Siedzieliśmy w milczeniu.

– A może chciałby pan, żeby przynieść panu komputer?

– A co, może pomyślała pani, że mógłbym dołączyć do jakiejś internetowej grupy wsparcia dla paralityków? Stowarzyszenie Cała Naprzód? Wesoły Klub Dwóch Kółek?

Wzięłam głęboki oddech, starając się, żeby mój głos brzmiał pewnie.

– Okej... no dobrze... Ponieważ będziemy spędzać ze sobą sporo czasu, może moglibyśmy dowiedzieć się czegoś o sobie nawzajem...

Coś w jego twarzy sprawiło, że głos mi zamarł. Wpatrywał się w ścianę przed sobą, szczęka lekko mu drgała.

– To... to sporo czasu, jeśli jest się z kimś przez cały dzień – ciągnęłam. – Może gdyby powiedział mi pan trochę o tym, co chciałby pan robić, co pan lubi, wtedy... mogłabym się postarać, żeby wszystko było tak, jak pan lubi.

Tym razem cisza była wręcz bolesna. Słyszałam, jak powoli pochłania mój głos, i nie wiedziałam, co mam zrobić z rękami. I kompetentny sposób bycia Treeny wyparował.

Wreszcie wózek zaszumiał cicho, kiedy on powoli obrócił się do mnie.

– Oto, co wiem o pani, panno Clark. Matka mówi, że jest pani rozmowna – powiedział to tak, jakby to było jakieś schorzenie. – Czy możemy zawrzeć umowę? Że przy mnie będzie pani bardzo NIErozmowna?

Przełknęłam ślinę, czując, jak płonie mi twarz.

– Dobrze – powiedziałam, kiedy wrócił mi głos. – Będę w kuchni. Jeśli będzie pan czegoś chciał, proszę mnie zawołać.

– Nie możesz tak od razu się poddać.

Leżałam w poprzek na łóżku, z nogami wyciągniętymi na ścianę, tak jak kiedy byłam nastolatką. Od czasu kolacji siedziałam na górze, co było dla mnie nietypowe. Kiedy urodził się Thomas, Treena zamieszkała z nim w większym pokoju, a mnie przypadła ta klitka, w której można było dostać ataku klaustrofobii, jeśli posiedziało się w niej dłużej niż pół godziny.

Ale nie chciałam siedzieć na dole z mamą i dziadkiem, bo mama nieustannie popatrywała na mnie nerwowo i mówiła: „Kochanie, wszystko się ułoży" i „W żadnej pracy nie jest super zaraz od pierwszego dnia" – tak jakby w ciągu ostatnich dwudziestu lat sama chociaż raz miała cholerną pracę. Miałam przez nią poczucie winy. A przecież nic nie zrobiłam.

– Nie powiedziałam, że rezygnuję.

Treena wpadła do mojego pokoiku bez pukania, tak jak co dzień, chociaż ja zawsze cicho pukałam do jej drzwi, na wypadek gdyby Thomas spał.

– Przecież mogłam być goła. Mogłabyś chociaż dać znać, że wchodzisz.

– Widziałam już gorsze rzeczy. Mama mówi, że chcesz złożyć wypowiedzenie.

Zsunęłam nogi ze ściany i usiadłam.

– O Boże, Treena. Jest gorzej, niż myślałam, że będzie. On jest taki biedny.

– Nie może się ruszać. No jasne, że jest biedny.

– Ale on jest przy tym wredny i złośliwy. Za każdym razem, kiedy coś mówię albo proponuję, patrzy na mnie jak na kretynkę albo rzuca jakąś uwagę, przez którą czuję się jak smarkula.

– Pewnie rzeczywiście powiedziałaś coś głupiego. Musicie po prostu przyzwyczaić się do siebie.

– Ale naprawdę nie powiedziałam nic takiego. Bardzo uważałam. Powiedziałam tylko: „Może chciałby pan przejechać się po okolicy?" i „Czy zrobić panu herbaty?".

– No cóż, może on na początku zawsze jest taki, dopóki nie wie, czy zostaniesz, czy nie. Pewnie mieli już w tym domu całe stada opiekunek.

– On nawet nie chce, żebym siedziała z nim w tym samym pokoju. Ja chyba tego nie wytrzymam, Katrina. Naprawdę. Gdybyś tam była, tobyś zrozumiała, co mam na myśli.

Treena przez chwilę patrzyła na mnie bez słowa. Potem wstała i wyjrzała za drzwi, jakby sprawdzając, czy nie ma kogoś na podeście.

– Myślę o tym, żeby wrócić na studia – powiedziała wreszcie.

Mój mózg potrzebował kilku sekund, żeby zarejestrować ten nagły zwrot.

– O mój Boże – powiedziałam. – Ale...

– Wezmę pożyczkę, żeby zapłacić czesne. Ale ze względu na Thomasa mogę też dostać specjalne stypendium, a uniwersytet da mi zniżkę, bo... – wzruszyła ramionami, nieco zakłopotana. – Mówią, że ich zdaniem mogę być wybitna. Ktoś odpadł z zarządzania, więc mogą mnie przyjąć od początku kolejnego semestru.

– A co z Thomasem?

– Na kampusie jest przedszkole. Przez tydzień możemy mieszkać w akademiku, który jest dotowany, i wracać do domu na weekendy.

– Och.

Czułam, że na mnie patrzy, i nie wiedziałam, co zrobić z twarzą.

– Strasznie bym chciała znowu zacząć używać mózgu. W tej kwiaciarni na pewno nie rozkwitnę, wręcz przeciwnie. Chcę się uczyć.

Chcę być coraz lepsza. Poza tym mam już dość rąk zgrabiałych od zimnej wody.

Obie popatrzyłyśmy na jej ręce, lekko zaróżowione z zimna, nawet w tropikalnym cieple domu.

– Ale...

– No właśnie. Nie będę pracować, Lou. Nie będę mogła nic dawać mamie. A być może nawet będę... będę potrzebowała od nich pomocy. – Teraz widać było po niej, że źle się z tym czuje. Spojrzała na mnie z niemal przepraszającą miną.

Na dole mama śmiała się z czegoś w telewizji. Słyszałyśmy, jak mówi głośno do dziadka. Często tłumaczyła mu, o co chodzi w programie, chociaż powtarzaliśmy jej nieustannie, że nie musi tego robić. Siedziałam bez słowa. Sens tego, co powiedziała moja siostra, docierał do mnie powoli, ale nieuchronnie. Czułam się tak, jak pewnie czują się ofiary mafii, patrząc, jak beton powoli zastyga im wokół kostek.

– Naprawdę muszę to zrobić, Lou. Chcę czegoś więcej dla Thomasa, dla nas obojga. Mogę do czegoś dojść, tylko jeśli wrócę na studia. Nie mam żadnego Patricka. I nie sądzę, żeby kiedykolwiek mi się jakiś trafił, biorąc pod uwagę, że od kiedy urodził się Thomas, nikt się mną nie zainteresował nawet przelotnie. Sama muszę zrobić tyle, ile tylko się da.

Ponieważ nadal nic nie mówiłam, dodała:

– Zrób to dla mnie i dla Thomasa.

Skinęłam głową.

– Lou? Proszę.

Nigdy wcześniej nie widziałam mojej siostry z taką miną. Naprawdę nie wiedziałam, co mam zrobić. Podniosłam głowę, starając się uśmiechnąć. Kiedy się odezwałam, mój głos brzmiał, jakby należał do kogoś innego.

– Cóż, tak jak powiedziałaś. Muszę się tylko do niego przyzwyczaić. A to z początku nigdy nie jest łatwe, prawda?

4

W ciągu kolejnych dwóch tygodni ustalił się pewien rytm. Co rano zjawiałam się w Granta House o ósmej, mówiłam, że już jestem, a potem, kiedy Nathan skończył pomagać Willowi się ubrać, słuchałam uważnie, gdy przekazywał mi, jakie ma wziąć leki – albo, co ważniejsze, w jakim jest nastroju.

Po wyjściu Nathana nastawiałam Willowi radio albo telewizor, przygotowywałam lekarstwa, które czasem wcześniej kruszyłam w moździerzu małym marmurowym tłuczkiem. Zwykle mniej więcej po dziesięciu minutach dawał mi jasno do zrozumienia, że zmęczyła go moja obecność. Wtedy wyszukiwałam sobie w niewielkiej przybudówce jakieś prace domowe, prałam ścierki kuchenne, które nie wymagały prania, albo za pomocą różnych dziwnych końcówek do odkurzacza sprzątałam niewidoczne pyłki z parapetu czy listwy przypodłogowej, rytualnie zaglądając przez drzwi co kwadrans, tak jak kazała mi pani Traynor. On zwykle siedział wtedy na wózku, spoglądając na ponury ogród.

Później przynosiłam mu wodę lub jeden z kalorycznych napojów, dzięki którym miał utrzymać wagę, a które wyglądały jak blada zmielona tapeta, albo dawałam mu coś do jedzenia. Mógł trochę poruszać dłońmi, ale nie ramieniem, więc trzeba go było karmić łyżeczką. To była najgorsza część dnia; karmienie dorosłego mężczyzny wydawało mi się jakoś niestosowne, byłam zakłopotana, a przez to jeszcze bardziej niezdarna i niezręczna. Will nienawidził tego tak bardzo, że nawet nie patrzył mi w oczy podczas jedzenia.

Potem niedługo przed pierwszą przychodził Nathan, a ja brałam płaszcz i spacerowałam po ulicach, czasem jadłam lunch na przystanku koło zamku. Było zimno i pewnie wyglądałam żałośnie, jedząc tam kanapki, ale nie obchodziło mnie to. Nie byłam w stanie usiedzieć w tym domu cały dzień.

Po południu włączałam jakiś film. Will był członkiem klubu DVD i codziennie przysyłano mu pocztą nowe filmy – ale nigdy nie zaproponował, żebym oglądała razem z nim, więc zwykle wtedy szłam do kuchni albo pokoju gościnnego. Zaczęłam przynosić sobie książki albo czasopisma, ale czułam się dziwnie winna, że czytam, zamiast pracować, i nie mogłam się skupić na lekturze. Czasem, zwykle pod koniec dnia, zaglądała do nas pani Traynor – chociaż zwykle pytała tylko: „Wszystko w porządku?". Odpowiadałam więc, że tak, bo co innego miałam powiedzieć?

Pytała Willa, czy chciałby czegoś, czasem proponowała coś, co mógłby zrobić następnego dnia – może gdzieś wyjść, może spotkać się z kimś ze znajomych – a on niemal zawsze odrzucał jej propozycje, czasem jawnie niegrzecznie. Patrzyła zbolałym wzrokiem, przesuwając palcami po złotym łańcuszku, po czym znów znikała.

Jego ojciec, zażywny gość o łagodnym spojrzeniu, przychodził zwykle, kiedy wychodziłam. Należał do tego typu ludzi, którzy oglądają mecze krykieta ubrani w kapelusz panama. Od kiedy odszedł na emeryturę z dobrze płatnej pracy w mieście, nadzorował administrację zamku. Podejrzewałam, że jest trochę jak dobroduszny właściciel ziemski, który wynajduje sobie drobne zajęcia, żeby nie siedzieć z założonymi rękami. Kończył codziennie punktualnie o piątej i przychodził, żeby oglądać z Willem telewizję. Czasem, wychodząc, słyszałam, jak komentuje coś, co pokazali w wiadomościach.

Przez te pierwsze kilka tygodni uważnie przyglądałam się Willowi Traynorowi. Zauważyłam, że bardzo się stara, żeby nie wyglądać tak jak człowiek, którym był kiedyś; jego kasztanowe włosy tworzyły bezkształtną szopę, policzki pokrywał coraz gęstszy zarost. Pod szarymi oczami miał zmarszczki, skutek znużenia i bólu (Nathan powiedział mi, że on rzadko czuje się dobrze). Miał puste spojrzenie kogoś, kto zawsze jest o kilka kroków wycofany ze świata wokół niego. Czasem zastanawiałam się, czy to mechanizm obronny, czy może jedyny sposób, by poradzić sobie z życiem takim jak jego, to udawać, że to nie jest jego życie.

Chciałam go żałować. I naprawdę było mi go żal. Myślałam, że jest najsmutniejszym człowiekiem, jakiego kiedykolwiek spotkałam, zwłaszcza wtedy, gdy zaglądając do pokoju, widziałam, jak patrzy przez okno. A gdy już minęło trochę czasu, zrozumiałam, że jego stan to nie tylko kwestia tego, że tkwi na wózku inwalidzkim, że stracił swobodę ruchu, ale też nieprzerwany ciąg upokorzeń i problemów zdrowotnych, zagrożeń i uciążliwości, i doszłam do wniosku, że ja na jego miejscu też byłabym okropnie nieszczęśliwa.

Ale Boże słodki, jakiż on był dla mnie okropny. Na każde moje słowo miał złośliwą odpowiedź. Jeśli pytałam, czy nie jest mu zimno, odpowiadał, że jeśli będzie potrzebował dodatkowego koca, to da mi znać. Na pytanie, czy odkurzacz nie jest za głośny – nie chciałam mu przeszkadzać w oglądaniu filmu – pytał, czy może wynalazłam sposób, żeby pracował bezgłośnie. Kiedy go karmiłam, narzekał, że jedzenie jest za gorące albo za zimne, albo że podaję mu kolejną porcję, zanim zdąży przełknąć. Potrafił sprawić, że wszystko, cokolwiek mówiłam czy robiłam, wydawało się głupie.

W ciągu tych pierwszych dwóch tygodni nauczyłam się całkiem dobrze zachowywać zupełnie obojętną minę, odwracałam się i wychodziłam do drugiego pokoju albo po prostu odzywałam się tak niewiele, jak tylko się dało. Zaczęłam go nienawidzić, z czego na pewno zdawał sobie sprawę.

Nie sądziłam, że mogę zacząć tęsknić za moją dawną pracą jeszcze bardziej niż wcześniej. Tęskniłam za Frankiem, za tym, że cieszył się na mój widok, kiedy przychodziłam rano. Brakowało mi klientów, ich towarzystwa i swobodnych pogawędek, które łagodnie wzbierały i cichły wokół mnie jak dobrotliwe morze. W tym domu, pięknym i kosztownym, panował bezruch i milczenie jak w kostnicy. „Pół roku" – powtarzałam pod nosem, kiedy wydawało mi się, że dłużej tego nie zniosę. „Pół roku".

Pewnego czwartku, kiedy mieszałam wysokokaloryczny napój, który Will pił przed południem, usłyszałam na korytarzu głos pani Traynor. Ale tym razem słychać było także różne inne głosy. Czekałam z widelcem w ręku. Słyszałam głos kobiety, młodej i kulturalnej, i jakiegoś mężczyzny.

Pani Traynor pojawiła się w drzwiach kuchni, a ja starałam się sprawiać wrażenie bardzo zajętej, mieszając energicznie w kubku.

– Czy to ten, który rozrabia się z wodą i mlekiem w proporcjach trzy do dwóch? – zapytała, zerkając na napój.

– Tak. Ten truskawkowy.

– Przyszli znajomi Willa, żeby się z nim zobaczyć. Chyba byłoby najlepiej, gdybyś...

– Mam tu dużo do zrobienia – powiedziałam. Przynajmniej przez jakąś godzinę nie będę musiała znosić jego towarzystwa. Zakręciłam wieczko kubka.

– Czy pani goście chcieliby się napić herbaty albo kawy?

Spojrzała na mnie niemal zaskoczona.

– Tak, byłoby bardzo miło... Kawy... Chyba...

Wydawała się jeszcze bardziej spięta niż zwykle, spoglądała nerwowo w stronę korytarza, skąd dochodził cichy gwar głosów. Do Willa pewnie nieczęsto przychodzili goście.

– Myślę, że... Niech sami zdecydują. – Wyjrzała na korytarz, myślami była najwyraźniej daleko stąd. – Rupert. To Rupert, jego dawny kolega z pracy – powiedziała, nagle odwracając się do mnie.

Czułam, że to w jakiś sposób doniosła chwila, że musi się tym z kimś podzielić, choćby tylko ze mną.

– I Alicia... Oni byli... bardzo sobie bliscy... przez jakiś czas. Na pewno chętnie napiją się kawy. Dziękuję, panno Clark.

Zawahałam się przez chwilę, zanim otworzyłam drzwi, napierając na nie biodrem, bo w rękach trzymałam tacę.

– Pani Traynor powiedziała, że pewnie mieliby państwo ochotę na kawę – oznajmiłam, wchodząc, po czym postawiłam tacę na niskim stoliku. Kiedy umieściłam kubek w uchwycie wózka Willa, odwracając słomkę tak, żeby mógł do niej dosięgnąć, przechylając głowę, zerknęłam ukradkiem na jego gości.

Najpierw zauważyłam blondynkę. Długonoga i długowłosa, o jasnokarmelowej skórze, była kobietą tego rodzaju, przy których zaczynam się zastanawiać, czy wszyscy ludzie naprawdę należą do tego samego gatunku. Wyglądała jak klacz arabska w ludzkiej postaci. Wydywałam czasem takie kobiety, zwykle wchodziły sprężystym krokiem na wzgórze zamkowe, prowadząc za sobą dzieci wystrojone w drogie ciuszki, a kiedy wchodziły do kawiarni, słychać było ich głosy, krystalicznie jasne i swobodne, kiedy pytały: „Harry, kochanie, chcesz kawy? Zobaczę, czy mają tu macchiato".

To była z pewnością kobieta z gatunku „macchiato". Z daleka pachniała pieniędzmi, przywilejami i życiem jak z kolorowego magazynu dla pań.

Potem spojrzałam na nią uważniej i z pewnym wstrząsem zdałam sobie sprawę, że a) to ona towarzyszy Willowi na zdjęciu na stoku narciarskim, b) wygląda, jakby czuła się bardzo nieswojo.

Pocałowała Willa w policzek, a teraz cofała się, uśmiechając się sztucznie. Miała na sobie kamizelkę ze strzyżonej owczej skóry, coś, w czym ja wyglądałabym jak yeti, i jasnoszary kaszmirowy szal, którym zaczęła się bawić, jakby nie mogła zdecydować, czy zdjąć go, czy nie.

– Dobrze wyglądasz – powiedziała. – Naprawdę... Urosły ci włosy.

Will się nie odezwał. Patrzył tylko na nią z miną tak samo nieprzeniknioną jak zawsze. Poczułam wdzięczność, że to nie na mnie tak patrzy.

– Nowy wózek, prawda? – Mężczyzna poklepał tył wózka Willa, kiwając głową z aprobatą, tak jakby podziwiał wypasiony sportowy samochód. – Wygląda... elegancko. Bardzo... nowoczesny.

Nie wiedziałam, co robić. Stałam przez chwilę, przestępując z nogi na nogę, dopóki Will nie przerwał ciszy.

– Louisa, czy mogłabyś dołożyć trochę drewna do ognia? Chyba zaczyna przygasać.

Po raz pierwszy zwrócił się do mnie, używając mojego imienia.

– Jasne – powiedziałam.

Zajęłam się piecykiem, szukając w koszyku kawałków drewna odpowiednich rozmiarów i dokładając do ognia.

– Rety, ale jest zimno – powiedziała kobieta. – Miło ogrzać się przy ogniu.

Otworzyłam drzwiczki piecyka, żeby przesunąć pogrzebaczem żarzące się polana.

– Kilka stopni zimniej niż w Londynie.

– Tak, z pewnością – zgodził się mężczyzna.

– Myślałam, czy nie kupić sobie piecyka na drewno. Podobno daje dużo więcej ciepła niż kominek. – Alicia pochyliła się nieco, żeby się przyjrzeć, tak jakby nigdy wcześniej nie widziała takiego piecyka.

– Tak słyszałem – powiedział mężczyzna.

– Muszę się temu przyjrzeć. To jedna z tych rzeczy, które człowiek planuje zrobić, a potem... – urwała. – Pyszna kawa – dodała po chwili.

– No i jak, co u ciebie, Will? – W głosie mężczyzny nadal słychać było jakby wymuszoną jowialność.

– Zabawne, ale niezbyt dużo.

– Ale rehabilitacja i tak dalej. Jakoś idzie? Widać jakąś... poprawę?

– Rupert, raczej się nie zapowiada, żebym zdążył na ten sezon narciarski – powiedział Will głosem ociekającym sarkazmem.

Niemal się uśmiechnęłam. Taki był Will, jakiego znałam. Zaczęłam wymiatać popiół z paleniska. Czułam, że wszyscy na mnie patrzą. Zapadło ciężkie milczenie. Pomyślałam, że może wystaje mi metka od swetra, i z trudem zwalczyłam chęć, żeby to sprawdzić.

– Więc... – odezwał się wreszcie Will. – Czemu zawdzięczam tę przyjemność? Minęło jakieś osiem miesięcy...

– Wiem. Przepraszam. Miałam... mam sporo zajęć. Pracuję teraz w Chelsea. Jestem menedżerką butiku Sashy Goldsteina. Pamiętasz Sashę? W weekendy też dużo pracuję. W soboty robi się straszny ruch. Bardzo ciężko się wyrwać – Alicia mówiła nieco nerwowo. – Ale dzwoniłam kilka razy. Mama ci mówiła?

– W Lewins jest jakieś wariactwo. Wiesz, jak to jest, Will. Mamy nowego wspólnika. Gość jest z Nowego Jorku. Nazywa się Bains. Dan Bains. Poznałeś go kiedyś?

– Nie.

– Ten cholernik zasuwa chyba dwadzieścia cztery godziny na dobę i oczekuje, że wszyscy będą pracować tak samo. – W głosie Ruperta słychać było wyraźną ulgę, że wreszcie trafił na bezpieczny temat. – Wiesz, jakie zwyczaje w pracy mają ci Amerykańcy: żadnych długich lunchów, żadnych mocniejszych żarcików. No mówię ci, Will. Jest zupełnie inaczej niż kiedyś.

– Naprawdę?

– I to jak. Człowiek musi tkwić przy biurku jak przyklejony. Czasem wręcz boję się ruszyć z krzesła.

Powietrze zniknęło z pokoju jakby zassane przez próżnię. Ktoś kaszlnął.

Wstałam i wytarłam ręce w dżinsy.

– Pójdę... przyniosę jeszcze drewna – wymamrotałam mniej więcej w stronę Willa.

Po czym wzięłam koszyk i uciekłam.

Na dworze było lodowato zimno, ale starałam się wybierać polana jak najdłużej. Zastanawiałam się, czy nie lepiej byłoby odmrozić sobie palce, zamiast wracać do tamtego pokoju. Ale było za zimno, a palec wskazujący, którego używam przy szyciu, zrobił mi się siny, więc w końcu musiałam uznać swoją porażkę. Niosłam drewno do domu tak wolno, jak tylko się dało. Kiedy podeszłam do salonu, przez lekko uchylone drzwi usłyszałam głos kobiety.

– Właściwie, Will, to przyszliśmy tu z jeszcze jednego powodu – mówiła. – Chcieliśmy ci o czymś powiedzieć.

Przystanęłam przed drzwiami, trzymając w rękach koszyk z drewnem.

– Uznałam – cóż, uznaliśmy – że powinniśmy ci powiedzieć... chodzi o to, że Rupert i ja zamierzamy się pobrać.

Stałam nieruchomo, zastanawiając się, czy zdołam się odwrócić tak, żeby nikt mnie nie usłyszał.

Kobieta ciągnęła niepewnie:

– Wiem, że to dla ciebie pewien wstrząs. Dla mnie właściwie też. My... to... to się zaczęło dużo później, niż...

Rozbolały mnie ręce. Spojrzałam na koszyk, próbując wymyślić, co mam zrobić.

– Wiesz, że ty i ja... my...

Znów ciężkie milczenie.

– Will, proszę, powiedz coś.

– Moje gratulacje – odezwał się wreszcie.

– Wiem, co sobie myślisz. Ale żadne z nas tego nie planowało. Naprawdę. Przez bardzo długi czas byliśmy tylko przyjaciółmi. Przyjaciółmi, którzy się o ciebie martwili. Rupert bardzo mnie wspierał po twoim wypadku.

– Jakże szlachetnie.

– Nie bądź taki. To okropne. Strasznie się bałam ci o tym powiedzieć. Oboje się baliśmy.

– Najwyraźniej – powiedział beznamiętnie Will.

Odezwał się Rupert:

– Słuchaj, mówimy ci o tym tylko dlatego, że jesteś dla nas ważny.

Nie chcieliśmy, żebyś usłyszał o tym od kogoś innego. Ale, no wiesz, życie toczy się dalej. Na pewno zdajesz sobie z tego sprawę. Minęły już dwa lata.

Zapadła cisza. Uznałam, że nie chcę dalej tego słuchać, więc zaczęłam na paluszkach odsuwać się od drzwi, lekko stękając z wysiłku. Ale Rupert odezwał się znowu, tym razem głośniej, więc nie mogłam go nie słyszeć.

– Daj spokój, stary. Wiem, że to wszystko musi być... cholernie trudne. Ale jeśli choć trochę zależy ci na Lisie, na pewno chcesz, żeby miała udane życie.

– Will, powiedz coś, proszę.

Mogłam sobie wyobrazić wyraz jego twarzy, zarazem nieprzenikniony i pełen chłodnej pogardy.

– Gratulacje – powiedział wreszcie. – Na pewno będziecie bardzo szczęśliwi.

Alicia zaczęła protestować – powiedziała coś, czego nie zrozumiałam – ale przerwał jej Rupert.

– Daj spokój, Lissa. Chyba powinniśmy już iść. Will, nie przyszliśmy tu dlatego, że oczekiwaliśmy twojego błogosławieństwa. Uznaliśmy, że tak będzie uprzejmiej. Lissa uznała – oboje uznaliśmy – że powinieneś wiedzieć. Przykro mi, stary. Mam... mam nadzieję, że twoja sytuacja się poprawi i że będziemy w kontakcie, kiedy... no wiesz... kiedy wszystko się trochę poukłada.

Usłyszałam kroki i pochyliłam się nad koszykiem z drewnem, tak jakbym dopiero przyszła. Szli korytarzem, Alicia zatrzymała się przede mną. Miała zaczerwienione oczy, jakby za chwilę miała się rozpłakać.

– Czy mogę skorzystać z łazienki? – zapytała zdławionym głosem.

Powoli podniosłam palec i bez słowa wskazałam jej kierunek.

Spojrzała na mnie ciężkim wzrokiem i wtedy zdałam sobie sprawę, że pewnie mam jasno wypisane na twarzy, co sobie myślę. Nigdy nie byłam zbyt dobra w ukrywaniu uczuć.

– Wiem, co sobie pomyślałaś – powiedziała po chwili. – Ale ja naprawdę próbowałam. Naprawdę. Przez wiele miesięcy. A on po prostu mnie odepchnął. – Zaciskała szczęki, na jej twarzy malowała się dziwna wściekłość. – Nie chciał, żebym tu przychodziła. Dał mi to wyraźnie do zrozumienia.

Jakby czekała na to, co powiem.

– To właściwie nie moja sprawa – odezwałam się.

Stałyśmy, patrząc na siebie.

– Wiesz, pomóc można tylko komuś, kto tego chce – powiedziała wreszcie.

A potem sobie poszła.

Odczekałam kilka minut, słuchając, jak odjeżdżają, po czym poszłam do kuchni. Stałam tam i czekałam, aż zagotuje się woda, chociaż nie miałam ochoty na herbatę. Przejrzałam czasopismo, które już przeczytałam. Wreszcie wróciłam na korytarz, ze stęknięciem podniosłam koszyk z drewnem i wtaszczyłam go do salonu, uderzając nim lekko o drzwi, zanim weszłam, żeby Will wiedział, że jestem.

– Zastanawiałam się, czy nie chciałby pan, żebym... – zaczęłam.

Ale w salonie nikogo nie było.

Pokój był pusty.

A potem usłyszałam łoskot. Kiedy wybiegłam na korytarz, rozległ się kolejny, a potem brzęk tłukącego się szkła. Dochodził z sypialni Willa. „O Boże, żeby tylko nic sobie nie zrobił". Ogarnęła mnie panika – przestrogi pani Traynor dudniły mi w głowie. Zostawiłam go samego na więcej niż kwadrans.

Pobiegłam korytarzem i stanęłam jak wryta w drzwiach, trzymając się obiema rękami futryny. Will był pośrodku pokoju, siedział wyprostowany na wózku, z laską leżącą na podłokietnikach, tak że wystawała w lewo niczym lanca. Na długich półkach nie było już ani jednej fotografii, kosztowne ramki leżały połamane na podłodze, w dywan powbijały się błyszczące odłamki. Na kolanach miał pełno szkła i kawałków drewnianych ramek. Ogarnęłam spojrzeniem ten obraz zniszczenia i czułam, jak serce powoli mi się uspokaja, bo najwyraźniej Willowi nic złego się nie stało. Oddychał ciężko, jakby to, co zrobił, kosztowało go wiele wysiłku.

Odwrócił wózek, zachrzęściło potłuczone szkło. Spojrzał na mnie. W oczach miał nieskończone znużenie, ale też cichą groźbę, żebym przypadkiem nie próbowała go pocieszać.

Spojrzałam na jego kolana, a potem na podłogę dookoła. Wśród innych ofiar dostrzegłam jego zdjęcie z Alicją, której twarz przesłaniała teraz pogięta metalowa ramka.

Patrząc na nią, przełknęłam ślinę, po czym powoli podniosłam wzrok. Te kilka sekund to były najdłuższe sekundy w moim życiu.

– Czy ten pojazd może złapać gumę? – zapytałam w końcu, wskazując głową wózek. – Bo nie mam pojęcia, jak do niego przystawić lewarek.

Otworzył szerzej oczy. Przez chwilę myślałam już, że zawaliłam sprawę. Ale przez jego twarz przemknął jakby cień uśmiechu.

– Niech pan się nie rusza – powiedziałam. – Przyniosę odkurzacz. Usłyszałam, jak laska spada na podłogę. Kiedy wychodziłam z pokoju, wydawało mi się, że powiedział „przepraszam".

W pubie The Kings Head w czwartkowy wieczór zawsze panował duży ruch, a w kącie małej salki było jeszcze tłoczniej. Siedziałam wciśnięta między Patricka a faceta, który, jak się okazało, nazywał się Rutter. Zerkając na mosiężne końskie ozdoby przybite do dębowych filarów oraz fotografie zamku wiszące przy belkach stropowych, starałam się sprawiać wrażenie choć odrobinę zainteresowanej toczącą się wokół mnie rozmową, która dotyczyła głównie zawartości tłuszczu w organizmie oraz węglowodanów w diecie.

Zawsze myślałam, że odbywające się co dwa tygodnie spotkania Pogromców Triatlonu z Hailsbury to najgorszy koszmar właściciela pubu. Tylko ja z całej grupy zamawiałam alkohol, a moja samotna paczka chipsów leżała na stole pusta i pomięta. Wszyscy pozostali pili wodę mineralną albo sprawdzali, ile słodziku jest w dietetycznej coli. Kiedy wreszcie brali coś do jedzenia, to musiała być sałata, która nawet nie leżała w pobliżu tłustego winegretu, a kurczak koniecznie bez skóry. Ja często zamawiałam frytki tylko po to, żeby patrzeć, jak udają, że nie mają na nie ochoty.

– Phil miał odjazd po jakichś czterdziestu milach. Mówił, że słyszy głosy. Nogi jak z ołowiu. Wyglądał jak zombi, wiecie?

– Sprawiłem sobie te nowe japońskie buty biegowe poprawiające balans. No i od razu zgubiłem kwadransik na dziesięć mil.

– Nie warto zabierać miękkich sakw. Nigel przyjechał z takimi na obóz i wyglądał jak cholerny wieszak na ubrania.

Nie mogłam powiedzieć, że dobrze się bawię na spotkaniach Pogromców Triatlonu, ale teraz, kiedy pracowałam dłużej, a Patrick nieustannie trenował, to był jeden z nielicznych momentów, kiedy wiedziałam, że na pewno się z nim zobaczę. Siedział obok mnie, jego muskularne uda były odziane w szorty, choć na zewnątrz panował ziąb.

Ubrać się jak najlżej było kwestią honoru dla członków klubu. Faceci byli żylaści, wystrojeni w tajemnicze i kosztowne warstwy sportowej odzieży „oddychającej" albo lekkiej jak puch. Nazywali się Scud albo Trig i prężyli przed sobą nawzajem różne części ciała, demonstrując kontuzje albo rzekomy przyrost mięśni. Dziewczyny nie miały makijażu, a ich cera była zaróżowiona jak u kogoś, dla kogo bieganie kilometrami na mrozie to po prostu fraszka. Na mnie patrzyli z lekkim niesmakiem – albo może nawet niezrozumieniem – niewątpliwie porównywali proporcje tłuszczu i mięśni, uznając, że tych drugich jest z pewnością za mało.

– To było straszne – powiedziałam Patrickowi, zastanawiając się, czy jeśli zamówię sernik, oni wszyscy zabiją mnie wzrokiem. – Jego dziewczyna i jego najlepszy kumpel.

– Trudno ją winić – powiedział. – Chcesz powiedzieć, że zostałabyś przy mnie, gdyby mnie sparaliżowało od szyi w dół?

– Oczywiście, że tak.

– Nie, nie zostałabyś. A ja bym tego nie oczekiwał.

– Cóż, ja bym oczekiwała.

– Ale ja bym nie chciał, żebyś przy mnie była. Nie chciałbym, żeby ktoś został ze mną z litości.

– Ale kto mówi, że to by była litość? Wciąż byłbyś przecież tym samym człowiekiem.

– Nie. Nie byłbym ani trochę tym samym człowiekiem. – Zmarszczył nos. – Wolałbym nie żyć. Kiedy przy każdym bzdecie jesteś zależny od innych. Kiedy obcy ludzie podcierają ci tyłek...

Jakiś człowiek o ogolonej czaszce wetknął głowę między nas.

– Pat – powiedział – próbowałeś już tego nowego napoju żelowego? W zeszłym tygodniu jeden normalnie mi eksplodował w plecaku. Coś niesamowitego.

– Nie próbowałem. Mnie tam wystarczy banan i Lucozade.

– Dazzer napił się coli dietetycznej podczas Norsemana. Na wysokości tysiąca metrów wszystko wyrzygał. Ale mieliśmy ubaw.

Uśmiechnęłam się słabo.

Łysol zniknął, a Patrick znów odwrócił się do mnie, najwyraźniej wciąż zastanawiając się nad losem Willa.

– Jezu... Jak pomyśleć o tych wszystkich rzeczach, których człowiek nie może robić... – Potrząsnął głową. – Koniec z bieganiem, koniec z jazdą na rowerze... – Spojrzał na mnie, jakby dopiero teraz to do niego dotarło. – Koniec z seksem...

– Oczywiście, że można uprawiać seks. Tylko kobieta musi być na górze.

– A gość jest naprawdę sztywny.

– Bardzo śmieszne.

– Poza tym, jeśli ktoś jest sparaliżowany od głowy w dół, to chyba ten, no... instrument nie działa jak trzeba.

Pomyślałam o Alicii. „Naprawdę próbowałam" – powiedziała. „Przez wiele miesięcy".

– Jestem pewna, że u niektórych działa. Poza tym musi być jakiś inny sposób, jeśli tylko... pomyśleć kreatywnie.

– Ha. – Patrick łyknął wody. – Będziesz musiała go jutro zapytać. Mówiłaś, że jest okropny. Może był taki jeszcze przed wypadkiem. Może to z tego powodu go rzuciła. Nie przyszło ci to do głowy?

– Nie wiem... – Pomyślałam o zdjęciu. – Wyglądali, jakby byli razem naprawdę szczęśliwi.

Ale czy fotografia może być jakimkolwiek dowodem? Miałam w domu oprawione w ramki zdjęcie, na którym szczerzę się do Patricka, jakby właśnie wyciągnął mnie z płonącego budynku, chociaż naprawdę właśnie nazwałam go skończonym kutasem, na co on odpowiedział od serca: „Odwal się".

Patrick stracił zainteresowanie tym tematem.

– Hej, Jim... Jim, widziałeś ten nowy ultralekki rower? Dobry jest?

Pozwoliłam mu zmienić temat, a sama zaczęłam myśleć o tym, co powiedziała Alicia. Mogłam sobie wyobrazić, że Will ją odepchnął. Ale jeśli się kogoś kocha, to chyba nie powinno się odpuszczać. Powinno się mu pomóc wydobyć się z depresji. W zdrowiu i w chorobie, i tak dalej.

– Napijesz się jeszcze czegoś?

– Wódki z tonikiem. Dietetycznym – dodałam, kiedy uniósł brew.

Patrick wzruszył ramionami i poszedł do baru.

Zaczęłam mieć lekkie wyrzuty sumienia z powodu tego, jak rozmawialiśmy o moim pracodawcy. Zwłaszcza kiedy zdałam sobie sprawę, że on musi stale znosić coś takiego. Było niemal niemożliwe nie spekulować o intymnych aspektach jego życia. Zaczęłam słuchać rozmowy toczącej się przy stole. Pogromcy mówili o weekendowym treningu w Hiszpanii. Słuchałam nieuważnie, aż Patrick szturchnął mnie w bok.

– Masz ochotę?

– Na co?

– Na weekend w Hiszpanii. Zamiast wyjazdu do Grecji. Jeśli nie masz ochoty na czterdzieści mil na rowerze, możesz się wylegiwać przy basenie. Moglibyśmy polecieć tanimi liniami. Za sześć tygodni. Teraz, kiedy zgarniasz tyle kasy, to...

Pomyślałam o pani Traynor.

– Nie wiem... Chyba nie byliby zadowoleni, gdybym tak szybko wzięła wolne.

– Ale nie będzie ci smutno, jeśli pojadę sam? Naprawdę mam ochotę na trochę treningu wysokościowego. Myślę o tym, żeby wystartować w czymś dużym.

– Czym dużym?

– W triatlonie. Xtreme Viking. Sześćdziesiąt mil na rowerze, trzydzieści biegiem i jeszcze fajny kawałek do przepłynięcia w lodowatym skandynawskim morzu.

O Vikingu mówiło się z szacunkiem, ci, którzy brali w nim udział, obnosili swoje kontuzje niczym weterani jakiejś odległej i szczególnie brutalnej wojny. Patrick niemal cmokał z niecierpliwości. Spojrzałam na mojego chłopaka, zastanawiając się, z jakiej pochodzi planety. Przez głowę przemknęła mi myśl, że chyba bardziej go lubiłam, kiedy pracował w telemarketingu i nie mógł zatankować benzyny bez kupienia sobie batonika Mars.

– Masz zamiar w tym wystartować?

– Czemu nie? Nigdy nie byłem w lepszej formie.

Pomyślałam o wszystkich dodatkowych treningach – niekończących się rozmowach o wadze i dystansie, sprawności i kondycji. Już teraz było mi dość trudno sprawić, żeby choć przez chwilę skupił się na mnie.

– Mogłabyś wystartować razem ze mną – powiedział, chociaż oboje wiedzieliśmy, że w to nie wierzy.

– Zostawię ci tę przyjemność – powiedziałam. – Jasne. Startuj.

Po czym zamówiłam sernik.

Jeśli sądziłam, że po wydarzeniach poprzedniego dnia w Granta House coś zmieni się na lepsze, to się myliłam.

Powitałam Willa szerokim uśmiechem i radosnym „dzień dobry", a on nie zadał sobie nawet trudu, żeby odwrócić się od okna.

– Ma kiepski dzień – mruknął Nathan, wbijając się w kurtkę.

Był obrzydliwy pochmurny poranek, siąpił deszcz i trudno było sobie wyobrazić, że kiedykolwiek jeszcze wyjrzy słońce. Nawet ja czułam się przygnębiona w taki dzień. Właściwie się nie zdziwiłam, że Will zachowuje się jeszcze gorzej niż dotychczas. Zajęłam się więc swoimi porannymi obowiązkami, powtarzając sobie, że jego humory nie mają znaczenia. Przecież nie trzeba lubić swojego pracodawcy? Mnóstwo ludzi nie lubi. Pomyślałam o szefowej Treeny, seryjnej rozwódce o spiętej twarzy, która pilnowała, ile razy moja siostra idzie do toalety, i robiła kąśliwe uwagi, jeśli uznała, że funkcjonowanie jej pęcherza odbiega od normy. Poza tym wytrzymałam tu już dwa tygodnie. To znaczyło, że zostało mi jeszcze tylko pięć miesięcy i trzynaście dni pracy.

Zdjęcia leżały ułożone starannie w dolnej szufladzie, tam gdzie je włożyłam poprzedniego dnia, a teraz, przykucnąwszy na podłodze, zaczęłam wyciągać je i przebierać, zastanawiając się, które ramki nadawałyby się do naprawy. Potrafię całkiem nieźle naprawiać różne rzeczy. Poza tym uznałam, że przynajmniej miałabym się czym zająć.

Przeglądałam zdjęcia od jakichś dziesięciu minut, kiedy dyskretny szum elektrycznego wózka dał mi znać, że zjawił się Will.

Siedział w wejściu, patrząc na mnie. Pod oczami miał ciemne podkówki. Jak powiedział mi Nathan, czasem wcale nie spał. Nawet nie chciałam myśleć o tym, jak to jest, kiedy człowiek leży uwięziony w łóżku, z którego nie może się wydostać, i w środku nocy ma do towarzystwa wyłącznie własne ponure myśli.

– Pomyślałam, że sprawdzę, czy udałoby mi się naprawić niektóre z tych ramek – powiedziałam, podnosząc jedną z nich. Na zdjęciu był Will skaczący na bungee. Starałam się mieć radosną minę. „On potrzebuje kogoś optymistycznego, z pozytywnym nastawieniem".

– Dlaczego?

Zamrugałam.

– No bo... Myślę, że niektóre dałoby się uratować. Przyniosłam trochę kleju drzewnego, jeśli nie miałby pan nic przeciwko, żebym spróbowała. A jeśli wolałby pan nowe, mogę wyskoczyć do miasta podczas przerwy na lunch i zobaczyć, czy uda mi się coś znaleźć. Albo możemy wybrać się razem, jeśli ma pan ochotę...

– Kto ci kazał je naprawiać?

Patrzył na mnie nieruchomym wzrokiem.

„Ojej" – pomyślałam.

– Chciałam tylko pomóc.

– Chciałaś naprawić to, co wczoraj zniszczyłem?

– Ja...

– Wiesz co, Louisa? Byłoby miło, gdyby chociaż raz ktoś wziął pod uwagę to, czego ja chcę. Nie zniszczyłem tych zdjęć przez przypadek. To nie był eksperyment z nowatorskim wystrojem wnętrza. Zrobiłem to dlatego, że nie chcę już na nie patrzeć.

Podniosłam się.

– Przepraszam. Nie pomyślałam, że...

– Uznałaś, że wiesz lepiej. Wszyscy myślą, że wiedzą, czego mi trzeba. Zbierzmy te cholerne zdjęcia do kupy. Niech biedny inwalida ma na co popatrzeć. Nie chcę, żeby te cholerne zdjęcia patrzyły na mnie za każdym razem, kiedy tkwię w łóżku, dopóki ktoś nie przyjdzie i mnie z niego nie wyciągnie. Okej? Myślisz, że dasz radę to ogarnąć?

Przełknęłam ślinę.

– Nie miałam zamiaru naprawiać zdjęcia Alicii... Nie jestem aż tak głupia... Pomyślałam tylko, że może za jakiś czas poczuje pan...

– Jezu – odwrócił się ode mnie, ton miał jadowity. – Oszczędź mi psychoterapii. Po prostu idź sobie i czytaj te swoje cholerne plot-karskie pisemka czy cokolwiek tam robisz, kiedy nie parzysz herbaty.

Policzki mi płonęły. Patrzyłam, jak manewruje w wąskim korytarzu, i słowa wydobyły się z moich ust, zanim zdążyłam się zastanowić.

– Nie musisz zachowywać się jak dupek.

Słowa zawisły w nieruchomym powietrzu.

Wózek zatrzymał się. Przez długą chwilę nic nie mówił, po czym cofnął się i odwrócił, tak że patrzył mi w twarz, trzymając rękę na niewielkim joysticku.

– Co takiego?

Patrzyłam mu w oczy, czując, jak łomocze mi serce.

– Swoich przyjaciół potraktowałeś paskudnie. Okej. Może na to zasłużyli. Ale ja tu jestem codziennie, starając się, ile tylko mogę. Więc byłabym bardzo wdzięczna, gdybyś nie uprzykrzał mi życia tak samo jak wszystkim naokoło.

Otworzył szerzej oczy. Milczał przez chwilę.

– A gdybym ci powiedział, że nie chcę, żebyś tu była?

– Nie ty mnie zatrudniłeś. Zatrudnia mnie twoja matka. I dopóki ona mi nie powie, że mam stąd znikać, zostanę. Nie dlatego, że mi jakoś na tobie zależy albo że lubię tę idiotyczną pracę, albo chcę zmienić twoje życie, ale dlatego, że potrzebuję pieniędzy. Okej? Naprawdę potrzebuję pieniędzy.

Jego wyraz twarzy właściwie się nie zmienił, ale widziałam, że się zdziwił, tak jakby nie przywykł do tego, że ktoś mu się stawia.

„Cholera" – pomyślałam, kiedy zaczęło do mnie docierać, co zrobiłam. „Teraz to naprawdę mam przechlapane".

Ale Will patrzył tylko na mnie przez chwilę. Nie odwracałam wzroku, więc prychnął cicho, tak jakby zamierzał powiedzieć coś nieprzyjemnego.

– W porządku – zgodził się i odwrócił wózek. – Proszę, włóż wszystkie zdjęcia do dolnej szuflady. Dobrze?

Po czym z cichym szumem odjechał.

5

Kiedy wpada się po uszy w zupełnie nowe życie – albo zostaje się we-pchniętym do cudzego, tak że równie dobrze można by stać, przycis-kając twarz do okna mieszkania tego człowieka – człowiek musi się na nowo zastanowić nad tym, kim jest. Albo jak widzą go inni.

Dla moich rodziców w ciągu zaledwie czterech tygodni stałam się kimś dużo bardziej interesującym. Teraz byłam ich łącznikiem z innym światem. Zwłaszcza mama pytała mnie codziennie o zwyczaje panujące w Granta House, niczym zoolog badający nowe dziwne stworzenie i jego środowisko.

– Czy pani Traynor używa lnianych serwetek do każdego po-siłku? – pytała, albo: – Myślisz, że u nich odkurza się codziennie, tak jak u nas? – Albo: – Jak podają ziemniaki?

Kiedy wychodziłam rano, dawała mi szczegółowe instrukcje, żebym dowiedziała się, jakiego używają papieru toaletowego albo czy mają pościel z bawełny ze sztucznym dodatkiem. Zazwyczaj nie pamiętałam takich rzeczy, co było dla niej ogromnym rozczarowaniem. Moja mama była skrycie przekonana, że bogaci ludzie mieszkają jak w chlewie – od kiedy jako sześciolatka powiedziałam jej, że mama jednej z moich zamożnych przyjaciółek nie pozwala nam bawić się w salonie, bo „kurz się podniesie".

Kiedy przychodziłam do domu i raportowałam, że tak, psu wolno jeść w kuchni albo że nie, Traynorowie nie szorują codziennie schodków od frontu, mama wydymała wargi, zerkała kątem oka na ojca i kiwała głową z cichą satysfakcją, tak jakbym właśnie potwierdziła wszystkie jej podejrzenia co do niechlujstwa wyższych sfer.

Ponieważ moje zarobki były ważną pozycją w domowym budżecie i ponieważ wiedzieli, że naprawdę nie lubię swojej pracy, zyskałam sobie w domu nieco większy szacunek. Nie przekładało się to na jakieś wyraźne zmiany, ale tato przestał mnie nazywać tłuściochem, a jeśli chodzi o mamę, zwykle kiedy wracałam do domu, czekał na mnie kubek herbaty.

Dla Patricka i dla mojej siostry nic się nie zmieniłam – nadal byłam celem żartów, kimś do przytulania, całowania albo strojenia fochów. Ja też nie czułam się kimś innym. Wyglądałam tak samo i ubierałam się, wedle słów Treeny, jakbym właśnie wróciła z wrestlingu w szmateksie.

Nie miałam pojęcia, co myślą sobie o mnie mieszkańcy Granta House. Will był nieprzenikniony. Dla Nathana byłam pewnie kolejną z długiej serii wynajętych opiekunek. Traktował mnie dość przyjaźnie, ale z pewną rezerwą. Miałam poczucie, że nie sądzi, żebym utrzymała się tu na dłużej. Pan Traynor obdarzał mnie uprzejmym skinieniem głowy, kiedy mijaliśmy się w hallu, i czasem pytał, czy nie ma korków i czy już się zadomowiłam. Nie jestem pewna, czyby mnie rozpoznał, gdyby zobaczył mnie w innym otoczeniu.

Ale dla pani Traynor – o Boże – dla pani Traynor byłam najwyraźniej najgłupszą i najbardziej nieodpowiedzialną osobą na tej planecie.

Zaczęło się od fotografii. Nic w tym domu nie mogło umknąć uwagi pani Traynor, i powinnam była wiedzieć, że zniszczenie tych zdjęć równa się mniej więcej trzęsieniu ziemi. Wypytywała mnie, na jak długo zostawiłam Willa samego, co go do tego skłoniło, jak szybko posprzątałam bałagan. Nie miała do mnie pretensji – była zbyt dystyngowana, żeby choćby podnieść głos – ale to, jak mrugała powoli oczami, słuchając moich odpowiedzi, jej ciche „hmmm", gdy mówiłam, powiedziało mi wszystko. Nie zdziwiłam się, kiedy Nathan powiedział mi, że pani Traynor jest sędzią pokoju.

Oświadczyła, że byłoby chyba dobrym pomysłem, gdybym następnym razem nie zostawiała Willa samego na tak długo, niezależnie od tego, jak niezręczna byłaby sytuacja, hmmm? Może następnym razem, kiedy będę odkurzać, byłoby lepiej, gdybym się upewniła, że nic nie stoi zbyt blisko krawędzi, tak że może przypadkiem spaść, hmmm?

(Najwyraźniej wolała wierzyć, że to był wypadek). Czułam się przy niej jak głupia smarkula, i w efekcie zaczynałam zachowywać się jak ostatnia niezdara. Zawsze zjawiała się akurat wtedy, kiedy upuściłam coś na podłogę albo walczyłam z gałką przy kuchence, albo stała na korytarzu z lekko poirytowaną miną, kiedy wracałam z dworu z drewnem do kominka, tak jakbym była na zewnątrz dłużej niż potrzeba.

Co dziwne, jej postawa wobec mnie była trudniejsza do zniesienia niż chamstwo Willa. Kilka razy miałam wielką ochotę zapytać ją wprost, czy coś jest nie tak. „Mówiła pani, że zatrudnia mnie ze względu na mój sposób bycia, a nie umiejętności zawodowe" – powiedziałabym jej. „No to jestem, wesolutka jak skowronek każdego cholernego dnia. Silna i odporna, tak jak pani chciała. Więc w czym problem?".

Ale do kogoś takiego jak Camilla Traynor nie można było odezwać się w ten sposób. A poza tym miałam poczucie, że w tym domu nikt nikomu niczego nie mówi wprost.

„Lily, poprzednia opiekunka, bardzo sprytnie przygotowywała dwa rodzaje warzyw w jednym garnku" – oznaczało: „Robisz za duży bałagan".

„Will, może chcesz herbaty" – znaczyło tak naprawdę: „Nie mam pojęcia, o czym z tobą rozmawiać".

„Muszę wracać do moich papierów" – oznaczało: „Zachowujesz się paskudnie, dlatego idę sobie stąd".

Wszystko to wymawiała z wyrazem napięcia, przesuwając smukłymi palcami po łańcuszku z krzyżykiem. Była taka zamknięta, taka sztywna. Moja własna matka wyglądała przy niej jak Amy Winehouse. Uśmiechałam się grzecznie, udawałam, że niczego nie zauważyłam, i wykonywałam pracę, za którą mi płacono.

Albo przynajmniej próbowałam.

– Dlaczego do diabła próbujesz przemycić marchewkę na mój widelec?

Zerknęłam na talerz. Wcześniej przyglądałam się prezenterce w telewizji, zastanawiając się, jakbym wyglądała, gdybym ufarbowała sobie włosy na ten sam kolor.

– Co? Nic takiego nie robię.

– Ależ robisz. Rozgniotłaś ją i próbowałaś schować pod sosem. Widziałem.

Zarumieniłam się. Miał rację. Siedziałam, karmiąc Willa, podczas gdy oboje nieuważnie oglądaliśmy południowe wiadomości. Na obiad był rostbef i purée ziemniaczane. Jego matka oznajmiła mi, że mam położyć na talerzu trzy rodzaje warzyw, chociaż powiedział dość wyraźnie, że dzisiaj nie ma ochoty na warzywa. Nie sądzę, żeby w jego życiu był chociaż jeden posiłek, który nie został wyważony co do grama pod względem składników odżywczych.

– Dlaczego próbujesz wcisnąć mi marchewkę?

– Nie próbuję.

– Więc tu nie ma marchewki?

Spojrzałam na pomarańczowe kawałeczki.

– Cóż... no...

Czekał, unosząc brwi.

– Hm... Chyba pomyślałam, że warzywa dobrze ci zrobią.

Zadziałał po części szacunek dla pani Traynor, po części siła nawyku. Byłam przyzwyczajona do karmienia Thomasa, dla którego warzywa trzeba było rozgniatać na paćkę i ukrywać pod ziemniakami albo wśród makaronu. Każdy kawałek, który udawało nam się w niego wcisnąć, był sukcesem.

– Wyjaśnijmy coś sobie. Myślisz, że łyżeczka marchewki poprawi jakość mojego życia?

Kiedy tak to ujął, brzmiało to bardzo głupio. Ale nauczyłam się, że nie mogę dać się zapędzić w kozi róg.

– Rozumiem cię – powiedziałam obojętnie. – Więcej tego nie zrobię.

A wtedy, zupełnie znienacka, Will Traynor się roześmiał. Ten wybuch śmiechu jakby dla niego samego był nieoczekiwany.

– Na litość boską – potrząsnął głową.

Gapiłam się na niego.

– Co jeszcze przemycałaś mi w jedzeniu? Będziesz mi mówić, że mam otworzyć tunel, żeby lokomotywa mogła zawieźć rozgotowaną brukselkę do cholernej następnej stacji?

Zastanowiłam się przez chwilę.

– Nie – odrzekłam bez mrugnięcia okiem. – Ja mam tylko Pana Widelca. Pan Widelec nie wygląda jak pociąg.

Thomas oświadczył mi tak, bardzo stanowczo, kilka miesięcy temu.

– Czy to moja matka ci kazała?

– Nie. Słuchaj, Will, przepraszam... Ja... zrobiłam to bezmyślnie.

– Tak jakby to był pierwszy raz.

– No dobra, dobra. Zabiorę tę cholerną marchewkę, jeśli tak bardzo ci przeszkadza.

– To nie marchewka mi przeszkadza. Ale to, że próbuje mi ją wcisnąć wariatka, która rozmawia ze sztućcami.

– To był żart. Zdejmę ci z talerza marchewkę i...

Odwrócił się ode mnie.

– Nie chcę nic więcej. Zrób mi tylko herbaty. – Kiedy wychodziłam z pokoju, zawołał za mną: – Tylko nie próbuj wcisnąć do niej jakiejś cholernej cukinii.

Nathan wszedł, kiedy kończyłam zmywać naczynia.

– Jest w dobrym nastroju – stwierdził, kiedy wręczyłam mu kubek.

– Naprawdę? – Jadłam w kuchni swoje kanapki. Na zewnątrz było strasznie zimno, a poza tym ten dom nie wydawał mi się już tak okropny jak przedtem.

– Mówi, że próbujesz go otruć. Ale powiedział to – no wiesz – żartem.

Ta wiadomość sprawiła mi dziwną przyjemność.

– No tak... – odparłam, próbując to ukryć. – Daj mi trochę czasu.

– Zaczął się więcej odzywać. Były już takie tygodnie, kiedy prawie nic nie mówił, ale ostatnio wyraźnie ma ochotę sobie pogadać.

Przypomniałam sobie, jak zagroził mi, że jeśli nie przestanę, do cholery, gwizdać, to przejedzie mnie wózkiem.

– Chyba mamy zupełnie różne wyobrażenie pogawędki.

– Gadaliśmy przez chwilę o krykiecie. I muszę ci powiedzieć – Nathan ściszył głos – jakiś tydzień temu pani T. zapytała mnie, czy sądzę, że dobrze sobie radzisz. Przytaknąłem, że moim zdaniem jesteś bardzo profesjonalna, ale wiem, że nie o to jej chodziło. Wczoraj weszła i powiedziała, że słyszała, jak się śmiejecie.

Przypomniałam sobie poprzedni wieczór.

– To on śmiał się ze mnie – odrzekłam. Ubawiłam go niezwykle tym, że nie wiem, co to jest pesto. Powiedziałam mu, że na kolację jest „makaron w zielonym sosie".

– A, ale to dla niej nie ma znaczenia. On od bardzo dawna w ogóle się nie śmiał.

To była prawda. Will i ja zaczęliśmy swobodniej czuć się ze sobą. Polegało to na tym, że zachowywał się wrednie, a ja czasem odpłacałam mu pięknym za nadobne. Mówił mi, że coś robię nie tak, na co ja odpowiadałam, że gdyby naprawdę mu zależało, toby mnie ładnie poprosił. Przeklinał mnie albo mówił, że jestem jak wrzód na tyłku, na co ja rewanżowałam się, że ciekawe, jak by sobie poradził bez tego akurat wrzodu. Było to trochę wymuszone, ale chyba obojgu nam dobrze robiło. Czasem nawet wydawało mi się, że to dla niego ulga, że jest ktoś, kto jest gotów być wobec niego niegrzeczny, nie zgodzić się z nim albo powiedzieć mu, że zachowuje się paskudnie. Miałam poczucie, że od czasu wypadku wszyscy chodzą wokół niego na paluszkach – może oprócz Nathana, którego Will jakoś odruchowo traktował z szacunkiem i któremu i tak niełatwo było wetknąć szpilkę. Nathan był niczym pojazd opancerzony w ludzkiej postaci.

– Więc może postaraj się, żeby częściej być celem jego żartów?

Wstawiłam kubek do zlewu.

– Z tym chyba nie będzie problemu.

Inną dużą zmianą, poza atmosferą w domu, było to, że Will już nie tak często prosił, żebym wyszła z pokoju, a kilka razy po południu poprosił nawet, żebym została i obejrzała z nim film. Zgodziłam się chętnie, kiedy to był *Terminator* – chociaż widziałam już wszystkie części – ale kiedy pokazał mi francuski film z napisami, zerknęłam na okładkę i powiedziałam, że chyba sobie odpuszczę.

– Dlaczego?

Wzruszyłam ramionami.

– Nie lubię filmów z napisami.

– To tak, jakbyś powiedziała, że nie lubisz filmów, w których grają aktorzy. Nie żartuj. Co ci się nie podoba? To, że musisz jednocześnie czytać i oglądać?

– Ja po prostu nie lubię zagranicznych filmów.

– Wszystko po *Biznesmen i gwiazdy* to filmy zagraniczne. Chyba nie myślisz, że Hollywood to przedmieście Birmingham?

– Bardzo śmieszne.

Nie mógł uwierzyć, kiedy przyznałam, że jeszcze nigdy nie widziałam filmu z napisami. Ale moi rodzice zwykle przejmowali pilota wieczorami, a jeśli chodzi o Patricka, chyba prędzej zapisalibyśmy się na wieczorny kurs robótek ręcznych, niż obejrzeli razem jakiś zagraniczny film. Multipleks w najbliższym większym mieście pokazywał tylko najnowsze strzelanki albo komedie romantyczne, i tyle tam było gwiżdżącej smarkaterii w kapturach, że większość ludzi w ogóle tam nie zaglądała.

– Louisa, musisz obejrzeć ten film. Właściwie to każę ci go obejrzeć. – Odjechał wózkiem i skinął głową w stronę fotela. – Siadaj tu i nie ruszaj się, dopóki się nie skończy. Nigdy nie widziała zagranicznego filmu. Na litość boską – mruknął.

To był jakiś stary film o garbusie, który odziedziczył dom na wsi we Francji. Will powiedział, że to adaptacja bardzo znanej książki, ale nigdy o niej nie słyszałam. Przez pierwsze dwadzieścia minut siedziałam jak na szpilkach, irytowały mnie napisy i zastanawiałam się, czy Will się wkurzy, jeśli powiem, że muszę iść do łazienki.

A potem coś się stało. Przestałam myśleć o tym, że ciężko jest jednocześnie słuchać i czytać, zapomniałam, że czas na lekarstwa, nie myślałam o tym, że pani Traynor uzna, że się obijam, i zaczęłam przejmować się losem tego biedaka i jego rodziny, których oszukiwali bezwzględni sąsiedzi. Kiedy garbus umarł, płakałam cicho, a smarki ciekły mi do rękawa.

– Jak widzę – Will przysunął się do mnie i zerknął na mnie chytrze – wcale ci się nie podobało.

Podniosłam głowę i zauważyłam ze zdziwieniem, że na dworze zrobiło się ciemno.

– Teraz będziesz triumfował, prawda? – mruknęłam, sięgając po pudełko chusteczek.

– Trochę. Trochę mnie tylko zdumiało, że udało ci się dożyć słusznego wieku... ilu lat?

– Dwudziestu sześciu.

– Dwudziestu sześciu i nigdy nie widziałaś filmu z napisami.

Patrzył, jak wycieram oczy.

Zerknęłam na chusteczkę i zdałam sobie sprawę, że spłynął mi cały tusz.

– Nie wiedziałam, że to obowiązkowe – stwierdziłam.

– Okej. Więc co ty właściwie robisz, kiedy nie oglądasz filmów?

Zwinęłam chusteczkę w kulkę.

– Chcesz wiedzieć, co robię, kiedy mnie tu nie ma?

– To ty chciałaś, żebyśmy się lepiej poznali. Więc proszę bardzo, opowiedz mi o sobie.

Z nim nigdy nie było wiadomo, czy kpi sobie, czy nie. Znów jakiś haczyk?

– Dlaczego? – zapytałam. – Dlaczego tak nagle chcesz to wiedzieć?

– Och, na miłość boską. Twoje życie towarzyskie to nie jest chyba tajemnica wagi państwowej? – zirytował się.

– Nie wiem... – zaczęłam. – Chodzę do pubu na piwo. Oglądam telewizję. Idę popatrzeć, jak mój chłopak biega. Nic niezwykłego.

– Patrzysz, jak twój chłopak biega?

– Tak.

– Ale sama nie biegasz?

– Nie. Nie mam... – zerknęłam na swój biust – odpowiedniej budowy.

Uśmiechnął się.

– A poza tym?

– Co masz na myśli?

– Jakieś hobby? Podróże? Miejsca, gdzie chciałabyś pojechać?

Jakbym słyszała mojego dawnego doradcę zawodowego w szkole. Próbowałam nawet coś wymyślić.

– Nie mam żadnych hobby. Trochę czytam. Lubię ciuchy.

– To praktyczne – zauważył z nutą sarkazmu.

– Pytałeś, to mówię. Nie mam jakichś szczególnych zainteresowań – zaczęłam mówić dziwnie obronnym tonem. – Nie robię nic szczególnego. Pracuję, a potem idę do domu.

– Gdzie mieszkasz?

– Po drugiej stronie zamku. Na Renfrew Road.

Nic mu to nie mówiło. No jasne. Ludzie po obu stronach zamku mieli niewiele ze sobą do czynienia.

– Przy dwupasmówce. Niedaleko McDonalda.

Skinął głową, ale chyba nie wiedział, o jakim miejscu mówię.

– Wakacje?

– Byłam w Hiszpanii z Patrickiem. Moim chłopakiem – dodałam. – Kiedy byłam mała, jeździliśmy tylko do Dorset. Albo do Tenby. Mam ciocię w Tenby.

– A czego chcesz?

– W jakim sensie?

– Od życia?

Zamrugałam.

– To dość osobiste pytanie.

– Tylko ogólnie. To nie żadna psychoanaliza. Po prostu pytam, czego byś chciała. Wyjść za mąż? Machnąć sobie gromadkę dzieciaków? Marzysz o jakiejś pracy? Podróży dookoła świata?

Zamilkłam.

Wiedziałam, że moja odpowiedź go rozczaruje, jeszcze zanim otworzyłam usta.

– Nie wiem. Nigdy tak naprawdę się nad tym nie zastanawiałam.

W piątek pojechaliśmy do szpitala. Cieszę się, że dowiedziałam się o tym, że jest umówiony na wizytę, dopiero kiedy przyszłam rano, bo chyba całą noc nie spałabym ze strachu, że to ja będę go musiała zawieźć. Tak, umiem prowadzić. Ale mniej więcej tak samo, jak umiem mówić po francusku. Tak, zdałam egzamin na prawo jazdy. Ale od tamtej pory nie prowadziłam przez ponad rok. Czystą grozą napełniała mnie myśl o tym, że mam zapakować Willa razem z jego wózkiem do samochodu i dostarczyć go bezpiecznie do sąsiedniego miasta i z powrotem.

Od wielu tygodni marzyłam, żeby w ramach pracy móc wyrwać się na trochę z tego domu. Teraz zrobiłabym wszystko, żeby nie musieć z niego wychodzić. Znalazłam informację na temat szpitala w materiałach dotyczących jego zdrowia – pękatych segregatorach podzielonych na kategorie: „transport", „ubezpieczenie", „życie z niepełnosprawnością" oraz „wizyty kontrolne". Wyjęłam kartkę i sprawdziłam, że jest na niej dzisiejsza data. Miałam nadzieję, że Will się mylił.

– Czy jedzie z nami twoja mama?

– Nie. Ona nie jeździ ze mną na wizyty.

Trudno mi było ukryć zdziwienie. Sądziłam, że będzie chciała nadzorować każdy element jego terapii.

– Kiedyś jeździła – powiedział Will. – Teraz zawarliśmy układ, że nie będzie tego robić.

– A czy jedzie z nami Nathan?

Klęczałam przed nim. Ze zdenerwowania upuściłam mu część jego lunchu na kolana, a teraz na próżno próbowałam zetrzeć plamę, tak że duża część jego spodni była kompletnie mokra. Will powiedział mi tylko, żebym przestała przepraszać, ale uspokoiło mnie to.

– Dlaczego pytasz?

– Tak sobie.

Nie chciałam, żeby wiedział, jak bardzo się boję. Przez cały ranek – zamiast sprzątać – czytałam wciąż na nowo instrukcję podnośnika, ale ogarniała mnie groza na myśl, że mam samodzielnie podnieść Willa z wózkiem ponad pół metra w górę.

– Clark, daj spokój. Co się dzieje?

– Okej. Ja tylko... myślałam, że byłoby łatwiej, gdyby za pierwszym razem był z nami ktoś, kto wie, jak to wszystko działa.

– W przeciwieństwie do mnie – powiedział.

– Nie o to mi chodziło.

– Bo nie można się spodziewać, że wiem cokolwiek o tym, jak się mną zajmować?

– Czy umiesz obsługiwać podnośnik? – zapytałam śmiało. – Możesz mi dokładnie powiedzieć, co trzeba robić?

Patrzył na mnie spokojnie. Jeśli rwał się do bitki, to chyba zmienił zdanie.

– Słusznie. Tak, Nathan z nami jedzie. Przyda nam się dodatkowa para rąk. Poza tym myślałem, że będziesz wtedy mniej histeryzować.

– Nie histeryzuję – zaprotestowałam.

– Oczywiście. – Zerknął na swoje kolana, które wciąż wycierałam ścierką. Sos do makaronu zszedł, ale spodnie były zupełnie mokre.

– Więc jadę jako ktoś, kto nie kontroluje czynności fizjologicznych?

– Jeszcze nie skończyłam. – Włączyłam suszarkę i skierowałam ją w stronę jego rozporka.

Kiedy gorące powietrze owiało mu spodnie, uniósł brwi.

– Tak, no cóż – powiedziałam – ja też nie sądziłam, że będę robić coś takiego w piątkowe popołudnie.

– Strasznie jesteś spięta, prawda?

Czułam, jak na mnie patrzy.

– Rozchmurz się, Clark. To moje genitalia właśnie się smażą.

Nie odpowiedziałam. Słyszałam jego głos przez głośny szum suszarki.

– Daj spokój, co najgorszego mogłoby się stać – wylądowałbym na wózku?

Może to głupie, ale nie mogłam powstrzymać śmiechu. Will nigdy wcześniej nie próbował poprawić mi humoru.

Samochód wyglądał z zewnątrz jak zwyczajny bus, ale kiedy otworzyło się drzwi pasażera z tyłu, z boku wysuwała się rampa sięgająca aż do ziemi. Pod okiem Nathana wprowadziłam podróżny wózek Willa (miał osobny tylko do wyjazdów) na rampę, sprawdziłam elektryczny hamulec i włączyłam podnośnik, który powoli podniósł go do samochodu. Nathan wsunął się na drugi fotel pasażera, przypiął wózek i zabezpieczył koła. Starając się opanować drżenie rąk, zwolniłam hamulec, zjechałam powoli podjazdem i ruszyliśmy do szpitala.

Z dala od domu Will jakby lekko się skurczył. Na zewnątrz było zimno, więc razem z Nathanem opatuliliśmy go w szalik i gruby płaszcz, ale i tak był bardziej milczący, siedział, zaciskając szczęki, jakby pomniejszony przez większą przestrzeń otoczenia. Za każdym razem, kiedy zerkałam w tylne lusterko (co robiłam często – mimo obecności Nathana obawiałam się, że wózek w jakiś sposób zerwie się z mocowania), wyglądał przez okno z nieprzeniknionym wyrazem twarzy. Nawet gdy zbyt gwałtownie hamowałam, co zdarzało mi się wiele razy, krzywił się tylko lekko i czekał, aż się pozbieram.

Zanim dotarliśmy do szpitala, byłam spocona jak mysz. Trzy razy objechałam szpitalny parking, szukając jak największego miejsca do zaparkowania tyłem, aż poczułam, że obaj zaczynają tracić cierpliwość. W końcu stanęłam, wysunęłam rampę samochodu i Nathan pomógł mi sprowadzić wózek Willa na asfalt.

– Nieźle sobie poradziłaś – powiedział i poklepał mnie po plecach, gdy wysiadł, ale trudno mi było uwierzyć, że mówi szczerze.

Są takie rzeczy, których się nie zauważa, dopóki nie idzie się z kimś na wózku. Na przykład to, w jak fatalnym stanie są chodniki, pełne prowizorycznie załatanych dziur albo po prostu nierówne. Kiedy szłam powoli obok Willa jadącego na wózku, widziałam, jak przy każdej krzywej płycie podskakuje boleśnie i jak często musi ostrożnie omijać jakąś potencjalną przeszkodę. Nathan udawał, że nic nie zauważa, ale widziałam, że także się przygląda. Will po prostu jechał z ponurą i stanowczą miną.

Druga rzecz to nieliczący się z innymi kierowcy. Parkują w poprzek wyznaczonych miejsc albo tak blisko siebie, że wózkiem nie da się przejechać na drugą stronę ulicy. Byłam oburzona i kilka razy miałam ochotę zostawić jakiś obraźliwy liścik wetknięty za wycieraczkę, ale Nathan i Will chyba już do tego przywykli. Nathan wskazał nam odpowiednie miejsce i idąc po bokach Willa, wreszcie przeszliśmy.

Will nie odezwał się ani słowem, odkąd wyszliśmy z domu.

Sam szpital był błyszczącym, niskim budynkiem, którego nieskazitelna recepcja wyglądała raczej jak w nowoczesnym hotelu, być może dlatego, że to była prywatna placówka. Stałam z tyłu, kiedy Will podawał recepcjonistce swoje nazwisko, po czym ruszyłam za nim i Nathanem długim korytarzem. Nathan niósł potężny plecak, w którym było wszystko, czego Will mógłby potrzebować podczas swojej krótkiej wizyty, od kubków do picia po zapasowe ubrania. Zapakował go przy mnie tego ranka, wyliczając każdą możliwą ewentualność.

– To chyba dobrze, że nie musimy tego robić za często – powiedział, widząc mój przerażony wzrok.

Nie weszłam z Willem do gabinetu. Razem z Nathanem usiedliśmy na wygodnych krzesłach na korytarzu. Nie pachniało tu szpitalem, na parapecie stały w wazonie świeże kwiaty. Ale też nie byle kwiaty. Wielkie, egzotyczne, nie wiedziałam, jak się nazywają, ułożone artystycznie w minimalistyczne pęki.

– Co oni tam robią? – zapytałam po półgodzinie.

Nathan podniósł wzrok znad książki.

– To po prostu półroczna wizyta kontrolna.

– Ale po co, sprawdzają, czy mu się polepszyło?

Nathan odłożył książkę.

– Jemu się nie polepszy. To uraz rdzenia kręgowego.

– Ale przecież masz z nim fizjoterapię i tak dalej.

– To po to, żeby zachował kondycję: żeby powstrzymać zanik mięśni i demineralizację kości, żeby nie robiły mu się zastoje żylne i tym podobne rzeczy.

Potem odezwał się łagodnym tonem, jakby myślał, że mnie rozczaruje.

– On nie będzie znów chodził. To się zdarza tylko w hollywoodzkich filmach. Staramy się tylko, żeby nie cierpiał i żeby zachował taki zakres ruchu, jaki ma.

– Czy on robi te ćwiczenia dla ciebie? Tę całą rehabilitację? Nigdy nie chce robić tego, co ja proponuję.

Nathan zmarszczył nos.

– Tak, ćwiczy, ale raczej bez zapału. Kiedy przyszedłem po raz pierwszy, był dość zdeterminowany. Zrobiliśmy pewne postępy, ale kiedy po roku nie było dalszej poprawy, pewnie trudno było mu nadal wierzyć, że to ma sens.

– Myślisz, że powinien dalej próbować?

Nathan popatrzył w podłogę.

– Szczerze? To porażenie rdzenia kręgowego na poziomie C5–C6. To znaczy, że nic nie działa poniżej mniej więcej tego miejsca. – Przyłożył rękę do górnej części swojej klatki piersiowej. – Jeszcze nie umiemy tego leczyć.

Patrzyłam w podłogę, myśląc o twarzy Willa, gdy jechaliśmy w zimowym słońcu, o promiennej twarzy mężczyzny na urlopie na nartach.

– Ale medycyna cały czas robi postępy, prawda? To znaczy... w takim miejscu jak to... pewnie cały czas nad tym pracują.

– To całkiem niezły szpital – odparł beznamiętnym tonem.

– I zawsze trzeba mieć nadzieję i tak dalej?

Nathan spojrzał na mnie, a potem na swoją książkę.

– Jasne – powiedział.

Za piętnaście trzecia na prośbę Nathana poszłam po kawę. Powiedział, że te wizyty czasem się przeciągają i że będzie trzymał wartę, dopóki nie wrócę. Zmitrężyłam trochę czasu w recepcji, przeglądając czasopisma w kiosku i zastanawiając się nad batonikami.

Jak było do przewidzenia, zgubiłam się, próbując znaleźć drogę powrotną na korytarz, i musiałam zapytać kilka pielęgniarek, dokąd mam iść. Kiedy wreszcie dotarłam na miejsce ze stygnącą kawą w ręku, korytarz był pusty. Kiedy podeszłam bliżej, zobaczyłam, że drzwi do gabinetu są otwarte. Nie wiedziałam, czy mam wejść, ale wtedy znów rozbrzmiał mi w uszach głos pani Traynor, z pretensjami, że zostawiłam go samego. No i znów to zrobiłam.

– Do zobaczenia za trzy miesiące, panie Traynor – mówił głos. – Zmieniłem leki antyskurczowe i na pewno ktoś zadzwoni do pana z wynikami badań. Pewnie w poniedziałek.

Usłyszałam głos Willa.

– Czy można je kupić w aptece na dole?

– Tak. Tutaj pewnie te też mają.

Potem usłyszałam głos kobiety.

– Czy mam wziąć tę teczkę?

Uznałam, że zaraz będą wychodzić. Zapukałam, ktoś zawołał, żebym weszła. Zwróciły się ku mnie dwie pary oczu.

– Przepraszam – powiedział lekarz, podnosząc się z krzesła. – Myślałem, że to rehabilitant.

– Jestem... opiekunką Willa – odrzekłam, zatrzymując się w progu. – Will siedział pochylony na krześle, a Nathan naciągał mu koszulę. – Przepraszam, myślałam, że już po wszystkim.

– Dasz nam jeszcze chwilę, Louisa? – odezwał się Will nieco ostro.

Mamrocząc przeprosiny, wycofałam się, czując, jak płonie mi twarz.

To nie widok odsłoniętego ciała Willa, szczupłego i pełnego blizn, tak mną wstrząsnął. Ani nawet nie lekko zirytowany wzrok lekarza, taki sam, jak spojrzenie pani Traynor – spojrzenie, które uświadamiało mi, że jestem wciąż tą samą niezdarną kretynką, chociaż pracuję za wyższą stawkę niż kiedyś.

Nie, to były jaskrawoczerwone krechy przecinające nadgarstki Willa, długie, poszarpane blizny, których nie dało się ukryć, choć Nathan bardzo szybko obciągał rękawy jego koszuli.

6

Śnieg spadł tak nagle, że gdy wychodziłam z domu, niebo było jeszcze czyste i błękitne, ale pół godziny później, gdy mijałam zamek, wyglądał jak tort pod warstwą grubego białego lukru.

Przebrnęłam przez podjazd, czując, jak drętwieją mi palce u stóp, i dygocząc w za cienkim płaszczyku ze sztucznego jedwabiu. Ze stalowoszarej nieskończoności sypał się wir wielkich białych płatków, niemal przesłaniając Granta House, tłumiąc dźwięki, tak że cały świat wydawał się działać jakby w nienaturalnie zwolnionym tempie. Za schludnie przystrzyżonym żywopłotem samochody jechały z niezwykłą ostrożnością, przechodnie ślizgali się na chodniku, śnieg skrzypiał im pod stopami. Naciągnęłam szalik na nos, żałując, że nie włożyłam czegoś bardziej odpowiedniego niż baletki i aksamitna minisukienka.

Ku memu zaskoczeniu drzwi otworzył mi nie Nathan, ale ojciec Willa.

– Leży w łóżku – powiedział, zerkając na mnie z ganku. – Nie czuje się dobrze. Zastanawiałem się, czy nie wezwać lekarza.

– A gdzie Nathan?

– Ma dziś wolne. Akurat dziś. Cholerna pielęgniarka z agencji przyszła i wyszła równo po sześciu sekundach. Jeśli dalej będzie tak padać, nie wiem, co dalej zrobimy. – Wzruszył ramionami, tak jakby nic nie można było na to poradzić, po czym zniknął w korytarzu, najwyraźniej z ulgą, że zrzucił z siebie odpowiedzialność. – Wiesz, czego mu trzeba, prawda? – zawołał jeszcze przez ramię.

Zdjęłam płaszcz i buty, a ponieważ wiedziałam, że pani Traynor jest w sądzie (zaznaczała swoje dyżury w kalendarzu w kuchni Willa), położyłam na kaloryferze mokre skarpetki. W koszu z upraną bielizną była para czystych skarpetek Willa, więc je włożyłam. Wyglądały śmiesznie, bo były sporo na mnie za duże, ale cudownie było wreszcie mieć ciepłe, suche stopy. Will nie odpowiedział, kiedy się odezwałam pod drzwiami, jednak po chwili zrobiłam mu coś do picia, zapukałam cicho i zajrzałam do pokoju. W półmroku dostrzegłam jego sylwetkę pod kocem. Spał głęboko.

Cofnęłam się, zamknęłam za sobą drzwi i zajęłam się tym, co miałam do zrobienia rano.

Dom wysprzątany na błysk sprawiał mojej mamie niemal fizyczną przyjemność. Ja od miesiąca codziennie odkurzałam tutaj i pucowałam, ale nadal nie mogłam pojąć, co ją w tym kręci. Przypuszczałam, że w moim życiu chyba nigdy nie nastąpi taka chwila, kiedy nie będę wolała, żeby robił to za mnie ktoś inny.

Ale takiego dnia jak ten, kiedy Will leżał w łóżku, a świat na zewnątrz zastygł w bezruchu, dostrzegałam pewną medytacyjną przyjemność w sprzątaniu przybudówki. Odkurzając i wycierając, przenosiłam ze sobą radio z pokoju do pokoju, nastawione na tyle cicho, żeby nie obudzić Willa. Co jakiś czas zaglądałam do niego, żeby zobaczyć, czy oddycha, ale gdy zrobiła się pierwsza, a on wciąż się nie budził, zaczęłam się niepokoić.

Poszłam z koszykiem po drewno do kominka i zobaczyłam przy okazji, że napadało już kilkanaście centymetrów śniegu. Przygotowałam napój dla Willa, po czym zapukałam. A potem jeszcze raz, głośno.

– Tak? – głos miał zachrypnięty, tak jakbym go obudziła.

– To ja. – Nie odpowiadał, więc dodałam: – Louisa. Czy mogę wejść?

– Raczej nie tańczę akurat tańca brzucha.

Weszłam. W pokoju było ciemno, zasłony były zaciągnięte. Czekałam, aż oczy przyzwyczają mi się do półmroku. Will leżał na boku, z jedną ręką zgiętą z przodu, tak jakby chciał się podnieść, tak samo jak wcześniej, kiedy zaglądałam. Czasem łatwo było zapomnieć, że nie jest w stanie sam się odwrócić. Włosy sterczały mu z jednej strony, a koc był schludnie owinięty wokół niego. Pokój wypełniał ciepły zapach męskiego potu – nie nieprzyjemny, ale trochę dziwny w miejscu pracy.

– Co mogę zrobić? Chcesz swój napój?

– Muszę zmienić pozycję.

Postawiłam kubek na komodzie i podeszłam do łóżka.

– Co... co mam zrobić?

Przełknął ostrożnie ślinę, jakby go to bolało.

– Podnieś mnie i obróć, a potem unieś wezgłowie łóżka. Tutaj... – Skinął głową, żebym podeszła bliżej. – Włóż mi ręce pod pachy, złap się za ręce za moimi plecami i pociągnij. Usiądź na łóżku, w ten sposób nie nadwerężysz sobie kręgosłupa.

Hm, było to trochę dziwne. Objęłam go, czując jego zapach, ciepło jego skóry. Już bliżej niego nie mogłabym być, chyba że zaczęłabym go skubać zębami za ucho. Na tę myśl ogarnęła mnie lekka głupawka i musiałam się mocno starać, żeby się opanować.

– Co?

– Nic. – Nabrałam powietrza, złapałam się za ręce i poprawiłam pozycję, dopóki nie poczułam, że mocno go trzymam. Był jakiś szerszy i cięższy, niż się spodziewałam. A potem, na trzy, pociągnęłam do siebie.

– O rany! – zawołał w moje ramię.

– Co takiego? – Niemal go puściłam.

– Masz ręce zimne jak lód.

– Tak. Gdybyś raczył wstać z łóżka, zobaczyłbyś, że na dworze pada śnieg.

Zażartowałam, ale teraz zdałam sobie sprawę, że jego skóra pod koszulką jest gorąca – intensywne ciepło promieniujące jakby z głębi ciała. Jęknął lekko, gdy układałam go na poduszce, więc starałam się, żeby moje ruchy były tak powolne i łagodne, jak tylko się da. Wskazał mi pilota do wezgłowia.

– Podnieś, ale nie za wysoko – mruknął. – Trochę kręci mi się w głowie.

Ignorując jego słabe protesty, zapaliłam lampkę przy łóżku, żeby przyjrzeć się jego twarzy.

– Will, dobrze się czujesz? – musiałam zapytać dwa razy, zanim mi odpowiedział.

– Nie najlepiej.

– Chcesz środki przeciwbólowe?

– Tak... Te silne.

– A może paracetamol?

Z westchnieniem opadł na chłodną poduszkę.

Podałam mu kubek, patrząc, jak przełyka.

– Dziękuję – powiedział, a ja poczułam się nieswojo.

On nigdy mi za nic nie dziękował.

Przymknął oczy, a ja przez chwilę stałam w progu i patrzyłam na niego. Jego pierś opadała i podnosiła się pod koszulką, usta miał lekko uchylone. Oddychał płytko i chyba z nieco większym trudem. Ale nigdy wcześniej nie widziałam go leżącego i nie byłam pewna, czy to nie ma czegoś wspólnego z naciskiem ciała, kiedy leży.

– Idź już – mruknął.

Poszłam więc.

Przeczytałam czasopismo, podnosząc wzrok, tylko żeby spojrzeć na śnieg, który opadał na dom coraz grubszą warstwą i piętrzył się na parapetach sypkimi wydmami. Mama o wpół do pierwszej przysłała mi esemesa z wiadomością, że tata nie może wyjechać na ulicę. „Zanim wyjdziesz do domu, zadzwoń do nas" – nakazała. Nie byłam pewna, co ma zamiar zrobić – przysłać po mnie tatę z sankami i bernardynem?

Słuchałam w radiu lokalnych wiadomości o korkach na autostradach, zatrzymanych pociągach i tymczasowym zamknięciu szkół z powodu nieoczekiwanej śnieżycy. Potem znów poszłam do pokoju Willa, żeby na niego spojrzeć. Nie podobał mi się kolor jego twarzy. Był blady, z jaśniejszymi miejscami na policzkach.

– Will? – zapytałam cicho.

Nie poruszył się.

– Will?

Zaczęła mnie ogarniać panika. Jeszcze dwa razy głośno powtórzyłam jego imię. Nie zareagował. Wreszcie pochyliłam się nad nim. Twarz miał nieruchomą, nie widziałam, czy porusza mu się klatka piersiowa. Oddech. Powinnam wyczuwać jego oddech. Przysunęłam twarz do jego ust, próbując wyczuć, czy oddycha. Nie udało mi się, więc wyciągnęłam rękę i dotknęłam lekko jego policzka.

Drgnął i znienacka otworzył oczy, kilka centymetrów od moich.

– Przepraszam – powiedziałam, odskakując.

Zamrugał, rozglądając się po pokoju, tak jakby wracał gdzieś z daleka.

– To ja, Lou – odezwałam się, bo nie byłam pewna, czy mnie poznaje.

Był jakby lekko zirytowany.

– Wiem.

– Chcesz zupy?

– Nie, dziękuję. – Przymknął oczy.

– Jeszcze coś przeciwbólowego?

Policzki lekko błyszczały mu od potu. Wyciągnęłam rękę, koc był dziwnie gorący i wilgotny. Zaczęłam się niepokoić.

– Czy powinnam coś zrobić? To znaczy, jeśli Nathanowi nie uda się dojechać?

– Nie... wszystko w porządku – powiedział i znów zamknął oczy.

Przejrzałam teczkę, próbując stwierdzić, czy o czymś zapomniałam. Otworzyłam szafkę z lekami, spojrzałam na pudełka gumowych rękawiczek i opatrunków i zdałam sobie sprawę, że nie mam pojęcia, co z tym zrobić. Zadzwoniłam interkomem, żeby porozmawiać z ojcem Willa, ale dźwięk ucichł w pustym domu. Słyszałam, jak dzwoni za drzwiami przybudówki.

Już miałam dzwonić do pani Traynor, kiedy otworzyły się drzwi od tyłu i wszedł Nathan, opatulony tak, że zza wełnianego szalika i czapki prawie nie było mu widać głowy. Razem z nim do wnętrza wpadł powiew zimnego powietrza i tuman śniegu.

– Cześć – przywitał się, strząsając śnieg z butów i z hałasem zamykając za sobą drzwi.

Wraz z jego przyjściem dom jakby obudził się ze snu.

– Dzięki Bogu, że tu jesteś – ucieszyłam się. – On chyba jest chory. Spał przez całe rano i prawie nic nie pił. Nie wiedziałam, co robić.

Nathan zdjął i otrzepał płaszcz.

– Musiałem iść pieszo całą drogę. Autobusy nie jeżdżą.

Poszedł zobaczyć, co z Willem, a ja poszłam zrobić mu herbatę. Wrócił, zanim woda zdążyła się zagotować.

– Jest rozpalony – stwierdził. – Jak długo jest w takim stanie?

– Całe rano. Wydawało mi się, że ma gorączkę, ale on powiedział, że po prostu chce spać.

– Jezu. Całe rano? Nie wiesz, że jego organizm nie jest w stanie regulować własnej temperatury? – Rzucił się do szafki z lekami. – Antybiotyki. Te silne. – Wziął jeden słoiczek, wrzucił pigułki do moździerza i zaczął gorączkowo ucierać.

Stałam mu za plecami.

– Dałam mu paracetamol.

– Równie dobrze mogłabyś dać mu landrynkę.

– Nie wiedziałam. Nikt mi nie powiedział. Starałam się, żeby był owinięty kocem.

– Wszystko jest w cholernej teczce. Will nie poci się jak zdrowy człowiek. Właściwie nie poci się wcale od miejsca uszkodzenia w dół. To znaczy, że jeśli choć odrobinę się przeziębi, jego regulator temperatury wariuje. Idź i znajdź wiatrak. Postawimy go obok łóżka, dopóki gorączka mu nie spadnie. I mokry ręcznik, żeby położyć mu na karku. Nie da się zabrać go do lekarza, zanim nie przestanie padać. Cholerna pielęgniarka. Powinna była zauważyć to rano.

Jeszcze nigdy nie widziałam, żeby był taki zły. Już właściwie nie mówił do mnie.

Pobiegłam po wiatrak.

Dopiero po prawie czterdziestu minutach temperatura Willa wróciła do względnie normalnego poziomu. Czekając, aż bardzo silny lek przeciwgorączkowy zacznie działać, położyłam mu ręcznik na czole i drugi wokół szyi, jak polecił mi Nathan. Rozebraliśmy go, okrywając tylko cienkim bawełnianym prześcieradłem, i ustawiliśmy wiatrak tak, żeby dmuchał na niego. Teraz, kiedy jego ramion nie zasłaniały już rękawy, blizny na nadgarstkach były wyraźnie widoczne. Udawaliśmy, że ich nie widzimy.

Will znosił te wszystkie zabiegi w niemal zupełnym milczeniu, na pytania Nathana odpowiadał tylko „tak" i „nie", czasem tak niewyraźnie, że nie byłam pewna, co powiedział. Teraz, widząc go przy świetle, zdałam sobie sprawę, że wygląda na naprawdę poważnie chorego, i czułam się okropnie, że nie zauważyłam tego wcześniej. Przepraszałam w kółko, aż w końcu Nathan kazał mi przestać, bo go wkurzam.

– No dobra – powiedział. – Teraz patrz, co robię. Być może będziesz musiała później zrobić to sama.

Nie było miejsca na protesty. Ale trudno było nie czuć zakłopotania, kiedy Nathan zsunął Willowi spodnie od piżamy, odsłaniając jasny pasek gołego brzucha, po czym ostrożnie zdjął gazę, którą owinięta była mała rurka w jego podbrzuszu, oczyścił ją delikatnie, po czym znów nałożył opatrunek. Pokazał mi, jak zmieniać worek przy łóżku, wyjaśnił, dlaczego zawsze musi być niżej niż ciało Willa, a ja byłam zaskoczona własną rzeczowością, kiedy wynosiłam z pokoju torebkę ciepłego płynu. Cieszyłam się, że Will na mnie nie patrzy – nie dlatego, że pewnie rzuciłby jakąś kąśliwą uwagę, ale dlatego, że czułam, że mój udział w tych bardzo osobistych zabiegach dla niego także na pewno jest krępujący.

– No i już – powiedział Nathan. Wreszcie, godzinę później, Will leżał, drzemiąc, na świeżej bawełnianej pościeli i wyglądał jeśli nie na zdrowego, to przynajmniej nie na przerażająco chorego.

– Niech teraz śpi. Ale obudź go po kilku godzinach i postaraj się, żeby wypił co najmniej pół kubka. I o piątej jeszcze raz podaj mu leki przeciwgorączkowe, okej? Temperatura pewnie mu wzrośnie godzinę wcześniej, ale nie można dać mu nic więcej przed piątą.

Zapisałam wszystko w notesiku. Bałam się, że znów coś pomylę.

– Wieczorem będziesz musiała jeszcze raz zrobić to, co przed chwilą. Dasz sobie radę? – Nathan opatulił się niczym Eskimos, żeby znów wyjść w zamieć. – Przeczytaj to, co masz w teczce. I nie panikuj. Jakby co, dzwoń. Wszystko ci wytłumaczę przez telefon. Jeśli naprawdę będzie trzeba, to znów przyjdę.

Kiedy Nathan wyszedł, zostałam w pokoju Willa. Za bardzo się bałam zostawiać go samego. W kącie stał stary skórzany fotel z lampką do czytania, być może pozostałość z jego poprzedniego życia, więc zwinęłam się na nim ze zbiorem opowiadań, który wyciągnęłam z biblioteczki.

W tym pokoju było dziwnie spokojnie. Przez szczelinę w zasłonach widziałam świat na zewnątrz, spowity w biel, nieruchomy i piękny. W środku było ciepło i cicho, czasem tylko coś stuknęło albo zasyczało w kaloryferach. Czytałam, co jakiś czas zerkając na śpiącego spokojnie Willa, i zdałam sobie sprawę, że nigdy wcześniej w moim życiu nie było takiego momentu, żebym siedziała spokojnie, w milczeniu, bezczynnie. Trudno przywyknąć do ciszy w domu takim jak mój, gdzie nieustannie wył odkurzacz, ryczał telewizor, ktoś na kogoś wrzeszczał. W rzadkich chwilach, kiedy telewizor był wyłączony, tato wyciągał stare płyty Elvisa i odtwarzał je na pełen regulator. Kawiarnia to także stały gwar i brzęk.

Tutaj wreszcie mogłam zebrać własne myśli. Niemal słyszałam bicie swojego serca. Ze zdziwieniem zdałam sobie sprawę, że całkiem mi się to podoba.

O piątej zadźwięczał sygnał esemesa. Will poruszył się, a ja zerwałam się z fotela, żeby dopaść telefonu, zanim go obudzi.

Pociągi nie jeżdżą. Czy mogłabyś zostać na noc? Nathan nie może.
Camilla Traynor.

Odpisałam bez zastanowienia:

Nie ma problemu.

Zadzwoniłam do rodziców i powiedziałam im, że zostanę na noc w Granta House. W głosie mamy słyszałam wyraźną ulgę. Kiedy powiedziałam jej, że zapłacą mi za to, że będę tam spać, strasznie się ucieszyła.

– Słyszałeś, Bernardzie? – powiedziała, na wpół zasłaniając ręką telefon. – Teraz płacą jej za spanie.

Słyszałam, jak mój ojciec woła:

– Chwała niebiosom. Wreszcie ma swoją wyśnioną pracę.

Wysłałam esemesa do Patricka, pisząc, że poprosili mnie, żebym została na noc, i że zadzwonię później. Odpowiedział mi niemal natychmiast.

Dziś wieczorem idę pobiegać na nartach. Dobry trening przed norwegiem! Całusy, P.

Zastanawiałam się, jak ktoś może się tak podniecać perspektywą biegania w temperaturze poniżej zera w koszulce i cienkich spodniach.

Will spał. Zrobiłam sobie coś do jedzenia i odmroziłam zupę, na wypadek gdyby później chciał coś zjeść. Przyniosłam więcej drewna do kominka, bo może, jeśli poczuje się lepiej, będzie chciał przenieść się do salonu. Przeczytałam kolejne opowiadanie i zaczęłam się zastanawiać, kiedy ostatnio kupiłam sobie jakąś książkę. Kiedy byłam mała, uwielbiałam czytać, ale nie pamiętam, żebym od tamtej pory czytała coś poza czasopismami. To Treena była molem książkowym. Wybierając sobie jakąś książkę, która mi się spodobała, czułabym się niemal, jakbym wchodziła na jej teren. Pomyślałam o tym, że niedługo wyjedzie z Thomasem na uczelnię, i wciąż nie wiedziałam, czy czuję z tego powodu radość, czy smutek, czy też coś skomplikowanego pomiędzy.

Nathan zadzwonił o siódmej. Chyba się ucieszył, że zostaję na noc.

– Nie mogę złapać pana Traynora. Dzwoniłam nawet na stacjonarny, ale od razu włącza się sekretarka.

– Tak. No cóż. Pewnie go nie ma.

– Nie ma?

Poczułam nagły dreszcz na myśl, że przez całą noc w domu będę tylko ja i Will. Bałam się, że znów coś bardzo ważnego pójdzie nie tak, że narażę życie Willa.

– Czy mam zadzwonić do pani Traynor?

Nathan milczał przez chwilę.

– Nie. Lepiej nie.

– Ale...

– Słuchaj, Lou, on często... często gdzieś idzie, kiedy pani T. zostaje na noc w mieście.

Dopiero po dłuższej chwili dotarło do mnie, co powiedział.

– Och.

– Dobrze, że możesz zostać. Jeśli jesteś pewna, że Will ma się lepiej, to ja będę rano, najwcześniej jak się da.

Są zwyczajne godziny i są godziny ułomne, kiedy czas zatrzymuje się i potyka, kiedy życie – prawdziwe życie – wydaje się toczyć gdzieś dalej. Przez jakiś czas oglądałam telewizję, potem zjadłam kolację, posprzątałam w kuchni, w milczeniu krzątając się po przybudówce. Wreszcie wróciłam do pokoju Willa.

Poruszył się, kiedy zamknęłam drzwi, na wpół uniósł głowę.

– Która godzina, Clark? – jego głos lekko tłumiła poduszka.

– Kwadrans po ósmej.

Opuścił głowę i przetrawił tę informację.

– Mogę prosić o coś do picia?

W jego głosie nie było teraz żadnej kąśliwości. Trochę tak, jakby przez tę chorobę wreszcie poczuł się bezbronny. Dałam mu pić i włączyłam lampkę przy wezgłowiu. Usiadłam na skraju łóżka i dotknęłam jego czoła, tak jak robiła moja mama, kiedy byłam mała. Nadal był trochę ciepły, ale nie tak jak wcześniej.

– Masz chłodne ręce.

– Już wcześniej na to narzekałeś.

– Tak? – Był szczerze zdziwiony.

– Chcesz zupy?

– Nie.

– Wygodnie ci?

Nigdy nie wiedziałam, jak bardzo doskwierają mu różne rzeczy, ale przypuszczałam, że bardziej, niż się przyznaje.

– Chętnie obróciłbym się na drugi bok. Po prostu mnie przetocz. Nie muszę siadać.

Wlazłam na łóżko i obróciłam go tak delikatnie, jak umiałam. Nie promieniował już złowróżbnym gorącem, tylko zwykłym ciepłem ciała przykrytego kołdrą.

– Mogę zrobić coś jeszcze?

– Nie powinnaś iść do domu?

– Nie, zostanę na noc – odparłam.

Na zewnątrz było już zupełnie ciemno. Wciąż padał śnieg. Tam, gdzie padało na niego światło z okna, skąpany był w bladozłotym, melancholijnym blasku. Siedzieliśmy w spokojnym milczeniu, patrząc na hipnotyzujące opadanie płatków.

– Mogę cię o coś zapytać? – powiedziałam wreszcie. Widziałam jego dłonie na pościeli. To takie dziwne, że wyglądały tak zwyczajnie, jakby wciąż były silne, a jednak były bezużyteczne.

– Tak sądziłem, że zechcesz o coś zapytać.

– Jak to się stało? – Wciąż zastanawiałam się nad śladami na jego nadgarstkach. Ale nie mogłam zapytać o to wprost.

Otworzył jedno oko.

– Dlaczego jestem w takim stanie?

Kiedy skinęłam głową, znów zamknął oczy.

– Wypadek z motocyklem. Ale to nie ja prowadziłem. Ja byłem tylko niewinnym przechodniem.

– Myślałam, że to się stało przy jeździe na nartach albo skokach na bungee, albo czymś takim.

– Wszyscy tak myślą. Taki mały dowcip Pana Boga. Przechodziłem przez ulicę niedaleko domu. Nie tutaj – dodał. – Mieszkałem w Londynie.

Popatrzyłam na książki na półkach. Wśród powieści, zaczytanych tomów w miękkich okładkach, były książki biznesowe: prawo korporacyjne, przejęcie firmy, katalogi nazw, których nie rozpoznawałam.

– I nie mogłeś dalej pracować tam gdzie wcześniej?

– Nie. Koniec z mieszkaniem, wakacjami, życiem... Poznałaś przecież moją byłą dziewczynę – głos mu się załamał, nie mógł ukryć goryczy. – Ale chyba powinienem być wdzięczny, bo przez pewien czas nie wiadomo było, czy w ogóle przeżyję.

– Pewnie tego nie znosisz? To znaczy mieszkania tutaj?

– Tak.

– A nie dałoby się zrobić tak, żebyś znów mieszkał w Londynie?

– W takim stanie nie.

– Ale może ci się polepszy. Nathan mówił, że medycyna robi duże postępy, jeśli chodzi o tego rodzaju urazy.

Will znów zamknął oczy.

Czekałam chwilę, a potem poprawiłam mu poduszkę pod głową i kołdrę wokół niego.

– Przepraszam – powiedziałam, kiedy usiadłam z powrotem – jeśli zadaję za dużo pytań. Chcesz, żebym sobie poszła?

– Nie. Zostań trochę. Porozmawiaj ze mną. – Przełknął ślinę. Otworzył oczy i spojrzał na mnie. Wyglądał, jakby był nieskończenie zmęczony. – Powiedz mi coś dobrego.

Zawahałam się chwilę, po czym oparłam się znów o poduszki obok niego. Siedzieliśmy w prawie zupełnej ciemności, patrząc, jak płatki śniegu lśnią przez chwilę w świetle, po czym znikają w czarnej nocy.

– Wiesz... Zwykle mówiłam tak do mojego taty – odezwałam się wreszcie. – Ale jeśli ci powiem, co mi na to odpowiadał, pomyślisz, że jestem szurnięta.

– Bardziej niż ja?

– Kiedy przyśnił mi się koszmar albo byłam smutna, albo bałam się czegoś, śpiewał mi... – zaczęłam się śmiać. – Nie dam rady.

– No mów.

– Śpiewał mi *Pieśń o Molahonkey*.

– Co takiego?

– *Pieśń o Molahonkey*. Kiedyś myślałam, że wszyscy to znają.

– Wierz mi, Clark – mruknął. – Słyszę o tym pierwszy raz w życiu.

Nabrałam powietrza, zamknęłam oczy i zaczęłam śpiewać.

Do Molalalahonkey, gdziem się urodził, lala lala
W jednej chwilili bym wrócił, lala lala
Na bandżololo ślicznym tam bym grał, lala lala
Ale milili się zepsułolo, lala lala

– Chryste panie.

Znów nabrałam powietrza.

Oddalalalałem je do napralalalawy, lala lala
Do majstralala co miał dużo wpralawy, lala lala
Rzekł milili, że struny zalala krótkiela są, lala lala
I że to koniec zalalabalalalalawy, lala lala.

Will milczał przez chwilę.
– Jesteś szurnięta. Cała twoja rodzina jest szurnięta.
– Ale to działało.
– A śpiewasz po prostu koszmarnie. Mam nadzieję, że twój tato śpiewał trochę lepiej.
– Rozumiem, że chcesz przez to powiedzieć: „Panno Clark, dziękuję, że próbowała mnie pani zabawić".
– Myślę, że ma to mniej więcej tyle samo sensu, ile większość psychoterapii, jakie mi zaaplikowano. Okej, Clark – powiedział. – Powiedz mi coś jeszcze. Coś, co nie ma związku ze śpiewaniem.
Zastanowiłam się przez chwilę.
– Yyy... no dobrze. Któregoś dnia przyglądałeś się moim butom.
– Trudno oderwać od nich wzrok.
– Zdaniem mojej mamy mój szczególny gust, jeśli chodzi o buty, dało się zauważyć, już kiedy miałam trzy latka. Kupiła mi wtedy jasnoturkusowe kaloszki z brokatem – wtedy dzieci rzadko nosiły coś takiego, zwykle miało się zielone albo czerwone, jeśli ktoś miał szczęście. Mówiła mi, że odkąd przyniosła je do domu, w ogóle nie chciałam ich zdjąć. Szłam w nich do łóżka, do wanny, przez całe lato chodziłam w nich do przedszkola. Te błyszczące kalosze i rajstopki-pszczółki to był mój ulubiony strój.
– Rajstopki-pszczółki?
– W czarno-żółte paski.

– Wstrząsające.

– To niemiła uwaga.

– To prawda. Ale to brzmi ohydnie.

– Może dla ciebie to ohydne, ale, choć może cię to zdziwi, Willu Traynorze, nie wszystkie dziewczyny ubierają się tylko po to, żeby się podobać facetom.

– Bzdura.

– Nie, wcale nie bzdura.

– Wszystko, co robią kobiety, robią ze względu na facetów. Wszystko, co robią ludzie, robią ze względu na seks. Nie czytałaś *Czerwonej Królowej*?

– Nie mam pojęcia, o czym mówisz. Ale mogę cię zapewnić, że nie siedzę na twoim łóżku, śpiewając *Pieśń o Molahonkey*, bo chcę się z tobą przespać. A kiedy miałam trzy latka, po prostu strasznie lubiłam rajstopki w paski.

Zdałam sobie sprawę, że z każdą uwagą Willa spływa ze mnie napięcie całego dnia. Już nie byłam jedyną osobą odpowiedzialną za biednego paralityka. Byłam po prostu Lou, która siedzi obok szczególnie sarkastycznego faceta i z nim gawędzi.

– No to co się stało z twoimi fantastycznymi brokatowymi kaloszkami?

– Mama musiała je wyrzucić. Dostałam okropnej grzybicy.

– Cudownie.

– I wyrzuciła też te rajstopki.

– Dlaczego?

– Do dzisiaj nie wiem. Ale to złamało mi serce. Nigdy więcej nie znalazłam już rajstop, które tak bardzo by mi się podobały. Chyba już takich nie robią. A w każdym razie nie na dorosłe kobiety.

– Dziwne.

– Och, kpij sobie. A ty nigdy nie uwielbiałeś czegoś nad życie?

Ledwo go teraz widziałam, w pokoju było niemal zupełnie ciemno. Mogłam zapalić światło, ale coś mnie powstrzymało. Gdy tylko dotarło do mnie, co powiedziałam, pożałowałam swoich słów.

– Tak – odparł cicho. – Tak, i to bardzo.

Rozmawialiśmy jeszcze trochę, po czym Will znów zasnął. Leżałam obok niego, patrząc, jak oddycha, i zastanawiałam się, co by powiedział, gdyby się obudził i zobaczył, że na niego patrzę, na jego za długie włosy, zmęczone oczy i wątłe zcząktki brody. Ale nie mogłam się ruszyć. Godziny stały się nierzeczywiste, jakbyśmy tkwili na jakiejś wyspie poza czasem. Byłam jedyną poza nim osobą w domu i wciąż się bałam go zostawić.

Niedługo po jedenastej zobaczyłam, że znów zaczyna się pocić, a oddech ma płytszy, więc obudziłam go i skłoniłam, żeby wziął leki przeciwgorączkowe. Nie miał siły mówić, wymamrotał tylko podziękowania. Zmieniłam mu poszewki, a kiedy znów zasnął, położyłam się tuż obok niego i po dłuższej chwili też zasnęłam.

Obudziłam się na dźwięk swojego imienia. Byłam w klasie, zasnęłam w ławce, a nauczycielka stukała w tablicę, wciąż na nowo powtarzając moje imię. Wiedziałam, że powinnam słuchać uważnie, że nauczycielka uzna tę drzemkę za akt nieposłuszeństwa, ale nie mogłam podnieść głowy.

– Louisa.

– Mmmm.

– Louisa.

Ławka była strasznie miękka. Otworzyłam oczy. Ktoś mówił nad moją głową, szeptem, ale bardzo dobitnie. Louisa.

Leżałam w łóżku. Zamrugałam, żeby skupić wzrok, a gdy podniosłam głowę, zobaczyłam tuż obok siebie Camillę Traynor. Miała na sobie gruby wełniany płaszcz, a na ramieniu torebkę.

– Louisa.

Natychmiast usiadłam. Obok mnie Will spał przykryty, z lekko otwartymi ustami i łokciem zgiętym pod kątem prostym. Przez okno wpadało światło jasnego, zimnego poranka.

– Eee...

– Co ty tu robisz?

Czułam się, jakby mnie przyłapano na czymś strasznym. Potarłam twarz, próbując pozbierać myśli. Dlaczego tu jestem? Co mam jej powiedzieć?

– Co robisz w łóżku Willa?

– Will... – zaczęłam cicho. – Will nie czuł się dobrze... pomyślałam więc, że powinnam być przy nim...

– Co to znaczy: nie czuł się dobrze? Wyjdźmy na korytarz. – Długimi krokami wyszła z pokoju, najwyraźniej oczekując, że pójdę za nią.

Poszłam więc, wygładzając na sobie ubranie. Miałam straszne przeczucie, że makijaż rozmazał mi się po całej twarzy.

Zamknęła za nami drzwi pokoju Willa.

Stałam przed nią, wygładzając włosy i zbierając myśli.

– Will miał gorączkę. Nathan mu ją obniżył, kiedy przyszedł, ale nie wiedziałam, jak to jest z regulacją temperatury u Willa, więc wolałam go pilnować... Nathan powiedział, że mam mieć na niego oko... – mój głos brzmiał tępo i głupio. Nie byłam pewna, czy wypowiadam spójne zdania.

– Dlaczego do mnie nie zadzwoniłaś? Jeśli był chory, powinnaś była natychmiast do mnie zadzwonić. Albo do pana Traynora.

Czułam się tak, jakby nagle w mózgu zetknęły mi się kabelki.

Pan Traynor. O Boże. Zerknęłam na zegarek. Była za piętnaście ósma.

– Nie chciałam... Wydawało mi się, że Nathan...

– Słuchaj, Louisa. To naprawdę nic skomplikowanego. Jeśli Will był tak chory, że spałaś w jego pokoju, to z pewnością powinnaś była mnie o tym zawiadomić.

– Tak.

Mrugałam, patrząc w podłogę.

– Nie rozumiem, dlaczego nie zadzwoniłaś. Próbowałaś dzwonić do pana Traynora?

Nathan mówił, żeby nic nie mówić.

– Ja...

W tej chwili drzwi do przybudówki otworzyły się i stanął w nich pan Traynor z gazetą pod pachą.

– Wróciłaś! – powiedział do żony, otrzepując śnieg z płaszcza. – Właśnie przedarłem się przez śniegi, żeby kupić gazetę i mleko. Na ulicach jest bardzo niebezpiecznie. Musiałem iść aż do Hansford Corner, żeby uniknąć ślizgawek.

Popatrzyła na niego, a ja zastanawiałam się, czy zauważyła, że jej mąż ma na sobie tę samą koszulę i sweter co wczoraj.

– Wiedziałeś, że Will był w nocy chory?

Popatrzył na mnie. Wbiłam wzrok w podłogę. Chyba jeszcze nigdy nie czułam się tak nieswojo.

– Louisa, próbowałaś do mnie dzwonić? Przepraszam, nic nie słyszałem. Chyba interkom nawala. Ostatnio kilka razy go nie słyszałem. Poza tym sam nie czułem się najlepiej wieczorem. Spałem jak zabity.

Wciąż miałam na sobie skarpetki Willa. Patrzyłam na nie, zastanawiając się, czy za to pani Traynor też zmyje mi głowę.

Ale ona jakby już odbiegła gdzieś myślami.

– Strasznie długo jechałam do domu. Chyba... Nie będę wam przeszkadzać. Ale jeśli coś podobnego się powtórzy, masz natychmiast do mnie dzwonić. Rozumiesz?

Nie chciałam patrzeć na pana Traynora.

– Tak – powiedziałam i poszłam do kuchni.

7

Wiosna przyszła w ciągu jednej nocy, tak jakby zima, niczym niemile widziany gość, znienacka gniewnie narzuciła płaszcz i zniknęła bez pożegnania. Wszystko się zazieleniło, ulice stały skąpane w akwarelowym świetle, nagle zrobiło się cieplej. W powietrzu czuło się zapowiedź czegoś kwitnącego i miłego, stale słychać było świergot ptaków.

W ogóle tego wszystkiego nie zauważyłam. Zeszłego wieczoru zostałam na noc u Patricka. Z powodu jego intensywniejszych niż zwykle treningów widzieliśmy się po raz pierwszy od niemal tygodnia, ale najpierw spędził ponad pół godziny w wannie, do której wsypał pół paczki soli do kąpieli, a potem okazało się, że jest tak wyczerpany, że ledwo jest w stanie ze mną rozmawiać. Zaczęłam głaskać go po plecach, jak rzadko próbując go skusić, ale wymamrotał, że naprawdę jest za bardzo zmęczony, i machnął ręką, jakby odganiał muchę. Cztery godziny później wciąż leżałam bezsennie, gapiąc się w jego sufit.

Poznaliśmy się z Patrickiem, kiedy pracowałam w pierwszym z moich zaledwie dwóch dotychczasowych miejsc pracy, to znaczy byłam stażystką w The Cutting Edge, jedynym damsko-męskim salonie fryzjerskim w Hailsbury. Wszedł akurat wtedy, kiedy Samantha była zajęta, i poprosił o strzyżenie numer cztery. Zrobiłam mu coś, co określił później nie tylko jako najgorszą fryzurę, jaką miał w życiu, ale najgorszą fryzurę w historii ludzkości. Trzy miesiące później, kiedy dotarło do mnie, że zamiłowanie do bawienia się własnymi włosami nie oznacza, że jestem stworzona, żeby strzyc cudze, odeszłam stamtąd i dostałam pracę u Franka.

Kiedy zaczęliśmy się spotykać, Patrick pracował w handlu, a do jego ulubionych rzeczy należało: piwo, batoniki ze stacji benzynowej, gadanie o sporcie oraz seks (tu wolał działać niż gadać), w takiej właśnie kolejności. Fajny wspólny wieczór zawierałby pewnie te wszystkie elementy. Był raczej zwyczajny niż przystojny, a tyłek miał pulchniejszy niż mój, ale mnie się to podobało. Lubiłam jego solidność, kształt jego ciała, kiedy przytulałam się do niego. Jego tata nie żył i podobało mi się to, jak odnosi się do matki: był wobec niej opiekuńczy i troskliwy. A czwórka jego rodzeństwa była jak z serialu familijnego. Chyba naprawdę lubili się nawzajem. Kiedy poszliśmy na pierwszą randkę, jakiś głosik w mojej głowie powiedział: „Ten człowiek nigdy cię nie skrzywdzi", i w ciągu tych siedmiu lat rzeczywiście nie zdarzyło się nic takiego, co pozwoliłoby mi w to wątpić.

A potem zmienił się w maratończyka.

Jego brzuch już się nie uginał, kiedy mościłam się obok niego, był twardy i nieustępliwy jak kredens, a on chętnie podciągał koszulkę i uderzał się w niego różnymi rzeczami, żeby pokazać, jak twarde ma mięśnie. Twarz miał ogorzałą od nieustannego przebywania na dworze. Uda twarde jak stal. Mogłoby to być całkiem seksowne, gdyby tylko chciał się ze mną kochać. Ale szliśmy do łóżka może ze dwa razy w miesiącu, a ja nie lubiłam prosić.

Im bardziej był sprawny i obsesyjnie skupiony na własnej kondycji, tym mniej interesował się mną. Pytałam go kilka razy, czy przestałam mu się podobać, ale wydawał się całkiem pewny co do tego: „Jesteś fantastyczna – mówił. – Tylko jestem skonany. W każdym razie nie chcę, żebyś schudła. Ze wszystkich cycków dziewczyn w klubie razem wziętych nie poskładałoby się jednego porządnego". Chciałam zapytać, jak właściwie udało mu się dokonać tych złożonych obliczeń, ale ponieważ właściwie był to komplement, dałam spokój.

Naprawdę chciałam interesować się tym, co robił. Chodziłam na imprezy klubu triatlonistów, próbowałam gadać z dziewczynami. Ale szybko zrozumiałam, że odstaję – nie było tam dziewczyn takich jak ja – wszyscy pozostali byli albo singlami, albo byli w związku z kimś o równie imponującej kondycji. Takie pary dopingowały się nawzajem na treningach, planowały sportowe weekendy, a w portfelach nosiły zdjęcie z mety wspólnie ukończonego triatlonu albo z podium. To było coś nie do opisania.

– Nie rozumiem, na co narzekasz – stwierdziła moja siostra, kiedy jej o tym powiedziałam. – Ja spałam z kimś tylko raz, od kiedy urodził się Thomas.

– Co? Z kim?

– Z takim gościem, który przyszedł po wiązankę – wyznała. – Chciałam się upewnić, że nadal potrafię.

A potem, kiedy opadła mi szczęka, dodała:

– No, nie rób takiej miny. Przecież nie robiliśmy tego w pracy. A poza tym to były kwiaty na pogrzeb. Gdyby kupował bukiet dla żony, nie tknęłabym go nawet tulipanem.

Nie chodzi o to, że byłam maniaczką seksu – w końcu byliśmy ze sobą już dość długo. To tylko jakaś przewrotna część mnie zaczęła wątpić w moją własną atrakcyjność.

Patrickowi nigdy nie przeszkadzało, że ubieram się „pomysłowo", jak to ujął. Ale jeśli nie był całkiem szczery? Jego praca i całe nowe życie towarzyskie kręciły się wokół kontroli nad ciałem – chodziło o to, by je okiełznać, zredukować, doskonalić. A co jeśli w porównaniu z tymi małymi twardymi tyłeczkami w opiętych dresach mój własny tyłek nagle wydał mu się niewystarczająco fajny? A jeśli moje krągłości, o których zawsze sądziłam, że są przyjemnie ponętne, teraz w jego wymagających oczach wydają się kluchowate?

Takie właśnie myśli brzęczały mi nieprzyjemnie wokół głowy, kiedy weszła pani Traynor i właściwie kazała Willowi i mnie wyjść na dwór.

– Mają przyjść panie sprzątające na większe wiosenne porządki, więc pomyślałam, że może moglibyście tymczasem posiedzieć na zewnątrz. Jest bardzo ładnie.

Will spojrzał na mnie, niemal niezauważalnie unosząc brwi.

– Czyżby to było żądanie, mamo?

– Pomyślałam tylko, że dobrze by wam zrobiło trochę się przewietrzyć – powiedziała. – Rampa jest na miejscu. Louisa, może mogłabyś zanieść herbatę na dwór?

Pomysł był właściwie niegłupi. Ogród wyglądał pięknie, tak jakby wystarczyło tylko kilka cieplejszych dni, żeby wszystko nagle postanowiło się zazielenić. Jakby znikąd pojawiły się żonkile, ich żółtawe pąki miały lada chwila zmienić się w kwiaty. Z brązowych gałązek wystrzeliwały pączki, byliny ostrożnie przeciskały się przez ciemną, wilgotną glebę. Otworzyłam drzwi i wyszliśmy na zewnątrz. Will jechał po ścieżce z kamiennych płyt. Wskazał mi żeliwną ławkę, na której leżała poduszka, więc usiadłam na niej i wystawiliśmy twarze do bladego jeszcze słońca, słuchając wróbli sprzeczających się w żywopłocie.

– Co z tobą?

– O co ci chodzi?

– Nic nie mówisz.

– Przecież nie chciałeś, żebym mówiła.

– Ale nie aż tak. To mnie przeraża.

– Nic mi nie jest – odparłam, a potem dodałam: – Chodzi o mojego chłopaka, jeśli już naprawdę chcesz wiedzieć.

– A – mruknął. – O Pana Maratończyka.

Otworzyłam oczy, żeby sprawdzić, czy podśmiewa się ze mnie.

– Co się stało? – zapytał. – No powiedz wujkowi Willowi.

– Nie.

– Panie z firmy sprzątającej będą tu szaleć przez co najmniej godzinę. Musisz przez ten czas o czymś ze mną rozmawiać.

Wyprostowałam się i odwróciłam do niego. Wózek, którego używał w domu, miał przycisk, który podnosił siedzenie tak, że mógł rozmawiać z ludźmi, nie zadzierając głowy. Rzadko go używał, bo od tego miewał zawroty głowy, ale teraz właśnie podwyższył siedzenie tak, że patrzył na mnie z góry.

Owinęłam się płaszczem i spojrzałam na niego spod przymkniętych powiek.

– No to mów, co chciałbyś wiedzieć.

– Jak długo jesteście razem? – zapytał.

– Trochę ponad sześć lat.

Wyraźnie się zdziwił.

– To długo.

– Tak – powiedziałam. – No cóż.

Pochyliłam się i poprawiłam mu koc. To słońce było zdradliwe – więcej obiecywało, niż naprawdę grzało. Pomyślałam o Patricku, który tego ranka wstał punktualnie o wpół do siódmej, żeby pobiegać. Może powinnam też zacząć biegać, bylibyśmy wtedy jedną z tych par w identycznych lycrowych ciuszkach. A może raczej powinnam kupić sobie frymuśną bieliznę i poszukać w sieci porad o seksie. Wiedziałam, że nie zrobię ani jednego, ani drugiego.

– Czym on się zajmuje?

– Jest osobistym trenerem.

– I dlatego biega.

– I dlatego biega.

– Jaki jest? W trzech słowach, jeśli to krępujące pytanie.

Zastanowiłam się.

– Optymista. Lojalny. Ma obsesję na punkcie zawartości tkanki tłuszczowej w organizmie.

– To więcej niż trzy słowa.

– Resztę masz gratis. A jaka ona była?

– Kto?

– Alicia. – Spojrzałam na niego tak samo jak on na mnie, prosto w oczy. Odetchnął głęboko i zerknął w górę, na koronę wielkiego platanu. Włosy wpadały mu do oczu, zwalczyłam pokusę, żeby je odsunąć na bok.

– Fantastyczna. Seksowna. Zadbana. Zaskakująco mało pewna siebie.

– A z jakiegoż to powodu ona mogłaby czuć się niepewnie? – powiedziałam to, zanim zdążyłam się powstrzymać.

Wyglądał na niemal rozbawionego tym pytaniem.

– Zdziwiłabyś się – odparł. – Dziewczyny takie jak Lissa jadą na swoim wyglądzie tak długo, że przestają wierzyć, że mają cokolwiek innego. Ale jestem niesprawiedliwy. Ona ma rękę do przedmiotów: ubrań, wnętrz. Umie sprawić, że coś wygląda pięknie.

Powstrzymałam się od uwagi, że każdy głupi by to potrafił, gdyby tylko miał portfel głęboki jak kopalnia diamentów.

– Wystarczyło, że poprzestawiała trochę w pokoju, żeby zaczął wyglądać zupełnie inaczej. Nigdy nie mogłem zrozumieć, jak ona to robi. – Skinął w kierunku domu. – To ona urządziła tę przybudówkę, kiedy się tu wprowadziłem.

Pomyślałam o doskonale urządzonym salonie i zdałam sobie sprawę, że mój podziw stał się nagle nieco mniej jednoznaczny niż przedtem.

– Jak długo byliście razem?

– Osiem czy dziewięć miesięcy.

– To nie tak długo.

– Jak dla mnie długo.

– Jak się poznaliście?

– Na bankiecie. Dość koszmarnym bankiecie. A wy?

– U fryzjera. To znaczy ja byłam fryzjerką, a on klientem.

– Ha. Byłaś dla niego czymś ekstra na weekend.

Konsternacja na mojej twarzy musiała być widoczna, bo potrząsnął głową i dodał cicho:

– Nieważne.

Z wnętrza domu dochodziło głuche buczenie odkurzacza. Pań sprzątających było aż cztery, wszystkie w jednakowych uniformach. Zastanawiałam się, co będą robić przez dwie godziny w małej przybudówce.

– Tęsknisz za nią?

Słyszałam, jak ze sobą rozmawiają. Któraś otworzyła okno i co jakiś czas dolatywały nas wybuchy śmiechu.

Will wydawał się przypatrywać czemuś w oddali.

– Kiedyś tak. – Odwrócił się do mnie i dodał rzeczowo: – Ale zastanawiałem się nad tym i doszedłem do wniosku, że ona i Rupert pasują do siebie.

Skinęłam głową.

– Wyprawią sobie śmieszne wesele, natrzaskają bachorów, jak to ująłeś, kupią dom na wsi i nie minie pięć lat, a on zacznie posuwać swoją sekretarkę – powiedziałam.

– Być może masz rację.

Ja tymczasem nabierałam rozpędu.

– A ona będzie na niego cały czas trochę wkurzona, choć nie będzie wiedziała dlaczego, i będzie po nim jeździć podczas koszmarnych proszonych kolacji, ku zażenowaniu znajomych, ale on nie będzie chciał odejść, bo będzie bał się alimentów.

Will odwrócił się ku mnie.

– Będą ze sobą sypiać raz na półtora miesiąca, a on będzie uwielbiał swoje dzieci, ale nie kiwnie przy nich palcem. A ona będzie miała idealną fryzurę, ale za to usta ściągnięte w taki dziwny dzióbek – zademonstrowałam – chociaż nigdy nie powie, o co jej chodzi, i zacznie mieć obsesję na punkcie pilates albo kupi sobie psa, albo zacznie jeździć konno i zacznie kręcić ze swoim instruktorem od jazdy. A on, jak skończy czterdziestkę, zacznie uprawiać jogging, może kupi sobie harleya davidsona, którego ona będzie nienawidzić, i codziennie, kiedy będzie szedł do pracy i będzie słuchał, jak młodzi faceci opowiadają sobie, jakie to laski wyrwali w weekend albo gdzie imprezowali, będzie czuł, że jakimś sposobem – ale sam nie wie jak – został zrobiony w konia.

Odwróciłam się.

Will gapił się na mnie.

– Przepraszam – powiedziałam po chwili. – Sama nie wiem, skąd mi się to wzięło.

– Zaczynam czuć coś w rodzaju współczucia dla Pana Maratoń-czyka.

– Och, to nie o niego chodzi – dodałam. – To lata pracy w kawiarni. Człowiek widzi i słyszy po prostu wszystko. Różne typowe zachowania. Zdziwiłbyś się, co tam się dzieje.

– Czy to dlatego nie wyszłaś za mąż?

Zamrugałam.

– Chyba tak.

Nie chciałam mu wyznać, że właściwie to nikt mi się nigdy nie oświadczył.

Mogłoby się wydawać, jakbyśmy nie robili prawie nic. Ale w rzeczywistości dni, które spędzałam z Willem, różniły się od siebie – w zależności od jego nastroju i, co ważniejsze, od tego, jak bardzo go bolało. Czasem, kiedy przychodziłam, już po jego zaciśniętej szczęce widziałam, że nie chce rozmawiać ze mną – ani z nikim innym – więc starałam się znaleźć sobie jakieś zajęcie w przybudówce i przewidywać jego potrzeby, żeby nie musiał mnie o nic prosić.

Bolało go z różnych powodów. Były ogólne bóle na skutek zaniku mięśni – był dużo słabszy, mimo całej fizjoterapii Nathana. Bolał go brzuch z powodu problemów z trawieniem, bolały go barki, bolał go pęcherz na skutek infekcji – które mimo wszelkich starań były najwyraźniej nieuchronne. Ponieważ na samym początku po wypadku łykał środki przeciwbólowe jak tic-taki, miał też wrzód żołądka.

Co jakiś czas dostawał odleżyn, ponieważ zbyt długo siedział w jednej pozycji. Kilka razy musiał leżeć w łóżku, żeby je wyleczyć, ale nienawidził być ułożony na brzuchu. Leżał tak, słuchając radia, a oczy błyskały mu od ledwo powstrzymywanego gniewu. Miewał także bóle głowy – był to, jak sądziłam, skutek uboczny gniewu i frustracji. Jego umysł miał tyle energii, której nie mógł w żaden sposób wykorzystać. Musiała się gdzieś gromadzić.

Ale najbardziej osłabiające było wrażenie pieczenia w dłoniach i stopach, nieustające, pulsujące, niepozwalające mu się skupić na czymkolwiek innym. Przynosiłam miskę z zimną wodą i moczyłam mu stopy i dłonie albo owijałam je zimną flanelą z nadzieją, że to uśmierzy dolegliwości. Na szczęce drgał mu napięty mięsień, a czasem wydawało się, że Will cały znika, tak jakby jedynym sposobem na to doznanie było uciec z własnego ciała. Sama się dziwiłam temu, jak przywykłam do fizycznych wymagań związanych z życiem Willa. Wydawało się niesprawiedliwe, że chociaż nie może używać swoich kończyn ani ich nie czuje, sprawiają mu tyle cierpienia.

Pomimo tego wszystkiego Will się nie skarżył. Dlatego właśnie dopiero po wielu tygodniach w ogóle zauważyłam, że cierpi. Teraz umiałam już rozszyfrować napięcie wokół oczu, milczenie, to, jak wycofuje się w głąb siebie. Prosił po prostu:

– Louisa, mogłabyś przynieść zimnej wody? – Albo: – Chyba już pora na coś przeciwbólowego.

Czasem bolało go tak bardzo, że z jego twarzy odpływały kolory, tak że wyglądała jak z wosku. To były najgorsze dni.

Ale w inne dni znosiliśmy się nawzajem całkiem nieźle. Już nie wydawał się śmiertelnie obrażony, kiedy się do niego odzywałam, tak jak na początku. Dziś chyba nic go nie bolało. Kiedy pani Traynor wyszła, żeby nam powiedzieć, że sprzątanie potrwa jeszcze dwadzieścia minut, zrobiłam nam obojgu coś do picia i przeszliśmy się po ogrodzie. Will jechał po ścieżce, a ja patrzyłam, jak moje satynowe baletki ciemnieją w wilgotnej trawie.

– Ciekawy wybór obuwia – powiedział Will.

Baletki były szmaragdowozielone. Znalazłam je w sklepie z używaną odzieżą. Patrick powiedział mi, że wyglądam w nich jak drag queen z variétés dla trolli.

– No wiesz, ubierasz się inaczej niż ludzie stąd. Właściwie to nie mogę się doczekać, w jakiej obłąkanej kombinacji pojawisz się następnym razem.

– No to jak powinnam się ubierać, żeby wyglądać jak tutejsza?

Skręcił nieco w lewo, żeby ominąć gałązkę na ścieżce.

– W polar. Albo bardziej w stylu mojej matki, coś od Jaegera albo

Whistles. – Spojrzał na mnie. – Skąd u ciebie taki egzotyczny gust? Mieszkałaś gdzieś za granicą?

– Nie.

– Naprawdę? Całe życie mieszkałaś tutaj? Gdzie pracowałaś?

– Tylko tu na miejscu. – Popatrzyłam na niego, w obronnym geście krzyżując ręce na piersi. – No i co? Co w tym takiego dziwnego?

– To takie małe miasteczko. Ciasne horyzonty. I wszystko kręci się wokół zamku. – Zatrzymał się na ścieżce, a ja spojrzałam na zamek, który wznosił się w oddali na dziwnym, kopulastym wzgórzu i wyglądał jak z dziecięcego rysunku.

– Zawsze myślę, że to jest takie miejsce, do którego ludzie wracają, kiedy się zmęczą wszystkim innym. Albo kiedy nie mają dość wyobraźni, żeby pojechać gdzie indziej.

– Dzięki.

– Nie ma w tym nic złego. Ale... Jezu. Niewiele się tu dzieje, prawda? Nie ma tu za dużo pomysłów, ciekawych ludzi czy możliwości. Tutaj, jeśli któryś sklep z pamiątkami zacznie sprzedawać podkładki pod talerze z innym obrazkiem minikolejki, to już rewolucja.

Nie mogłam powstrzymać śmiechu. W zeszłym tygodniu w miejscowej gazecie był artykuł dokładnie na ten temat.

– Clark, masz dwadzieścia sześć lat. Powinnaś stąd wyjechać, podbijać świat, rozrabiać w barach, pokazywać swoją dziwną garderobę podejrzanym facetom...

– Tu mi dobrze – powiedziałam.

– To niedobrze.

– Lubisz mówić innym, co powinni robić, prawda?

– Tylko wtedy, kiedy wiem, że mam rację – odparł. – Możesz poprawić słomkę? Nie mogę jej dosięgnąć.

Przekręciłam słomkę tak, żeby łatwiej mógł do niej sięgnąć, i czekałam, aż się napije. Czubki jego uszu lekko poróżowiały.

Skrzywił się.

– Rany, jak na kogoś, kto zarabiał na życie parzeniem herbaty, robisz coś okropnego.

– Po prostu przywykłeś do lesbijskiej herbaty – powiedziałam. – Te wszystkie ziołowe lapsang souchong.

– Lesbijska herbata! – Niemal się udławił. – Zawsze to lepsze niż ta politura do drewna. Jezu. Można by w tym postawić łyżeczkę na sztorc.

– Więc nawet moja herbata do niczego się nie nadaje. – Usiadłam przed nim na ławce. – Jak to jest, że tobie wolno oceniać cokolwiek, co powiem albo zrobię, a nikt inny nie ma nic do powiedzenia?

– Ależ proszę bardzo, Louiso Clark. Wyraź swoje zdanie.

– Na twój temat?

Westchnął teatralnie.

– A czy mam wybór?

– Mógłbyś się ostrzyc. Przez te włosy wyglądasz jak jakiś włóczęga.

– Jakbym słyszał moją matkę.

– No bo wyglądasz koszmarnie. Mógłbyś się przynajmniej ogolić. Czy ten zarost cię nie swędzi?

Zerknął na mnie z ukosa.

– Swędzi, prawda? Wiedziałam. Okej, dziś po południu ci go zgolę.

– O nie.

– Tak. Pytałeś mnie o zdanie. No to masz odpowiedź. Nie musisz nic robić.

– A jeśli odmówię?

– Być może i tak to zrobię. Jak tak dalej pójdzie, będę musiała wydłubywać ci z brody resztki jedzenia. A szczerze mówiąc, jeśli do tego dojdzie, będę zmuszona cię pozwać za warunki szkodliwe dla zdrowia.

Uśmiechnął się, tak jakbym go rozbawiła. Może to zabrzmi smutno, ale uśmiechał się tak rzadko, że kiedy udało mi się go do tego skłonić, z dumy aż kręciło mi się w głowie.

– Clark – powiedział. – Zrobisz coś dla mnie?

– Co?

– Podrap mnie w ucho, dobrze? Swędzi mnie tak, że zaraz oszaleję.

– A jeśli to zrobię, dasz się ostrzyc? Chociaż trochę?

– Nie przeciągaj struny.

– Cśś. Nie denerwuj mnie. Średnio radzę sobie z nożyczkami.

Znalazłam żyletki i piankę do golenia w szafce w łazience, upchnięte gdzieś za paczkami wacików i waty, tak jakby od dawna nikt ich nie używał. Skłoniłam go, żeby przyjechał do łazienki, napełniłam umywalkę ciepłą wodą, poprosiłam, żeby odchylił trochę podgłówek, po czym położyłam mu na brodzie gorącą flanelę.

– Co to jest? Bawisz się w golibrodę? Po co ten ręcznik?

– Nie wiem – wyznałam. – Tak robią w filmach. To tak samo jak z ręcznikami i gorącą wodą, kiedy ktoś rodzi dziecko.

Nie widziałam jego ust, ale lekko zmrużył oczy, rozbawiony. Chciałam, żeby częściej miały taki wyraz. Chciałam, żeby był wesoły, żeby jego twarz straciła ten udręczony, czujny grymas. Paplałam więc. Opowiadałam dowcipy. Zaczęłam nucić. Robiłam wszystko, by tylko jak najdłużej nie miał znów tej ponurej miny.

Podwinęłam rękawy i nałożyłam mu na twarz piankę do golenia, aż do uszu. Potem zawahałam się z maszynką nad jego brodą.

– Czy nie powinnam ci powiedzieć, że do tej pory goliłam tylko nogi?

Zamknął oczy i odchylił głowę. Zaczęłam delikatnie skrobać ostrzem jego szczękę, ciszę przerywał tylko plusk, gdy płukałam maszynkę w umywalce pełnej wody. Pracowałam w milczeniu, przyglądając się twarzy Willa Traynora, biegnącym ku kącikom ust bruzdom, które wydawały się przedwcześnie głębokie jak na jego wiek. Odgarnęłam włosy z boku twarzy i zobaczyłam wiele mówiące ślady szwów, być może po wypadku. Zobaczyłam sinawe cienie, świadectwa niezliczonych bezsennych nocy, zmarszczkę między brwiami mówiącą o cichym cierpieniu. Jego skóra parowała ciepłem, zapachem pianki i czymś szczególnym dla Willa, dyskretnym i kosztownym. Spod pianki zaczęła się wyłaniać jego twarz – cóż, nic dziwnego, że zainteresował sobą kogoś takiego jak Alicia.

Działałam powoli i starannie, zachęcona tym, że przez chwilę jest spokojny. Błysnęła mi myśl, że jeśli ktokolwiek dotyka teraz Willa, to w związku z jakimiś zabiegami medycznymi albo terapeutycznymi, więc pozwoliłam swoim palcom nieco się ociągać, tak żeby mój dotyk był jak najdalszy od beznamiętnych, szybkich ruchów Nathana i lekarzy.

W tym goleniu Willa było coś dziwnie intymnego. Wydawało mi się, że wózek będzie barierą, że jego niepełnosprawność nie pozwoli, by wkradła się między nas jakakolwiek zmysłowość. Ale co dziwne, było inaczej. Nie dało się być tak blisko kogoś, czuć pod palcami jego napiętą skórę, oddychać tym samym powietrzem, nachylać się tuż nad jego twarzą i nie poczuć lekkiego zawrotu głowy. Zanim dojechałam do jego drugiego ucha, zaczęłam czuć się nieswojo, jakbym przekroczyła jakąś niewidzialną granicę.

Być może Will wyczuwał subtelną zmianę w moich ruchach, a może po prostu był bardziej wrażliwy na nastroje ludzi wokół niego. Ale otworzył oczy i spojrzał na mnie.

Milczał przez chwilę, po czym odezwał się z kamienną twarzą:

– Proszę, nie mów, że ogoliłaś mi brwi.

– Tylko jedną – odparłam. Opłukałam maszynkę, mając nadzieję, że tymczasem moje rumieńce nieco zbledną.

– Dobrze – powiedziałam wreszcie. – Nie masz dosyć? Chyba zaraz przyjdzie Nathan?

– A co z włosami?

– Naprawdę chcesz, żebym cię ostrzygła?

– Czemu nie.

– Myślałam, że mi nie ufasz.

Wzruszył ramionami na tyle, na ile mógł. To był niemal niedostrzegalny ruch.

– Jeśli przestaniesz marudzić na kilka tygodni, to chyba niewielka cena.

– Boże drogi, twoja mama będzie zachwycona – oznajmiłam, wycierając grudkę pianki do golenia.

– Cóż, niech nas to nie zniechęca.

Ostrzygłam go w salonie. Rozpaliłam w kominku, włączyliśmy film – jakiś amerykański thriller – i owinęłam mu ramiona ręcznikiem. Uprzedziłam Willa, że nieco wyszłam z wprawy, ale dodałam, że i tak nie mógłby wyglądać gorzej niż w tej chwili.

– Wielkie dzięki – powiedział.

Wzięłam się do pracy, przesuwając kosmyki między palcami i starając się przypomnieć sobie nieliczne podstawowe zasady, których zdążyłam się kiedyś nauczyć. Will oglądał film, wydawał się rozluźniony i niemal zadowolony. Co jakiś czas mówił mi coś na jego temat – w czym jeszcze wystąpił aktor grający główną rolę, gdzie pierwszy raz widział ten film – na co ja wydawałam pomruki zainteresowania (jak wtedy gdy Thomas pokazuje mi swoje zabawki), chociaż całą uwagę skupiałam na tym, żeby nie schrzanić mu fryzury. Wreszcie najgorszy etap miałam za sobą i stanęłam przed nim, żeby zobaczyć, jak wygląda.

– No i jak? – Will zatrzymał DVD.

Wyprostowałam się.

– Nie jestem pewna, czy mi się podoba, że widać ci aż tyle twarzy. Człowiek czuje się nieswojo.

– Trochę chłodno – zauważył, kręcąc głową.

– Zaczekaj – powiedziałam – przyniosę dwa lustra. Wtedy będziesz mógł się obejrzeć. Ale nie ruszaj się. Jeszcze trochę mi zostało. Może trzeba będzie obciąć jakieś ucho.

Byłam w sypialni, szukając w szufladach lusterka, kiedy usłyszałam, że otwierają się drzwi. Szybkie kroki dwóch osób, podniesiony, niespokojny głos pani Traynor.

– Georgino, proszę, nie rób tego.

Drzwi do salonu otworzyły się gwałtownie. Złapałam lusterko i wybiegłam z pokoju. Nie chciałam, żeby znów się okazało, że nie ma mnie przy Willu. Pani Traynor stała w wejściu do salonu, unosząc dłonie do ust, najwyraźniej była świadkiem jakiegoś niebywałego spotkania.

– Jesteś największym egoistą, jakiego spotkałam! – krzyczała młoda kobieta. – W głowie mi się to nie mieści, Will! Już wcześniej byłeś samolubny, a teraz jest jeszcze gorzej.

– Georgino. – Pani Traynor zerknęła na mnie, gdy podeszłam. – Proszę, przestań.

Weszłam za nią do pokoju. Przed wózkiem Willa, który siedział z ręcznikiem na ramionach, mając u stóp kłębki kasztanowych ścinków, stała młoda kobieta. Jej długie ciemne włosy związane były w rozsypujący się węzeł z tyłu głowy. Była opalona, ubrana w kosztowne zniszczone spodnie i wysokie zamszowe buty. Tak jak Alicia miała piękne, regularne rysy, jej zęby jaśniały zdumiewającą bielą jak z reklamy pasty do zębów. Wiedziałam to dlatego, że buraczkowa z wściekłości, wciąż na niego warczała.

– Nie mogę w to uwierzyć. Nie mieści mi się w głowie, że mogłeś choćby o tym pomyśleć. Co ty sobie...

– Georgino, proszę – pani Traynor gwałtownie uniosła głos. – To nie jest właściwy moment.

Will z beznamiętną miną wpatrywał się w jakiś niewidoczny punkt przed sobą.

– Eeee... Will? Czy potrzebujesz jakiejś pomocy? – zapytałam cicho.

– Kim pani jest? – Dziewczyna odwróciła się gwałtownie. Dopiero wtedy zobaczyłam, że oczy ma pełne łez.

– Georgino – powiedział Will – poznaj Louisę Clark, moją damę do towarzystwa i wstrząsająco kreatywną fryzjerkę. Louisa, poznaj moją siostrę Georginę. Najwyraźniej przyleciała aż z Australii, żeby na mnie nawrzeszczeć.

– Nie spłycaj – odparła na to Georgina. – Mama mi powiedziała. Powiedziała mi o wszystkim.

Nikt się nie ruszał.

– To ja może zostawię państwa na chwilę samych – zdecydowałam.

– Dobry pomysł. – Palce pani Traynor zaciśnięte na oparciu kanapy aż zbielały.

Wymknęłam się z pokoju.

– Właściwie, Louiso, może już pora, żebyś zrobiła sobie przerwę obiadową.

To najwyraźniej miał być dzień przystankowy. Zabrałam z kuchni swoje kanapki, włożyłam płaszcz i wyszłam tylnym wyjściem.

Wychodząc, słyszałam jeszcze, jak Georgina Traynor znów krzyczy w przybudówce.

– Will, czy nigdy nie przyszło ci do głowy, że tu nie chodzi tylko o ciebie?

Kiedy wróciłam pół godziny później, w domu panowała cisza. Nathan mył kubek w zlewie.

Odwrócił się, kiedy mnie zobaczył.

– Jak tam?

– Poszła sobie?

– Kto?

– Jego siostra.

Obejrzał się za siebie.

– Ach. Więc to była siostra? Tak, poszła. Właśnie ruszała z piskiem opon, kiedy przyszedłem. Jakaś sprzeczka rodzinna?

– Nie wiem – powiedziałam. – Akurat strzygłam Willa, kiedy przyszła ta kobieta i zaczęła się na niego drzeć. Myślałam, że to jego kolejna dziewczyna.

Nathan wzruszył ramionami.

Zdałam sobie sprawę, że nie interesują go szczegóły życia osobistego Willa, nawet gdyby je znał.

– Ale mało się odzywa. Dobra robota, jeśli chodzi o golenie. Dobrze, że wydostałaś go z tych zarośli.

Poszłam znów do salonu. Will siedział, patrząc w telewizor z filmem zatrzymanym dokładnie w tym momencie, w którym go zatrzymałam, wychodząc.

– Chcesz, żebym znów włączyła film? – zapytałam.

Przez chwilę jakby mnie nie słyszał. Siedział z głową zapadniętą w ramiona, cały wcześniejszy luz zniknął za jakąś zasłoną. Will znów schował się za czymś, czego nie mogłam przeniknąć.

Zamrugał, jakby dopiero teraz mnie zauważył.

– Dobrze – zgodził się.

Usłyszałam ich rozmowę, kiedy szłam korytarzem, taszcząc kosz z praniem. Drzwi przybudówki były lekko uchylone i głosy pani Traynor i jej córki niosły się lekko przytłumionymi falami. Siostra Willa płakała cicho, z jej głosu zniknęła cała wściekłość. Teraz mówiła prawie jak dziecko.

– Muszą mu jakoś pomóc. Na pewno coś da się zrobić. Nie możecie zabrać go do Ameryki? Tam wszystko idzie naprzód.

– Twój ojciec trzyma rękę na pulsie, jeśli chodzi o postępy w medycynie. Ale nie, kochanie, nie ma nic... konkretnego.

– Jest teraz taki... inny. Jakby sobie postanowił, że nie będzie dostrzegał niczego pozytywnego. Przedtem był przekonany, że coś się zmieni.

Czułam się trochę nieswojo, podsłuchując taką osobistą rozmowę. Ale dziwny ton pani Traynor sprawił, że podeszłam jeszcze bliżej. Byłam tylko w skarpetkach, mogłam więc poruszać się bezgłośnie.

– Wiesz, nie powiedzieliśmy ci jeszcze o czymś. Nie chcieliśmy cię martwić. Ale on... – wyraźnie nie chciało jej to przejść przez gardło. – On próbował się zabić.

– Co takiego?

– Tato go znalazł. To było jeszcze w styczniu. To było... coś strasznego.

Chociaż jej słowa tylko potwierdzały to, czego sama się domyśliłam, czułam, jakby krew ze mnie odpłynęła. Usłyszałam zdławiony płacz, szeptane pocieszenia. Potem znów zapadła cisza. A potem Georgina, głosem głuchym z bólu, znów się odezwała.

– Ta dziewczyna?

– Tak. Louisa jest tu po to, żeby to się nigdy nie powtórzyło.

Zastygłam. Po drugiej stronie korytarza, w łazience, Nathan i Will rozmawiali cicho, szczęśliwie nieświadomi rozmowy toczącej się kilka metrów od nich. Zrobiłam jeszcze krok w stronę drzwi. Chyba wiedziałam o tym, kiedy tylko dostrzegłam blizny na jego nadgarstkach. Teraz już wszystko rozumiałam – niepokój pani Traynor, która nie chciała, żebym zostawiała Willa samego na dłużej, jego niechęć wobec mnie, fakt, że przez większość czasu czułam, że właściwie nie mam tu prawie nic do roboty. Byłam niańką. Ja nie zdawałam sobie z tego sprawy, ale Will tak, i dlatego mnie nie znosił.

Sięgnęłam do klamki, żeby delikatnie zamknąć drzwi. Zastanawiałam się, czy Nathan wiedział o wszystkim. I czy Will jest teraz szczęśliwszy. Uświadomiłam sobie, że samolubnie czuję słabą ulgę, że Will nie był nastawiony przeciwko mnie, ale przeciwko temu, że zatrudniono mnie – że w ogóle zatrudniono kogoś – żeby go pilnował. Myśli brzęczały mi w głowie tak głośno, że niemal przegapiłam kolejny fragment rozmowy.

– Nie możesz pozwolić, żeby to zrobił, mamo. Musisz go powstrzymać.

– To nie jest nasza decyzja, kochanie.

– Ależ tak. Jeśli on cię prosi, żebyś wzięła w tym udział – zaprotestowała Georgina.

Zastygłam z dłonią na klamce.

– Nie mogę uwierzyć, że się na to zgadzasz. A twoja religia? A to wszystko, co zrobiłaś? Jaki sens miało to, że uratowałaś go ostatnim razem?

Głos pani Traynor był bardzo opanowany.

– To nie fair.

– Ale powiedziałaś, że go tam zabierzesz. Co to...

– A czy pomyślałaś przez chwilę, że gdybym mu odmówiła, poprosiłby kogoś innego?

– Ale Dignitas?! Nie zgadzam się na to. Wiem, że jest mu ciężko, ale to zniszczy ciebie i tatę. Wiem to. Pomyśl tylko, jak będziesz się czuła. Pomyśl, jaki szum zrobi się wokół tego! A twoja praca! Wasza reputacja! On przecież o tym wie. To samolubne choćby o to prosić. Jak on tak może? Jak ty możesz robić coś takiego?

Znów zaczęła płakać.

– George...

– Nie patrz tak na mnie. On jest dla mnie ważny, mamusiu. Naprawdę. To mój brat i kocham go. Ale nie mogę tego znieść. Nie mogę znieść nawet samej myśli o tym. On nie powinien o to prosić, a ty nie powinnaś się nad tym zastanawiać. I zniszczy nie tylko swoje życie, jeśli dopnie swego.

Odsunęłam się od okna. Krew tak głośno dudniła mi w uszach, że prawie nie słyszałam odpowiedzi pani Traynor.

– Sześć miesięcy, George. Obiecał dać mi sześć miesięcy. To wszystko. Nie chcę, żebyś więcej wspominała o tej sprawie, a już na pewno nie przy kimś innym. A my musimy... – odetchnęła głęboko – musimy się modlić, żeby w tym czasie zdarzyło się coś, co sprawi, że zmieni zdanie.

8

Camilla

Nigdy nie przyłożę ręki do zabicia mojego syna.

Nawet gdy czyta się te słowa, wydają się dziwne – jak coś, co można zobaczyć w tabloidzie albo w jednym z tych okropnych pisemek, które zawsze wystają z torebki sprzątaczki, gdzie pełno jest historii kobiet, którym partner uwiódł córkę, opowieści o zdumiewającej utracie wagi oraz niemowlętach z dwiema głowami.

Ja nie należałam do osób, którym przydarzają się takie rzeczy. A w każdym razie tak sądziłam. Moje życie było dość uporządkowane – zupełnie zwyczajne według współczesnych standardów. Byłam mężatką od prawie trzydziestu siedmiu lat, wychowałam dwoje dzieci, nie przestałam pracować, pomagałam w szkole, działałam w stowarzyszeniu rodziców, a kiedy dzieci przestały mnie potrzebować, zostałam sędzią.

Jestem sędzią już od prawie jedenastu lat. Patrzyłam, jak przez mój sąd przewijają się wszelkiego rodzaju ludzkie przypadki: beznadziejne porzucone dzieci, które nie były w stanie zebrać się w sobie na tyle, żeby przyjść na czas na rozprawę; recydywiści, cyniczni młodzi mężczyźni oraz wyczerpane, znękane długami matki. Bardzo trudno zachować spokój i zrozumienie, kiedy wciąż na nowo widzi się te same twarze i te same błędy. Czasem słyszałam zniecierpliwienie we własnym głosie. Bywało to dziwnie przygnębiające, ta tępa odmowa ludzkości, by choćby spróbować postępować odpowiedzialnie.

A nasze miasteczko, mimo urody zamku, wielu zabytkowych budynków, malowniczych wiejskich dróżek, nie mogło mnie na to uodpornić. Na naszych placach z okresu regencji nastolatki piły tanie wino, kryte strzechą dachy wiejskich domów tłumiły odgłosy rodzinnych awantur. Czasem czułam się jak średniowieczny król Kanut Wielki, na próżno wygłaszający wyroki wobec wzbierającej fali chaosu i zniszczenia. Ale uwielbiałam swoją pracę. Wybrałam ją, ponieważ wierzę w ład, w zasady moralne. Wierzę, że istnieje dobro i zło, choć można by to uznać za staroświecki pogląd.

W przetrwaniu trudniejszych okresów pomagał mi mój ogród. Kiedy dzieci dorosły, stał się po trosze moją obsesją. Mogłabym podać łacińską nazwę niemal każdej wskazanej rośliny. Co zabawne, nawet nie uczyłam się łaciny w szkole – była to raczej marna szkoła prywatna dla dziewcząt, gdzie skupiano się na gotowaniu i hafcie, co miało uczynić z nas dobre żony, ale nazwy roślin jakoś zapadały mi w pamięć. Wystarczyło, że raz je usłyszałam, a zapamiętywałam na zawsze: *Helleborus niger*, *Eremurus stenophyllus*, *Athyrium niponicum*. Mogę je powtórzyć z taką płynnością, z jaką nigdy nie udawało mi się to w szkole.

Mówi się, że człowiek docenia ogród dopiero w pewnym wieku, i myślę, że jest w tym trochę prawdy. Ma to chyba związek z wielkim cyklem życia. Niepowstrzymany optymizm młodych roślin po ponurej zimie ma w sobie coś z cudu, można z radością przyglądać się dokonującej się co roku przemianie i temu, jak natura ukazuje różne części ogrodu z ich najlepszej strony. Bywały takie chwile – kiedy w moim małżeństwie zrobiło się tłoczniej, niż się spodziewałam – że ten ogród był dla mnie azylem, niekiedy jedyną radością.

Bywały też chwile, kiedy, szczerze mówiąc, był dla mnie utrapieniem. Nie ma nic bardziej rozczarowującego, niż kiedy nowa rabatka nie chce kwitnąć albo gdy człowiek patrzy, jak rządek ozdobnego czosnku zostaje w ciągu jednej nocy zniszczony przez jakiegoś oślizgłego sprawcę. Ale nawet wtedy, kiedy skarżyłam się, że jego pielęgnacja wymaga za dużo czasu i wysiłku, kiedy moje stawy protestowały po całym popołudniu spędzonym na pieleniu albo kiedy nie mogłam domyć paznokci, i tak go uwielbiałam. Kochałam zmysłową przyjemność bycia na dworze, zapach roślin, dotyk ziemi pod palcami, satysfakcję z obserwowania, jak coś rośnie i kwitnie, w zachwycie nad jego ulotnym pięknem.

Po wypadku Willa porzuciłam ogród na rok. Nie chodziło tylko o to, że nie miałam czasu, chociaż niekończące się godziny spędzane w szpitalu, na jeżdżeniu tu i tam samochodem, na spotkaniach – o Boże, spotkaniach – pochłaniały go tak wiele. Wzięłam w pracy półroczny urlop okolicznościowy, ale nadal miałam za mało czasu.

Raczej po prostu nagle przestałam widzieć w tym sens. Płaciłam ogrodnikowi, żeby przychodził i utrzymywał w ogrodzie porządek, i chyba przez rok nie poświęciłam mu nic ponad przelotne spojrzenie.

Dopiero kiedy przywieźliśmy Willa z powrotem do domu, kiedy przybudówka była zaadaptowana i gotowa, znów poczułam, że warto doprowadzić ogród do rozkwitu. Chciałam, żeby mój syn miał na co patrzeć. Chciałam poprzez ten ogród powiedzieć mu, że różne rzeczy się zmieniają, rozwijają się albo obumierają, ale życie toczy się dalej. Że wszyscy jesteśmy częścią jakiegoś wielkiego cyklu, rytmu, którego zrozumienie dane jest jedynie Bogu. Oczywiście nie mogłam mu tego powiedzieć – nigdy nie umieliśmy zbyt dobrze ze sobą rozmawiać – ale chciałam mu to pokazać. Taka milcząca obietnica, że jest jakaś szersza perspektywa, jaśniejsza przyszłość.

Steven grzebał w kominku. Pogrzebaczem zręcznie przesunął na wpół spalone polana, z których wzbiły się iskry, po czym położył pośrodku nową kłodę. Odsunął się, tak jak zawsze, i patrzył z cichą satysfakcją, jak obejmują ją płomienie, po czym otrzepał ręce o sztruksowe spodnie. Odwrócił się, gdy weszłam do pokoju. Podałam mu szklankę.

– Dziękuję. Czy George zejdzie na dół?

– Chyba nie.

– A co robi?

– Ogląda na górze telewizję. Chce być sama. Pytałam.

– Dojdzie do siebie. Może to zmiana strefy czasowej.

– Mam nadzieję, Steven. Na razie nie czuje się z nami zbyt dobrze.

Staliśmy w milczeniu, patrząc w ogień. Pokój wokół nas był ciemny i cichy, okiennice grzechotały lekko pod naporem wiatru i deszczu.

– Paskudny wieczór.

– Tak.

Pies przydreptał do pokoju i z westchnieniem rozpłaszczył się przed kominkiem, spoglądając czule na nas oboje.

– Co myślisz? – zapytał Steven. – O tym całym strzyżeniu?

– Nie wiem. Chciałabym myśleć, że to dobry znak.

– Ta Louisa ma charakterek, prawda?

Widziałam, jak mój mąż uśmiecha się sam do siebie. „O nie, czyżby ona też?" – pomyślałam, po czym zdławiłam tę myśl.

– Tak. Tak. Chyba tak.

– Myślisz, że to właściwa osoba?

Zanim odpowiedziałam, upiłam łyk swojego drinka. Dżin na dwa palce, plasterek cytryny i dużo toniku.

– Kto wie? – powiedziałam. – Ja już nie wiem, co jest odpowiednie, a co nie.

– On ją lubi. Jestem tego pewien. Wczoraj wieczorem rozmawialiśmy, oglądając wiadomości, i wspomniał o niej dwa razy. Wcześniej tego nie robił.

– Tak. Ale nie czyniłabym sobie zbyt wielkich nadziei.

– Musisz tak mówić?

Steven odwrócił się od ognia. Widziałam, jak mi się przygląda, być może dostrzega nowe bruzdy wokół oczu, usta zaciśnięte w wąską linię. Spojrzał na złoty krzyżyk, który teraz stale nosiłam. Nie lubiłam, kiedy tak na mnie patrzył. Nigdy nie mogłam powstrzymać poczucia, że porównuje mnie z kimś innym.

– Ja tylko jestem realistką.

– Mówisz... mówisz, jakbyś spodziewała się, że to się stanie.

– Znam swojego syna.

– Naszego syna.

– Tak. Naszego syna. – „Ale to bardziej mój syn", pomyślałam. „Właściwie nigdy cię przy nim nie było. Nie emocjonalnie. Byłeś tylko kimś nieobecnym, na kim on starał się zrobić wrażenie".

– Zmieni zdanie – powiedział Steven. – Jest jeszcze dużo czasu.

Staliśmy dalej przy kominku. Upiłam duży łyk ze szklanki, w cieple ognia lód wydawał się jeszcze zimniejszy.

– Tak sobie myślę... – zaczęłam, patrząc w palenisko. – Wciąż mam poczucie, że coś mi umknęło.

Mój mąż wciąż na mnie patrzył. Czułam na sobie jego wzrok, ale nie mogłam się zdobyć, by także na niego spojrzeć. Może chciał zrobić jakiś gest w moją stronę. Ale chyba zaszliśmy już za daleko na coś takiego.

Upił ze swojej szklanki.

– Możesz zrobić tylko to, co jest w granicach twoich możliwości, kochanie.

– Zdaję sobie z tego sprawę. Ale to nie wystarczy, prawda?

Odwrócił się do ognia i zaczął niepotrzebnie grzebać w kominku, dopóki nie odwróciłam się i nie wyszłam cicho z pokoju.

Wiedział, że to zrobię.

Kiedy Will po raz pierwszy powiedział mi, czego chce, musiał to powtórzyć, bo byłam pewna, że za pierwszym razem się przesłyszałam. Gdy zdałam sobie sprawę, o co prosi, zachowałam spokój, po czym powiedziałam mu, że to śmieszne, i wyszłam z pokoju. To niesprawiedliwa przewaga, że można odejść od kogoś, kto jest na wózku. Między przybudówką a głównym budynkiem są dwa schodki, i bez pomocy Nathana nie mógł ich pokonać. Zamknęłam za sobą drzwi przybudówki i stałam w korytarzu, a spokojnie wypowiedziane słowa mojego syna wciąż dźwięczały mi w uszach.

Stałam tam chyba z pół godziny.

Ale on nie odpuścił. Jak to Will, zawsze musiał mieć ostatnie słowo. Powtarzał swoją prośbę za każdym razem, kiedy szłam do niego, aż w końcu musiałam niemal sama siebie do tego przekonywać. „Nie chcę tak żyć, mamo. To nie jest życie, jakie wybrałem. Nie ma żadnych szans, żebym wyzdrowiał, więc prośba o to, by je zakończyć w sposób, który wydaje mi się stosowny, jest zupełnie rozsądna". Słuchając go, mogłam sobie wyobrazić, jak się zachowywał na tych wszystkich spotkaniach biznesowych, w pracy, dzięki której stał się bogaty i arogancki. Przywykł do tego, że inni go słuchają. Nie mógł znieść, że w jakiś sposób mogę decydować o jego przyszłości, że znów stałam się jego matką.

Musiał bardzo się starać, żebym się zgodziła. Nie chodzi o to, że zabraniała mi tego religia – chociaż myśl o tym, że Will przez swoją własną desperację skaże się na wieczne potępienie, była straszna (ale wolę wierzyć, że Bóg, dobrotliwy Bóg, rozumie nasze cierpienia i wybaczy nam nasze błędy).

Chodzi raczej o to, czego nie da się zrozumieć, jeśli się nie jest matką, o to, że widzi się przed sobą nie dorosłego człowieka – nieokrzesanego, zarośniętego, niedomytego, bezczelnego potomka – z jego mandatami, brudnymi butami i skomplikowanym życiem uczuciowym. Widzi się wszystkich ludzi, jakimi kiedykolwiek był, złożonych w całość.

Patrzyłam na Willa i widziałam niemowlę, które trzymałam kiedyś w swoich ramionach, ogarnięta pierwotnym zachwytem, nie mogąc uwierzyć, że stworzyłam ludzką istotę. Widziałam przedszkolaka, który łapie mnie za rękę, ucznia, który wyciera łzy wściekłości, bo dał się upokorzyć jakiemuś starszemu chłopakowi. Widziałam słabości, miłość, całą jego historię. A teraz prosi mnie, żebym unicestwiła to wszystko – nie tylko mężczyznę, ale i małe dziecko – całą tę miłość, całą tę historię.

A potem 22 stycznia, kiedy ja ugrzęzłam w sądzie z niekończącym się szeregiem drobnych złodziei i nieubezpieczonych kierowców oraz płaczących i wściekłych byłych małżonków, Steven wszedł do przybudówki i znalazł naszego syna niemal nieprzytomnego, z odchyloną bezwładnie głową i kałużą ciemnej, lepkiej krwi wokół wózka. Will znalazł jakiś zardzewiały gwóźdź, wystający ledwo na centymetr z pospiesznie wykończonych belek w holu na tyłach, i przyciskając do niego nadgarstek, jeździł w tę i z powrotem, aż rozdarł sobie ciało na strzępy. Aż do dziś nie mogę sobie wyobrazić determinacji, która sprawiła, że nie przestawał, chociaż musiał być na wpół przytomny z bólu. Lekarze powiedzieli, że dwadzieścia minut później już by nie żył.

To nie było, jak stwierdzili niezwykle eufemistycznie, wołanie o pomoc.

Kiedy powiedzieli mi w szpitalu, że Will przeżyje, wyszłam do ogrodu i dostałam furii. Wrzeszczałam na Boga, na przyrodę, na los, który wciągnął naszą rodzinę w taką otchłań. Gdy teraz o tym myślę, musiałam wyglądać na obłąkaną. Był zimny wieczór, a ja stałam w ogrodzie, rzuciłam szklanką brandy w rosnący dziesięć metrów dalej *Euonymus compactus* i krzyczałam, mój głos rozdzierał powietrze, odbijał się od murów zamku, jego echo ginęło w oddali. Byłam wściekła, że otaczają mnie rośliny, które mogę przenosić, kształtować, które rosną i się rozmnażają, a mój syn – mój pełen życia, charyzmatyczny, piękny chłopiec – był tylko tym „czymś". Nieruchomym, zwiędłym, zakrwawionym, cierpiącym. Ich piękno wydawało się czymś nieprzyzwoitym. Krzyczałam i przeklinałam bez końca – sama nie wiedziałam, że znam takie słowa – aż Steven przyszedł i stał, trzymając mi rękę na ramieniu i czekając, aż się uspokoję.

On nic nie rozumiał. Jeszcze wtedy to do niego nie dotarło. Że Will znów spróbuje. Że nasze życie będzie polegało na nieustającej czujności, czekaniu na następny raz, na to, jaki koszmar znów na siebie ściągnie. Będziemy musieli patrzeć na świat jego oczami – dostrzegać możliwe trucizny, ostre przedmioty, przemyślność, z którą zdoła dokończyć to, co zaczął ten przeklęty motocyklista. Nasze życie będzie musiało się skurczyć, skupić na możliwości tego jednego faktu. A on miał przewagę – mógł myśleć wyłącznie o tym.

Dwa tygodnie później powiedziałam Willowi:

– Dobrze.

Oczywiście, że to zrobiłam.

Co innego mogłam uczynić?

9

Tej nocy nie mogłam zasnąć. Leżałam w swojej klitce, wpatrując się w sufit i starannie odtwarzając ostatnie dwa miesiące, przy uwzględnieniu tego, co wiedziałam teraz. Czułam się tak, jakby wszystko się poprzestawiało, rozsypało i ułożyło zupełnie inaczej, we wzór, który ledwo rozpoznawałam.

Czułam się zrobiona w konia, jak jakieś głupie narzędzie, które nie wiedziało, co się dzieje. Pewnie śmiali się za moimi plecami, że próbuję karmić Willa warzywami albo obciąć mu włosy – takie różne drobiazgi, żeby się lepiej czuł. Bo w końcu po co to wszystko?

Wciąż na nowo przypominałam sobie podsłuchaną rozmowę, próbując zinterpretować ją jakoś inaczej, przekonać samą siebie, że źle zrozumiałam ich słowa. Ale do Dignitas nie jeździło się na długi weekend. Nie mogłam uwierzyć, że Camilla Traynor w ogóle dopuszcza możliwość, że mogłaby pomóc swojemu synowi w czymś takim. Tak, uważałam, że jest oziębła i sztywna wobec niego. Trudno było sobie wyobrazić, że go przytula, tak jak moja mama przytulała nas – serdecznie i radośnie, aż w końcu się wyrywaliśmy, prosząc, żeby nas puściła. Jeśli mam być szczera, sądziłam, że wyższe klasy tak właśnie odnoszą się do swoich dzieci. W końcu byłam świeżo po lekturze *Love in a Cold Climate* Nancy Mitford z półki Willa. Ale z własnej woli czynnie brać udział w zabiciu własnego syna?

Z perspektywy jej zachowanie wydawało się jeszcze bardziej pełne chłodu, jej działania podszyte jakimiś złowrogimi zamiarami. Byłam zła na nią i na Willa. Zła, że dałam im wciągnąć się w tę komedię. Zła na te wszystkie chwile, kiedy siedziałam i zastanawiałam się, jak sprawić, żeby było mu lepiej, żeby nic go nie bolało, żeby był wesoły. A kiedy się nie złościłam, byłam smutna. Przypominałam sobie, jak lekko załamał jej się głos, kiedy próbowała pocieszać Georginę, i było mi jej bardzo żal. Wiedziałam, że jest w sytuacji, w której nie ma dobrego rozwiązania.

Ale głównie przepełniała mnie zgroza, dręcząca świadomość tego, czego się dowiedziałam. Jak można żyć, odliczając dni do własnej śmierci? Jak ten człowiek, którego skórę – ciepłą i żywą – czułam tego ranka pod palcami – mógł postanowić unicestwić samego siebie? Jak to możliwe, że za zgodą wszystkich za pół roku ta sama skóra będzie rozkładać się pod ziemią?

A najgorsze, że nie mogłam nikomu o tym powiedzieć. Należałam teraz do spisku Traynorów. Chora i niespokojna zadzwoniłam do Patricka, żeby powiedzieć mu, że nie czuję się dobrze i że zostanę w domu. Nie ma problemu, on zamierza pobiec na dziesięć kilometrów, powiedział. Pewnie dopiero po dziewiątej skończy zajęcia w klubie. Zobaczymy się w sobotę. Wydawał się roztargniony, jakby już był myślami gdzie indziej, na jakiejś legendarnej trasie.

Nie miałam ochoty na kolację. Leżałam w łóżku, aż owładnęły mną tak ciężkie i ponure myśli, że nie mogłam znieść ich ciężaru, więc o wpół do dziewiątej zeszłam na dół i siedziałam w milczeniu, gapiąc się w telewizor, obok dziadka, jedynej osoby w naszej rodzinie, która z pewnością mnie o nic nie zapyta. Siedział w swoim ulubionym fotelu i szklistym wzrokiem wpatrywał się w ekran. Nigdy nie byłam pewna, czy naprawdę ogląda, czy umysłem jest zupełnie gdzie indziej.

– Na pewno nic nie chcesz, kochanie? – Mama pojawiła się obok mnie z kubkiem herbaty. W naszej rodzinie herbata była dobra na wszystko.

– Nie, dzięki, nie jestem głodna.

Zobaczyłam, jak patrzą na siebie z tatą. Wiedziałam, że potem będą mruczeć między sobą, że Traynorowie zmuszają mnie do zbyt ciężkiej pracy, że zajmowanie się takim inwalidą to dla mnie za dużo.

Wiedziałam, że będą się obwiniać za to, że zachęcali mnie do przyjęcia tej posady.

Nie będę ich wyprowadzać z błędu.

Jak na ironię, następnego dnia Will był w dobrej formie – nadzwyczaj rozmowny, pewny siebie, uparty. Mówił chyba więcej niż kiedykolwiek wcześniej. Tak jakby miał ochotę się ze mną sprzeczać i był rozczarowany, że nie daję się wciągnąć do zabawy.

– To kiedy masz zamiar dokończyć tę rąbaninę?

Sprzątałam w salonie. Spojrzałam na niego znad właśnie trzepanych poduszek.

– Co takiego?

– Włosy. Nie skończyłaś. Wyglądam jak sierotka z Dickensa. Albo jakiś punk. – Odwrócił głowę, żebym mogła lepiej zobaczyć swoje dzieło. – Chyba że to jeden z manifestów twojego alternatywnego stylu.

– Chcesz, żebym dokończyła cię strzyc?

– Cóż, wyraźnie dobrze się przy tym bawiłaś. Poza tym miło by było nie wyglądać jak pacjent wariatkowa.

Bez słowa przyniosłam ręcznik i nożyczki.

– Nathan jest zadowolony, że znów wyglądam jak facet – oznajmił – chociaż martwi się, że teraz trzeba mnie będzie codziennie golić.

– Och – powiedziałam.

– Nie masz chyba nic przeciwko? W weekendy będę musiał jakoś znosić hipsterski zarost.

Nie byłam w stanie z nim rozmawiać. Nie mogłam nawet spojrzeć mu w oczy. Czułam się tak, jakbym się dowiedziała, że mój chłopak mnie zdradza. Co dziwne, czułam się tak, jakby to on mnie zdradził.

– Clark?

– Hm?

– Znów jesteś niepokojąco milcząca. Co się stało z dziewczyną rozmowną do granic lekkiej irytacji?

– Przepraszam.

– Czyżby znowu Pan Maratończyk? Co zrobił tym razem? Chyba nie pobiegł w siną dal?

– Nie.

Wzięłam miękkie pasmo włosów Willa między palec wskazujący i środkowy i uniosłam nożyczki. Zastygłam z otwartymi ostrzami. „Jak to zrobią? Dadzą mu zastrzyk? Albo jakieś pigułki? Czy zostawią go w pokoju z zestawem brzytew?".

– Wyglądasz na zmęczoną. Nie chciałem nic mówić, kiedy przyszłaś, ale wyglądasz okropnie.

– Och.

„Jak pomagają komuś, kto nie może ruszać rękami?". Spojrzałam na jego nadgarstki, jak zwykle zasłonięte długimi rękawami. Całymi tygodniami sądziłam, że to dlatego, że marznie bardziej niż zwykli ludzie. Kolejne kłamstwo.

– Clark?

– Tak?

Cieszyłam się, że stoję za jego plecami. Nie chciałam, żeby widział moją twarz.

Zawahał się. Jego kark, tam gdzie wcześniej zasłaniały go włosy, był jeszcze jaśniejszy niż reszta skóry. Wyglądał miękko, biało i dziwnie bezbronnie.

– Słuchaj, przepraszam cię za moją siostrę. Ona była... bardzo zdenerwowana, ale to nie znaczy, że wolno jej zachowywać się po chamsku. Czasem jest trochę obcesowa. Nie zdaje sobie sprawy, jak bardzo potrafi nadepnąć na odcisk – urwał. – Chyba dlatego podoba jej się mieszkanie w Australii.

– Chodzi ci o to, że tam walą prawdę prosto w oczy?

– To znaczy?

– Nic. Mógłbyś podnieść głowę?

Ciachałam i przeczesywałam, metodycznie posuwając się wokół głowy, aż w końcu z jego bujnej czupryny zostały tylko drobne włoski u jego stóp.

Pod koniec dnia wszystko stało się dla mnie jasne. Podczas gdy Will oglądał z ojcem telewizję, wzięłam kartkę A4 z drukarki oraz długopis ze słoika na kuchennym oknie i napisałam to, co chciałam powiedzieć. Złożyłam kartkę, znalazłam kopertę, zaadresowałam ją do jego matki i zostawiłam na kuchennym stole.

Kiedy wieczorem wychodziłam, Will rozmawiał z ojcem. A właściwie to się śmiał. Przystanęłam na korytarzu z torbą na ramieniu, nasłuchując. Z czego się śmieje? Co mogło wzbudzić w nim taką wesołość, biorąc pod uwagę, że całkiem niedługo zamierza odebrać sobie życie?

– Wychodzę! – zawołałam w progu i ruszyłam do wyjścia.

– Hej, Clark... – zaczął, ale ja już zamknęłam za sobą drzwi.

Przez całą krótką podróż autobusem zastanawiałam się, co powiem rodzicom. Będą wściekli, że porzuciłam z ich punktu widzenia idealną i dobrze płatną pracę. Po pierwszym wstrząsie udręczona mama zacznie mnie bronić, twierdząc, że pewnie było mi tam za ciężko. Ojciec zapyta, dlaczego nie mogę być bardziej jak moja siostra. Często tak mówił, chociaż to nie ja zrujnowałam sobie życie, zachodząc w ciążę, i to nie ja byłam zmuszona korzystać ze wsparcia reszty rodziny, jeśli chodzi o kasę i opiekę nad dzieckiem. Ale w naszym domu nie można było powiedzieć czegoś takiego, ponieważ, zdaniem mamy, sugerowałoby się w ten sposób, że Thomas nie jest darem niebios. A wszystkie dzieci są błogosławieństwem, nawet te, które nieustannie mówią „gnojek" i przez które połowa potencjalnych żywicieli w naszej rodzinie nie może pójść do żadnej normalnej pracy.

Nie będę mogła powiedzieć im prawdy. Wiedziałam, że nic nie jestem winna rodzinie Traynorów, ale nie będę ściągać na nich ciekawskich spojrzeń sąsiadów.

Wszystkie te myśli kłębiły mi się w głowie, kiedy wysiadłam z autobusu i szłam w dół zboczem wzgórza. A potem doszłam na róg naszej uliczki i usłyszałam krzyki, poczułam lekką wibrację w powietrzu i natychmiast zapomniałam o tym wszystkim.

Przed naszym domem zebrał się niewielki tłumek. Przyspieszyłam kroku, bojąc się, że coś się stało, ale potem zobaczyłam na ganku rodziców, którzy stali, spoglądając w górę, i zdałam sobie sprawę, że wcale nie chodzi o nasz dom. To była po prostu kolejna potyczka w długoletnim konflikcie naszych sąsiadów.

O tym, że Richard Grisham nie jest wzorem małżeńskiej wierności, wiadomo było na naszej ulicy nie od dziś. Ale sądząc po scenie, jaka rozgrywała się w ich ogródku od frontu, jego żona dowiedziała się o tym dopiero teraz.

– Chyba uważasz mnie za jakąś cholerną kretynkę. Ona miała na sobie twój T-shirt! Ten, który zrobiłam dla ciebie na urodziny!

– Słonko... Dympna... To nie tak, jak myślisz...

– Poszłam po te cholerne jajka po szkocku! A tu proszę, paraduje w twojej koszulce! Że też ma tupet! A ja nawet nie lubię jajek po szkocku!

Zwolniłam kroku, przepychając się między ludźmi, dotarłam do naszej furtki, patrząc, jak Richard uchyla się przed lecącym DVD. Za nim pofrunęła para butów.

– Jak długo to już trwa?

Mama, w fartuszku zawiązanym schludnie w talii, wyprostowała skrzyżowane ramiona i zerknęła na zegarek.

– Już dobre trzy kwadranse. Bernardzie, myślisz, że trzy kwadranse?

– Zależy od tego, czy mierzyć od momentu, kiedy wyrzuciła ubrania, czy od tego, kiedy przyszedł do domu i znalazł je w ogródku.

– Chyba od tego, kiedy wrócił.

Tato zastanowił się.

– To byłoby raczej pół godziny. Ale mnóstwo klamotów wyrzuciła przez okno w ciągu pierwszego kwadransa.

– Tata mówi, że jeśli ona naprawdę go tym razem wyrzuci, postawi w zakładach na szkocką drużynę piłkarską.

Tłum narastał, ale nic nie wskazywało na to, że Dympna Grisham ma zamiar sobie odpuścić. Coraz liczniejsza widownia raczej dodawała jej wigoru.

– Możesz jej zanieść swoje obleśne książki! – wrzeszczała, wyrzucając przez okno całą lawinę czasopism.

Tłum przyjął to niewielkim aplauzem.

– Przekonamy się, czy będzie jej się podobało, jak będziesz siedział w kiblu z czymś takim przez pół niedzielnego popołudnia. – Zniknęła we wnętrzu domu, po czym znów pojawiła się w oknie i wysypała zawartość kosza na brudną bieliznę na zrujnowany trawnik.

– I swoje obleśne gacie. Ciekawe, czy będzie cię uważać za takiego – jak to było – ogiera, kiedy będzie ci je co dzień prała.

Richard na próżno zbierał naręcza swoich rzeczy lądujących na trawniku. Wołał coś w stronę okna, ale wśród ogólnego gwaru i buczenia trudno było zrozumieć, co mówi. Jakby chwilowo uznając swoją porażkę, przepchnął się przez tłum, otworzył samochód, wtaszczył naręcze swojego dobytku na tylne siedzenie i zatrzasnął drzwi. Co dziwne, chociaż jego kolekcja płyt i gier wideo miała duże powodzenie, nikt nie tknął brudnej bielizny.

Łup. Na chwilę zapadła cisza, gdy na ścieżce roztrzaskała się jego wieża stereo.

Z niedowierzaniem spojrzał w górę.

– Ty szurnięta dziwko!

– Ty posuwasz tego parchatego, zezowatego trolla ze stacji benzynowej, a niby ja jestem szurniętą dziwką?

Mama odwróciła się do ojca.

– Masz ochotę na filiżankę herbaty, Bernardzie? Chyba robi się trochę chłodno.

Nie spuszczając wzroku z drzwi sąsiada, ojciec odparł:

– Bardzo chętnie, kochanie, dziękuję.

Dopiero kiedy moja matka weszła do domu, zauważyłam ten samochód. Było to coś tak niespodziewanego, że z początku go nie poznałam – granatowy mercedes pani Traynor, nisko zawieszony, dyskretny. Zaparkowała, zerkając na scenę na chodniku, i zawahała się chwilę, zanim wysiadła. Stanęła, rozglądając się, być może szukała właściwego numeru. A potem mnie zobaczyła.

Wymknęłam się z ganku i ruszyłam ścieżką, zanim tato zdążył zapytać, dokąd idę. Pani Traynor zatrzymała się kawałek od tłumu, przyglądając się temu chaosowi niczym Maria Antonina spoglądająca na ciżbę zbuntowanych wieśniaków.

– Awantura rodzinna – powiedziałam.

Odwróciła wzrok, jakby niemal zawstydzona, że przyłapałam ją na przyglądaniu się.

– Widzę.

– Całkiem konstruktywna jak na nich. Chodzili do poradni małżeńskiej.

Jej elegancki wełniany kostium, perły i fryzura od drogiego fryzjera wystarczyły, by wyróżniała się na naszej ulicy, wśród spodni od dresu i tanich kolorowych szmatek z supermarketu. Wydawała się surowa, jeszcze bardziej niż wtedy, kiedy znalazła mnie śpiącą w pokoju Willa. W jakimś odległym zakamarku umysłu błysnęła mi myśl, że nie będę tęsknić za Camillą Traynor.

– Zastanawiałam się, czy mogłybyśmy chwilę porozmawiać. – Musiała podnieść głos, żebym usłyszała ją przez wrzawę rozentuzjazmowanego tłumu.

Pani Grisham wyrzucała teraz drogie wina Richarda. Każdą eksplodującą butelkę witały wrzaski zachwytu i kolejne gorączkowe błagania pana Grishama. Strumień czerwonego trunku spływał spod nóg tłumu do rynsztoka.

Zerknęłam na tłum, a potem na nasz dom. Nie mogłam sobie wyobrazić, że przyprowadzam panią Traynor do naszego frontowego pokoju, z pętającymi się pod nogami wagonikami od zabawkowej kolejki, dziadkiem chrapiącym przed telewizorem, mamą pryskającą odświeżaczem, żeby ukryć zapach skarpetek taty, i Thomasem, który wtyka głowę do pokoju, żeby mruknąć „gnojek" w stronę nowego gościa.

– Yyy... to nie jest najlepszy moment.

– Może mogłybyśmy porozmawiać w samochodzie. Tylko pięć minut, Louisa. Myślę, że jesteś nam to winna.

Kilkoro sąsiadów zerknęło w moją stronę, gdy wsiadałam do samochodu pani Traynor. Miałam szczęście, że awantura u Grishamów była wydarzeniem dnia, inaczej to ja stałabym się tematem do rozmów. Na naszej ulicy, jeśli wsiadałaś do drogiego samochodu, to znaczyło, że albo puszczasz się z piłkarzem, albo zgarnęli cię tajniacy.

Drzwi zamknęły się z kosztownym, przytłumionym szczękiem i nagle zapadła cisza. Wnętrze samochodu pachniało skórą i, poza mną i panią Traynor, nie było w nim niczego. Żadnych papierków po cukierkach, błota, zgubionych zabawek czy dyndających pachnidełek, których zapach miał ukryć smrodek mleka rozlanego trzy miesiące wcześniej.

– Myślałam, że ty i Will dobrze się dogadujecie – mówiła, jakby zwracała się do kogoś przed sobą. Ponieważ się nie odzywałam, zapytała: – Czy problemem są pieniądze?

– Nie.

– Czy może potrzebujesz dłuższej przerwy na lunch? Zdaję sobie sprawę, że to mało czasu. Zapytam Nathana, czy mógłby...

– Nie chodzi o godziny pracy. Ani o pieniądze.

– W takim razie...

– Naprawdę nie chciałabym...

– Posłuchaj, nie możesz mi wręczyć wypowiedzenia ze skutkiem natychmiastowym i nie spodziewać się, że zapytam, o co, u diabła, chodzi.

Wzięłam głęboki oddech.

– Podsłuchałam pani rozmowę. Kiedy rozmawiała pani z córką. Wczoraj wieczorem. I nie chcę... Nie chcę brać w tym udziału.

– Ach.

Siedziałyśmy w milczeniu. Pan Grisham próbował teraz sforsować drzwi frontowe, a pani Grisham rzucała wszystkim, co wpadło jej pod rękę, celując w jego głowę. Rodzaj pocisków – rolka papieru, pudełko tamponów, szczotka klozetowa, butelki szamponu – pozwalał sądzić, że akurat jest w łazience.

– Proszę, nie odchodź – powiedziała cicho pani Traynor. – Will dobrze się przy tobie czuje. Lepiej niż wcześniej. Byłoby nam bardzo trudno znaleźć kogoś podobnego na twoje miejsce.

– Ale... ale pani zamierza zawieźć go tam, gdzie ludzie popełniają samobójstwa. Do Dignitas.

– Nie. Mam zamiar zrobić wszystko, co tylko będzie w mojej mocy, żeby do tego nie doszło.

– Na przykład co – modlić się?

Rzuciła mi spojrzenie, które moja matka nazwałaby staroświeckim.

– Chyba już wiesz, że jeśli Will postanowi, że nie będzie z nikim rozmawiał, niewiele można z tym zrobić.

– Już wszystko wiem – powiedziałam. – Jestem tu po to, żeby dopilnować, że nie będzie oszukiwał i nie zrobi tego, zanim upłynie pół roku. Prawda?

– Nie. Nieprawda.

– I dlatego właśnie moje kwalifikacje nie były dla pani ważne.

– Uznałam, że jesteś bystra, wesoła i oryginalna. Nie wyglądałaś na pielęgniarkę. Zachowywałaś się inaczej... niż inne kandydatki. Myślałam, że... że może go rozweselisz. I naprawdę to robisz, Louisa. Kiedy zobaczyłam go wczoraj bez tej koszmarnej brody... Jesteś jedną z nielicznych osób, które potrafią do niego dotrzeć.

Z okna sfrunęła zwinięta w kulę pościel. Prześcieradła na chwilę rozwinęły się z wdziękiem, zanim wylądowały na ziemi. Dwoje dzieci wzięło jedno z nich i zaczęło biegać po niewielkim ogródku, powiewając nim nad głowami.

– Nie sądzi pani, że byłoby uczciwie wspomnieć o tym, że właściwie moim zadaniem jest pilnować, żeby się nie zabił?

Camilla Traynor westchnęła jak ktoś, kto zmuszony jest wyjaśniać coś grzecznie imbecylowi. Zastanawiałam się, czy zdaje sobie sprawę, że każde jej słowo sprawia, że człowiek czuje się przy niej jak idiota. I czy przypadkiem nie jest to pielęgnowana świadomie umiejętność. Nie sądziłam, żebym ja potrafiła kiedykolwiek sprawić, że ktoś przy mnie poczuje się jak śmieć.

– Być może tak było, kiedy się poznałyśmy... ale jestem pewna, że Will dotrzyma słowa. Obiecał mi sześć miesięcy, i tak właśnie będzie. Potrzebujemy tego czasu, Louisa. Potrzebujemy go, żeby przekonać Willa, że jest szansa. Miałam nadzieję, że uda mu się zaszczepić myśl, że mógłby się cieszyć życiem, nawet jeśli to nie jest takie życie, jakie planował.

– Ale to wszystko kłamstwa. Okłamała mnie pani i wy wszyscy okłamujecie się nawzajem.

Jakby mnie nie słyszała. Odwróciła się do mnie i wyciągnęła książeczkę czekową, trzymając w pogotowiu długopis.

– Słuchaj, czego ty chcesz? Zapłacę ci dwa razy tyle. Powiedz, ile byś chciała.

– Nie chcę pani pieniędzy.

– To może samochód. Jakieś świadczenia. Premie.

– Nie.

– W takim razie... co mogę zrobić, żebyś zmieniła zdanie?

– Przepraszam. Ja po prostu nie...

Chciałam wysiąść z samochodu, ale jej dłoń wystrzeliła w moją stronę i spoczęła na moim ramieniu jak radioaktywna macka. Obie na nią patrzyłyśmy.

– Podpisała pani umowę, panno Clark – powiedziała. – Podpisała pani umowę, w której zobowiązała się pani pracować dla nas przez sześć miesięcy. Według moich obliczeń minęły dopiero dwa. Domagam się po prostu, żeby wypełniła pani warunki umowy.

Głos jej się załamał. Spojrzałam na jej dłoń i zobaczyłam, że drży. Przełknęła ślinę.

– Proszę.

Moi rodzice przyglądali nam się z ganku. Widziałam, jak stoją z kubkami w ręku i jako jedyni nie oglądają komedii rozgrywającej się przed sąsiednim domem. Kiedy zobaczyli, że ich widzę, odwrócili się niezgrabnie. Spostrzegłam, że tata ma na sobie poplamione farbą kraciaste kapcie.

Nacisnęłam klamkę.

– Pani Traynor, naprawdę nie mogę siedzieć i patrzeć, jak... to zbyt dziwne. Nie chcę brać w tym udziału.

– Proszę, zastanów się. Jutro jest Wielki Piątek – jeśli naprawdę potrzebujesz trochę czasu, powiem, że masz spotkanie rodzinne. Pomyśl o tym przez weekend. Ale proszę, wróć. Wróć i pomóż mu.

Nie oglądając się, poszłam z powrotem do domu. Usiadłam w salonie i gapiłam się w telewizor. Rodzice weszli za mną, wymienili spojrzenia i udawali, że na mnie nie patrzą.

Dopiero po prawie jedenastu minutach usłyszałam, jak pani Traynor włącza silnik i odjeżdża.

Moja siostra zaatakowała mnie jakieś pięć minut po tym, jak wpadła do domu. Z łomotem wbiegła po schodach i otworzyła na oścież drzwi mojego pokoju.

– Ależ proszę, wejdź – powiedziałam. Leżałam na łóżku, opierając nogi o ścianę, i gapiłam się w sufit. Miałam na sobie rajstopy i obszyte cekinami niebieskie szorty, które teraz zwinęły mi się na udach w obwarzanki.

Katrina stała w progu.

– To prawda?

– Że Dympna Grisham wreszcie wyrzuciła z domu swojego nic niewartego męża kobieciarza i...

– Nie udawaj. Z twoją pracą.

Palcem stopy obrysowywałam wzorek na tapecie.

– Tak, złożyłam wypowiedzenie. Tak, wiem, że mama i tato wcale się z tego nie cieszą. Tak, tak, tak – czymkolwiek zamierzasz we mnie rzucić.

Ostrożnie zamknęła za sobą drzwi, po czym usiadła ciężko na skraju łóżka i przeklęła siarczyście.

– Cholera, nie wierzę ci.

Zepchnęła moje nogi, tak że ześlizgnęły się po ścianie i niemal opadły na łóżko. Usiadłam prosto.

– Och.

Jej twarz była blada jak wosk.

– Nie wierzę ci. Mama jest cała w nerwach. Tata udaje, że nie, ale też jest. Jak oni sobie poradzą z pieniędzmi? Wiesz, że tata już panikuje, że go wywalą. Dlaczego, do cholery, rzuciłaś taką idealną pracę?

– Tylko bez kazań, Treen!

– Ktoś chyba musi przemówić ci do rozumu! Nigdzie ci tyle nie zapłacą. I jak to będzie wyglądało w twoim CV?

– Och, nie udawaj, że chodzi ci o coś więcej niż o ciebie i o to, czego ty chcesz.

– Co?

– Nieważne dla ciebie, co robię, dopóki tylko możesz reanimować swoją ambitną karierę. Zależy ci tylko na tym, żebym wspierała rodzinny budżet i była cholerną nianką. Chrzanić wszystkich innych. – Wiedziałam, że jestem wredna i paskudna, ale nie mogłam się powstrzymać. W końcu to sytuacja mojej siostry wpędziła nas wszystkich w ten kanał. Dałam upust skrywanym latami pretensjom – wszyscy musimy tkwić w pracy, której nienawidzimy, tylko po to, żeby kochana Katrina mogła realizować swoje cholerne ambicje.

– Tu nie chodzi o mnie.

– Nie?

– Nie, chodzi o to, że to ty nie potrafisz wytrzymać w jedynej przyzwoitej pracy, jaką ci zaproponowano od miesięcy.

– Nie masz pojęcia o mojej pracy, okej?

– Wiem, że płacą dużo więcej niż płaca minimalna. Więcej mi nie trzeba.

– W życiu nie chodzi tylko o pieniądze.

– Czyżby? No to idź na dół i powiedz to rodzicom.

– Nie waż się robić mi kazań na temat pieniędzy, skoro od lat nie zapłaciłaś za ani jedną cholerną rzecz w tym domu.

– Wiesz, że nie na wiele mnie stać z powodu Thomasa.

Zaczęłam wypychać moją siostrę za drzwi. Nie pamiętam, kiedy ostatni raz ją walnęłam, ale teraz miałam ochotę solidnie komuś przyłożyć i bałam się, że jeśli nadal będzie przede mną stała, to wyładuję się na niej.

– Treena, po prostu odczep się ode mnie. Okej? Odczep się i zostaw mnie w spokoju.

Zatrzasnęłam jej drzwi przed nosem. I kiedy usłyszałam, jak schodzi powoli po schodach, wolałam nie myśleć, co powie rodzicom i że oni potraktują to jako kolejny dowód na moją katastrofalną nieprzydatność do czegokolwiek. Starałam się też nie myśleć o Syedzie w urzędzie pośrednictwa i o tym, jak mu wyjaśnię, że porzuciłam tę najlepiej płatną spośród wszystkich niewdzięcznych prac. Ani też o zakładzie przetwórstwa drobiu i o tym, że pewnie gdzieś głęboko w jego trzewiach nadal jest plastikowy kombinezon i czepek ochronny z moim nazwiskiem.

Położyłam się i myślałam o Willu. Myślałam o jego gniewie i smutku. O tym, co powiedziała jego matka – że jestem jedną z nielicznych osób, które potrafią do niego dotrzeć. Myślałam o tym, jak starał się nie śmiać z *Pieśni o Molahonkey* tamtego wieczoru, kiedy za oknami fruwały złote płatki śniegu. Myślałam o ciepłej skórze, miękkich włosach i rękach kogoś żywego, kogoś, kto był dużo inteligentniejszy i zabawniejszy, niż ja kiedykolwiek będę, i kto mimo to nie widzi lepszego rozwiązania, niż unicestwić samego siebie. I wreszcie, przyciskając głowę do poduszki, rozpłakałam się, bo moje życie nagle stało się dużo bardziej mroczne i bardziej skomplikowane, niż kiedykolwiek sobie wyobrażałam, i żałowałam, że nie mogę cofnąć się do tamtych czasów, kiedy moim największym zmartwieniem było to, czy zamówiliśmy z Frankiem wystarczająco dużo bułeczek.

Ktoś zapukał do drzwi.

Wydmuchałam nos.

– Spadaj, Katrina.

– Przepraszam.

Wpatrzyłam się w drzwi.

Jej głos był stłumiony, tak jakby przyciskała usta do dziurki od klucza.

– Mam wino. Na miłość boską, wpuść mnie, bo inaczej mama mnie usłyszy. Mam pod swetrem dwa kubki z Bobem Budowniczym, a wiesz, co będzie, jak nas przyłapie.

Zlazłam z łóżka i otworzyłam drzwi.

Zerknęła na moją mokrą od łez twarz i szybko zamknęła za sobą drzwi.

– Okej – powiedziała, po czym odkręciła zakrętkę i nalała mi kubek wina. – No to co się naprawdę stało?

Spojrzałam na nią ciężkim wzrokiem.

– Powiem ci, ale nikomu o tym nie mów. Nie tacie. A zwłaszcza nie mamie.

A potem jej powiedziałam.

Musiałam komuś powiedzieć.

Nie lubiłam swojej siostry z wielu powodów. Kilka lat temu mogłabym pokazać wam całe nagryzmolone listy na ten temat. Nienawidziłam jej za to, że miała gęste, proste włosy, podczas gdy moje zaczynają się łamać, gdy tylko urosną dłuższe niż do ramion. Nienawidziłam tego, że nie mogę jej powiedzieć niczego, czego by już nie wiedziała. Nienawidziłam tego, że przez całą szkołę nauczyciele wciąż powtarzali mi ściszonym głosem, jaka to ona jest bystra, tak jakby jej błyskotliwość nie oznaczała, że automatycznie cały czas jestem w jej cieniu. Nienawidziłam jej za to, że w wieku dwudziestu sześciu lat tkwię w klitce, żeby ona mogła mieszkać ze swoim nieślubnym synkiem w większym pokoju. Ale czasami naprawdę się cieszyłam, że jest moją siostrą.

Bo Katrina nie wrzeszczała z przerażenia. Nie wyglądała na wstrząśniętą ani nie upierała się, że powinnam powiedzieć o wszystkim mamie i tacie. Ani razu nie powiedziała mi, że źle zrobiłam, odchodząc stamtąd.

Pociągnęła solidnie z kubka.

– Jezu.

– No właśnie.

– Ale to legalne. Nie mogą go powstrzymać.

– Wiem.

– Cholera. W głowie się to nie mieści.

Zdążyłyśmy już wypić po kubku, i czułam gorąco na policzkach.

– Wcale nie chcę go zostawiać. Ale nie mogę brać w tym udziału, Treen. Po prostu nie mogę.

– Hmmm – zastanawiała się. Moja siostra zawsze ma minę, jakby się nad czymś namyślała, która sprawia, że ludzie czekają, zanim się do niej odezwą. Tato mówi, że w moim wydaniu mina pełna namysłu wygląda tak, jakby spieszyło mi się do kibelka.

– Nie wiem, co robić – powiedziałam.

Spojrzała na mnie i jej twarz nagle się rozjaśniła.

– To proste.

– Proste.

Dolała nam wina.

– Ups. Chyba już więcej nie ma. Tak. Proste. Oni mają kasę, prawda?

– Ale ja nie chcę ich forsy. Ona proponowała mi podwyżkę. Nie o to chodzi.

– Cicho siedź. Nie dla ciebie, kretynko. Oni mają własne pieniądze.

A on pewnie dostał całą kupę kasy z ubezpieczenia za wypadek. No więc możesz im powiedzieć, że musisz mieć budżet, a wtedy wykorzystasz te pieniądze i – ile mówiłaś? – cztery miesiące, jakie ci zostały. I sprawisz, że Will Traynor zmieni zdanie.

– Co?

– Zrobisz coś, żeby zmienił zdanie. Powiedziałaś, że większość czasu spędza w domu, prawda? No to zacznij od czegoś małego, a kiedy uda ci się go trochę rozruszać, pomyśl o wszystkich wspaniałych rzeczach, jakie mogłabyś dla niego zrobić, wszystkim, dzięki czemu mógłby odzyskać chęć do życia – przygody, dalekie podróże, pływanie z delfinami, cokolwiek – a potem to zrób. Mogę ci pomóc. Mogę wyszukiwać różne rzeczy przez internet w bibliotece. Na pewno wymyślimy dla niego coś wspaniałego. Coś, co go naprawdę uszczęśliwi.

Gapiłam się na nią.

– Katrina...

– Tak. Wiem. – Wyszczerzyła zęby, a ja zaczęłam się uśmiechać. – Jestem cholernym geniuszem.

10

Wyglądali na nieco zaskoczonych. Mało powiedziane. Pani Traynor sprawiała wrażenie ogłuszonej, potem nieco zirytowanej, a potem jej twarz przybrała zupełnie nieprzenikniony wyraz. Jej córka, skulona obok niej na sofie, po prostu patrzyła na mnie spode łba – mama ostrzegała mnie, że taka mina może człowiekowi zostać na zawsze, jeśli akurat wiatr się zmieni. Było to dalekie od entuzjastycznej reakcji, jakiej się spodziewałam.

– Ale co właściwie chciałabyś zrobić?

– Jeszcze nie wiem. Moja siostra jest dobra w wyszukiwaniu informacji. Spróbuje się dowiedzieć, co mogą robić ludzie z porażeniem czterokończynowym. Ale naprawdę chciałabym wiedzieć, czy państwo będą gotowi się na to zgodzić.

Siedziałyśmy w salonie. Był to ten sam pokój, w którym odbyła się moja rozmowa o pracę, tylko że tym razem panie Traynor siedziały na kanapie, z ich starym, śliniącym się psem pomiędzy sobą. Pan Traynor stał przy kominku. Ja ubrałam się w dżinsową granatową budrysówkę, minisukienkę i ciężkie sznurowane buty. Poniewczasie pomyślałam, że do przedstawienia swojego planu mogłam wybrać jakiś bardziej profesjonalnie wyglądający strój.

– Powiedzmy to jasno. – Camilla Traynor nachyliła się do przodu. – Chcesz zabrać Willa z tego domu.

– Tak.

– I wybrać się z nim na kolejne „przygody" – powiedziała to tak, jakbym sugerowała, że mam zamiar mu zrobić amatorską laparoskopię.

– Tak. Jak powiedziałam, jeszcze nie jestem pewna, co byłoby możliwe. Ale chodzi o to, żeby go wyciągnąć z domu, pokazać mu szerszą perspektywę. Może najpierw moglibyśmy skorzystać z czegoś, co jest niedaleko, a potem, mam nadzieję, niedługo wybrać się gdzieś dalej.

– Mówisz o wyjeździe za granicę?

– Za granicę? – zamrugałam. – Myślałam raczej o tym, żeby zabrać go do pubu. Albo na jakieś przedstawienie, na początek.

– Will przez ostatnie dwa lata prawie nie wychodził z domu, oprócz wizyt w szpitalu.

– Cóż, tak... pomyślałam, że spróbuję go przekonać do czegoś innego.

– A ty, oczywiście, będziesz mu towarzyszyć we wszystkich tych przygodach – powiedziała Georgina Traynor.

– Proszę posłuchać. To nie jest nic niezwykłego. Tak naprawdę chodzi o to, żeby na początek wyciągnąć go z domu. Spacer dookoła zamku albo wypad do pubu. Jeśli w końcu będziemy pływać z delfinami na Florydzie, to cudownie. Ale tak naprawdę chciałabym po prostu, żeby zaczął myśleć o czymś innym. – Nie dodałam, że na samą myśl o tym, że miałabym samodzielnie zawieźć Willa do szpitala, nadal czuję na plecach zimny pot. Zabrać go za granicę to mniej więcej coś jak przebiec maraton.

– Myślę, że to wspaniały pomysł – powiedział pan Traynor. – Byłoby cudownie, gdyby udało się wyciągnąć Willa z domu. Siedzenie w tych czterech ścianach dzień po dniu na pewno mu nie służy.

– Ale próbowaliśmy go wyciągnąć, Steven – powiedziała pani Traynor. – Przecież nie zostawiliśmy go samego sobie. Próbowaliśmy wielokrotnie.

– Wiem, kochanie, ale niespecjalnie nam się to udało, prawda? Jeśli Louisa zdoła wymyślić coś takiego, czego Will będzie gotów spróbować, to chyba nic w tym złego, prawda?

– Tak, cóż, „gotów spróbować" to właściwe określenie.

– To tylko pomysł – powiedziałam. Nagle się zirytowałam. Wiedziałam, co ona sobie myśli. – Jeśli nie chcą państwo, żebym spróbowała...

– ...to odejdziesz? – Patrzyła mi prosto w oczy.

Nie odwróciłam wzroku. Już się jej nie bałam. Teraz już wiedziałam, że wcale nie jest lepsza ode mnie. Była kobietą, która gotowa była pozwolić, żeby jej syn umarł na jej oczach.

– Tak, być może tak zrobię.

– Więc to szantaż.

– Georgino!

– Ale, tato, nie ma co owijać w bawełnę.

Wyprostowałam się nieco bardziej.

– Nie. To nie szantaż. Chodzi o to, w czym jestem gotowa wziąć udział. Nie mogę tylko siedzieć z założonymi rękami i czekać, aż... Will... – nie byłam w stanie dokończyć.

Wszyscy patrzyliśmy w filiżanki z herbatą.

– Tak jak powiedziałem – oznajmił stanowczym tonem pan Traynor. – Moim zdaniem to dobry pomysł. Jeśli uda ci się skłonić Willa, żeby się na to zgodził, nie sądzę, żeby mogło to mu zaszkodzić. Byłoby wspaniale, gdyby pojechał na wakacje. Musimy tylko wiedzieć, co mamy zrobić.

– Mam pomysł. – Pani Traynor położyła rękę na ramieniu córki. – Mogłabyś pojechać razem z nimi, Georgino.

– Jak dla mnie super – ucieszyłam się. Naprawdę tak uważałam. Bo szanse, że wyciągnę Willa na jakieś wakacje, były mniej więcej takie same, jak że wygram w *Milionerach*.

Georgina Traynor poruszyła się niespokojnie.

– Nie mogę. Wiesz, że za dwa tygodnie zaczynam nową pracę. Przez jakiś czas nie będę mogła przyjechać do Anglii.

– Wracasz do Australii?

– Ale nie dziw się tak. Mówiłam ci przecież, że wpadłam tylko w odwiedziny.

– Myślałam, że... że biorąc pod uwagę niedawne... wydarzenia, zostaniesz może trochę dłużej. – Camilla Traynor patrzyła na swoją córkę takim wzrokiem, jakim nigdy nie patrzyła na Willa, niezależnie od tego, jak bardzo był wobec niej opryskliwy.

– To naprawdę dobra praca, mamo. Przez ostatnie dwa lata starałam się o to stanowisko. – Zerknęła na ojca. – Nie mogę trzymać w zawieszeniu całego swojego życia tylko z powodu tego, jak Will się czuje.

Zapadło długie milczenie.

– To niesprawiedliwe. Czy gdybym to ja była na wózku, poprosiłabyś Willa, żeby zrezygnował ze wszystkich swoich planów?

Pani Traynor nie patrzyła na swoją córkę. Spuściłam wzrok i czytałam w kółko pierwszy akapit mojej listy.

– Ja też mam swoje życie. – Zabrzmiało to jak protest.

– Porozmawiamy o tym innym razem. – Pan Traynor lekko ścisnął ramię córki.

– Dobrze. – Pani Traynor zaczęła przerzucać leżące przed nią papiery. – Zatem zróbmy tak. Chcę poznać dokładnie twoje plany. – Spojrzała na mnie. – Chciałabym oszacować koszty i jeśli to możliwe, znać harmonogram, żebym mogła zaplanować sobie urlop i pojechać razem z wami. Zostało mi trochę dni wolnych, które mogłabym...

– Nie.

Wszyscy spojrzeliśmy na pana Traynora. Z łagodną miną głaskał psa po łbie, ale jego głos brzmiał stanowczo.

– Uważam, że nie powinnaś jechać, Camillo. Dajmy Willowi pojechać samemu.

– Ale Will nie może jechać sam, Steven. Kiedy gdziekolwiek jedzie, trzeba zadbać o całe mnóstwo rzeczy. To skomplikowane. Nie sądzę, żebyśmy naprawdę mogli powierzyć to...

– Nie, kochanie – powtórzył. – Nathan może pomóc, a Louisa doskonale sobie poradzi.

– Ale...

– Will musi poczuć się jak mężczyzna. To nie jest możliwe, kiedy jego matka – albo jeśli już o to chodzi, jego siostra – zawsze jest gdzieś obok.

Przez chwilę zrobiło mi się żal pani Traynor. Wciąż miała tę swoją wyniosłą minę, ale widziałam, że pod tą maską czuje się nieco zagubiona, jakby niezupełnie wiedziała, co robi jej mąż. Jej dłoń powędrowała do naszyjnika.

– Dopilnuję, żeby nic mu się nie stało – obiecałam. – I z wyprzedzeniem będę informowała państwa, co zamierzamy zrobić.

Tak mocno zaciskała szczękę, że tuż pod kością policzkową widać było mały mięsień. Zastanawiałam się, jak bardzo mnie nie znosi.

– Ja też chcę, żeby Will odzyskał chęć życia – powiedziałam wreszcie.

– Rozumiemy to – zgodził się pan Traynor. – Doceniamy też twoją determinację. I dyskrecję. – Zastanawiałam się, czy to słowo odnosiło się do Willa, czy też do czegoś zupełnie innego. Wtedy on odwrócił się w stronę swojej żony, a ja zdałam sobie sprawę, że to sygnał dla mnie, że powinnam sobie iść. Georgina i jej matka wciąż siedziały na sofie bez słowa. Miałam poczucie, że rozmowa potoczy się dużo żywiej, kiedy tylko wyjdę z pokoju.

– No dobrze – dodałam. – Kiedy tylko wszystko poukładam, przygotuję to państwu na piśmie. Postaram się jak najszybciej. Nie mamy za dużo...

Pan Traynor poklepał mnie po ramieniu.

– Wiem. Po prostu daj nam znać, co wymyśliłaś – powiedział.

Treena chuchała w dłonie, mimowolnie przestępując z nogi na nogę, jakby maszerowała w miejscu. Miała na sobie mój ciemnozielony beret, w którym, co wkurzające, wyglądała dużo lepiej niż ja. Nachyliła się, wskazała na listę, którą przed chwilą wyciągnęła z kieszeni, po czym mi ją wręczyła.

– Pewnie będziesz musiała skasować numer trzy albo przynajmniej odłożyć na później, kiedy zrobi się cieplej.

Przyjrzałam się liście.

– Koszykówka na wózkach? Nie jestem pewna, czy on lubi koszykówkę.

– Nie o to chodzi. Cholera, zimno tu. – Naciągnęła beret głębiej na uszy. – Chodzi o to, że dzięki temu będzie mógł się przekonać, co jest możliwe. Zobaczy, że inni ludzie, którzy są równie niepełnosprawni jak on, uprawiają sport i robią inne rzeczy.

– Nie jestem pewna. On nie jest w stanie nawet wziąć kubka do ręki. Ta koszykówka na wózkach jest pewnie dla ludzi z paraliżem nóg. Nie da się rzucić piłką bez użycia rąk.

– Ciągle nie rozumiesz. On nie musi tak naprawdę nic robić, chodzi o to, żeby poszerzyć mu horyzonty, prawda? Żeby zobaczył, co robią inni niepełnosprawni.

– Skoro tak twierdzisz.

W tłumie podniósł się cichy pomruk. Gdzieś w oddali dostrzeżono biegaczy. Stojąc na palcach, udawało mi się ich dostrzec, jakieś trzy kilometry od nas, w dolinie, niewielką grupkę jasnych, podskakujących kropek, sunących w zimnym powietrzu mokrą, szarą drogą.

Spojrzałam na zegarek. Stałyśmy na grzbiecie Windy Hill, w pełni zasługującego na miano wygwizdowa, prawie czterdzieści minut, i już nie czułam stóp.

– Rozejrzałam się, co jest dostępne w okolicy, i jeśli nie chcesz jeździć za daleko, za kilka tygodni jest mecz w ośrodku sportowym. Może nawet obstawić wynik.

– Zakłady?

– W ten sposób będzie mógł się zaangażować, nawet nie biorąc udziału w grze. Patrz, widać ich. Jak myślisz, jak długo im zajmie, zanim do nas dobiegną?

Stałyśmy na mecie. Nad naszymi głowami brezentowy baner oznajmiający, że tu jest „Meta Wiosennego Triatlonu", łopotał żałośnie na silnym wietrze.

– Nie mam pojęcia. Za dwadzieścia minut? Trochę więcej? Mam ze sobą batoniki ratunkowe, jeśli chcesz. – Sięgnęłam do kieszeni. Trudno było przytrzymywać łopoczącą listę jedną ręką. – Co jeszcze wymyśliłaś?

– Mówiłaś, że chcesz się wybrać gdzieś dalej, prawda? – Wskazała na moje palce. – Wzięłaś sobie większy kawałek.

– No to weź ten. Rodzina chyba myśli, że mam zamiar na nich żerować.

– Co takiego? Dlatego, że chcesz go na kilka marnych dni wywieźć z domu? Jezu! Powinni być wdzięczni, że ktoś się stara. Oni tego nie robią.

Treena wzięła kolejny kawałek batonika.

– Nieważne. To chyba numer pięć. Jest taki kurs komputerowy, który mógłby skończyć. Nakładają im na głowę takie coś jakby z patykiem, tak żeby kiwając głową, mogli dotykać klawiatury. W sieci jest od groma forów dla niepełnosprawnych. Mógłby poznać mnóstwo nowych ludzi. A w ten sposób nie musiałby wychodzić z domu. Nawet rozmawiałam z paroma na czacie. Wydawali się mili. Całkiem – wzdrygnęła się – normalni.

Zjadłyśmy w milczeniu każda swoją połówkę batonika, patrząc na zbliżającą się do nas grupkę żałośnie wyglądających biegaczy. Nie mogłam dostrzec Patricka. Nigdy mi się to nie udawało. Miał taką twarz, która natychmiast robiła się niewidzialna w tłumie.

Treena wskazała na kawałek papieru.

– Zwróć uwagę na sekcję kulturalną. Tutaj jest koncert specjalnie dla niepełnosprawnych. Mówiłaś, że on lubi kulturalne rozrywki? No to będzie mógł po prostu siedzieć i dać się ponieść muzyce. Chodzi o to, żeby na chwilę zapomnieć o tym, co tu i teraz, prawda? Powiedział mi o tym Derek u nas w pracy, ten z wąsem. Mówił, że czasem robi się głośno, bo niektórzy naprawdę upośledzeni trochę krzyczą, ale jestem pewna, że i tak by mu się podobało.

Zmarszczyłam nos.

– No nie wiem, Treena.

– Po prostu odstrasza cię sam dźwięk słowa „kultura". Przecież wystarczy, że tam z nim posiedzisz. I nie będziesz szeleścić paczką chipsów. Albo gdybyście mieli ochotę na coś bardziej frywolnego – wyszczerzyła się w uśmiechu – jest klub ze striptizem. Mogłabyś go zabrać do Londynu na taki pokaz.

– Mam zabrać swojego pracodawcę na striptiz?

– Przecież mówiłaś, że wszystko przy nim robisz – mycie, karmienie i tak dalej. Dlaczego nie miałabyś po prostu siedzieć przy nim, kiedy mu stanie.

– Treena!

– No co, na pewno mu tego brakuje. Możesz nawet zamówić panienkę, która usiądzie mu na kolanach.

Wielu ludzi w tłumie obróciło głowy w naszą stronę. Moja siostra się śmiała. Ona umiała mówić o seksie w ten sposób. Tak jakby to był jakiś rodzaj sportu. Jakby to nie miało znaczenia.

– A na drugiej stronie są większe wyprawy. Nie wiem, na co byś miała ochotę, ale moglibyście na przykład pojechać na początek na degustację wina nad Loarę... to nie jest tak daleko.

– Czy ludzie z paraliżem mogą się upijać?

– Nie wiem. Zapytaj go.

Marszcząc brwi, przyglądałam się liście.

– Więc mam wrócić i powiedzieć Traynorom, że mam zamiar ich sparaliżowanego syna o skłonnościach samobójczych najpierw upić, potem wydać ich pieniądze na striptiz i taniec erotyczny, a następnie zawieźć go na paraolimpiadę...

Treena wyrwała mi listę z ręki.

– Nie widzę, żebyś ty miała jakieś bardziej interesujące pomysły.

– Pomyślałam tylko... sama nie wiem. – Potarłam palcem nos. –

Szczerze mówiąc, czuję się trochę zniechęcona. Jego ciężko przekonać nawet do wyjścia do ogrodu.

– To kiepskie nastawienie. Zobacz. Już biegną. Lepiej się uśmiechnijmy.

Przepchnęłyśmy się naprzód i zaczęłyśmy wiwatować. Dosyć trudno jest wydobyć z siebie wystarczającą ilość motywującego hałasu, kiedy z zimna ledwo poruszasz ustami.

I wtedy zobaczyłam Patricka, jego głowę w morzu napiętych ciał, twarz lśniącą od potu, z naprężonymi wszystkimi ścięgnami na szyi i miną pełną udręki, jakby znosił jakiegoś rodzaju tortury. Ta sama twarz rozpromieniała się, kiedy mijał linię mety, tak jakby tylko pogrążając się w jakieś prywatne otchłanie, mógł osiągnąć stan euforii. Nie zauważył mnie.

– Naprzód, Patrick! – krzyknęłam słabo.

A on przemknął obok mnie w stronę mety.

Treena nie rozmawiała ze mną przez dwa dni, ponieważ nie okazałam spodziewanego entuzjazmu wobec jej listy pomysłów. Moi rodzice nic nie zauważyli, byli wręcz wniebowzięci na wieść, że postanowiłam jednak nie rzucać pracy. Kierownictwo fabryki mebli pod koniec tego tygodnia zarządziło kilka zebrań i tata był przekonany, że znajdzie się wśród zwolnionych z pracy. Wyrzucili już prawie wszystkich powyżej czterdziestki.

– Bardzo jesteśmy ci wdzięczni za to, że wspomagasz rodzinę finansowo – powtarzała mama tak często, że aż czułam się nieswojo.

To był dziwny tydzień. Treena zaczęła się szykować do wyjazdu na uczelnię i co dzień musiałam cichcem myszkować w jej torbach, żeby sprawdzić, co z mojego dobytku zamierza zabrać ze sobą. Większość moich ubrań była bezpieczna, ale jak na razie odzyskałam suszarkę, okulary słoneczne niby od Prady oraz ulubioną kosmetyczkę w cytryny. Gdybym poszła do niej z pretensjami w sprawie którejkolwiek z tych rzeczy, tylko wzruszyłaby ramionami i powiedziała: „Przecież i tak tego nie używasz" – tak jakby tylko o to chodziło.

To była cała Treena. Czuła się uprzywilejowana. Nawet kiedy pojawił się Thomas, nigdy nie straciła poczucia, że jest oczkiem w głowie całej rodziny – miała głęboko zakorzenione przekonanie, że dom kręci się wokół niej. Kiedy byłyśmy małe i podnosiła wrzask, ponie-

waż chciała mieć coś, co należało do mnie, mama prosiła: „Daj jej to",
chyba po to, żeby w domu zapanował wreszcie spokój. Teraz, dwadzieścia lat później, właściwie nic się nie zmieniło. Musieliśmy zajmować się
Thomasem, żeby Treena mogła nadal wyjść gdzieś wieczorem, karmić
go, żeby nie musiała się martwić, kupować jej ekstrafajne prezenty na
urodziny i Boże Narodzenie, bo „przez to, że jest Thomas, często musi
odmawiać sobie różnych rzeczy". Cóż, będzie musiała się obejść bez
mojej cytrynowej kosmetyczki. Przyczepiłam na drzwiach kartkę z napisem: „Wara od moich rzeczy". Treena zerwała ją i powiedziała mamie,
że kogoś tak dziecinnego jeszcze w życiu nie widziała i że Thomas ma
w jednym palcu więcej dojrzałości niż ja.

Ale to dało mi do myślenia. Pewnego wieczoru, kiedy Treena wyszła
na wieczorne zajęcia, siedziałam w kuchni, podczas gdy mama układała
koszule taty do prasowania.

– Mamo...

– Tak, kochanie.

– Myślisz, że mogłabym się przeprowadzić do pokoju Treeny, kiedy
pojedzie na uczelnię?

Mama zastygła, przyciskając do piersi na wpół złożoną koszulę. ·

– Nie wiem. Właściwie o tym nie myślałam.

– Chodzi mi o to, że jeśli ich tu nie będzie, chyba mogłabym mieć
pokój normalnych rozmiarów. To głupie, gdyby stał pusty, kiedy oni
będą mieszkać w akademiku.

Mama skinęła głową i starannie odłożyła koszulę do kosza z praniem.

– Chyba masz rację.

– A poza tym ten pokój i tak mi się należy, bo jestem starsza
i w ogóle. Dostała go tylko dlatego, że urodziła Thomasa.

Mama chyba dała się przekonać.

– To prawda. Porozmawiam o tym z Treeną – powiedziała.

Z perspektywy myślę, że lepiej było wcześniej porozmawiać o tym
z moją siostrą.

Trzy godziny później wpadła do salonu jak burza.

– Ty hieno, moje łóżko jeszcze nie ostygło, a ty już zajmujesz moje
miejsce?

Dziadek obudził się i aż podskoczył w fotelu, odruchowo przykła-
dając dłoń do piersi.

Podniosłam wzrok znad telewizora.

– O czym ty mówisz?

– A gdzie ja i Thomas podziejemy się w weekendy? Nie zmieścimy się w tym małym pokoju. Tam się nawet nie da wstawić drugiego łóżka.

– No właśnie. A ja się tam gniotłam przez pięć lat.

Świadomość, że niezupełnie mam rację, sprawiła, że mówiłam z jeszcze większym rozdrażnieniem, niż zamierzałam.

– Nie możesz zająć mojego pokoju. To nie fair.

– Ale przecież ciebie tu nie będzie.

– Ale go potrzebuję! W żaden sposób nie zmieścimy się z Thomasem w tej klitce. Tato, no powiedz jej!

Tato zagłębił podbródek w kołnierzu i skrzyżował ręce na piersi. Nie znosił, kiedy się kłóciłyśmy, i zwykle rozstrzygnięcie sporów pozostawiał mamie.

– Dziewczyny, trochę ciszej – powiedział.

Dziadek pokręcił głową, jakby zupełnie nie mógł zrozumieć, co my wszyscy wyprawiamy. Ostatnio bardzo często kręcił głową.

– Nie wierzę ci. Niedziwne, że tak chętnie pomagałaś mi w przeprowadzce.

– Co? Więc to, że mnie błagałaś, żebym nie rzucała pracy, żebym mogła ci pomagać finansowo, to teraz część mojego złowrogiego planu, tak?

– Ale z ciebie hipokrytka.

– Katrina, uspokój się. – Mama stanęła w drzwiach, z jej gumowych rękawiczek na dywan kapała piana. – Możemy przecież porozmawiać o tym spokojnie. Nie denerwujcie dziadka.

Na twarzy Katriny wystąpiły plamy, tak jak kiedyś, kiedy była mała i czegoś jej odmawiano.

– Ona chce, żebym zniknęła z domu. O to właśnie jej chodzi. Nie może się doczekać, aż wyjadę, bo jest zazdrosna o to, że ja przynajmniej coś robię ze swoim życiem. Więc chce, żeby było mi trudniej tu wracać.

– Nie ma nawet gwarancji, że będziesz przyjeżdżać do domu na weekendy! – wrzasnęłam urażona. – Potrzebuję pokoju, a nie jakiejś szuflady, a ty cały czas miałaś najlepszy pokój, bo byłaś na tyle głupia, żeby wrócić do domu z brzuchem.

– Louisa!

– Cóż, gdybyś nie była taka tępa, że nie potrafisz nawet znaleźć sobie przyzwoitej pracy, mogłabyś, do cholery, mieć swoje własne mieszkanie. Jesteś już dużą dziewczynką. A może masz inny problem? Wreszcie dotarło do ciebie, że Patrick nigdy ci się nie oświadczy?

– Dosyć tego! – Ryk taty przerwał milczenie, jakie zapadło po tych słowach. – Nie chcę słyszeć ani słowa więcej. Treena, idź do kuchni. Lou, siadaj i się zamknij. Mam dość stresów w życiu i nie muszę słuchać, jak się na siebie wydzieracie.

– Jeśli myślisz, że pomogę ci z twoją głupią listą, to się grubo mylisz! – warknęła do mnie Treena, kiedy mama wypychała ją za drzwi.

– Dobrze. I tak nie chciałam twojej pomocy, ty pasożycie – powiedziałam, uchylając się, ponieważ tato rzucił we mnie gazetą.

W sobotni poranek poszłam do biblioteki. Nie byłam tam chyba od czasów szkoły – być może z obawy, że będą pamiętać książkę Judy Blume, którą zgubiłam w siódmej klasie, i że gdy przejdę przez wiktoriańskie drzwi między kolumnami, wyciągnie się jakaś lepka urzędowa ręka, żądając 3,853 funta kary.

Biblioteka nie była taka, jak zapamiętałam. Połowę książek zastąpiły płyty CD i DVD, wielkie półki pełne audiobooków, a nawet stojaki z kartkami okolicznościowymi. I wcale nie było cicho. Z kącika z książkami dla dzieci, gdzie właśnie bawiła się w najlepsze jakaś grupa przedszkolaków i ich mam, dobiegał śpiew i klaskanie. Ludzie czytali czasopisma i rozmawiali cicho. Dział czasopism, gdzie zwykle starsi panowie drzemali nad gazetami, zniknął, a na jego miejscu pojawił się duży owalny stół z ustawionymi dookoła komputerami. Usiadłam niepewnie przy jednym z nich, mając nadzieję, że nikt mi się nie przygląda. Komputery, tak jak książki, to był teren mojej siostry. Najwyraźniej jednak personel biblioteki przewidział czyste przerażenie odczuwane przez ludzi takich jak ja. Jedna z bibliotekarek przystanęła przy mnie i wręczyła mi kartę oraz laminowaną instrukcję. Nie stała mi nad głową, tylko mruknęła, że gdybym potrzebowała pomocy, to będzie przy biurku, a potem zostałam sama, na krześle o chwiejnych kółkach, przed pustym ekranem.

Jedyny komputer, z jakim miałam kontakt w ciągu kilku ostatnich lat, to był komputer Patricka. Używa go tylko do ściągania planów treningu albo żeby zamawiać książki o sporcie z Amazona. Jeśli używa go też do innych rzeczy, to właściwie nie chcę o tym wiedzieć. Ale postąpiłam zgodnie ze wskazówkami od bibliotekarki, dwa razy sprawdzając przed każdym etapem. I, co zdumiewające, udało się. Nie tylko się udało, to było łatwe.

Cztery godziny później miałam zaczątki swojej listy.

I nikt nie wspomniał o Judy Blume. Może dlatego, że pożyczyłam ją wtedy na kartę mojej siostry.

Po drodze do domu zajrzałam do papierniczego i kupiłam kalendarz. Ale nie taki, który pokazuje jeden miesiąc i trzeba obrócić kartkę, żeby zobaczyć zdjęcie Justina Timberlake'a albo kucyków na górskiej łące. To był kalendarz ścienny – taki, jakie widuje się w biurach, z urlopami pracowników zaznaczonymi markerem. Kupiłam go z dziarską sprawnością kogoś, komu nic nie sprawia większej przyjemności niż przewracanie papierków.

W swoim małym pokoiku otworzyłam go, przyczepiłam z tyłu drzwi i zaznaczyłam datę, kiedy zaczęłam pracę u Traynorów, na początku lutego. Potem policzyłam do przodu i zaznaczyłam dzień – 12 sierpnia – teraz zostały do niego tylko cztery miesiące. Cofnęłam się o krok i przyglądałam się przez chwilę, starając się sprawić, by niewielkie czarne kółeczko nabrało coś z wagi momentu, który zapowiadało. I kiedy tak patrzyłam, zaczęło do mnie docierać, na co się porywam.

Będę musiała zapełnić te małe prostokąciki mnóstwem rzeczy, które budzą radość, zadowolenie, satysfakcję lub przyjemność. Będę musiała je zapełnić wszelkimi pozytywnymi przeżyciami, jakie tylko mogłam wyszukać dla człowieka, którego bezwładne ręce i nogi oznaczały, że sam nie może ich sobie zorganizować. Miałam niecałe cztery miesiące prostokątnych kratek, które powinnam zapełnić wyjazdami, wycieczkami, odwiedzinami, lunchami i koncertami. Musiałam wymyślić wszelkie sposoby, żeby to się stało, i przygotować się jak najlepiej, żeby te przedsięwzięcia nie skończyły się porażką.

A potem musiałam przekonać Willa, żeby się na to zgodził.

Wpatrywałam się w swój kalendarz, trzymając długopis w nieruchomej dłoni. Ten niewielki kawałek laminowanego papieru nagle nabrał ciężaru wielkiej odpowiedzialności.

Miałam sto siedemnaście dni, żeby przekonać Willa Traynora, że ma po co żyć.

11

Są takie miejsca, gdzie zmianę pór roku sygnalizują przyloty i odloty ptaków albo przypływy i odpływy. W naszym miasteczku takim zwiastunem był powrót turystów. Na początku był to wątły strumyczek ludzi, którzy wysiadali z pociągów czy samochodów w jaskrawych kurtkach przeciwdeszczowych, ściskając przewodniki i legitymacje National Trust; potem, gdy robiło się nieco cieplej i zbliżało się lato, coraz większe ich grupy wylewały się z bekających i posykujących autokarów i tłoczyły na głównej ulicy: Amerykanie, Japończycy, grupki zagranicznych dzieci w wieku szkolnym.

Zimą niewiele tu było otwarte. Zamożniejsi właściciele sklepów korzystali z długich, ponurych miesięcy, żeby wyjechać na wakacje za granicę, podczas gdy ci bardziej zdeterminowani urządzali imprezy gwiazdkowe i zarabiali na odbywających się od czasu do czasu koncertach kolęd albo świątecznych kiermaszach rzemiosła. Ale potem, kiedy robiło się cieplej, zamkowe parkingi zapełniały się samochodami, lokalne bary odnotowywały zwiększoną liczbę zamówień na „lunch żniwiarza", i tak po kilku słonecznych niedzielach znów zmienialiśmy się z sennej mieściny w jedną z tradycyjnych angielskich atrakcji turystycznych.

Wchodziłam na wzgórze, mijając pierwszych w tym sezonie turystów, którzy ściskali swoje wodoodporne torebki i podniszczone przewodniki i unosili aparaty, by zrobić pamiątkowe zdjęcie zamku wiosną. Uśmiechnęłam się do kilku osób, zatrzymałam się, by kilku innym pstryknąć zdjęcie wręczonym mi aparatem. Niektórzy mieszkańcy skarżyli się na sezon turystyczny – korki, kolejki do toalet oraz dziwne żądania kulinarne w The Buttered Bun („Nie robicie sushi? Nawet maków?"). Ale ja nie narzekałam. Lubiłam ten powiew wielkiego świata, to, że mogłam zerknąć z bliska na życie tak bardzo odległe od mojego. Lubiłam słuchać turystów mówiących z różnymi akcentami i zgadywać, skąd pochodzą, przyglądać się ubraniom ludzi, którzy nigdy nie zamawiali ciuchów z taniego katalogu wysyłkowego ani nie kupowali pięciopaku majtek w supermarkecie.

– Jesteś wesoła jak skowronek – powiedział Will, gdy rzuciłam torbę w korytarzu. Powiedział to takim tonem, jakby to była niemal obraza.

– Jest mi wesoło, bo to właśnie dzisiaj.

– Co?

– Dziś wychodzimy. Zabieramy Nathana na wyścigi konne.

Will i Nathan spojrzeli na siebie. Prawie się roześmiałam. Poczułam taką ulgę, kiedy zobaczyłam, jaka jest pogoda; kiedy tylko wyszło słońce, byłam pewna, że wszystko pójdzie dobrze.

– Wyścigi konne?

– Tak. Wyścigi płaskie w – wyciągnęłam z kieszeni notes – Longfield. Jeśli teraz wyruszymy, zdążymy akurat na trzeci bieg. A ja postawiłam pięć funtów na Man Oh Man, więc lepiej się ruszmy.

– Wyścigi konne.

– Tak. Nathan nigdy nie był na wyścigach.

Z tej okazji włożyłam niebieską minisukienkę w kratkę, wokół szyi zawiązałam szalik z końskimi motywami, włożyłam też skórzane buty do konnej jazdy.

Will przyjrzał mi się uważnie, po czym odwrócił wózek tak, żeby lepiej widzieć swego drugiego opiekuna.

– Marzyłeś o tym od dawna, tak, Nathan?

Rzuciłam Nathanowi ostrzegawcze spojrzenie.

– Taaa – odparł i zdobył się na uśmiech. – Tak właśnie. Pojedźmy zobaczyć te szkapy.

Oczywiście wszystko z nim wcześniej umówiłam. Zadzwoniłam do niego w piątek i zapytałam, na który dzień moglibyśmy go wypożyczyć. Traynorowie zgodzili się zapłacić za dodatkowe godziny (siostra

Willa wyjechała do Australii, i chyba chcieli mieć pewność, że będzie mi towarzyszył ktoś rozsądny), ale aż do niedzieli nie byłam pewna, co właściwie będziemy robić. Taka wycieczka wydawała się idealna na początek – miły dzień poza domem, mniej niż pół godziny jazdy.

– A jeśli powiem, że nie chcę jechać?

– W takim razie wisisz mi czterdzieści funtów – oznajmiłam.

– Czterdzieści funtów? Jak to sobie wyliczyłaś?

– To moja wygrana. Pięć funtów za każdy bieg przy stawce osiem do jednego. – Wzruszyłam ramionami. – Man Oh Man to pewniak.

Chyba udało mi się zbić go z tropu.

Nathan klepnął się w kolana.

– Brzmi super. I jest ładna pogoda na taką wycieczkę – dodał. – Chcesz, żebym zapakował jakiś lunch?

– Nie – odparłam. – Tam jest miła knajpka. Jeśli mój koń wygra, stawiam lunch.

– Często grywałaś na wyścigach? – zapytał Will.

Zanim zdążył powiedzieć coś więcej, zapakowaliśmy go w płaszcz, a ja wybiegłam na zewnątrz, żeby ustawić samochód.

Wszystko miałam zaplanowane. Mieliśmy przyjechać na tor wyścigów w piękny słoneczny dzień. Miały tam być błyszczące rasowe konie o smukłych nogach, dżokeje w jaskrawych jedwabnych kurtkach, mijający nas kaczkowatym krokiem. Może jakaś orkiestra dęta. Trybuny miały być pełne wiwatujących ludzi, a my znaleźlibyśmy sobie miejsce, z którego moglibyśmy machać naszymi kwitkami od zakładów. W Willu obudziłby się duch rywalizacji i nie mógłby się powstrzymać przed szacowaniem szans zawodników, tak żeby wygrać więcej niż ja i Nathan razem wzięci. Wszystko obmyśliłam. A potem, kiedy mielibyśmy już dość oglądania koni, poszlibyśmy do cieszącej się znakomitą opinią restauracji przy torze na świetną wyżerkę.

Powinnam była posłuchać mojego taty. „Chcesz poznać prawdziwą definicję triumfu nadziei nad rzeczywistością? – mawiał. – Zaplanuj rodzinną wycieczkę".

Zaczęło się od parkingu. Dotarliśmy tam bez żadnych przygód, bo teraz już czułam się trochę pewniej i wiedziałam, że Will się nie przewróci, jeśli będę jechać szybciej niż trzydzieści kilometrów na godzinę. W bibliotece sprawdziłam, jak tam dojechać, i przez całą drogę paplałam wesoło o pięknym błękitnym niebie, ładnej okolicy, o tym, że nie ma korków. Przed torem wyścigów, który był nieco mniej wspaniały, niż się spodziewałam, nie było żadnych kolejek, a parking był wyraźnie oznaczony.

Ale nikt mnie nie ostrzegł, że parking jest na trawiastym gruncie, rozjeżdżanym przez całą mokrą zimę. Wjechaliśmy tyłem na wolne miejsce (co nie było trudne, bo był zapełniony ledwo w połowie) i kiedy tylko opuściliśmy rampę, Nathan zrobił zmartwioną minę.

– Tu jest za miękko – stwierdził. – Zapadnie się.

Zerknęłam na trybuny.

– Ale jeśli przedostaniemy się na tamtą ścieżkę, to chyba będzie okej?

– Ale ten wózek waży tonę – ostrzegł. – A to kilkanaście metrów stąd.

– Daj spokój. Przecież ten wózek wytrzyma chyba parę metrów po grząskim gruncie.

Ostrożnie sprowadziłam wózek Willa na dół, a potem patrzyłam, jak koła na kilkanaście centymetrów zagłębiają się w błoto.

Will się nie odzywał. Wyglądał nieswojo i milczał przez większość półgodzinnej jazdy samochodem. Staliśmy za nim, kręcąc przełącznikami. Zaczął wiać silniejszy wiatr i policzki Willa poróżowiały z zimna.

– Daj spokój – powiedziałam. – Sami go poprowadzimy. We dwójkę na pewno damy sobie radę.

Odchyliliśmy wózek do tyłu. Ja wzięłam za jedną rączkę, Nathan za drugą i zaczęliśmy ciągnąć go w kierunku ścieżki. Szło nam powoli, nie tylko dlatego, że ja wciąż się zatrzymywałam, bo bolały mnie ręce, a moje nieskalane dotąd buty były grubo oblepione błotem. Kiedy wreszcie wydostaliśmy się na ścieżkę, koc Willa na wpół zsunął się z niego i jakimś sposobem wkręcił w kółka, tak że jeden róg naderwał się i ubłocił.

– Nie martw się – odezwał się Will sucho. – To tylko kaszmir.

Zignorowałam go.

– No dobra. Udało się. Teraz pora na zabawę.

No właśnie. Pora na zabawę. Kto to wymyślił, że przy wejściu na tor wyścigów powinny być bramki obrotowe? Chyba przecież nie muszą panować nad tłumem? Nie widać tu było wykrzykujących hasła fanów wyścigów, grożących zamieszkami, jeśli Charlie's Darling przegra w trzecim biegu, ani rozszalałych wielbicielek dżokejów, które trzeba trzymać pod kontrolą? Spojrzeliśmy na bramkę, potem na wózek Willa, a potem popatrzyliśmy z Nathanem na siebie.

Nathan podszedł do okienka i wyjaśnił nasz problem siedzącej tam kobiecie. Wystawiła głowę, żeby spojrzeć na Willa, po czym wskazała nam odległy drugi koniec trybun.

– Wejście dla niepełnosprawnych jest tam – poinformowała.

Słowo „niepełnosprawnych" powiedziała tak wyraźnie, jakby startowała w konkursie dykcji. To wejście było jakieś dwieście metrów dalej. Zanim wreszcie tam dotarliśmy, błękit nieba nagle zniknął i zerwała się nagła ulewa. Oczywiście nie zabrałam parasola. Nadal paplałam nieustająco o tym, jakie to zabawne i śmieszne, ale nawet dla mnie samej zaczęło to brzmieć mało wiarygodnie i irytująco.

– Clark – powiedział wreszcie Will. – Wyluzuj, dobrze? Bo robisz się męcząca.

Kupiliśmy bilety na trybuny, a potem, gdy niemal robiło mi się słabo z ulgi, że wreszcie tam dotarliśmy, wprowadziłam wózek Willa na osłonięte miejsce z boku głównej trybuny. Kiedy Nathan zajmował się jego napojem, miałam czas, żeby przyjrzeć się innym miłośnikom wyścigów.

U stóp trybun było właściwie całkiem przyjemnie, chociaż od czasu do czasu popadywał deszcz. Nad nami, na oszklonym balkonie, mężczyźni w garniturach podawali kieliszki szampana kobietom w eleganckich sukniach. Wyglądało na to, że jest tam ciepło i przytulnie, i podejrzewałam, że jest to strefa dla VIP-ów, wymieniona na tablicy w kasie tuż obok astronomicznej ceny. Ludzie na balkonie mieli małe plakietki na czerwonych tasiemkach, odróżniające ich jako specjalnych gości. Zastanowiłam się przez chwilę, czy nie dałoby się zafarbować naszych niebieskich plakietek na inny kolor, ale uznałam, że ponieważ jako jedyni jesteśmy tu z wózkiem inwalidzkim, pewnie wyglądałoby to trochę podejrzanie.

Za nami na trybunach, z plastikowymi kubkami kawy i piersiówkami, siedzieli mężczyźni w tweedowych marynarkach i kobiety w eleganckich ciepłych kurtkach. Wyglądali nieco bardziej zwyczajnie i plakietki też mieli niebieskie. Podejrzewałam, że niektórzy z nich to instruktorzy jazdy albo stajenni, albo inni z końskiej branży. Na dole z przodu, przy niewielkich białych tablicach, stali ludzie bukmacherów, wymachujący ramionami niczym semafory i dający sobie niezrozumiałe znaki. Wypisywali wciąż nowe kombinacje cyfr, po czym ścierali je rękawem.

A niżej, niczym w parodii systemu klasowego, wokół placu do pokazów stała grupa mężczyzn w pasiastych koszulkach polo, z puszkami piwa, którzy wyglądali, jakby byli na wycieczce. Ich ogolone głowy pozwalały sądzić, że chyba są z wojska. Co jakiś czas ryczeli jakąś piosenkę albo zaczynali hałaśliwą sprzeczkę, nacierając na siebie głowami albo zarzucając ramiona na karki kolegów. Kiedy przechodziłam obok nich po drodze do toalety, zaczęli gwizdać na widok mojej krótkiej spódniczki (byłam chyba jedyną osobą na całych trybunach ubraną w spódniczkę), a ja za plecami pokazałam im palec. Przestali się mną interesować, gdy do bramek startowych wprowadzono fachowo siedem czy osiem koni, przygotowujących się do kolejnego wyścigu.

A potem podskoczyłam, kiedy dookoła nas niewielki tłum nagle obudził się do życia, a konie wystrzeliły z bramek. Stałam, patrząc, jak biegną, nagle zahipnotyzowana, nie mogąc powstrzymać dreszczu ekscytacji na widok ich rozwianych ogonów i gorączkowych starań jaskrawo ubranych mężczyzn na ich grzbietach, by zająć jak najlepszą pozycję. Kiedy zwycięzca przebiegł przez linię mety, trudno było nie wiwatować.

Obejrzeliśmy Sisterwood Cup, potem Maiden Stakes, a Nathan wygrał sześć funtów w małym zakładzie o pierwsze trzy miejsca. Will nie chciał obstawiać. Oglądał wyścigi, ale niewiele się odzywał, chowając głowę w wysoki kołnierz płaszcza. Pomyślałam, że być może siedział w domu tak długo, że pewnie czuje się teraz trochę dziwnie, i uznałam, że po prostu nie będę zwracać na niego uwagi.

– To chyba twój wyścig, Hemworth Cup – powiedział Nathan, zerkając na ekran. – Mówiłaś, że na którego postawiłaś kasę? Man Oh Man? – Uśmiechnął się szeroko. – Nie wiedziałem, że obstawianie jest dużo bardziej zabawne, kiedy widzi się konie na żywo.

– Nie mówiłam ci, ale wiesz, ja też nigdy wcześniej nie byłam na wyścigach – przyznałam się.

– Chyba żartujesz.

– Nigdy nawet nie siedziałam na koniu. Moja mama się ich boi. Nie zabrałaby mnie nawet do stajni.

– Moja siostra ma dwa konie, niedaleko Christchurch. Traktuje je jak dzieci. Cała kasa na nie idzie. – Wzruszył ramionami. – I nie ma nawet zamiaru ich potem zjeść.

Dobiegł nas głos Willa.

– Ile jeszcze trzeba biegów, żebyśmy byli pewni, że zaspokoiliśmy twoje od dawna skrywane ambicje?

– Nie zrzędź. Jak to mówią, w życiu wszystkiego powinno się spróbować chociaż raz – powiedziałam.

– Myślę, że wyścigi konne należy dopisać do kategorii „poza kazirodztwem i moreską".

– Sam nieustannie powtarzasz, że powinnam poszerzać horyzonty. Uwielbiasz to – odparłam. – I nie próbuj mi wmawiać, że jest inaczej.

A wtedy ruszyły. Man Oh Man był w fioletowych jedwabiach w żółte romby. Patrzyłam na wyciągnięty łeb konia, dżokeja balansującego na ugiętych nogach, młócącego ramionami nad jego grzbietem.

– Biegnij, stary! – Nathan mimo woli też się nakręcił. Zaciskał pięści, wpatrując się w zamazaną grupkę koni sunących po przeciwnej stronie toru.

– Biegnij, Man Oh Man! – krzyczałam. – Od ciebie zależy, czy zjemy na obiad steki! – Patrzyłam, jak z rozszerzonymi nozdrzami, położonymi płasko uszami na próżno próbuje wyprzedzić inne. Czułam, jak serce podchodzi mi do gardła. A potem, kiedy konie wyszły na ostatnią prostą, mój doping zaczął powoli cichnąć.

– No dobra, kawa – powiedziałam. – Wystarczy mi kawa.

Wokół mnie trybuny eksplodowały wrzaskiem. Jakaś dziewczyna dwa miejsca dalej podskakiwała, zachrypnięta od krzyku. A potem spojrzałam w dół i zobaczyłam, że Will ma zamknięte oczy, a na jego czole widać lekką zmarszczkę. Przestałam się skupiać na torze i ukucnęłam przy nim.

– Wszystko w porządku, Will? – zapytałam, przysuwając się do niego. – Potrzebujesz czegoś? – Musiałam krzyczeć, żeby było mnie słychać przez wrzawę.

– Szkockiej – odparł. – I to dużej.

Popatrzyłam na niego, a on podniósł wzrok i spojrzał na mnie. Wyglądało na to, że ma absolutnie dosyć.

– Chodźmy na lunch – zwróciłam się do Nathana.

Man Oh Man, ten czworonożny oszust, minął linię mety na godnym pożałowania szóstym miejscu. Znów podniósł się wrzask tłumu, a przez megafony rozległ się głos konferansjera: „Proszę państwa, zdecydowane zwycięstwo Love Be A Lady, za nią Winter Sun i o dwie długości za nim Barney Rubble na miejscu trzecim".

Przepchnęłam wózek Willa przez niezważających na nas ludzi, świadomie najeżdżając im na pięty, kiedy nie reagowali nawet na powtarzane prośby, że chcielibyśmy przejechać.

Byliśmy przy windzie, kiedy usłyszałam głos Willa:

– No więc, Clark, czy to znaczy, że wisisz mi czterdzieści funtów?

Restauracja była świeżo po remoncie, menu układał znany z telewizji szef kuchni, którego twarz patrzyła na nas z plakatów wokół toru. Wcześniej sprawdziłam, co tu dają.

– Popisowe danie to kaczka w sosie pomarańczowym – powiedziałam Willowi i Nathanowi. – To chyba w stylu retro, lata siedemdziesiąte.

– Jak twój strój – odezwał się Will.

W cieple i z dala od tłumów chyba trochę poweselał. Zaczął się rozglądać, zamiast wycofywać się w swój samotny świat. Mój żołądek zaczął burczeć w oczekiwaniu dobrego, gorącego lunchu. Matka Willa dała nam osiemdziesiąt funtów „kieszonkowego". Postanowiłam, że sama zapłacę za siebie i pokażę jej paragon, mogłam więc bez obaw zamówić to, na co miałam ochotę – pieczoną kaczkę w stylu retro albo cokolwiek innego.

– Lubisz jeść w restauracjach, Nathan? – zapytałam.

– Najczęściej wolę po prostu piwo i coś na wynos – odparł Nathan. – Ale fajnie, że tu przyszliśmy.

– Kiedy ostatni raz byłeś w restauracji, Will? – zapytałam.

Spojrzeli z Nathanem na siebie.

– Nie za moich czasów – stwierdził Nathan.

– Może to dziwne, ale jakoś nie lubię być karmiony łyżeczką na oczach obcych ludzi.

– W takim razie znajdziemy stolik, gdzie będziesz mógł siedzieć plecami do sali – oznajmiłam. Przewidziałam tę akurat jego obawę. – A jeśli będą tam jacyś celebryci, twoja strata.

– Bo celebryci, jak wiadomo, walą drzwiami i oknami na prowincjonalne zabłocone wyścigi w marcu.

– Nie zepsujesz mi tego, Willu Traynorze – powiedziałam, gdy

155

drzwi windy się otworzyły. – Ostatni raz byłam w restauracji na przyjęciu urodzinowym dla czterolatków w kręgielni w Hailsbury, gdzie absolutnie wszystko było wysmarowane masłem orzechowym. Włącznie z dziećmi.

Ruszyliśmy wyłożonym dywanem korytarzem. W sali restauracji widocznej za szklaną ścianą było mnóstwo wolnych stolików. Na ten widok znów zaburczało mi w brzuchu.

– Dzień dobry – zaczęłam, podchodząc do recepcji. – Chciałabym stolik dla trzech osób.

„Niech pani nie patrzy na Willa – starałam się przekazać wzrokiem tej kobiecie. – Żeby nie czuł się niezręcznie. To ważne, żeby było mu tu miło".

– Poproszę plakietkę – powiedziała.

– Przepraszam?

– Znaczek strefy specjalnej.

Spojrzałam na nią, nic nie rozumiejąc.

– Ta restauracja jest tylko dla osób z biletami do tej strefy.

Zerknęłam na Willa i Nathana. Nie słyszeli mnie, ale czekali niecierpliwie. Nathan pomagał Willowi zdjąć płaszcz.

– Yyy. Nie wiedziałam, że nie możemy zjeść tam, gdzie mamy ochotę. Mamy niebieskie plakietki.

Uśmiechnęła się.

– Przykro mi – odrzekła. – Tylko osoby ze znaczkami strefy specjalnej. Taka informacja jest na naszych ulotkach.

Odetchnęłam głęboko.

– Okej. Czy są tu jakieś inne restauracje?

– Obawiam się, że Weighing Room, mniej ekskluzywny lokal, jest akurat w remoncie, ale wzdłuż trybun są budki, gdzie można kupić coś do jedzenia. – Zobaczyła moją minę i dodała: – Mają pieczeń wieprzową w bułce. Nawet z sosem jabłkowym.

– Budki?

– Tak.

Nachyliłam się ku niej.

– Proszę – powiedziałam – przyjechaliśmy z daleka, a mój przyjaciel nie czuje się dobrze, gdy jest zimno. Czy nie ma jakiegoś sposobu, żebyśmy dostali tu stolik? Powinien posiedzieć w cieple. To naprawdę ważne, żeby spędził przyjemny dzień.

Zmarszczyła nos.

– Bardzo mi przykro – stwierdziła. – Naginanie reguł nie jest warte tej pracy. Ale na dole jest miejsce dla osób niepełnosprawnych, gdzie można zamknąć drzwi. Nie widać stamtąd wyścigów, ale jest całkiem przytulnie. Są tam grzejniki i tak dalej. Mogą państwo zjeść tam lunch.

Patrzyłam na nią. Czułam, jak – począwszy od łydek – narasta we mnie napięcie. Chyba zrobiłam się zupełnie sztywna.

Spojrzałam na jej plakietkę z nazwiskiem.

– Sharon – powiedziałam – tu jest mnóstwo wolnych miejsc. Chyba lepiej byłoby mieć więcej klientów niż połowę stolików pustych? Tylko z powodu jakichś tajemnych klasowych zasad w regulaminie?

Jej uśmiech błysnął w przytłumionym świetle.

– Proszę pani, wyjaśniłam pani, jaka jest sytuacja. Gdybyśmy nagięli dla państwa zasady, musielibyśmy je naginać dla wszystkich.

– Ale to nie ma sensu – zaprotestowałam. – Jest deszczowy poniedziałek. Ma pani puste stoliki. My chcemy zamówić posiłek. Normalny kosztowny posiłek, z serwetkami i tak dalej. Nie chcemy jeść hamburgerów ani siedzieć w szatni, z której nic nie widać, choćby nie wiem jak przytulnej.

Inni klienci zaczęli odwracać się na krzesłach, zaciekawieni sprzeczką przy wejściu. Widziałam, że Will jest zakłopotany. On i Nathan domyślili się, że coś jest nie tak.

– W takim razie obawiam się, że powinni byli państwo kupić plakietki do strefy specjalnej.

– Okej – sięgnęłam po torebkę i zaczęłam w niej grzebać w poszukiwaniu portmonetki. – Ile to kosztuje? – Z torebki wypadły mi jakieś chusteczki, stare bilety autobusowe i jeden z samochodzików Thomasa. Ale miałam to w nosie. Chciałam, żeby Will zjadł elegancki lunch w restauracji. – Proszę. Ile mam zapłacić? Jeszcze dziesięć? Dwadzieścia funtów? – Wyciągnęłam w jej stronę garść banknotów.

Spojrzała na moją rękę.

– Przykro mi, proszę pani, ale tutaj nie sprzedajemy plakietek. To jest restauracja. Będzie pani musiała wrócić do kas.

– Tych po zupełnie przeciwnej stronie toru wyścigowego?

– Tak.

Patrzyłyśmy na siebie.

Wtrącił się Will:

– Louisa, chodźmy stąd.

Nagle poczułam, że oczy napełniają mi się łzami.

– Nie – powiedziałam. – To jakaś groteska. Przyjechaliśmy tu specjalnie. Poczekacie tutaj, a ja pójdę i kupię dla nas te plakietki. A potem zjemy obiad.

– Louisa, nie jestem głodny.

– Jak zjemy, wszystko będzie dobrze, będziemy oglądać dalej wyścigi i w ogóle. Będzie dobrze.

Nathan podszedł do mnie i położył mi rękę na ramieniu.

– Louisa, myślę, że Will naprawdę chce już wracać do domu.

Teraz już gapiła się na nas cała restauracja. Klienci spoglądali na nas, po czym przenosili wzrok ze mnie na Willa, a wtedy w ich spojrzeniu widać było jakby litość albo niesmak. Czuwałam to i wiedziałam, że jestem kompletnie beznadziejna. Spojrzałam na kobietę z recepcji, która przynajmniej wyglądała na lekko zakłopotaną, kiedy Will się odezwał.

– Cóż, dziękuję pani – wycedziłam. – Dziękuję, że była pani tak cholernie gościnna i uczynna.

– Clark – w głosie Willa zabrzmiało ostrzeżenie.

– Cieszę się, że jesteście państwo tak elastyczni. Na pewno będę polecać tę restaurację wszystkim znajomym.

– Louisa!

Złapałam torebkę i wetknęłam ją sobie pod ramię.

– Zostawiła pani samochodzik! – zawołała recepcjonistka, gdy wypadłam przez drzwi, które przytrzymywał dla mnie Nathan.

– A co, dla niego też muszę mieć bilet? – zapytałam, po czym poszłam za nimi do windy.

Zjechaliśmy w milczeniu. Starałam się zapanować nad rękami, które trzęsły mi się z wściekłości.

Kiedy zjechaliśmy na dół, Nathan mruknął:

– Może powinniśmy kupić coś w jednej z tych budek. Od kilku godzin nie mieliśmy nic w ustach. – Zerknął na Willa, żeby dać mi do zrozumienia, że tak naprawdę chodzi mu o niego.

– Jasne – zgodziłam się dziarsko. – Mam ochotę na chrupiącą skórkę. Chodźmy na kawał buły z mięchem.

Zamówiliśmy trzy bułki z wieprzowiną, chrupiącą skórką i sosem jabłkowym i schowaliśmy się pod pasiastą markizą, żeby je zjeść. Usiadłam na małym koszu na śmieci, żeby być na tym samym poziomie co Will, i podawałam mu kąski mięsa, w razie potrzeby rozdzielając je palcami.

Dwie panie obsługujące stoisko udawały, że na nas nie patrzą. Widziałam, jak kątem oka obserwują Willa i co jakiś czas mamroczą między sobą, kiedy wydawało im się, że ich nie widzimy. Prawie słyszałam, jak mówią „biedak, co za straszne życie". Spojrzałam na nie ciężkim wzrokiem, dając im do zrozumienia, żeby się nie ważyły tak na niego patrzeć. Starałam się też nie myśleć za dużo o tym, jak musi czuć się Will.

Deszcz ustał, ale smagany wiatrem tor wyścigów nagle zrobił się ponury, jego brązowozielona nawierzchnia zaśmiecona była kwitami z zakładów, cała przestrzeń płaska i pusta. Kiedy zaczęło padać, na parkingu się przerzedziło, z oddali dobiegł zniekształcony głos komentatora, gdy obok nas przemknął z dudnieniem jakiś kolejny wyścig.

– Myślę, że powinniśmy wracać – powiedział Nathan, ocierając usta. – To znaczy, było miło i w ogóle, ale lepiej uniknąć korków, co nie?

– Dobrze – odparłam. Zmięłam serwetkę i wyrzuciłam ją do śmieci. Will dał mi znak głową, że nie chce ostatniego kawałka swojej bułki.

– Nie smakowało mu? – zapytała jedna z kobiet, gdy Nathan zaczął pchać jego wózek po trawie.

– Nie wiem. Może smakowałoby mu bardziej, gdyby nikt nie wtykał nosa w jego lunch – powiedziałam i cisnęłam resztki do kosza.

Ale dostanie się do samochodu i wjechanie po rampie okazało się nie takie proste. W ciągu kilku godzin, które spędziliśmy na wyścigach, przyjeżdżające i odjeżdżające samochody zmieniły parking w morze błota. Choć Nathan jest bardzo silny, a ja starałam się jak mogłam, nie byliśmy w stanie pokonać nawet połowy drogi do samochodu. Koła wózka ślizgały się i piszczały, nie mogąc znaleźć punktu oparcia, żeby przejechać ostatni nieduży kawałek. Ja i Nathan ślizgaliśmy się w błocie, które wlewało nam się do butów.

– To się nie uda – stwierdził Will.

Nie chciałam go słuchać. Nie mogłam znieść myśli, że tak miałby się zakończyć ten dzień.

– Chyba nie damy rady bez pomocy – powiedział Nathan. – Nie jestem w stanie nawet wydostać wózka z powrotem na ścieżkę. Ugrzązł.

Will westchnął głośno. Wyglądało na to, że ma tak dosyć jak jeszcze nigdy w życiu.

– Mógłbym zanieść cię na przednie siedzenie, Will, tylko musiałbym je trochę odchylić. A potem Louisa i ja spróbowalibyśmy jakoś wprowadzić wózek.

Will odezwał się przez zaciśnięte zęby:

– Nie chciałbym zakończyć tego dnia w roli worka ziemniaków.

– Przykro mi, stary – powiedział Nathan. – Ale Lou i ja nie damy sobie rady sami. Lou, ty tu jesteś ładniejsza. Idź i spróbuj dorwać kogoś do pomocy, dobrze?

Will zamknął oczy i zacisnął szczęki, a ja pobiegłam w kierunku trybun.

Trudno mi było uwierzyć, że tylu ludzi może odmówić prośbie o pomoc, zwłaszcza jeśli dotyczyła wózka inwalidzkiego, który ugrzązł w błocie, a prosi dziewczyna w minisukience, uśmiechająca się tak uroczo, jak tylko potrafi. Zwykle mam opory wobec obcych ludzi, ale desperacja pozbawiła mnie wszelkich skrupułów. Zaczepiałam kolejne grupki ludzi oglądających wyścigi, pytając, czy mogliby mi poświęcić kilka minut. Patrzyli na mnie i moje ubranie, tak jakbym chciała ich wciągnąć w jakąś pułapkę.

– Chodzi o człowieka na wózku inwalidzkim – mówiłam. – Wózek utknął.

– Ale właśnie czekamy na kolejny bieg – mówili. Albo: – Przepraszam, ale nie. Albo: – Będzie musiał poczekać do drugiej trzydzieści. Obstawiliśmy ten bieg.

Myślałam nawet, czyby nie złapać jakiegoś dżokeja. Ale kiedy podeszłam do zagrody, zobaczyłam, że są jeszcze niżsi niż ja.

Kiedy dotarłam do samego toru, aż się we mnie gotowało. Chyba już wtedy nie uśmiechałam się do ludzi, tylko warczałam. Aż w końcu, o radości, trafiłam na tamtych gości w pasiastych koszulkach polo. Na plecach mieli napis „Marky – ostatnie dni wolności", w rękach ściskali puszki piwa. Ich akcent sugerował, że są gdzieś z północnego wschodu, i byłam pewna, że w ciągu ostatniej doby chlali niemal bez przerwy.

Kiedy podeszłam, bardzo się ucieszyli na mój widok, a ja musiałam powściągnąć chęć, by znów pokazać im palec.

– Uśmiechnij się do nas, złotko. To weekend kawalerski Marky'ego – wybełkotał jeden z nich, klepiąc mnie po ramieniu łapskiem wielkości szynki.

– Jest poniedziałek. – Starałam się nie wzdrygać, kiedy zdejmowałam ją z siebie.

– Żartujesz sobie. Już poniedziałek? – Zatoczył się w tył. – Ale i tak powinnaś dać mu buziaka.

– Właściwie – powiedziałam – to przyszłam prosić was o pomoc.

– Do usług, złotko. – Tej deklaracji towarzyszyło obleśne mrugnięcie.

Jego kumple kołysali się wokół niego łagodnie niczym morskie rośliny.

– Nie, naprawdę. Chcę, żebyście pomogli mojemu znajomemu. Na parkingu.

– Pszszykro mi, ale chyba sienienadaje, szeby ci pomagać, kotku.

– Hej, zaraz następny wyścig, Marky. Obstawiałeś? Ja chyba tak.

Odwrócili się w stronę toru i stracili zainteresowanie. Spojrzałam przez ramię na parking i zobaczyłam pochyloną sylwetkę Willa i Nathana, który na próżno ciągnął za rączki wózka. Wyobraziłam sobie, jak wracam do domu i mówię rodzicom Willa, że porzuciliśmy jego superkosztowny wózek na parkingu. A potem zobaczyłam tatuaż.

– On jest żołnierzem – powiedziałam głośno. – Weteranem.

Odwrócili się po kolei.

– Był ranny. W Iraku. Chcieliśmy tylko, żeby spędził fajny dzień. Ale nikt nie chce nam pomóc. – Gdy to mówiłam, poczułam, jak oczy napełniają mi się łzami.

– Weteran? Chyba żartujesz. Gdzie on jest?

– Na parkingu. Prosiłam mnóstwo ludzi, ale oni nie chcą nam pomóc.

Przetrawienie tej informacji zajęło im jakieś dwie minuty. Ale potem popatrzyli po sobie w zdumieniu.

– Dobra, chłopaki. Odpuścimy sobie ten bieg. – Ruszyli za mną chwiejnym wężykiem. Słyszałam, jak mamroczą między sobą, wzburzeni:

– Cholerni cywile... Nie mają pojęcia, jak to jest.

Kiedy doszliśmy na parking, Nathan stał obok zziębniętego Willa, który schował głowę głęboko w kołnierz płaszcza, chociaż Nathan okrył mu ramiona drugim kocem.

– Ci panowie byli tak mili, że zgodzili się nam pomóc – powiedziałam.

Nathan gapił się na puszki z piwem. Musiałam przyznać, że trzeba by się długo wpatrywać, żeby się domyślić, że ci faceci są żołnierzami.

– Gdzie mamy go wstawić? – zapytał jeden z nich.

Pozostali otoczyli Willa, witając go skinieniem głowy. Jeden podał mu piwo, najwyraźniej nie rozumiejąc, że nie jest w stanie wziąć puszki do ręki.

Nathan wskazał nasz samochód.

– Na tył samochodu. Ale żeby to zrobić, musimy najpierw dostać się do trybun, a potem wycofać samochód i podjechać do niego.

– Nie trzeba – powiedział jeden z nich, klepiąc Nathana po plecach. – Możemy go zanieść do samochodu, co nie, chłopaki?

Zgodzili się chórem. Zaczęli ustawiać się wokół wózka Willa.

Z niepokojem przestąpiłam z nogi na nogę.

– No nie wiem. To spory kawałek – odważyłam się zaprotestować. – A wózek jest bardzo ciężki.

Byli pijani w sztok. Niektórzy ledwo się trzymali swoich puszek z piwem. Jeden wetknął mi swoje piwo do ręki.

– Spoko, kotku. Wszystko dla kumpla z wojska, co nie?

– Nie zostawimy cię tutaj, stary. Kumpli się nie zostawia, co nie?

Zobaczyłam pełną powątpiewania minę Nathana i potrząsnęłam gwałtownie głową. Will najwyraźniej nie miał zamiaru się odzywać. Siedział tylko z ponurą miną, a potem, kiedy tamci faceci stanęli przy jego wózku i ze wspólnym okrzykiem dźwignęli go w górę, wyglądał na lekko przerażonego.

– Który pułk, kotku?

Starałam się uśmiechać, desperacko szukając w pamięci jakichś nazw.

– Strzelecki... Jedenasty pułk strzelców.

– Nie znam takiego – odezwał się inny.

– To nowy pułk – jąkałam się. – Ściśle tajny. Stacjonuje w Iraku.

Ich adidasy ślizgały się w błocie, a ja czułam, jak zamiera mi serce. Nieśli wózek Willa, unosząc go kilkanaście centymetrów nad ziemią, niczym lektykę. Nathan pobiegł po torbę Willa i otworzył samochód.

– Czy oni trenują w Catterick?

– Właśnie tam – przytaknęłam, po czym zmieniłam temat. – To który z was się żeni?

Zanim wreszcie pozbyłam się Marky'ego i jego kumpli, musiałam im dać swój numer telefonu. Zrobili zbiórkę i chcieli wcisnąć nam ponad czterdzieści funtów na rehabilitację Willa. Odpuścili dopiero, kiedy powiedziałam, że najbardziej się ucieszy, jeśli zamiast tego wypiją za jego zdrowie. Musiałam wszystkim dać buziaka. Pod koniec aż kręciło mi się w głowie od oparów alkoholu. Machałam do nich, dopóki nie zniknęli na trybunach, a Nathan zatrąbił klaksonem, żebym wreszcie wsiadła.

– Bardzo uczynni, prawda? – zapytałam dziarsko, kiedy odpaliłam silnik.

– Ten wysoki wylał mi na prawą nogę prawie całe piwo – stwierdził Will. – Cuchnę jak browar.

– Nie wierzę własnym oczom – powiedział Nathan, kiedy w końcu ruszyliśmy w kierunku wyjścia. – Patrzcie. Tu jest cały osobny parking dla niepełnosprawnych, tuż przy trybunach. Asfaltowy.

Will prawie się nie odzywał przez resztę dnia. Pożegnał się z Nathanem, kiedy podrzuciliśmy go do domu, a potem milczał, kiedy ja pokonywałam drogę do zamku, na której było teraz luźniej, ponieważ zrobiło się chłodniej, aż wreszcie zaparkowałam przed przybudówką.

Opuściłam na rampie wózek Willa, zaprowadziłam do środka i zrobiłam Willowi coś ciepłego do picia. Zmieniłam mu buty i spodnie, włożyłam te zalane piwem do pralki i rozpaliłam w piecyku, żeby się rozgrzał. Włączyłam telewizor i zaciągnęłam zasłony, żeby w pokoju zrobiło się przytulniej – może tym bardziej przytulnie, że spędziliśmy cały dzień na zimnie. Ale dopiero kiedy usiadłam z nim w salonie, popijając herbatę, zdałam sobie sprawę, że nie odzywa się nie dlatego, że jest wyczerpany, ani dlatego, że chce oglądać telewizję. On nie odzywał się do mnie.

– Czy... coś się stało? – zapytałam, kiedy po raz trzeci skomentowałam lokalne wiadomości, a on się nie odezwał.

– Ty mi powiedz, Clark.

– Co?

– No przecież wszystko o mnie wiesz. Więc ty mi powiedz.

Patrzyłam na niego.

– Przepraszam – odezwałam się wreszcie. – Wiem, że dziś nie wszystko wyszło tak, jak zaplanowałam. Ale to miała być miła wycieczka. Myślałam, że będzie ci się podobało.

Nie dodałam, że to on jest uparcie marudny, że nie ma pojęcia, przez co musiałam przejść, żeby go skłonić, żeby chociaż spróbował się dobrze bawić, i że nawet się nie starał czerpać z tego jakiejś przyjemności. Nie powiedziałam mu, że gdyby mi pozwolił kupić te głupie plakietki, zjedlibyśmy dobry obiad i zapomnielibyśmy o wszystkim, co się nie udało.

– Właśnie o to chodzi.

– Że co?

– Jesteś taka sama jak wszyscy.

– To znaczy?

– Gdyby tylko przyszło ci do głowy, żeby mnie zapytać, Clark. Gdybyś zechciała chociaż raz zapytać mnie o zdanie na temat tej swojej tak zwanej wesołej wycieczki, tobym ci powiedział. Nienawidzę koni oraz wyścigów konnych. Nigdy tego nie lubiłem. Ale ty nawet nie zapytałaś. Sama zdecydowałaś, co mi się będzie podobało, po czym wprowadziłaś to w czyn. Zrobiłaś to samo co wszyscy. Zdecydowałaś za mnie.

Przełknęłam ślinę.

– Nie chciałam...

– Ale to zrobiłaś.

Odwrócił się i po kilku minutach milczenia dotarło do mnie, że powinnam sobie iść.

12

Pamiętam dokładnie dzień, w którym przestałam być nieustraszona.

To było prawie siedem lat temu, w leniwej, rozmazanej od upału końcówce lipca, kiedy w wąskich uliczkach wokół zamku tłoczyli się turyści, a w powietrzu unosiły się odgłosy ich kroków i melodyjki stale obecnych furgonetek lodziarzy, które stały rzędem na szczycie wzgórza. Miesiąc wcześniej po długiej chorobie umarła moja babcia, i to lato przesłaniała cienka warstewka smutku, która łagodnie tłumiła wszystko, co robiliśmy, łagodziła skłonności moje i mojej siostry do robienia afery z byle czego, odsunęła też na bok nasze letnie zwyczaje, to znaczy krótkie wyjazdy i wycieczki. Przez większość dni mama stała nad miską z praniem, próbując powstrzymać łzy, tak że jej plecy były aż sztywne z napięcia, a tata co rano z ponuro zawziętą miną wychodził do pracy i wracał wiele godzin później z twarzą świecącą od potu z powodu upału, tak zmęczony, że nie mógł mówić, dopóki nie otworzył puszki piwa. Katrina miała wakacje po pierwszym roku studiów i głową była już gdzieś daleko od naszego miasteczka. Ja skończyłam dwadzieścia lat i za niecałe trzy miesiące miałam poznać Patricka. Było to więc wyjątkowe lato całkowitej swobody – bez zobowiązań finansowych, bez długów, bez konieczności zajmowania się kimkolwiek. Miałam tymczasową pracę i mnóstwo czasu, żeby ćwiczyć makijaż, wkładać obcasy, na których widok mój ojciec marszczył się z niezadowoleniem, i generalnie starać się zrozumieć, kim jestem.

Wtedy jeszcze ubierałam się normalnie. Albo, powinnam raczej powiedzieć, ubierałam się jak inne dziewczyny w mieście: długie włosy, odrzucane na plecy, granatowe dżinsy, T-shirty dość obcisłe, żeby podkreślać wąską talię i sterczący biust. Całymi godzinami poprawiałyśmy błyszczyk na ustach i cienie na umalowanych mocno powiekach. Wyglądałyśmy dobrze we wszystkim, ale nieustannie narzekałyśmy na nieistniejący cellulit i niewidoczne skazy na skórze.

I miałam pomysły. Różne rzeczy, które chciałabym zrobić. Jeden z chłopaków z mojej szkoły pojechał w podróż dookoła świata i wrócił zmieniony, tajemniczy, tak jakby nie był już tym samym podrapanym jedenastolatkiem, który puszczał bańki ze śliny na francuskim. Pod wpływem kaprysu zarezerwowałam bilet na tani lot do Australii i próbowałam znaleźć kogoś, kto by ze mną pojechał. Podobał mi się rys egzotyki, jaki podróże nadały mojemu koledze, tajemnice, które w sobie nosił. Otarł się o szeroki świat, i to było dziwnie kuszące. Tutaj wszyscy wiedzieli o mnie wszystko. A z taką siostrą jak moja nigdy nie miałam szansy o tym zapomnieć.

To był piątek i przez cały dzień pracowałam przy obsłudze parkingu. Razem z grupą dziewczyn, które znałam ze szkoły, kierowałyśmy odwiedzających na kiermasz rzemiosła odbywający się na terenie zamku. Przez cały dzień śmiałyśmy się i piłyśmy napoje z bąbelkami pod palącym słońcem, błękitnym niebem i światłem odbijającym się od budynków. Chyba nie było ani jednego turysty, który tamtego dnia nie uśmiechnąłby się na mój widok. Ludzie nie mogli powstrzymać uśmiechu na widok grupy radosnych, chichoczących dziewczyn. Miałyśmy dostać po trzydzieści funtów, a organizatorzy byli tak zadowoleni z obrotów, że dali każdej z nas jeszcze po piątaku. Uczciłyśmy to, upijając się z jakimiś chłopakami, którzy pracowali na drugim parkingu przy punkcie informacji. Byli rozmowni, mieli pasiaste koszulki polo i opadające na czoło grzywki. Jeden miał na imię Ed, dwaj z nich studiowali na uniwersytecie – ale nie pamiętam, którym – i też zarabiali tutaj na wakacje. Pod koniec całego tygodnia pracy na parkingu byli przy kasie, a kiedy skończyły nam się pieniądze, chętnie stawiali drinki wesołym miejscowym dziewczynom, które machały włosami, siadały sobie na kolanach, piszczały, żartowały i mówiły, że są nieźle odstawieni. Mówili innym językiem; opowiadali o urlopach dziekańskich i wakacjach spędzonych w Ameryce Południowej, o wyprawie z plecakiem po Tajlandii i o tym, który z nich pojedzie na staż za granicę. Kiedy tak słuchałyśmy i piłyśmy, pamiętam, że moja siostra stanęła przy ogródku piwnym, gdzie leżeliśmy rozwaleni na trawie. Miała na sobie jakąś stuletnią bluzę z kapturem, była nieumalowana, a ja zapomniałam, że miałam się z nią spotkać. Powiedziałam jej, żeby przekazała rodzicom, że wrócę do domu zaraz po trzydziestce. Z jakiegoś powodu wydawało mi się to przekomiczne. Uniosła tylko brwi i odeszła sztywnym krokiem, tak jakbym była najbardziej irytującą osobą, jaka się kiedykolwiek urodziła.

Po zamknięciu pubu poszliśmy do zamkowego labiryntu i usiedliśmy w samym środku. Komuś udało się przeleźć przez bramę, po czym, chichocząc i zderzając się ze sobą, znaleźliśmy drogę do środka. Piliśmy mocny cydr, ktoś puścił w obieg skręta. Pamiętam, jak gapiłam się w gwiazdy, czując, że znikam w nieskończonej otchłani, a ziemia łagodnie bujała się pode mną, niczym pokład wielkiego statku. Ktoś grał na gitarze, a ja miałam na sobie różowe satynowe szpilki, które zrzuciłam gdzieś w wysoką trawę i nie chciało mi się ich szukać. Wydawało mi się, że jestem królową wszechświata.

Dopiero po jakiejś półgodzinie zdałam sobie sprawę, że inne dziewczyny już sobie poszły.

Jakiś czas później, długo potem, jak chmury przesłoniły nocne niebo, znalazła mnie moja siostra, w samym środku labiryntu. Tak jak powiedziałam, jest naprawdę bystra. W każdym razie bystrzejsza ode mnie.

To jedyna osoba, jaką znam, która umiała bez problemu wydostać się z labiryntu.

– Uśmiejesz się. Zapisałam się do biblioteki.

Will stał przy swojej kolekcji CD. Obrócił wózek i czekał, aż włożę w uchwyt kubek z napojem.

– Naprawdę? Co czytasz?

– Och, nic sensownego. Tobie by się nie podobało. Takie babskie czytadła. Ale mi się podobają.

– Kiedyś czytałaś moją Flannery O'Connor – pociągnął łyk z kubka. – Kiedy byłem chory.

– Te opowiadania? To niesamowite, że to zauważyłeś.

– Trudno było nie zauważyć. Zostawiłaś książkę na stoliku. Ja nie mogę jej podnieść.

– Ach.

– Więc nie czytaj szmiry. Zamiast tego weź sobie do domu O'Connor.

Już miałam powiedzieć „nie", ale potem uświadomiłam sobie, że nie wiem, dlaczego odmawiam.

– Dobrze. Przyniosę, jak tylko skończę.

– Włączysz mi jakąś muzykę?

– A co chcesz?

Powiedział mi, pokazując głową, gdzie mniej więcej stoi płyta, a ja przebiegłam palcami po okładkach, aż znalazłam tę, o którą chodziło.

– Jeden z moich znajomych gra pierwsze skrzypce w Albert Symphonia. Zadzwonił, żeby mi powiedzieć, że w przyszłym tygodniu będzie grał tu niedaleko. Ten utwór. Znasz to?

– Nie mam bladego pojęcia o muzyce klasycznej. To znaczy, czasem mój tato przypadkiem włączy Classic FM, ale...

– Nigdy nie byłaś na koncercie?

– Nie.

Chyba naprawdę nim wstrząsnęłam.

– Raz kiedyś byłam na koncercie Westlife. Ale nie jestem pewna, czy to się liczy. To moja siostra chciała na to pójść. O, i jeszcze z okazji swoich dwudziestych drugich urodzin miałam pójść na koncert Robbiego Williamsa, ale się zatrułam.

Will rzucił mi jedno z tych swoich spojrzeń, sugerujących, że chyba przez lata trzymali mnie w piwnicy.

– Powinnaś pójść. Zaproponował mi bilety. To będzie naprawdę dobre. Zabierz swoją mamę.

Roześmiałam się i potrząsnęłam głową.

– Chyba nie. Moja mama rzadko gdzieś wychodzi. A muzyka klasyczna to nie dla mnie.

– Tak samo jak filmy z napisami?

Zmarszczyłam brwi.

– Nie jestem twoim projektem, Will. To nie jest *My Fair Lady*.

– *Pigmalion*.

– Co?

– Sztuka, o której mówisz. To *Pigmalion*. *My Fair Lady* to tylko jej bękarci pomiot.

Spiorunowałam go spojrzeniem. Ale nie pomogło. Włączyłam CD. Kiedy się odwróciłam, wciąż potrząsał głową.

– Jesteś okropną snobką, Clark.

– Co takiego? Ja?

– Odcinasz się od wszelkiego rodzaju doświadczeń, bo mówisz sobie, że to nie dla ciebie.

– No bo tak jest.

– Ale skąd wiesz? Niczego nie próbowałaś, nigdzie nie byłaś. Skąd masz choćby blade pojęcie, kim właściwie jesteś?

Jak ktoś taki jak on mógł mieć choćby blade pojęcie o tym, jak to jest być mną? Byłam prawie na niego zła za to, że nie chce tego zrozumieć.

– Rusz się. Otwórz głowę.

– Nie.

– Dlaczego?

– Bo będę się czuła nieswojo. Będę się czuła, jakby... jakby oni wszyscy wiedzieli.

– Kto? I co będzie wiedział?

– Wszyscy inni będą wiedzieli, że odstaję.

– A myślisz, że jak ja się czuję?

Spojrzeliśmy na siebie.

– Clark, gdziekolwiek bym się teraz pojawił, ludzie patrzą na mnie tak, jakbym odstawał.

Siedzieliśmy w milczeniu, słuchając muzyki. Ojciec Willa rozmawiał w hallu przez telefon i stłumiony śmiech niósł się przez przybudówkę, jakby z bardzo daleka. „Wejście dla niepełnosprawnych jest tam" – powiedziała kobieta na torze wyścigowym. Tak jakby Will należał do innego gatunku.

Popatrzyłam na okładkę płyty.

– Pójdę, jeśli ty pójdziesz ze mną.

– Ale nie pójdziesz sama?

– Nie ma szans.

Przetrawiał to przez chwilę.

– Rany, ale ty jesteś nieznośna.

– Wciąż mi to powtarzasz.

Tym razem nie robiłam żadnych planów. Niczego nie oczekiwałam. Miałam tylko nadzieję, że po porażce na wyścigach Will nadal jest gotów wyjść z domu. Jego przyjaciel, skrzypek, przysłał nam obiecane trzy bilety oraz ulotkę na temat koncertu. Sala znajdowała się o czterdzieści minut jazdy od nas. Odrobiłam lekcje: sprawdziłam, gdzie jest parking dla niepełnosprawnych, zadzwoniłam też tam, żeby zapytać, jak najprościej dostaniemy się z wózkiem na nasze miejsca. Mieli nas posadzić na samym przodzie i postawić dla mnie składane krzesełko obok wózka Willa.

– To tak naprawdę najlepsze miejsca – oznajmiła mi wesoło pani w kasie. – Muzyka dociera z całą siłą, kiedy człowiek siedzi tuż przy orkiestrze. Sama czasem mam ochotę tam usiąść.

Zapytała nawet, czy chcemy, żeby ktoś czekał na nas na parkingu, żeby pomóc nam dotrzeć na miejsca. Ale Will mógłby wtedy poczuć, że zanadto zwraca na siebie uwagę, odparłam więc, że dziękujemy, ale nie.

W miarę jak zbliżał się ten wieczór, nie wiedziałam, kto denerwuje się bardziej, Will czy ja. Wciąż boleśnie odczuwałam ostatnią porażkę, a pani Traynor nie pomagała mi się uspokoić, zaglądając do nas co kwadrans i pytając, gdzie i kiedy to będzie i co właściwie będziemy tam robić.

Powiedziała, że wieczorne zabiegi Willa wymagają dużo czasu. Musi być pewna, że ktoś będzie mógł jej pomóc. Nathan miał inne plany. Pan Traynor najwyraźniej wychodził wieczorem.

– To co najmniej półtorej godziny.

– I to straszliwie żmudne – dodał Will.

Zdałam sobie sprawę, że też szuka wymówki, żeby nie iść.

– Ja to zrobię – zaproponowałam. – Jeśli Will powie mi, co mam robić. To dla mnie nie problem, mogę zostać i pomóc – stwierdziłam, zanim zrozumiałam, na co właściwie się zgadzam.

– Cóż, już nie możemy się doczekać – powiedział Will zrzędliwie, kiedy jego matka wyszła z pokoju. – Będziesz mogła poglądać sobie mój tyłek i będzie mnie mył ktoś, kto mdleje na sam widok kawałka golizny.

– Nie mdleję na widok kawałka golizny.

– Clark, nigdy jeszcze nie widziałem kogoś, kto byłby tak skrępowany jak ty na widok ludzkiego ciała. Zachowujesz się, jakby to było coś radioaktywnego.

– No więc niech twoja mama to zrobi – odwarknęłam.

– Tak, ponieważ dzięki temu cały pomysł z wyjściem wieczorem będzie jeszcze bardziej atrakcyjny.

A potem pojawił się problem stroju. Nie wiedziałam, jak się ubrać. Źle się ubrałam na wyścigi. Skąd mam być pewna, że znów nie popełnię tego błędu? Zapytałam Willa, co byłoby najlepsze, a on spojrzał na mnie jak na wariatkę.

– Tam będzie ciemno – wyjaśnił. – Nikt nie będzie na ciebie patrzył. Wszyscy będą słuchać muzyki.

– Nie masz zielonego pojęcia o kobietach – odparłam.

Ostatecznie zabrałam ze sobą do pracy cztery różne stroje i wtaszczyłam je wszystkie do autobusu w starym pokrowcu na garnitury mojego taty. Tylko w ten sposób mogłam przekonać samą siebie, że powinnam iść.

Nathan przyszedł na popołudniową zmianę o siedemnastej trzydzieści, a kiedy zajmował się Willem, ja poszłam do łazienki, żeby się przygotować. Na początek włożyłam coś, co uważałam za strój artystyczny: zieloną marszczoną suknię z naszytymi wielkimi bursztynowymi paciorkami. Wyobrażałam sobie, że ludzie, którzy chodzą na koncerty, to ekstrawagancka bohema. Kiedy weszłam do pokoju, Will i Nathan wytrzeszczyli oczy.

– Nie – zaprotestował Will kategorycznie.

– To wygląda jak coś, co mogłaby włożyć moja mama – stwierdził Nathan.

– Nigdy mi nie mówiłeś, że twoja mama to Nana Moskouri – powiedział Will.

Wracając do łazienki, słyszałam, jak obaj chichoczą.

Drugi strój to była bardzo prosta czarna sukienka, uszyta ze skosu, z doszytym białym kołnierzem i mankietami. Wydawało mi się, że ma paryski szyk.

– Wyglądasz, jakbyś miała zamiar sprzedawać lody – skomentował Will.

– Stara, wyglądasz jak superpokojówka – dodał z aprobatą Nathan. – Mogłabyś ubierać się tak na co dzień. Naprawdę.

– A potem każesz jej odkurzyć listwę przypodłogową.

– Właściwie to jest trochę brudna.

– Wy dwaj – powiedziałam – jutro będziecie mieli w herbacie płyn do podłóg.

Odrzuciłam strój numer trzy – żółte spodnie o szerokich nogaw-kach – już widziałam, jak Will mówi, że kojarzę mu się z Misiem Ru-pertem, a zamiast tego włożyłam opcję czwartą, sukienkę retro z ciem-noczerwonej satyny. Została uszyta dla bardziej oszczędnego pokolenia i musiałam za każdym razem wypowiedzieć swoje tajne zaklęcie, żeby suwak zapiął się w talii, ale wyglądałam w niej jak gwiazdka filmowa z lat pięćdziesiątych. Była to sukienka, w której nie można było czuć się źle. Założyłam na ramiona srebrne bolerko, na szyi zawiązałam szary jedwabny szal, żeby zasłonić dekolt, nałożyłam pasującą kolorem szminkę, po czym weszłam do salonu.

– Ale laska! – ocenił z podziwem Nathan.

Will obejrzał mnie z góry na dół. Dopiero wtedy zdałam sobie sprawę, że przebrał się w koszulę i garnitur. Gładko ogolony, z przystrzyżonymi włosami, wyglądał zaskakująco przystojnie. Aż się uśmiechnęłam na jego widok. Nie chodziło nawet o to, jak wygląda, ale że się postarał.

– No i proszę – powiedział dziwnie beznamiętnym, wyważonym tonem. A kiedy wyciągnęłam rękę, żeby poprawić dekolt, dodał: – Ale nie wkładaj żakietu.

Miał rację. Wiedziałam, że niezupełnie pasuje. Zdjęłam go więc, złożyłam starannie i odłożyłam na oparcie krzesła.

– Ani szala.

Sięgnęłam do szyi.

– Szala? Dlaczego?

– Nie pasuje. Poza tym wyglądasz jak ktoś, kto próbuje coś pod nim ukryć.

– Ale... ale inaczej będę ubrana głównie w dekolt.

– No to co? – wzruszył ramionami. – Słuchaj, Clark, jeśli masz nosić taką suknię, powinnaś ją nosić z pewnością siebie. Musisz wy-pełnić ją nie tylko fizycznie, ale również psychicznie.

– Akurat się nadajesz, żeby mówić kobiecie, jak ma nosić cholerną sukienkę.

Ale zdjęłam szal.

Nathan wyszedł, żeby zapakować torbę Willa. Ja zastanawiałam się nad tym, co mogłabym jeszcze powiedzieć na temat jego protekcjonal-nego tonu, kiedy odwróciłam się i zobaczyłam, że wciąż na mnie patrzy.

– Wyglądasz wspaniale, Clark – powiedział cicho. – Naprawdę.

W przypadku zwykłych ludzi – których Camilla Traynor zapewne nazwałaby klasą pracującą – zauważyłam kilka prostych zasad, jeśli chodziło o Willa. Większość się gapiła. Niektórzy uśmiechali się współczująco albo scenicznym szeptem pytali mnie, co się stało. Często miałam ochotę odpowiedzieć: „Pechowy konflikt z tajnymi służbami" – tylko żeby zobaczyć ich reakcję, ale tego nie zrobiłam.

Z ludźmi z klasy średniej jest inaczej. Udają, że nie patrzą, ale jednak patrzą. Byli zbyt grzeczni, żeby się gapić. Zamiast tego, gdy tylko dostrzegli Willa w polu widzenia, w dziwaczny sposób starali się na niego nie patrzeć tak długo, aż ich minął. Wtedy na niego zerkali, cały czas rozmawiając z kimś innym. Ale nie rozmawiali o nim, bo to byłoby niegrzeczne.

Kiedy szliśmy przez foyer filharmonii, gdzie stały grupki ubranych elegancko ludzi z torebkami i programami w jednym ręku, a szklaneczkami z dżinem z tonikiem w drugim, widziałam tę reakcję, która niczym łagodna fala sunęła za nami aż do miejsc na parterze. Nie wiem, czy Will to zauważał. Czasem wydawało mi się, że jedyny sposób, by mógł sobie z tym poradzić, to tylko tak samo udawać, że tego nie widzi.

Usiedliśmy na samym przodzie, przed pierwszym rzędem. Po prawej stronie był inny mężczyzna na wózku, który rozmawiał wesoło z dwiema towarzyszącymi mu kobietami. Popatrzyłam na nich, mając nadzieję, że Will też ich zauważy. Ale on patrzył naprzód, z głową schowaną w ramiona, tak jakby starał się być niewidzialny.

„To się nie uda" – powiedział jakiś cichy głosik w mojej głowie.

– Potrzebujesz czegoś? – wyszeptałam.

– Nie – potrząsnął głową. Przełknął. – A właściwie tak. Coś kłuje mnie w szyję.

Pochyliłam się i przesunęłam palcami za jego kołnierzykiem; w środku została nylonowa metka. Pociągnęłam za nią, mając nadzieję, że ją urwę, ale była uparcie oporna.

– Nowa koszula. Bardzo ci przeszkadza?

– Nie. Wspominam o tym tylko dla zabawy.

– Czy mamy w torbie jakieś nożyczki?

– Nie wiem, Clark. Wierz albo nie, ale rzadko sam ją pakuję.

Nożyczek nie było. Zerknęłam do tyłu, gdzie widzowie wciąż sadowili się na swoich miejscach, mrucząc i oglądając programy. Jeśli

Will nie będzie mógł się zrelaksować i skupić na muzyce, będzie miał zepsuty cały wieczór. Nie mogłam pozwolić sobie na kolejną porażkę.

– Nie ruszaj się.

– Ale...

Zanim dokończył, pochyliłam się, delikatnie odchyliłam jego kołnierzyk, przysunęłam do niego usta i wzięłam drapiącą metkę w zęby. Odgryzienie jej zajęło mi kilka sekund i musiałam zamykać oczy, starając się ignorować zapach wykąpanego mężczyzny, ciepło jego skóry tuż przy mojej, niedorzeczność tego, co robię. A potem metka wreszcie ustąpiła. Odsunęłam głowę i otworzyłam oczy z odgryzioną metką w zębach.

– Mam ją! – powiedziałam, a wyciągnąwszy ją z zębów, rzuciłam między siedzenia.

Will gapił się na mnie.

– No co?

Obróciłam się na fotelu i zobaczyłam, że widzowie z nagłym zainteresowaniem pochylają się nad swoimi programami. Potem odwróciłam się z powrotem do Willa.

– Daj spokój, tak jakby nigdy nie widzieli dziewczyny, która obgryza facetowi kołnierzyk.

Chyba na chwilę go zatkało. Zamrugał kilka razy i lekko potrząsnął głową. Zauważyłam z rozbawieniem, że jego szyja zrobiła się ciemnoczerwona.

Wygładziłam sukienkę.

– W każdym razie – dodałam – powinniśmy oboje być wdzięczni, że to nie była metka od spodni.

A potem, zanim zdążył odpowiedzieć, wyszła orkiestra w smokingach i sukniach wieczorowych i widownia się uciszyła. Wbrew sobie poczułam lekki dreszcz podniecenia. Złożyłam ręce na podołku i usiadłam prosto. Zaczęli stroić instrumenty, a potem nagle salę koncertową wypełnił jeden dźwięk – tak żywy i trójwymiarowy, że jeszcze nigdy takiego nie słyszałam. Aż zjeżyły mi się włoski na skórze, a oddech uwiązł w gardle.

Will, wciąż rozbawiony, zerknął na mnie kątem oka. „Okej” – wydawała się mówić jego mina. – „To będzie fajny wieczór”.

Dyrygent wszedł na podium, dwa razy uderzył pałeczką w pulpit i zapadła wielka cisza. Publiczność znieruchomiała w oczekiwaniu.

Potem opuścił pałeczkę i nagle wszystko zmieniło się w czysty dźwięk. Odczuwałam muzykę jak coś namacalnego; nie docierała tylko do uszu, ale przepływała przeze mnie, wokół mnie, wprawiając w wibrację moje zmysły. Czułam mrowienie na skórze, dłonie mi zwilgotniały. Will nie wspominał o żadnych takich wrażeniach. Myślałam, że będę się nudzić, tymczasem była to najpiękniejsza rzecz, jaką kiedykolwiek słyszałam.

Sprawiła też, że moja wyobraźnia zaczęła wyczyniać nieoczekiwane rzeczy; siedząc tam, zaczęłam myśleć o sprawach, o których nie myślałam od lat, przepływały przeze mnie dawne uczucia, a nowe myśli i pomysły wypływały ze mnie, tak jakby sama percepcja wykraczała poza własne granice. Było to niemal nie do zniesienia, ale nie chciałam, żeby się skończyło. Chciałam już zawsze siedzieć i słuchać. Zerknęłam ukradkiem na Willa. Słuchał absolutnie skupiony, jakby nagle zapomniał o sobie. Odwróciłam się, bo nieoczekiwanie zaczęłam się bać na niego patrzeć. Bałam się tego, co on mógł odczuwać, ogrom swojej straty, skalę swoich lęków. Życie Willa Traynora tak bardzo wykraczało poza moje doświadczenia. Kim ja jestem, żeby mu mówić, czego powinien chcieć w życiu?

Przyjaciel Willa zostawił liścik z prośbą, żebyśmy po koncercie przyszli za kulisy, żeby się z nim zobaczyć, ale Will nie chciał. Próbowałam go przekonywać, ale po tym, jak zaciskał szczękę, widziałam, że nie ustąpi. Trudno mu się dziwić. Pamiętam, jak jego dawni koledzy z pracy patrzyli na niego tamtego dnia – mieszanina litości, odrazy i gdzieś w głębi ogromnej ulgi, że im udało się uniknąć takiego zrządzenia losu. Podejrzewałam, że nie jest w stanie znieść więcej tego rodzaju spotkań.

Poczekaliśmy, aż wszyscy wyszli, a potem poprowadziłam jego wózek na zewnątrz, zjechaliśmy windą na parking i bez żadnych kłopotów załadowałam go do samochodu. Głównie milczałam; w głowie wciąż dźwięczała mi muzyka i nie chciałam, by ucichła. Wciąż myślałam o koncercie, o tym, jak ten przyjaciel Willa całkowicie się zatracał w tym, co grał. Nie zdawałam sobie sprawy z tego, że muzyka może otwierać w człowieku różne rzeczy, przenosić go w różne miejsca, których nie przewidział nawet kompozytor. Odcisnęła w powietrzu swój kształt, którego pozostałości tak jakby można było zabrać ze sobą. Przez jakiś czas, kiedy siedzieliśmy w sali, zupełnie zapomniałam o tym, że Will jest obok mnie.

Zaparkowaliśmy przed przybudówką. Przed nami, tuż za murem, widniał zamek, oblany światłem księżyca, który spoglądał pogodnie ze swego miejsca na szczycie wzgórza.

– Więc muzyka klasyczna to nie dla ciebie.

Zerknęłam w tylne lusterko. Will się uśmiechał.

– Ani trochę mi się nie podobało.

– Widziałem.

– A już zwłaszcza nie podobał mi się ten kawałek pod koniec, kiedy grały tylko skrzypce.

– Widziałem, że ci się nie podoba. Tak bardzo, że aż miałaś łzy w oczach.

Uśmiechnęłam się do niego.

– Strasznie mi się podobało – powiedziałam. – Nie jestem pewna, czy lubię całą muzykę klasyczną, ale myślę, że to było niesamowite. – Potarłam nos. – Dziękuję. Dziękuję, że mnie zabrałeś.

Siedzieliśmy w milczeniu, spoglądając na zamek. Zwykle w nocy skąpany był w pomarańczowej poświacie latarni umieszczonych na murach. Ale dziś wieczorem, przy pełni księżyca, wydawał się zalany eterycznym błękitem.

– Jaką muzykę mogli tam grać, jak myślisz? – zapytałam. – Musieli czegoś słuchać.

– Na zamku? Jakąś średniowieczną. Lutnie, instrumenty smyczkowe. Ja akurat w tym nie gustuję, ale jak chcesz, mogę ci pożyczyć jakąś płytę. Powinnaś pochodzić po zamku ze słuchawkami, jeśli chcesz naprawdę wczuć się w klimat.

– Nie. Ja właściwie nie chodzę do zamku.

– Zawsze tak jest, jak się mieszka blisko czegoś.

Mruknęłam coś wymijająco. Siedzieliśmy tam jeszcze chwilę, słuchając, jak silnik w końcu milknie.

– No dobra – powiedziałam, odpinając pas. – Lepiej zawiozę cię do środka. Czekają na nas wieczorne zabiegi.

– Jeszcze minutę, Clark.

Odwróciłam się na fotelu. Twarz Willa była skryta w cieniu i nie widziałam jej dobrze.

– Zaczekaj. Zaczekaj minutę.

– Dobrze się czujesz? – Spojrzałam na wózek w obawie, że coś sobie przytrzasnął albo przygniótł, że coś zrobiłam źle.

– Wszystko w porządku. Tylko...

Widziałam jego jasny kołnierzyk na tle ciemnej marynarki.

– Tylko jeszcze nie chcę wchodzić do domu. Chcę posiedzieć i jeszcze przez chwilę nie myśleć o... – Przełknął ślinę.

Nawet w półmroku dostrzegłam, że zrobił to z wysiłkiem.

– Chcę... jeszcze pobyć facetem, który był na koncercie z dziewczyną w czerwonej sukience. Jeszcze przez parę minut.

Puściłam klamkę.

– Jasne.

Zamknęłam oczy, oparłam głowę na podgłówku i siedzieliśmy tam razem przez jakiś czas, dwoje ludzi zatopionych w zapamiętanej muzyce, na wpół skrytych w cieniu zamku na wzgórzu zalanym księżycową poświatą.

Nigdy właściwie nie rozmawiałyśmy z siostrą o tym, co się stało tamtej nocy w labiryncie. Chyba nie znalazłybyśmy na to słów. Przytuliła mnie, a potem pomogła mi znaleźć ubranie, po czym na próżno szukała w wysokiej trawie moich butów, aż powiedziałam jej, że to nie ma znaczenia. I tak już bym ich więcej nie włożyła. A potem powoli poszłyśmy do domu – ja na bosaka, ona trzymając mnie pod rękę, chociaż nie chodziłyśmy tak od czasu, kiedy ona była w pierwszej klasie i mama powtarzała mi, żebym nigdy nie puszczała jej ręki.

Kiedy dotarłyśmy do domu, stanęłyśmy na ganku, wytarła mi włosy i oczy wilgotną chusteczką, a potem otworzyłyśmy drzwi i weszłyśmy, tak jakby nic się nie stało.

Tata jeszcze nie spał, oglądał jakiś mecz.

– Co tak późno, dziewczyny! – zawołał. – Wiem, że jest piątek, ale mimo to...

– Okej, tato! – zawołałyśmy chórem.

Wtedy jeszcze miałam pokój, w którym teraz mieszka dziadek. Poszłam szybko na górę i zanim moja siostra zdążyła coś powiedzieć, zamknęłam za sobą drzwi.

W następnym tygodniu ścięłam włosy. Odwołałam rezerwację na samolot. Już więcej nie wychodziłam z dziewczynami ze szkoły. Mama była zbyt pogrążona we własnym smutku, żeby coś zauważyć, a tato przypisywał każdą zmianę nastroju w domu oraz mój nowy zwyczaj zamykania się w pokoju kobiecym problemom. Wreszcie zrozumiałam, kim jestem – był to ktoś zupełnie inny niż chichocząca laska, która upija się z nieznajomymi. To był ktoś, kto nie nosił niczego, co mogłoby zostać uznane za prowokacyjne. A w każdym razie ubrania, które nie zrobiłyby wrażenia na facetach z pubu Red Lion.

Życie wróciło do normy. Zatrudniłam się u fryzjera, a potem w The Buttered Bun i zostawiłam to wszystko za sobą.

Od tamtej pory tysiące razy przechodziłam obok zamku.

Ale już nigdy więcej nie weszłam do labiryntu.

13

Patrick stał na skraju bieżni, truchtając w miejscu, jego nowa koszulka Nike i szorty lekko opinały spocone kończyny. Zajrzałam do niego, żeby się przywitać i powiedzieć mu, że dziś wieczorem nie przyjdę do pubu na spotkanie Pogromców Triatlonu. Nathana nie ma, więc ja musiałam przejąć wieczorne zabiegi.

– Nie byłaś już na trzech spotkaniach.

– Naprawdę? – policzyłam na palcach. – Chyba faktycznie.

– Musisz przyjść za tydzień. Będziemy mówić o wyjeździe na Extreme Viking. I nie powiedziałaś mi, co chcesz robić w swoje urodziny. – Zaczął się rozciągać, podnosząc nogi i przyciskając kolana do piersi. – Pomyślałem, że może poszlibyśmy do kina? Nie chciałbym się objadać, teraz kiedy trenuję.

– Ach. Ale rodzice planują uroczysty obiad na moją cześć.

Złapał się za piętę, przyciskając stopę do pośladka.

Trudno było nie zauważyć, że jego nogi zrobiły się dziwnie żylaste.

– To właściwie nie jest wyjście.

– Cóż, multipleks też właściwie nie. Ale i tak czuję, że powinnam być w domu. Mama jest trochę smutna.

W zeszłym tygodniu wyprowadziła się Treena (ale bez mojej cytrynowej kosmetyczki – odzyskałam ją ostatniego wieczoru). Mama była zdruzgotana, to było jeszcze gorsze niż wtedy, kiedy Treena po raz pierwszy wyjechała na uczelnię. Brak Thomasa mama odczuwała jak brak amputowanej kończyny. Jego zabawki, rozsypane w salonie od czasu, kiedy był niemowlęciem, zostały zapakowane i schowane. Z szafki zniknęły czekoladowe paluszki i małe kartoniki z napojami. Nie musiała już chodzić po niego do szkoły o piętnastej piętnaście i nie miała z kim pogadać podczas krótkiego spaceru do domu. To był jedyny moment, który mama spędzała poza domem. Teraz właściwie nigdzie nie wychodziła, poza zakupami raz na tydzień w supermarkecie, które robili z tatą.

Przez trzy dni snuła się po domu wyraźnie zagubiona, a potem zabrała się do wiosennych porządków z energią, która przeraziła nawet dziadka. Mamrotał bezgłośne protesty, kiedy próbowała odkurzać pod krzesłem, na którym siedział, albo omiatać go z kurzu ściereczką. Treena zapowiedziała, że przez najbliższe tygodnie nie będzie przyjeżdżać do domu, żeby Thomas przyzwyczaił się do nowego miejsca. Kiedy dzwoniła co wieczór, mama po każdej rozmowie przez pół godziny płakała w sypialni.

– Ostatnio ciągle pracujesz do późna. Prawie cię nie widuję.

– A ty ciągle trenujesz. A poza tym dobrze mi tam płacą. Trudno mi odmawiać nadgodzin.

Z tym nie mógł dyskutować.

Zarabiałam więcej niż kiedykolwiek. Dawałam rodzicom dwa razy więcej niż kiedyś, co miesiąc odkładałam coś na koncie i wciąż miałam więcej, niż byłam w stanie wydać. Częściowo dlatego, że pracowałam do późna, i kiedy wychodziłam z Granta House, sklepy były już zamknięte. A poza tym właściwie nie miałam zapału do wydawania. Wolny czas spędzałam w bibliotece, szukając różnych rzeczy w internecie.

Biblioteczny komputer otwierał przede mną cały świat, coraz głębsze jego warstwy, a ja zaczęłam słyszeć jego syreni śpiew.

Zaczęło się od listu z podziękowaniami. Kilka dni po koncercie powiedziałam Willowi, że chyba powinniśmy podziękować jego znajomemu skrzypkowi.

– Kupiłam po drodze ładną kartkę – oznajmiłam. – Powiedz, co chciałbyś mu przekazać, a ja to napiszę. Wzięłam nawet swój dobry długopis.

– Raczej nie – odparł Will.

– Co?

– Słyszałaś.

– Raczej nie? Ten gość dał nam najlepsze miejsca. Sam powiedziałeś, że było fantastycznie. Mógłbyś mu przynajmniej podziękować.

Will uparcie zaciskał szczęki.

Odłożyłam długopis.

– Czy też przywykłeś do tego, że ludzie dają ci różne rzeczy, i nie czujesz, że musisz im dziękować?

– Nie masz pojęcia, Clark, jakie to frustrujące, kiedy człowiek jest zależny od kogoś, żeby coś napisać. Wyrażenie „w imieniu" jest... upokarzające.

– Tak? Ale to i tak lepsze niż wielkie nic – mruknęłam. – Ja w każdym razie zamierzam mu podziękować. Nie wspomnę o tobie, jeśli faktycznie chcesz zachowywać się jak dupek.

Napisałam więc kartkę sama i wysłałam. Potem już nie wspominałam o tej sprawie. Ale tego wieczoru, ze słowami Willa wciąż dźwięczącymi mi w głowie, skręciłam do biblioteki i wypatrzywszy komputer, z którego akurat nikt nie korzystał, weszłam do internetu. Zaczęłam sprawdzać, czy są jakieś urządzenia, których Will mógłby używać, żeby pisać samodzielnie. W ciągu godziny znalazłam trzy – program rozpoznający głos, inny program wykorzystujący mruganie oczami, a także zakładane na głowę urządzenie, o którym wspominała moja siostra, dzięki któremu można pisać na klawiaturze.

Jak było do przewidzenia, skrzywił się na pomysł zakładania mu czegoś na głowę, ale zgodził się, że program rozpoznający głos może być użyteczny, i w ciągu tygodnia, z pomocą Nathana, udało nam się go zainstalować na jego komputerze. Ustawiliśmy wszystko tak, że dzięki pulpitowi przymocowanemu do wózka nie musiał już prosić nikogo o zapisywanie. Na początku był trochę skrępowany, ale kiedy powiedziałam mu, że ma zaczynać wszystko od „podyktuję pani list, panno Clark", jakoś to przełknął.

Nawet pani Traynor nie mogła znaleźć powodów do narzekań.

– Jeśli jest jakieś inne urządzenie, które twoim zdaniem mogłoby być użyteczne – stwierdziła, wciąż wydymając usta, jakby nie mogła uwierzyć, że to może być coś fajnego – daj nam znać. – Zerkała niespokojnie na Willa, jak gdyby miał zaraz wyrwać kabelki zębami.

Trzy dni później, akurat kiedy wychodziłam do pracy, listonosz wręczył mi list. Otworzyłam go w autobusie, sądząc, że to przedwczesne życzenia urodzinowe od jakiegoś dalekiego kuzyna. Na kartce widniał drukowany tekst:

> Droga Clark,
> W ten sposób chciałbym Ci pokazać, że nie jestem zupełnym samolubnym dupkiem. I doceniam Twoje starania.
> Dziękuję.
>
> Will

Śmiałam się tak bardzo, że aż kierowca zapytał, czy wygrałam na loterii.

Po latach spędzonych w klitce, z ubraniami na wieszaku w korytarzu, pokój Treeny wydawał mi się pałacem. Pierwszego wieczoru po prostu kręciłam się w nim z rozpostartymi ramionami, rozkoszując się faktem, że nie dotykam obu ścian jednocześnie. Poszłam do sklepu dla majsterkowiczów, kupiłam farbę i nowe rolety, a także nocne lampki i półki, które sama złożyłam. Nie żebym była w tym szczególnie dobra, ale chyba chciałam się przekonać, że dam sobie radę.

Zaczęłam odnawiać ten pokój, malowałam przez godzinę codziennie wieczorem po powrocie z pracy, a pod koniec tygodnia nawet tato musiał przyznać, że odwaliłam niezły kawał roboty. Patrzył przez chwilę na miejsca, gdzie wałek zjechał mi tam, gdzie nie trzeba, dotknął rolet, które sama zamontowałam, po czym położył mi rękę na ramieniu.

– Praca u Traynorów bardzo cię zmieniła, Lou.

Kupiłam nową narzutę, dywanik i wielkie poduchy – na wypadek gdyby ktoś do mnie wpadł i chciał posiedzieć dłużej. Nie żebym miewała gości. Z tyłu drzwi powiesiłam kalendarz, tak że widziałam go tylko ja. Zresztą i tak nikt by nie wiedział, o co w nim chodzi.

Czułam się trochę paskudnie, bo kiedy ustawiliśmy w klitce polowe łóżko Thomasa obok łóżka Treeny, właściwie nie mieściło się tam nic więcej, ale potem przekonałam samą siebie, że przecież oni właściwie już tu nie mieszkają. A w klitce będą tylko spać. Nie ma sensu, żeby większy pokój całymi tygodniami stał pusty.

Codziennie, idąc do pracy, myślałam o nowych miejscach, w które zabiorę Willa. Nie miałam żadnego ogólnego planu, ale każdego dnia skupiałam się na tym, żeby gdzieś go wyciągnąć i żeby był w dobrym nastroju. Niektóre dni – kiedy czuł pieczenie w rękach i nogach albo kiedy znów dopadła go infekcja i biedny leżał w łóżku z gorączką – były trudniejsze niż inne. Ale w lepsze dni wiele razy udało mi się wyciągnąć go na wiosenne słońce. Wiedziałam, że jedną z rzeczy, których Will najbardziej nienawidzi, są litościwe spojrzenia obcych ludzi, więc zabierałam go do punktów widokowych w okolicy, gdzie przez godzinę czy dwie mogliśmy być zupełnie sami. Robiłam piknik i siedzieliśmy na skraju pól, ciesząc się wiatrem i tym, że jesteśmy z dala od domu.

– Mój chłopak chciałby cię poznać – powiedziałam pewnego popołudnia, dzieląc dla niego na kawałki kanapkę z serem i piklami.

Pojechaliśmy kilkanaście kilometrów od miasta, na wzgórze, i teraz widzieliśmy po drugiej stronie doliny zamek, który oddzielały od nas pola pełne owiec.

– Dlaczego?

– Chce wiedzieć, z kim ostatnio spędzam wieczory.

Co dziwne, wyraźnie go to rozweseliło.

– Pan Maratończyk.

– Moi rodzice też by chcieli.

– Robię się nerwowy, kiedy dziewczyna mówi, że chciałaby, żebym poznał jej rodziców. A jak tam twoja mama?

– Bez zmian.

– A co z pracą twojego taty? Coś wiadomo?

– Nie. W przyszłym tygodniu ma się dowiedzieć. W każdym razie zapytali, czy nie chciałabym cię zaprosić na mój obiad urodzinowy we wtorek. Na zupełnym luzie. Tylko rodzina. Ale jeśli nie...

– Kto powiedział, że nie chcę?

– Nie znosisz obcych. Nie lubisz jeść przy innych ludziach. I nie spodoba ci się to, co mówi mój chłopak. To chyba kiepski pomysł.

Już go rozpracowałam. Willa najłatwiej było skłonić, żeby coś zrobił, mówiąc mu, że na pewno tego nie zrobi. Jakaś uparta, przewrotna część jego osobowości nie mogła tego znieść.

Will przetrawiał to przez chwilę.

– Nie. Przyjdę na twoje urodziny. Przynajmniej twoja mama skupi się przez chwilę na czymś innym.

– Naprawdę? O Boże, jeśli jej powiem, jeszcze dziś zacznie polerować i odkurzać cały dom.

– Jesteś pewna, że to twoja biologiczna matka? Czy nie powinno być jednak jakiegoś genetycznego podobieństwa? Chciałbym prosić o kanapkę. I trochę więcej pikli.

Niezupełnie żartowałam. Mama na wieść o tym, że będzie miała gościa na wózku, wpadła w panikę. Zasłoniła rękami twarz, a potem zaczęła przestawiać rzeczy na komodzie, tak jakby miał przyjechać za kilka minut.

– A co jeśli będzie musiał pójść do łazienki? Nie mamy łazienki na parterze. Tato chyba nie da rady zanieść go na górę. Mogłabym pomóc. Ale nie wiedziałabym, gdzie mam trzymać ręce. Może Patrick mógłby to zrobić?

– Nie musisz się martwić o takie sprawy. Naprawdę.

– A co będzie jadł? Czy on je tylko purée? Czy jest coś, czego mu nie wolno?

– Nie, trzeba mu tylko podać jedzenie do ust.

– I kto to będzie robił?

– Ja. Spokojnie, mamo. On jest miły. Polubisz go.

Wszystko zostało ustalone. Nathan miał przywieźć Willa do nas, a potem przyjechać dwie godziny później, żeby zabrać go do domu i wykonać przy nim wszystkie wieczorne zabiegi. Proponowałam, że ja to zrobię, ale obaj upierali się, że w swoje urodziny powinnam pójść w tango. Po prostu jeszcze nie poznali moich rodziców.

Dokładnie o wpół do ósmej otworzyłam drzwi i zobaczyłam na ganku Willa i Nathana. Will miał na sobie elegancką koszulę i marynarkę. Nie wiedziałam, czy się cieszyć, że się tak postarał, czy martwić, że moja mama przez dwie godziny będzie nieszczęśliwa, bo nie ubrała się wystarczająco elegancko.

– Cześć.

Za moimi plecami pojawił się tato.

– Aha. Chłopaki, rampa w porządku? – Przez całe popołudnie montował z płyty paździerzowej rampę na schodkach przed wejściem.

Nathan ostrożnie wprowadził wózek Willa po rampie, a potem do naszego wąskiego korytarza.

– Podjazd jest super – powiedział Nathan, kiedy zamknęłam za nim drzwi. – Naprawdę. W szpitalach widywałem gorsze.

– Bernard Clark. – Tato wyciągnął rękę i uścisnął dłoń Nathanowi. Potem wyciągnął dłoń do Willa, po czym natychmiast ją schował i za-

184

czerwienił się zakłopotany. – Bernard. Przepraszam... Nie wiem, jak się witać... Nie mogę uścisnąć ci... – zaczął się jąkać.

– Wystarczy dygnięcie.

Tato wytrzeszczył oczy, po czym zdał sobie sprawę, że Will żartuje, i wybuchnął pełnym ulgi śmiechem.

– Ha! – powiedział, klepiąc go po ramieniu. – Tak. Dygnięcie. Niezłe. Ha!

To przełamało lody. Nathan wyszedł, pomachawszy i mrugnąwszy na pożegnanie, a ja wprowadziłam wózek Willa do kuchni. Mama na szczęście trzymała w rękach brytfannę, co wybawiło ją od tego samego problemu z uściskiem dłoni.

– Mamo, to jest Will. Will, to moja mama Josephine.

– Mów mi Josie. – Mama, w rękawicach kuchennych sięgających aż do łokci, uśmiechnęła się do niego promiennie. – Will, bardzo się cieszę, że nareszcie mogę cię poznać.

– Bardzo mi miło – zrewanżował się. – Nie chciałbym przeszkadzać.

Odstawiła brytfannę i poprawiła włosy, co u mojej mamy zawsze jest dobrym znakiem. Szkoda tylko, że zapomniała wcześniej zdjąć rękawice.

– Przepraszam – powiedziała. – Pieczyste. Wiesz, czas jest tu bardzo ważny.

– Właściwie to nie wiem – odparł Will. – Nie umiem gotować. Ale uwielbiam dobre jedzenie. Dlatego właśnie nie mogłem się doczekać dzisiejszego wieczoru.

– Więc... – Tato otworzył lodówkę. – Jak to zrobić? Masz specjalny... kubek na piwo, Will?

Wytłumaczyłam Willowi, że na jego miejscu mój ojciec prędzej postarałby się o specjalny kubek niż o wózek inwalidzki.

– Najpierw to, co najważniejsze – powiedział tato. Ja wygrzebałam z torby Willa jego kubek.

– Piwo bardzo chętnie. Dziękuję.

Pociągnął łyk, a ja stałam w kuchni, nagle widząc wyraźnie, jak bardzo ciasny i nędzny jest nasz dom z tapetami z lat osiemdziesiątych. I z porysowanymi szafkami kuchennymi. Dom Willa był elegancko umeblowany, rzeczy było tam niewiele i wszystkie piękne. Nasz dom wyglądał, jakby większość jego wyposażenia pochodziła ze sklepu z tandetą. Malunki Thomasa z oślimi rogami pokrywały każdy wolny fragment ściany. Ale nawet jeśli Will to zauważył, nie powiedział ani słowa. Szybko znaleźli z ojcem wspólny temat, to znaczy, jak się okazało, moją ogólną beznadziejność. Ale nie obchodziło mnie to. Przynajmniej obaj mieli uciechę.

– Wiesz, że raz wjechała tyłem w słupek i przysięgała, że to była wina słupka...

– Zobaczyłbyś, jak opuszcza rampę z wózkiem. Czasem wysiadanie z samochodu przypomina raczej Turniej Czterech Skoczni.

Tato wybuchnął śmiechem.

Zostawiłam ich w kuchni. Zdenerwowana mama wyszła za mną. Postawiła na stole tacę ze szklankami, po czym zerknęła na zegar.

– Gdzie jest Patrick?

– Miał przyjść prosto z treningu – powiedziałam. – Może coś go zatrzymało.

– Nie mógł tego odłożyć na inny dzień, przecież są twoje urodziny? Kurczak będzie niedobry, jeśli poczekamy jeszcze dłużej.

– Mamo, wszystko będzie dobrze.

Objęłam ją i uściskałam. Była sztywna z niepokoju. Nagle ogarnęła mnie fala współczucia. Nie było łatwo być moją mamą.

– Naprawdę. Wszystko będzie okej.

Wyswobodziła się z moich objęć, ucałowała mnie w czubek głowy, po czym wytarła ręce w fartuch.

– Szkoda, że nie ma twojej siostry. Świętowanie bez niej wydaje się jakoś nie w porządku.

Mnie wcale się tak nie wydawało. Chociaż raz mogłam się cieszyć tym, że jestem w centrum uwagi. Może to zabrzmi dziecinnie, ale to była prawda. Cieszyłam się, że Will i tato śmieją się ze mnie. I cieszyłam się, że każdy element kolacji – od pieczonego kurczaka po mus czekoladowy – to moje ulubione potrawy. Podobało mi się, że mogę być tym, kim chcę, bez głosu mojej siostry, który przypomniałby mi, kim byłam kiedyś.

Ktoś zadzwonił do drzwi, mama zatrzepotała rękami.

– Przyszedł. Lou, może zaczniesz podawać do stołu?

Wszedł Patrick, wciąż zarumieniony po treningu na bieżni.

– Wszystkiego najlepszego, kochanie – powiedział, nachylając się, żeby mnie pocałować. Pachniał płynem po goleniu, dezodorantem i skórą rozgrzaną prysznicem.

– Lepiej od razu idź do salonu – skinęłam głową. – Mama jest na skraju załamania nerwowego, bo wszystko się spóźnia.

– Och – zerknął na zegarek. – Przepraszam. Straciłem poczucie czasu.

– Ale nie twojego czasu, co?

– Co?

– Nic.

Tato przeniósł do pokoju duży stół na krzyżakach. Zgodnie z moimi wskazówkami przesunął także jedną kanapę pod ścianę, tak żeby wózek mógł bez przeszkód wjechać do środka. Will wprowadził wózek na miejsce, które mu wskazałam, po czym nieco uniósł siedzenie, tak żeby być na tym samym poziomie co wszyscy. Usiadłam po jego lewej stronie, Patrick naprzeciwko, przywitawszy się z tatą i Willem skinięciem głowy. Już wcześniej ostrzegłam go, żeby nie próbował ściskać mu dłoni. Czułam, że Will obserwuje Patricka, i przez chwilę zastanowiłam się, czy będzie wobec mojego chłopaka równie czarujący jak wobec moich rodziców.

Will pochylił ku mnie głowę.

– Jeśli zajrzysz do torby z tyłu wózka, jest tam pewien drobiazg do kolacji.

Pochyliłam się i wyjęłam butelkę szampana Laurent-Perrier.

– Na urodziny zawsze powinno się pić szampana.

– Co za niespodzianka! – powiedziała mama, wnosząc talerze. – Jak cudownie! Ale nie mamy kieliszków do szampana.

– Te będą dobre – odparł Will.

– Ja otworzę. – Patrick sięgnął po butelkę, odwinął drucik i wsunął kciuki pod korek. Wciąż zerkał na Willa, tak jakby spodziewał się zupełnie kogoś innego.

– Jeśli tak zrobisz – zauważył Will – poleje się wszędzie. – Uniósł ramię o centymetr w niejasnym geście. – Chyba bezpieczniej będzie przekręcić korek i obrócić butelkę.

– Ten facet wie, co mówi – powiedział tato. – Spróbuj. Obrócić butelkę, powiadasz? Nie miałem pojęcia.

– Ja wiedziałem – stwierdził Patrick. – Tak właśnie zamierzałem zrobić.

Szampan został bezpiecznie otwarty i rozlany, po czym wznieśliśmy toast na moją cześć.

Dziadek zawołał coś, co być może miało znaczyć:

– Racja!

Wstałam i ukłoniłam się. Miałam na sobie żółtą trapezową minisukienkę z lat sześćdziesiątych, którą znalazłam w sklepie z tanimi
ciuchami. Sprzedawczyni sądziła, że może być marki Biba, ale ktoś
odciął metkę.

– Niech to będzie rok, w którym nasza Lou nareszcie dorośnie –
zaczął tato. – Miałem zamiar powiedzieć: wreszcie zrobi coś ze swoim
życiem, ale wygląda na to, że nareszcie to zrobiła. Muszę powiedzieć,
Will, że od kiedy u ciebie pracuje – cóż, to nie ta sama dziewczyna.

– Jesteśmy bardzo dumni – dodała mama. – I wdzięczni. Tobie.
To znaczy za to, że ją zatrudniłeś.

– To ja jestem wdzięczny – odparł Will, zerkając na mnie kątem
oka.

– Za Lou – wzniósł toast tato. – I jej dalsze sukcesy.

– I za nieobecnych członków rodziny – dodała mama.

– Rany Julek – powiedziałam. – Powinnam częściej miewać urodziny. Normalnie przez większość czasu wszyscy tylko się na mnie
wyżywają.

Zaczęli rozmawiać, tato opowiadał jakąś kolejną kompromitującą hi-
storyjkę o mnie, i oboje z mamą zaczęli się śmiać. Dobrze było widzieć,
jak się śmieją. Tato przez ostatnie tygodnie wyglądał na bardzo zmęczonego, a mama miała zapadnięte oczy i nieobecny wzrok, tak jakby
myślami cały czas była gdzie indziej. Chciałam cieszyć się tymi chwilami,
tym, że na moment zapominają o swoich kłopotach, wspólnymi żartami i rodzinną czułością. Zdałam sobie sprawę, że właściwie by mi nie
przeszkadzało, gdyby był tu Thomas. Albo Treena, jeśli już o to chodzi.

Byłam tak zatopiona w myślach, że dopiero po dłuższej chwili zauważyłam minę Patricka. Mówiąc coś do dziadka, karmiłam Willa.
Złożyłam kawałek wędzonego łososia i podałam mu do ust. Teraz był
to już tak zwyczajny element mojego codziennego życia, że dopiero
wstrząśnięta mina Patricka uświadomiła mi intymność tego gestu.

Will powiedział coś do taty, a ja spojrzałam na Patricka, chcąc, żeby
przestał tak na nas patrzeć. Po jego lewej stronie dziadek z chciwą roz-
koszą nabierał jedzenie z talerza, wydając z siebie coś, co nazywaliśmy
jego „odgłosami żarłoka" – ciche pomruki błogości.

– Pyszny łosoś – zwrócił się Will do mojej mamy. – Naprawdę smaczny.

– Cóż, na co dzień nie jadamy takich rzeczy – odrzekła z uśmiechem. – Ale chcieliśmy, żeby to był wyjątkowy dzień.

„Przestań się gapić" – powiedziałam bezgłośnie do Patricka. Wreszcie mnie zauważył i odwrócił wzrok. Chyba był wściekły.

Podałam Willowi następny kawałek, a potem trochę chleba, bo zobaczyłam, że na niego zerka. Zdałam sobie sprawę, że jestem tak wyczulona na potrzeby Willa, że już prawie nie muszę na niego patrzeć, żeby wiedzieć, czego chce. Patrick naprzeciwko nas jadł z pochyloną głową, krojąc wędzonego łososia na małe kawałki i nabijając je na widelec. Chleba nie ruszył.

– Patrick – powiedział Will, może wyczuwając moje napięcie – Louisa mówiła mi, że jesteś osobistym trenerem. Na czym to polega?

Żałowałam, że zapytał. Patrick natychmiast uruchomił marketingową gadkę na temat motywacji i tego, że w zdrowym ciele zdrowy duch. Potem płynnie przeszedł do swoich treningów przygotowujących do Xtreme Viking – gadał o temperaturze Morza Północnego, procencie tłuszczu w organizmie, jaki powinien mieć maratończyk, swoich najlepszych wynikach w każdej dyscyplinie. Zwykle się przy tym wyłączałam, ale teraz, kiedy Will siedział obok mnie, myślałam tylko o tym, jakie to niestosowne. Mógłby przecież zamiast tego odpowiedzieć coś ogólnikowo i na tym skończyć.

– Właściwie to kiedy Lou powiedziała, że przyjdziesz, pomyślałem, że zajrzę do książek, żeby zobaczyć, czy mógłbym ci polecić jakąś fizjoterapię.

Zakrztusiłam się szampanem.

– Patrick, tym się zajmują specjaliści. Nie sądzę, żebyś ty się do tego nadawał.

– Znam się na specjalistycznej fizjoterapii. Zajmowałem się kontuzjami. Mam przygotowanie medyczne.

– Pat, ale to nie jest zwichnięta kostka. Naprawdę.

– Facet, z którym pracowałem kilka lat temu, miał klienta z porażeniem czterokończynowym. Mówi, że prawie w pełni odzyskał sprawność. Biega w triatlonach i w ogóle.

– Ciekawe – wtrąciła moja mama.

– Powiedział mi o nowych badaniach przeprowadzanych w Kanadzie, z których wynika, że mięśnie można wyćwiczyć tak, żeby pamiętały poprzednią aktywność. Jeśli wystarczająco zmusi się je do pracy, codziennie, to tak jak z połączeniami w mózgu – można je przywrócić. Założę się, że gdyby wybrać dla ciebie naprawdę dobry program treningów, przekonałbyś się, że zmieniła ci się pamięć mięśniowa. Lou mówiła mi, że przedtem prowadziłeś aktywny tryb życia.

– Patrick – powiedziałam głośno. – Nie masz o tym zielonego pojęcia.

– Ja tylko próbuję...

– To nie próbuj.

Przy stole zapadło milczenie. Tato zakaszlał i przeprosił. Dziadek rozglądał się dookoła w czujnym milczeniu.

Mama zrobiła gest, jakby chciała zaproponować nam dokładkę chleba, ale zmieniła zdanie.

Kiedy Patrick znów się odezwał, w jego głosie słychać było ton urazy.

– Pomyślałem sobie, że te badania mogą się przydać. Ale nie powiem już ani słowa na ten temat.

Will spojrzał na niego i uśmiechnął się uprzejmie.

– Na pewno będę o tym pamiętał.

Chcąc uciec od stołu, wstałam, żeby pozbierać talerze. Ale mama zganiła mnie i powiedziała, żebym usiadła.

– Masz urodziny – oznajmiła, tak jakby w ogóle kiedykolwiek pozwoliła komukolwiek coś zrobić. – Bernardzie, przyniesiesz kurczaka?

– Ha. Chyba już przestał machać skrzydłami, co? – uśmiechnął się tato, odsłaniając zęby.

Reszta posiłku minęła bez incydentów. Widziałam, że moi rodzice są absolutnie zauroczeni Willem. Patrick trochę mniej. Ledwo zamienili ze sobą kilka słów. Mniej więcej wtedy, kiedy mama podała pieczone ziemniaki – tato jak zwykle usiłował podkraść dokładkę – przestałam się martwić. Tato wypytywał Willa o wszystko, o jego wcześniejsze życie, nawet o wypadek, a on najwyraźniej czuł się na tyle dobrze, że odpowiadał mu wprost. Właściwie to dowiedziałam się wielu rzeczy, których wcześniej mi nie powiedział. Na przykład wyglądało na to, że zawodowo był kimś całkiem ważnym, chociaż umniejszał znaczenie swojej pracy. Kupował i sprzedawał firmy, starając się na tym zarobić. Dopiero dociśnięty przez tatę, wyznał wreszcie, że mówiąc o zysku, ma na myśli liczby sześcio- i siedmiocyfrowe. Wpatrywałam się w Willa, próbując pogodzić faceta, którego znałam, z tym bezlitosnym japiszonem z City, którego teraz opisywał. Tato powiedział mu o firmie, która miała przejąć fabrykę mebli, a kiedy podał jej nazwę, Will niemal przepraszająco skinął głową i powiedział, że ją zna. Ton jego głosu nie wróżył dobrze, jeśli chodzi o pracę taty.

Mama tylko gruchała do Willa i wciąż biegała wokół niego. Patrząc na jej uśmiech, zdałam sobie sprawę, że w pewnym momencie podczas tej kolacji zmienił się po prostu w eleganckiego młodego człowieka, który był jej gościem. Nic dziwnego, że Patrick był wkurzony.

– Tort? – zapytał dziadek, kiedy zaczęła zbierać talerze.

Powiedział to tak wyraźnie i było to tak zaskakujące, że spojrzeliśmy na siebie z tatą w zdumieniu. Przy stole zapanowała cisza.

– Nie. – Obeszłam stół i ucałowałam go. – Nie, dziadku. Przykro mi. Ale jest mus czekoladowy. Coś, co lubisz.

Skinął głową z aprobatą. Mama promieniała. Nie sądzę, żeby ktokolwiek z nas mógł dostać lepszy prezent.

Na stole pojawił się mus oraz wielka kwadratowa paczka rozmiarów książki telefonicznej, zapakowana w ozdobny papier.

– Prezenty? – powiedział Patrick. – Proszę. To ode mnie. – Z uśmiechem położył paczuszkę pośrodku stołu.

Zdobyłam się na uśmiech w odpowiedzi. To nie była pora na kłótnie.

– No dalej – polecił tato. – Otwórz.

Najpierw otworzyłam prezent od nich, ostrożnie odwijając papier, żeby go nie podrzeć. To był album ze zdjęciami, a na każdej stronie było zdjęcie z kolejnego roku mojego życia. Ja jako niemowlę, ja i Treena jako poważne, pucate dziewczynki, ja pierwszego dnia w szkole średniej, z głową pełną spinek i w za dużej spódnicy. Z mniej odległych czasów było moje zdjęcie z Patrickiem, na którym akurat mówiłam mu, żeby spadał. Między stronami były rysunki Thomasa przedstawiające moją rodzinę, zachowane przez mamę listy ze szkolnych wycieczek, w których dziecinnym pismem opisywałam, jak było na plaży, jak zgubiłam loda i jakimi złodziejami są mewy. Przewracałam kolejne kartki, zawahałam się tylko, kiedy zobaczyłam dziewczynę z długimi ciemnymi włosami odrzuconymi na plecy. Odwróciłam stronę.

– Mogę zobaczyć? – zapytał Will.

– To nie był... najlepszy rok – powiedziała do niego mama, kiedy przewracałam strony tak, żeby mógł je widzieć. – To znaczy jesteśmy zdrowi i tak dalej. Ale wiesz, jest jak jest. To dziadek któregoś dnia zobaczył w telewizji coś na temat samodzielnie wykonanych prezentów i pomyślałam, że to byłoby coś, co... no wiesz... co by coś znaczyło.

– I znaczy, mamusiu. – Łzy napłynęły mi do oczu. – To piękny prezent. Dziękuję.

– To dziadek wybrał niektóre zdjęcia – powiedziała.

– To piękny album – dodał Will.

– Strasznie mi się podoba – powtórzyłam.

Pełne ulgi spojrzenie, jakie wymienili z tatą, to była jedna z najsmutniejszych rzeczy, jakie widziałam.

– Teraz mój. – Patrick popchnął pudełeczko w moją stronę. Otworzyłam je powoli, nagle owładnięta niejasną paniką, że to może być pierścionek zaręczynowy. Nie byłam na to gotowa. Ledwo oswoiłam się z tym, że mam własny pokój. Otworzyłam pudełeczko, a w nim, na granatowym aksamicie, leżał cienki złoty łańcuszek z wisiorkiem w kształcie gwiazdki. Był uroczy, delikatny i absolutnie nie w moim stylu. Nigdy nie nosiłam tego rodzaju biżuterii.

Przyglądałam mu się przez chwilę, zastanawiając się, co powiedzieć.

– Jest śliczny – pochwaliłam, a on pochylił się nad stołem i zapiął mi go na szyi.

– Cieszę się, że ci się podoba – odparł Patrick i pocałował mnie w usta. Mogłabym przysiąc, że nigdy wcześniej nie pocałował mnie tak przy moich rodzicach.

Will patrzył na mnie z obojętną miną.

– Cóż, chyba powinniśmy teraz zjeść deser – zaprotestował tato. – Zanim zrobi się za gorąco. – Roześmiał się z własnego żartu. Szampan niesłychanie poprawił mu humor.

– W mojej torbie jest też coś dla ciebie – powiedział cicho Will. – W tej z tyłu wózka. Zapakowane w pomarańczowy papier.

Wyciągnęłam prezent z jego plecaka.

Mama zastygła z łyżką w ręku.

– Masz prezent dla Lou, Will? To strasznie miło z twojej strony. Prawda, Bernardzie?

– Oczywiście.

Papier był w jaskrawe chińskie kimona. Nie musiałam na niego długo patrzeć, żeby wiedzieć, że go zachowam. Może zainspiruje mnie do jakiejś kreacji. Zdjęłam wstążkę i odłożyłam ją na bok. Zdjęłam papier, a potem bibułkę, aż ze środka wyjrzały dziwnie znajome czarno-żółte paski.

Wyjęłam tkaninę z paczki i oto miałam w rękach dwie pary żółto-czarnych rajstop. Były mojego rozmiaru, kryjące, z tak miękkiej wełny, że niemal prześlizgiwały się przez palce.

– Własnym oczom nie wierzę! – wykrzyknęłam. Było to coś tak radosnego i nieoczekiwanego, że zaczęłam się śmiać. – Boże! Gdzie to zdobyłeś?

– Są robione na zamówienie. Chyba się ucieszysz, jeśli ci powiem, że przekazałem tej pani wskazówki dzięki mojemu zupełnie nowemu programowi do rozpoznawania głosu.

– Rajstopy? – powiedzieli chórem tato i Patrick.

Mama zerknęła na nich.

– Wiesz, Louisa, jestem pewna, że miałaś dokładnie takie same, kiedy byłaś mała.

Will i ja spojrzeliśmy na siebie.

Nie mogłam przestać się uśmiechać.

– Chcę je od razu włożyć – oświadczyłam.

– Chryste Panie, będzie wyglądać jak przerośnięta Pszczółka Maja – powiedział tato, potrząsając głową.

– Bernardzie, to jej urodziny. Jasne, że może włożyć to, na co ma ochotę.

Wybiegłam z pokoju i na korytarzu włożyłam rajstopy. Wysunęłam stopę, podziwiając ich bezsensowność. Nie pamiętam, żeby kiedykolwiek jakiś prezent sprawił mi większą przyjemność.

Weszłam z powrotem. Will wydał cichy okrzyk podziwu. Dziadek uderzył rękami w stół. Mama i tato wybuchnęli śmiechem. Patrick tylko się gapił.

– Nawet nie wiem, jak ci powiedzieć, jak strasznie mi się podobają – powiedziałam. – Bardzo ci dziękuję. – Wyciągnęłam rękę i położyłam mu ją na ramieniu. – Naprawdę.

– Jest tam też kartka – dodał. – Otwórz ją może przy innej okazji.

*

Kiedy Will wychodził, rodzice żegnali go niczym członka rodziny królewskiej.

Tato, który się upił, nieustannie dziękował mu, że mnie zatrudnił, i kazał mu obiecać, że jeszcze nas odwiedzi.

– Jak mnie wywalą z roboty, to może któregoś dnia wpadnę pogapić się z tobą na mecz – zaproponował.

– Czemu nie – odparł Will, chociaż nigdy nie widziałam, żeby oglądał piłkę nożną.

Mama wcisnęła mu resztki musu czekoladowego zapakowane w plastikowe pudełko.

– Widziałam, że bardzo panu smakował.

Co za dżentelmen, powtarzali jeszcze przez godzinę po jego wyjściu. Prawdziwy dżentelmen.

Patrick wyszedł za nim na korytarz z rękami wciśniętymi w kieszenie, tak jakby musiał się powstrzymywać, żeby nie złapać Willa i mocno nim nie potrząsnąć. W najlepszym razie.

– Miło było cię poznać, Patrick – powiedział Will. – I dzięki za... radę.

– Staram się tylko, żeby moja dziewczyna miała jak najlepiej w pracy – odparł, wyraźnie podkreślając słowo „moja".

– Szczęściarz z ciebie – oświadczył Will, kiedy Nathan zaczął wyprowadzać wózek na zewnątrz. – Potrafi świetnie umyć człowieka w łóżku – powiedział to tak szybko, że drzwi zamknęły się, zanim do Patricka dotarł sens jego słów.

– Nie mówiłaś mi, że go myjesz.

Pojechaliśmy do mieszkania Patricka, w nowym budynku na przedmieściach. Reklamowano te mieszkania jako lofty, chociaż okna wychodziły na centrum handlowe, a budynek był tylko czteropiętrowy.

– Co to znaczy? Myjesz mu fiuta?

– Nie myję mu fiuta. – Wzięłam tonik, jedną z nielicznych rzeczy, którą wolno mi było trzymać w mieszkaniu Patricka, i zaczęłam pociągłymi ruchami zmywać makijaż.

– Przecież on właśnie powiedział coś takiego.

– Drażni się z tobą. A po tym, jak gadałeś w nieskończoność o tym, jakim kiedyś musiał być aktywnym człowiekiem, nie mam do niego pretensji.

– To znaczy co ty mu robisz? Przecież widzę, że nie mówisz mi całej prawdy.

– Czasem go myję, ale bez zdejmowania bielizny.

Patrick spojrzał na mnie wymownie. Wreszcie odwrócił wzrok, zdjął skarpetki i rzucił je do kosza na brudy.

– Twoja praca nie na tym miała polegać. Miało nie być żadnych zabiegów medycznych ani pielęgnacji. Tego nie było w warunkach. – Nagle coś mu przyszło do głowy. – Mogłabyś podać ich do sądu z powodu zmiany warunków umowy.

– Nie wygłupiaj się. Robię to dlatego, że Nathan nie zawsze może być na miejscu, a dla Willa to koszmar, kiedy zajmuje się nim jakaś wynajęta pielęgniarka. A poza tym już się przyzwyczaiłam. To dla mnie żaden problem.

Jak miałam mu to wyjaśnić – to, jak bardzo czyjeś ciało może stać się znajome? Potrafiłam wymieniać Willowi cewniki z profesjonalną zręcznością, obmywać gąbką górną połowę ciała, nie przerywając rozmowy. Już nawet nie wzdrygałam się na widok jego blizn. Przez jakiś czas widziałam w nim tylko potencjalnego samobójcę. Teraz to był po prostu Will – wkurzający, zmienny, inteligentny, zabawny Will – który traktował mnie protekcjonalnie i lubił się bawić w profesora Higginsa, edukującego swoją Elizę Doolittle. Jego ciało było tylko częścią tej całości, czymś, czym co jakiś czas należało się zająć, a potem wrócić do rozmowy. Miałam wrażenie, że stało się dla mnie najmniej interesującą jego częścią.

– W głowie mi się nie mieści... po tym wszystkim, co przeszliśmy... po tym, jak długo musiałem czekać, żebyś dopuściła mnie do siebie trochę bliżej... a teraz pojawia się obcy facet, a ty radośnie prawie wskakujesz mu w ramiona.

– Czy moglibyśmy nie rozmawiać o tym dzisiaj wieczorem? To moje urodziny.

– To nie ja zacząłem gadać o tym całym myciu i w ogóle.

– Czy to dlatego, że jest przystojny? – zapytałam. – Dlatego? Czy byłoby ci łatwiej, gdyby wyglądał jak – no wiesz – jak prawdziwe warzywo?

– Więc uważasz, że jest przystojny?

Zdjęłam sukienkę przez głowę, po czym zaczęłam ostrożnie ściągać rajstopy, czując, jak wyparowują ze mnie resztki dobrego nastroju.

– Nie wierzę własnym uszom. Naprawdę jesteś o niego zazdrosny?

– Nie jestem zazdrosny – odparł pogardliwie. – Jak miałbym być zazdrosny o kalekę?

Tej nocy Patrick kochał się ze mną. Może „kochał się" to za dużo powiedziane. To był maraton seksu, w którym on chyba koniecznie chciał mi pokazać, jak bardzo jest wysportowany, sprawny i pełen energii. Trwało to godzinami. Gdybyśmy tylko mogli zwisać z żyrandola, zapewne spróbowałby i tego. Było mi miło, że tak mnie pożąda, że wreszcie po miesiącach oddalenia skupia na mnie uwagę. Ale podczas tego wszystkiego jakaś część mnie zachowała dystans. Podejrzewałam, że ostatecznie wcale nie chodziło o mnie. Zrozumiałam to dość szybko. W tym całym popisie chodziło o Willa.

– Dobrze było, co? – Po wszystkim owinął się wokół mnie, nasze ciała lepiły się nieco od potu, i pocałował mnie w czoło.

– Super – powiedziałam.

– Kocham cię, kotku.

Po czym, zadowolony, odturlał się na bok, odrzucił ramię za głowę i po kilku minutach już spał.

Ponieważ nie mogłam zasnąć, zeszłam na dół po torebkę. Pogrzebałam w niej, szukając tomu opowiadań Flannery O'Connor. Kiedy go wyciągnęłam, z torebki wypadła koperta.

Spojrzałam na nią zdumiona. Kartka urodzinowa od Willa. Nie otworzyłam jej wcześniej przy stole. Zrobiłam to teraz, wyczuwając, że pośrodku jest dziwnie wybrzuszona. Ostrożnie wysunęłam kartkę z koperty i otworzyłam ją. W środku było dziesięć nowiutkich banknotów pięćdziesięciofuntowych. Policzyłam je dwa razy, nie wierząc własnym oczom. Przeczytałam to, co było napisane w środku: „Premia urodzinowa. Tylko nie rób problemów. To zabronione prawem. W.".

14

Maj to był dziwny miesiąc. W gazetach i telewizji wciąż mówili o tym, co nazywano „prawem do śmierci". Jakaś kobieta cierpiąca na wyniszczającą chorobę prosiła, żeby prawo mogło chronić jej męża, gdyby pomógł jej w podróży do Dignitas, jeśli jej cierpienie stanie się nie do zniesienia. Młody piłkarz popełnił samobójstwo, przekonawszy wcześniej rodziców, żeby go tam zabrali. Zajęła się tym policja. W Izbie Lordów miała się odbyć debata na ten temat.

Oglądałam wiadomości i słuchałam prawnych argumentów zwolenników ochrony życia oraz wybitnych filozofów moralności, i właściwie nie wiedziałam, co mam myśleć. To wszystko wydawało się w dziwny sposób zupełnie niepowiązane z Willem.

Tymczasem zaczęliśmy coraz częściej wychodzić z domu – i wybieraliśmy się coraz dalej. Byliśmy w teatrze przy tej samej ulicy, żeby zobaczyć pokaz tradycyjnego tańca angielskiego (Will patrzył na dzwoneczki i haftowane chustki do nosa tancerzy z absolutnie kamienną twarzą, ale najwyraźniej kosztowało go to tyle wysiłku, że aż lekko poróżowiał), pewnego wieczoru pojechaliśmy na plenerowy koncert do jednej z pobliskich rezydencji (coś bardziej dla niego niż dla mnie), a raz do multipleksu, gdzie, ponieważ zbyt pobieżnie przeczytałam opis filmu, trafiliśmy na historię o śmiertelnie chorej dziewczynie.

Wiedziałam jednak, że on też ogląda wiadomości. Od kiedy zainstalowaliśmy nowe oprogramowanie, częściej korzystał z komputera i nauczył się poruszać kursorem, przeciągając kciukiem po wskaźniku dotykowym. Dzięki temu żmudnemu ćwiczeniu mógł czytać dzienniki online. Kiedy pewnego ranka przyniosłam mu herbatę, akurat czytał o tym młodym piłkarzu – artykuł szczegółowo opisywał kolejne kroki, jakie musiał podjąć, żeby doprowadzić do własnej śmierci. Kiedy usłyszał, że stoję mu za plecami, zgasił ekran, a ja poczułam się, jakby gdzieś w piersi uwięzła mi jakaś gula, która zniknęła dopiero po półgodzinie.

Znalazłam ten sam artykuł w internecie w bibliotece. Zaczęłam czytać gazety i coraz lepiej orientowałam się, które teksty sięgają głębiej – nie zawsze najbardziej użyteczne były informacje sprowadzone do gołych faktów.

Tabloidy nie zostawiły suchej nitki na rodzicach tamtego piłkarza. „Jak mogli pozwolić mu umrzeć?" – krzyczały nagłówki. Ja właściwie czułam podobnie. Leo McInerney miał dwadzieścia cztery lata. Żył ze swoim kalectwem przez prawie trzy lata, niedużo dłużej niż Will. Chyba był za młody, żeby uznać, że nie zostało już nic, dla czego warto żyć? A potem przeczytałam to samo co Will – nie opinie, ale rzetelnie napisany artykuł o tym, co właściwie wydarzyło się w życiu tego młodego człowieka. Autor najwyraźniej kontaktował się z jego rodzicami.

Powiedzieli mu, że Leo grał w piłkę już jako trzylatek. Futbol był całym jego życiem. Został inwalidą w wypadku zdarzającym się, jak to określili, raz na milion, kiedy podczas bloku coś poszło nie tak. Próbowali wszystkiego, żeby dodać mu otuchy, dać mu poczucie, że jego życie wciąż ma wartość. Ale on pogrążył się w depresji. Był sportowcem, który nie tylko nie mógł uprawiać sportu, ale w ogóle się ruszać, a nawet niekiedy oddychać bez pomocy. Nic nie sprawiało mu przyjemności. Jego życie było pełne bólu, nękały go infekcje, był zależny od nieustannej pomocy innych. Tęsknił za przyjaciółmi, ale nie chciał się z nimi widzieć. Powiedział swojej dziewczynie, że ma go nie odwiedzać. Codziennie mówił rodzicom, że nie chce już żyć. Powiedział im też, że przyglądanie się, jak inni ludzie żyją życiem chociaż w połowie takim, jakie planował dla siebie, jest nie do zniesienia, że to jak tortura.

Dwukrotnie próbował zagłodzić się na śmierć, aż trafił do szpitala, a kiedy wrócił do domu, błagał rodziców, żeby udusili go we śnie. Kiedy to przeczytałam, siedziałam w bibliotece, wciskając sobie w oczy kostki palców, aż wreszcie mogłam oddychać bez szlochu.

*

Tatę wyrzucili z pracy. Przyjął to bardzo dzielnie. Tego popołudnia wrócił do domu, przebrał się w koszulę i krawat, po czym znów pojechał autobusem do centrum, żeby się zarejestrować w urzędzie pośrednictwa.

Powiedział mamie, że weźmie cokolwiek, chociaż jest fachowcem z wieloletnim doświadczeniem.

– Chyba nie stać nas teraz na kaprysy – stwierdził, ignorując protesty mamy.

Ale jeśli mnie było ciężko dostać pracę, pięćdziesięciopięciolatek, który przez całe życie pracował w jednym miejscu, miał jeszcze mniejsze szanse. Nie chcieli go nawet na magazyniera czy ochroniarza, jak powiedział zdesperowany, kiedy wrócił do domu po kolejnej serii rozmów. Woleli jakiegoś nieodpowiedzialnego, zasmarkanego siedemnastolatka, bo rząd dopłacał do jego pensji, zamiast dojrzałego faceta z udokumentowanym doświadczeniem. Po dwóch tygodniach porażek postanowili z mamą, że oboje złożą podanie o zasiłek, żeby jakoś przetrwać, i całymi wieczorami ślęczeli nad niezrozumiałymi, pięćdziesięciostronicowymi formularzami, w których pytano, ile osób korzysta z ich pralki, kiedy ostatnim razem wyjeżdżali za granicę (tato uznał, że w jakimś 1988). Włożyłam pieniądze od Willa do puszki na gotówkę w szafce kuchennej. Pomyślałam, że może da im to trochę poczucia bezpieczeństwa.

Ale kiedy obudziłam się rano, znalazłam banknoty w kopercie wsuniętej pod drzwi.

Przyjechali turyści, miasto zaczęło się zapełniać. Pan Traynor mniej teraz bywał w domu; w miarę jak na zamku pojawiało się coraz więcej odwiedzających, coraz później wracał z pracy. Pewnego czwartkowego popołudnia zobaczyłam go w mieście, kiedy wracałam do domu, wstąpiwszy po drodze do pralni. Nie byłoby w tym nic niezwykłego, poza faktem, że obejmował jakąś rudą kobietę, która z pewnością nie była panią Traynor. Na mój widok puścił ją, jakby była gorącym kartoflem.

Odwróciłam się, udając, że oglądam wystawę sklepu, bo sama nie wiedziałam, czy chcę, żeby on wiedział, że ich widziałam, i starałam się więcej o tym nie myśleć.

W ten sam piątek, kiedy mój tato stracił pracę, do Willa przyszło zaproszenie – na ślub Alicii i Ruperta. Ściślej mówiąc, zaproszenie było od państwa Dewarów, rodziców Alicii, którzy zapraszali Willa na ślub ich córki z Rupertem Freswellem. Zaproszenie przyszło w ciężkiej pergaminowej kopercie, z programem uroczystości oraz potężną listą prezentów ślubnych do kupienia w sklepach, o których nigdy w życiu nie słyszałam.

– Ma tupet – stwierdziłam, przyglądając się złotym literom i pozłacanym brzegom sztywnej kartki. – Mam to wyrzucić?

– Zrób z tym, co chcesz. – Cała postawa Willa wyrażała stanowczą obojętność.

Przyjrzałam się liście prezentów.

– Ale w każdym razie, co to u diabła jest cuscusera?

Może chodziło o to, jak szybko się odwrócił i zajął klawiaturą komputera. A może o ton głosu. Ale z jakiegoś powodu nie wyrzuciłam zaproszenia. Włożyłam je starannie do jego segregatora w kuchni.

Will dał mi kolejny zbiór opowiadań, który zamówił przez Amazon, oraz egzemplarz *Czerwonej królowej*. Wiedziałam od razu, że to zupełnie nie jest książka dla mnie.

– Tu nawet nie ma żadnej historii – powiedziałam, gdy przeczytałam opis na okładce.

– No to co? – odparł Will. – Wysil się trochę.

Spróbowałam – nie dlatego, żebym miała szczególną ochotę czytać o genetyce, ale dlatego, że inaczej dręczyłby mnie w nieskończoność. Ostatnio właśnie tak robił. Właściwie to był z niego trochę terrorysta. A co było już naprawdę wkurzające, przepytywał mnie z lektur, żeby sprawdzić, czy naprawdę czytałam.

– Nie jesteś moim nauczycielem – marudziłam.

– Dzięki Bogu – odpowiadał ze szczerą ulgą.

Ta książka – którą, co zaskakujące, czytało się całkiem nieźle – była o czymś w rodzaju walki o przetrwanie. Zdaniem autora kobiety wcale nie wiążą się z facetami dlatego, że ich kochają. Samice danego gatunku zawsze wybierają najsilniejszych samców, żeby ich potomstwo miało jak największe szanse. Nic nie mogą na to poradzić. Tak to już jest w przyrodzie.

Nie zgadzałam się z tym. I nie podobała mi się cała argumentacja. To, do czego chciał mnie przekonać autor, miało nieprzyjemny podtekst. Z jego punktu widzenia Will był fizycznie słaby, uszkodzony. Biologicznie zbędny. Jego życie stawało się bezwartościowe.

Ględził o tym bez końca przez prawie całe popołudnie, kiedy czytałam tę książkę, aż wreszcie nie wytrzymałam:

– Jest coś, czego ten cały Matt Ridley chyba nie wziął pod uwagę – powiedziałam.

Will podniósł głowę znad ekranu.

– Czyżby?

– A jeśli ten genetycznie najlepszy samiec jest w gruncie rzeczy głupim dupkiem?

W trzecią sobotę maja przyjechali do domu Treena z Thomasem. Nie zdążyli jeszcze podejść do furtki, kiedy mama już biegła po ścieżce. Ściskając Thomasa, wołała, że mogłaby przysiąc, że przez ten czas, kiedy ich nie było, urósł kilkanaście centymetrów. Zmienił się, teraz jest taki dorosły, to prawie mały mężczyzna. Treena obcięła włosy i wyglądała dziwnie elegancko. Miała na sobie żakiet, którego nie widziałam wcześniej, i sandały z pasków. Przyłapałam się na wrednej myśli, skąd też wzięła na to kasę.

– I jak tam? – zapytałam, kiedy mama chodziła z Thomasem po ogrodzie, pokazując mu żaby w maleńkiej sadzawce. Tato oglądał z dziadkiem mecz, wykrzykując, że znów przegapili szansę na gola.

– Wspaniale. Naprawdę fajnie. To znaczy ciężko, kiedy nie ma mi kto pomóc przy Thomasie, a on dopiero po jakimś czasie oswoił się z przedszkolem. – Nachyliła się do mnie. – Tylko nie mów mamie – powiedziałam jej, że wszystko poszło bez problemu.

– Ale studia ci się podobają.

Treena uśmiechnęła się szeroko.

– Jest super. Nie masz pojęcia, jaka to przyjemność znów używać mózgu. Czuję się, jakby od bardzo dawna brakowało mi tego dużego kawałka i jakbym go znów znalazła. Czy to brzmi pretensjonalnie?

Potrząsnęłam głową. Naprawdę cieszyłam się, że jest zadowolona. Chciałam jej powiedzieć o bibliotece, komputerach i o tym, co już zrobiłam dla Willa. Ale uznałam, że powinnam skupić się na niej. Siedziałyśmy na składanych krzesłach pod obszarpaną markizą i sączyłyśmy herbatę. Jej palce miały wreszcie normalny kolor.

– Mama tęskni za tobą – powiedziałam.

– Teraz już będziemy przyjeżdżać na większość weekendów. Ja po prostu potrzebowałam... Lou, nie chodziło tylko o to, żeby Thomas oswoił się z nowym miejscem. Potrzebowałam trochę czasu, żeby oddalić się od tego wszystkiego. Chciałam mieć czas, żeby stać się kimś innym.

Wyglądała, jakby rzeczywiście była trochę inną osobą. To było dziwne. Wystarczyło kilka tygodni nieobecności, a już nie była taka swojska i znajoma jak dawniej. Czułam, że moja siostra jest na drodze do tego, by stać się kimś, kogo jeszcze nie znam. Miałam też dziwne poczucie, że zostaję w tyle.

– Mama mówiła mi, że twój facet na wózku był u nas na kolacji.

– To nie jest mój facet na wózku. Ma na imię Will.

– Przepraszam, Will. I jak ci idzie z naszą starą listą ratunkową?

– Tak sobie. Niektóre wycieczki udały się bardziej, inne mniej. – Opowiedziałam jej o porażce z wyścigami konnymi i o tym, jak nieoczekiwanym triumfem okazał się koncert skrzypcowy. Powiedziałam jej o naszych piknikach, a kiedy zdałam jej relację z urodzin, roześmiała się.

– Myślisz, że...? – Widziałam, jak szuka najlepszego słowa. – Myślisz, że wygrasz?

Tak jakby to był jakiś konkurs.

Urwałam kwiatek kapryfolium i zaczęłam obrywać płatki.

– Nie wiem. Chyba muszę przyspieszyć działania. – Powiedziałam jej, co pani Traynor sądzi o wyjazdach za granicę.

– Nie wierzę, że poszłaś na koncert skrzypcowy. Kto jak kto, ale ty!

– Na dodatek mi się podobało.

Uniosła brwi.

– Naprawdę. To było... poruszające.

Przyjrzała mi się uważnie.

– Mama mówi, że on jest naprawdę miły.

– Bo jest.

– I przystojny.

– Uszkodzenie kręgosłupa nie znaczy, że człowiek zmienia się w Quasimodo.

„Tylko nie mów nic o tym, jaka to straszna szkoda" – pomyślałam.

Ale moja siostra jest chyba na to za inteligentna.

– W każdym razie mama była bardzo zaskoczona. Chyba spodziewała się Quasimoda.

– W tym właśnie problem, Treen – stwierdziłam i wylałam resztę herbaty na klomb. – Ludzie zwykle tak myślą.

Mama przy kolacji była wesoła jak skowronek. Zrobiła lasagne, ulubione danie Treeny, a Thomasowi pozwolono w drodze wyjątku zostać do późna. Jedliśmy, śmialiśmy się i rozmawialiśmy na bezpieczne tematy, takie jak piłka nożna, moja praca, koledzy Treeny ze studiów. Mama chyba ze sto razy zapytała Treenę, czy jest pewna, że da sobie radę, czy nie potrzeba jej czegoś dla Thomasa – tak jakby mieli cokolwiek na zbyciu. Cieszyłam się, że uprzedziłam Treenę, jak fatalnie jest z kasą. Odmówiła im, z wdziękiem i przekonaniem. Dopiero później zapytałam ją, czy mówiła prawdę.

W środku nocy obudził mnie płacz. To był Thomas, w małym pokoiku. Słyszałam, jak Treena stara się go uspokoić, utulić, jak zapala i gasi światło, ustawia inaczej łóżko. Leżałam w ciemności, patrząc na sączące się przez żaluzje smugi światła latarni, układające się na świeżo pomalowanym suficie, i czekałam, aż zapadnie cisza. Ale ten sam piskliwy płacz rozległ się znów o drugiej. Po chwili usłyszałam, jak mama skrada się korytarzem i jak rozmawiają z Treeną półgłosem. Potem nareszcie Thomas ucichł.

O czwartej obudziło mnie skrzypnięcie otwieranych drzwi. Zamrugałam nieprzytomnie, odwracając się w stronę światła. W drzwiach zobaczyłam sylwetkę Thomasa, za duża piżamka plątała mu się wokół nóg, ulubiony kocyk ciągnął za sobą po podłodze. Nie widziałam jego twarzy, ale stał niepewnie, jakby nie wiedział, co ma teraz zrobić.

– Thomas, chodź tutaj – wyszeptałam. Gdy podreptał w moją stronę, zobaczyłam, że wciąż na wpół śpi. Szedł, potykając się, z kciukiem w buzi, przyciskając do siebie ukochany kocyk. Odchyliłam kołdrę, a on wlazł do łóżka obok mnie, jego zmierzwiona główka zakopała się w drugiej poduszce, po czym zwinął się w kłębek. Przykryłam go kołdrą, a potem leżałam, patrząc na niego i podziwiając, jak ufnie i szybko zapadł w sen.

– Dobranoc, malutki – wyszeptałam i pocałowałam go w czoło, a on wysunął pulchną rączkę i złapał w garść mój T-shirt, tak jakby chciał mieć pewność, że nie zniknę.

*

– Jakie było najfajniejsze miejsce, w którym kiedykolwiek byłeś?

Siedzieliśmy pod wiatą, czekając, aż ustanie nagła ulewa, żebyśmy mogli przejść się po ogrodach na tyłach zamku. Will nie lubił głównych ogrodów – za dużo ludzi gapiło się na niego. Ale ogrody warzywne, odwiedzane przez nielicznych, były jednym z ukrytych skarbów zamku. Ustronne sady i warzywniki przedzielały wysypane drobnym żwirem ścieżki, na których wózek Willa radził sobie zupełnie nieźle.

– Pod jakim względem? I co to jest?

Nalałam z termosu trochę zupy i przysunęłam mu do ust.

– Pomidorowa.

– Okej. Rany, ale gorące. Daj mi chwilę. – Zmrużył oczy, patrząc w dal. – Kiedy skończyłem trzydzieści lat, wszedłem na Kilimandżaro. To było naprawdę niesamowite.

– To wysoko?

– Szczyt Uhuru ma niecałe sześć tysięcy metrów nad poziomem morza. Ostatnie trzysta metrów prawie się czołgałem. Wysokość daje człowiekowi w kość.

– Zimno było?

– Nie – uśmiechnął się. – To nie Everest. W każdym razie nie o tej porze roku. – Zapatrzył się w dal, na chwilę zatopiony we wspomnieniach. – Pięknie tam było. Nazywają to dachem Afryki. Tam na górze człowiekowi wydaje się, że może zobaczyć koniec świata.

Milczał przez chwilę. Obserwowałam go, zastanawiając się, gdzie jest teraz. Kiedy prowadziliśmy takie rozmowy, przypominał trochę jednego z chłopaków z mojej klasy, który odsuwał się od nas, odpływając myślami gdzieś daleko.

– Gdzie jeszcze ci się podobało?

– W zatoce Trou d'Eau Douce na Mauritiusie. Cudowni ludzie, piękne plaże, fantastyczne miejsca do nurkowania. Hm... W parku narodowym w Tsavo w Kenii, gdzie ziemia jest zupełnie czerwona i gdzie są dzikie zwierzęta. W parku Yosemite w Kalifornii. Urwiska tak wysokie, że mózg ledwo to ogarnia.

Opowiedział mi o wspinaczce i nocy spędzonej na półce skalnej na wysokości kilkuset metrów, gdzie musiał przyczepić śpiwór do skały, bo inaczej, gdyby we śnie przewrócił się na drugi bok, skończyłoby się to katastrofą.

– Właśnie opisałeś mój najgorszy koszmar.

– Ale lubię też miasta. Bardzo podobało mi się Sydney. Terytoria Północne. Islandia. Jest takie miejsce, całkiem niedaleko od lotniska, gdzie można się kąpać w wulkanicznych gorących źródłach. Dziwny krajobraz, jak po wojnie atomowej. I podróż przez środkowe Chiny. Pojechałem w takie miejsce, jakieś dwa dni jazdy od stolicy prowincji Syczuan, gdzie miejscowi pluli na mnie, bo jeszcze nigdy nie widzieli białego człowieka.

– Jest jakieś miejsce, gdzie jeszcze nie byłeś?

Wypił łyk zupy.

– Korea Północna? – Zastanowił się. – Och, nigdy nie byłem w Disneylandzie. Może być? Ani nawet w Eurodisneylandzie.

– Ja kiedyś zarezerwowałam bilet do Australii. Ale nigdy tam nie poleciałam.

Spojrzał na mnie zaskoczony.

– Coś mi przeszkodziło. Ale nie szkodzi. Może tam pojadę któregoś dnia.

– Nie „może". Musisz się stąd wydostać, Clark. Obiecaj mi, że nie spędzisz całego swojego życia w tej cholernej parodii pocztówki.

– Mam ci obiecać? Dlaczego? – starałam się utrzymać beztroski ton. – Dokąd się wybierasz?

– Po prostu... nie mogę znieść myśli, że zostaniesz tu na zawsze – przełknął ślinę. – Za inteligentna jesteś na to. Za bardzo interesująca. – Spojrzał w bok. – Człowiek ma tylko jedno życie. I właściwie ma obowiązek wykorzystać je najlepiej, jak się da.

– Okej – powiedziałam ostrożnie. – W takim razie powiedz mi, dokąd powinnam pojechać. Dokąd ty byś pojechał, gdybyś mógł?

– Teraz?

– Teraz. I nie wolno ci powiedzieć, że na Kilimandżaro. To musi być takie miejsce, żebym mogła sobie wyobrazić, że ja tam pojadę.

Kiedy z twarzy Willa znikało napięcie, wyglądał zupełnie inaczej. Teraz uśmiechał się, mrużąc oczy z zadowoleniem.

– Paryż. Siedziałbym przed kawiarnią w Le Marais, pił kawę i jadł ciepłe croissanty z solonym masłem i dżemem truskawkowym.

– Le Marais?

– To taka mała dzielnica w centrum Paryża. Pełno tam brukowanych uliczek, obdrapanych kamienic, gejów, ortodoksyjnych Żydów i kobiet w pewnym wieku, które kiedyś wyglądały jak Brigitte Bardot. Mógłbym tam zamieszkać.

Odwróciłam się do niego, ściszając głos.

– Moglibyśmy się tam wybrać – powiedziałam. – Pojechalibyśmy pociągiem. To nie byłoby trudne. Może nawet Nathan nie musiałby z nami jechać. Nigdy nie byłam w Paryżu. Strasznie chciałabym go zobaczyć. Naprawdę bym chciała. Zwłaszcza z kimś, kto już tam był. Co ty na to, Will?

Już widziałam siebie w tej kawiarence, przy tym stoliku, może jak podziwiam parę nowych francuskich butów, kupionych w małym eleganckim butiku, albo jak skubię ciastka umalowanymi na czerwono paznokciami. Już prawie czułam smak kawy i zapach gauloise'ów, które palił ktoś przy stoliku obok.

– Nie.

– Co? – Dopiero po chwili wróciłam do rzeczywistości zza tego stolika przed kawiarnią.

– Nie.

– Ale właśnie powiedziałeś...

– Nic nie rozumiesz, Clark. Nie chcę tam jechać w tym... tym czymś. – Wskazał na wózek, głos mu się lekko załamał. – Chciałbym pojechać do Paryża jako ja, jako dawny ja. Chciałbym siedzieć na krześle, odchylając się na oparcie, w swoich ulubionych ciuchach, żeby ładne francuskie dziewczyny zerkały na mnie, przechodząc, tak jak na każdego innego siedzącego tam faceta. A nie żeby szybko odwracały wzrok, kiedy zdadzą sobie sprawę, że jestem mężczyzną w jakiejś przerośniętej spacerówce.

– Ale moglibyśmy spróbować – odważyłam się. – Może to nie będzie...

– Nie. Nie moglibyśmy. Bo w tej chwili mogę zamknąć oczy i wiem dokładnie, jak to jest być na Rue des Francs Bourgeois, z papierosem w ręku, kiedy przede mną stoi wysoka, zimna szklanka z sokiem pomarańczowym, czuję zapach smażonego dla kogoś steku z frytkami, słyszę w oddali warkot skutera. Znam doskonale wszystkie te wrażenia. – Przełknął ślinę. – Jeśli tam pojedziemy, ja w tym cholernym urządzeniu, wszystkie te wspomnienia, te wrażenia zostaną zatarte przez walkę, żeby dostać się do stolika, przedostać się przez paryskie krawężniki, taksówkarzy, którzy nie będą chcieli nas zabrać, oraz cholerną wtyczkę od wózka, która nie pasuje do francuskich kontaktów. Okej?

Usłyszałam w jego głosie ostrzejszy ton. Zakręciłam termos, patrząc uważnie na swoje buty, bo nie chciałam, żeby zobaczył moją twarz.

– Okej – powiedziałam.

– Okej. – Will wziął głęboki oddech.

Poniżej zatrzymał się autokar, żeby wypluć z siebie kolejną grupkę turystów. Patrzyliśmy w milczeniu, jak wysiadają z autobusu i posłusznie wchodzą gęsiego do zamku, by gapić się na ruiny z innej epoki.

Chyba zdał sobie sprawę, że jestem trochę przygnębiona, bo nieco pochylił się ku mnie. Jego twarz złagodniała.

– No więc, Clark. Deszcz chyba ustał. Dokąd pójdziemy dziś po południu? Może do labiryntu?

– Nie – powiedziałam szybciej, niżbym chciała, i zauważyłam spojrzenie Willa.

– Masz klaustrofobię?

– Coś w tym rodzaju. – Zaczęłam zbierać nasze rzeczy. – Wracajmy do domu.

W następny weekend w środku nocy zeszłam na dół, żeby napić się wody. Nie mogłam spać i doszłam do wniosku, że lepiej już wstać, niż leżeć w łóżku i odpędzać kłębiące się myśli.

Nie lubiłam takich nocy. Mimowolnie zastanawiałam się wtedy, czy Will też nie śpi, w domu po drugiej stronie zamku, i w wyobraźni wkraczałam w świat jego myśli. Było to mroczne miejsce.

Taka była prawda: nie posuwałam się ani trochę naprzód. Czas upływał. Tymczasem mnie nie udało się nawet go przekonać, żebyśmy pojechali do Paryża. A kiedy mi powiedział, dlaczego nie chce jechać, trudno mi było się z nim sprzeczać. Miał powód, żeby odmówić jakiegokolwiek dłuższego wyjazdu, który bym mu zaproponowała. A ponieważ nie mogłam mu powiedzieć, dlaczego tak bardzo zależy mi na tym, żeby gdzieś z nim pojechać, nie miałam żadnych argumentów.

Kiedy mijałam salon, usłyszałam jakiś dźwięk – stłumiony kaszel, a może okrzyk. Zatrzymałam się, wróciłam i delikatnie popchnęłam drzwi. Na podłodze w salonie, na poduszkach z kanapy tworzących prowizoryczne łóżko, leżeli moi rodzice, pod gościnną kołdrą, z głowami na wysokości kominka. Przez chwilę patrzyliśmy na siebie w pół-mroku, szklanka nawet nie drgnęła mi w ręku.

– Co... co wy tu robicie?

Mama podniosła się, opierając się na łokciu.

– Ćśś. Mów ciszej. My... – Zerknęła na tatę. – Uznaliśmy, że mamy ochotę na zmianę.

– Co takiego?

– Że mamy ochotę na zmianę. – Znów zerknęła na tatę, szukając wsparcia.

– Oddaliśmy Treenie nasze łóżko – powiedział tato. Miał na sobie stary niebieski podkoszulek podarty na ramieniu, włosy sterczały mu z jednej strony. – Ona i Thomas nie czuli się dobrze w tym pokoiku. Powiedzieliśmy im, że mogą spać w naszym.

– Ale nie możecie tu spać! Na pewno nie jest wam wygodnie.

– Wszystko jest okej, kochanie – zapewnił mnie tato. – Naprawdę.

A potem, kiedy stałam, w otępieniu próbując coś zrozumieć, dodał: – Tylko w weekendy. A ty nie możesz spać w tej klitce. Musisz się wyspać, w końcu... – przełknął ślinę. – W końcu tylko ty pracujesz w tym domu.

Mój ojciec nie mógł spojrzeć mi w oczy.

– Wracaj do łóżka, Lou. No już. Wszystko w porządku – mama właściwie mnie wygoniła.

Weszłam na górę, bezgłośnie stąpając bosymi nogami po dywanie, sły-szałam, jak rodzice rozmawiają jeszcze przez chwilę ściszonymi głosami.

Zawahałam się przed pokojem rodziców, skąd dobiegał teraz dźwięk, którego nie słyszałam wcześniej – ciche chrapanie Thomasa. Potem powoli poszłam z powrotem do swojego pokoju i starannie zamknęłam za sobą drzwi. Leżałam w za dużym łóżku i patrzyłam przez okno na latarnie, aż wreszcie nad ranem udało mi się złapać kilka cennych godzin snu.

W moim kalendarzu zostało siedemdziesiąt dziewięć dni. Znów za-częłam się niepokoić.

I nie tylko ja.

Pani Traynor poczekała, aż Nathan zajmie się Willem podczas lunchu, po czym poprosiła, żebym poszła za nią do głównej części domu. W salonie kazała mi usiąść i zapytała, jak stoją sprawy.

– Cóż, dużo więcej wychodzimy – powiedziałam.

Skinęła głową, jakby się zgadzając.

– Rozmawia też więcej niż kiedyś.

– Może z tobą. – Zaśmiała się krótko, ale właściwie to nie był śmiech. – Czy rozmawiałaś z nim o wyjeździe za granicę?

– Jeszcze nie. Ale to zrobię. Chodzi o to, że... Wie pani, jaki on jest.

– Naprawdę nie mam nic przeciwko temu – powiedziała – gdybyście chcieli gdzieś pojechać. Wiem, że nie byliśmy zbyt entuzjastycznie nastawieni do twojego pomysłu, ale dużo rozmawialiśmy i... oboje się zgadzamy.

Siedziałyśmy w milczeniu. Podała mi kawę w filiżance na spodeczku. Upiłam łyk, czując się ze spodeczkiem na kolanach, jakbym miała sześćdziesiąt lat.

– Will mówił mi, że odwiedził cię w domu.

– Tak, to były moje urodziny. Rodzice zrobili kolację na moją cześć.

– I jak się zachowywał?

– Dobrze. Naprawdę dobrze. Był bardzo miły dla mojej mamy. – Nie mogłam powstrzymać uśmiechu na samo wspomnienie. – Chodzi o to, że mamie jest trochę smutno, bo moja siostra i jej synek wyprowadzili się z domu. Mama tęskni za nimi. Myślę, że... chciał, żeby przez jakiś czas myślała o czymś innym.

Pani Traynor wyglądała na zdziwioną.

– To bardzo... wykazał się dużą troską.

– Moja mama też tak uważa.

Zamieszała kawę.

– Nie pamiętam, kiedy ostatni raz Will zgodził się zjeść z nami kolację.

Przepytywała mnie jeszcze trochę. Oczywiście nigdy nie pytała wprost – to nie było w jej stylu. Ale ja nie mogłam powiedzieć jej tego, czego chciała. W niektóre dni sądziłam, że Will jest weselszy – chętnie wychodził, przekomarzał się ze mną, prowokował mnie intelektualnie, wydawał się nieco bardziej zainteresowany światem poza swoją przybudówką – ale co ja naprawdę wiedziałam? Wyczuwałam w nim ogromny, utajony świat wewnętrzny, do którego nie pozwalał mi nawet zajrzeć. Przez ostatnie kilka tygodni miałam niepokojące uczucie, że ten świat się powiększa.

– Wydaje się nieco pogodniejszy – powiedziała. Zabrzmiało to niemal tak, jakby próbowała przekonać samą siebie.

– Chyba tak.

– To była ogromna satysfakcja – zerknęła na mnie – zobaczyć go prawie takim, jakim był kiedyś. Doskonale zdaję sobie sprawę, że tę poprawę zawdzięczamy tobie.

– Nie tylko mnie.

– Ja nie potrafiłam do niego dotrzeć. Nie umiałam się do niego zbliżyć. – Postawiła filiżankę na spodku na kolanach. – Will jest szczególnym człowiekiem. Od kiedy stał się nastolatkiem, zawsze musiałam walczyć z poczuciem, że w jego oczach zrobiłam coś złego. Ale nigdy nie byłam pewna, co takiego. – Próbowała się zaśmiać, ale to znów wcale nie był śmiech. Zerknęła na mnie, po czym odwróciła wzrok.

Udawałam, że piję kawę, chociaż moja filiżanka była już pusta.

– Masz dobry kontakt z mamą, Louisa?

– Tak – odparłam, po czym dodałam: – To moja siostra doprowadza mnie do szału.

Pani Traynor wyjrzała za okno, gdzie zaczął kwitnąć jej ukochany ogród, a kwiaty tworzyły gustowną mieszankę różów, fioletów i błękitów.

– Mamy tylko dwa i pół miesiąca – powiedziała, nie odwracając głowy.

Odstawiłam filiżankę na stół, starając się nie stuknąć.

– Staram się jak mogę, pani Traynor.

– Wiem, Louisa – skinęła głową.

Uznałam, że mogę już iść.

Leo McInerney zmarł 22 maja, w jakimś anonimowym mieszkaniu w Szwajcarii, mając na sobie ulubioną koszulkę piłkarską, z rodzicami u boku. Jego młodszy brat nie chciał z nimi jechać, ale wydał oświadczenie, że nie było nikogo, kto byłby bardziej kochany ani bardziej wspierany niż jego brat. Leo wypił mętny roztwór ze śmiertelną dawką barbituranów o piętnastej czterdzieści siedem i jak powiedzieli jego rodzice, po kilku minutach zapadł w głęboki sen. Chwilę po szesnastej tego popołudnia został uznany za zmarłego przez obserwatora, który był świadkiem całej procedury, filmowanej też kamerą wideo, żeby zapobiec jakimkolwiek podejrzeniom działania na szkodę.

– Wyglądał, jakby wreszcie odzyskał spokój – powiedziała podobno jego matka. – To jedno mnie trzyma.

Rodzice Leo byli trzykrotnie przesłuchiwani przez policję i groził im proces. Dostawali pełne nienawiści listy. Ona wyglądała, jakby postarzała się o dwadzieścia lat. A jednak w wyrazie jej twarzy było coś jeszcze, oprócz żalu, gniewu, niepokoju i wyczerpania – była to głęboka, głęboka ulga.

– Nareszcie znów był sobą.

15

– Jak tam, Clark. Co ekscytującego zaplanowałaś sobie na wieczór?

Byliśmy w ogrodzie. Nathan zajmował się fizjoterapią Willa, delikatnie unosząc mu kolana w kierunku klatki piersiowej i opuszczając je z powrotem, podczas gdy Will leżał na kocu, z twarzą zwróconą do słońca i rozpostartymi ramionami, tak jakby się opalał. Siedziałam obok na trawie, jedząc kanapki. Ostatnio przestałam właściwie wychodzić na lunch.

– Dlaczego pytasz?

– Z ciekawości. Ciekaw jestem, co robisz, kiedy cię tu nie ma.

– No cóż... mam dziś krótki trening zaawansowanych sztuk walki, a potem lecę helikopterem na kolację do Monte Carlo. Może po drodze do domu wpadnę do Cannes na drinka. Jeśli spojrzysz w górę około drugiej, to ci pomacham, jak będę przelatywać – powiedziałam. Rozłożyłam kanapkę, sprawdzając, co jest w środku. – Pewnie skończę czytać książkę.

Will zerknął na Nathana.

– Wisisz mi dziesiątaka – oznajmił z szerokim uśmiechem.

Nathan sięgnął do kieszeni.

– Znowu – powiedział.

Patrzyłam na nich zdumiona.

– Znowu co? – zapytałam, gdy Nathan włożył pieniądze do ręki Willa.

212

– Zapewniał, że będziesz czytać książkę. Ja powiedziałem, że będziesz oglądać telewizję. On zawsze wygrywa.

Kęs kanapki uwiązł mi w ustach.

– Zawsze? Zakładacie się o to, jakie nudne mam życie?

– Tak byśmy tego nie nazwali – odparł Will, ale jego lekko skruszone spojrzenie mówiło co innego.

Wyprostowałam się.

– Wyjaśnijmy to sobie. Zakładacie się o pieniądze, czy w piątkowy wieczór będę czytać książkę, czy oglądać telewizję?

– Nie – zaprzeczył Will. – Ja obstawiałem jeszcze, że będziesz patrzeć, jak Pan Maratończyk biega.

Nathan puścił nogę Willa, podniósł jego ramię i zaczął je masować od nadgarstka w kierunku barku.

– A gdybym powiedziała, że będę robić coś zupełnie innego?

– Ale nigdy tego nie robisz – odparł Nathan.

– A właściwie to mnie się należy. – Wyjęłam pieniądze z dłoni Willa. – Bo dziś wieczór się myliliście.

– Sama mówiłaś, że będziesz czytać książkę! – zaprotestował.

– Ale teraz mam to – odrzekłam, wymachując dziesięciofuntowym banknotem. – I pójdę do kina. No i macie. Prawo nieprzewidzianych konsekwencji, czy jak tam to się nazywa.

Wstałam, włożyłam pieniądze do kieszeni, po czym wsypałam resztki lunchu do brązowej papierowej torebki. Uśmiechałam się, kiedy od nich odchodziłam, ale co dziwne, z niepojętego dla mnie samej powodu oczy piekły mnie od łez.

Tego ranka, przed pójściem do Granta House, przez godzinę siedziałam nad moim kalendarzem. W niektóre dni tylko patrzyłam na niego, siedząc w łóżku, i z magicznym markerem w ręku starałam się wymyślić, dokąd mogłabym zabrać Willa. Wciąż nie byłam przekonana, czy uda mi się go skłonić do dalszych podróży, już wizja wyjazdu z noclegiem, nawet gdyby pomagał nam Nathan, wydawała mi się nieco przerażająca.

Przejrzałam lokalną gazetę, zerkając na informacje o meczach piłki nożnej i wiejskich festynach, ale obawiałam się, że tak jak podczas fatalnego wyjazdu na wyścigi koła wózka Willa mogą ugrzęznąć w trawie. Obawiałam się też, że w tłumie może czuć się zanadto wystawiony na ludzkie spojrzenia. Musiałam wykreślić wszelkie zajęcia związane z końmi, co w okolicy takiej jak nasza oznaczało zdumiewającą ilość plenerowych rozrywek. Wiedziałam, że nie będzie chciał patrzeć, jak Patrick biega, nie obchodził go też krykiet ani rugby. Czasem czułam się naprawdę obezwładniona tym, że nie potrafię wymyślić nic nowego.

Może Will i Nathan mają rację. Może jestem nudna. Może jestem ostatnią osobą, która powinna wymyślać rzeczy, które mogłyby obudzić w Willu apetyt na życie.

Książka albo telewizja.

Jeśli tak na to spojrzeć, trudno uwierzyć, że jest inaczej.

Kiedy Nathan sobie poszedł, Will przyjechał do mnie do kuchni. Siedziałam przy stoliku, obierając ziemniaki na kolację dla niego, i nie podniosłam wzroku, kiedy zatrzymał wózek w drzwiach. Przyglądał mi się wystarczająco długo, żeby uszy poróżowiały mi pod jego spojrzeniem.

– Wiesz – odezwałam się w końcu – mogłam zachować się paskudnie wobec ciebie. Mogłam powiedzieć, że przecież ty też nic nie robisz.

– Nathan chyba nie postawiłby za dużo na to, że pójdę potańczyć – powiedział Will.

– Wiem, że to żart – ciągnęłam, wyrzucając długi kawałek ziemniaczanej skórki. – Ale przez ciebie poczułam się naprawdę okropnie. Jeśli już zakładacie się o to, jak nudne mam życie, czy musieliście mi o tym mówić? Czy to nie mógł być wasz sekretny żarcik?

Milczał przez chwilę. Kiedy wreszcie podniosłam głowę, zobaczyłam, że na mnie patrzy.

– Przepraszam – powiedział.

– Nie wygląda na to, żeby było ci przykro.

– No dobra... okej... może chciałem, żebyś to usłyszała. Chciałem, żebyś zastanowiła się nad tym, co robisz.

– Nad tym, że pozwalam, żeby życie przepływało mi przez palce?

– Właśnie tak.

– Boże drogi, Will. Wolałabym, żebyś przestał mi mówić, co mam robić. A jeśli ja lubię oglądać telewizję? A jeśli nie chcę nic więcej, tylko poczytać sobie książkę? – Mój głos zrobił się piskliwy. – A może jestem zmęczona, kiedy wracam do domu? Może nie muszę koniecznie ganiać jak kot z pęcherzem w poszukiwaniu rozrywek?

– Ale któregoś dnia możesz zacząć żałować, że tego nie robiłaś – powiedział cicho. – Wiesz, co ja bym zrobił na twoim miejscu?

Odłożyłam nożyk do obierania.

– Podejrzewam, że masz zamiar mi powiedzieć.

– Tak. I nie czuję się z tego powodu w najmniejszym stopniu zakłopotany. Zapisałbym się do szkoły wieczorowej. Uczyłbym się krawiectwa albo projektowania mody, albo czegokolwiek, co pasuje do tego, co cię naprawdę kręci. – Wskazał gestem moją minisukienkę, inspirowaną latami sześćdziesiątymi, w stylu Pucci, uszytą ze starych zasłon w pokoju dziadka.

Kiedy tato ją zobaczył, wskazał mnie palcem i wrzasnął:

– Hej, Lou, zupełnie zwariowałaś?

Przestał się śmiać po dobrych pięciu minutach.

– Poszukałbym czegoś, co nie kosztuje za dużo – aerobiku, pływania, wolontariatu, czegokolwiek. Uczyłbym się gry na jakimś instrumencie albo chodził na długie spacery z czyimś psem, albo...

– Okej, okej, rozumiem – powiedziałam z rozdrażnieniem. – Ale ja to nie ty, Will.

– I masz szczęście.

Milczeliśmy przez chwilę. Will wjechał wózkiem do kuchni i uniósł siedzenie, tak że patrzyliśmy na siebie nad stołem.

– Okej – powtórzyłam. – A co ty robiłeś po pracy? Co takiego sensownego?

– Po pracy nie miałem za dużo czasu, ale starałem się codziennie coś robić. Chodziłem na ściankę wspinaczkową i na squasha, na koncerty, próbowałem nowych restauracji...

– Łatwo jest robić takie rzeczy, kiedy ma się pieniądze – zaprotestowałam.

– I biegałem. Tak, naprawdę – dodał, widząc, że unoszę brwi. – Starałem się też uczyć nowych języków, które przydałyby mi się w miejscach, które może pewnego dnia bym odwiedził. I spotykałem się z przyjaciółmi – albo z ludźmi, których uważałem za przyjaciół... – zawahał się przez chwilę. – Planowałem podróże. Szukałem miejsc, gdzie jeszcze nie byłem, albo czegoś, co by mnie przeraziło albo byłoby wyzwaniem. Kiedyś przepłynąłem przez kanał La Manche. Latałem na paralotni. Wspinałem się na góry i zjeżdżałem z nich na nartach. Tak – powiedział, widząc, że chcę się wtrącić – wiem, że na wiele z tych rzeczy trzeba dużo kasy, ale na niektóre wcale nie. A poza tym jak myślisz, jak zarabiałem pieniądze?

– Rabując ludzi w City?

– Zastanowiłem się, co by mnie uszczęśliwiło i co chcę robić, a potem nauczyłem się tego zawodu, żeby to się spełniło.

– Kiedy to mówisz, brzmi to bardzo prosto.

– Bo to jest proste – powiedział. – Problem tylko w tym, że wymaga dużo ciężkiej pracy. A ludzie nie lubią się męczyć.

Skończyłam obierać ziemniaki. Wrzuciłam obierki do śmieci i postawiłam garnek na kuchence. Odwróciłam się i usiadłam na stole przodem do niego, ze zwisającymi nogami.

– Żyłeś z rozmachem, prawda?

– Tak. – Przysunął się nieco bliżej i uniósł siedzenie wózka tak, że byliśmy niemal na jednym poziomie. – Dlatego mnie wkurzasz, Clark. Bo widzę cały ten talent, całą tę... – wzruszył ramionami – energię i inteligencję, i...

– Tylko nie mów potencjał...

– Potencjał. Tak. Potencjał. I za nic nie mogę pojąć, jak możesz być zadowolona z takiego małego życia. Życia, które nie sięga dalej niż pięć mil od twojego domu, w którym nie ma nikogo, kto kiedykolwiek cię zaskoczy albo sprowokuje, albo pokaże ci coś, od czego zakręci ci się w głowie i nie będziesz mogła zasnąć w nocy.

– Chcesz powiedzieć, że powinnam robić coś dużo bardziej sensownego, niż obierać ci kartofle.

– Chcę ci tylko powiedzieć, że cały świat stoi przed tobą otworem. Ale że byłbym bardzo wdzięczny, gdybyś najpierw ugotowała mi ziemniaki.

– Czy nie jest tak... – zaczęłam i urwałam.

– Mów.

– Nie myślisz, że tobie jest trudniej... się przystosować? Bo ty robiłeś te wszystkie rzeczy?

– Pytasz, czy wolałbym nigdy nie zajmować się tym wszystkim?

– Zastanawiałam się tylko, czy byłoby ci łatwiej. Gdybyś prowadził takie proste życie. Żyć tak jak teraz.

– Nigdy, przenigdy nie będę żałował, że robiłem to, co robiłem. Bo kiedy człowiek tkwi w czymś takim jak ja, przez większość dni przynajmniej może odwiedzać miejsca ze swoich wspomnień. – Uśmiechnął się jakby z trudem. – Więc jeśli mnie pytasz, czy wolałbym raczej wspominać widok zamku z targowiska albo ten szereg uroczych sklepików za rondem, to nie. Miałem zupełnie fajne życie, dzięki.

Zeskoczyłam ze stołu. Nie byłam pewna, jak to się stało, ale znów czułam się zapędzona pod ścianę. Sięgnęłam po deskę do krojenia.

– A, Lou, przykro mi. Z powodu tej sprawy z kasą.

– No tak. – Odwróciłam się, żeby opłukać deskę nad zlewem. – Tylko nie myśl sobie, że w ten sposób odzyskasz swojego dziesiątaka.

Dwa dni później Will wylądował w szpitalu z infekcją. Powiedzieli, że to na wszelki wypadek, chociaż było widać, że bardzo cierpi. Niektórzy ludzie z porażeniem czterokończynowym nic nie czują, ale chociaż Will nie miał gorączki, poniżej klatki piersiowej czuł ból i ucisk. Odwiedziłam go dwa razy, zaniosłam mu muzykę i coś dobrego do jedzenia. Proponowałam też, że dotrzymam mu towarzystwa, ale czułam, że tam zawadzam, i dość szybko zdałam sobie sprawę, że Will nie chce przy sobie jeszcze jednej osoby. Powiedział, że mam iść do domu i wykorzystać ten czas na coś miłego.

Rok wcześniej zmarnowałabym te wolne dni; łaziłabym po sklepach, może zjadłabym lunch z Patrickiem. Oglądałabym telewizję i może próbowała zrobić porządek w szafach. Pewnie dużo bym spała.

Teraz jednak czułam się dziwnie niespokojna, nie mogłam znaleźć sobie miejsca. Brakowało mi tego, że nie muszę wstawać rano, jakiegoś celu.

Minęło pół poranka, zanim doszłam do wniosku, że mogłabym zrobić coś pożytecznego. Poszłam do biblioteki i zaczęłam szukać. Zajrzałam na wszystkie strony dotyczące ludzi z tetraplegią, jakie udało mi się znaleźć, szukając tego, co moglibyśmy robić, kiedy Will poczuje się lepiej. Spisałam listę, dodając do każdego punktu sprzęt albo inne rzeczy, o które należałoby zadbać.

Odkryłam fora dla osób z uszkodzeniami kręgosłupa i stwierdziłam, że są tysiące ludzi takich jak Will – żyjących w ukryciu w Londynie, Sydney, Vancouver, albo tuż obok, na następnej ulicy – wspomaganych przez rodzinę i przyjaciół, a czasem rozdzierająco samotnych.

Nie byłam jedyną opiekunką, którą zainteresowały te strony. Były tam dziewczyny pytające, jak mają pomóc swoim partnerom odzyskać pewność siebie, żeby znów zaczęli wychodzić z domu, mężowie szukający porad na temat najnowszego sprzętu medycznego. Były reklamy wózków, które mogą jeździć po piasku albo innej nieutwardzonej powierzchni, sprytne podnośniki albo nadmuchiwane przybory przydatne w kąpieli.

Poznałam ich język. Dowiedziałam się, że uszkodzenie rdzenia C4/5 jest dużo gorsze niż C11/12 – większość ludzi z takim uszkodzeniem mogła poruszać ramionami i górną połową ciała. Były tam historie o miłości i stracie, o partnerach, którzy starali się poradzić sobie z niepełnosprawnymi małżonkami, a jednocześnie z małymi dziećmi. Były żony, które czuły się winne, bo modliły się, żeby mąż przestał je bić – a teraz okazało się, że już nigdy nie będą mogli ruszyć ręką. Byli mężowie, którzy chcieli porzucić niepełnosprawne żony, ale bali się reakcji znajomych i sąsiadów. Było wyczerpanie i rozpacz, i dużo czarnego humoru – żarty na temat eksplodujących kateterów, idiotycznych zachowań ludzi, którzy chcieli dobrze, albo żarty z przygód po pijaku. Częstym wątkiem było najwyraźniej wypadanie z wózka. Pojawiały się też wątki na temat samobójstwa – jedni się nad tym zastanawiali, inni radzili, żeby dali sobie więcej czasu, nauczyli się patrzeć na życie z innej strony. Czytałam każdy taki wątek i czułam się, jakbym potajemnie zaglądała Willowi w jego myśli.

W porze lunchu wyszłam z biblioteki i poszłam się przejść po mieście, żeby przewietrzyć głowę. Kupiłam sobie kanapkę z krewetkami i usiadłam na murku, patrząc na łabędzie pływające po stawie poniżej zamku. Zrobiło się na tyle ciepło, że mogłam zdjąć kurtkę i wystawić twarz do słońca. Było coś dziwnie relaksującego w przyglądaniu się, jak reszta świata zajmuje się swoimi sprawami. Po całym poranku spędzonym w świecie ludzi przykutych do wózka czułam się, jakbym odzyskała wolność.

Kiedy skończyłam, poszłam z powrotem do biblioteki i znów usiadłam przed komputerem. Wzięłam głęboki oddech, po czym napisałam post.

Cześć, jestem przyjaciółką/opiekunką 35-latka z porażeniem C5/6. Kiedyś był bardzo aktywny i odnosił sukcesy, a teraz trudno mu się przyzwyczaić do nowego życia. Właściwie to wiem, że nie chce tak dłużej żyć, a ja szukam sposobu, żeby zmienił zdanie. Czy ktoś mógłby mi doradzić, jak mogłabym to zrobić? Jakieś pomysły na coś, co mógłby robić, albo jak skłonić go, żeby zmienił nastawienie? Będę wdzięczna za wszelkie rady.

Wymyśliłam sobie nick Pracowita Pszczółka. Odchyliłam się na krześle, przez chwilę gryzłam kciuk, po czym kliknęłam „wyślij".

Kiedy następnego dnia usiadłam przed komputerem, okazało się, że dostałam czternaście odpowiedzi. Zalogowałam się na forum i aż zamrugałam, widząc listę imion i listów, które nadchodziły od ludzi z całego świata, przez noc i dzień.

Pierwsza odpowiedź brzmiała tak:

> Cześć Pszczółko, witaj na pokładzie. Jestem pewna, że twojego przyjaciela na pewno pocieszy to, że ktoś się o niego troszczy.

„Nie byłabym tego taka pewna" – pomyślałam.

> Większość nas tutaj miała taki dołek w jakimś momencie życia. Może twój przyjaciel właśnie przeżywa coś takiego. Nie pozwól, żeby cię odepchnął. Staraj się nastawić pozytywnie. I przypomnij mu, że decyzja o tym, kiedy przychodzimy na ten świat i kiedy z niego odchodzimy, nie należy do niego, ale do Boga. On postanowił zmienić życie twojego przyjaciela, w swej mądrości, i może należy czerpać naukę z tego...

Przewinęłam do następnego listu.

> Droga Pszczółko,
> nie da się ukryć, życie na wózku bywa paskudne. Jeśli twój facet lubił żyć z rozmachem, to może być dla niego bardzo trudne. Mnie pomogły takie rzeczy: dużo kontaktów z ludźmi, nawet kiedy nie miałem na to ochoty. Dobre jedzenie. Porządni lekarze. Dobre leki, również na depresję, jeśli trzeba. Nie napisałaś, gdzie mieszkasz, ale gdyby udało ci się go namówić, żeby pogadał z innymi ludźmi na wózkach, może to by mu pomogło. Ja na początku miałem opory (chyba wciąż nie chciałem przyznać, że jestem paralitykiem), ale to naprawdę pomaga, jeśli człowiek wie, że nie jest sam.

I nie pozwól mu oglądać żadnych filmów typu *Motyl i skafander*. Koszmarnie dołujący!

Daj znać, jak ci poszło.

Wszystkiego dobrego,
Ritchie

Sprawdziłam, o czym jest *Motyl i skafander*. „Historia człowieka sparaliżowanego na skutek udaru, który próbuje komunikować się ze światem". Zapisałam tytuł w notesie, sama nie wiem, czy po to, żeby dopilnować, żeby Will go nie oglądał, czy żeby samej go obejrzeć.

Następne dwie odpowiedzi były od adwentystów dnia siódmego oraz od faceta, który sugerował takie sposoby rozweselania Willa, jakich nie obejmowała moja umowa o pracę. Zarumieniłam się i szybko przewinęłam tekst w obawie, że ktoś może zajrzeć mi w ekran. A potem zawahałam się przy następnej odpowiedzi.

Cześć Pszczółko,

dlaczego sądzisz, że twój przyjaciel/podopieczny powinien zmienić zdanie? Gdybym znał sposób, żeby umrzeć z godnością, i gdybym nie wiedział, że to zdruzgotałoby moich bliskich, tobym z niego skorzystał. Jestem na wózku już od ośmiu lat i moje życie to pasmo upokorzeń i frustracji. Czy naprawdę wiesz, jak on się czuje? Czy wiesz, jak to jest, kiedy człowiek nie może nawet się wypróżnić bez czyjejś pomocy? Jak to jest mieć świadomość, że już na zawsze będziesz tkwić w łóżku, nie mogąc jeść, ubrać się, porozumiewać ze światem zewnętrznym bez pomocy innych? Nigdy więcej nie uprawiać seksu? Z wizją odleżyn, chorób, a nawet respiratora? Wyglądasz na miłą osobę i na pewno chcesz dobrze. Ale może za tydzień to nie ty będziesz się nim opiekowała. Może to będzie ktoś, kto go przygnębia albo nawet nie bardzo go lubi. To, tak samo jak wszystko inne, jest poza naszą kontrolą. My tetraplegicy wiemy, że nad bardzo niewielu rzeczami mamy kontrolę – nad tym, kto nas karmi, ubiera, myje, dobiera leki. Życie z tą świadomością jest bardzo ciężkie.

Więc myślę, że zadajesz niewłaściwe pytanie. Kto ma prawo decydować, jakie ma być nasze życie? Jeśli twój przyjaciel nie chce takiego życia, czy pytanie nie powinno brzmieć: jak mu pomóc je zakończyć?

Wpatrywałam się w tę wiadomość, z palcami znieruchomiałymi na klawiaturze. Potem przewinęłam dalej. Następne były od innych tetra, którzy krytykowali Gforce za ponure słowa i protestowali, że oni znaleźli wyjście, że ich życie jest coś warte. Dalej była krótka dyskusja, jakby niemająca żadnego związku z Willem.

Ale kolejne posty znów dotyczyły mojej prośby. Proponowano antydepresanty, masaże, ktoś napisał, że czasem zdarzają się cudowne uzdrowienia, ludzie pisali o tym, jak ich własne życie zyskało nowy sens. Praktycznych porad było mało: degustowanie wina, muzyka, sztuka, specjalnie dostosowane klawiatury.

„Partnerka – napisała Grace31 z Birmingham. – Jeśli ma kogoś ukochanego, będzie czuł, że ma po co żyć. Bez tego już wiele razy bym się poddała".

To zdanie dźwięczało mi w głowie jeszcze długo po wyjściu z biblioteki.

Willa wypuścili ze szpitala w czwartek. Zapakowałam go do samochodu i zawiozłam do domu. Był blady i wyczerpany, przez całą drogę w milczeniu patrzył w okno.

– Tam nie da się spać – wyjaśnił, kiedy zapytałam, czy wszystko w porządku. – Zawsze ktoś jęczy na łóżku obok.

Powiedziałam mu, że dam mu weekend, żeby doszedł do siebie, ale potem zaplanowałam różne wyjścia. Powiedziałam też, że za jego radą próbuję nowych rzeczy, i że będzie musiał iść ze mną. To była subtelna zmiana akcentu, ale wiedziałam, że to jedyny sposób, żeby go skłonić, by mi towarzyszył.

W rzeczywistości ułożyłam szczegółowy plan na najbliższe tygodnie. Każde wydarzenie zaznaczyłam starannie na czarno w kalendarzu, na czerwono spisałam środki ostrożności, jakie powinnam podjąć, na zielono zaś niezbędne akcesoria. Za każdym razem, gdy spoglądałam na tył drzwi, czułam lekki dreszcz podniecenia: po pierwsze, byłam niesłychanie zorganizowana, a po drugie, być może któreś z tych wydarzeń zmieni nastawienie Willa do życia.

Jak stale powtarza tato, moja siostra to mózg naszej rodziny.

Wycieczka do galerii sztuki trwała niecałe dwadzieścia minut, łącznie z trzykrotnym objechaniem kwartału w poszukiwaniu odpowiedniego miejsca do parkowania. Weszliśmy i jeszcze zanim zdążyłam zamknąć za Willem drzwi, stwierdził, że cała wystawa jest koszmarna. Zapytałam dlaczego, na co odparł, że jeśli sama nie widzę, to on mi tego nie wyjaśni. Z kina także musieliśmy zrezygnować, kiedy personel oświadczył przepraszająco, że niestety mają zepsutą windę. Inne, tak jak nieudana próba pójścia na basen, wymagały więcej czasu i organizacji – musiałam wcześniej zadzwonić na pływalnię, umówić dodatkowo Nathana, a potem, kiedy już tam dotarliśmy, w milczeniu wypić termos gorącej czekolady na parkingu aquaparku, kiedy Will stanowczo odmówił wejścia do środka.

Następnego wieczoru, była to środa, poszliśmy na koncert śpiewaczki, której Will kiedyś słuchał na żywo w Nowym Jorku. To był udany wieczór, Will słuchał bardzo skupiony. Zazwyczaj przez większość czasu wydawał się niezupełnie obecny, tak jakby stale jakaś jego część pochłonięta była cierpieniem albo wspomnieniami, albo ponurymi myślami. Ale kiedy słuchał muzyki, było inaczej.

A następnego dnia zabrałam go na degustację wina, w ramach promocji zorganizowanej przez jakąś winnicę w specjalistycznym sklepie z winami. Musiałam obiecać Nathanowi, że nie pozwolę Willowi się upić. Podsuwałam mu pod nos kolejne kieliszki, żeby mógł powąchać, a on wiedział, jakie to wino, zanim jeszcze spróbował. Starałam się nie parsknąć śmiechem, kiedy Will wypluwał wino do kubka (wyglądało to bardzo zabawnie), a on popatrzył na mnie spode łba i powiedział, że jestem kompletną smarkulą. Właściciel sklepu, który początkowo chyba czuł się nieswojo z powodu obecności kogoś na wózku, pod koniec był wyraźnie pod wrażeniem. Usiadł przy nas, zaczął otwierać kolejne butelki i rozmawiać z Willem o szczepach winorośli i regionach, podczas gdy ja snułam się, spoglądając na etykietki, szczerze mówiąc, dość znudzona.

– Chodź tu, Clark. Nauczysz się czegoś – powiedział, dając mi znak głową, żebym usiadła obok niego.

– Nie mogę. Mama mówiła mi, że to nieładnie pluć.

Obaj mężczyźni spojrzeli po sobie, jakby mieli do czynienia z wariatką. Ale Will nie spluwał za każdym razem. Obserwowałam go. I był podejrzanie rozmowny przez resztę popołudnia, łatwo wybuchał śmiechem, i był jeszcze bardziej zadziorny niż zwykle.

A potem, po drodze do domu, gdy jechaliśmy przez część miasta, do której zwykle nie zaglądaliśmy, i utknęliśmy w sznurze samochodów, zerknęłam w bok i zobaczyłam salon tatuażu i piercingu.

– Właściwie to zawsze miałam ochotę na tatuaż – powiedziałam.

Powinnam była wiedzieć, że przy Willu nie należy lekkomyślnie mówić takich rzeczy. On nie rzucał słów na wiatr. Od razu chciał wiedzieć, dlaczego wobec tego nie zrobiłam sobie tatuażu.

– Och... Sama nie wiem. Chyba bałam się, co inni powiedzą.

– Dlaczego? Co by powiedzieli?

– Tata nie znosi tatuaży.

– A ile ty masz lat?

– Patrick też ich nienawidzi.

– A on nigdy nie robi czegoś, co mogłoby ci się nie spodobać.

– Mogłabym dostać klaustrofobii. Albo zacząć żałować, kiedy byłoby za późno.

– Ale wtedy przecież można usunąć tatuaż laserem?

Spojrzałam na niego w tylnym lusterku. W oczach miał rozbawienie.

– No powiedz – nie ustępował. – Co byś sobie wytatuowała?

Zobaczyłam, że się uśmiecha.

– Nie wiem. Na pewno nie węża. Ani nie czyjeś imię.

– No i chyba nie serce z napisem „mama".

– Obiecujesz, że nie będziesz się śmiał?

– Wiesz, że nie mogę tego obiecać. Rany, chyba nie kazałabyś wypisać sobie jakiejś hinduskiej maksymy albo czegoś takiego: „Co mnie nie zabije, to mnie wzmocni", co?

– Nie. Zrobiłabym sobie pszczółkę. Małą, czarno-żółtą pszczółkę. Uwielbiam je.

Skinął głową, jakby to był znakomity pomysł.

– A gdzie byś kazała ją sobie wytatuować? Czy nie powinienem pytać?

Wzruszyłam ramionami.

– Nie wiem. Na ramieniu? Na biodrze?

– Zjedź na bok – poprosił.

– Dlaczego, źle się czujesz?

– Po prostu zjedź. Tam jest miejsce. Patrz, po lewej.

Zaparkowałam przy krawężniku i spojrzałam na niego.

– No to chodźmy – powiedział. – Dziś nie mamy nic lepszego do roboty.

– Ale dokąd?

– Do salonu tatuażu.

Zaczęłam się śmiać.

– Tak. Jasne.

– Dlaczego nie?

– Połykałeś, zamiast wypluwać.

– Nie odpowiedziałaś na moje pytanie.

Odwróciłam się do tyłu. Mówił poważnie.

– Ale nie mogę tak po prostu pójść i zrobić sobie tatuaż, ot tak.

– Dlaczego nie?

– No bo...

– Bo twojemu chłopakowi się to nie podoba. Bo wciąż musisz być grzeczną dziewczynką, chociaż masz dwadzieścia siedem lat. Bo to zbyt przerażające. Daj spokój, Clark. Trzeba korzystać z życia. Co cię powstrzymuje?

Spojrzałam na witrynę salonu tatuażu. W brudnawym oknie widniało wielkie neonowe serce oraz kilka zdjęć Angeliny Jolie oraz Mickeya Rourke.

Głos Willa przerwał moje rozważania.

– Okej. Jeśli zrobisz sobie tatuaż, to ja też każę sobie zrobić.

Znów odwróciłam się do niego.

– Ty zrobiłbyś sobie tatuaż?

– Gdyby to miało cię przekonać, żebyś chociaż na chwilę wyszła ze swojego pudełka.

Zgasiłam silnik. Słuchaliśmy głuchego pomruku mijających nas samochodów.

– Ale to na stałe.

– Wcale nie.

– Patrickowi się nie spodoba.

– Wciąż tak mówisz.

– I pewnie dostaniemy żółtaczki od brudnych igieł. I umrzemy powolną, straszną, bolesną śmiercią. – Odwróciłam się do Willa. – Pewnie nie będą mogli tego zrobić tak na poczekaniu.

– Być może nie. Ale może wejdziemy i sprawdzimy?

Dwie godziny później wyszłyśmy z salonu, ja lżejsza o osiemdziesiąt funtów, z plastrem na biodrze, gdzie jeszcze wysychał tusz. Ponieważ tatuaż był dość niewielki, tatuażysta stwierdził, że da się narysować kontur i wypełnić go kolorem za jednym posiedzeniem. I oto byłam wytatuowana albo, jak by powiedział Patrick, „okaleczona na całe życie". Pod białym opatrunkiem siedział mały pękaty trzmiel, którego wybrałam z laminowanego katalogu ze wzorami, który wręczył mi tatuażysta, kiedy weszłyśmy. Nie mogłam się pozbierać z przejęcia. Wciąż sięgałam, żeby go dotknąć, aż Will powiedział, że mam przestać, bo przesunę opatrunek.

Will, co dziwne, wyglądał na zupełnie wyluzowanego i zadowolonego w tym salonie. Nie wzbudził szczególnego zainteresowania. Powiedzieli, że zdarzało im się już robić tatuaże ludziom na wózkach, może dlatego zachowywali się przy nim tak swobodnie. Zdziwili się, kiedy Will powiedział, że czuje igłę. Przed półtora miesiącem skończyli robić tatuaż innemu sparaliżowanemu mężczyźnie, któremu wytatuowali realistyczną sztuczną kończynę wzdłuż całej nogi.

Tatuażysta z gwoździem w uchu zabrał Willa do drugiego pomieszczenia i z pomocą mojego tatuażysty położył go na specjalnym stole, tak że przez uchylone drzwi widziałam tylko jego nogi. Przez szum elektrycznej igły słyszałam, jak obaj mówią coś półgłosem i śmieją się, czułam też ostry zapach środków do dezynfekcji.

Kiedy poczułam pierwsze ukłucie, zagryzłam wargi, bo nie chciałam, żeby Will słyszał, jak piszczę. Starałam się skupić na tym, co działo się w pokoju obok, podsłuchać, o czym rozmawiają, i zastanawiałam się, co Will każe sobie wytatuować. Kiedy wreszcie pojawił się z powrotem, a i mój tatuaż był gotowy, nie chciał mi pokazać. Podejrzewałam, że to pewnie coś związanego z Alicją.

– Panie Traynorze, ma pan na mnie cholernie zły wpływ – powiedziałam, otwierając samochód i opuszczając rampę. Nie mogłam przestać się uśmiechać.

– Pokaż mi.

Obejrzałam się, po czym odwróciłam i odsłoniłam nieco opatrunek na biodrze.

– Jest super. Podoba mi się twoja pszczółka. Naprawdę.

– Teraz będę musiała przez resztę życia nosić przy rodzicach spodnie z wysoką talią. – Pomogłam mu wprowadzić wózek na rampę i podniosłam ją. – A jeśli twoja mama dowie się, że ty też zrobiłeś sobie tatuaż...

– Mam zamiar jej powiedzieć, że to dziewczyna z domów komunalnych sprowadziła mnie na złą drogę.

– Okej, Traynor, teraz ty pokaż mi swój.

Spojrzał na mnie spokojnie, z lekkim uśmiechem.

– Będziesz musiała założyć mi nowy opatrunek, kiedy dojedziemy do domu.

– Tak jakbym nigdy tego nie robiła. No już. Nie ruszę, zanim mi nie pokażesz.

– No to podnieś mi koszulę. Z prawej. Twojej prawej.

Przechyliłam się przez oparcie i uniosłam mu koszulę, po czym odchyliłam gazę. Na bladej skórze widniał prostokąt w czarno-białe paski, taki mały, że musiałam spojrzeć drugi raz, zanim zrozumiałam, co jest na nim napisane.

„Najlepszy przed: 19 marca 2007"

Patrzyłam nieruchomo na ten napis. Najpierw prawie się roześmiałam, ale potem do oczu napłynęły mi łzy.

– Czy to...

– Data mojego wypadku. Tak. – Podniósł wzrok. – Na miłość boską, tylko mi się tu nie roztkliwiaj, Clark. To miało być śmieszne.

– To jest śmieszne. Śmieszne jak cholera.

– Nathanowi się spodoba. Daj spokój, no nie patrz tak na mnie. Przecież nie zniszczyłem swojego idealnego ciała.

Opuściłam mu koszulę, po czym odwróciłam się, żeby zapalić silnik. Nie wiedziałam, co powiedzieć. Nie wiedziałam, co to wszystko ma znaczyć. Czy pogodził się ze swoim stanem? Czy też to kolejny sposób, by pokazać pogardę dla własnego ciała?

– Clark, zrób mi przysługę – poprosił, gdy miałam już ruszać. – Sięgnij do plecaka. Do tej zapinanej kieszeni.

Zerknęłam w lusterko, po czym znów zaciągnęłam hamulec ręczny. Pochyliłam się nad siedzeniami i zaczęłam zgodnie z jego wskazówkami grzebać w plecaku.

– Chcesz coś przeciwbólowego? – Miałam twarz tuż przy jego twarzy, nie wyglądał tak zdrowo, od kiedy wrócił ze szpitala. – Powinnam coś mieć w...

– Nie. Szukaj dalej.

Wyciągnęłam kawałek papieru i usiadłam z powrotem. To był zwinięty banknot dziesięciofuntowy.

– Proszę bardzo. Dziesiątak na wszelki wypadek.

– No i?

– Jest twój.

– Za co?

– Ten tatuaż. – Uśmiechnął się szeroko. – Aż do momentu, kiedy usiadłaś na krześle u tatuażysty, nie sądziłem nawet przez minutę, że naprawdę się zdecydujesz.

16

Nie wiadomo było, jak rozwiązać ten problem. Obecny system spania po prostu nie działał. W każdy weekend, kiedy Treena przyjeżdżała do domu, rodzina Clarków rozpoczynała długotrwałą nocną zabawę w komórki do wynajęcia. Po kolacji w piątkowy wieczór mama i tato proponowali Treenie swoją sypialnię, a ona się zgadzała, po ich zapewnieniach, że będzie im zupełnie dobrze i że Thomas będzie czuł się znacznie lepiej w znajomym pokoju. Wtedy wszyscy się wyśpią.

Ale skoro rodzice spali na dole, potrzebowali kołdry, poduszek i prześcieradła, ponieważ mama nie mogła zasnąć, jeśli nie posłała sobie łóżka tak, jak lubi. Więc po kolacji razem z Treeną zdejmowały pościel z łóżka rodziców i słały je na nowo, łącznie z podkładką na materac, w razie gdyby Thomasowi przydarzył się w nocy mały wypadek. Tymczasem poskładaną pościel rodziców układano w rogu salonu, gdzie Thomas nurkował w niej i naciągał prześcieradła na krzesła, żeby zrobić sobie namiot.

Dziadek też proponował swój pokój, ale nikt nie skorzystał z jego hojności. Pachniało tam żółknącymi egzemplarzami „Racing Post" oraz tytoniem Old Holborn i trzeba by całego weekendu, żeby posprzątać. Ja miałam poczucie winy – w końcu to wszystko przeze mnie – ale jednocześnie nie chciałam proponować, że wrócę do klitki. Ten pokoik bez okien prześladował mnie niczym widmo. Na samą myśl, że znów miałabym tam spać, aż mnie coś ściskało w środku. Mam dwadzieścia siedem lat. Jestem głównym żywicielem rodziny. Nie mogę spać w czymś, co właściwie jest szafą.

Kiedy pewnego weekendu Patrick zaproponował mi, żebym spała u niego, wyglądało na to, że wszyscy czują skrywaną ulgę. Ale kiedy mnie nie było, Thomas zapaprał lepkimi paluszkami rolety i pomazał mi narzutę niedającym się sprać flamastrem, a wtedy mama i tato postanowili, że najlepiej jeśli oni będą spać w moim pokoju, a Treena i Thomas zajmą ich sypialnię, gdzie plama tu czy tam najwyraźniej nie miała znaczenia.

Jednak kiedy wzięło się pod uwagę dodatkowe ubieranie pościeli i pranie, mama sama przyznała, że moje nocowanie w piątki i soboty u Patricka niewiele pomoże.

A poza tym był jeszcze Patrick. Patrick był teraz człowiekiem ogarniętym obsesją. Xtreme Viking stało się całym jego życiem. Jego mieszkanie, przedtem oszczędnie umeblowane i nienagannie schludne, obwieszone było programami treningów i planami diety. Kupił też sobie nowy lekki rower, który mieszkał na korytarzu i którego nie wolno mi było nawet dotknąć, bo jeszcze zaburzyłabym jego subtelnie wyważone, ultralekkie wyścigowe właściwości.

Poza tym rzadko bywał w domu, nawet w piątkowe czy sobotnie wieczory. Gdy dołożyć do tego jego treningi i moją pracę, wyglądało na to, że zaczynamy się przyzwyczajać do spędzania ze sobą coraz mniej czasu. Mogłam pójść z nim na bieżnię i patrzeć, jak biega w kółko, dopóki nie zaliczy koniecznego dystansu, albo zostać w domu i oglądać samotnie telewizję, zwinięta w rogu jego wielkiej skórzanej kanapy. W lodówce nie było jedzenia, oprócz pokrojonej na paski piersi indyka oraz paskudnych napojów energetycznych o konsystencji skrzeku. Spróbowałyśmy ich kiedyś z Treeną i wyplułyśmy natychmiast, krztusząc się teatralnie jak dzieci.

Prawda była taka, że nie lubiłam mieszkania Patricka. Kupił je przed rokiem, kiedy wreszcie uznał, że jego mama poradzi sobie bez niego. Jego firma nieźle prosperowała i, jak mi powiedział, to ważne, żeby jedno z nas wreszcie miało coś na własność. Myślałam, że to mogłaby być okazja do rozmowy o tym, czy zamieszkamy razem, ale jakoś do niej nie doszło, a żadne z nas nie lubi poruszać drażliwych tematów. W rezultacie w tym mieszkaniu nie było nic mojego, chociaż już tyle lat byliśmy razem. Nigdy nie zdobyłam się, żeby mu to powiedzieć, ale wolałabym raczej mieszkać w swoim domu, z całym jego hałasem i gwarem, niż w tej bezdusznej, pozbawionej charakteru kawalerce, z przypisanymi miejscami do parkowania i luksusowym widokiem na zamek.

A poza tym czułam się tu dość samotnie.

– Muszę się trzymać rozpiski, kochanie – powiedziałby, gdybym mu się poskarżyła. – Jeśli zrobię mniej niż dwadzieścia trzy mile na tym etapie, nigdy nie nadgonię harmonogramu.

Potem informował mnie o bieżącym stanie swoich goleni albo prosił, żebym podała mu spray rozgrzewający.

Kiedy nie trenował, odbywał niekończące się spotkania z innymi członkami zespołu, porównując sprzęt i ustalając szczegóły wyjazdu. Odnosiłam wrażenie, jakby rozmawiali po koreańsku. Nie miałam pojęcia, o czym mówią, ani też wielkiej ochoty, żeby się dowiedzieć.

Miałam jechać z nimi do tej całej Norwegii za siedem tygodni. Nie wiedziałam, jak powiedzieć Patrickowi, że nie prosiłam jeszcze Traynorów o urlop. Ale jak miałabym to zrobić? Wyścig Xtreme Viking odbywał się akurat na dwa tygodnie przed końcem mojej umowy. Myślę, że unikanie tego problemu było dziecinne z mojej strony, ale tak naprawdę przed oczami miałam tylko Willa i tykający zegar. Właściwie nic więcej się nie liczyło.

Poza tym, jak na ironię, nie spało mi się dobrze u Patricka. Nie wiem, na czym to polegało, ale kiedy szłam stamtąd do pracy, czułam się, jakbym mówiła przez szklany słoik, i wyglądała, jakby ktoś mi podbił oboje oczu. Zaczęłam maskować cienie pod oczami, nakładając grubą warstwę korektora, niedbale, jakbym tynkowała ściany.

– Co się dzieje, Clark? – zapytał Will.

Otworzyłam oczy. Był tuż obok mnie, spoglądał na mnie z przechyloną głową. Chyba patrzył tak już od jakiegoś czasu. Odruchowo sięgnęłam ręką do ust, na wypadek gdybym się śliniła.

Oglądaliśmy film, ale teraz na ekranie przesuwały się wolno napisy końcowe.

– Nic. Przepraszam. Po prostu ciepło tutaj. – Usiadłam prosto.

– Zasnęłaś po raz drugi w ciągu trzech dni. – Przyjrzał mi się uważnie. – I wyglądasz okropnie.

No to mu powiedziałam. O mojej siostrze, o systemie spania u nas w domu i o tym, że nie chcę robić problemu, bo za każdym razem, kiedy patrzę na tatę, widzę jego ledwo skrywaną rozpacz, że nie był w stanie nawet zapewnić rodzinie domu, w którym moglibyśmy wszyscy się wyspać.

– Wciąż nic sobie nie znalazł?

– Nie. Myślę, że to przez jego wiek. Ale nie rozmawiamy o tym. To jest... – wzruszyłam ramionami – zbyt krępujące dla wszystkich.

Poczekaliśmy, aż film się skończy, po czym podeszłam do odtwarzacza, wyjęłam płytę i schowałam do pudełka. Czułam, że nie powinnam opowiadać Willowi o naszych problemach. Wydawały się zawstydzająco trywialne w porównaniu z jego sytuacją.

– Jakoś przywyknę – powiedziałam. – Wszystko się ułoży. Naprawdę.

Will wydawał się bardzo czymś pochłonięty przez resztę popołudnia. Pozmywałam, po czym przyszłam ustawić mu komputer. Kiedy przyniosłam mu coś do picia, odwrócił wózek w moją stronę.

– To bardzo proste – oświadczył, tak jakbyśmy ani na chwilę nie przerywali rozmowy. – Możesz tu nocować w weekendy. Jeden pokój stoi pusty.

Zatrzymałam się z kubkiem w ręku.

– Nie mogę tego zrobić.

– Dlaczego nie? Nie będę ci płacił za nadgodziny.

Wstawiłam kubek w uchwyt.

– Ale co sobie pomyśli twoja mama?

– Nie mam pojęcia.

Musiałam wyglądać na zakłopotaną, ponieważ dodał:

– Nie musisz się obawiać. Nic ci nie grozi.

– Co?

– Jeśli się martwisz, że podstępnie knuję, jak by cię tu uwieść, możesz mi po prostu wyciągnąć wtyczkę.

– Bardzo śmieszne.

– Poważnie. Pomyśl o tym. To może być plan awaryjny. Sytuacja może się zmienić szybciej, niż myślisz. Twoja siostra uzna, że nie chce przyjeżdżać do domu na każdy weekend. Albo może kogoś pozna. Milion rzeczy może się zmienić.

A ciebie być może już tu nie będzie za dwa miesiące, pomyślałam i natychmiast znienawidziłam się za tę myśl.

– Powiedz mi coś – odezwał się, kiedy już miał zamiar wyjechać z pokoju. – A dlaczego Pan Maratończyk nie zaproponował ci, żebyś nocowała u niego?

– Ależ zaproponował – odparłam.

Spojrzał na mnie, jakby miał ochotę zapytać jeszcze o coś. Ale najwyraźniej zmienił zdanie.

– Tak jak powiedziałem – wzruszył ramionami. – Oferta jest aktualna.

To jest lista rzeczy, które lubił Will:

1. Oglądanie filmów, zwłaszcza zagranicznych z napisami. Co jakiś czas dawał się namówić na thriller albo nawet na melodramat, ale przy komediach romantycznych mówił stop. Jeśli odważyłam się jakąś wypożyczyć, przez całe 120 minut wydawał z siebie pogardliwe prychnięcia albo zwracał mi uwagę na wyświechtane pomysły scenarzystów, aż w końcu nie miałam już z tego żadnej przyjemności.

2. Słuchanie muzyki klasycznej. Strasznie dużo o niej wiedział. Lubił też muzykę współczesną, ale jego zdaniem jazz to głównie pretensjonalne bzdury. Kiedy któregoś popołudnia zobaczył zawartość mojej empetrójki, śmiał się tak bardzo, że niemal wypadła mu jedna z jego rurek.

3. Siedzenie w ogrodzie, teraz, kiedy było ciepło. Czasem stałam przy oknie i patrzyłam, jak siedzi z odchyloną głową, ciesząc się promieniami słońca. Kiedy powiedziałam coś o tym, że potrafi siedzieć spokojnie i cieszyć się chwilą – sztuka, której ja nigdy nie opanowałam – odparł, że jeśli nie możesz ruszyć ręką ani nogą, nie masz wielkiego wyboru.

4. Zmuszanie mnie do czytania książek albo czasopism, a potem rozmawianie o nich. „Wiedza to władza, Clark" – mawiał. Z początku tego nie znosiłam, czułam się jak w szkole, jakby ktoś sprawdzał, jak dobrą mam pamięć. Ale po jakimś czasie zdałam sobie sprawę, że zdaniem Willa nie ma złych odpowiedzi. Właściwie to lubił, kiedy się z nim nie zgadzałam. Pytał mnie, co sądzę na temat jakiejś informacji w gazecie, spierał się ze mną o postacie z książek. Wydawało się, że na każdy temat ma swoje zdanie – na temat tego, co robi rząd, czy jedna firma powinna wykupić drugą, czy ktoś powinien pójść do więzienia. Jeśli uważał, że nie chce mi się myśleć albo że po prostu

powtarzam opinie rodziców lub Patricka, mówił beznamiętnie: „Nie. To nie wystarczy". Jeśli mówiłam, że nie mam o czymś pojęcia, wyglądał na bardzo rozczarowanego, starałam się więc go ubiec i czytałam gazetę jeszcze w autobusie. „Słuszna uwaga, Clark" – mówił, a ja wtedy promieniałam. A potem ganiłam sama siebie za to, że znów mu pozwalam, żeby traktował mnie protekcjonalnie.

5. Golenie. Teraz co drugi dzień nakładałam mu piankę do golenia i goliłam, żeby wyglądał przyzwoicie. Jeśli akurat nie czuł się źle, odchylał się na oparciu, przymykał oczy, a na jego twarzy pojawiał się wyraz niemal błogości. Może tylko tak mi się wydawało. Może widziałam to, co chciałam zobaczyć. Ale zupełnie się nie odzywał, podczas gdy ja ostrożnie wodziłam ostrzem po jego podbródku, wyrównując i skrobiąc, a kiedy otwierał oczy, jego spojrzenie łagodniało, jak u kogoś, kto budzi się z przyjemnego snu. Trochę się opalił, bo więcej przebywał na dworze. Maszynki do golenia trzymałam wysoko w szafce łazienkowej, schowane za wielką butlą odżywki do włosów.

6. Być facetem. Zwłaszcza z Nathanem. Niekiedy, przed wieczornymi zabiegami, siadali na końcu ogrodu i Nathan otwierał kilka piw. Czasem słyszałam, jak rozmawiają o rugby albo żartują z jakiejś laski widzianej w telewizji; Will zachowywał się wtedy zupełnie inaczej niż zwykle. Ale rozumiałam, że jest mu to potrzebne, potrzebował kogoś, przy kim mógłby po prostu być facetem robiącym to, co robią faceci. To była odrobina normalności w jego dziwnym, odosobnionym życiu.

7. Rzucanie uwag na temat tego, jak jestem ubrana. A właściwie unoszenie brwi na widok mojego stroju. Poza czarno-żółtymi rajstopami. Kiedy dwa razy w nich przyszłam, nic nie powiedział, tylko skinął głową, tak jakby wreszcie coś było tak jak trzeba.

– Widziałaś kiedyś w mieście mojego tatę.
– Och. Tak. – Akurat rozwieszałam pranie. Sznur do bielizny ukryty był w czymś, co pani Traynor nazywała ogródkiem kuchennym. Myślę, że nie chciała, by coś tak przyziemnego jak pranie skaziło widok jej rabatki obsadzonej roślinami wieloletnimi. Moja mama wywieszała pranie niemal jak sztandar. To było jak wyzwanie rzucone sąsiadkom: „Spróbujcie mi dorównać, moje panie!". Tacie udało się ją jedynie powstrzymać od postawienia drugiej obrotowej suszarki od frontu.
– Pytał mnie, czy coś mówiłaś na ten temat.

– Och – starałam się zrobić obojętną minę. A potem, ponieważ on jakby na coś czekał, powiedziałam: – Najwyraźniej nie.

– Czy był z kimś?

Włożyłam ostatnią klamerkę to torebki, a torebkę do pustego kosza na pranie. Odwróciłam się do niego.

– Z kobietą?

– Tak.

– Rudą?

– Tak.

Will zastanawiał się dłuższą chwilę.

– Przepraszam, jeśli sądzisz, że powinnam była ci powiedzieć – odezwałam się. – Ale wydawało mi się, że to nie moja sprawa.

– Poza tym takie rozmowy nigdy nie są łatwe.

– Nie.

– Jeśli to jakaś pociecha, Clark, to nie był pierwszy raz – powiedział, po czym odjechał w stronę domu.

Deirdre Bellows musiała powtórzyć moje imię dwukrotnie, zanim podniosłam głowę. Bazgrałam w notesie nazwy miejsc i pytania, za i przeciw, i właściwie zapomniałam, że jestem w autobusie. Próbowałam wymyślić, jak by tu wyciągnąć Willa do teatru. W zasięgu dwugodzinnej jazdy samochodem był tylko jeden, który wystawiał stary jak świat musical *Oklahoma*. Trudno było wyobrazić sobie Willa, jak kiwa głową do taktu piosenki *Och, jakiż cudny poranek*, ale wszystkie poważne teatry były w Londynie. A wyprawa do Londynu wciąż wydawała się czymś poza zasięgiem.

Udawało mi się wyciągnąć Willa z domu, ale wykorzystaliśmy już prawie wszystko, co było dostępne w odległości godzinnej jazdy samochodem, a ja nie miałam pojęcia, jak go namówić, żebyśmy wypuścili się gdzieś dalej.

– Zatopiona w swoim świecie, co?

– Och, cześć, Deirdre. – Przesunęłam się na siedzeniu, żeby zrobić jej miejsce.

Deirdre przyjaźniła się z moją mamą, od kiedy były dziewczynkami. Miała sklep z tkaninami dekoracyjnymi i trzy razy się rozwodziła. Jej włosy były gęste jak peruka, a twarz mięsista i smutna, jakby stale dumała tęsknie o rycerzu na białym koniu, który przybędzie, żeby ją stąd zabrać.

– Zwykle nie jeżdżę autobusem, ale oddałam samochód do naprawy. Co u ciebie? Mama opowiadała mi o twojej pracy. Wygląda bardzo ciekawie.

Tak to jest, jak się dorasta w małym miasteczku. Całe twoje życie jest jak na tacy. Nic nie da się ukryć – ani tego, że jako czternastolatka zostałam przyłapana na paleniu papierosów na parkingu supermarketu za miastem, ani tego, że tato położył nowe kafelki w toalecie na dole. Detale codziennego życia były towarzyską walutą dla kobiet takich jak Deirdre.

– Tak, to dobra praca.

– I dobrze płatna.

– Tak.

– Ucieszyłam się, że znalazłaś sobie coś takiego po tej całej kawiarni. Szkoda, że ją zamknęli. Za chwilę zamkną wszystkie potrzebne sklepy w tym mieście. Pamiętam, kiedy na głównej ulicy był sklep warzywniczy, piekarnia i mięsny. Akurat była nam potrzebna wytwórnia świec!

– Hm. – Zobaczyłam, że zerka na moją listę, i zamknęłam notes. – Ale nadal trzeba gdzieś kupować zasłony. Jak tam sklep?

– Nieźle, dziękuję. A co to takiego? Coś związanego z pracą?

– Wymyślam rzeczy, które może Will chciałby robić.

– Czy to ten niepełnosprawny?

– Tak. Mój szef.

– Twój szef. Ładnie to ujęłaś. – Szturchnęła mnie. – A jak twoja mądra siostra radzi sobie na uczelni?

– Dobrze. Thomas też.

– Zobaczysz, ona jeszcze kiedyś będzie rządzić tym krajem. Muszę ci powiedzieć, Louisa, że zawsze mnie dziwiło, że ty nie wyjechałaś wcześniej. Zawsze myśleliśmy, że taka bystra z ciebie dziewuszka. Nadal zresztą tak uważamy.

Uśmiechnęłam się uprzejmie, bo nie wiedziałam, co powiedzieć.

– Ale cóż. Ktoś to musi robić, prawda? Wasza mama na pewno się cieszy, że jedna z was postanowiła zostać w domu.

Chciałam zaprzeczyć, ale potem dotarło do mnie, że przez ostatnie siedem lat nie robiłam niczego, co sugerowałoby, że mam ambicję czy pragnienie wyruszyć gdzieś dalej niż poza naszą ulicę. Siedziałam, słuchając, jak zmęczony życiem silnik autobusu rzęzi i dygocze, i nagle poczułam, że czas ucieka, że całe jego kawały tracę na swoje małe podróże w tę i z powrotem, po tej samej trasie. Dookoła zamku. Albo gdy patrzę, jak Patrick robi kolejne okrążenia na bieżni. Codziennie te same małe problemy. Te same gesty.

– No dobrze. Ja tu wysiadam. – Deirdre obok mnie podniosła się ciężko, zakładając na ramię zamykaną na zameczek torebkę. – Przekaż mamie pozdrowienia. Powiedz jej, że wpadnę jutro.

Spojrzałam na nią, mrugając oczami.

– Zrobiłam sobie tatuaż – powiedziałam nagle. – Pszczołę.

Zatrzymała się, chwytając się oparcia.

– Na biodrze. Prawdziwy tatuaż. Na stałe.

Deirdre spojrzała w stronę drzwi autobusu. Wyglądała na nieco zaskoczoną, po czym uśmiechnęła się do mnie, chcąc chyba dodać mi otuchy.

– To bardzo ładnie, Louisa. Tak jak mówiłam, przekaż mamie, że wpadnę jutro.

Codziennie, kiedy Will oglądał telewizję albo był zajęty czymś innym, siadałam do jego komputera, szukając magicznego wydarzenia, które mogłoby go uszczęśliwić. Ale czas płynął, a tymczasem wyglądało na to, że moja lista rzeczy, których nie możemy zrobić, miejsc, do których nie możemy pojechać, zaczyna być znacznie dłuższa niż lista tego, co mogli-byśmy zrobić. Wróciłam wtedy na strony z czatami i zapytałam o radę.

„Ha!" – napisał Ritchie. – „Witaj w naszym świecie, Pszczółko".

Z rozmowy, która się wywiązała, dowiedziałam się, że z upijaniem się na wózku wiążą się różnorakie zagrożenia, w tym katastrofy z ka-teterem, przewracanie się o krawężnik i to, że równie pijani kumple mogą cię odwieźć do cudzego domu. Dowiedziałam się, że sprawni pomocnicy przydają się wszędzie mniej więcej tak samo, ale Paryż wskazywano jako jedno z najmniej przyjaznych wózkowiczom miejsc na ziemi. To było rozczarowujące, ponieważ jakaś mała, optymistyczna część mnie wciąż miała nadzieję, że uda nam się tam pojechać.

Zaczęłam więc układać kolejną listę – rzeczy, których nie da się zrobić ze sparaliżowanym człowiekiem na wózku.

1. Jazda metrem (na większości stacji nie ma wind), co wykluczało poruszanie się po większej części Londynu, chyba że bylibyśmy gotowi płacić za taksówki.

2. Pójście na basen bez dodatkowej pomocy, pod warunkiem że woda będzie na tyle ciepła, że Will nie dostanie natychmiast dreszczy. Nawet szatnie dla niepełnosprawnych nie na wiele się przydadzą bez podnośnika. Nie mówiąc o tym, że Will i tak nie dałby się na niego wsadzić.

3. Pójście do kina, chyba że mielibyśmy miejsce z przodu i że Will akurat tego dnia nie ma zbyt silnych skurczów. Ostatnie dwadzieścia minut filmu *Okno na podwórze* spędziłam na czworakach, próbując pozbierać popcorn, który rozsypał się na wszystkie strony, kiedy Willowi niespodziewanie drgnęło kolano.

4. Pójście na plażę, chyba że ma się wózek z grubymi kołami. Will nie miał.

5. Podróż samolotem, jeśli wszystkie miejsca dla niepełnosprawnych są już zajęte.

6. Wyprawa na zakupy, chyba że we wszystkich sklepach są wymagane przepisami rampy. Właściciele sklepów wokół zamku wykręcali się tym, że mieszczą się w zabytkowych budynkach i dlatego nie mogą ich zainstalować. Czasem nawet mówili prawdę.

7. Wyjazd gdziekolwiek, gdzie jest za gorąco albo za zimno (problem regulacji temperatury).

8. Wyjazd gdziekolwiek pod wpływem impulsu (trzeba zapakować bagaże i dwa razy sprawdzić, czy da się wszędzie wejść).

9. Wyjście do restauracji, jeśli osoba na wózku nie lubi być karmiona publicznie albo – w zależności od sytuacji z kateterem – jeśli do łazienki w restauracji idzie się po schodach.

10. Długa podróż pociągiem (wyczerpujące, poza tym nie da się załadować ciężkiego wózka z silnikiem do pociągu bez dodatkowej pomocy).

11. Wyjście do fryzjera, jeśli padało (wszystkie włosy przylepiały się do kółek wózka. Co dziwne, oboje nas aż mdliło na ten widok).

12. Odwiedziny u kogoś, chyba że dysponuje on rampą dla wózków. W większości domów są schody. Większość ludzi nie ma ramp. Nasz dom był rzadkim wyjątkiem. Poza tym Will i tak twierdził, że nie ma ochoty z nikim się widzieć.

13. Zejście ze wzgórza pod zamkiem podczas ulewy (hamulce nie zawsze działają, a wózek jest za ciężki, żebym dała radę go utrzymać).

14. Wyjazd gdziekolwiek, gdzie można się spodziewać pija-

nych ludzi. Will działał na nich jak magnes. Przykucali, dmuchając mu w twarz oparami alkoholu, i patrzyli na niego ze współczuciem wielkimi oczami. Czasem naprawdę próbowali dokądś go zawieźć.

15. Wyjście gdziekolwiek, gdzie może być tłum. To oznaczało, że w miarę jak nadchodziło lato, wycieczki dookoła zamku były coraz trudniejsze, a połowa miejsc, do których, jak sądziłam, moglibyśmy się wybrać – jarmarki, teatr w plenerze, koncerty – odpadała.

Kiedy, gorączkowo szukając pomysłów, zapytałam obecnych na czacie ludzi na wózkach o coś, co najbardziej na świecie chcieliby zrobić, odpowiedź niemal zawsze brzmiała: „Uprawiać seks". Dostarczali mi także wielu szczegółów, o które wcale nie prosiłam.

Ale generalnie niewiele mi pomogli. Zostało mi tylko osiem tygodni, a mnie skończyły się pomysły.

Kilka dni po naszej rozmowie przy suszącym się praniu wróciłam do domu i zobaczyłam, że tato stoi na korytarzu. To już samo w sobie było niezwykłe (przez ostatnie kilka tygodni w ciągu dnia prawie nie ruszał się z kanapy, rzekomo dotrzymując dziadkowi towarzystwa), ale on na dodatek miał na sobie wyprasowaną koszulę, ogolił się, a korytarz wypełniał aromat Old Spice'a. Jestem prawie pewna, że przechowywał tę butelkę od jakiegoś 1974 roku.

– O, jesteś.

Zamknęłam za sobą drzwi.

– Jestem.

Byłam zmęczona i niespokojna. Przez całą drogę do domu rozmawiałam przez komórkę z agentem z biura podróży o tym, dokąd mogłabym zabrać Willa, ale do niczego nie doszliśmy. Chciałam wywieźć go gdzieś dalej. Ale nigdzie w odległości większej niż pięć mil od zamku chyba nie było takiego miejsca, do którego rzeczywiście chciałby pojechać.

– Nie pogniewasz się, jeśli zostawimy cię samą dziś wieczorem?

– Jasne, nie ma sprawy. Mogę potem pójść z Patrickiem do pubu. A dlaczego? – Powiesiłam płaszcz na wolnym haczyku.

Na wieszaku zrobiło się pusto, odkąd zniknęły z niego ubrania Treeny i Thomasa.

– Zabieram twoją mamę na kolację.

Dokonałam w myślach szybkich obliczeń.

– Czyżbym przegapiła jej urodziny?

– Nie. Świętujemy – ściszył głos, jakby to był sekret. – Dostałem pracę.

– Niemożliwe! – dopiero teraz to dostrzegłam, z jego ramion nareszcie spadł ciężar. Stał wyprostowany, marszcząc twarz w uśmiechu. Wyglądał jakby nagle odmłodniał o kilka lat.

– Tato, to fantastyczne.

– Wiem. Twoja mama jest w siódmym niebie. A wiesz, że przez ostatnie miesiące było jej ciężko, Treena wyjechała, dziadek i tak dalej. Więc chcę ją dokądś zabrać dziś wieczorem, niech się trochę rozerwie.

– A co to za praca?

– Będę szefem konserwatorów. Na zamku.

Zamrugałam oczami.

– Ale to...

– Pan Traynor. To prawda. Zadzwonił do mnie i powiedział, że szuka kogoś, a ten twój Will powiedział mu, że jestem wolny. Poszedłem tego samego popołudnia i pokazałem mu, co potrafię, no i jestem na miesięcznym okresie próbnym. Zaczynam w sobotę.

– Będziesz pracował u ojca Willa?

– Powiedział, że muszę przejść okres próbny, żeby wszystko było zgodnie z procedurami, ale stwierdził, że nie widzi powodu, żebym miał nie dostać tej pracy.

– To... to fantastycznie – powiedziałam. Ta wiadomość dziwnie wytrąciła mnie z równowagi. – Nawet nie wiedziałam, że kogoś tam szukają.

– Ja też nie. Ale to świetnie. To facet, któremu zależy na jakości. Rozmawiałem z nim o zielonym dębie, a on pokazał mi coś, co robił mój poprzednik. Nie uwierzyłabyś. Po prostu szok. Powiedział, że jest pod dużym wrażeniem mojej roboty.

Tak ożywionego taty nie widziałam od wielu miesięcy.

Przyszła mama. Umalowała usta i włożyła najlepsze buty na obcasie.

– Będzie miał do dyspozycji furgonetkę. I dobrze płacą, Lou. Nawet trochę więcej niż w fabryce mebli.

Patrzyła na niego jak na bohatera. Kiedy odwróciła się do mnie, z jej miny wynikało, że ja powinnam patrzeć tak samo. Mama potrafiła przekazać wyrazem twarzy milion różnych rzeczy, a teraz chciała dać mi do zrozumienia, że ta chwila należy do mojego taty.

– To wspaniale, tato. Naprawdę! – Podeszłam i uściskałam go.

– Właściwie to powinnaś podziękować Willowi. Równy z niego gość. Jestem cholernie wdzięczny, że o mnie pomyślał.

Słuchałam, jak wychodzą z domu, jak mama jeszcze grzebie się przed lustrem w hallu, a tato zapewnia ją, że wygląda pięknie, tak jak jest, i klepie się po kieszeniach, sprawdzając, czy ma kluczyki, portfel, i jak śmieją się razem. A potem drzwi się zamknęły, usłyszałam pomruk odjeżdżającego samochodu. Teraz słychać już było tylko telewizor w pokoju dziadka. Usiadłam na schodach. A potem wyciągnęłam telefon i wybrałam numer Willa.

Odebrał po dłuższej chwili. Wyobraziłam go sobie, jak podjeżdża do urządzenia pozwalającego rozmawiać bez użycia rąk i wciska guzik kciukiem.

– Tak, słucham?

– Czy to twoja sprawka?

Milczał przez chwilę.

– To ty, Clark?

– Czy to ty załatwiłeś pracę mojemu tacie?

Wydawało się, jakby miał problemy z oddychaniem. Pomyślałam, czy aby siedzi prosto na wózku.

– Myślałem, że się ucieszysz.

– Cieszę się. Tylko... sama nie wiem. Dziwnie się czuję.

– Nie powinnaś. Twój tata potrzebował pracy. Mój potrzebował fachowego konserwatora.

– Naprawdę? – Trudno mi było ukryć powątpiewanie.

– Co?

– To nie ma nic wspólnego z tym, o co pytałeś mnie któregoś dnia? Z nim i tamtą kobietą?

Milczał dłuższą chwilę. Wyobrażałam go sobie, jak siedzi w salonie, patrząc przez wysokie okna.

Potem odezwał się jakby z wahaniem.

– Myślisz, że zaszantażowałem swojego ojca, żeby dał twojemu pracę?

To rzeczywiście byłoby naciągane.

Usiadłam znów.

– Przepraszam. Nie wiem. To po prostu dziwne. Tak się zbiegło w czasie. Dziwny zbieg okoliczności.

– No więc ciesz się, Clark. To dobra wiadomość. Twój tato świetnie sobie poradzi. A to oznacza... – zawahał się.

– Co to oznacza?

– ...że pewnego dnia będziesz mogła wyjechać i rozwinąć skrzydła, nie martwiąc się o to, jak twoi rodzice poradzą sobie bez ciebie.

Czułam się tak, jakby walnął mnie w brzuch. Całe powietrze uszło mi z płuc.

– Lou?

– Tak?

– Okropnie jesteś milcząca.

– Ja... – przełknęłam ślinę. – Przepraszam. Coś mnie rozproszyło. Dziadek mnie woła. Ale tak. Dzięki, że się za nim wstawiłeś. – Musiałam odłożyć słuchawkę. Bo nie wiadomo skąd w moim gardle pojawiła się wielka gula i nie byłam pewna, czy uda mi się powiedzieć cokolwiek więcej.

Poszłam do pubu. Powietrze było aż gęste od zapachu kwitnących drzew, a ludzie na ulicy uśmiechali się, gdy ich mijałam. Ale ja nie mogłam się zdobyć na uśmiech. Wiedziałam, że nie mogę zostać w domu, sam na sam z myślami. Całą drużynę Pogromców Triatlonu znalazłam w ogródku piwnym, przy zsuniętych razem stołach w rogu, otoczonych różową plątaniną żylastych ramion i nóg. Kilka osób (ale nie kobiety) uprzejmie skinęło mi głową, a Patrick wstał i zrobił mi miejsce obok siebie. Zdałam sobie sprawę, że bardzo brakuje mi Treeny.

Ogródek wypełniała specyficznie angielska mieszanina porykujących studentów i akwizytorów po pracy, w koszulach z podwiniętymi rękawami. Przychodzili tu też chętnie turyści, więc oprócz angielskiego słyszało się też inne języki i akcenty – włoski, francuski, amerykański. Z zachodniego muru widać było zamek i tak jak każdego lata turyści ustawiali się w kolejkach, żeby zrobić sobie zdjęcie z zabytkiem w tle.

– Nie spodziewałem się, że przyjdziesz. Chcesz się czegoś napić?

– Za chwilę. – Chciałam tylko usiąść, oprzeć głowę o jego ramię. Chciałam czuć się tak jak kiedyś: zwyczajnie, beztrosko. Chciałam nie myśleć o śmierci.

– Dziś pobiłem swój rekord. Piętnaście mil w zaledwie siedemdziesiąt dziewięć i dwie dziesiąte minuty.

– To świetnie.

– Zaraz odlecisz jak rakieta – powiedział ktoś.

Patrick zacisnął pięści niczym na manetkach motocykla i wydał dźwięk, jakby dodawał gazu.

– To super. Naprawdę. – Udawałam, że się cieszę.

Wypiłam piwo, potem kolejne. Słuchałam, jak rozmawiają o dystansie, o obtartych kolanach i pływaniu w zimnej wodzie. Wyłączyłam się i obserwowałam innych ludzi w pubie, zastanawiając się nad ich życiem. Na pewno w rodzinie każdego z nich były różne doniosłe wydarzenia – dzieci kochane i utracone. Mroczne tajemnice, wielkie radości i tragedie. Jeśli oni mogli zapomnieć o tym na chwilę i po prostu cieszyć się ciepłym wieczorem w pubie, to pewnie ja też mogę.

A potem powiedziałam Patrickowi, że tato dostał pracę. Zrobił taką minę, jaką pewnie ja miałam wcześniej. Musiałam powtórzyć, żeby mógł być pewny, że dobrze usłyszał.

– Czyli... wszystko w rodzinie. Teraz oboje dla niego pracujecie.

Chciałam mu wtedy powiedzieć, naprawdę chciałam. Chciałam mu wyjaśnić, ile rzeczy wiąże się z moją walką o to, żeby Will żył dalej. Że boję się, że Will chyba próbuje kupić mi wolność. Ale wiedziałam, że nie mogę nic mu powiedzieć.

– Yyy... to nie wszystko. Zaproponował, że mogę u niego nocować, kiedy chcę, w pokoju gościnnym. To by rozwiązało cały problem z łóżkami u nas w domu.

Patrick spojrzał na mnie.

– Masz zamiar u niego nocować?

– Czemu nie. To miła propozycja, Pat. Wiesz, jak ostatnio u nas jest. A ciebie nigdy nie ma. Lubię do ciebie przychodzić, ale... jeśli mam być szczera, nie czuję się tam jak w domu.

Wciąż się we mnie wpatrywał.

– W takim razie zrób z tego dom.

– Co?

– Wprowadź się. Urządź. Przywieź swoje rzeczy, ubrania. Już pora, żebyśmy zamieszkali razem.

Dopiero później, kiedy się nad tym zastanowiłam, zdałam sobie sprawę, że mówił to z bardzo nieszczęśliwą miną. Nie jak ktoś, kto w końcu doszedł do wniosku, że nie może żyć bez swojej dziewczyny przy boku, i chce, byśmy nareszcie zaczęli prowadzić radosne wspólne życie. Wyglądał raczej jak ktoś przyparty do ściany.

– Naprawdę chcesz, żebym się wprowadziła?

– Tak. Jasne. – Potarł ucho. – To znaczy nie mówię, żebyśmy zaraz brali ślub. Ale to by chyba było sensowne, prawda?

– Ale z ciebie romantyk.

– Naprawdę tak myślę, Lou. Już pora. Pewnie już od dawna była pora, ale ja chyba wciąż byłem czymś zajęty. Wprowadź się. Będzie dobrze. – Przytulił mnie. – Naprawdę będzie dobrze.

Pogromcy Triatlonu wokół nas grzecznie podjęli rozmowy. Rozległy się radosne okrzyki grupy japońskich turystów, którzy zrobili sobie takie zdjęcie, jakie chcieli. Ptaki śpiewały, zachodziło słońce, ziemia się kręciła. Chciałam być tego częścią, a nie tkwić w pogrążonym w ciszy pokoju, martwiąc się o człowieka na wózku.

– Tak – powiedziałam. – Będzie dobrze.

17

Najgorsze w pracy opiekuna wcale nie jest to, o czym można by pomyśleć. Wcale nie dźwiganie i mycie, leki, waciki i słaby, ale zawsze jakoś wyczuwalny zapach środków dezynfekcyjnych. Nawet nie to, że większość ludzi sądzi pewnie, że zajmujesz się czymś takim, bo do niczego lepszego się nie nadajesz. Najgorszy jest fakt, że kiedy spędza się cały dzień naprawdę blisko z kimś, nie da się uciec od jego nastrojów. Ani swoich własnych.

Will przez całe rano zachowywał rezerwę wobec mnie, od kiedy powiedziałam mu o swoich planach. Ktoś z zewnątrz pewnie nic by nie zauważył, ale mniej żartowaliśmy, rozmawialiśmy mniej swobodnie. Nie pytał mnie o nic poza tym, co w gazetach.

– Naprawdę tego chcesz? – Zobaczyłam błysk w jego oczach, ale twarz nie zdradzała niczego.

Wzruszyłam ramionami, a potem skinęłam głową. Czułam, że moja wymijająca odpowiedź jest w jakiś sposób dziecinna.

– Najwyższy czas, naprawdę – powiedziałam. – Chodzi mi o to, że mam już dwadzieścia siedem lat.

Przyglądał mi się, lekko zaciskając szczękę.

Nagle poczułam się okropnie zmęczona. Czułam dziwną chęć, żeby go przeprosić, chociaż nie wiedziałam, za co.

Skinął lekko głową i uśmiechnął się.

– Cieszę się, że wszystko się wam poukładało – powiedział i pojechał do kuchni.

Zaczynałam być na niego naprawdę zła. Nigdy nie czułam się przez nikogo tak osądzana, jak teraz przez Willa. Tak jakbym postanawiając wprowadzić się do mojego chłopaka, stała się dla niego mniej interesująca. Tak jakbym przestała być jego ulubionym projektem. Oczywiście nie mogłam mu tego powiedzieć, ale byłam wobec niego tak samo chłodna jak on dla mnie.

Szczerze mówiąc, było to dość wyczerpujące.

Po południu ktoś zapukał do tylnych drzwi. Pobiegłam korytarzem, z mokrymi rękami, bo myłam naczynia, a kiedy otworzyłam, zobaczyłam mężczyznę w ciemnym garniturze, z teczką w ręku.

– O nie. Jesteśmy buddystami – oświadczyłam stanowczo i mimo jego protestów zamknęłam drzwi.

Dwa tygodnie wcześniej para świadków Jehowy trzymała Willa przy tylnych drzwiach przez prawie kwadrans, podczas gdy on próbował obrócić wózek, który zahaczył się o wycieraczkę. Kiedy wreszcie zamknęłam drzwi, zawołali przez skrzynkę na listy, że „on bardziej niż ktokolwiek powinien rozumieć, co znaczy oczekiwanie na życie wieczne".

– Hm... Jestem umówiony z panem Traynorem – powiedział mężczyzna, a ja ostrożnie otworzyłam drzwi. Przez cały czas, kiedy pracowałam w Granta House, nikt nigdy nie przyszedł do Willa, pukając do tylnych drzwi.

– Wpuść tego pana – polecił mi Will, który pojawił się za moimi plecami. – Umawiałem się z nim. – Ponieważ nie ruszałam się z miejsca, dodał: – Wszystko jest w porządku, Clark. To znajomy.

Mężczyzna przeszedł przez próg, wyciągnął rękę i uścisnął mi dłoń.

– Michael Lawler – przedstawił się.

Miał zamiar powiedzieć coś jeszcze, ale Will wjechał wózkiem między nas, skutecznie ucinając dalszą rozmowę.

– Będziemy w salonie. Czy mogłabyś zrobić kawę, a potem zostawić nas na chwilę?

– Yyy... jasne.

Pan Lawley uśmiechnął się do mnie nieco nerwowo, po czym ruszył za Willem do salonu. Kiedy kilka minut później przyniosłam im kawę, rozmawiali o krykiecie. Konwersowali na temat etapów i punktów, aż w końcu nie miałam więcej powodów, żeby tam sterczeć.

Strzepując niewidoczny pyłek z sukienki, wyprostowałam się i powiedziałam:

– W takim razie zostawiam panów.

– Dzięki, Louisa.

– Na pewno nie chcecie nic więcej? Może biszkopty?

– Nie, dziękuję.

Will nigdy nie mówił do mnie „Louisa". I nigdy wcześniej nie odmawiał mi udziału w czymkolwiek.

Pan Lawler był u niego przez prawie godzinę. Kiedy już skończyłam wszystkie prace, siedziałam w kuchni, zastanawiając się, czy będę na tyle odważna, żeby podsłuchiwać. Ale nie byłam. Siedziałam więc, zjadłam dwie markizy, obgryzałam paznokcie, słuchałam przytłumionego pomruku ich głosów i zastanawiałam się po raz piętnasty, dlaczego Will nie poprosił tego człowieka, żeby wszedł frontowym wejściem.

Nie wyglądał jak lekarz. Być może był doradcą finansowym, ale jakoś mi nie wyglądał na kogoś takiego. Z pewnością nie wyglądał też jak fizjoterapeuta, terapeuta zajęciowy czy dietetyk – albo jeden z legionu innych fachowców zatrudnionych przez miejscowe władze, którzy wpadali, by ocenić, czy potrzeby Willa jakoś się zmieniły. Takiego można było wyczuć z daleka. Zawsze wyglądali na skrajnie zmęczonych, ale starali się być za wszelką cenę dziarscy i optymistyczni. Nosili swetry w zgaszonych kolorach, wygodne buty i poruszali się zakurzonymi służbowymi samochodami pełnymi broszurek i pudełek ze sprzętem. Pan Lawler miał błyszczące granatowe bmw, jakim raczej nie jeździli pracownicy socjalni.

Wreszcie pan Lawler wyszedł. Zamknął teczkę, marynarkę trzymał na ramieniu. Już nie sprawiał wrażenia zdenerwowanego.

W jednej sekundzie byłam w hallu.

– Czy mogłaby pani wskazać mi łazienkę?

Pokazałam mu bez słowa i stałam na korytarzu, przestępując z nogi na nogę, aż z niej wyszedł.

– Dobrze. Na razie to wszystko.

– Dziękuję ci, Michael. – Will nie patrzył na mnie. – Będę czekał na wiadomość od ciebie.

– Odezwę się jeszcze w tym tygodniu – odparł pan Lawler.

– Lepiej mailem niż pocztą, przynajmniej na razie.

– Tak. Oczywiście.

Odprowadziłam go do drzwi. Potem, kiedy Will znów zniknął w salonie, poszłam za nim na dziedziniec i zapytałam lekko:

– Daleko musi pan jechać?

Miał doskonale skrojone ubranie, tkanina i ściegi mówiły o wielkim mieście i wielkich pieniądzach.

– Niestety do Londynu. Ale mam nadzieję, że o tej porze jeszcze nie będzie korków.

Wyszłam za nim przed dom. Słońce było wysoko na niebie i musiałam mrużyć oczy.

– A... a gdzie mieści się pana firma?

– Na Regent Street.

– Na tej Regent Street? Nieźle.

– Tak. Całkiem niezłe miejsce. No dobrze. Dziękuję za kawę, panno...

– Clark. Louisa Clark.

Zatrzymał się i spojrzał na mnie przez chwilę, a ja zastanawiałam się, czy połapał się w moich nieudanych próbach wywiedzenia się, kim jest.

– A. Panna Clark – powiedział, znów uśmiechając się profesjonalnie. – W każdym razie dziękuję.

Ostrożnie położył teczkę na tylnym siedzeniu, wsiadł do samochodu i odjechał.

Tego wieczoru po drodze do Patricka zajrzałam do biblioteki. Mogłabym skorzystać z jego komputera, ale czułam, że musiałabym go prosić, więc tak wydawało się prościej. Usiadłam przy terminalu i wstukałam do wyszukiwarki „Michael Lawler" oraz „Regent Street, Londyn". „Wiedza to potęga, Will" – powiedziałam w duchu.

Uzyskałam 3290 wyników, pierwsze trzy wskazywały na Michaela Lawlera, prawnika, „specjalistę od testamentów, potwierdzeń testamentów i pełnomocnictw", z kancelarią na tej właśnie ulicy. Przez kilka minut wpatrywałam się w ekran, po czym znów wpisałam jego nazwisko, tym razem w wyszukiwarkę grafiki, i zobaczyłam go podczas jakichś mediacji, w ciemnym garniturze – Michael Lawler, specjalista od testamentów, ten sam człowiek, który przez godzinę rozmawiał z Willem.

Tego wieczoru przeprowadziłam się do Patricka, w ciągu półtorej godziny między końcem pracy a jego wyjściem na bieżnię. Zabrałam wszystko poza łóżkiem i nowymi roletami. Przyjechał samochodem i załadowaliśmy cały mój dobytek do worków na śmieci. Na dwa razy przewieźliśmy wszystko – oprócz moich starych podręczników ze strychu – do jego mieszkania.

Mama płakała, była przekonana, że to przez nią się wyprowadzam.

– Kochanie, na miłość boską. Już czas, żeby miała własne życie. Ma dwadzieścia siedem lat – powiedział jej tato.

– Ale to wciąż moje maleństwo – odparła, wciskając mi dwie puszki ciastek oraz wielką torbę środków czystości.

Nie wiedziałam, co powiedzieć. Ja nawet nie lubię tych ciastek.

Urządzenie się u Patricka okazało się zupełnie łatwe. On miał bardzo niewiele rzeczy, a ja po latach spędzonych w klitce też właściwie niedużo. Pokłóciliśmy się tylko o mój zbiór płyt CD, którego najwyraźniej nie można było dołączyć do jego kolekcji, dopóki nie poznaczam swoich nalepkami i nie ustawię ich alfabetycznie.

– Czuj się jak u siebie w domu – powtarzał, tak jakbym była gościem. Oboje byliśmy zdenerwowani i sztywni, jak ludzie na pierwszej randce. Kiedy się rozpakowywałam, przyniósł mi herbatę i powiedział:

– Pomyślałem, że to mógłby być twój kubek. – Pokazał mi, gdzie co jest w kuchni, powtarzając: – Ale oczywiście ustaw wszystko tak, jak chcesz. Nie mam nic przeciwko temu.

Zwolnił dla mnie dwie szuflady i szafę w pokoju gościnnym. Pozostałe dwie szuflady wypełniały jego sportowe ciuchy. Nawet nie wiedziałam, że jest tyle rodzajów lycry i polaru. Kiedy powiesiłam swoje dziko kolorowe ciuchy, wciąż zostało sporo wolnej przestrzeni z dźwięczącymi żałośnie metalowymi wieszakami.

– Muszę chyba kupić sobie więcej ubrań, żeby ją zapełnić – powiedziałam na ten widok.

Roześmiał się nerwowo.

– Co to jest?

Patrzył na mój kalendarz, który powiesiłam na ścianie, z pomysłami na zielono i zaplanowanymi wydarzeniami zaznaczonymi na czarno. Kiedy coś się udało (muzyka, degustacja wina), rysowałam obok uśmiechniętą buźkę. Kiedy coś nie wyszło (wyścigi konne, wystawa sztuki), nie rysowałam nic. Na następne dwa tygodnie nie miałam wielu planów – Will znudził się tym, co było blisko, a ja nie mogłam go przekonać, żebyśmy wybrali się gdzieś dalej. Zerknęłam na Patricka. Widziałam, że patrzy na datę 12 sierpnia, zaznaczoną wykrzyknikami.

– Ymmm... to tylko, żebym pamiętała o różnych rzeczach w pracy.

– Myślisz, że nie przedłużą ci umowy?

– Nie wiem, Patrick.

Patrick wyjął długopis z zacisku, spojrzał na następny miesiąc, po czym napisał pod dwudziestym ósmym tygodniem: „Czas zacząć szukać pracy".

– W ten sposób będziesz zabezpieczona niezależnie od tego, co się stanie – powiedział. Pocałował mnie i wyszedł.

Starannie ustawiłam w łazience swoje kremy, poukładałam w szafce maszynki do golenia, odżywki i tampony. Książki ustawiłam w schludnym rządku na podłodze pod oknem, w tym nowe tytuły, które Will zamówił dla mnie przez Amazon. Patrick obiecał, że w wolnej chwili powiesi jakieś półki.

A potem, kiedy on poszedł biegać, siedziałam i patrzyłam ponad dachami dzielnicy przemysłowej w stronę zamku, i prawie niedosłyszalnie ćwiczyłam słowo „dom".

Jestem beznadziejna, jeśli chodzi o dotrzymywanie sekretów. Treena mówi, że dotykam nosa, kiedy tylko pomyślę o kłamstwie. Bardzo łatwo się w ten sposób zdradzić. Moi rodzice wciąż żartują na temat usprawiedliwień, które sobie pisałam, kiedy urywałam się ze szkoły. „Szanowna Pani – pisałam – proszę o usprawiedliwienie nieobecności Louisy Clark na dzisiejszych lekcjach, ponieważ bardzo źle sobie radzę z kobiecymi problemami". Tato nie dawał nic po sobie poznać, chociaż powinien był drzeć ze mnie pasy.

Utrzymać zamiary Willa w tajemnicy przed rodziną to jedno – całkiem nieźle mi szło ukrywanie różnych rzeczy przed rodzicami (w końcu to jedna z umiejętności, jakich nabywamy, dorastając) – ale poradzić sobie z własnymi obawami to zupełnie co innego.

Przez kolejne kilka wieczorów zastanawiałam się, co zamierza Will i jak mogłabym go powstrzymać. Myślałam gorączkowo, nawet kiedy gawędziliśmy z Patrickiem, gotując w małym aneksie kuchennym. (Zdążyłam już dowiedzieć się o nim wielu nowych rzeczy – on naprawdę umiał przygotować filet z indyka na sto różnych sposobów). W nocy się kochaliśmy – co wydawało się niemal obowiązkowe w tej sytuacji, tak jakbyśmy powinni w pełni wykorzystać naszą swobodę. Patrick chyba czuł, że jestem mu coś winna za to, że codziennie byłam tak blisko z Willem. Ale gdy tylko zasypiał, mnie znów dopadały te same myśli.

Zostało tylko siedem tygodni.

A chociaż ja nie miałam planów, to Will, owszem, miał.

W następnym tygodniu nawet jeśli Will zauważył, że jestem czymś pochłonięta, nic nie powiedział. Robiliśmy to samo co zwykle – zabierałam go na krótkie wycieczki po okolicy, gotowałam mu posiłki, zajmowałam się nim, kiedy byliśmy w domu. Już więcej nie żartował na temat Pana Maratończyka.

Rozmawialiśmy o ostatnich książkach, które mi polecił: przeczytałam *Angielskiego pacjenta* (strasznie mi się podobał) i jakiś szwedzki thriller (który nie przypadł mi do gustu). Byliśmy wobec siebie uprzejmi, niemal przesadnie grzeczni. Brakowało mi jego złośliwości i zrzędzenia – przez to jeszcze mocniej czułam wiszącą nad nami groźbę.

Nathan patrzył na nas jak na jakiś nowy gatunek zwierząt.

– Pokłóciliście się? – zapytał mnie pewnego dnia w kuchni, kiedy rozpakowywałam zakupy.

– Lepiej jego zapytaj – odparłam.

– On powiedział dokładnie to samo.

Spojrzał na mnie kątem oka, po czym poszedł do łazienki, żeby otworzyć szafkę z lekami Willa.

Tymczasem wytrzymałam trzy dni od wizyty Michaela Lawlera, zanim zadzwoniłam do pani Traynor. Zapytałam, czy mogłybyśmy spotkać się gdzieś poza domem, i umówiłyśmy się w kawiarence, którą otwarto na terenie zamku. W tej, przez którą straciłam pracę.

Było tu dużo bardziej elegancko niż w The Buttered Bun – dębowa posadzka, meble z rozbielonego drewna. Podawali domową zupę z prawdziwych warzyw i wymyślne ciastka. I nie dało się kupić po prostu kawy, tylko latte, cappuccino i macchiato. Nie przychodzili tu budowlańcy ani fryzjerki. Powoli sącząc herbatę, zastanawiałam się, czy pani Dmuchawiec czułaby się tu na tyle swobodnie, żeby przez cały ranek siedzieć i czytać gazetę.

– Louisa, przepraszam za spóźnienie. – Camilla Traynor weszła energicznym krokiem, z torebką wciśniętą pod ramię, ubrana w szarą jedwabną bluzkę i granatowe spodnie.

Zwalczyłam odruch, by wstać na jej widok. Zawsze kiedy z nią rozmawiałam, czułam się jak na przesłuchaniu.

– Zatrzymali mnie w sądzie.

– Przepraszam. To znaczy przepraszam, że wyciągnęłam panią z pracy. Po prostu... nie byłam pewna, czy powinnam z tym czekać.

Podniosła rękę i szepnęła coś kelnerce. Potem usiadła naprzeciwko mnie, przeszywając mnie wzrokiem na wskroś.

– Will miał w domu spotkanie z prawnikiem – powiedziałam. – Dowiedziałam się, że to specjalista od testamentów. – Nie udało mi się wymyślić, jak delikatniej rozpocząć tę rozmowę.

Wyglądała, jakbym uderzyła ją w twarz. Zbyt późno zdałam sobie sprawę, że być może sądziła, że mam dla niej jakieś dobre wieści.

– Prawnik? Jesteś pewna?

– Sprawdziłam to. Ma kancelarię na Regent Street. W Londynie – dodałam niepotrzebnie. – Nazywa się Michael Lawler.

Mrugała oczami, jakby nie rozumiejąc, co do niej mówię.

– Czy Will ci o tym powiedział?

– Nie. Chyba nie chciał, żebym wiedziała. Ja... dowiedziałam się, jak się nazywa, i znalazłam to przez internet.

Kelnerka postawiła przed nią filiżankę kawy, ale pani Traynor jakby tego nie zauważyła.

– Czy może podać coś jeszcze? – zapytała.

– Nie, dziękuję.

– Mamy dziś w specjalnej ofercie ciasto marchewkowe. Pieczone na miejscu. Z pysznym nadzie...

– Nie – odpowiedziała ostro pani Traynor. – Dziękuję.

Dziewczyna stała nad nami jeszcze chwilę, żeby dać do zrozumienia, że czuje się obrażona, po czym odeszła, demonstracyjnie wymachując bloczkiem kartek.

– Przykro mi – odezwałam się. – Powiedziała mi pani wcześniej, że mam pani mówić o wszystkich ważnych sprawach. Nie spałam przez pół nocy, zastanawiając się, czy mówić cokolwiek.

Była blada jak ściana.

Wiedziałam, jak się czuje.

– A jak on się miewa? Czy... masz jakieś nowe pomysły? Na jakieś wycieczki?

– Nie jest chętny. – Powiedziałam jej o Paryżu i o mojej liście pomysłów.

Słuchała mnie, ale widziałam, jak jednocześnie pracuje jej umysł, kalkulując, oceniając.

– Możecie jechać, dokąd tylko zechcesz – powiedziała wreszcie. – Ja za wszystko zapłacę. Cokolwiek wymyślisz. Zapłacę za ciebie i za Nathana. Tylko... spróbuj go do tego przekonać.

Skinęłam głową.

– Jeśli przyjdzie ci do głowy coś jeszcze... byleby tylko zyskać na czasie. Oczywiście zapłacę ci za dodatkowy czas, kiedy skończy się umowa.

– To... naprawdę nie o to chodzi.

Dopiłyśmy w milczeniu kawę, obie zatopione w myślach. Przyglądając się jej ukradkiem, zauważyłam, że jej nieskazitelną dotąd fryzurę znaczą pasma siwizny, a oczy ma tak samo podkrążone jak ja. Zdałam sobie sprawę, że chociaż powiedziałam jej o wszystkim, chociaż podzieliłam się swoim lękiem, wcale nie czuję się lepiej – ale czy miałam inny wybór? Stawka rosła z każdym dniem. Zegar wybił drugą, pani Traynor ocknęła się z zamyślenia.

– Powinnam chyba wracać do pracy. Proszę, daj mi znać, jeśli tylko... coś wymyślisz. Lepiej, jeśli będziemy rozmawiały poza domem.

Wstałam.

– Och. – Przypomniałam sobie coś. – Dam pani mój nowy numer. Właśnie się przeprowadziłam. – Podczas gdy ona szukała w torebce długopisu, dodałam: – Przeniosłam się do Patricka, mojego chłopaka.

Nie wiem, dlaczego ta wiadomość tak bardzo ją zaskoczyła. Ze zdumioną miną wręczyła mi długopis.

– Nie wiedziałam, że masz chłopaka.

– Nie wiedziałam, że powinnam pani o tym powiedzieć.

Wstała, opierając się o stół.

– Will wspomniał mi któregoś dnia, że... Myślał, że będziesz nocować w przybudówce. W weekendy.

Zapisałam jej na kartce numer telefonu Patricka.

– Cóż, uznałam, że będzie prościej dla wszystkich, jeśli zamieszkam z Patrickiem. – Wręczyłam jej kartkę. – Ale nie będę daleko. Tuż za dzielnicą przemysłową. To nie wpłynie na dojazdy do pracy ani na moją punktualność.

Stałyśmy nad stolikiem. Pani Traynor wydawała się wzburzona, dotknęła włosów, potem łańcuszka na szyi. Wreszcie – tak jakby nie mogła się powstrzymać – wykrztusiła:

– Czy naprawdę nie mogłaś trochę poczekać? Kilka tygodni?

– Słucham?

– Will... myślę, że Will bardzo cię lubi. – Przygryzła wargi. – To... nie wpłynie na niego dobrze.

– Chwileczkę. Chce mi pani powiedzieć, że nie powinnam była przeprowadzać się do mojego chłopaka?

– Mówię tylko, że to nie był najlepszy moment. Stan Willa jest bardzo delikatny. Wszyscy robimy, co w naszej mocy, żeby był w jak najlepszym nastroju, a ty...

– A ja co? – Widziałam, że kelnerka nam się przygląda, notes zastygł w jej dłoni. – A ja co? Ośmieliłam się mieć własne życie poza pracą?

Ściszyła głos.

– Robię, co mogę, żeby... żeby go powstrzymać. Wiesz, przed jakim zadaniem stoimy. Chcę tylko powiedzieć, że – biorąc pod uwagę, jak on bardzo cię lubi – mogłaś zaczekać chwilę, zanim... cisnęłaś mu w twarz swoim szczęściem.

Nie mogłam uwierzyć w to, co słyszę. Czułam, że cię czerwienię. Wzięłam głęboki oddech, zanim się odezwałam.

– Jak pani śmie sugerować, że mogłabym zrobić cokolwiek, żeby zranić jego uczucia. Starałam się, jak mogłam – syknęłam. – Szukałam pomysłów, wyciągałam go z domu, rozmawiałam z nim, czytałam mu, dbałam o niego. Sprzątałam po nim! – wybuchnęłam. – Zmieniałam cholerny kateter. Rozśmieszałam go. Zrobiłam więcej, niż cała pani cholerna rodzina.

Pani Traynor stała w absolutnym bezruchu. Potem wyprostowała się i wetknęła sobie torebkę pod pachę.

– Myślę, że na tym zakończymy tę rozmowę, panno Clark.

– Tak. Tak, pani Traynor, myślę, że zakończymy.

Odwróciła się i szybkim krokiem wyszła z kawiarni.

Kiedy zatrzasnęły się za nią drzwi, zdałam sobie sprawę, że dygoczę.

Rozmowa z panią Traynor wybiła mnie z równowagi na kilka dni. Wciąż słyszałam jej słowa, zarzut, że „cisnęłam mu w twarz swoim szczęściem". Nie sądziłam, żeby cokolwiek z tego, co robię, mogło wpłynąć na Willa. Kiedy nie podobało mu się, że się przeprowadziłam, myślałam, że chodzi raczej o to, że nie lubi Patricka, niż o jego uczucia wobec mnie. A co ważniejsze, ja chyba też nie wyglądałam na zanadto tym uszczęśliwioną.

W domu wciąż nie dawało mi to spokoju. Zapytałam Patricka:

– Czy gdyby moja siostra nie potrzebowała pokoju, też byśmy to zrobili?

Spojrzał na mnie jak na niedorozwinięte dziecko. Pochylił się i przytulił do siebie, całując w czubek głowy. Potem zerknął na mnie.

– Musisz wkładać tę piżamę?

– Jest wygodna.

– Ale wygląda jak coś, w co mogłaby się ubrać moja mama.

– Nie będę nosić baskinki i pasa do pończoch co wieczór tylko po to, żeby cię uszczęśliwić. Poza tym nie odpowiedziałeś na moje pytanie.

– Nie wiem. Pewnie tak. Tak.

– Ale nie rozmawialiśmy o tym, prawda?

– Lou, większość ludzi zaczyna mieszkać razem po prostu z rozsądku. Można kogoś kochać i nadal dostrzegać zalety finansowe i praktyczne.

– Ja tylko... nie chciałabym, żebyś myślał, że cię zmusiłam. Nie chcę czuć, że to dlatego.

Westchnął i położył się na plecach.

– Dlaczego kobiety zawsze muszą roztrząsać w nieskończoność jakąś sprawę, aż zrobi się z niej problem? Kocham cię, ty kochasz mnie, jesteśmy razem prawie siedem lat, a u twoich rodziców nie ma miejsca. To dość proste.

Ale ja czułam co innego.

Czułam się, jakby życie mnie zaskoczyło.

W ten piątek padało przez cały dzień – ciepłe, ciężkie fale wody, jakbyśmy byli w tropikach, deszcz bulgotał w rynnach i pochylał gałązki kwitnących krzewów, jakby w proszącym geście. Will wyglądał przez okno jak pies, któremu odmówiono spaceru. Nathan przyszedł, a potem poszedł sobie, osłaniając głowę plastikową torebką. Will obejrzał film dokumentalny o pingwinach, a później, kiedy zajął się komputerem, ja też znalazłam sobie zajęcie, tak żebyśmy nie musieli ze sobą rozmawiać. Atmosfera była napięta, oboje czuliśmy się nieswojo, a przebywanie z nim w jednym pokoju jeszcze to pogarszało.

Wreszcie zaczęłam rozumieć, jaką pociechę można czerpać ze sprzątania. Umyłam podłogę i okna, a potem zmieniłam pościel. Nie usiadłam ani na chwilę. Ani jeden kłaczek kurzu nie umknął przed moim wzrokiem, ani jedno kółko po filiżance herbaty przed moją nieubłaganą ręką. Właśnie usuwałam kamień z kranów w łazience za pomocą zmywaka nasączonego octem (sposób mojej mamy), kiedy usłyszałam za sobą wózek Willa.

– Co ty wyprawiasz?

Stałam pochylona nad wanną. Nie odwróciłam się.

– Czyszczę krany z kamienia.

Czułam na sobie jego wzrok.

– Powiedz to jeszcze raz – odezwał się po chwili.

– Co?

– Powiedz to jeszcze raz.

Wyprostowałam się.

– Czy masz jakiś problem z uszami? Czyszczę krany z kamienia.

– Nie, chciałem tylko, żebyś sama usłyszała, co mówisz. Nie ma powodu, żeby to robić. Moja matka tego nie zauważy, mnie to nie obchodzi, a przez to w łazience cuchnie jak w sklepie z piklami. Poza tym chciałbym wyjść na dwór.

Odsunęłam z twarzy kosmyk włosów. To prawda. Atmosfera zdecydowanie zrobiła się kwaśna.

– Chodź. Wreszcie przestało padać. Rozmawiałem z ojcem. Powiedział, że da nam klucze do zamku, żebyśmy mogli tam wejść po piątej, kiedy już nie ma turystów.

Wizja uprzejmej konwersacji podczas spaceru po terenie zamku nie napawała mnie entuzjazmem. Ale miałam dużą ochotę wyjść z przybudówki.

– Okej. Daj mi pięć minut. Spróbuję usunąć z rąk zapach octu.

Różnica między dorastaniem moim i Willa polegała na tym, że on traktował swobodnie swoje poczucie uprzywilejowania. Myślę, że jeśli ktoś spędza dzieciństwo tak jak on, jako dziecko bogatych rodziców, w ładnym domu, jeśli czymś normalnym jest chodzenie do dobrej szkoły i eleganckich restauracji, być może nabiera poczucia, że tak właśnie być powinno, że w naturalny sposób zajmuje wyższą pozycję.

Will powiedział mi, że przez całe dzieciństwo przekradał się na zamek, kiedy nikogo tam nie było. Jego tato pozwalał mu tam buszować, pod warunkiem że nie będzie niczego dotykał. Po wpół do szóstej, kiedy poszli sobie ostatni turyści, a na teren zamku wkraczali ogrodnicy, żeby przycinać i porządkować, kiedy personel opróżniał kosze na śmieci i zamiatał kartoniki po napojach i krówkach, to był jego prywatny plac zabaw. Kiedy mi o tym powiedział, pomyślałam, że gdybyśmy ja z Treeną miały cały zamek tylko dla siebie, chyba skakałybyśmy z radości i ganiałybyśmy po nim jak wariatki.

– Po raz pierwszy całowałem się z dziewczyną pod mostem zwodzonym – powiedział, zwalniając, żeby spojrzeć w tamtą stronę, kiedy szliśmy żwirową ścieżką.

– Powiedziałeś jej, że jesteś panem tego zamku?

– Nie. Może powinienem. Rzuciła mnie tydzień później dla chłopaka, który pracował w sklepiku.

Odwróciłam się i spojrzałam na niego wstrząśnięta.

– Chyba nie mówisz o Terrym Rowlandsie? Brunet, włosy zaczesane do tyłu, tatuaże aż po łokcie?

Uniósł brwi.

– Właśnie dla niego.

– On wciąż pracuje w tym sklepiku. Jeśli to cię pocieszy.

– Nie wiem, czyby mi zazdrościł, gdyby się dowiedział, co ja teraz robię – odezwał się Will, a ja znów umilkłam.

Dziwnie było tak spacerować po zamku pogrążonym w ciszy; tylko my dwoje i ogrodnik gdzieś w oddali. Zamiast gapić się na turystów, słuchać ich dziwnych akcentów i zastanawiać się nad ich – jakże innym od mojego – życiem, chyba po raz pierwszy zaczęłam się przyglądać samemu zamkowi i myśleć o jego historii. Te obłożone krzemieniem mury stały tu od ponad ośmiuset lat. Ludzie się tu rodzili i umierali, kochali i rozpaczali. Teraz, w ciszy, można było niemal usłyszeć ich głosy, ich kroki na ścieżce.

– Okej, czas na zwierzenia – powiedziałam. – Czy kiedykolwiek, kiedy chodziłeś po zamku, udawałeś, że jesteś jakimś rycerzem albo księciem?

Will zerknął na mnie kątem oka.

– Szczerze?

– Oczywiście.

– No jasne. Kiedyś nawet pożyczyłem sobie jeden z mieczy wiszących na ścianach Wielkiej Sali. Ważył chyba z tonę. Pamiętam, jak oblał mnie zimny pot, bo nie wiedziałem, czy dam radę odstawić go z powrotem.

Weszliśmy na wzgórze zamkowe i stamtąd, za fosą, widzieliśmy długie trawiaste zbocze sięgające aż do zrujnowanego muru, który wyznaczał granice zamku. Dalej rozciągało się miasto, z jego neonami i sznurami samochodów, zgiełkiem godziny szczytu. Tu na górze było cicho, słychać było tylko ptaki i niegłośny szum wózka Willa.

Zatrzymał go na chwilę i obrócił się, żeby popatrzeć na teren zamku.

– To dziwne, że nigdy się nie spotkaliśmy – powiedział. – To znaczy kiedy byłem chłopcem. Musieliśmy bywać w tych samych miejscach.

– Niekoniecznie. Nie obracaliśmy się w tych samych kręgach. A ja byłam wtedy niemowlakiem w wózku, który mijałeś, wymachując mieczem.

– Ach. Zapomniałem. W porównaniu z tobą jestem właściwie starcem.

– Jesteś starszy o osiem lat – to wystarczy, żeby uznać cię za starszego pana – powiedziałam. – Kiedy byłam nastolatką, mój ojciec nigdy w życiu nie pozwoliłby mi wyjść ze starszym mężczyzną.

– Nawet gdyby miał własny zamek?

– Cóż, to by pewnie zmieniło postać rzeczy.

Szliśmy w słodkim zapachu trawy, kółka wózka Willa z sykiem przejeżdżały przez czyste kałuże na ścieżce. Czułam ulgę. Nie rozmawialiśmy tak jak wcześniej, ale może nie powinnam liczyć na nic więcej. Pani Traynor miała rację – Willowi zawsze będzie ciężko patrzeć, jak w życiu innych ludzi dokonują się zmiany. Postanowiłam sobie pamiętać, żeby zwracać uwagę, jak to, co robię, wpływa na jego życie. Nie chciałam już więcej się złościć.

– Chodźmy do labiryntu. Nie byłem tam całe wieki.

Wyrwał mnie z zamyślenia.

– O nie, dzięki. – Rozejrzałam się i dopiero teraz zauważyłam, gdzie jesteśmy.

– No co, boisz się, że się zgubisz? Daj spokój, Clark. To będzie dla ciebie wyzwanie. Zobaczymy, czy zdołasz zapamiętać, jaką drogą weszłaś, a potem wrócić po własnych śladach. Będę ci mierzył czas. Kiedyś ciągle tak robiłem.

Zerknęłam w kierunku domu.

– Naprawdę wolałabym nie.

Już na samą myśl o tym czułam, jak mnie ściska w żołądku.

– A. Znów unikasz ryzyka.

– Nie.

– Nie ma problemu. W takim razie skończmy nasz nudny spacerek i wróćmy do nudnej przybudówki.

Wiedziałam, że żartuje. Ale coś w jego tonie naprawdę dotknęło mnie do żywego. Przypomniała mi się Deirdre w autobusie i jej uwaga o tym, jak to dobrze, że jedna z nas została w domu. Czyli mnie pisane było małe życie, z małymi ambicjami.

Popatrzyłam na labirynt, na tworzący go ciemny, gęsty, strzyżony żywopłot. Jestem śmieszna. Być może przez wiele lat zachowywałam się bezsensownie. Ale przecież to wszystko już za mną. Moje życie toczy się dalej.

– Pamiętaj tylko, w którą stronę skręciłaś, a w drodze powrotnej skręcaj w przeciwną. To nie takie trudne, jak wygląda. Naprawdę.

Nie namyślając się długo, zostawiłam go na ścieżce. Wzięłam głęboki oddech i weszłam do labiryntu, mijając znak „zakaz wstępu dla dzieci bez opieki", i ruszyłam szybkim krokiem między ciemnymi, wilgotnymi ścianami. Na listkach żywopłotu wciąż lśniły krople deszczu.

– Nie jest tak źle, nie jest tak źle – mruczałam pod nosem. – To tylko kupa starych krzaków.

Skręciłam w prawo, potem w lewo przez przerwę w żywopłocie. Potem znów w prawo, w lewo, powtarzając sobie w myśli w odwrotnym porządku swoją trasę. Prawo. Lewo. Przerwa. Prawo. Lewo.

Serce zaczęło mi bić trochę szybciej, prawie słyszałam szum krwi w uszach. Zmusiłam się, żeby myśleć o Willu po drugiej stronie żywopłotu, zerkającym na zegarek. To tylko głupia próba. Już nie jestem tamtą naiwną, głupią dziewczyną. Mam dwadzieścia siedem lat. Mieszkam z moim chłopakiem. Mam odpowiedzialną pracę. Jestem zupełnie inną osobą.

Skręciłam, poszłam prosto i znów skręciłam.

A potem, nie wiadomo skąd, panika wezbrała we mnie niczym żółć. Wydawało mi się, że na końcu korytarza widzę przebiegającego mężczyznę. Powtarzałam sobie, że to tylko moja wyobraźnia, ale próbując się uspokoić, zapomniałam swoją trasę. Prawa. Lewa. Przerwa. Prawa? Prawa? Czyżbym wszystko pokręciła? Zaparło mi dech. Zmusiłam się, żeby iść dalej, ale zdałam sobie sprawę, że kompletnie straciłam orientację. Zatrzymałam się i rozejrzałam, próbując na podstawie cienia zorientować się, gdzie jest zachód.

Kiedy tam stałam, dotarło do mnie, że nie dam rady. Nie mogę zostać tu ani chwili dłużej. Zawróciłam gwałtownie i zaczęłam iść, jak mi się wydawało, na południe. Wydostanę się stąd. Mam dwadzieścia siedem lat. Wszystko jest w porządku. Ale wtedy usłyszałam ich głosy, gwizdy i drwiący śmiech. Zobaczyłam ich, jak wybiegają przez wyrwy w żywopłocie, nogi chwiały mi się na wysokich obcasach, krzewy kłuły nieprzyjaźnie, kiedy próbowałam się o nie oprzeć.

– Chcę już stąd wyjść – powiedziałam do nich bełkotliwie. – Chłopaki, mam już dosyć.

A wtedy wszyscy zniknęli. W labiryncie było cicho, słychać było tylko coś jakby odległy szept, może chłopców po drugiej stronie żywopłotu, a może tylko wiatru w liściach.

– Chcę już wyjść – powiedziałam, a mój głos brzmiał niepewnie nawet dla mnie. Spojrzałam w niebo i przez chwilę aż się zachwiałam na widok ogromnej, usianej gwiazdami otchłani nad głową. Potem aż podskoczyłam, kiedy ktoś złapał mnie w pasie – to był ten brunet. Ten, który był w Afryce.

– Nie możesz sobie iść – stwierdził. – Zepsujesz całą zabawę.

Już wtedy wiedziałam, poznałam to po dotyku jego dłoni na mojej talii. Zdałam sobie sprawę, że atmosfera się zmieniła, że zaczęły puszczać hamulce. Roześmiałam się, odepchnęłam jego ręce, jakby to był żart, nie dając niczego po sobie poznać. Słyszałam, jak woła swoich kumpli. Wyrwałam mu się, nagle rzuciłam się biegiem, starając się znaleźć drogę do wyjścia, stopy zapadały mi się w wilgotnej trawie. Słyszałam ich wokół siebie, ich podniesione głosy, chociaż nie widziałam ich samych, i czułam, jak gardło zaciska mi się w panice. Byłam zbyt oszołomiona, żeby zorientować się, gdzie jestem. Wysokie ściany z żywopłotu chwiały się, pochylając w moją stronę. Szłam wciąż, skręcając, potykając się, przemykając przez przejścia w ścianach, starając się uciec od ich głosów. Ale wyjścia nigdzie nie było. Wszędzie, gdzie skręciłam, były tylko nowe korytarze wśród żywopłotu i drwiące głosy.

Wpadłam w przejście, przez chwilę szczęśliwa, że jestem już prawie na zewnątrz. Ale wtedy zobaczyłam, że jestem znów w środku, w punkcie wyjścia. Nogi ugięły się pode mną, kiedy zobaczyłam, że są tam wszyscy, tak jakby na mnie czekali.

– O, jesteś – powiedział i chwycił mnie za ramię. – Mówiłem wam, że ona nie jest od tego. Chodź tu, Lou-lou, daj mi całusa, a ja ci pokażę, jak stąd wyjść – mówił łagodnym tonem, przeciągając głoski.

– Daj każdemu całusa, to wszyscy pokażemy ci drogę do wyjścia. Ich twarze zamazywały mi się przed oczami.

– Ja tylko... chciałam, żebyście...

– Daj spokój, Lou. Przecież mnie lubisz, prawda? Przez cały wieczór siedziałaś mi na kolanach. Tylko jednego całusa. Czy to takie trudne?

Usłyszałam chichot.

– A ty mi pokażesz, jak stąd wyjść? – mój głos brzmiał żałośnie nawet dla mnie.

– Tylko jednego – przysunął się bliżej.

Poczułam jego usta na wargach, jego rękę ściskającą moje udo. Odsunął się, słyszałam jego przyspieszony oddech.

– Teraz kolej na Jake'a.

Nie wiem, co wtedy powiedziałam. Ktoś trzymał mnie za ramię. Usłyszałam śmiech, poczułam rękę na swoich włosach, czyjeś usta na moich wargach, natarczywe, nahalne, a potem...

– Will...

Szlochałam, siedząc w kucki.

– Will – powtarzałam jego imię raz po raz, drżącym głosem wydobywającym się gdzieś z głębi piersi. Usłyszałam go gdzieś daleko, za żywopłotem.

– Louisa? Louisa, gdzie jesteś? Co się stało?

Byłam w załomie żywopłotu, tak daleko pod krzakami, jak tylko zdołałam się wcisnąć. Prawie nic nie widziałam przez łzy, obejmowałam się ciasno ramionami. Już stąd nie wyjdę. Zostanę tu na zawsze. Nikt mnie nie znajdzie.

– Will...

– Gdzie jesteś?

I nagle pojawił się tuż obok mnie.

– Przepraszam. – Spojrzałam na niego, z twarzą ściągniętą od płaczu. – Przepraszam. Nie mogę.

Podniósł rękę o kilka centymetrów – najwyżej, jak mógł.

– Jezu, co się... Chodź tu, Clark. – Zbliżył się jeszcze bardziej, po czym sfrustrowany spojrzał na swoją rękę. – Cholerny bezużyteczny patyk. Już w porządku. Oddychaj. Chodź tutaj. Oddychaj. Powoli.

Otarłam oczy. Kiedy go zobaczyłam, panika zaczęła ustępować. Wstałam chwiejnie i próbowałam wyglądać normalnie.

– Przepraszam. Ja... nie wiem, co mi się stało.

– Masz klaustrofobię? – Twarz miał ściągniętą w wyrazie zatroskania. – Nie wiedziałem, dlaczego nie chcesz wejść. Myślałem, że tylko...

Zamknęłam oczy.

– Chcę już pójść do domu.

– Trzymaj mnie za rękę. Wyjdziemy.

Wyprowadził mnie w ciągu kilku minut. Znał drogę powrotną, i kiedy szliśmy, powtarzał kolejne zakręty spokojnym, kojącym głosem. Kiedy był mały, to było wyzwanie nauczyć się drogi do wyjścia. Splotłam palce z jego palcami, czując uspokajające ciepło jego dłoni. Poczułam się jak idiotka, kiedy zdałam sobie sprawę, jak blisko wyjścia byłam przez cały czas.

Zatrzymaliśmy się przy ławce przed wejściem, a ja zaczęłam grzebać w torbie zawieszonej z tyłu wózka w poszukiwaniu chusteczek. Siedzieliśmy w milczeniu, ja na końcu ławki obok niego, czekając, aż przejdzie mi czkawka.

Siedział, zerkając na mnie ukradkiem.

– No więc? – zapytał, kiedy wyglądało na to, że mogę mówić i nie rozpłaczę się na nowo. – Powiesz mi, co się dzieje?

Ścisnęłam w ręku chusteczkę.

– Nie mogę.

Zamknął usta.

Przełknęłam ślinę.

– Nie chodzi o ciebie – powiedziałam pośpiesznie. – Nie mówiłam o tym nikomu. To... to było głupie. I dawno temu. Nie myślałam... Inaczej bym...

Czułam na sobie jego wzrok, wolałabym, żeby na mnie nie patrzył. Ręce wciąż mi się trzęsły, a w brzuchu miałam jakby milion supełków.

Potrząsnęłam głową, żeby dać mu do zrozumienia, że są takie rzeczy, o których nie mogę mówić. Chciałam znów wziąć go za rękę, ale czułam, że nie mogę. Czułam jego spojrzenie, prawie słyszałam niewypowiedziane pytania.

Poniżej przed bramą zaparkowały dwa samochody. Wysiadły z nich jakieś dwie postacie – stąd nie można było ich rozpoznać – po czym się objęły. Stały tak przez kilka minut, może rozmawiając, a potem wsiadły każda do swojego samochodu i odjechały w przeciwnych kierunkach. Przyglądałam się im bezmyślnie. Mózg jakby mi zamarzł. Nie przychodziło mi do głowy nic, co mogłabym powiedzieć.

– Okej. Mam propozycję – odezwał się wreszcie. Odwróciłam się, ale nie patrzył na mnie. – Powiem ci coś, czego nikomu jeszcze nie mówiłem. Dobrze?

– Dobrze. – Zwinęłam chusteczkę w kulkę i czekałam.

Wziął głęboki oddech.

– Zaczynam się naprawdę, naprawdę bać tego, jak to będzie. – Pozwolił, żeby te słowa wybrzmiały w powietrzu, a potem cichym, spokojnym głosem ciągnął: – Wiem, że większość ludzi uważa, że życie takie jak moje to prawie najgorsze, co się może zdarzyć. Ale mogłoby się skończyć jeszcze gorzej. Mogłoby być tak, że nie mógłbym sam oddychać ani mówić. Mógłbym mieć problemy z krążeniem, co by znaczyło, że trzeba mi amputować kończyny. Mógłbym w nieskończoność leżeć w szpitalu. To nie jest życie, Clark. Ale kiedy myślę o tym, o ile mogłoby być gorzej – czasem w nocy leżę w łóżku i prawie nie mogę oddychać. I wiesz co? Nikt nie chce o tym słuchać. Nikt nie chce, żeby mu opowiadać, że się boisz, że cię boli albo że boisz się, że umrzesz z powodu jakiejś głupiej przypadkowej infekcji. Nikt nie chce wiedzieć, jak to jest mieć świadomość, że nigdy więcej nie pójdziesz z nikim do łóżka, nie będziesz jeść tego, co sam ugotowałeś, nigdy nie będziesz trzymać w ramionach swojego dziecka. Nikt nie chce wiedzieć, że czasem, siedząc na tym wózku, czuję taką klaustrofobię, że mam ochotę wrzeszczeć jak wariat na samą myśl o tym, że spędzę w nim kolejny dzień. Moja matka jest o włos od załamania i nie może mi wybaczyć, że wciąż kocham ojca. Siostra nie może mi wybaczyć, że znów jestem ważniejszy niż ona – a ponieważ jestem kaleką, nie może mnie nienawidzić tak jak wtedy, kiedy byliśmy dziećmi. Ojciec najbardziej chciałby, żeby to wszystko było tylko złym snem. Ostatecznie wszyscy chcą szukać w tym wszystkim jasnych stron i chcą, żebym ja też miał takie podejście – urwał. – Chcą wierzyć, że jest jakaś jasna strona.

Zamrugałam w ciemności.

– I ja mam być tą jasną stroną? – zapytałam cicho.

– Ty, Clark – spojrzał na swoje dłonie – jesteś jedyną osobą, z którą jestem w stanie rozmawiać, odkąd wylądowałem na tym cholernym czymś.

Więc mu powiedziałam.

Wzięłam go za rękę, tak samo jak wtedy, kiedy wyprowadził mnie z labiryntu, popatrzyłam na swoje stopy, nabrałam powietrza i opowiedziałam mu o tamtym wieczorze, o tym, jak się ze mnie śmiali i żartowali z tego, jaka jestem pijana i upalona, i jak straciłam przytomność, a moja siostra powiedziała później, że to nawet lepiej, bo nie pamiętam tego, co zrobili, ale że te pół godziny, kiedy nie wiedziałam, co się ze mną działo, prześladuje mnie od tamtej pory aż do teraz. Uzupełniłam je sobie. Uzupełniłam ich śmiechem, ich ciałami i słowami. Wypełniłam swoim upokorzeniem. Powiedziałam mu, że widziałam ich twarze za każdym razem, kiedy wyjeżdżałam z miasta, i że zupełnie wystarczali mi Patrick, mama i tato, i moje małe życie, ze wszystkimi jego problemami i ograniczeniami. Dzięki temu wszystkiemu czułam się bezpieczna.

Kiedy skończyliśmy rozmawiać, niebo już zupełnie pociemniało, a w komórce miałam czternaście wiadomości z pytaniami, gdzie się podziewamy.

– Nie muszę ci mówić, że to nie była twoja wina – powiedział cicho.

Nad naszymi głowami była nieskończona otchłań nieba.

Zacisnęłam w ręku chusteczkę.

– Tak. Niby tak. Ale ja wciąż czuję się winna. Wypiłam za dużo, żeby się popisać. Byłam straszną flirciarą. Byłam...

– Nie. To oni są winni.

Nikt nigdy nie powiedział mi tego głośno. Nawet w pełnym współczucia spojrzeniu Treeny było milczące oskarżenie. „Jeśli upijasz się i wygłupiasz z mężczyznami, których nie znasz, nigdy nie wiesz...".

Zacisnął palce na moich. Słaby ruch, ale jednak.

– Louisa. To nie była twoja wina.

Rozpłakałam się. Ale tym razem nie szlochałam głośno. Łzy płynęły cicho, jakby oczyszczając mnie z czegoś. Winy. Strachu. Kilku innych rzeczy, których nie umiałam nazwać. Delikatnie oparłam mu głowę na ramieniu, on także pochylił głowę, tak że dotknęła mojej.

– Dobrze. Słuchasz mnie?

Mruknęłam, że tak.

– W takim razie powiem ci coś dobrego – zaczął, a potem odczekał chwilę, jakby chciał być pewien, że go słucham. – Niektóre błędy... mają większe konsekwencje niż inne. Ale tamta noc nie może decydować o twoim życiu.

Czułam, że wciąż opiera głowę o moją.

– Możesz nie pozwolić, żeby tak się stało.

Wyrwało mi się długie, drżące westchnienie. Siedzieliśmy w milczeniu, pozwalając, by jego słowa wybrzmiały do końca. Mogłabym tu tak siedzieć całą noc, czując ciepło dłoni Willa i czując, jak to, co było we mnie najgorsze, powoli odpływa.

– Lepiej wracajmy – powiedział w końcu. – Zanim zaczną nas szukać z psami.

Puściłam jego dłoń i wstałam, nieco niechętnie, czując na skórze chłodny wiatr. A potem, niemal z lubością, wyciągnęłam ręce wysoko nad głowę. Rozprostowałam palce w wieczornym powietrzu, czując, jak napięcie ostatnich tygodni, miesięcy, może lat, ustępuje nieco, i odetchnęłam głęboko.

Poniżej mrugały światła miasteczka, jasny krąg wśród ciemnych pól. Odwróciłam się do niego.

– Will?

– Tak?

Ledwo widziałam go w półmroku, ale wiedziałam, że na mnie patrzy.

– Dziękuję. Dziękuję, że po mnie przyszedłeś.

Potrząsnął głową i skierował wózek na ścieżkę.

18

– Disneyland to dobry pomysł.

– Już panu mówiłam, żadnych parków rozrywki.

– Wiem, że pani mówiła, ale tam są nie tylko kolejki górskie i karuzele z kręcącymi się filiżankami. Na Florydzie są też studia filmowe i centrum naukowe. To bardzo kształcące.

– Nie sądzę, żeby trzydziestopięcioletni były szef firmy potrzebował dokształcania.

– Na każdym rogu są toalety dla niepełnosprawnych. A personel jest niesłychanie troskliwy. Nic nie stanowi dla nich problemu.

– Czy chce mi pan powiedzieć, że są tam specjalne ścieżki dla niepełnosprawnych?

– Przyjmują wszystkich. Dlaczego nie Floryda, panno Clark? Jeśli to pani nie odpowiada, moglibyście pojechać do oceanarium. I pogoda jest tam piękna.

– Ciekawe, kto byłby górą w konfrontacji Will kontra rekin ludojad.

Jakby mnie nie słyszał.

– To jedna z najwyżej ocenianych firm, jeśli chodzi o uwzględnianie potrzeb niepełnosprawnych. Wie pani, że oni realizują wiele projektów w ramach fundacji „Mam życzenie" dla umierających?

– Ale on nie umiera – skończyłam rozmawiać z agentem akurat, kiedy zjawił się Will. Przez chwilę nie mogłam trafić słuchawką na widełki, zamknęłam gwałtownie notes.

– Wszystko w porządku, Clark?

– Jak najbardziej. – Uśmiechnęłam się promiennie.

– To dobrze. Masz jakąś ładną kieckę?

– Co takiego?

– Co robisz w sobotę?

Patrzył na mnie wyczekująco. Ja tymczasem nie mogłam się pozbyć wizji rekina ludojada w zwarciu z agentem biura podróży.

– Yyy... chyba nic takiego. Patrick ma trening przez cały dzień. A co?

Odczekał kilka sekund, zanim mi powiedział, tak jakby chciał zrobić mi niespodziankę i czekał na efekt.

– Idziemy na wesele.

Potem nie byłam zupełnie pewna, dlaczego Will zmienił zdanie w sprawie ślubu Alicii i Ruperta. Podejrzewałam, że w jego decyzji było sporo typowej dla niego przekory – nikt nie spodziewał się, że tam pójdzie, a chyba najmniej sami nowożeńcy. Być może chodziło o to, żeby wreszcie domknąć jakiś rozdział. Ale myślę, że już od kilku miesięcy Alicia nie była osobą, która mogłaby go zranić.

Uznaliśmy, że damy sobie radę bez pomocy Nathana. Zadzwoniłam do lokalu, gdzie miało się odbyć wesele, żeby się upewnić, że posadzka pod namiotem weselnym nadaje się dla wózków. Zdenerwowanie Alicii, kiedy dotarło do niej, że jednak przyjdziemy, było najlepszym dowodem na to, że jej wypasione zaproszenie było naprawdę tylko dla pozorów.

– Hm... przy wejściu do namiotu jest mały schodek, ale ludzie z firmy, która go stawia, mówili, że mogą zrobić podjazd... – umilkła.

– To wspaniale. Dziękuję – powiedziałam. – Zobaczymy się na miejscu.

Weszliśmy do internetu i wybraliśmy prezent ślubny. Will wydał sto dwadzieścia funtów na srebrną ramę do obrazów oraz kolejne sześćdziesiąt funtów na jego zdaniem „absolutnie potworny" wazon. Byłam wstrząśnięta tym, że wydaje pieniądze na kogoś, kogo właściwie nie lubi, ale już w ciągu kilku pierwszych tygodni pracy u Traynorów zrozumiałam, że oni mają inne podejście do pieniędzy. Bez mrugnięcia okiem wypisywali czterocyfrowe czeki. Raz kiedyś widziałam wyciąg z konta Willa, który ktoś zostawił na kuchennym stole, żeby mógł go sobie obejrzeć. Było na nim tyle pieniędzy, że można by za nie kupić co najmniej dwa takie domy jak nasz – a to było tylko jego bieżące konto.

Postanowiłam, że włożę swoją czerwoną sukienkę – bo wiedziałam, że Willowi się podoba (a zdawałam sobie sprawę, że będzie mu potrzebne tyle nawet drobnych pozytywnych bodźców, ile tylko się da), poza tym nie miałam żadnej innej kreacji, którą ośmieliłabym się włożyć na taką imprezę. Will nie zdawał sobie sprawy, ile obaw budzi we mnie wizja, że znajdę się na weselu ludzi z wyższych klas, nawet tylko jako opiekunka. Za każdym razem, kiedy wyobrażałam sobie hałaśliwe głosy, taksujące spojrzenia w naszym kierunku, miałam ochotę zamiast tego spędzić cały dzień, oglądając Patricka na bieżni. Może to głupie, że tak się przejmowałam, ale nic nie mogłam na to poradzić. Wizja tych wszystkich gości patrzących na nas z wyższością sprawiała, że żołądek skręcał mi się na supeł.

Nie powiedziałam nic Willowi, ale bałam się o niego. Pójście na ślub swojej eks już samo w sobie wydawało się aktem masochizmu, ale pójście na imprezę, gdzie będzie pełno jego dawnych znajomych i kolegów z pracy, żeby patrzeć, jak jego była wychodzi za mąż za jego dawnego kumpla, wydawało mi się pewnym sposobem na doła. Próbowałam mu to powiedzieć na dzień przed, ale mnie zlekceważył.

– Jeśli ja się o to nie martwię, to chyba ty też nie powinnaś, Clark – stwierdził.

Zadzwoniłam do Treeny i powiedziałam jej o tym.

– Sprawdź, czy nie ma w wózku wąglika albo dynamitu – poradziła tylko.

– Po raz pierwszy wyjedziemy trochę dalej od domu i to na pewno będzie cholerna katastrofa.

– Może tylko chce przypomnieć samemu sobie, że są gorsze rzeczy niż umieranie?

– Bardzo śmieszne.

Wyraźnie słuchała mnie jednym uchem. Przygotowywała się do tygodniowego kursu dla potencjalnych przyszłych liderów biznesu i chciała, żebyśmy razem z mamą zajęły się Thomasem. Będzie fantastycznie, powiedziała. Będą tam jedni z najważniejszych ludzi w biznesie. Jej opiekun naukowy ją zarekomendował i była jedyną osobą z całej grupy, która nie musiała płacić za ten kurs. Podczas rozmowy ze mną najwyraźniej jednocześnie robiła coś na komputerze, bo dochodziło do mnie stukanie klawiszy.

– To fajnie – powiedziałam.

– To będzie w jednym z college'ów w Oksfordzie. Nawet nie w jednym z dawnych budynków politechniki, ale na samym starym kampusie.

– To super.

Urwała na chwilę.

– Ale nie ma myśli samobójczych, co?

– Nie bardziej niż zwykle.

– To już coś. – Usłyszałam sygnał e-maila.

– Muszę już kończyć, Treen.

– Okej. Baw się dobrze. Tylko nie wkładaj tej czerwonej sukienki. Ma za duży dekolt.

Tak jak przeczuwałam, poranek w dniu ślubu był pogodny i cudowny. Laskom takim jak Alicia zawsze wszystko udaje się tak, jak chcą. Ktoś pewnie wstawił się za nią u bóstw pogody.

– Clark, przemawia przez ciebie okropna gorycz – stwierdził Will, kiedy mu o tym powiedziałam.

– Tak. Cóż, uczę się od najlepszych.

Nathan przyszedł wcześniej, żeby przygotować Willa, tak żebyśmy mogli wyjechać o dziewiątej. Jazda miała nam zająć dwie godziny, łącznie z przerwami na odpoczynek. Zaplanowałam trasę tak, żeby zatrzymywać się w możliwie dogodnych miejscach. Przygotowałam się w łazience, naciągnęłam pończochy na świeżo wydepilowane nogi, nałożyłam makijaż, po czym go starłam, żeby w oczach eleganckich gości nie wyglądać jak dziewczyna na telefon. Nie odważyłam się owinąć szyi szalikiem, ale zabrałam etolę, którą mogłam zasłonić dekolt jakby co.

– Nieźle, prawda? – Nathan odsunął się, i oto zobaczyłam Willa, w ciemnym garniturze i błękitnej koszuli z krawatem. Był gładko ogolony, twarz miał lekko opaloną. Kolor koszuli sprawiał, że jego oczy miały szczególnie żywą barwę. Nagle wydawało się, jakby był w nich okruch słońca.

– Nieźle – uznałam, bo z jakiegoś dziwnego powodu nie chciałam powiedzieć, jak dobrze wygląda. – Na pewno będzie żałowała, że wychodzi za tę beczkę smalcu.

Will wzniósł oczy do nieba.

– Nathan, czy mamy w torbie wszystko, co potrzeba?

– Tak. Wszystko gotowe do drogi. – Odwrócił się do Willa. – Tylko nie podszczypuj druhen.

– Tak jakby miał zamiar – powiedziałam. – Na pewno wszystkie będą miały bluzki z falbankami i będą zalatywać stajnią.

Przyszli rodzice Willa, żeby się z nim pożegnać. Wyglądało na to, że przed chwilą się kłócili, bo pani Traynor trzymała się od swojego męża tak daleko, jak tylko mogła. Ręce miała skrzyżowane na piersi, nawet kiedy cofałam samochód, żeby Will mógł wjechać na rampę. Nie spojrzała na mnie ani razu.

– Nie pozwól, żeby się upił, Louisa – powiedziała, strzepując nieistniejący pyłek z ramienia syna.

– Dlaczego? – zapytał Will. – Przecież nie prowadzę.

– Masz zupełną rację, Will – stwierdził jego ojciec. – Ja zawsze potrzebowałem dwóch głębszych, żeby jakoś przetrwać wesele.

– Nawet swoje własne – mruknęła pani Traynor, a głośniej pochwaliła: – Wyglądasz bardzo elegancko, kochanie. – Przyklękła, poprawiając mu mankiety spodni. – Naprawdę bardzo elegancko.

– Ty także. – Pan Traynor spojrzał na mnie z aprobatą, kiedy wysiadłam z samochodu. – Bardzo efektownie. Okręć się, Louisa.

Will odwrócił wózek.

– Ona nie ma czasu, tato. Jedźmy, Clark. Myślę, że to chyba nieuprzejmie przyjechać na ślub później niż panna młoda.

Z ulgą wsiadłam do samochodu. Zabezpieczyłam wózek Willa, jego elegancką marynarkę powiesiliśmy nad siedzeniem dla pasażera, żeby się nie pogniotła, i ruszyliśmy w drogę.

Wiedziałam, jak będzie wyglądał dom rodziców Alicii, jeszcze zanim tam dotarliśmy. Trafiłam w dziesiątkę, tak że Will pytał mnie, dlaczego się śmieję, kiedy zwalniałam przed podjazdem. Wielkie probostwo w stylu georgiańskim, z wysokimi oknami częściowo przesłoniętymi lawiną kwitnącej jasno glicynii, podjazd wysypany kamykami karmelowego koloru. Był to doskonały dom pułkownika. Wyobraziłam sobie dzieciństwo Alicii, jak z włosami zaplecionymi schludnie w dwa blond warkoczyki siada na grzbiecie swojego pierwszego tłustego kucyka.

Dwaj faceci w kamizelkach odblaskowych kierowali samochody na teren między domem a kościołem. Opuściłam szybę.

– Czy obok kościoła jest parking?

– Goście parkują tutaj, proszę pani.

– Tak, ale my mamy wózek inwalidzki, który ugrzęźnie na trawie – wyjaśniłam. – Musimy podjechać tuż obok kościoła. Podjadę tam, dobrze?

Spojrzeli na siebie i chwilę coś mamrotali między sobą. Zanim zdążyli się odezwać, podjechałam i zaparkowałam na osobnym miejscu przy kościele. „To dopiero początek" – powiedziałam sobie w duchu, łapiąc spojrzenie Willa w tylnym lusterku, kiedy zgasiłam silnik.

– Wyluzuj, Clark. Wszystko będzie dobrze – zapewnił.

– Jestem absolutnie spokojna. Dlaczego myślisz, że nie?

– Wszystko widać u ciebie jak na dłoni. Poza tym, prowadząc, obgryzłaś sobie prawie wszystkie paznokcie.

Zaparkowałam, wysiadłam, poprawiłam etolę i wcisnęłam przyciski do opuszczania rampy.

– Okej – powiedziałam, kiedy wózek zjechał na ziemię. Po drugiej stronie drogi ludzie wysiadali z wielkich niemieckich samochodów, kobiety w sukniach koloru fuksji mamrotały coś do mężów, kiedy obcasy zapadały im się w trawie. Wszystkie były długonogie i szczupłe, wystrojone w pastelowe kolory. Nawijałam na palec kosmyk włosów, zastanawiając się, czy nie nałożyłam za dużo szminki. Podejrzewałam, że wyglądam jak jeden z tych plastikowych pojemników z keczupem w kształcie pomidora.

– Więc... W co się dziś bawimy?

Will spojrzał tam gdzie ja.

– Szczerze?

– Tak. Muszę wiedzieć. Tylko nie mów proszę „skandal i zgroza". Czy planujesz coś strasznego?

Will spojrzał na mnie. Jego oczy były błękitne i nieprzeniknione. Poczułam, jakby w brzuchu biegały mi jakieś małe zwierzątka.

– Będziemy niesłychanie dobrze wychowani, Clark.

Dygot w brzuchu się nasilał. Chciałam coś powiedzieć, ale mi przerwał.

– Zrobimy wszystko, co się da, żeby się dobrze bawić – zapewnił.

Bawić się. Tak jakby ślub byłej mógł być w jakiś sposób mniej bolesny niż leczenie kanałowe. Ale Will sam tego chciał. Ten dzień należy do niego. Wzięłam głęboki oddech, starając się pozbierać.

– Z jednym zastrzeżeniem – oświadczyłam, po raz czternasty poprawiając etolę.

– Co?

– Nie zrobisz Christy'ego Browna. Jeśli zrobisz Christy'ego Browna, pojadę do domu i zostawię cię tu z tym całym towarzystwem.

Kiedy Will zakręcił i ruszył w kierunku kościoła, wydawało mi się, że mruczy pod nosem:

– Co za maruda.

Cała ceremonia przebiegła bez żadnego incydentu. Alicia wyglądała tak niewiarygodnie pięknie, jak przewidywałam, jej cera była niczym gładki karmel, cięty ze skosu jedwab w kolorze złamanej bieli opływał jej szczupłą figurę, tak jakby nie ośmielił się na niej zatrzymać bez pozwolenia. Gapiłam się na nią, kiedy płynęła przez główną nawę, zastanawiając się, jak to jest być kimś tak wysokim, długonogim i wyglądającym jak z plakatu. Zastanawiałam się, czy ma cały sztab makijażystek i fryzjerek. I czy nosi bieliznę obciskającą. Oczywiście, że nie. Pewnie miała na sobie jakiś strzęp jasnej koronki – bieliznę dla kobiet, które nie muszą niczego podtrzymywać, kosztującą więcej, niż ja zarabiam w tydzień.

Podczas gdy pastor głędził, a małe, ubrane jak baletnice druhny z szelestem wierciły się w ławkach, ja oglądałam sobie innych gości. Chyba nie było tu kobiety, która nie wyglądałaby jak z magazynu dla pań. Ich buty, idealnie pasujące odcieniem do reszty stroju, wyglądały na kupione specjalnie na tę okazję. Młodsze kobiety stały elegancko na bardzo wysokich obcasach, z idealnym pedikiurem. Starsze, w czółenkach na słupku, ubrane były w szykowne żakiety z jedwabną podszewką w kontrastującym kolorze i miały na sobie kapelusze przeczące prawom grawitacji.

Mężczyźni byli mniej interesujący, ale niemal wszyscy promieniowali tą aurą, którą czasem wyczuwałam u Willa – zamożności i uprzywilejowania, poczucia, że życie ułoży się tak, żeby było ci wygodnie. Zastanawiałam się, jakimi firmami kierują, w jakich światach żyją. I czy w ogóle zauważają ludzi takich jak ja, którzy opiekują się ich dziećmi albo obsługują ich w restauracjach. Albo tańczą na rurze dla ich kolegów, z którymi robią interesy – pomyślałam, przypominając sobie rozmowy w pośredniaku.

Na weselach, na których bywałam, zwykle oddzielano rodziny panny młodej i pana młodego, z obawy, że ktoś naruszy warunki zwolnienia warunkowego.

My ustawiliśmy się z tyłu kościoła, wózek Willa tuż przy prawym krańcu ławki, na której siedziałam. Na chwilę podniósł wzrok, kiedy Alicia szła główną nawą, ale potem patrzył na wprost, z nieprzeniknioną miną. Czterdziestoośmioosobowy chór (policzyłam) odśpiewał coś po łacinie. Rupert w swoim smokingu wyglądał jak tłusty pingwin i unosił brwi, jakby był zadowolony i jednocześnie zdumiony całą sytuacją. Nikt nie klaskał ani nie wznosił okrzyków, kiedy pastor ogłosił ich mężem i żoną. Rupert wyglądał na trochę oszołomionego, rzucił się w kierunku panny młodej, jakby była jabłkiem na sznurku, i omal nie trafił w jej usta. Zastanawiałam się, czy wyższe klasy uważają, że to niestosowne serio całować się przed ołtarzem.

A potem już było po wszystkim. Will ruszył w kierunku wyjścia. Patrzyłam na tył jego głowy, wyprostowanej z godnością, i chciałam go zapytać, czy to był błąd, że tu przyszliśmy. Chciałam zapytać, czy wciąż coś do niej czuje. Chciałam mu powiedzieć, że jest za dobry dla tej głupiutkiej karmelowej kobietki, nieważne, co sugerują pozory, i że... nie wiedziałam, co jeszcze powiedzieć.

Chciałam tylko, żeby było lepiej.

– W porządku? – zapytałam, kiedy go dogoniłam.

Ostatecznie to on powinien stać przed ołtarzem.

Zamrugał kilka razy.

– W porządku – westchnął, tak jakby wstrzymywał oddech. Potem spojrzał na mnie. – Chodź, napijmy się czegoś.

Namiot weselny postawiono w otoczonym murem ogrodzie, kutą żelazną bramę opleciono girlandami z bladoróżowych kwiatów. Przy barze, znajdującym się na samym końcu, było dość tłoczno, więc zaproponowałam Willowi, żeby poczekał, a ja pójdę po drinka dla niego. Przecisnęłam się między stołami zasłanymi białym lnianym obrusem, na których leżało więcej sztućców i szkła, niż kiedykolwiek widziałam. Krzesła miały pozłacane oparcia, jak czasem na pokazach mody, a nad każdą ozdobą z frezji i lilii wisiały białe lampiony. Było aż duszno od zapachu kwiatów.

– Kruszon? – zapytał barman, kiedy dotarłam do baru.

– Hm. – Rozejrzałam się i zorientowałam, że to właściwie jedyne, co tu dają. – Och. Okej. Dwa poproszę.

Uśmiechnął się.

– Inne napoje będą później. Ale pani Dewar chciała, żeby wszyscy zaczęli od kruszonu – powiedział mi to lekko konspiracyjnym tonem, minimalnym uniesieniem brwi dając do zrozumienia, co o tym myśli.

Spojrzałam na różowy napój podobny do lemoniady. Mój tato mówił, że to bogaci ludzie są najbardziej skąpi, ale ja byłam naprawdę zdumiona, że nawet nie zaczną wesela od alkoholu.

– W takim razie będziemy musieli się zadowolić kruszonem – powiedziałam i wzięłam od niego szklanki.

Kiedy wróciłam do Willa, okazało się, że rozmawia z nim jakiś facet. Młody, w okularach, prawie kucał, opierając ramię o podłokietnik wózka. Słońce było wysoko, więc musiałam mrużyć oczy, żeby zobaczyć ich wyraźnie. Nagle zrozumiałam, że te kapelusze o szerokich rondach wcale nie są bez sensu.

– Cholernie dobrze znów cię widzieć, Will – powiedział tamten. – Firma bez ciebie już nie jest taka sama. Nie powinienem tego mówić, ale nie jest taka sama. Po prostu tak jest.

Wyglądał jak młody księgowy – ktoś, kto czuje się dobrze tylko w garniturze.

– To miłe, że tak mówisz.

– To było takie dziwne. Jakbyś spadł z urwiska. Jednego dnia byłeś na miejscu i kierowałeś wszystkim, a drugiego...

Zauważył, że przyszłam, i spojrzał na mnie.

– Och – powiedział i wzrok zjechał mu na mój dekolt. – Cześć.

– Louisa Clark. Poznaj Freddiego Derwenta.

Włożyłam szklankę Willa w uchwyt i uścisnęłam rękę młodszego mężczyzny.

Przeniósł wzrok na moją twarz.

– Och – powiedział znów. – No i...

– Jestem przyjaciółką Willa – wyjaśniłam, a potem, niezupełnie wiedząc, dlaczego, lekko położyłam mu rękę na ramieniu.

– Życie nie jest w końcu takie złe – stwierdził Freddie Derwent ze śmiechem, który brzmiał trochę jak kaszel. Zarumienił się nieco. – W każdym razie... muszę iść pogadać z innymi gośćmi. Wiecie, jak to jest – to też okazja do nawiązywania kontaktów. Ale dobrze cię widzieć, Will. Naprawdę. I panią, panno Clark.

– Wydawał się miły – powiedziałam, kiedy odjechaliśmy kawałek dalej. Zdjęłam rękę z ramienia Willa i upiłam duży łyk kruszonu. Był smaczniejszy, niż wyglądał. Tylko trochę mnie przeraziło, że dodali do niego ogórka.

– Tak. Tak, to miły chłopak.

– Wcale nie taki sztywny.

– Nie. – Will spojrzał na mnie z błyskiem w oku. – Nie, ani trochę.

Tak jakby Freddie Derwent usunął jakąś barierę, w ciągu następnej godziny wielu ludzi podchodziło, żeby przywitać się z Willem. Niektórzy stawali w pewnej odległości, jakby chcąc uniknąć problemu ze ściskaniem ręki, podczas gdy inni podciągali spodnie i niemal kucali. Stałam obok wózka i niewiele się odzywałam. Zauważyłam jednak, że sztywnieje lekko, kiedy zbliżyło się kolejnych dwóch gości.

Jeden – wielki, nonszalancki, z cygarem – jakby nie wiedział, co ma powiedzieć, kiedy znalazł się przed Willem, rzucił więc tylko:

– Cholernie fajna imprezka, nie? Panna młoda wyglądała super. – Chyba nie znał historii uczuć Alicii.

Drugi, który wyglądał na jakiegoś biznesowego rywala Willa, wybrał bardziej dyplomatyczny ton, ale coś w jego bardzo bezpośrednim spojrzeniu i zadawanych wprost pytaniach o stan Willa sprawiało, że Will wyraźnie się spiął. Byli jak krążące wokół siebie dwa psy, które zastanawiają się, czy pokazać zęby.

– Nowy dyrektor mojej dawnej firmy – wyjaśnił Will, kiedy facet wreszcie sobie poszedł, machnąwszy nam na pożegnanie. – Chyba chciał się upewnić, że nie będę próbował wysiudać go z posady.

Był coraz większy skwar, ogród zmieniał się w pachnącą pułapkę, ludzie chowali się pod drzewami. Martwiąc się o temperaturę Willa, zawiozłam go do wejścia do namiotu. W środku włączono wielkie wiatraki, które kręciły się ospale nad naszymi głowami. Gdzieś dalej, w letnim domu, grał kwartet smyczkowy. Czułam się jak w jakimś filmie.

Alicia, która sunęła przez ogród niczym zwiewna wizja, rozdzielając niby-pocałunki i wydając radosne okrzyki, trzymała się z dala.

Patrzyłam, jak Will wlewa w siebie dwie szklanki kruszonu, i cieszyłam się w duchu.

Lunch podano o szesnastej. Moim zdaniem była to dość dziwna pora, ale, jak stwierdził Will, tak to bywa na weselach. Czas i tak wydawał się jakby rozciągać, pozbawiony znaczenia, zamazany przez kolejne drinki i meandrujące konwersacje. Nie wiedziałam, czy to sprawił upał, czy atmosfera, ale zanim dotarliśmy do stołu, czułam się prawie pijana. Kiedy stwierdziłam, że bełkoczę coś niespójnie do starszego faceta po lewej, uznałam, że chyba faktycznie za dużo wypiłam.

– Czy w tym różowym czymś jest alkohol? – zapytałam Willa, wysypawszy sobie na kolana zawartość solniczki.

– Mniej więcej tyle, ile w kieliszku wina.

Spojrzałam na niego ze zgrozą. Na nich obu.

– Chyba żartujesz! W tym były owoce! Myślałam, że to jest bez-alkoholowe. Jak ja cię teraz odwiozę do domu?

– Ale z ciebie opiekunka – powiedział. Uniósł brwi. – Co mi dasz za to, że nie powiem o tym matce?

Byłam zdumiona zachowaniem Willa tego dnia. Myślałam, że będzie Willem Milczącym albo Willem Sarkastycznym. A przynajmniej Willem Małomównym. Tymczasem on był dla wszystkich wręcz czarujący. Nawet to, że na lunch podano zupę, nie zepsuło mu humoru. Zapytał tylko grzecznie, czy ktoś nie zamieniłby się z nim na chleb, a wtedy dwie dziewczyny na drugim końcu stołu – które twierdziły, że „nie tolerują pszenicy" – niemal rzuciły w niego swoimi bułkami.

Im bardziej ja niepokoiłam się o to, jak zdołam wytrzeźwieć, tym bardziej ożywiony i niefrasobliwy stawał się Will. Starsza pani po jego prawej stronie okazała się byłą parlamentarzystką, która niegdyś walczyła o prawa niepełnosprawnych, i była jedną z nielicznych osób, które rozmawiały z Willem bez odrobiny skrępowania. W jakiejś chwili zobaczyłam, że podaje mu do ust kawałek rolady. Kiedy na chwilę wstała od stołu, mruknął do mnie, że kiedyś weszła na Kilimandżaro.

– Lubię takie starsze babki – powiedział. – Wyobrażam ją sobie, jak jedzie na mule z paczką kanapek. Twarda jak stare buty.

Ja miałam mniej szczęścia z panem po mojej lewej. W ciągu czterech minut – gdy już wypytał mnie błyskawicznie o to, kim jestem, gdzie mieszkam, kogo z obecnych znam – uznał, że nie będę miała do powiedzenia nic, co by go interesowało. Odwrócił się do kobiety po swojej lewej, więc mnie nie pozostało nic innego, jak tylko dojeść resztę lunchu. W pewnym momencie, kiedy zaczęłam się czuć naprawdę nieswojo, ręka Willa zsunęła się z krzesła obok mnie i jego dłoń wylądowała na moim ramieniu. Zerknęłam na niego, a on do mnie mrugnął. Uścisnęłam jego dłoń, wdzięczna, że dostrzegł, jak się czuję. Wtedy on przesunął wózek o kilkanaście centymetrów i wciągnął mnie w rozmowę z Mary Rawlinson.

– Will mówi, że jesteś jego opiekunką. – Miała przenikliwe niebieskie oczy i zmarszczki świadczące o tym, że pielęgnacja cery nie była w jej życiu najważniejszą sprawą.

– Próbuję – odpowiedziałam, zerkając na niego.

– Zawsze pracowałaś w tej branży?

– Nie. Kiedyś pracowałam... w kawiarni. – Nie sądzę, żebym mogła zdradzić ten fakt komukolwiek innemu spośród gości, ale Mary Rawlinson z aprobatą skinęła głową.

– Zawsze myślałam, że to może być ciekawa praca. Jeśli ktoś lubi ludzi i jest dość wścibski, tak jak ja – rozpromieniła się.

Will z powrotem położył rękę na swoim wózku.

– Próbuję zachęcić Louisę, żeby spróbowała czegoś innego, żeby poszerzyć nieco jej horyzonty.

– A co byś chciała robić? – zapytała mnie.

– Ona nie wie – odpowiedział Will. – Louisa to jedna z najinteligentniejszych osób, jakie znam, ale nie mogę sprawić, żeby dostrzegła własne możliwości.

Mary Rawlinson rzuciła mu ostre spojrzenie.

– Mój drogi, nie traktuj jej protekcjonalnie. Chyba sama może mi odpowiedzieć.

Zamrugałam.

– Myślę, że kto jak kto, ale akurat ty powinieneś zdawać sobie z tego sprawę.

Will wyglądał, jakby miał zamiar coś powiedzieć, ale zamknął usta. Spojrzał na stół i potrząsnął lekko głową, ale się uśmiechał.

– Cóż, Louiso, wyobrażam sobie, że twoja aktualna praca pochłania bardzo dużo umysłowej energii. I nie sądzę, by ten młody człowiek był najłatwiejszym z klientów.

– Jakby pani zgadła.

– Ale Will ma rację, jeśli chodzi o dostrzeganie własnego potencjału. Proszę, to jest moja wizytówka. Jestem w zarządzie organizacji charytatywnej, która pomaga ludziom się przekwalifikować. Może kiedyś będziesz chciała pomyśleć o czymś innym?

– Ale zajmowanie się Willem bardzo mi odpowiada, dziękuję.

Mimo wszystko wzięłam wizytówkę, którą mi wręczyła, nieco zdumiona, że ta kobieta mogłaby w ogóle się interesować, co robię ze swoim życiem. Ale chociaż ją wzięłam, czułam się jak oszustka. W żaden sposób nie będę mogła rzucić pracy, nawet gdybym wiedziała, czego chciałabym się nauczyć. Nie byłam pewna, czy nadawałabym się do przekwalifikowywania. A poza tym teraz najważniejszą dla mnie sprawą był Will i to, żeby chciał żyć. Byłam tak zatopiona w myślach, że na chwilę przestałam słuchać, o czym rozmawia tamtych dwoje.

– ...to bardzo dobrze, że najgorsze masz już za sobą. Wiem, że kiedy trzeba tak gwałtownie przestawić życie na nowe tory, to bywa przygniatające.

Gapiłam się w resztki łososia na talerzu. Jeszcze nigdy nie słyszałam, żeby ktoś rozmawiał z Willem w ten sposób.

Zmarszczył brwi, po czym odwrócił się do niej.

– Nie jestem pewien, czy faktycznie mam już z górki – powiedział cicho.

Przyglądała mu się przez chwilę, po czym zerknęła na mnie.

Zastanawiałam się, ile wyczytała z mojej twarzy.

– Na wszystko trzeba czasu, Will – powiedziała, na chwilę kładąc mu rękę na ramieniu. – A to jest coś, z czym twojemu pokoleniu dużo trudniej się pogodzić. Dorastaliście z nastawieniem, że dostaniecie wszystko niemal natychmiast. Wszyscy oczekujecie, że przeżyjecie życie tak, jak chcecie. Zwłaszcza energiczni młodzi mężczyźni tacy jak ty. Ale to wymaga czasu.

– Ale wie pani... wiesz, Mary – ja nie mam nadziei na to, że wyzdrowieję.

– Nie mówię o stronie fizycznej – odparła. – Mam na myśli to, że trzeba się nauczyć, jak żyć tym nowym życiem.

Czekałam na to, co odpowie jej Will, ale wtedy rozległo się głośne stukanie łyżeczką w kieliszek i cała sala uciszyła się w oczekiwaniu na mowy weselne.

Ledwo słyszałam, co mówili. Patrzyłam na mówców jak na kolejne nadęte pingwiny, robiące aluzje do ludzi i miejsc, o których nie miałam pojęcia, wzbudzające uprzejmy śmiech. Siedziałam, pochłaniając pralinki z ciemnej czekolady, które pojawiły się na stole w srebrnych koszyczkach, i wypiłam jedna za drugą trzy filiżanki kawy, tak że czułam się nie tylko pijana, ale też rozdygotana i nakręcona. Will natomiast był uosobieniem spokoju. Siedział, patrząc, jak goście wiwatują na cześć jego byłej dziewczyny, i słuchał, jak Rupert ględzi o tym, jaka to absolutnie doskonała z niej kobieta. Nikt nie wspomniał o Willu, nie wiem, czy dlaczego, że nie chcieli ranić jego uczuć, czy też jego obecność była jednak czymś kłopotliwym. Pani Rawlinson co jakiś czas nachylała się ku niemu, mamrotała mu coś do ucha, a on lekko kiwał głową, jakby się z nią zgadzając.

Kiedy przemowy wreszcie się skończyły, pojawiła się cała armia ludzi z obsługi, którzy zaczęli uprzątać środek pomieszczenia, żeby zrobić miejsce do tańca. Will nachylił się do mnie.

– Mary powiedziała mi, że kawałek dalej jest bardzo dobry hotel. Zadzwoń do nich i zapytaj, czy możemy przenocować.

– Co?

Mary wręczyła mi serwetkę z nabazgraną nazwą i numerem telefonu.

– W porządku, Clark – powiedział cicho, tak żeby nie słyszała. – Ja zapłacę, a ty nie będziesz musiała martwić się tym, ile wypiłaś. Weź z torby moją kartę kredytową. Pewnie zapytają cię o numer.

Wzięłam kartę i komórkę i odeszłam nieco dalej w głąb ogrodu. Powiedzieli, że mają dwa pokoje – jedynkę i dwójkę na parterze. Tak, jest dostępna dla niepełnosprawnych.

– Doskonale – powiedziałam, po czym musiałam powstrzymać skowyt, jaki mi się wyrywał, kiedy usłyszałam cenę. Podałam im numer karty kredytowej Willa, czując, że jest mi trochę niedobrze.

– I jak? – zapytał, kiedy wróciłam.

– Zarezerwowałam, ale... – powiedziałam mu, ile kosztowały dwa pokoje.

– Nie ma problemu – odparł. – To teraz zadzwoń do tego swojego faceta i powiedz mu, że zostajesz na noc, i napij się jeszcze. Nic nie sprawi mi większej przyjemności, niż widzieć, jak upijasz się w trupa na koszt ojca Alicii.

Tak zrobiłam.

Tego wieczoru coś się zmieniło. Przygaszono światła, więc nasz stolik mniej rzucał się w oczy, wieczorny wietrzyk złagodził trochę wszechobecny ciężki zapach kwiatów, a muzyka, wino i tańce sprawiły, że w tych mało sprzyjających okolicznościach zaczęliśmy się naprawdę dobrze bawić. Will nigdy nie był tak swobodny i rozluźniony. Wciśnięty między mnie i Mary, rozmawiał z nią, uśmiechnięty, a jego widok chyba powstrzymywał ludzi, którzy inaczej może zerkaliby na niego nieufnie albo z litością. Skłonił mnie, żebym zdjęła szal i usiadła prosto. Zdjęłam mu marynarkę i rozluźniłam krawat. Oboje staraliśmy się nie śmiać na widok tańczących. Nie macie pojęcia, o ile lepiej się poczułam, kiedy zobaczyłam, jak tańczy to wyelegantowane towarzystwo. Faceci wyglądali, jakby ich poddano elektrowstrząsom, panie unosiły paluszki i wyglądały potwornie sztywno, nawet kiedy się okręcały.

Mary Rawlinson co jakiś czas mruczała pod nosem:

— Dobry Boże.

Zerknęła na mnie. Z każdym kolejnym drinkiem mówiła coraz barwniejszym językiem.

— Nie masz ochoty pokazać, co potrafisz?

— Boże, nie.

— Mądra dziewczynka. Już lepiej tańczą na wiejskiej dyskotece.

O dziewiątej dostałam esemesa od Nathana.

Okej?

Tak. Nie uwierzysz, ale Will świetnie się bawi.

I tak było. Patrzyłam, jak śmieje się do rozpuku z czegoś, co powiedziała Mary, i wtedy coś do mnie dotarło. Zrozumiałam, że to może się udać. On może być szczęśliwy, jeśli będzie miał wokół siebie odpowiednich ludzi, jeśli będzie mógł być Willem, a nie człowiekiem na wózku, listą chorób, obiektem litości.

A potem, o dziesiątej, zaczęły się wolne tańce. Patrzyliśmy na Alicję i Ruperta na parkiecie, oklaskiwanych uprzejmie przez oglądających. Fryzura jej obwisła i trzymała Ruperta za szyję, jakby potrzebowała podparcia. Rupert obejmował ją w talii. Chociaż była piękna i bogata, było mi jej trochę żal. Pewnie zrozumie, co straciła, dopiero gdy będzie za późno.

W połowie piosenki na parkiet wyszły inne pary, więc trochę nam ich zasłoniły, a mnie rozproszyła Mary, rozprawiająca o zasiłkach dla opiekunów, aż nagle podniosłam wzrok i okazało się, że stoi przed nami Alicia, niczym supermodelka w białej jedwabnej sukni. Serce uwięzło mi w gardle.

Alicia skinęła Mary na powitanie i nachyliła się nieco, żeby Will dosłyszał jej głos przez muzykę. Twarz miała lekko spiętą, tak jakby musiała zebrać się w sobie, żeby tu przyjść.

– Dziękuję, że przyszedłeś, Will. Naprawdę. – Zerknęła na mnie kątem oka, ale nic nie powiedziała.

– Cała przyjemność po mojej stronie – odparł gładko Will. – Wyglądasz prześlicznie, Alicio. To piękne wesele.

Przez jej twarz przemknęło zaskoczenie. A potem jakby smutek.

– Naprawdę? Naprawdę tak myślisz? Uważam... tyle chciałabym ci powiedzieć.

– Naprawdę – odrzekł Will. – Nie trzeba. Pamiętasz Louisę?

– Tak.

Na chwilę zapadła cisza.

Widziałam, jak Rupert krąży nieco dalej, przyglądając nam się niespokojnie. Zerknęła na niego, po czym mu pomachała.

– W każdym razie dziękuję ci, Will. Jesteś wspaniały, że przyszedłeś. I dziękuję za...

– Lustro.

– Oczywiście. Przepiękne. – Wyprostowała się i odeszła do męża, który złapał ją za ramię, odwracając się od nas.

Patrzyliśmy, jak idą przez parkiet.

– Nie kupiłeś jej lustra.

– Wiem.

Wciąż rozmawiali, Rupert zerkał na nas. Wyglądało na to, że nie może uwierzyć, że Will po prostu był miły. Ale mnie też trudno było uwierzyć.

– Czy to... czy ci to przeszkadza?

Odwrócił od nich wzrok.

– Nie – powiedział i uśmiechnął się do mnie. Uśmiech miał trochę krzywy, bo też trochę wypił, a oczy smutne i zamyślone jednocześnie.

A potem, kiedy na parkiecie przez chwilę zrobiło się pusto przed kolejnym tańcem, powiedziałam nagle:

– Co ty na to, Will? Zakręcisz się ze mną?

– Co?

– No chodź. Niech te dupki mają o czym gadać.

– Cholernie dobry pomysł – stwierdziła Mary, unosząc kieliszek. – Cholernie fantastyczny.

– No chodź. Teraz dają wolne. Bo chyba nie dasz rady pogować na tym wózku.

Nie dałam mu wyboru. Usiadłam mu ostrożnie na kolanach i chwyciłam go za szyję, żeby nie spaść. Dłuższą chwilę patrzył mi w oczy, jakby zastanawiał się, czy może mi odmówić. A potem, ku mojemu zdumieniu, wyjechał na parkiet i zaczął zataczać kółeczka w migoczącym świetle lustrzanych kul.

Czułam się jednocześnie skrępowana i nieco spanikowana. Siedziałam pod takim kątem, że sukienka podjechała mi do połowy ud.

– Zostaw – mruknął mi Will do ucha.

– Ale...

– Przestań, Clark. Nie psuj mi tego.

Zamknęłam więc oczy i obejmowałam go za szyję, przytulając policzek do jego policzka i wdychając cytrusowy zapach wody kolońskiej. Czułam, jak nuci razem z muzyką.

– Czy już wszyscy się przerazili? – zapytał. Otworzyłam jedno oko i zerknęłam w półmrok.

Kilka osób uśmiechało się zachęcająco, ale większość jakby nie wiedziała, co ma o tym myśleć. Mary pozdrowiła mnie, unosząc kieliszek. A potem zobaczyłam wpatrzoną w nas, nagle pobladłą Alicię. Kiedy złapała mój wzrok, odwróciła się i szepnęła coś do Ruperta. Potrząsnął głową, jakbyśmy wyprawiali coś skandalicznego.

Poczułam, jak na twarzy pojawia mi się złośliwy uśmieszek.

– O tak – powiedziałam.

– Ha. Przysuń się. Pięknie pachniesz.

– Ty też. Ale jeśli będziesz ciągle kręcił się w lewo, mogę puścić pawia.

Will zmienił kierunek. Wciąż obejmując go za szyję, odsunęłam się nieco, żeby na niego spojrzeć, już zupełnie nieskrępowana. Zerknął na mój biust. Szczerze mówiąc, w tej pozycji nie bardzo mógł spojrzeć na cokolwiek innego. Podniósł wzrok znad mojego dekoltu i uniósł brwi.

– Wiesz, nigdy nie pozwoliłabyś, żeby twój biust znalazł się tak blisko mnie, gdybym nie był na wózku – mruknął.

Spojrzałam na niego bacznie.

– Gdybyś nie był na wózku, nigdy nawet nie spojrzałbyś na mój biust.

– Co? Oczywiście, że bym spojrzał.

– Nie. Byłbyś zbyt zajęty gapieniem się na wysokie blondynki z nogami do sufitu i bujnymi fryzurami, które na odległość pachną czymś drogim. A poza tym mnie by tu nie było. Podawałabym drinki jako jedna z niewidzialnych ludzi.

Zamrugał.

– Co? Nie mam racji?

Zerknął w stronę baru, a potem na mnie.

– Tak. Ale na swoją obronę mogę powiedzieć, że byłem dupkiem.

Wybuchnęłam takim śmiechem, że teraz gapiło się na nas jeszcze więcej ludzi.

Starałam się uspokoić.

– Przepraszam – mruknęłam. – Chyba zaczynam dostawać głupawki.

– Wiesz co?

Mogłabym przez całą noc patrzeć na jego twarz. Na zmarszczki w kącikach oczu. Na miejsce, gdzie szyja przechodziła w bark.

– Co?

– Czasami, Clark, właściwie tylko dla ciebie chce mi się wstawać rano.

– W takim razie pojedźmy gdzieś – powiedziałam to, zanim zdążyłam pomyśleć, co mówię.

– Co?

– Wybierzmy się dokądś. Zabawmy się gdzieś przez tydzień. Tylko ty i ja. Bez tych...

Czekał.

– Dupków?

– ...dupków. Zgódź się, Will. Proszę.

Wciąż patrzył mi w oczy.

Nie wiem, co mu powiedziałam. Nie wiem, skąd mi się to wzięło. Ale wiedziałam, że jeśli nie namówię go tej nocy, z gwiazdami, frezjami, śmiechem i Mary, to nigdy mi się nie uda.

– Proszę.

W ciągu kilku sekund, kiedy nie odpowiadał, dla mnie minęła cała wieczność.

– Okej – powiedział w końcu.

19

Nathan

Myśleli, że nic nie zauważymy. Kiedy wreszcie wrócili z tego wesela mniej więcej w porze lunchu następnego dnia, pani Traynor była tak wściekła, że ledwo mogła mówić.

– Mogliście zadzwonić – powiedziała.

Czekała w domu, żeby mieć pewność, że wrócili bezpiecznie. Od chwili gdy przyszedłem o ósmej, słyszałem jej kroki, kiedy krążyła w tę i z powrotem po korytarzu.

– Dzwoniłam albo pisałam do ciebie chyba z osiemnaście razy. Dopiero kiedy dodzwoniłam się do domu Dewarów i ktoś mi powiedział, że facet na wózku pojechał do hotelu, mogłam być pewna, że nie mieliście jakiegoś koszmarnego wypadku na autostradzie.

– Facet na wózku. Jak miło – zauważył Will.

Ale widać było, że nic a nic się nie przejął. Był wyluzowany i zrelaksowany, żartował ze swojego kaca, chociaż byłem prawie pewien, że cierpi. Dopiero kiedy jego mamuśka najechała na Louisę, przestał się uśmiechać. Wszedł jej w słowo i powiedział, że jeśli ma coś do powiedzenia, to proszę bardzo, on słucha, bo to była jego decyzja, żeby zostać na noc, a Louisa nie miała wyboru.

– Poza tym wydaje mi się, mamo, że ponieważ mam trzydzieści pięć lat, nie muszę się nikomu spowiadać, jeśli mam ochotę przenocować w hotelu. Nawet swoim rodzicom.

Gapiła się na nich dwoje, potem wymamrotała coś na temat zwykłej uprzejmości i wyszła z pokoju.

Louisa wyglądała na trochę roztrzęsioną, ale on podjechał do niej i coś jej szepnął, i wtedy właśnie to zobaczyłem. Zarumieniła się jakby i roześmiała. To był taki rodzaj śmiechu, kiedy wiesz, że nie powinieneś się śmiać. Taki śmiech, który mówi o wzajemnym porozumieniu. A potem Will odwrócił się do niej i powiedział, żeby wzięła sobie wolne na resztę dnia. Żeby poszła do domu, przebrała się, może przespała.

– Nie mogę spacerować wokół zamku z kimś, kto najwyraźniej właśnie wraca z imprezy, gdzie nieźle poszedł w tango – powiedział.

– Poszedł w tango? – nie mogłem ukryć zaskoczenia.

– Bez przesady – odparłam, udając, że mnie bije szalikiem, i wzięła płaszcz, żeby wyjść.

– Weź samochód! – zawołał. – Będzie ci łatwiej dostać się do domu.

Patrzyłem, jak Will śledzi ją wzrokiem, dopóki nie znikła za drzwiami.

Mógłbym się założyć o wszystko tylko na podstawie tego spojrzenia.

Kiedy wyszła, nieco oklapł. Tak jakby trzymał się tylko do chwili, kiedy jego mama i Louisa nie wyszły z przybudówki. Przyglądałem mu się uważnie, a kiedy przestał się uśmiechać, stwierdziłem, że nie podoba mi się jego wygląd. Jego skórę pokrywały ledwie widoczne plamy, skrzywił się dwa razy, kiedy myślał, że nikt nie patrzy, i nawet z daleka widać było, że ma gęsią skórkę. W głowie rozdzwonił mi się sygnał alarmowy, cichy, ale przenikliwy.

– Dobrze się czujesz, Will?

– W porządku. Nie marudź.

– Powiesz mi, gdzie cię boli?

Chyba się poddał, jakby wiedział, że widzę go na wskroś. Już długo ze sobą pracowaliśmy.

– Okej. Trochę boli mnie głowa. I... hm... chyba trzeba zmienić cewnik. Raczej szybko.

Przeniosłem go z wózka do łóżka i zacząłem zbierać sprzęt.

– O której Lou ci go zmieniła dziś rano?

– Wcale nie zmieniła – skrzywił się. Wyglądał na lekko skruszonego. – Zeszłego wieczoru też nie.

– Co takiego?

Zbadałem mu puls, po czym wziąłem sprzęt do mierzenia ciśnienia. Oczywiście strasznie mu podskoczyło. Dotknąłem jego czoła, było lekko spocone. Poszedłem do szafki z lekami i rozkruszyłem kilka pastylek na rozszerzenie naczyń. Podałem mu je z wodą, pilnując, żeby wszystko połknął. Potem posadziłem go tak, że nogi zwieszały mu się z łóżka, i szybko zmieniłem cewnik, cały czas mu się przyglądając.

– AD?

– Tak. To nie było najrozsądniejsze z twojej strony, Will.

Autonomiczna dysrefleksja była jednym z naszych najgorszych koszmarów. Polegało to na nadmiernej reakcji organizmu Willa na ból, dyskomfort albo nieopróżniony kateter – jego uszkodzony system nerwowy próbował w ten sposób, błędnie i na próżno, zapanować nad sytuacją. Objawy pojawiały się znienacka i mogły spowodować poważny kryzys. Był blady, oddychał z wysiłkiem.

– A jak skóra?

– Trochę swędzi.

– Wzrok?

– W porządku.

– Cholera, stary. Myślisz, że potrzebujemy pomocy?

– Daj mi dziesięć minut, Nathan. Jestem pewien, że zrobiłeś wszystko, co potrzeba. Daj mi dziesięć minut.

Zamknął oczy. Znów zmierzyłem mu ciśnienie, zastanawiając się, jak długo mogę czekać, zanim wezwę karetkę. Bałem się dysrefleksji jak cholera, bo człowiek nigdy nie wiedział, jak to się rozwinie. Już raz mu się to przytrafiło, odkąd się nim zajmowałem, i wylądował w szpitalu na dwa dni.

– Nathan, naprawdę. Powiem ci, jeśli będziemy mieli problem.

Westchnął, a ja pomogłem mu ułożyć się tak, żeby miał głowę na podgłówku.

Powiedział mi, że Louisa była tak pijana, że wolał, żeby nic przy nim nie robiła.

– Bóg wie, gdzie by mogła wetknąć te cholerne rurki. – Prawie się roześmiał, gdy to mówił. Już samo wydostanie go z wózka i przeniesienie do łóżka zajęło jej pół godziny. Oboje dwa razy wylądowali na podłodze.

– Na szczęście byliśmy oboje tak pijani, że chyba żadne z nas nic nie poczuło.

Była na tyle przytomna, że zadzwoniła do recepcji, żeby ktoś przyszedł i pomógł go dźwignąć. Przysłali bagażowego.

– Miły gość. Mętnie przypominam sobie, że namawiałem Louisę, żeby dała mu pięćdziesiąt funtów napiwku. Wiem, że była pijana w trupa, bo się zgodziła.

Kiedy wyszła z pokoju, Will bał się, że nie trafi do swojego. Oczami wyobraźni widział, jak zwinięta w czerwony kłębek śpi na schodach.

Ja byłem dla niej nieco mniej wyrozumiały.

– Will, stary, myślę, że następnym razem powinieneś się raczej bardziej martwić o siebie, co?

– Ale nic się nie stało, Nathan. Już mi lepiej.

Czułem na sobie jego wzrok, gdy mierzyłem mu puls.

– Naprawdę. To nie była jej wina.

Ciśnienie mu spadło. Skóra w oczach odzyskiwała normalną barwę. Odetchnąłem głęboko – nawet nie zdawałem sobie sprawy, że wstrzymuję oddech.

Czekając, aż jego stan się ustabilizuje, gawędziliśmy o tym, co działo się ostatnio. Chyba zupełnie się nie przejmował swoją eks. Nie mówił za dużo, ale choć był wyraźnie wyczerpany, wyglądało na to, że wszystko z nim w porządku.

Puściłem jego nadgarstek.

– Tak przy okazji – fajny tatuaż.

Rzucił mi kpiące spojrzenie.

– Tylko uważaj, żebyś nie przeszedł do „termin ważności upłynął"...

Mimo potów, bólu i infekcji po raz pierwszy wyglądał, jakby myślał o czymś innym niż jedyna sprawa, która pochłaniała go dotychczas. Nie mogłem powstrzymać myśli, że gdyby pani Traynor o tym wiedziała, może nie rzucałaby się tak bardzo o tę imprezę.

Nie powiedzieliśmy jej nic o tym, co działo się w porze lunchu – Will kazał mi obiecać, że tego nie zrobię – ale kiedy Lou przyszła znów po południu, niewiele się odzywała. Była blada, umyte włosy związała z tyłu, jakby chciała wyglądać poważnie i rozsądnie. Domyślałem się, jak się czuje; czasem kiedy człowiek się nawali, rano czuje się nieźle, ale tylko dlatego, że wciąż jest trochę pijany. Stary dobry kac dopiero się z tobą bawi, patrząc tylko, kiedy ugryźć. Ją chyba dopadł koło południa.

Ale szybko stało się jasne, że to nie tylko przez kaca.

Will dopytywał się, dlaczego się nie odzywa, aż w końcu powiedziała:

– No cóż, okazało się, że to mało rozsądne zostawać gdzieś na noc niedługo po przeprowadzce do chłopaka.

Powiedziała to z uśmiechem, ale był to raczej wymuszony uśmiech, i obaj wiedzieliśmy, że musiało dojść do jakiejś poważnej rozmowy.

Trudno było się dziwić temu gościowi. Ja tam bym nie chciał, żeby moja panna spędziła noc z jakimś facetem, nawet na wózku. Poza tym nie widział, jak Will na nią patrzy.

Tego popołudnia nie robiliśmy nic szczególnego. Louisa rozpakowała plecak Willa, pokazując nam po kolei miniaturowe buteleczki z darmowym szamponem, odżywką, przybornik do szycia oraz czepek kąpielowy. („Nie śmiej się – powiedziała. – Za taką cenę można by kupić całą fabrykę szamponu"). Obejrzeliśmy jakiś japoński film animowany, który, jak powiedział Will, świetnie się ogląda na kacu, a ja zwlekałem z wyjściem – po części dlatego, że chciałem pilnować tego jego cholernego ciśnienia, ale uczciwie mówiąc, korciło mnie, żeby zobaczyć jego reakcję na zapowiedź, że dotrzymam im towarzystwa.

– Naprawdę? – zapytał. – Lubisz Miyazakiego?

Natychmiast się połapał, powiedział, że jasne, na pewno mi się spodoba, to świetny film i tak dalej. Ale to mi wystarczyło. Z jednej strony właściwie się cieszyłem. Ten facet za długo myślał tylko o jednym.

No to oglądaliśmy film. Zaciągnęliśmy zasłony, wyłączyliśmy telefon i obejrzeliśmy dziwaczną kreskówkę o dziewczynce, która trafia do równoległej rzeczywistości, świata pełnego odjechanych stworów, co do których zwykle nie wiadomo nawet, czy są dobre, czy złe. Lou siedziała blisko Willa, podawała mu picie, a w jednym momencie wyjęła mu coś z oka. Było to naprawdę słodkie, chociaż zastanawiałem się też, czym się to u diabła skończy.

A potem, kiedy Louisa rozsunęła zasłony i zrobiła nam herbaty, spojrzeli na siebie jak para spiskowców, którzy zastanawiają się, czy cię wtajemniczyć, i powiedzieli, że mają zamiar wyjechać. Na dziesięć dni. Jeszcze nie są pewni dokąd, ale pewnie gdzieś daleko, i na pewno będzie fajnie. Czy chciałbym pojechać z nimi, żeby im pomóc?

Pytanie!

Musiałem przyznać, że zrobiła na mnie wrażenie. Gdyby ktoś powiedział mi przed czterema miesiącami, że uda nam się wyciągnąć Willa na jakieś dalsze wakacje – że w ogóle uda się go wyciągnąć z domu – stwierdziłbym, że chyba brakuje mu piątej klepki. Ale przed wyjazdem na pewno pogadałbym z nią o pielęgnacji Willa. Nie moglibyśmy sobie pozwolić na coś takiego jak teraz, gdybyśmy utknęli na jakimś pustkowiu.

Powiedzieli nawet pani T., kiedy zajrzała na chwilę, akurat kiedy Louisa wychodziła. Will powiedział to tak, jakby wybierali się na spacer do zamku.

Naprawdę się ucieszyłem. Całą kasę utopiłem w pokera w sieci, i w tym roku nawet nie planowałem wakacji. Wybaczyłem Louisie nawet to, że posłuchała Willa, kiedy nie chciał, żeby zmieniła mu cewnik. A wierzcie mi, byłem naprawdę wkurzony z tego powodu. Wszystko więc wyglądało fajnie i kiedy wkładałem kurtkę, pogwizdywałem pod nosem, już prawie widząc biały piasek i niebieskie morze. Zastanawiałem się nawet, czy nie dałoby rady wpaść na chwilę do domu do Auckland.

A wtedy je zobaczyłem – pani Traynor stała przy tylnych drzwiach, kiedy Lou czekała, żeby wyjechać na drogę. Nie wiedziałem, co sobie zdążyły powiedzieć, ale obie miały ponure miny.

Udało mi się usłyszeć tylko ostatnie zdanie, ale szczerze mówiąc, to mi wystarczyło.

– Mam nadzieję, Louisa, że wiesz, co robisz.

20

– Co takiego?

Byliśmy na wzgórzach tuż za miastem, kiedy mu powiedziałam. Patrick był w połowie biegu na szesnaście mil i chciał, żebym mierzyła mu czas, jadąc za nim na rowerze. Ponieważ z jazdą na rowerze radziłam sobie tylko nieco gorzej niż z fizyką kwantową, przeklinałam, chwiejąc się i jadąc wężykiem, podczas gdy on wydawał z siebie pełne desperacji okrzyki. Właściwie to chciał pobiec na dwadzieścia cztery mile, ale powiedziałam mu, że mój tyłek chyba tego nie wytrzyma, a poza tym kiedy wrócimy do domu, jedno z nas musi zrobić zakupy na cały tydzień. Skończyła nam się pasta do zębów i kawa. Ale to tylko mnie zależało na kawie, Patrick pił wyłącznie herbatki ziołowe.

Kiedy dotarliśmy na szczyt Sheepcote Hill, ja zziajana, z nogami jak z ołowiu, postanowiłam, że wyrzucę to z siebie. Uznałam, że przez dziesięć mil, które zostały mu do domu, zdąży odzyskać dobry humor.

– Nie pojadę na Xtreme Viking.

Nie zatrzymał się, ale podbiegł do mnie. Truchtając w miejscu, odwrócił się, żeby być przodem, i wyglądał na tak wstrząśniętego, że prawie wpadłam na drzewo.

– Co? Dlaczego?

– Bo... pracuję.

Odwrócił się z powrotem w stronę drogi i przyspieszył. Teraz było z górki i musiałam zaciskać palce na hamulcach, żeby go nie wyprzedzać.

– Kiedy podjęłaś decyzję? – Na czole miał kropelki potu, widać było wyraźnie napięte ścięgna łydek. Nie mogłam patrzeć na nie za długo, bo aż się wzdrygałam.

– W weekend. Chciałam być pewna.

– Ale zarezerwowaliśmy dla ciebie bilety i w ogóle.

– To tylko tanie linie. Oddam ci te trzydzieści pięć funtów, jeśli to dla ciebie problem.

– Nie chodzi o koszty. Myślałem, że jedziesz, żeby mnie wspierać. Mówiłaś, że będziesz mi kibicować.

Patrick potrafił robić obrażoną minę. Kiedy zaczęliśmy być razem, drażniłam się z nim, nazywając go Panem Fochem. Mnie to bawiło, a jego złościło do tego stopnia, że zwykle przestawał marudzić tylko po to, żebym się zamknęła.

– Och, daj spokój. No przecież cię wspieram. Nienawidzę jeździć na rowerze. Ale mimo to tu jestem.

Odezwał się po prawie dwóch kilometrach. Może tylko mi się wydawało, ale nawet jego kroki zaczęły brzmieć jakoś ponuro i stanowczo. Byliśmy teraz wysoko nad miasteczkiem, ja, dysząc, podjeżdżałam na kolejne wzniesienia, starając się nie panikować za każdym razem, kiedy mijał nas samochód. Jechałam na starym rowerze mamy (Patrick nie pozwoliłby mi nawet dotknąć swojego wyścigowego demona), który nie miał przerzutek, więc często zostawałam w tyle.

Obejrzał się, po czym minimalnie zwolnił, żebym się z nim zrównała.

– Nie mogą wynająć kogoś do opieki? – zapytał.

– Wynająć?

– No żeby ktoś przychodził do nich do domu. Chyba po pół roku pracy należy ci się jakiś urlop.

– To nie takie proste.

– Nie rozumiem, dlaczego. W końcu kiedy zaczęłaś tam pracować, też musiałaś się wdrożyć.

Wstrzymałam oddech. Było to dość trudne, zwłaszcza że od pedałowania i tak brakowało mi tchu.

– Bo on musi pojechać na wycieczkę.

– Co?

– On musi gdzieś wyjechać. Więc ja i Nathan musimy jechać razem z nim.

– Nathan? A kto to jest Nathan?

– Jego pielęgniarz. Poznałeś go, kiedy Will przyszedł na moje urodziny.

Widziałam, że się zastanawia. Otarł sobie pot spływający do oczu.

– Zanim zdążysz zapytać – dodałam – nie, nie mam romansu z Nathanem.

Zwolnił, patrząc na asfalt, aż w końcu niemal biegł w miejscu.

– O co chodzi, Lou? Bo... bo wydaje mi się, jakby zacierała się granica między tym, co jest pracą, a tym, co jest... – wzruszył ramionami – normalne.

– To nie jest normalna praca. Wiedziałeś o tym.

– Ale ostatnio Will Traynor robi się ważniejszy niż cokolwiek innego.

– Czyżby? A to nie? – Zdjęłam rękę z kierownicy i wskazałam jego wciąż poruszające się nogi.

– To co innego. Wystarczy, że zadzwoni, a ty już do niego biegniesz.

– A kiedy ty idziesz biegać, ja przybiegam w te pędy. – Próbowałam się uśmiechnąć.

– Bardzo zabawne. – Odwrócił się.

– To sześć miesięcy, Pat. Sześć miesięcy. Sam uważałeś, że powinnam wziąć tę pracę. Nie możesz teraz na mnie najeżdżać za to, że traktuję ją poważnie.

– Nie sądzę... nie sądzę, żeby chodziło o pracę. Myślę, że jest coś, o czym mi nie mówisz.

Zawahałam się, chwilę za długo.

– To nieprawda.

– Ale nie jedziesz na Vikinga.

– Mówiłam ci, że...

Potrząsnął głową, jakby słabo mnie słyszał. Potem zaczął biec w dół, oddalając się ode mnie. Po jego plecach widziałam, jak jest zły.

– Daj spokój, Patrick. Może zatrzymamy się na minutkę i pogadamy o tym?

– Nie – odezwał się zawziętym tonem. – To mi zepsuje wynik.

– W takim razie zatrzymajmy stoper. Tylko na pięć minut.

– Nie. Muszę to zrobić w idealnych warunkach.

Zaczął biec szybciej, jakby nagle nabrał rozpędu.

– Patrick? – zapytałam, starając się za nim nadążyć. Stopy ześlizgiwały mi się z pedałów. Przeklinając, starałam się obrócić pedał, żeby znów ruszyć.

– Patrick? Patrick!

Patrzyłam na tył jego głowy i słowa wyfrunęły z moich ust, zanim zdążyłam pomyśleć, co właściwie mówię.

– Okej. Will chce umrzeć. Planuje popełnić samobójstwo. A ten wyjazd to ostatnia szansa, żeby zmienił zdanie.

Patrick zwolnił. Zatrzymał się przede mną na drodze, wyprostowany, wciąż tyłem do mnie. Odwrócił się powoli. Wreszcie przestał truchtać w miejscu.

– Powtórz, co powiedziałaś.

– On chce pojechać do Dignitas. W sierpniu. Próbuję sprawić, żeby zmienił zdanie. To jest moja ostatnia szansa.

Patrzył na mnie, jakby nie wiedział, czy ma mi wierzyć.

– Wiem, że to brzmi jak jakieś wariactwo. Ale muszę sprawić, żeby zmienił zdanie. Więc... nie mogę pojechać na Vikinga.

– Dlaczego nie powiedziałaś mi wcześniej?

– Musiałam obiecać jego rodzinie, że nikomu nie powiem. To byłoby dla nich straszne, gdyby to się rozeszło. Straszne. Słuchaj, nawet on nie wie, że ja wiem. To wszystko jest... pokręcone. Przepraszam. – Wyciągnęłam do niego rękę. – Powiedziałabym ci, gdybym tylko mogła.

Nie odpowiadał. Wyglądał na zdruzgotanego, tak jakbym zrobiła coś strasznego. Zmarszczył czoło i dwa razy przełknął głośno ślinę.

– Pat...

– Nie. Muszę teraz biec dalej, Lou. Sam. – Przesunął ręką po włosach. – Okej?

Przełknęłam ślinę.

– Okej.

Przez chwilę wyglądał, jakby nie pamiętał, po co tu w ogóle jesteśmy. Potem znów ruszył biegiem, a ja patrzyłam, jak znika na drodze, jak jego nogi pokonują kolejne metry.

Napisałam tę prośbę dzień po naszym powrocie z wesela.

Czy ktoś mógłby mi podsunąć jakieś miejsce, gdzie ludzie na wóz-kach mogą mieć przygody? Szukam rzeczy, dzięki którym mój przy-gnębiony przyjaciel zapomniałby na chwilę, że jego życie jest trochę ograniczone. Naprawdę nie wiem, czy mogę na coś takiego liczyć, ale będę wdzięczna za wszelkie sugestie. To dość pilne.

Pracowita Pszczółka

Kiedy się zalogowałam, patrzyłam na ekran z niedowierzaniem. Było aż osiemdziesiąt dziewięć odpowiedzi. Przewinęłam w górę i w dół ekranu, bo z początku nie chciało mi się wierzyć, że to wszystko od-powiedzi na moje pytanie. Potem rozejrzałam się po innych ludziach siedzących przy komputerach w bibliotece, bo bardzo chciałam, żeby znalazł się ktoś, komu mogłabym powiedzieć. Osiemdziesiąt dziewięć odpowiedzi! Na jedno pytanie!

Ludzie opisywali skoki na bungee dla sparaliżowanych, pływanie, kajakarstwo, a nawet jazdę konną, z pomocą specjalnej podpórki. (Kiedy obejrzałam podlinkowany filmik, żałowałam, że Will nie znosi koni. Wyglądało to super).

Było też pływanie z delfinami i nurkowanie z asystą. Były pływające wózki, dzięki którym można wędkować, i przystosowane motocykle, dzięki którym można jeździć po bezdrożach. Niektórzy ludzie zamie-ścili swoje zdjęcia albo filmiki pokazujące ich podczas tych rozrywek. Kilku, w tym Ritchie, pamiętało moje poprzednie posty, i dopytywali się, jak tam sytuacja.

Wygląda na to, że jest nie najgorzej. Czy on czuje się lepiej?

Odpowiedziałam szybko:

Może. Ale wciąż mam nadzieję, że ta wycieczka naprawdę zmieni mu podejście do życia.

Ritchie odpowiedział:

Zuch-dziewczyna! Jeśli masz kasę na to wszystko, możesz zrobić, co tylko chcesz.

Scootagirl napisała:

> Tylko pamiętaj wrzucić tu jego zdjęcia, jak skacze na bungee. Ludzie
> mają niezłe miny, jak są do góry nogami.

Uwielbiałam ich – tych wszystkich ludzi na wózkach i ich opiekunów – za ich odwagę, wielkoduszność i wyobraźnię. Tego wieczoru przez dwie godziny spisywałam ich sugestie, zaglądając na strony
firm, które wypróbowali, a nawet rozmawiałam z kilkorgiem na czacie.
Zanim skończyłam, już miałam cel naszej podróży: pojedziemy do
Kalifornii, do The Four Winds, specjalistycznego ośrodka, który ofe-
rował fachową pomoc „w taki sposób, że zapomnisz, że w ogóle potrzebujesz pomocy" – jak głosiła ich strona internetowa. Samo ranczo,
niski drewniany budynek stojący na polanie w lesie niedaleko Yosemite,
założył pewien były kaskader, który nie chciał, żeby uraz kręgosłupa
ograniczał go w czymkolwiek, a księga gości pełna była zachwytów
i wyrazów wdzięczności ludzi, którzy przysięgali, że zmienił ich nastawienie do własnej niepełnosprawności – i do samych siebie. Co najmniej cztery osoby z mojego forum tam były i wszystkie twierdziły,
że to odmieniło ich życie.

Ośrodek był dostosowany do wózków, ale miał też wszelkie udogod-
nienia, jakich można by oczekiwać w luksusowym hotelu. Były tam małe
odkryte baseny, z dyskretnymi poręczami, i wyszkoleni masażyści. Na
miejscu był wykwalifikowany personel medyczny, a także kino, gdzie
oprócz zwykłych foteli było miejsce dla wózków. Było jacuzzi, w którym
można było siedzieć i patrzeć na gwiazdy. Spędzilibyśmy tam tydzień,
a potem kilka dni na wybrzeżu w kompleksie hotelowym, gdzie Will
mógłby pływać, i obejrzelibyśmy sobie skaliste wybrzeże. A ukoronowa-
niem tej wycieczki miało być coś, czego Will nigdy by nie zapomniał –
skok ze spadochronem, w asyście instruktorów przeszkolonych w skokach z niepełnosprawnymi. Mieli specjalny sprzęt, za którego pomocą
przyczepiliby Willa do siebie (najwyraźniej najważniejsze było zabez-
pieczenie nóg, tak żeby nie uniosły mu się kolana, waląc ich w twarz).

Pokażę mu katalog hotelu, ale nie powiem mu o tym. Miałam
zamiar pojechać z nim tam, a potem patrzeć, jak będzie to robił. Przez
kilka cennych minut Will będzie nieważki i wolny. Wyrwie się ze znie-
nawidzonego wózka. Umknie grawitacji.

Wydrukowałam wszystkie informacje i trzymałam tę kartkę na wierzchu. Kiedy tylko na nią spoglądałam, czułam, jak kiełkuje we mnie podniecenie – i dlatego, że to miała być moja pierwsza dalsza podróż, i dlatego, że może to było właśnie to.

Może właśnie ten wyjazd sprawi, że Will zmieni zdanie.

Następnego ranka pokazałam Nathanowi wszystkie materiały, oglądaliśmy je ukradkiem w kuchni, pochyleni nad kawą jak dwoje spiskowców. Przejrzał to, co wydrukowałam.

– Rozmawiałam z innymi sparaliżowanymi o tym skakaniu ze spadochronem. Nie ma żadnych przeciwwskazań medycznych. I o skokach na bungee. Mają specjalne uprzęże, które łagodzą wszelki potencjalny ucisk na kręgosłup.

Patrzyłam na niego niespokojnie. Wiedziałam, że Nathan nie ceni moich możliwości, jeśli chodzi o pielęgnację Willa. Dla mnie było ważne, żeby ucieszył się tym, co zaplanowałam.

– Mają tam wszystko, czego możemy potrzebować. Mówią, że jeśli zadzwonię wcześniej i przywiozę recepty, mogą nawet zdobyć wszelkie leki, jakich potrzebujemy, więc nie ma ryzyka, że czegoś zabraknie.

Zmarszczył brwi.

– Wygląda to nieźle – stwierdził w końcu. – Świetna robota.

– Myślisz, że mu się spodoba?

Wzruszył ramionami.

– Nie mam pojęcia. Ale – oddał mi papiery – już raz nas zaskoczyłaś, Lou. – Uśmiechnął się chytrze kątem ust. – Nie ma powodu, żeby nie udało ci się po raz kolejny.

Tego wieczoru, zanim wyszłam, pokazałam wszystko pani Traynor. Właśnie zaparkowała na podjeździe, a ja zawahałam się chwilę, zanim do niej podeszłam, choć wiedziałam, że Will nie może mnie widzieć z okna.

– Wiem, że to dużo kosztuje – powiedziałam. – Ale... myślę, że wygląda fantastycznie. Naprawdę myślę, że Will mógłby tam przeżyć najlepsze chwile w swoim życiu. Jeśli... jeśli rozumie pani, co mam na myśli.

Przejrzała wydruki w milczeniu, po czym wpatrzyła się w zestawienie kosztów, które przygotowałam.

– Jeśli pani woli, zapłacę za siebie. Za podróż i nocleg. Nie chcę, żeby ktokolwiek pomyślał...

– W porządku – ucięła. – Rób to, co uważasz za konieczne. Jeśli myślisz, że uda ci się nakłonić go do wyjazdu, to po prostu zarezerwuj ten wyjazd.

Zrozumiałam, co ma na myśli. Nie było już czasu na nic innego.

– Myślisz, że uda ci się go przekonać? – zapytała.

– Cóż... jeśli przedstawię to tak – przełknęłam ślinę – że to po części dla mojego dobra. On uważa, że marnuję życie. Wciąż mi powtarza, że powinnam podróżować. Że powinnam robić... różne rzeczy.

Przyjrzała mi się uważnie, po czym skinęła głową.

– Tak. To podobne do Willa. – Oddała mi papiery.

– Ja... – Nabrałam powietrza, a potem ku własnemu zaskoczeniu stwierdziłam, że głos uwiązł mi w gardle. Przełknęłam dwa razy. – Tak jak powiedziała pani wcześniej. Ja...

Chyba nie miała ochoty czekać na to, co powiem. Pochyliła głowę, jej smukłe palce powędrowały do łańcuszka na szyi.

– Tak. Lepiej już pójdę do domu. Zobaczymy się jutro. Daj mi znać, co powiedział.

Tego wieczoru nie wróciłam do mieszkania Patricka. Nawet zamierzałam, ale coś sprawiło, że zamiast pojechać w stronę strefy przemysłowej, wsiadłam w autobus do domu. Przeszłam sto osiemdziesiąt kroków do naszego szeregowca i weszłam do środka. Był ciepły wieczór, wszystkie okna otwarte dla przewiewu. Mama gotowała, podśpiewując w kuchni. Tato siedział na kanapie z kubkiem herbaty, a dziadek drzemał w fotelu, z głową odchyloną na bok. Thomas, w kapciach, rysował coś starannie. Powiedziałam „cześć" i minęłam ich, zastanawiając się, jak to możliwe, że wystarczyło tak niewiele czasu, żebym przestała się tu czuć jak u siebie.

Treena pracowała w moim pokoju. Zapukałam do drzwi i okazało się, że siedzi zgarbiona nad stosem podręczników, w okularach na nosie, w których nie widziałam jej nigdy wcześniej. Dziwnie było zobaczyć ją wśród rzeczy, które wybrałam dla siebie, wśród rysunków Thomasa przesłaniających ściany, które pomalowałam tak starannie. Róg rolety nadal pokrywały jego bazgroły. Musiałam zebrać myśli, żeby nie poddać się odruchowej niechęci.

Zerknęła na mnie przez ramię.

– Czy mama coś chce ode mnie? – zapytała. Spojrzała na zegar. – Myślałam, że da Thomasowi podwieczorek.

– Właśnie mu dała, dostał paluszki rybne.

Spojrzała na mnie, a potem zdjęła okulary.

– Dobrze się czujesz? Wyglądasz okropnie.

– Ty też.

– Wiem. Jestem na tej głupiej diecie odtruwającej. Mam od niej pokrzywkę. – Dotknęła ręką policzka.

– Nie musisz się odchudzać.

– Tak. Ale jest taki jeden facet na kursie księgowości, więc pomyślałam, że się postaram. Pryszcze na całej twarzy zawsze robią wrażenie, nie?

Usiadłam na łóżku. To była moja narzuta. Wiem, że Patrickowi nie spodobałby się ten wariacki geometryczny wzór. Byłam zdziwiona, że Katrina jej nie wyrzuciła.

Zamknęła książkę i odchyliła się na krześle.

– Co się dzieje?

Przygryzłam wargę, aż zapytała mnie po raz drugi.

– Treena, myślisz, że mogłabym się przekwalifikować?

– Przekwalifikować? Na kogo?

– Nie wiem. Na coś związanego z modą. Projektowanie. A może po prostu krawiectwo.

– Hm... na pewno są jakieś kursy, nawet na mojej uczelni. Mogę poszukać, jeśli chcesz.

– Ale przyjmą kogoś takiego jak ja? Bez żadnych kwalifikacji?

Podrzuciła długopis i złapała go.

– Oni uwielbiają dojrzałych studentów. Zwłaszcza dojrzałych studentów z doświadczeniem w jakiejś pracy. Może musiałabyś pójść na kurs adaptacyjny, ale czemu nie. A co? Co się dzieje?

– Nie wiem. Will powiedział kiedyś coś takiego. Że... że powinnam coś zrobić ze swoim życiem.

– I?

– No i myślę, że może już pora, żebym zrobiła to samo co ty. Teraz, kiedy tato znów zarabia, może nie jesteś jedyną osobą w tym domu, która potrafi coś zrobić ze swoim życiem?

– Ale będziesz musiała zapłacić.

– Wiem. Odkładam kasę.

– To pewnie kosztuje trochę więcej, niż udało ci się zaoszczędzić.

– Mogę się starać o stypendium. Albo pożyczkę. I mam dość pieniędzy, żeby nie martwić się przez jakiś czas. Rozmawiałam z jedną panią, która była kiedyś członkiem parlamentu. Pracuje teraz w takiej agencji, która mogłaby mi pomóc. Dała mi wizytówkę.

– Zaraz – powiedziała Katrina, odwracając się na krześle. – Czegoś tu nie łapię. Myślałam, że chcesz zostać z Willem. Myślałam, że chodzi ci tylko o to, żeby żył dalej i żebyś mogła się nim zajmować.

– Tak, ale... – Spojrzałam w sufit.

– Ale co?

– To skomplikowane.

– Tak samo jak luzowanie ilościowe. Ale moim zdaniem to oznacza po prostu drukowanie pieniędzy.

Wstała i podeszła do drzwi, żeby je zamknąć. Ściszyła głos, tak żeby nikt na zewnątrz nas nie usłyszał.

– Myślisz, że przegrasz? Myślisz, że on ma zamiar...

– Nie – odparłam pospiesznie. – Cóż, mam nadzieję, że nie. Mam plany. Wielkie plany. Opowiem ci za chwilę.

– Ale...

Wyciągnęłam ręce nad głowę, splatając palce.

– Ale lubię Willa. Bardzo.

Przyglądała mi się uważnie, robiąc swoją minę pełną namysłu. Nie ma nic bardziej przerażającego niż ta jej mina, kiedy trenuje ją właśnie na tobie.

– O cholera.

– Tylko nie...

– Robi się ciekawie – powiedziała.

– Wiem – opuściłam ręce.

– Chcesz mieć pracę. Żeby...

– Tak mówią wszyscy ludzie na wózkach. Ci, z którymi rozmawiam na forach. Nie można być jednym i drugim. Nie można być opiekunem i... – Podniosłam ręce, żeby zakryć twarz.

Czułam na sobie jej wzrok.

– Czy on wie?

– Nie. Ale jestem pewna, że ja wiem. Tylko... – Rzuciłam się na łóżko, twarzą w dół. Pachniało Thomasem, z nikłą nutą pasty Marmite. – Już sama nie wiem, co się ze mną dzieje. Wiem tylko, że przez większość czasu wolałabym być z nim niż z kimkolwiek innym.

– Łącznie z Patrickiem.

I to było to. Coś, do czego sama ledwo chciałam się przyznać. Czułam, że się rumienię.

– Tak – powiedziałam w narzutę. – Czasem tak.

– Cholera – stwierdziła po dłuższej chwili. – A już myślałam, że to ja lubię komplikować sobie życie.

Położyła się obok mnie i gapiłyśmy się w sufit. Na dole słyszałam, jak dziadek pogwizduje, ale bez żadnej melodii, czemu towarzyszyło wycie i klekotanie jakiegoś zdalnie sterowanego pojazdu Thomasa, walącego w listwę przypodłogową. Z niewyjaśnionego powodu oczy napełniły mi się łzami. Po chwili poczułam, jak moja siostra obejmuje mnie ramieniem.

– Ty cholerna wariatko – odezwała się i obie zaczęłyśmy się śmiać.

– Nie martw się – powiedziałam, ocierając twarz. – Nie zrobię niczego głupiego.

– To dobrze. Bo im więcej o tym myślę, tym bardziej sądzę, że to przez intensywność tej sytuacji. To nie jest realne, to jest jak film.

– Co?

– No bo w końcu to jest kwestia życia i śmierci, a ty tkwisz w życiu tego człowieka codziennie, uwikłana w jego dziwną tajemnicę. To musiało doprowadzić do jakiejś fałszywej bliskości między wami. No chyba że zaczynasz mieć jakiś dziwaczny syndrom Florence Nightingale.

– Wierz mi, to na pewno nie to.

Leżałyśmy, gapiąc się w sufit.

– Ale to jest trochę szalone, jak się pomyśli, że można kochać kogoś, kto nie może... no wiesz, odwzajemnić ci tego. A może to tylko twoja histeryczna reakcja na przeprowadzkę do Patricka.

– Wiem. Masz rację.

– A jesteście razem już bardzo długo. Po takim czasie skoki w bok są całkiem prawdopodobne.

– Zwłaszcza że Patrick ma obsesję na punkcie tego swojego maratonu.

– A ty być może znów znielubisz Willa. To znaczy pamiętam, jak uważałaś go za dupka.

– Czasem wciąż tak myślę.

Moja siostra sięgnęła po chusteczkę i otarła mi oczy, a potem kciukiem zdjęła mi coś z policzka.

– Ale abstrahując od tego wszystkiego, uczelnia to dobry pomysł.

Bo – brutalnie mówiąc – niezależnie od tego, czy Will wykorkuje, czy nie, powinnaś mieć przyzwoity zawód. Nie będziesz przecież w nieskończoność opiekunką.

– Will nie wykorkuje, jak to nazwałaś. Wszystko będzie dobrze.

– Na pewno.

Mama wołała Thomasa. Słyszałyśmy, jak podśpiewuje pod nami w kuchni:

– Thomas. Tomtomtomtomtom Thomas...

Treena westchnęła i przetarła oczy.

– Wracasz dziś do Patricka?

– Tak.

– Może wyjdziemy na szybkiego drinka do The Spotted Dog i pokażesz mi te swoje plany? Zobaczę, może mama zgodzi się położyć Thomasa do łóżka. Chodź, postawisz mi drinka, skoro masz tyle kasy, że stać cię na studia.

Kiedy wróciłam do mieszkania Patricka, była za piętnaście dziesiąta.

Co zdumiewające, Katrina przyjęła moje plany wakacyjne z pełną aprobatą. Nawet nie wtrącała jak zwykle: „Tak, ale byłoby lepiej, gdybyś...". W jakimś momencie zaczęłam się zastanawiać, czy nie mówi tak tylko z grzeczności, bo to wszystko było naprawdę trochę szalone. Ale wciąż powtarzała: „Nie mogę uwierzyć, że znalazłaś coś takiego! Musisz mu zrobić mnóstwo zdjęć, kiedy będzie skakał na bungee". I: „Tylko pomyśl, jaką będzie miał minę, kiedy mu powiesz o skoku ze spadochronem! To będzie fantastyczne".

Gdyby ktoś nas widział w tym pubie, uznałby nas pewnie za przyjaciółki, które naprawdę się lubią.

Wciąż nad tym rozmyślając, cicho weszłam do mieszkania. Widziałam, że wszystkie okna są ciemne, i zastanawiałam się, czy Patrick w ramach swojego intensywnego treningu położył się wcześniej. Rzuciłam torbę na podłogę w korytarzu i pchnęłam drzwi do dużego pokoju, myśląc, że to miło z jego strony, że zostawił dla mnie zapalone światło.

I wtedy go zobaczyłam. Siedział przy stole, na którym stały dwa talerze, a między nimi migotała świeca. Kiedy zamknęłam za sobą drzwi, wstał. Świeca była wypalona do połowy.

– Przepraszam – powiedział.

Gapiłam się na niego.

– Byłem idiotą. Masz rację. Ta twoja praca to przecież tylko na pół roku, a ja zachowuję się jak smarkacz. Powinienem być dumny, że robisz coś tak wartościowego i że traktujesz to tak poważnie. Trochę mnie to tylko... zaskoczyło. Więc przepraszam. Naprawdę.

Wyciągnął rękę. Ujęłam jego dłoń.

– To dobrze, że próbujesz mu pomóc. To godne podziwu.

– Dziękuję. – Uścisnęłam mocno jego rękę.

Odezwał się dopiero po chwili, jakby właśnie udało mu się wygłosić długo ćwiczoną mowę.

– Zrobiłem kolację. Przykro mi, znów sałatka. – Sięgnął do lodówki i wyjął dwa talerze. – Obiecuję, że pójdziemy gdzieś na wspaniałą kolację, kiedy już będzie po Vikingu. Albo kiedy przejdę na węglowodany. Ja tylko... – Wydął policzki. – Chyba ostatnio nie byłem w stanie myśleć o niczym innym. Pewnie na tym po części polega problem. I masz rację. Nie ma powodu, żebyś ze mną jechała. To jest moja sprawa. Masz wszelkie prawo, żeby zamiast tego zostać i pracować.

– Patrick... – zaczęłam.

– Nie chcę się z tobą kłócić. Wybaczysz mi?

Oczy mu latały i pachniał wodą kolońską. Świadomość tych dwóch faktów spadła na mnie niczym brzemię.

– Siadaj w każdym razie – powiedział. – Zjedzmy, a potem... nie wiem. Zabawmy się. Zróbmy coś miłego. Porozmawiajmy o czymś innym. Nie o bieganiu. – Roześmiał się jakby z przymusem.

Usiadłam i spojrzałam na stół.

A potem uśmiechnęłam się.

– To naprawdę miłe – stwierdziłam.

Patrick rzeczywiście potrafił zrobić filet z indyka na sto jeden sposobów.

Jedliśmy sałatkę warzywną, sałatkę z makaronem i sałatkę z owocami morza, a na deser sałatkę z owoców egzotycznych. Ja piłam wino, on wodę mineralną. Po jakimś czasie zaczęliśmy się rozluźniać. Siedział przede mną Patrick, jakiego nie widziałam od pewnego czasu. Był zabawny, słuchał tego, co mówię. Pilnował się bardzo, żeby nie mówić nic o maratonach ani bieganiu, i śmiał się, kiedy widział, że rozmowa zjeżdża w tym kierunku. Czułam, jak jego stopy dotykają moich pod stołem, jak splatają się nasze nogi, i powoli czułam, że w mojej piersi jakiś ściśnięty węzeł zaczyna się rozluźniać.

Treena miała rację. Moje życie zrobiło się dziwne i oderwane od ludzi, których znałam – pochłonęła mnie sytuacja Willa i jego tajemnice. Musiałam zadbać o to, żeby nie stracić z oczu własnego życia.

Zaczęłam mieć wyrzuty sumienia z powodu wcześniejszej rozmowy z Katriną. Patrick nie pozwolił mi wstać, nie pozwolił nawet, żebym mu pomogła zmywać naczynia. Kwadrans po jedenastej podniósł się, zaniósł naczynia do aneksu kuchennego i włożył do zmywarki. Siedziałam, słuchając, jak mówi do mnie z kuchni. Pocierałam bark, żeby rozluźnić od dawna nagromadzone napięcie. Zamknęłam oczy, próbując się zrelaksować, i dopiero po kilku minutach zdałam sobie sprawę, że rozmowa nam się urwała.

Otworzyłam oczy. Patrick stał w wejściu do pokoju, trzymając teczkę z materiałami dotyczącymi wyjazdu. Wyjął kilka kartek.

– Co to jest?

– To... nasz wyjazd. Ten, o którym ci mówiłam.

Patrzyłam, jak przegląda papiery, które pokazałam wcześniej siostrze, patrząc na trasę, zdjęcia, kalifornijską plażę.

– Myślałem... – mówił dziwnie zdławionym głosem. – Myślałem, że masz na myśli Lourdes.

– Co?

– Albo... nie wiem. Stoke Mandeville... albo jakieś takie miejsce. Kiedy powiedziałaś, że nie możesz jechać, bo musisz mu pomóc, myślałem, że chodzi o prawdziwą pracę. Fizjoterapię albo jakiegoś uzdrowiciela, albo coś takiego. A to wygląda jak... – Potrząsnął głową z niedowierzaniem. – To wygląda jak wakacje życia.

– No... bo właściwie to ma być coś w tym rodzaju. Ale nie dla mnie. Dla niego.

Patrick skrzywił się.

– Nie – powiedział, potrząsając głową. – Tobie wcale się tam nie będzie podobało. Ani trochę. Gorące baseny pod gwiazdami, pływanie z delfinami... Popatrz tylko: pięciogwiazdkowy luksus i całodobowa obsługa. – Spojrzał na mnie. – To nie jest wyjazd służbowy. To jest jakiś cholerny miodowy miesiąc.

– To nie fair!

– Ale czy to jest fair? Ty... naprawdę myślisz, że będę tu siedział, podczas gdy ty wyfruniesz sobie z innym facetem na takie wakacje?

– Jedzie z nami jego pielęgniarz.

– Och. A, tak, Nathan. No to wszystko w porządku.

– Patrick, daj spokój. To skomplikowane.

– Więc mi to wyjaśnij. – Cisnął we mnie papierami. – Wyjaśnij mi to, Lou. Wytłumacz tak, żebym zrozumiał.

– To ważne dla mnie, żeby Will chciał żyć, żeby widział, że czeka go jeszcze coś dobrego.

– A jedną z tych dobrych rzeczy masz być ty?

– To nie fair. Słuchaj, czy ja cię kiedyś prosiłam, żebyś zrezygnował z pracy, którą kochasz?

– Moja praca nie polega na siedzeniu w wannie z obcymi facetami.

– Nie miałabym nic przeciwko temu. Możesz sobie siedzieć w wannie z obcymi ludźmi. Ile tylko chcesz. Proszę bardzo! – Próbowałam się uśmiechnąć, mając nadzieję, że on też się uśmiechnie.

Ale nie wyglądało na to.

– Jak byś się czuła, Lou? Jak byś się czuła, gdybym ci powiedział, że jadę na jakiś obóz kondycyjny z – no nie wiem – Leanne z Pogromców, bo potrzebuje, żeby ktoś poprawił jej humor?

– Poprawić humor? – Pomyślałam o Leanne, z jej fruwającymi blond włosami i idealnymi nogami, i zastanowiło mnie, dlaczego akurat jej imię przyszło mu do głowy jako pierwsze.

– I jak byś się czuła, gdybym powiedział, że będziemy chodzić razem na kolacje, siedzieć w basenie albo jeździć na wycieczki. A wszystko jakieś dwadzieścia pięć tysięcy kilometrów stąd, tylko dlatego, że ma doła. Naprawdę by cię to nie obchodziło?

– On nie ma doła, Pat. On chce się zabić. Chce pojechać do Dignitas, żeby, do cholery, odebrać sobie życie. – Krew szumiała mi w uszach. – Nie możesz tak tego porównywać. To ty nazwałeś Willa kaleką. Sam uznałeś, że nie jest dla ciebie żadnym zagrożeniem. „Idealny szef" – to twoje własne słowa. Ktoś, kim wcale nie należy się przejmować.

Odłożył folder na biurko.

– Lou... Ale teraz się martwię.

Schowałam twarz w dłoniach. Słyszałam, jak na korytarzu otwierają się drzwi przeciwpożarowe i głosy ludzi, które ucichły, gdy drzwi znów się za nimi zamknęły.

Patrick przesuwał ręką w tę i z powrotem po krawędzi kuchennych szafek. Widziałam, jak na szczęce zaciska mu się drobny mięsień.

– Wiesz, jak się czuję, Lou? Tak jakbym biegł, ale był stale trochę z tyłu. Czuję się jak... – Wziął głęboki oddech, tak jakby próbował zebrać się w sobie. – Czuję się, jakby za zakrętem czekało na mnie coś złego, o czym wiedzą wszyscy poza mną.

Spojrzał mi w oczy.

– Nie sądzę, żebym zachowywał się niemądrze. Ale nie chcę, żebyś tam jechała. Jeśli nie chcesz jechać na Vikinga, trudno, ale nie chcę, żebyś jechała na... na te wakacje. Z nim.

– Ale ja...

– Jesteśmy razem już prawie siedem lat. A u tego faceta, w tej pracy jesteś od raptu pięciu miesięcy. Jeśli teraz z nim pojedziesz, to będzie wiele mówiło na temat naszego związku. I tego, jak ty nas traktujesz.

– To nie fair. To nie ma żadnego związku z nami.

– Chyba ma, jeśli po tym, co powiedziałem, nadal masz zamiar jechać.

Niewielkie mieszkanie jakby znieruchomiało wokół nas. Patrzył na mnie z taką miną, jakiej nigdy wcześniej u niego nie widziałam.

Kiedy wreszcie wydobyłam z siebie głos, był to prawie szept:

– Ale on mnie potrzebuje.

Uświadomiłam to sobie niemal natychmiast, gdy to powiedziałam, usłyszałam, jak te słowa rozbrzmiewają w powietrzu, i już wiedziałam, jak bym się czuła, gdyby to on powiedział mi to samo.

Przełknął ślinę, potrząsnął lekko głową, jakby nie dosłyszał, co powiedziałam. Oparł rękę na blacie, a potem spojrzał na mnie.

– Cokolwiek powiem, nic się i tak nie zmieni, prawda?

Taki właśnie był Patrick. Zawsze był inteligentniejszy, niż przypuszczałam.

– Patrick...

Zamknął oczy, tylko na chwilę, a potem odwrócił się i wyszedł z salonu, zostawiając na szafce puste talerze.

21

Steven

Dziewczyna wprowadziła się w weekend. Will nie uprzedził o tym ani Camilli, ani mnie, ale kiedy w sobotni poranek poszedłem w piżamie do przybudówki, żeby zobaczyć, czy mu czegoś nie trzeba, bo Nathan się spóźniał, zobaczyłem ją na korytarzu z miską płatków w jednej ręce i gazetą w drugiej. Zarumieniła się na mój widok. Nie wiem, dlaczego – miałem na sobie szlafrok, wyglądałem zupełnie przyzwoicie. Pamiętam, że potem pomyślałem sobie, że były takie czasy, kiedy ładne młode dziewczyny wymykające się rano z sypialni Willa były czymś zupełnie normalnym.

– Przyniosłem Willowi listy – powiedziałem, wymachując papierami.

– Jeszcze nie wstał. Czy mam mu powiedzieć, że pan przyszedł?

Uniosła rękę, zasłaniając się gazetą. Miała na sobie koszulkę z Myszką Minnie i haftowane spodnie, jakie noszą kobiety w Hongkongu.

– Nie, nie. Niech odpoczywa.

Myślałem, że Camilla ucieszy się, kiedy jej o tym powiem. W końcu była taka wściekła na tę dziewczynę, że przeprowadziła się do swojego chłopaka. Ale ona wyglądała tylko na lekko zaskoczoną, po czym jej twarz przybrała ten napięty wyraz, który oznaczał, że już wyobraża sobie wszelkiego rodzaju możliwe i niepożądane konsekwencje tego faktu. Nie mówiła za dużo, ale byłem całkiem pewien, że nie darzy Louisy specjalną sympatią. Ale trzeba wziąć pod uwagę, że nie wiem, czy Camilla w ogóle ostatnio kogoś lubi. Jej ustawienia domyślne zacięły się na pozycji „dezaprobata".

Nigdy nie doszliśmy, co tak naprawdę skłoniło Louisę, żeby się u nas zatrzymać – Will powiedział tylko coś o sprawach rodzinnych – ale pracowita z niej była osóbka. Kiedy nie zajmowała się Willem, nieustannie się krzątała, sprzątając, piorąc, jeżdżąc w tę i z powrotem do biura podróży i do biblioteki. Gdybym zobaczył ją w mieście, zaraz bym ją rozpoznał, tak się rzucała w oczy. Nosiła tak jaskrawe stroje, jakby właśnie przyjechała z tropików, sukienki w papuzich kolorach i dziwaczne buty.

Mógłbym powiedzieć Camilli, że Louisa wniosła do naszego domu trochę życia. Ale już wtedy nie mówiłem jej takich rzeczy.

Will najwyraźniej powiedział jej, że może używać jego komputera, ale ona odmówiła, wolała chodzić do biblioteki. Nie wiem, czy nie chciała sprawiać wrażenia, że go wykorzystuje, czy też nie chciała, żeby zobaczył, co robi.

Niezależnie od tego Will wydawał się trochę weselszy, kiedy była u nas. Kilka razy słyszałem ich rozmowę przez otwarte okno i jestem pewien, że dobiegł mnie jego śmiech. Rozmawiałem z Bernardem Clarkiem, żeby się upewnić, czy nie ma nic przeciwko temu układowi, a on powiedział, że to trochę dziwne, bo rozstała się z chłopakiem, z którym była bardzo długo, i że w ich domu wiele rzeczy stoi pod znakiem zapytania. Wspomniał także, że złożyła podanie o przyjęcie na jakiś kurs przygotowawczy, żeby dalej się uczyć. Postanowiłem nie mówić o tym Camilli. Nie chciałem, żeby się zastanawiała, co to mogło oznaczać. Will powiedział, że interesuje ją moda i tego typu sprawy. Na pewno była ładniutka i miała świetną figurę, ale uczciwie mówiąc, nie byłem pewien, kto na miły Bóg kupowałby takie rzeczy, jakie na siebie wkładała.

W poniedziałek wieczorem zapytała, czy Camilla i ja moglibyśmy przyjść razem z Nathanem do przybudówki. Cały stół zarzuciła katalogami, wydrukowanymi rozkładami lotów, polisami i innymi rzeczami, które wydrukowała z internetu. Każde z nas dostało swój egzemplarz w plastikowej koszulce. Wszystko to było znakomicie przygotowane.

Powiedziała, że chce nam przedstawić swoje plany na wakacje. (Uprzedziła Camillę, że może to zabrzmieć tak, jakby tylko ona miała na tym skorzystać, ale i tak widziałem, jak spojrzenie Camilli robi się coraz bardziej lodowate, kiedy Louisa wyliczała, co dla nich zarezerwowała).

To miała być niesamowita wyprawa, która najwyraźniej obejmowałaby wszelkiego rodzaju niezwykłe zajęcia, aż trudno było wyobrazić sobie, żeby Will mógł robić takie rzeczy nawet przed wypadkiem. Ale za każdym razem, kiedy mówiła o czymś – jak spływ górską rzeką czy skoki na bungee, czy coś w tym stylu – pokazywała mu dokument, z którego wynikało, że robią to także inni niepełnosprawni, i mówiła: „Jeśli mam spróbować wszystkich tych rzeczy, o których mówisz, że powinnam, w takim razie musisz spróbować ich ze mną".

Muszę przyznać, że zrobiła na mnie wrażenie. Energiczna z niej dziewczyna.

Will słuchał jej i widziałem, że czyta materiały, które przed nim położyła.

– Skąd zdobyłaś te wszystkie informacje? – zapytał wreszcie.

Uniosła tylko brwi.

– Wiedza to potęga, Will – odparła.

A mój syn uśmiechnął się, jakby powiedziała coś szczególnie inteligentnego.

– A więc... – oznajmiła, kiedy już wszystkie pytania zostały zadane. – Wyjeżdżamy za osiem dni. Czy jest pani zadowolona, pani Traynor? – zapytała to lekko prowokującym tonem.

– Jeśli taki plan wam odpowiada, to nie mam nic przeciwko temu – odpowiedziała Camilla.

– Nathan? Nadal masz na to ochotę?

– Pytanie.

– A Will?

Spojrzeliśmy wszyscy na niego. Nie tak dawno temu którakolwiek z tych rozrywek byłaby nie do pomyślenia. Jakiś czas temu Will odmawiał dla samej satysfakcji, jaką czerpał z denerwowania swojej matki. Ten nasz syn zawsze taki był – robił coś wręcz przeciwnego, niż należało, tylko po to, żeby pokazać, że nie jest tak łatwo go podporządkować. Nie wiem, skąd mu się to wzięło, te buntownicze skłonności. Ale może to dzięki nim tak znakomicie radził sobie w negocjacjach.

Spojrzał na mnie nieprzeniknionym wzrokiem, a ja poczułem, że zaciskam szczęki. A potem popatrzył na tę dziewczynę i uśmiechnął się.

– Dlaczego nie? – powiedział. – Już nie mogę się doczekać, żeby zobaczyć, jak Clark rzuca się w jakąś kipiel.

Dziewczyna oklapła nieco z ulgi, tak jakby mimo wszystko spodziewała się, że w końcu odmówi.

To zabawne – muszę przyznać, że z początku, kiedy pojawiła się w naszym życiu, byłem wobec niej trochę podejrzliwy. Will, mimo arogancji, był bardzo bezbronny. Bałem się trochę, że łatwo go zmanipulować. Przy całej swojej sytuacji jest zamożnym młodym człowiekiem, a przez tę paskudną Alicję, która zwiała z jego kumplem, czuł się tak mało wart, jak czułby się każdy w podobnym położeniu.

Widziałem jednak, jak Louisa na niego patrzy, z dziwną mieszaniną dumy i wdzięczności, i nagle poczułem, że bardzo się cieszę, że jest z nami. Sytuacja mojego syna, choć żadne z nas nigdy nie powiedziałoby tego otwarcie, była niemal nie do zniesienia. Cokolwiek robiła ta dziewczyna, dawała mu przynajmniej odrobinę wytchnienia.

Przez kilka dni w domu panował lekki, ale wyraźny odświętny nastrój. Camilla miała minę, jakby nieco odzyskała nadzieję, choć nie chciała się do tego przyznać. Wiedziałem, co sobie myśli: ostatecznie z czego tu się cieszyć? Słyszałem, jak późnym wieczorem rozmawia z Georginą, tłumacząc jej, dlaczego tak postanowiła. Georgina, nieodrodna córka swojej matki, już węszyła, w jaki sposób Louisa mogłaby wykorzystać sytuację Willa.

– Georgina, ona zaproponowała, że za siebie zapłaci – powiedziała Camilla. I dodała: – Nie, kochanie. Myślę, że tak naprawdę nie mamy wyboru. Zostało bardzo mało czasu, a Will się na to zgodził, więc mogę tylko mieć nadzieję, że wszystko się uda. Ty też powinnaś mieć nadzieję.

Wiedziałem, że bronienie Louisy musi ją dużo kosztować, a nawet sama uprzejmość wobec niej. Ale tolerowała tę dziewczynę, bo wiedziała, tak samo jak ja, że jej obecność to jedyny sposób, żeby nasz syn był choć trochę szczęśliwy.

Choć żadne z nas tego nie powiedziało, Louisa Clark stała się jedyną szansą, żeby utrzymać go przy życiu.

Wczoraj wieczorem poszedłem na drinka z Dellą. Camilla wybrała się z wizytą do siostry, więc wróciliśmy spacerem nad rzeką.

– Will wybiera się na wakacje – powiedziałem.

– To cudowne – odparła.

Biedna Della. Widziałem, jak walczy z odruchowym pragnieniem, żeby zapytać o naszą przyszłość – i o to, jak może wpłynąć na nią ten niespodziewany obrót spraw – ale przypuszczałem, że tego nie zrobi, przynajmniej dopóki sytuacja nie będzie jasna.

Szliśmy więc, przyglądając się łabędziom, uśmiechając się do turystów, którzy chlapali się w łódkach w świetle zmierzchu, a ona paplała o tym, jakie to cudowne, że Will wyjeżdża, i że może to dowód, że powoli zaczyna akceptować swoją sytuację. To miło z jej strony, że tak mówiła, bo wiedziałem, że pod pewnymi względami mogła mieć uzasadnione nadzieje na zakończenie tego. W końcu to wypadek Willa pokrzyżował nasze plany na wspólne życie. Na pewno skrycie żywiła nadzieję, że moje zobowiązania wobec Willa pewnego dnia ustaną i będę wolny.

Szedłem obok niej, czując jej dłoń na ramieniu, słuchając jej melodyjnego głosu. Nie mogłem powiedzieć jej prawdy – którą znało tylko kilka osób. Że jeśli tej dziewczynie nie uda się cały ten pomysł z ośrodkiem, skokami na bungee i kąpielami pod gwiazdami, paradoksalnie mnie uwolni. Bo mógłbym opuścić swoją rodzinę tylko wtedy, gdyby Will był wciąż zdecydowany jechać do tej piekielnej instytucji w Szwajcarii.

Wiedziałem o tym i wiedziała o tym Camilla, choć żadne z nas by się do tego nie przyznało. Tylko po śmierci mojego syna mógłbym żyć takim życiem, jakie sam wybrałem.

– Nie myśl o tym – powiedziała, widząc moją minę.

Kochana Della. Znała moje myśli, chociaż czasem ja sam nie zdawałem sobie z nich sprawy.

– To dobra wiadomość, Steven. Naprawdę. Nigdy nie wiadomo, może dla Willa to będzie początek zupełnie nowego, niezależnego życia.

Położyłem rękę na jej dłoni. Gdybym był odważniejszy, może powiedziałbym, co naprawdę myślę. Ktoś odważniejszy już dawno temu pozwoliłby jej odejść – jej i może nawet mojej żonie.

– Masz rację – zgodziłem się z wymuszonym uśmiechem. – Miejmy nadzieję, że wróci i będzie opowiadał o skokach na bungee i innych ekstremalnych rozrywkach, które uwielbiają młodzi ludzie.

Szturchnęła mnie.

– Może cię namówi, żebyś urządził coś takiego na zamku?

– Ekstremalne spływy fosą? – zapytałem. – Zanotuję to sobie jako jedną z atrakcji na przyszły sezon.

Rozbawieni tą wizją, chichocząc, doszliśmy aż do wypożyczalni łódek.

A potem Will dostał zapalenia płuc.

22

Wbiegłam na oddział pomocy doraźnej. Szpital był rozrzucony na dużej przestrzeni, a ponieważ jestem z natury pozbawiona jakiegokolwiek zmysłu orientacji, minęły całe wieki, zanim znalazłam Willa. Musiałam trzy razy pytać o kierunek. Wreszcie, zdyszana i bez tchu, pchnęłam drzwi na oddział C12, a tam, na korytarzu, siedział Nathan, czytając gazetę. Kiedy podeszłam, spojrzał na mnie.

– Jak on się czuje?

– Podłączyli mu tlen. Stan stabilny.

– Nie rozumiem. Jeszcze w piątek wieczorem wszystko było w porządku. W sobotę rano trochę kaszlał. Ale to...? Co się stało?

Serce mi waliło. Usiadłam na chwilę, próbując złapać oddech. Sporo się nabiegałam, odkąd przed godziną dostałam esemesa od Nathana. Wyprostował się i złożył gazetę.

– Lou, to nie jest pierwszy raz. Wystarczy, że dostanie mu się do płuc trochę bakterii, jego mechanizm odkasływania nie działa, jak należy, i jego stan szybko się pogarsza. W sobotę po południu próbowałem oczyścić mu drogi oddechowe, ale za bardzo go bolało. Nagle dostał gorączki, a potem zaczęło go boleć w klatce piersiowej. Wieczorem musieliśmy wezwać karetkę.

– Cholera – powiedziałam, schylając się. – Cholera jasna. Mogę tam wejść?

– Jest mało przytomny. Dużo z niego nie wydobędziesz. I jest przy nim pani T.

Zostawiłam Nathanowi torebkę, umyłam ręce płynem antybakteryjnym, po czym pchnęłam drzwi i weszłam do środka.

Will leżał pośrodku szpitalnego łóżka, przykryty niebieskim kocem, podpięty do kroplówki i otoczony rozmaitymi pikającymi nieustannie urządzeniami. Twarz przesłaniała mu częściowo maska tlenowa, oczy miał zamknięte. Na widok jego skóry, szarawej, miejscami sinej, coś aż mi się skurczyło w środku. Pani Traynor usiadła obok niego, jedną ręką trzymała na jego przykrytym ramieniu. Nieobecnym wzrokiem wpatrywała się w ścianę naprzeciwko.

– Dzień dobry pani – powiedziałam.

Spojrzała na mnie zaskoczona.

– Och. Louisa.

– Jak... jak on się czuje? – Chciałam podejść i wziąć Willa za drugą rękę, ale czułam, że chyba nie powinnam siadać. Przystanęłam więc przy drzwiach. Miała tak zgnębioną minę, że sama moja obecność wydawała się wtargnięciem.

– Trochę lepiej. Podali mu jakiś bardzo silny antybiotyk.

– Czy... czy mogłabym jakoś pomóc?

– Nie sądzę, raczej nie. Musimy... musimy czekać. Za godzinę będzie obchód. Pewnie wtedy lekarz powie nam coś więcej.

Świat jakby się zatrzymał. Stałam tam jeszcze chwilę, wsłuchując się w miarowy rytm popiskujących maszyn.

– Może mogłabym panią zastąpić na chwilę? Żeby mogła pani odpocząć?

– Nie. Zostanę tutaj.

Miałam cichą nadzieję, że Will usłyszy mój głos. Miałam nadzieję, że otworzy oczy nad tą plastikową maską i mruknie: „Clark. Chodź tu i usiądź, na miłość boską. Tylko robisz bałagan".

Ale on leżał nieruchomo.

Otarłam twarz ręką.

– Może przyniosę pani coś do picia?

Pani Traynor podniosła głowę.

– Która godzina?

– Za kwadrans dziesiąta.

– Naprawdę? – Potrząsnęła głową, jakby trudno jej było w to uwierzyć. – Dziękuję, Louisa. To bardzo miłe z twojej strony. Spędziłam tu już chyba dużo czasu.

W piątek miałam wolne – po części dlatego, że Traynorowie upierali się, że należy mi się urlop, ale głównie dlatego, że jedynym sposobem, żebym zdobyła paszport, było pojechać pociągiem do Londynu i stanąć w kolejce w Petty France. Wpadłam do nich w piątek wieczorem, żeby pokazać Willowi swoje łupy i sprawdzić, czy jego paszport jest nadal ważny. Wydawało mi się, że jest jakiś milczący, ale nie było w tym niczego niezwykłego. W niektóre dni czuł się gorzej, i myślałam, że to właśnie jeden z takich dni. Szczerze mówiąc, byłam tak zajęta przygotowaniami do podróży, że nie miałam głowy do czegokolwiek innego.

W sobotę rano z pomocą taty zabrałam z mieszkania Patricka swoje rzeczy, a po południu poszłam z mamą kupić sobie kostium kąpielowy i inne drobiazgi potrzebne na wakacje i przez weekend nocowałam u rodziców. Było dość ciasno, bo akurat przyjechała Treena z Thomasem. W poniedziałek rano wstałam o siódmej, żeby o ósmej być u Traynorów. Kiedy przyjechałam, dom był zamknięty, od frontu i od tyłu. Nie było żadnej kartki. Stanęłam na ganku i trzy razy zadzwoniłam do Nathana, ale nie odpowiadał. W komórce pani Traynor włączała się poczta. Wreszcie, po czterdziestu pięciu minutach siedzenia na schodkach, dostałam esemesa od Nathana:

Jesteśmy w szpitalu. Will ma zapalenie płuc. Oddział C12.

Nathan sobie poszedł, a ja przez godzinę siedziałam pod salą Willa. Przejrzałam czasopisma, które ktoś zostawił na stoliku najwyraźniej w 1982 roku, po czym wyjęłam z torebki książkę, ale nie byłam w stanie się skupić.

Zjawił się lekarz, ale czułam, że nie powinnam wchodzić do sali, kiedy w środku jest matka Willa. Kiedy wyszedł kwadrans później, pani Traynor wyszła razem z nim. Nie jestem pewna, czy powiedziała mi dlatego, że musiała z kimś porozmawiać, a tylko ja byłam pod ręką, ale powiedziała mi głosem zdławionym z ulgi, że lekarz jest pewien, że udało im się opanować infekcję. To była jakaś szczególnie złośliwa bakteria. Całe szczęście, że Will na czas trafił do szpitala. Inaczej... – to słowo zawisło w ciszy między nami.

– I co teraz? – zapytałam.

– Czekamy – wzruszyła ramionami.

– Może przyniosę pani coś do jedzenia? Albo ja posiedzę przy Willu, a pani pójdzie coś zjeść?

Od czasu do czasu między mną a panią Traynor pojawiało się coś w rodzaju porozumienia. Jej twarz na chwilę straciła swój surowy wyraz i wtedy zobaczyłam, jak rozpaczliwie jest zmęczona. Wyglądała, jakby postarzała się o dziesięć lat.

– Dziękuję, Louisa – powiedziała. – Chętnie skoczyłabym do domu, żeby się przebrać, jeśli ty mogłabyś z nim zostać. Naprawdę nie chciałabym, żeby Will był teraz sam.

Kiedy poszła, weszłam do sali, zamknęłam za sobą drzwi i usiadłam obok niego. Wydawał się dziwnie nieobecny, tak jakby Will, którego znałam, wyjechał gdzieś i zostawił tylko powłokę. Pomyślałam przez chwilę, czy tak samo jest, kiedy ktoś umiera. A potem powiedziałam sobie, że nie będę myśleć o śmierci.

Siedziałam, słuchając tykania zegara, przytłumionych głosów na zewnątrz i pisku podeszew na linoleum korytarza. Dwa razy weszła pielęgniarka i sprawdziła jakieś wskaźniki, wcisnęła kilka przycisków, zmierzyła Willowi temperaturę, ale on wciąż się nie ruszał.

– Wszystko z nim w porządku, prawda? – zapytałam.

– Śpi – odparła uspokajająco. – To chyba najlepsze dla niego teraz. Proszę się nie martwić.

Łatwo powiedzieć. Ale miałam dużo czasu na myślenie w tej szpitalnej sali. Myślałam o Willu i o tym, z jak przerażającą szybkością tak ciężko się rozchorował. Myślałam o Patricku i o tym, że choć zabrałam rzeczy z jego mieszkania, odczepiłam ze ściany swój kalendarz, zapakowałam ubrania, które tak starannie ułożyłam w jego komodzie, mój smutek wcale nie był tak obezwładniający, jak się spodziewałam. Nie czułam się zrozpaczona ani zdruzgotana, jak powinien się czuć ktoś, kto rozstał się z długoletnią miłością. Byłam zupełnie spokojna, nieco smutna, miałam też trochę wyrzuty sumienia – dlatego, że to przeze mnie się rozstaliśmy, i dlatego, że nie czułam tego, co powinnam. Wysłałam mu dwa esemesy, żeby mu powiedzieć, że jest mi bardzo, bardzo przykro i że życzę mu jak najlepszych wyników w Xtreme Viking. Ale nie odpowiedział.

Po godzinie nachyliłam się, odsunęłam koc z ramienia Willa i zobaczyłam jego lekko opaloną dłoń na białym prześcieradle. Medyczną taśmą przyklejono do niej jakąś rurkę. Kiedy odwróciłam ją do góry, zobaczyłam wciąż jaskrawe blizny na jego nadgarstku. Pomyślałam przez chwilę, czy kiedykolwiek zbledną, czy też już zawsze będą przypominać mu o tym, co próbował zrobić.

Ujęłam delikatnie jego palce. Były ciepłe, jak palce kogoś, kto ma w sobie całkiem sporo życia. Patrząc na nie, trudno było uwierzyć, że nie ma w nich siły, że nigdy więcej nie podniosą niczego, nie pogłaszczą ani nie zacisną się w pięść.

Przesunęłam palcem po jego kostkach. Sama nie wiedziałam, czy się zawstydzę, jeśli Will akurat teraz otworzy oczy, ale chyba nie. Miałam mocne poczucie, że taki dotyk jest dla niego dobry. Miałam nadzieję, że w jakiś sposób, za zasłoną sztucznie wywołanego snu, on także o tym wie. Zamknęłam oczy i czekałam.

Will obudził się niedługo po czwartej. Byłam na korytarzu, leżałam na krzesłach, czytając porzuconą przez kogoś gazetę, i aż podskoczyłam, kiedy pani Traynor wyszła, żeby mi o tym zakomunikować. Wyglądała na nieco mniej przygnębioną, kiedy powiedziała, że się odezwał i że chce mnie zobaczyć. Stwierdziła, że sama zejdzie na dół i zadzwoni do męża.

Po czym, jakby nie mogła się powstrzymać, dodała:

– Tylko proszę, nie zmęcz go.

– Oczywiście – odparłam z czarującym uśmiechem.

– Hej – powiedziałam, wtykając głowę przez drzwi.

Powoli odwrócił twarz w moją stronę.

– Hej ty.

Głos miał zachrypnięty, tak jakby przez ostatnie półtorej doby nie spał, tylko wrzeszczał. Usiadłam i popatrzyłam na niego. Spojrzał w dół na swoją twarz.

– Chcesz, żebym na chwilę uniosła maskę?

Skinął głową. Zdjęłam ją ostrożnie. Tam, gdzie dotykała jego skóry, zebrała się warstewka potu, więc wzięłam chusteczkę i delikatnie otarłam mu twarz.

– Jak się czujesz?

– Bywało lepiej.

Nieoczekiwanie w moim gardle pojawiła się wielka gula, próbowałam ją przełknąć.

– Nie wiem, co mam o tym myśleć. Zrobisz wszystko, żeby zwrócić na siebie uwagę. Założę się, że to był tylko...

Zamknął oczy, a ja przerwałam w pół zdania. Kiedy znów je otworzył, spojrzał przepraszająco.

– Przepraszam, Clark. Chyba nie nadaję się dziś do przekomarzanek.

Siedziałam na jego łóżku i paplałam, mój głos niósł się echem po niewielkiej salce o seledynowych ścianach. Opowiedziałam mu, jak zabrałam swoje rzeczy z mieszkania Patricka – o ile łatwiej było wyłowić moje CD z jego kolekcji dzięki temu, że upierał się, żeby je ułożyć według jego systemu.

– Wszystko w porządku? – zapytał, kiedy skończyłam. Patrzył ze współczuciem, jakby spodziewał się, że przeżyłam to wszystko boleśniej niż w rzeczywistości.

– Tak. Jasne. – Wzruszyłam ramionami. – To wszystko nie było takie straszne. Poza tym mam inne rzeczy na głowie.

Will milczał.

– Problem w tym – odezwał się w końcu – że chyba przez długi czas nie będę się nadawał do skoków na bungee.

Wiedziałam o tym. Podejrzewałam to, już gdy dostałam esemesa od Nathana. Ale kiedy usłyszałam te słowa od niego, były niczym cios.

– Nie martw się – powiedziałam, starając się, żeby głos mi nie drżał. – Nic się nie stało. Pojedziemy innym razem.

– Przykro mi. Wiem, że już nie mogłaś się doczekać.

Położyłam mu rękę na czole i odgarnęłam włosy.

– Cśś. Naprawdę. To nie jest ważne. Ważne, żebyś wyzdrowiał.

Zamknął oczy, lekko się krzywiąc. Wiedziałam, co to oznacza – bruzdy wokół oczu, ta zrezygnowana mina. Oznaczały, że być może nie będzie już innego razu. Że Will sądzi, że być może już nigdy nie wyzdrowieje.

Po drodze ze szpitala zatrzymałam się w Granta House. Wpuścił mnie ojciec Willa, który wyglądał na niemal tak samo zmęczonego jak jego matka. Miał na sobie znoszoną kurtkę przeciwdeszczową, tak jakby zamierzał wyjść. Powiedziałam mu, że pani Traynor jest przy Willu i że antybiotyki działają całkiem nieźle, ale że prosiła, żeby mu przekazać, że zostanie na noc w szpitalu. Dlaczego nie mogła sama mu tego powiedzieć, tego nie wiem. Może miała za dużo spraw na głowie.

– Jak on wygląda?

– Trochę lepiej niż dziś rano – powiedziałam. – Nawet coś wypił, kiedy tam byłam. I rzucił jakąś nieprzyzwoitą uwagę na temat jednej z pielęgniarek.

– Wciąż tak samo niemożliwy.

– Tak, wciąż tak samo niemożliwy.

Przez chwilę zobaczyłam, że pan Traynor zaciska usta i że zaszkliły mu się oczy. Wyjrzał przez okno, a potem znów spojrzał na mnie. Nie wiedziałam, czy nie wolałby, żebym patrzyła gdzie indziej.

– To już trzeci raz. W ciągu dwóch lat.

Dopiero po minucie załapałam, o co chodzi.

– Po raz trzeci ma zapalenie płuc?

Skinął głową.

– Paskudna sprawa. On jest bardzo dzielny, wiesz. Mimo tych wszystkich popisów. – Przełknął ślinę i dodał jakby do siebie: – Dobrze, że to dostrzegasz, Louisa.

Nie wiedziałam, co mam zrobić. Wyciągnęłam rękę i dotknęłam jego ramienia.

– Naprawdę to dostrzegam.

Skinął lekko głową, po czym wziął kapelusz z wieszaka w hallu.

Wymamrotawszy coś, co mogło być podziękowaniem albo pożegnaniem, pan Traynor minął mnie i wyszedł.

W przybudówce było dziwnie cicho, gdy nie było Willa. Zdałam sobie sprawę, jak bardzo przyzwyczaiłam się do stałego szumu jego elektrycznego wózka jeżdżącego tam i z powrotem, cichych rozmów z Nathanem w pokoju obok, brzęczenia radia. Teraz w przybudówce panował bezruch, powietrze wokół mnie było nieruchome niczym kosmiczna próżnia.

Zapakowałam niewielką torbę rzeczy, których mógłby potrzebować następnego dnia, w tym czyste ubrania, szczoteczkę do zębów, szczotkę do włosów i leki, plus słuchawki, na wypadek gdyby czuł się na tyle dobrze, żeby słuchać muzyki. W trakcie tego pakowania musiałam walczyć z narastającym we mnie dziwnym uczuciem paniki. W mojej głowie coraz głośniej odzywał się prowokujący głosik, który mówił: „Tak będzie, kiedy on umrze". Żeby go zagłuszyć, włączyłam radio, starając się, żeby do przybudówki powróciło trochę życia. Posprzątałam, zmieniłam Willowi pościel i zerwałam w ogrodzie kilka kwiatów, które ustawiłam w salonie. A potem, kiedy wszystko już było gotowe, kątem oka dostrzegłam na stole broszurę biura podróży.

Przez cały następny dzień siedziałam w papierach, odwołując wszystkie przeloty i wycieczki, które zarezerwowałam. Nie wiadomo było, kiedy Will poczuje się na tyle dobrze, żeby skorzystać z którejkolwiek z nich. Lekarz podkreślał, że musi odpoczywać, skończyć brać antybiotyk, dbać o to, żeby było mu ciepło i sucho. Spływ górską rzeką i nurkowanie z akwalungiem raczej nie nadawały się jako zajęcia dla rekonwalescenta.

Wpatrywałam się w te broszury i katalogi, myśląc o całej ciężkiej pracy i wyobraźni, jaką włożyłam w zorganizowanie tego wszystkiego. Gapiłam się na paszport, po który musiałam stać w kolejce, przypominając sobie podniecenie, które narastało we mnie już w pociągu do Londynu, i po raz pierwszy od czasu, kiedy zabrałam się do realizacji tego planu, ogarnęło mnie totalne przygnębienie. Zostały mi tylko trzy tygodnie i poniosłam porażkę. Moja umowa o pracę zaraz się skończy, a ja nie zrobiłam nic, co zmieniłoby zauważalnie nastawienie Willa. Bałam się nawet pytać panią Traynor, co teraz zrobimy. Nagle poczułam się obezwładniona sytuacją. Oparłam głowę na rękach i siedziałam tak w otaczającej mnie ciszy.

– Dobry wieczór.

Gwałtownie uniosłam głowę. Nathan stał obok mnie, niemal wypełniając sobą maleńką kuchnię. Na ramieniu miał plecak.

– Przyszedłem zostawić trochę leków, których będzie potrzebował, jak wróci. Wszystko gra?

Szybko otarłam oczy.

– Jasne. Przepraszam. Trochę mnie tylko przytłoczyło to, że muszę odwołać tyle rzeczy.

Nathan zsunął plecak z ramienia i usiadł naprzeciw mnie.

– Gówniana sprawa.

Wziął katalog i zaczął go przeglądać.

– Może ci pomóc? Nie muszę być w szpitalu, więc mogę wpaść rano na godzinę. Mogę ci pomóc obdzwonić te wszystkie firmy.

– To miło z twojej strony. Ale nie. Dam sobie radę. Chyba będzie prościej, jeśli sama to zrobię.

Nathan zrobił herbatę i piliśmy ją razem. Chyba po raz pierwszy naprawdę ze sobą rozmawialiśmy – w każdym razie bez Willa między nami. Powiedział mi o swoim poprzednim kliencie, z uszkodzeniem C3/4 i respiratorem. Chorował co najmniej raz w miesiącu. Opowiedział mi też o poprzednich przypadkach, kiedy Will miał zapalenie płuc. Za pierwszym razem o mało nie umarł i dochodził do siebie przez wiele tygodni.

– Ma wtedy takie spojrzenie... – dodał. – Kiedy jest naprawdę chory. Aż dreszcz przebiega po krzyżu. Tak jakby się... wycofywał. Tak jakby go prawie tu nie było.

– Wiem. Nienawidzę tego spojrzenia.

– On jest... – zaczął. A potem nagle odwrócił wzrok i zamknął usta.

Siedzieliśmy z kubkami w ręku. Kątem oka obserwowałam Nathana, jego przyjazną twarz, która na chwilę jakby się zamknęła. I zdałam sobie sprawę, że już znam odpowiedź na pytanie, które mam zamiar mu zadać.

– Ty wiesz, prawda?

– Co wiem?

– O tym... co on zamierza zrobić.

Nagle w kuchni zapadło ciężkie milczenie.

Nathan spojrzał na mnie uważnie, jakby zastanawiając się, co odpowiedzieć.

– Ja wiem – powiedziałam. – Nie powinnam o tym wiedzieć, ale wiem. O to... o to chodziło w tych całych wakacjach, wyjazdach. O to, żebym zmieniła jego nastawienie.

Nathan odstawił kubek.

– Zastanawiałem się nad tym – odparł. – Wydawało się... jakbyś miała jakąś misję.

– Bo miałam. Mam.

Potrząsnął głową, ale nie wiem, czy chciał przez to powiedzieć, że mam się nie poddawać, czy też że już nic nie da się zrobić.

– Co teraz zrobimy, Nathan?

Odpowiedział dopiero po dłuższej chwili.

– Wiesz co, Lou? Naprawdę lubię Willa. Nie obchodzi mnie, co sobie pomyślisz, uwielbiam tego gościa. Jestem z nim od dwóch lat. Widziałem go, kiedy było ciężko i w dobre dni, i mogę ci tylko powiedzieć, że za żadne skarby świata nie chciałbym się znaleźć na jego miejscu.

Upił łyk herbaty.

– Czasem zostawałem na noc, a on budził się z krzykiem, bo we śnie wciąż mógł chodzić, jeździć na nartach i tak dalej, i przez kilka minut, kiedy jeszcze nie w pełni panował nad sobą, dosłownie nie mógł znieść myśli, że już nigdy nie będzie tego robił. Po prostu nie mógł tego znieść. Siedziałem z nim i nie wiedziałem, co mam mu powiedzieć takiego, co by go choć trochę pocieszyło. Przypadł mu w udziale najbardziej gówniany los, jaki można sobie wyobrazić. I wiesz co? Patrzyłem na niego wczoraj wieczorem i myślałem o jego życiu, o tym, jak pewnie będzie wyglądać... i chociaż niczego nie pragnę bardziej, niż żeby był szczęśliwy... nie mogę osądzać go za to, co chce zrobić. To jego wybór. To powinien być jego wybór.

Zaczęło mi brakować powietrza.

– Ale... to było wcześniej. Sam powiedziałeś, że tak było, zanim przyszłam. On się teraz zmienił. Zmienił się przy mnie, prawda?

– Tak, ale...

– Ale jeśli nie będziemy wierzyć, że będzie z nim lepiej, że może się lepiej poczuć, to jak on ma uwierzyć, że jeszcze może mu się przydarzyć coś dobrego?

Nathan odstawił kubek i spojrzał mi prosto w oczy.

– Lou. Z nim nie będzie lepiej.

– Nie wiesz tego.

– Wiem. Dopóki nie nastąpi jakiś zasadniczy przełom w badaniach nad komórkami rdzenia kręgowego, Willa czeka kolejne dziesięć lat na wózku. Co najmniej. On o tym wie, nawet jeśli jego rodzice nie chcą tego przyznać. A to tylko połowa problemu. Ona chce utrzymać go przy życiu za wszelką cenę. Pan T. uważa za to, że w pewnym momencie decyzję należy pozostawić jemu.

– Oczywiście, że to on zdecyduje, Nathan. Ale musi zobaczyć, jaki ma wybór.

– To bystry facet. Doskonale wie, co ma do wyboru.

Uniosłam głos.

– Nie. Mylisz się. Mówisz, że jest w tym samym położeniu, w którym był, zanim się pojawiłam. Twierdzisz, że jego nastawienie nie zmieniło się ani trochę.

– Nie wiem, co się dzieje w jego głowie, Lou.

– Wiesz, że udało mi się zmienić jego sposób myślenia.

– Nie, wiem, że on zrobiłby wszystko, żeby tylko sprawić ci przyjemność.

Patrzyłam na niego.

– Myślisz, że on tylko udaje, żeby mnie zadowolić? – Byłam wściekła na Nathana, na nich wszystkich. – Więc jeśli nie wierzysz, że to wszystko może mu cokolwiek pomóc, dlaczego miałeś zamiar jechać? Tylko na fajne wakacje?

– Nie. Chcę, żeby żył.

– Ale...

– Ale chcę, żeby żył, tylko jeśli on tego chce. Jeśli nie chce, to zmuszając go, żeby dalej to ciągnął, ty, ja, niezależnie od tego, jak bardzo go kochamy – stajemy się tylko kolejnymi gnojkami, którzy pozbawiają go wyboru.

Słowa Nathana rozbrzmiały w ciszy. Otarłam pojedynczą łzę z policzka i starałam się uspokoić łomotanie serca. Nathan, najwyraźniej zakłopotany moimi łzami, podrapał się w kark, po czym po chwili w milczeniu podał mi rolkę ręcznika kuchennego.

– Nie mogę pozwolić, żeby to się stało, Nathan.

Nie odezwał się.

– Po prostu nie mogę.

Siedząc przy kuchennym stole, wpatrywałam się w swój paszport. Na zdjęciu wyglądałam jak ktoś zupełnie inny. Ktoś, czyje życie, sposób bycia, zupełnie nie przypominał mojego. Wpatrywałam się w nie z namysłem.

– Nathan?

– Co?

– Gdyby udało mi się zorganizować jakiś inny wyjazd, coś, na co zgodzą się lekarze, czy nadal chciałbyś pojechać? Pomógłbyś mi?

– No jasne. – Wstał, opłukał kubek i zarzucił sobie plecak na ramię. Zanim wyszedł z kuchni, odwrócił się do mnie.

– Ale będę szczery, Lou. Nie jestem pewien, czy uda ci się tego dokonać.

23

Dokładnie dziesięć dni później ojciec Willa wysadził nas z samochodu na lotnisku Gatwick. Nathan ładował nasze bagaże na wózek, a ja upewniałam się w nieskończoność, czy Willowi jest wygodnie – aż w końcu nawet on się wkurzył.

– Uważajcie na siebie. I bawcie się dobrze – powiedział pan Traynor, kładąc rękę na ramieniu Willa. – Tylko nie rozrabiajcie zanadto. – Nawet mrugnął do mnie, gdy to mówił.

Pani Traynor nie mogła zwolnić się z pracy, żeby nas odprowadzić. Podejrzewałam jednak, że chodziło raczej o to, że nie chce spędzać dwóch godzin w samochodzie ze swoim mężem.

Will skinął głową, ale się nie odezwał. W samochodzie był rozbrajająco cichy, z nieprzeniknioną miną wyglądał przez okno, nie zwracając uwagi, gdy paplaliśmy z Nathanem o ruchu na drodze i o tym, czego na pewno zapomnieliśmy.

Nawet gdy już szliśmy przez halę odlotów, nie byłam pewna, czy dobrze robimy. Pani Traynor w ogóle nie chciała, żeby jechał. Ale od dnia, kiedy zgodził się na mój zmodyfikowany plan, wiedziałam, że boi się powiedzieć mu, że nie powinien jechać. Przez ostatni tydzień sprawiała wrażenie, jakby w ogóle bała się z nami rozmawiać. Siedziała przy Willu w milczeniu, rozmawiała tylko z lekarzami. Albo pracowała w ogrodzie, z przerażającą skutecznością przycinając różne rzeczy.

– Miał po nas przyjść ktoś z linii lotniczych. Miał nas odebrać –

powiedziałam, przeglądając nerwowo dokumenty, gdy podeszliśmy do odprawy.

– Uspokój się. Przecież nie postawią kogoś w drzwiach – odparł Nathan.

– Ale wózek ma lecieć jako „delikatny sprzęt medyczny". Trzy razy to potwierdzałam przez telefon. I musimy się upewnić, że nie wykręcą jakiegoś numeru ze sprzętem, którego Will potrzebuje na pokładzie.

Dzięki internetowej społeczności wózkowiczów uzyskałam całe mnóstwo informacji, przestróg, przepisów i list niezbędnych rzeczy. Trzy razy sprawdzałam w biurze linii lotniczych, czy na pewno dostaniemy wzmocnione fotele, upewniałam się, że Will zostanie odprawiony jako pierwszy i że nikt nie będzie go ruszał z wózka, zanim nie będziemy przy wejściu do samolotu. Nathan miał zostać na ziemi, zdjąć dżojstik i przestawić na ręczne sterowanie, a potem starannie przypiąć i zabezpieczyć wózek. Miał osobiście nadzorować jego załadowanie, by uchronić go przed uszkodzeniem. Wózek miał zostać oznaczony na różowo, jako sygnał dla obsługi bagażowej, że mają się z nim obchodzić niesłychanie ostrożnie. Dostaliśmy trzy miejsca w jednym rzędzie, tak żeby Nathan mógł wykonać niezbędne zabiegi medyczne przy Willu, nie ściągając ciekawskich spojrzeń. Linia lotnicza zapewniła nas, że podłokietniki zostaną uniesione, tak żeby Will nie obtarł sobie ud, kiedy będziemy go przenosić z wózka na fotel. Cały czas miał siedzieć między nami. I mieliśmy wyjść z samolotu jako pierwsi.

Wszystko to miałam na swojej liście lotniskowej. Dalej miałam podobną listę hotelową, a wcześniej listę rzeczy do sprawdzenia na dzień przed wyjazdem oraz trasę podróży. Ale nawet przy tych wszystkich środkach ostrożności byłam chora ze strachu.

Za każdym razem, kiedy patrzyłam na Willa, zastanawiałam się, czy dobrze zrobiłam. Dopiero zeszłego wieczoru jego lekarz uznał, że może lecieć. Will niewiele jadł i przez większość dnia spał. Wydawał się nie tyle znużony chorobą, ile wyczerpany życiem, zmęczony naszym wtrącaniem się, próbami ożywionej konwersacji, niezmożoną determinacją, żeby poprawić mu humor. Tolerował mnie, ale często miałam poczucie, że chciałby, żeby dać mu spokój. Nie wiedział, że właśnie tej jednej rzeczy nie mogę zrobić.

– Jest już pani z linii lotniczych – powiedziałam, gdy podeszła do nas żwawym krokiem uśmiechnięta dziewczyna w uniformie i z podkładką do pisania.

– Wygląda na to, że nie będzie z niej wiele pożytku przy wchodzeniu na pokład – mruknął Nathan. – Nie udźwignęłaby nawet mrożonej krewetki.

– Damy sobie radę. Razem damy sobie radę.

To zdanie było moją dewizą, odkąd wymyśliłam, co chcę zrobić. Od czasu rozmowy z Nathanem w przybudówce na nowo ogarnął mnie zapał, żeby udowodnić, że wszyscy się mylili. To, że nie udało nam się pojechać na zaplanowane wakacje, nie oznacza, że Will w ogóle nie może nic zrobić.

Rzuciłam się do grup dyskusyjnych, zasypując je pytaniami. Gdzie może być dobre miejsce, w którym dużo słabszy Will mógłby wrócić do zdrowia? Czy ktoś ma pomysł, dokąd moglibyśmy pojechać? Mój główny problem stanowiła temperatura – angielski klimat był zbyt zmienny (nie ma niczego bardziej przygnębiającego niż angielski kurort nad morzem w deszczu). W większej części Europy było za gorąco pod koniec lipca, co wykluczało Włochy, Grecję, południe Francji i inne nadmorskie rejony. Ale ja miałam wizję. Oczami wyobraźni widziałam Willa wypoczywającego nad morzem. Problem w tym, że ponieważ miałam tylko kilka dni, żeby zaplanować wyjazd, coraz mniejsze były szanse, że to się może udać.

Wiele osób wyrażało współczucie, wiele też opowiadało o własnych przejściach z zapaleniem płuc. To najwyraźniej było widmo prześladujące wszystkich. Pojawiły się nieliczne propozycje, dokąd moglibyśmy pojechać, ale żadna nie wydawała mi się ciekawa. A co ważniejsze, nie czułam, żeby którakolwiek z nich zainteresowała Willa. Nie chodziło mi o kurorty ani o miejsca, gdzie mógłby spotkać ludzi w takiej samej sytuacji jak on. Tak naprawdę nie wiedziałam, czego chcę, ale kiedy przewinęłam jeszcze raz listę ich propozycji, wiedziałam, że żadna się nie nadaje.

Ostatecznie pomógł mi Ritchie, bywalec forum. Tego popołudnia, kiedy Willa wypuszczono ze szpitala, napisał:

Podaj mi maila. Mam kuzyna w biurze podróży. Napisałem mu, jaka jest sprawa.

Zadzwoniłam pod numer, który mi podał, i porozmawiałam z mężczyzną w średnim wieku, z silnym yorkshirskim akcentem. Kiedy powiedział mi, co ma na myśli, poczułam, że to jest właśnie to. W ciągu dwóch godzin wszystko mieliśmy załatwione. Byłam mu taka wdzięczna, że chciało mi się płakać.

– To nic wielkiego, słonko – stwierdził. – Postaraj się tylko, żeby ten twój facet dobrze się bawił.

Ale mimo to, zanim wyjechaliśmy, byłam niemal tak zmęczona jak Will. Całymi dniami zmagałam się ze szczególnymi wymaganiami, związanymi z podróżą kogoś na wózku, i aż do tego ranka, kiedy wyruszyliśmy, nie miałam pewności, że Will będzie się czuł na tyle dobrze, żeby pojechać. Teraz, kiedy siedzieliśmy przy bagażach, patrzyłam na niego, milczącego i bladego wśród gwaru lotniska, i znów pomyślałam, czy nie popełniam błędu. Nagle ogarnęła mnie panika. A jeśli znów zachoruje? A jeśli nienawidzi każdej minuty tego wyjazdu, tak samo jak wyścigów konnych? A jeśli mam fałszywy obraz całej sytuacji, a Willowi nie potrzeba wcale podróży jego życia, tylko dwóch tygodni w łóżku?

Ale nie mieliśmy dwóch tygodni. W tym był cały problem. To była moja jedyna szansa.

– Już zapowiedzieli nasz lot – powiedział Nathan, kiedy wrócił ze sklepu wolnocłowego. Spojrzał na mnie, unosząc brwi, a ja wzięłam głęboki oddech.

– Okej – odrzekłam. – Ruszajmy.

Sam lot, mimo długich dwunastu godzin w powietrzu, nie był taką udręką, jakiej się spodziewałam. Nathan niezauważenie wymieniał pod kocem Willowi wszystko, co potrzeba. Personel pokładowy był troskliwy i dyskretny, i ostrożnie obchodził się z wózkiem. Will, zgodnie z obietnicą, został zawieziony na pokład jako pierwszy, udało się bez szwanku przenieść go na jego miejsce i posadzić między nami.

Po godzinie lotu zdałam sobie sprawę, że, co dziwne, tu nad chmurami, na wysokości prawie dziesięciu tysięcy metrów nad ziemią, pod warunkiem że fotel Willa był odchylony, a on przypięty na tyle, żeby siedzieć na nim stabilnie, był właściwie w takim samym położeniu jak każdy inny pasażer. Tak jak wszyscy tkwił przed ekranem, nie mogąc się ruszyć i nie mając nic innego do roboty. Zjadł obiad, obejrzał film i głównie spał.

Uśmiechaliśmy się ostrożnie do siebie z Nathanem i staraliśmy się zachowywać, jakby wszystko było w najlepszym porządku. Wyglądałam przez okno, myśli kłębiły mi się w głowie jak chmury w dole, lecz jeszcze nie docierało do mnie, że to nie tylko wyzwanie logistyczne, ale przygoda dla mnie samej – że ja, Lou Clark, jadę na drugi koniec świata. Nie dostrzegałam tego. Nie widziałam wtedy niczego poza Willem. Czułam się jak moja siostra zaraz po urodzeniu Thomasa. „To tak, jakbym patrzyła przez rurę – powiedziała, wpatrując się w swojego nowo narodzonego synka. – Teraz świat to tylko on i ja".

Kiedy byliśmy na lotnisku, dostałam od niej esemesa:

Dasz radę. Jestem z ciebie cholernie dumna. Buziaki.

Wyświetliłam go sobie teraz, tylko żeby na niego popatrzeć, i nagle zachciało mi się płakać, może przez to, jakich słów użyła. A może po prostu byłam zmęczona, przestraszona i wciąż nie mogłam uwierzyć, że udało mi się zrealizować chociaż tyle. Wreszcie, żeby przestać myśleć, włączyłam mały telewizorek i gapiłam się niewidzącym wzrokiem na amerykańskie seriale komediowe, aż niebo wokół nas pociemniało.

A potem, kiedy się obudziłam, okazało się, że stewardesa przyniosła nam śniadanie, że Will rozmawia z Nathanem o filmie, który właśnie razem obejrzeli, i że – co zdumiewające, mimo wszystkich przeszkód – cała nasza trójka za mniej niż godzinę wyląduje na Mauritiusie.

Chyba nie wierzyłam, że to się stanie, dopóki samolot nie wylądował na Międzynarodowym Lotnisku imienia sir Seewoosagura Ramgoolama. Wlekliśmy się półprzytomni przez halę przylotów, wciąż sztywni po tylu godzinach bezruchu, a ja o mało się nie rozpłakałam na widok specjalnie przystosowanej taksówki podstawionej przez biuro podróży. Tego pierwszego ranka, kiedy kierowca wiózł nas do hotelu, niewiele zapamiętałam z mijanych widoków. To prawda, kolory wydawały się jaskrawsze niż w Anglii, niebo miało barwę błękitu, którego głębia wydawała się nieskończona. Widziałam, że wyspa jest porośnięta bujną roślinnością i uprawami trzciny cukrowej, a morze przebłyskuje niczym pasek rtęci spomiędzy wulkanicznych wzgórz. Powietrze miało lekki zapach czegoś dymnego i korzennego, słońce stało tak wysoko na niebie, że musiałam mrużyć oczy w jasnym świetle. Wyczerpana, czułam się tak, jakbym się obudziła na stronach błyszczącego magazynu o podróżach.

Ale choć moje zmysły musiały się uporać z lawiną nowych bodźców, moje spojrzenie wciąż wracało do Willa, jego bladej, znużonej twarzy, tego, jak głowa dziwnie zapadła mu się w ramiona. A potem wjechaliśmy na podjazd między szpalerem palm, zatrzymaliśmy się przed niewysokim budynkiem o drewnianej konstrukcji, a kierowca od razu wysiadł i zaczął wypakowywać nasze bagaże.

Nie chcieliśmy mrożonej herbaty ani oprowadzania po hotelu. Znaleźliśmy pokój Willa, zrzuciliśmy tam jego torby, położyliśmy go do łóżka i niemal jeszcze zanim zaciągnęliśmy zasłony, znów spał. A więc dotarliśmy na miejsce. Udało mi się. Wyszłam z jego pokoju, nareszcie oddychając z ulgą, podczas gdy Nathan spoglądał przez okno na białą pianę fal rozbijających się na rafie koralowej. Nie wiem, czy to przez zmęczenie po podróży, czy dlatego, że to było najpiękniejsze miejsce, w jakim byłam w życiu, ale poczułam, że zaraz się rozpłaczę.

– Już dobrze – powiedział Nathan, widząc moją minę. A potem, zupełnie niespodziewanie, podszedł do mnie i zamknął mnie w potężnym, niedźwiedzim uścisku. – Wyluzuj, Lou. Wszystko będzie dobrze. Naprawdę. Świetnie sobie poradziłaś.

Zaczęłam w to wierzyć dopiero po niemal trzech dniach. Przez pierwsze dwie doby Will głównie spał – a potem, co zdumiewające, zaczął lepiej wyglądać. Jego skóra odzyskała normalny kolor, zniknęły sine cienie pod oczami. Skurcze osłabły i znów zaczął jeść. Jechał powoli wzdłuż niekończącego się, ekstrawaganckiego szwedzkiego stołu i mówił mi, co mam mu nałożyć na talerz. Wiedziałam, że czuje się lepiej, bo zmuszał mnie, żebym spróbowała rzeczy, których nigdy w życiu bym nie zjadła – pikantnych kreolskich curry albo owoców morza, których nawet nie umiałam nazwać. I nic dziwnego. Musiałam pamiętać, że przez większość życia Willa to właśnie było jego królestwo – cała planeta, te dalekie lądy – a nie mała przybudówka w cieniu zamku.

Hotel, zgodnie z obietnicą, zapewnił nam specjalny wózek o szerokich kołach. Niemal każdego ranka Nathan przenosił na niego Willa i szliśmy we trójkę na plażę, ja z parasolem, na wypadek gdyby słońce zanadto przypiekało. Ale nigdy tak nie było, południowa część wyspy słynęła z morskiej bryzy, a poza sezonem temperatura rzadko wynosiła więcej niż dwadzieścia kilka stopni. Zatrzymywaliśmy się na małej plaży w pobliżu skalistego cypla, skąd nie było widać hotelu. Rozkładałam sobie leżak, siadałam obok Willa pod palmą i obserwowaliśmy z naszego stanowiska, jak Nathan próbuje surfować albo jeździć na nartach wodnych – czasem dodając mu odwagi okrzykami albo obelgami.

Z początku personel hotelowy otaczał Willa wręcz nadmierną troską, chcieli pchać jego wózek, nieustannie podtykali mu zimne napoje. Ale kiedy wyjaśniliśmy, że nie potrzebujemy ich pomocy, z uśmiechem się wycofali. Mimo to dobrze było widzieć, jak w chwilach, kiedy mnie nie było obok, portier albo recepcjonista zatrzymuje się, żeby z nim pogawędzić, albo mówi mu o jakimś miejscu, w które moglibyśmy pojechać. Był tam jeden tyczkowaty młody chłopak, Nadil, który uznał się za nieoficjalnego opiekuna Willa, kiedy Nathana nie było w pobliżu. Gdy wyszłam pewnego dnia, zobaczyłam, jak razem z kolegą ostrożnie wyjmują Willa z wózka i układają go na miękkim leżaku, który Nadil ustawił pod „naszym" drzewem.

– Tak lepiej – zwrócił się do mnie, pokazując uniesione kciuki, kiedy podeszłam do nich przez piasek. – Proszę mnie zawołać, jeśli pan Will będzie chciał wrócić na wózek.

Już miałam protestować i powiedzieć, że nie powinni byli go przenosić. Ale Will miał zamknięte oczy i wyraz tak nieoczekiwanej błogości na twarzy, że zamknęłam buzię i tylko skinęłam głową.

Jeśli chodzi o mnie, kiedy niepokój o zdrowie Willa nieco ustąpił, zaczęłam sądzić, że chyba jestem w raju. Nigdy w życiu nie pomyślałabym, że znajdę się w miejscu takim jak to. Co rano budził mnie szum fal łagodnie rozbijających się o brzeg, głosy nieznanych ptaków nawołujących się w gałęziach. Patrzyłam na sufit, na tańczące plamy słońca przefiltrowanego przez liście, a za drzwiami słyszałam przytłumioną rozmowę świadczącą o tym, że Will i Nathan już dawno wstali. Nosiłam sarongi i kostiumy kąpielowe, ciesząc się ciepłym dotykiem słońca na ramionach i plecach. Miałam teraz mnóstwo piegów, moje paznokcie zbielały i zaczęłam cieszyć się prostymi przyjemnościami, z jakich składało się życie tutaj: spacerami po plaży, jedzeniem nieznanych mi wcześniej potraw, pływaniem w ciepłej, czystej wodzie, gdzie czarne ryby wyglądały nieśmiało spod wulkanicznych skał, albo przyglądaniem się, jak szkarłatne słońce zapada się za horyzont. Ostatnie kilka miesięcy zaczęło powoli odsuwać się w niepamięć. Aż wstyd, ale prawie zupełnie nie myślałam o Patricku.

Mieliśmy stały rytm dnia. Jedliśmy razem śniadanie przy ocienionych stolikach nad basenem. Will jadł zwykle sałatkę owocową, którą podawałam mu do ust palcami, a potem czasem naleśnika z bananami, kiedy wzrósł mu apetyt. Potem szliśmy na plażę, gdzie ja czytałam, Will słuchał muzyki, a Nathan uprawiał różne sporty wodne. Will wciąż mnie namawiał, żebym też czegoś spróbowała, ale na początku odmawiałam. Chciałam po prostu być przy nim. Ponieważ nalegał, przez jedno przedpołudnie próbowałam windsurfingu i pływania kajakiem, ale najszczęśliwsza byłam, po prostu siedząc obok niego.

Czasem, jeśli Nadil był w pobliżu, a w hotelu panował spokój, razem z Nathanem wnosili Willa do ciepłej wody mniejszego basenu. Nathan podtrzymywał mu głowę, tak żeby mógł unosić się na wodzie. Will nie mówił wtedy zbyt wiele, ale wydawał się promieniować cichym zadowoleniem, jakby jego ciało przypominało sobie dawno zapomniane wrażenia. Jego tors, zwykle blady, przybrał złotawy odcień. Blizny zrobiły się srebrne i zaczęły blednąć. Zaczął czuć się swobodnie bez koszuli.

W porze lunchu ruszaliśmy do jednej z trzech restauracji hotelu. Alejki w całym kompleksie były wyłożone płytkami, czasem tylko zdarzały się schodki albo niewielki zjazd, co oznaczało, że Will mógł zupełnie swobodnie poruszać się na swoim wózku. To był niby drobiazg, ale fakt, że mógł pojechać napić się czegoś bez asysty jednego z nas, oznaczał nie tyle odpoczynek dla mnie czy Nathana, ile dla Willa choć chwilę wolności od codziennych frustracji – tego, że jest całkowicie zależny od innych. Ale żadne z nas nie musiało chodzić zbyt daleko. Gdziekolwiek się było, na plaży czy przy basenie, czy nawet w spa, ktoś z uśmiechniętej obsługi pojawiał się znienacka z napojem, zwykle ozdobionym pachnącym różowym kwiatem. Nawet kiedy leżeliśmy na plaży, mijał nas mały wózek pchany przez uśmiechniętego kelnera, który proponował wodę, sok albo coś mocniejszego.

Popołudniami, kiedy temperatura była najwyższa, Will wracał do pokoju i spał przez kilka godzin. Ja pływałam w basenie albo czytałam książkę, a potem spotykaliśmy się wieczorem, żeby zjeść kolację w restauracji przy plaży. Szybko zasmakowałam w koktajlach. Nadil wymyślił, że jeśli da Willowi odpowiednio długą słomkę i wstawi do jego uchwytu wysoką szklankę, pomoc moja czy Nathana w ogóle nie będzie potrzebna. Kiedy zapadał zmierzch, gawędziliśmy we trójkę o naszym dzieciństwie, pierwszych chłopakach i dziewczynach, pierwszej pracy, naszych rodzinach i innych wakacjach, na jakich byliśmy, i widziałam, jak Will powoli zaczyna wracać do życia.

Tylko że to był inny Will. Tak jakby to miejsce dało mu spokój, którego mu brakowało przez cały czas, od kiedy go znałam.

– Chyba jest z nim nieźle, prawda? – powiedział Nathan, kiedy spotkaliśmy się któregoś razu przy bufecie.

– Chyba tak.

– Wiesz... – Nathan pochylił się ku mnie, żeby Will nie zobaczył, że o nim rozmawiamy – myślę, że tamten ośrodek i wszystkie sporty ekstremalne byłyby super. Ale kiedy teraz na niego patrzę, wydaje mi się, że to miejsce zadziałało na niego dużo lepiej.

Nie powiedziałam mu, co postanowiłam pierwszego dnia, kiedy tu przyjechaliśmy, a mnie ściskało w brzuchu ze strachu i już liczyłam, ile dni zostało do powrotu do domu. Muszę spróbować zapomnieć na te dziesięć dni, dlaczego właściwie tu jesteśmy – zapomnieć o umowie na pół roku, o moim starannie układanym harmonogramie, o wszystkim, co było wcześniej. Powinnam po prostu cieszyć się chwilą i zachęcać Willa, żeby zrobił to samo. Powinnam być szczęśliwa i mieć nadzieję, że Will także będzie szczęśliwy.

Wzięłam sobie kolejny kawałek melona i uśmiechnęłam się.

– Co robimy później? Może karaoke? Czy wciąż jesteś ogłuszony po wczorajszym wieczorze?

Czwartego wieczoru Nathan z lekkim tylko zawstydzeniem oznajmił, że idzie na randkę. Karen była Australijką, która zatrzymała się w sąsiednim hotelu, i mieli się wybrać razem do miasta.

– Po prostu muszę dopilnować, żeby nic jej się nie stało. No wiesz... Chyba nie powinna iść tam sama.

– Jasne – powiedział Will, kiwając głową z miną mędrca. – To bardzo rycersko z twojej strony, Nathan.

– Myślę, że to bardzo odpowiedzialne. Niesłychanie obywatelska postawa – zgodziłam się.

– Zawsze podziwiałem Nathana za jego altruizm. Zwłaszcza jeśli chodzi o płeć piękną.

– Odchrzańcie się oboje – uśmiechnął się Nathan i zniknął.

Karen szybko stała się stałym elementem dnia. Nathan znikał z nią zazwyczaj po kolacji i chociaż wracał, żeby spełnić swoje wieczorne obowiązki, pozwalaliśmy mu na jak najdłuższą nieobecność.

Poza tym cieszyłam się w duchu. Lubiłam Nathana i byłam zadowolona, że z nami pojechał, ale wolałam być sama z Willem. Lubiłam półsłówka, którymi się porozumiewaliśmy, kiedy nikogo nie było w pobliżu, swobodną bliskość, która pojawiła się między nami. Lubiłam to, jak odwracał głowę, żeby spojrzeć na mnie z rozbawieniem, tak jakbym okazała się nagle kimś więcej, niż się spodziewał.

Przedostatniego wieczoru powiedziałam Nathanowi, że nie mam nic przeciwko temu, żeby przyprowadził Karen do nas. Noce spędzał w jej hotelu i wiedziałam, że to dla niego kłopot, bo musiał iść dwadzieścia minut w jedną stronę, żeby wykonać przy Willu ostatnie wieczorne zabiegi.

– Nie przeszkadza mi to. Jeśli... no wiesz... będziecie mieli dzięki temu trochę prywatności.

Ucieszył się, już z wizją wieczoru przed oczami, i nie zostawiając mi czasu do namysłu, rzucił tylko entuzjastycznie:

– Dzięki, stara.

– To miło z twojej strony – zauważył Will, kiedy mu o tym powiedziałam.

– Raczej z twojej – odparłam. – To twój pokój oddałam dla sprawy.

Tego wieczoru położyliśmy go spać w moim pokoju, Nathan pomógł mu się ułożyć i podał mu leki, podczas gdy Karen czekała w barze. W łazience przebrałam się w koszulkę i szorty, po czym z poduszką pod pachą podreptałam w kierunku kanapy. Wiedziałam, że Will na mnie patrzy, i czułam się dziwnie nieswojo, biorąc pod uwagę, że przez większość minionego tygodnia paradowałam mu przed nosem w bikini. Ułożyłam poduszkę na oparciu kanapy.

– Clark?

– Co?

– Naprawdę nie musisz tam spać. W tym łóżku zmieściłaby się drużyna piłkarska.

Tak naprawdę nawet się nie zastanawiałam. Tak już się wtedy poukładało między nami. Może te dni spędzone półnago na plaży sprawiły, że czuliśmy się bardziej swobodnie. A może myśl o Nathanie i Karen za ścianą, otulonych sobą, w ich własnym kokonie.

A może po prostu chciałam być obok niego. Ruszyłam w stronę łóżka i podskoczyłam na nagły odgłos pioruna. Światła zamigotały, ktoś krzyknął na zewnątrz. Nathan i Karen w pokoju obok wybuchnęli śmiechem.

Podeszłam do okna i odsłoniłam zasłonę, poczułam, jak nagle

zerwał się wiatr, zrobiło się dużo chłodniej. Na morzu rozszalał się sztorm. Rozbłyski rozszczepionych błyskawic na krótko rozświetlały niebo, a potem, jakby po namyśle, w dach naszego małego bungalowu zabębniły ciężkie krople ulewy, tak gwałtownie, że z początku zagłuszyły wszelkie inne dźwięki.

– Może lepiej zamknę okiennice – powiedziałam.

– Nie, nie rób tego.

Odwróciłam się.

– Otwórz szeroko drzwi. – Will skinął głową w stronę okna. – Chciałbym popatrzeć.

Zawahałam się, po czym powoli otworzyłam szklane drzwi na taras. Deszcz bębnił o budynki kompleksu hotelowego, woda lała się z dachu i płynęła strumieniami z naszego tarasu do morza. Poczułam wilgoć na twarzy, elektryczność w powietrzu. Włoski na ramionach stanęły mi dęba.

– Czujesz? – zapytał zza moich pleców.

– To jak koniec świata.

Stałam w wejściu na taras, czując na skórze naelektryzowane powietrze, a białe błyskawice zostawiały mi odcisk pod powiekami. Widok aż zapierał dech.

Potem odwróciłam się, podeszłam do łóżka i usiadłam na skraju. Patrzył na mnie, a ja pochyliłam się i łagodnie pociągnęłam jego opaloną szyję ku sobie. Teraz już wiedziałam, jak go przesuwać, jak sprawić, żeby ciężar jego ciała pomógł mi, a nie przeszkadzał. Trzymając go blisko siebie, nachyliłam się i podłożyłam mu pod plecy dużą białą poduszkę, po czym ułożyłam go w jej objęciach. Pachniał słońcem, tak jakby nasiąkła nim jego skóra, w milczeniu wdychałam ten zapach, jakby był czymś smakowitym.

Potem, wciąż trochę mokra od deszczu, ułożyłam się obok niego, tak blisko, że nogami dotykałam jego nóg, i razem spoglądaliśmy na błyskawice uderzające w niebiesko-białe fale, na srebrzyste pręty deszczu i na łagodnie poruszającą się masę turkusowej wody zaledwie kilkadziesiąt metrów od nas.

Świat wokół nas się skurczył, aż został tylko odgłos sztormu, fioletoworóżowe niebo i łagodnie powiewające tiulowe zasłony. Czułam zapach kwiatów lotosu, słyszałam odległe dzwonienie szklanek i szuranie szybko odsuwanych krzeseł, muzykę z jakiejś odbywającej się daleko imprezy, czułam wyzwolone przez burzę moce natury. Sięgnęłam po dłoń Willa. Pomyślałam, że nigdy nie będę miała poczucia tak mocnego kontaktu ze światem, z drugim człowiekiem, jak w tej chwili.

– Nieźle, co, Clark? – powiedział Will w ciszy. Przyglądał się burzy z całkowitym spokojem. Odwrócił się na chwilę i uśmiechnął do mnie, a jego oczy miały jakby triumfujący wyraz.

– Tak – zgodziłam się – faktycznie nieźle.

Leżałam spokojnie, słuchając jego coraz głębszego oddechu, stukania deszczu o dach, czułam jego ciepłe palce splecione z moimi. Nie chciałam wracać do domu. Pomyślałam, że moglibyśmy zostać tu na stałe. Tutaj byliśmy bezpieczni, zamknięci w naszym małym raju. Za każdym razem, kiedy myślałam o powrocie do Anglii, czułam gdzieś w środku zaciskające się szpony strachu.

„Wszystko będzie dobrze" – powtarzałam sobie słowa Nathana. „Wszystko będzie dobrze".

Wreszcie odwróciłam się na bok i zamiast patrzeć na morze, spojrzałam na Willa. W półmroku on także odwrócił głowę i czułam, że jego spojrzenie mówi mi to samo: „Wszystko będzie dobrze". Po raz pierwszy w życiu próbowałam nie myśleć o przyszłości. Próbowałam po prostu być, pozwolić, by doznania tego wieczoru przepływały przeze mnie. Nie potrafię powiedzieć, jak długo tak patrzyliśmy na siebie nawzajem, ale powieki Willa stopniowo opadły, a on wymamrotał przepraszająco, że chyba zaraz... Jego oddech zrobił się głębszy, gdy przekroczył próg snu, i teraz już tylko ja patrzyłam na jego twarz, na punkciki rzęs w kącikach oczu, na świeże piegi na nosie.

Pomyślałam sobie, że chyba jednak miałam rację.

Burza wyszalała się wreszcie około pierwszej w nocy i zniknęła gdzieś na morzu, błyski jej gniewu stały się coraz słabsze, a potem ustały zupełnie – ruszyła wyżywać się meteorologicznie gdzie indziej. Wiatr powoli ucichł, zasłony przestały powiewać, ostatnie strumyczki wody spłynęły z bulgotem. W środku nocy wstałam, delikatnie uwalniając swoją dłoń z dłoni Willa, i zamknęłam drzwi balkonowe, odcinając pokój od odgłosów z zewnątrz. Will spał głębokim, spokojnym snem, jaki rzadko zdarzał mu się w domu.

Ale ja nie mogłam spać. Leżałam, patrząc na niego i starając się nie myśleć zupełnie o niczym.

Ostatniego dnia zdarzyły się dwie rzeczy. Po pierwsze, za namową Willa zgodziłam się spróbować nurkowania. Nękał mnie od wielu dni, twierdząc, że nie mogę przyjechać aż tutaj i ani razu nie zanurzyć się pod wodę. Surferką byłam beznadziejną, ledwie umiałam podnieść żagiel, a moje próby jazdy na nartach polegały głównie na szorowaniu twarzą o wodę. Ale on był uparty i poprzedniego dnia podczas lunchu oznajmił, że zarezerwował dla mnie półdniowy kurs dla początkujących.

Na początku szło mi marnie. Will i Nathan siedzieli na brzegu basenu, przyglądając się, jak instruktor próbuje mnie przekonać, że pod wodą nadal będę mogła oddychać, ale świadomość, że na mnie patrzą, sprawiała, że radziłam sobie beznadziejnie. Nie jestem kretynką – rozumiałam, że dzięki butlom tlenowym na plecach moje płuca nadal będą działać i że się nie utopię – ale za każdym razem, kiedy wkładałam głowę pod wodę, panikowałam i wyskakiwałam na powierzchnię. Tak jakby moje ciało nie chciało uwierzyć, że nadal będzie mogło oddychać mimo setek litrów czystej chlorowanej wody nad sobą.

– Chyba nie potrafię – stwierdziłam, kiedy wynurzyłam się po raz siódmy, plując i parskając.

James, mój instruktor nurkowania, spojrzał na Willa i Nathana.

– Nie umiem – powtórzyłam ze złością. – Nie nadaję się do tego.

James odwrócił się tyłem do nich, poklepał mnie po plecach i wskazał otwarte morze.

– Niektórym łatwiej zacząć tam – powiedział cicho.

– W morzu?

– Czasem lepiej zostać wrzuconym na głęboką wodę. Chodźmy. Weźmiemy łódkę.

Trzy kwadranse później gapiłam się pod wodą na jaskrawokolorowy krajobraz, dotąd ukryty przed moimi oczami, zupełnie zapominając o strachu, że butla może przestać działać, że wbrew wszystkiemu opadnę na dno i się utopię, w ogóle zapomniałam, że się kiedykolwiek bałam. Tajemnice tego nowego podwodnego świata całkowicie mnie pochłonęły. Przyglądałam mu się w ciszy, przerywanej tylko odgłosem własnego oddechu. Patrzyłam na ławice maleńkich tęczowych rybek, na większe czarne i białe ryby, które wpatrywały się we mnie badawczo, na łagodnie kołyszące się anemony filtrujące delikatne prądy niosące ich niewidoczny pokarm. Widziałam odległe krajobrazy, dwa razy bardziej jaskrawe i różnorodne niż te na lądzie. Widziałam pieczary, gdzie czaiły się nieznane stworzenia, kształty migoczące w oddali w promieniach słońca. Wcale nie chciałam wracać na powierzchnię. Mogłabym zostać tam na zawsze, w tym milczącym świecie. Dopiero kiedy James zaczął pokazywać swój wskaźnik tlenu, zrozumiałam, że nie mam wyboru.

Aż nie wiedziałam, co powiedzieć, kiedy wreszcie, rozpromieniona, wyszłam na plażę, gdzie czekali Nathan i Will. W głowie wciąż kłębiły mi się kolorowe obrazy, czułam się, jakbym nadal pływała pod wodą.

– Fajnie, co? – stwierdził Nathan.

– Dlaczego mi nie powiedziałeś? – krzyknęłam, rzucając płetwy obok Willa. – Dlaczego nie zmusiłeś mnie wcześniej? I pomyśleć, że to wszystko cały czas tam było, tuż pod moim nosem!

Will patrzył na mnie spokojnie. Nie odzywał się, tylko uśmiechał szeroko.

– Nie wiem, Clark. Niektórzy ludzie nie lubią, żeby im mówić, co mają robić.

Ostatniego wieczoru się upiłam. Nie chodziło tylko o to, że następnego dnia mieliśmy wyjechać. Po raz pierwszy naprawdę miałam poczucie, że Will czuje się dobrze i że mogę wyluzować. Ubrałam się w białą bawełnianą sukienkę (byłam teraz opalona, więc już nie wyglądałam w białym jak trup w całunie) i srebrne sandałki, a kiedy Nadil dał mi szkarłatny kwiat i powiedział, że mam wpiąć go sobie we włosy, nie zbyłam go żartem, tak jak tydzień wcześniej.

– Witaj, Carmen Miranda – powiedział Will, kiedy przyszłam do nich do baru. – Wyglądasz olśniewająco.

Już miałam rzucić jakąś sarkastyczną uwagę, kiedy zdałam sobie sprawę, że patrzy na mnie z prawdziwą przyjemnością.

– Dziękuję – odparłam. – Ty też wyglądasz całkiem nieźle.

W głównym budynku hotelu odbywała się dyskoteka, więc niedługo przed dziesiątą – kiedy Nathan poszedł sobie do Karen – poszliśmy na plażę, z muzyką wciąż dźwięczącą w uszach. Trzy koktajle przyjemnie szumiały mi w głowie.

Nad morzem było tak pięknie. Wieczór był ciepły, wiatr niósł zapachy pieczonego mięsa, ciepłego olejku na skórze, morskiej soli. Zatrzymaliśmy się pod naszym ulubionym drzewem. Ktoś zrobił sobie na plaży ognisko, może żeby coś upiec, a teraz została z niego tylko kupka żaru.

– Nie chcę wracać do domu – powiedziałam w ciemność.

– Trudno stąd wyjechać.

– Myślałam, że takie miejsca są tylko w filmach – dodałam, odwracając się do niego. – A teraz zaczynam podejrzewać, że może wszystko, co mi opowiadałeś, było prawdą.

Uśmiechał się. Wydawał się rozluźniony i szczęśliwy, spoglądał na mnie zmrużonymi oczami. Patrzyłam na niego, po raz pierwszy nie czując strachu ściskającego gdzieś w środku.

– Cieszysz się, że tu przyjechaliśmy? – zapytałam z wahaniem.

Skinął głową.

– O tak.

– Ha! – Wyrzuciłam ręce w powietrze.

A potem, kiedy ktoś w barze podkręcił głośniej muzykę, zrzuciłam sandałki i zaczęłam tańczyć. Głupio to brzmi – to coś takiego, czego człowiek następnego dnia się wstydzi. Ale tutaj, w granatowym mroku, na wpół pijana z niewyspania, z ogniem, nieskończonym morzem i niebem, dźwiękami muzyki, z uśmiechniętym Willem, czując, że serce przepełnia mi coś, czego nie umiem nawet nazwać, po prostu musiałam zatańczyć. Tańczyłam więc, śmiejąc się, nie przejmując się tym, jak to wygląda ani że ktoś może nas zobaczyć. Czułam, że Will na mnie patrzy, i wiedziałam, że on wie – że to jedyna możliwa odpowiedź na ostatnie dziesięć dni. Do diabła, ostatnie pół roku.

Piosenka się skończyła, a ja bez tchu opadłam u jego stóp.

– Ty... – powiedział.

– Co? – Uśmiechnęłam się przekornie. Czułam, jak przepełnia mnie nieznana energia. Ledwo panowałam nad sobą.

Potrząsnął głową.

Powoli wstałam, podeszłam do jego wózka i nachyliłam się tak, że moja twarz znalazła się kilka centymetrów od jego twarzy. Po poprzednim wieczorze nie wydawało się to jakimś wielkim przełomem.

– Ty... – Wpatrywał się we mnie niebieskimi oczami, w których migotały odbłyski ognia. Pachniał słońcem, ogniem i czymś ostrym i cytrusowym.

Czułam, jak coś we mnie mięknie, gdzieś głęboko.

– Ty... jesteś kimś innym, Clark.

Zrobiłam jedyną rzecz, jaka przyszła mi do głowy. Pochyliłam się i pocałowałam go. Zawahał się, tylko przez moment, po czym oddał mi pocałunek. Na chwilę zapomniałam o wszystkim – o milionie powodów, dla których nie powinnam tego robić, o swoich obawach, o tym, dlaczego tu jesteśmy. Całowałam go, wdychając zapach jego skóry, czując pod palcami jego miękkie włosy, a kiedy on także mnie pocałował, wszystko to zniknęło, i byliśmy tylko my dwoje, na wyspie pośrodku nicości, pod tysiącem migoczących gwiazd.

A potem on się odsunął.

– Ja... przepraszam. Nie...

Otworzyłam oczy. Uniosłam rękę do jego twarzy i przesunęłam palcami po jego pięknych rysach. Pod opuszkami czułam delikatną warstewkę soli.

– Will – zaczęłam. – Ty możesz. Możesz...

– Nie. – W jego głosie zabrzmiała metaliczna nuta. – Nie mogę.

– Nie rozumiem.

– Nie chcę w to wchodzić.

– Hm... myślę, że nie masz wyjścia.

– Nie mogę tego zrobić, bo nie mogę... – Przełknął. – Nigdy nie będę facetem, jakiego powinnaś mieć. A to znaczy, że... – spojrzał na mnie – to tylko kolejna rzecz, która mi przypomina o tym, kim nie jestem.

Nie spuszczałam wzroku z jego twarzy. Dotknęłam czołem jego czoła, tak że nasze oddechy się zmieszały, i powiedziałam bardzo cicho:

– Nie obchodzi mnie to, co twoim zdaniem możesz, a czego nie możesz. To nie jest czarno-białe. Prawdę mówiąc... rozmawiałam z innymi ludźmi w tej samej sytuacji i... różne rzeczy są możliwe. Tak, żebyśmy oboje byli szczęśliwi... – zająknęłam się. Już sama ta rozmowa była dziwna. Spojrzałam mu w oczy. – Willu Traynorze... – powiedziałam łagodnie. – Chodzi o to, że... Myślę, że moglibyśmy...

– Nie, Clark... – zaczął.

– Myślę, że możemy robić razem bardzo różne rzeczy. Wiem, że to nie jest typowy romans. Wiem, że jest bardzo wiele powodów, dla których w ogóle nie powinnam o tym mówić, biorąc uwagę to, kim jestem. Ale cię kocham. Naprawdę. Uświadomiłam to sobie, kiedy odeszłam od Patricka. I myślę, że może ty też mnie troszkę kochasz.

Nie odzywał się. Patrzył na mnie badawczo, a w jego oczach widać

337

było wielki smutek. Odgarnęłam mu włosy ze skroni, tak jakbym mogła tym sposobem odegnać od niego przygnębienie, a on pochylił głowę i oparł ją na mojej dłoni.

Przełknął.

– Muszę ci coś powiedzieć.

– Wiem – wyszeptałam. – Wiem wszystko.

Will chciał coś dodać, ale zamknął usta. Powietrze wokół nas nagle jakby znieruchomiało.

– Wiem o Szwajcarii. Wiem... dlaczego zostałam zatrudniona na pół roku.

Podniósł głowę. Spojrzał na mnie, a potem na niebo. Opuścił ramiona.

– Wiem o tym wszystkim, Will. Wiem od dawna. I, Will, proszę, posłuchaj mnie. – Ujęłam jego prawą dłoń i przycisnęłam do piersi. – Wiem, że może nam się udać. Wiem, że to nie wygląda tak, jakbyś chciał, ale jestem pewna, że mogę sprawić, żebyś był szczęśliwy. Mogę ci tylko powiedzieć, że dzięki tobie staję się... staję się kimś, kogo sobie nawet nie wyobrażałam. Przy tobie jestem szczęśliwa, nawet kiedy zachowujesz się okropnie. Wolę być z tobą – nawet z tobą twoim zdaniem jakoś umniejszonym – niż z kimkolwiek innym na świecie.

Czułam, jak jego palce lekko zaciskają się na moich i to dodało mi odwagi.

– Jeśli twoim zdaniem to byłaby dziwna sytuacja, gdybyś nadal był moim pracodawcą, mogę znaleźć sobie pracę gdzie indziej. Chciałam ci o tym powiedzieć – zapisałam się na kurs do college'u. Bardzo dużo czytałam w internecie, rozmawiałam z innymi ludźmi na wózkach i ich opiekunami i bardzo dużo się dowiedziałam o tym, co zrobić, żeby się udało. I ja mogę to zrobić, i mogę po prostu być z tobą. Widzisz? Pomyślałam o wszystkim, wszystko sprawdziłam. Taka teraz jestem. To twoja wina. To ty mnie zmieniłeś. – Prawie się śmiałam. – Przez ciebie zmieniłam się w moją siostrę. Tylko z lepszym gustem, jeśli chodzi o ciuchy.

Zamknął oczy. Objęłam dłońmi jego dłonie, uniosłam palce do ust i ucałowałam je. Czułam dotyk jego skóry i wiedziałam, że ponad wszystko na świecie nie pozwolę mu odejść.

– Co ty na to? – zapytałam szeptem.

Mogłabym w nieskończoność patrzeć mu w oczy.

Powiedział to tak cicho, że przez chwilę nie byłam pewna, czy dobrze usłyszałam.

– Co?

– Nie, Clark.

– Nie?

– Przykro mi. To nie wystarczy.

Opuściłam jego ręce.

– Nie rozumiem.

Odezwał się dopiero po chwili, jakby musiał znaleźć odpowiednie słowa.

– Dla mnie to nie wystarczy. Ten – ten mój świat – nawet jeśli ty w nim jesteś. Wierz mi, Clark, całe moje życie zmieniło się na lepsze, odkąd ty się w nim pojawiłaś. Ale mnie to nie wystarczy. To nie jest takie życie, jakiego pragnę.

Teraz była kolej na mnie, żeby się odsunąć.

– Chodzi o to, że rozumiem, że to mogłoby być dobre życie. Rozumiem, że przy tobie może nawet mogłoby to być bardzo dobre życie. Ale to nie jest moje życie. Nie jestem taki sam jak ludzie, z którymi rozmawiałaś. To absolutnie nie jest takie życie, jakiego bym chciał. Ani trochę – mówił głuchym, urywanym głosem. Wyraz jego twarzy przeraził mnie.

Przełknęłam, potrząsając głową.

– Kiedyś... kiedyś powiedziałeś mi, że tamta noc w labiryncie nie musi decydować o całym moim życiu. Powiedziałeś, że sama mogę wybrać, co nada mu kształt. Więc ty... nie możesz pozwolić, żeby o twoim życiu decydował ten wózek.

– Ale decyduje, Clark. Nie znasz mnie tak naprawdę. Nie widziałaś mnie, zanim nie wylądowałem na tym czymś. Kochałem swoje życie. Naprawdę je kochałem. Uwielbiałem swoją pracę, podróże, różne rzeczy, którymi się zajmowałem. Uwielbiałem to, że mam ciało. Lubiłem jeździć na motocyklu, skakać na bungee. Lubiłem wygrywać w negocjacjach. Lubiłem seks. Dużo seksu. Prowadziłem życie z rozmachem – mówił teraz trochę głośniej. – Nie jestem stworzony, żeby żyć w tym czymś – a właśnie ta rzecz decyduje teraz o moim życiu. Ta jedna rzecz.

– Ale ty nawet nie chcesz spróbować – wyszeptałam. Wydawało mi się, że zamiast mnie mówi ktoś inny. – Nie dajesz mi szansy.

– To nie jest kwestia tego, czy daję ci szansę. Obserwowałem, jak w ciągu tych sześciu miesięcy stajesz się zupełnie kimś innym, kimś, kto dopiero zaczyna postrzegać swoje możliwości. Nie masz pojęcia, ile radości mi to sprawiło. Nie chcę, żebyś była uwiązana przy mnie, moich wizytach w szpitalu, ograniczeniach mojego życia. Nie chcę, żeby ominęło cię to wszystko, co mógłby ci dać ktoś inny. I, samolubnie, nie chcę, żebyś spojrzała na mnie pewnego dnia i poczuła choćby cień żalu, że...

– Nigdy bym tak nie pomyślała!

– Nie wiesz tego, Clark. Nie masz pojęcia, jak by się to potoczyło. Nie możesz przewidzieć, co będziesz czuła za pół roku. A ja nie chcę patrzeć na ciebie codziennie, widzieć cię nagą albo jak przechadzasz się po przybudówce w jednej z tych twoich odjazdowych sukienek i... i nie móc zrobić tego, co bym chciał z tobą zrobić. Och, Clark, gdybyś tylko wiedziała, na co miałbym teraz ochotę. A ja... nie mogę żyć z tą świadomością. Nie mogę. Nie jestem kimś takim. Nie mogę być człowiekiem, który po prostu... się na to zgadza.

Spojrzał na wózek, głos mu się załamał.

– Nigdy się z tym nie pogodzę.

Zaczęłam płakać.

– Proszę, Will. Proszę, nie mów tak. Po prostu daj mi szansę. Daj nam szansę.

– Ćśśś. Posłuchaj. Przynajmniej ty. Posłuchaj, co chcę ci powiedzieć. To... ten wieczór... to najcudowniejsza rzecz, jaką mogłaś dla mnie zrobić. To, co mi powiedziałaś, to, że mnie tu przywiozłaś. To, że w jakiś sposób, z kompletnego dupka, jakim byłem na początku, udało ci się zrobić kogoś, kogo można pokochać, jest zdumiewające. Ale – czułam jego palce tuż przy swoich – ale to musi się tutaj skończyć. Koniec z wózkiem. Koniec z zapaleniem płuc. Koniec z pieczeniem w nogach i rękach. Koniec bólu, znużenia i budzenia się co rano z pragnieniem, żeby to się już skończyło. Kiedy wrócimy, nadal mam zamiar pojechać do Szwajcarii. A jeśli naprawdę mnie kochasz, Clark, jak mówisz, nic nie uszczęśliwiłoby mnie bardziej, niż gdybyś pojechała tam ze mną.

Poderwałam głowę, jakby uderzył mnie w twarz.

– Co?

– Nie będzie lepiej niż teraz. Całkiem prawdopodobne, że będę się czuł coraz gorzej, a moje życie, i tak ograniczone, będzie jeszcze mniejsze. Tyle powiedzieli mi lekarze. Czyha na mnie całe mnóstwo chorób. A ja nie chcę już cierpieć, ani być uwięzionym w tym czymś, ani być zależnym od wszystkich i nie chcę już się bać. Dlatego cię proszę – a jeśli czujesz to, co powiedziałaś, spełnij moją prośbę. Bądź przy mnie. Żebym mógł zakończyć życie tak, jak mam nadzieję je zakończyć.

Patrzyłam na niego ze zgrozą, krew szumiała mi w uszach. Ledwo rozumiałam, co do mnie mówi.

– Jak możesz mnie prosić o coś takiego?

– Wiem, że to...

– Ja ci mówię, że cię kocham i że chcę z tobą być, a ty mnie prosisz, żebym pojechała z tobą patrzeć, jak popełniasz samobójstwo?

– Przykro mi. Nie chciałem, żeby to zabrzmiało tak brutalnie. Ale ja nie mam tego luksusu, jakim jest czas.

– Co? Czyżbyś już się umówił? Masz jakieś spotkanie, którego nie chcesz przegapić?

Widziałam, jak inni goście hotelowi przystają, być może słysząc nasze podniesione głosy, ale miałam to w nosie.

– Tak – odparł Will po chwili. – To prawda. Odbyłem już konsultacje. Klinika uznała, że mogą mnie przyjąć. A moi rodzice zgodzili się na datę 13 sierpnia. Polecimy tam dzień wcześniej.

Aż zakręciło mi się w głowie. To za niecały tydzień.

– Nie mogę w to uwierzyć.

– Louisa...

– Myślałam... myślałam, że udało mi się sprawić, żebyś zmienił zdanie.

Pochylił głowę na bok i patrzył na mnie łagodnie. Odezwał się cicho.

– Louisa, nic nie mogłoby sprawić, żebym zmienił zdanie. Obiecałem rodzicom pół roku i dotrzymałem słowa. Ty sprawiłaś, że ten czas był wspanialszy, niż mogłem sobie wyobrazić. Dzięki tobie to już nie był test na wytrzymałość.

– Przestań.

– Co?

– Ani słowa więcej. – Czułam, że zaraz się uduszę. – Jesteś taki samolubny, Will. Taki głupi. Nawet gdyby był choć cień możliwości, że pojadę z tobą do Szwajcarii... Nawet jeśli myślisz, że po tym wszystkim, co dla ciebie zrobiłam, mogłabym się na to zdecydować, to jest wszystko, co masz mi do powiedzenia? Ja przed tobą otwieram serce, a ty na to mówisz: „To nie wystarczy. A teraz chcę, żebyś pojechała i zobaczyła najgorszą rzecz, jaką możesz sobie wyobrazić". Coś, czego się bałam, od kiedy tylko się o tym dowiedziałam. Masz pojęcie, o co w ogóle mnie prosisz?

Dostałam furii. Stojąc przed nim, wrzeszczałam jak wariatka.

– Pieprz się, Will. Pieprz się. Żałuję, że w ogóle wzięłam tę cholerną pracę. Żałuję, że cię spotkałam. – Wybuchnęłam płaczem i pobiegłam plażą, z powrotem do swojego pokoju, jak najdalej od niego.

Jego głos, wołający moje imię, dźwięczał mi w uszach jeszcze długo po tym, jak zamknęłam za sobą drzwi.

24

Trudno o bardziej zbijający z tropu widok, niż gdy człowiek na wózku błaga o coś kobietę, która najwyraźniej jest jego opiekunką. Nikt przecież nie powinien się złościć na swojego niepełnosprawnego podopiecznego.

Zwłaszcza kiedy on właściwie nie może się ruszać i mówi tylko łagodnie:

– Clark. Proszę. Podejdź tu. Proszę.

Ale ja nie byłam w stanie. Nie mogłam na niego patrzeć. Nathan spakował wszystkie jego rzeczy, a ja spotkałam się z nimi w lobby następnego ranka – Nathan był wciąż skacowany i półprzytomny – i od momentu, kiedy znów zobaczyłam Willa, nie chciałam mieć z nim do czynienia. Byłam wściekła i nieszczęśliwa. Uparty, wkurzony głos w mojej głowie żądał, żebym znalazła się jak najdalej od niego. Pojechała do domu. Nigdy więcej nie oglądała go na oczy.

– Dobrze się czujesz? – zapytał Nathan, stając obok mnie.

Kiedy tylko dotarliśmy na lotnisko, zostawiłam ich i poszłam do stanowiska odprawy.

– Nie – powiedziałam. – I nie chcę o tym rozmawiać.

– Kac?

– Nie.

Milczeliśmy przez chwilę.

– Czy to znaczy to, co myślę? – Nagle spoważniał.

343

Nie byłam w stanie wykrztusić słowa. Skinęłam głową i zobaczyłam, jak twarz Nathana tężeje na chwilę. Ale on był silniejszy ode mnie. Był w końcu fachowcem. Po chwili już był z powrotem przy Willu, pokazywał mu coś, co zobaczył w czasopiśmie, i zastanawiał się głośno, jak poradzi sobie jakaś znana im obu drużyna piłkarska. Patrząc na niego, człowiek nigdy by się nie domyślił, czego się przed chwilą dowiedział.

Kiedy czekaliśmy na samolot, starałam się być nieustannie czymś zajęta. Wyszukiwałam sobie tysiące rzeczy do roboty: sprawdzałam etykietki na bagażach, kupowałam kawę, studiowałam czasopisma, szłam do toalety – tylko po to, żeby na niego nie patrzeć i nie musieć z nim rozmawiać. Ale co jakiś czas Nathan znikał i zostawaliśmy sami, siedząc obok siebie, a niewielka przestrzeń między nami aż buzowała od wzajemnych oskarżeń.

– Clark – próbował zacząć.

– Nic nie mów – ucinałam. – Nie chcę z tobą rozmawiać.

Sama byłam zdziwiona, jak bardzo potrafię być chłodna. Zadziwiłam nawet stewardesy. Widziałam, jak podczas lotu rozmawiają cicho o tym, że odwróciłam się sztywno od Willa, założyłam na uszy słuchawki i uparcie wyglądam przez okno.

Przede wszystkim się nie złościł. To było chyba najgorsze ze wszystkiego. Nie złościł się, nie był sarkastyczny, tylko mówił coraz mniej, aż w końcu prawie przestał się odzywać. Biedny Nathan został sam na placu boju i pytał, czy chcemy kawy albo herbaty, albo czy została paczuszka orzeszków, albo czy moglibyśmy go wypuścić, bo musi iść do toalety.

Można by uznać, że zachowywałam się dziecinnie, ale nie chodziło tylko o dumę. Nie mogłam tego znieść. Nie mogłam znieść myśli, że go stracę, że jest taki uparty, że nie chce dostrzec tego, co było dobre, co mogłoby być dobre, że nie zmieni zdania. Nie mogłam uwierzyć, że trzyma się tej daty, jakby była wyryta w kamieniu. W głowie huczał mi milion argumentów. „Dlaczego to ci nie wystarczy? Dlaczego ja ci nie wystarczę? Dlaczego nie możesz mi zaufać? Czy gdybyśmy mieli więcej czasu, wszystko byłoby inaczej?". Co jakiś czas patrzyłam na jego opalone dłonie, równo ułożone palce kilka centymetrów od moich, i wspominałam chwilę, kiedy te palce splotły się z moimi – to, jakie były ciepłe, jakie wydawały się silne, choć nieruchome – a wtedy w gardle rosła mi gula, aż w końcu ledwo mogłam oddychać i musiałam uciekać do łazienki, gdzie pochylona nad umywalką płakałam cicho w zimnym świetle jarzeniówki. Kilka razy, kiedy myślałam o tym, co Will nadal ma zamiar zrobić, musiałam się powstrzymywać, żeby nie zacząć krzyczeć; czułam, że ogarnia mnie jakieś szaleństwo, że zaraz usiądę w przejściu i zacznę wyć, i będę wyła tak długo, aż ktoś mu nie przeszkodzi. Aż sprawi, że nie będzie mógł tego zrobić.

Więc chociaż wyglądało to dziecinnie – i chociaż dla obsługi samolotu (ponieważ nie chciałam rozmawiać z Willem, ani na niego patrzeć, ani go karmić) byłam najbardziej bezduszną kobietą na świecie – wiedziałam, że tylko udając, że go tu nie ma, jakoś zniosę długie godziny wymuszonej bliskości. Gdybym wierzyła, że Nathan da sobie radę sam, naprawdę poleciałabym innym samolotem, ukrywałabym się, dopóki nie miałabym pewności, że między nami jest cały kontynent, a nie tylko kilka trudnych do zniesienia centymetrów.

Will i Nathan spali, co było dla mnie ulgą – krótkim wytchnieniem od napięcia. Gapiłam się w ekran telewizora i w miarę jak zbliżaliśmy się do domu, serce ciążyło mi coraz bardziej, niepokój narastał. Uświadomiłam sobie, że to nie jest tylko moja porażka; rodzice Willa będą zdruzgotani. Pewnie uznają, że to moja wina. Siostra Willa pewnie poda mnie do sądu. I że to też porażka wobec Willa. Nie udało mi się go przekonać. Dałam mu wszystko, co tylko mogłam, nawet samą siebie, ale nic z tego nie zdołało go przekonać, że ma po co żyć.

W końcu przyszła mi do głowy myśl, że może on potrzebuje kogoś lepszego niż ja. Kogoś mądrzejszego. Ktoś taki jak Treena wymyśliłby mu może ciekawsze zajęcia. Może wyszukałby jakieś wyjątkowe wyniki badań albo coś innego, co mogłoby mu pomóc. Może zmieniłby jego nastawienie. Fakt, że będę musiała żyć z tą świadomością, sprawiał, że aż kręciło mi się w głowie.

– Clark, chcesz się czegoś napić? – moje myśli przerwał głos Willa.

– Nie. Dziękuję.

– Czy nie przeszkadza ci mój łokieć?

– Nie. Wszystko jest okej.

Dopiero w ciągu kilku ostatnich godzin lotu, w ciemności, pozwoliłam sobie na niego spojrzeć. Mój wzrok powoli zjechał z ekranu telewizora i popatrzyłam na niego ukradkiem w przytłumionym świetle kabiny. Kiedy zobaczyłam jego twarz, opaloną i przystojną, tak spokojną przez sen, po policzku spłynęła mi pojedyncza łza. Will być może w jakiś sposób wyczuł, że mu się przyglądam, bo poruszył się lekko. Nie obudził się jednak. Nikt z obsługi, ani też Nathan, nie widział, jak powoli naciągam na niego koc i okrywam go troskliwie, żeby nie zmarzł przy dmuchającej chłodem klimatyzacji.

Czekali na nas w hali przylotów. Właściwie spodziewałam się tego. Zaczęło narastać we mnie lekkie uczucie mdłości, kiedy prowadząc wózek Willa, przeszliśmy przez kontrolę paszportową, puszczeni jako pierwsi przez jakiegoś życzliwego funkcjonariusza, chociaż modliłam się, żebyśmy musieli czekać, żebyśmy utknęli w kolejce na całe godziny, a najlepiej kilka dni. Ale nie, przeszliśmy przez wielką halę, ja pchałam wózek z bagażami, Nathan prowadził wózek Willa. Kiedy rozsunęły się szklane drzwi, czekali na nas, stali ramię w ramię przy barierce, wyjątkowo razem. Zobaczyłam, jak twarz pani Traynor rozjaśnia się na chwilę na widok syna i pomyślałam: „Oczywiście, wygląda świetnie". A ja, choć się tego wstydziłam, założyłam okulary przeciwsłoneczne – nie żeby ukryć wyczerpanie, ale żeby po mojej minie nie domyśliła się od razu tego, co musiałam jej powiedzieć.

– Patrzcie tylko! – zawołała. – Will, wyglądasz wspaniale. Naprawdę wspaniale.

Ojciec Willa pochylił się nad nim, poklepał go po głowie, potem po kolanie, z twarzą zmarszczoną w uśmiechu.

– Nie mogliśmy uwierzyć, kiedy Nathan nam powiedział, że codziennie chodzisz na plażę. I że pływasz. Woda była tam pewnie ciepła i cudowna. Tutaj lało nieustannie. Jak to w sierpniu!

Oczywiście. Nathan esemesował do nich albo dzwonił. Przecież nie mogli pozwolić nam wyjechać bez żadnego kontaktu.

– Tam... tam było niesamowicie – powiedział Nathan. On też przycichł, ale teraz próbował się uśmiechać, wyglądać jak zwykle.

Stałam jak sparaliżowana, ściskając kurczowo paszport, tak jakbym miała zamiar polecieć gdzieś indziej. Musiałam przypominać sobie, że powinnam oddychać.

– Pomyśleliśmy że może miałbyś ochotę na uroczysty obiad powitalny – powiedział ojciec Willa. – Tu w Intercontinentalu jest przyjemna knajpka. Stawiamy szampana. Co myślisz? Pomyśleliśmy, że to byłoby miłe.

– Jasne – odparł Will. Uśmiechał się do matki, a ona patrzyła na niego, tak jakby chciała zamknąć ten uśmiech w słoiku. „Jak możesz?" – miałam ochotę wrzasnąć na niego. „Jak możesz tak na nią patrzeć, skoro już wiesz, co masz zamiar jej zrobić?".

– Chodźmy w takim razie. Postawiłem samochód na parkingu dla niepełnosprawnych. To niedaleko stąd. Byłem pewien, że będziecie trochę skołowani po podróży. Nathan, czy chcesz, żebym wziął część toreb?

– Właściwie – zaczęłam już wyciągać swoje bagaże z wózka – ja chyba do państwa nie dołączę. Ale dziękuję w każdym razie.

Skupiłam się na walizce, starając się na nich nie patrzeć, lecz mimo gwaru lotniska słyszałam, że po moich słowach zapadło krótkie milczenie.

Przerwał je pan Traynor.

– Chodź z nami, Louisa. Niech to będzie taka mała uroczystość. Chcemy, żebyście opowiedzieli nam o waszych przygodach, o wyspie. I obiecuję, że nie musicie opowiadać nam o wszystkim – prawie zachichotał.

– Tak. – W głosie pani Traynor słychać było lekkie napięcie. – Proszę, chodź z nami, Louisa.

– Nie – przełknęłam ślinę, uśmiechając się słabo. Okulary przeciwsłoneczne były jak tarcza. – Dziękuję, ale wolałabym wrócić do domu.

– Ale dokąd? – zapytał Will.

Dotarł do mnie sens jego pytania. Właściwie to nie miałam dokąd pójść.

– Pójdę do moich rodziców. Nie ma problemu.

– Chodź z nami – poprosił łagodnie. – Nie odchodź, Clark. Proszę.

Miałam ochotę się rozpłakać. Ale miałam też pewność, że chcę być jak najdalej od niego.

– Nie. Dziękuję. Mam nadzieję, że to będzie udany obiad. – Zarzuciłam torbę na ramię i zanim ktokolwiek zdążył coś powiedzieć, odeszłam, znikając w tłumie wypełniającym lotnisko.

Już prawie dotarłam na przystanek, kiedy usłyszałam głos pani Traynor. Stukając obcasami, prawie biegła w moją stronę.

– Louisa, poczekaj. Proszę, zatrzymaj się.

Odwróciłam się i zobaczyłam, jak przepycha się przez grupę, która wysiadła z autobusu, rozgarniając nastolatki z bagażami niczym Mojżesz Morze Czerwone. W świetle lamp jej włosy miały miedziany połysk. Miała na sobie piękny szary kaszmirowy szal, udrapowany artystycznie na ramieniu. Pomyślałam, jaka musiała być piękna jeszcze kilka lat temu.

– Poczekaj, proszę.

Zatrzymałam się, zerkając na ulicę, z nadzieją, że zjawi się autobus, który mnie stąd zabierze. Że coś się zdarzy, cokolwiek. Może małe trzęsienie ziemi.

– Louisa?

– Miał udane wakacje – mówiłam urywanym głosem, trochę tak jak ona.

– Bardzo dobrze wygląda. Naprawdę świetnie. – Stała na chodniku, wpatrując się we mnie. Nagle zastygła w bezruchu, mimo kłębiącego się wokół niej morza ludzi.

Milczałyśmy obie.

A potem powiedziałam:

– Pani Traynor, chciałabym złożyć wymówienie. Ja... ja nie wytrzymam tych kilku ostatnich dni. Nie muszą państwo mi płacić. Właściwie to nie chcę pieniędzy za ten miesiąc. Niczego nie chcę. Tylko...

Zbladła. Patrzyłam, jak krew odpływa jej z twarzy, jak zachwiała się lekko w porannym słońcu. Widziałam, jak podchodzi do niej szybkim krokiem pan Traynor, przytrzymując jedną ręką kapelusz na głowie. Mamrocząc przeprosiny, przepchnął się przez tłum, wpatrując się wciąż w nas dwie, stojące sztywno naprzeciw siebie.

– Powiedziałaś, że wydaje ci się, że jest szczęśliwy. Mówiłaś, że ten wyjazd może sprawić, że zmieni zdanie – w jej głosie brzmiała rozpacz, tak jakby błagała mnie, żebym powiedziała jej coś innego, jakieś inne zakończenie.

Nie mogłam wykrztusić słowa. Wpatrywałam się w nią, ale stać mnie było tylko na to, żeby lekko potrząsnąć głową.

– Przykro mi – wyszeptałam tak cicho, że pewnie mnie nie słyszała.

Był już prawie przy niej, kiedy upadła. Nagle ugięły się pod nią nogi, ale pan Traynor błyskawicznie wyciągnął rękę i złapał ją, bezwładną, z ustami otwartymi w wyrazie zdumienia.

Kapelusz spadł mu na chodnik. Spojrzał na mnie, oszołomiony, jakby jeszcze do niego nie dotarło, co tu się stało.

A ja nie mogłam na nich patrzeć. Odwróciłam się, kompletnie odrętwiała, i zaczęłam iść, noga za nogą, moje stopy poruszały się jakby mimowolnie, żeby odejść jak najdalej z tego lotniska, jeszcze nie wiedząc, co dalej zrobię.

25

Katrina

Po powrocie z wakacji Louisa nie wychodziła z pokoju przez półtorej doby. Przyjechała z lotniska w niedzielę późno wieczorem, blada jak widmo pod opalenizną, i na początku nie wiedzieliśmy, o co chodzi, bo oznajmiła, że zobaczy się z nami w poniedziałek rano. Muszę się przespać, powiedziała, po czym zamknęła się w pokoju i poszła do łóżka. Uznaliśmy, że to trochę dziwne, ale przecież ona od dzieciństwa była trochę dziwna.

Mama zaniosła jej rano kubek herbaty, ale Lou nadal spała. W porze kolacji mama zaczęła się martwić i potrząsnęła nią, żeby sprawdzić, czy żyje. (Mama trochę przesadzała – ale zrobiła zapiekankę rybną i nie chciała, żeby Lou to ominęło). Ale Lou odmówiła jedzenia, nie chciała rozmawiać ani zejść na dół. „Ja tu sobie posiedzę przez jakiś czas, mamusiu" – powiedziała w poduszkę. Wreszcie mama dała jej spokój.

– Dziwnie się zachowuje – stwierdziła mama. – Myślisz, że to jakaś opóźniona reakcja na zerwanie z Patrickiem?

– Ona ma w nosie Patricka – odparł tato. – Mówiłem jej, że dzwonił do nas, żeby powiedzieć, że zajął sto pięćdziesiąte siódme miejsce w tym całym Vikingu, i spłynęło to po niej jak po kaczce. – Siorbnął herbaty. – Szczerze mówiąc, faktycznie trudno się podniecać sto pięćdziesiątym siódmym miejscem.

– A może jest chora? Jest strasznie blada pod tą opalenizną. Nigdy nie zdarzało jej się tak długo spać. Może złapała jakąś okropną chorobę tropikalną?

– To po prostu zmiana stref czasowych – powiedziałam pewnym siebie tonem, wiedząc, że rodzice traktują mnie jako kogoś w rodzaju eksperta od rozmaitych spraw, o których tak naprawdę nikt z nas nie miał pojęcia.

– Zmiana stref czasowych! Jeśli tak działają na człowieka długie podróże samolotem, to ja wolę nie wychylać nosa z Tenby. Co o tym myślisz, kochanie?

– Sam nie wiem... kto by pomyślał, że człowiek może wrócić z wakacji i wyglądać jak siedem nieszczęść? – Mama potrząsnęła głową.

Po kolacji poszłam na górę. Weszłam bez pukania (w końcu, formalnie rzecz biorąc, to był nadal mój pokój). W środku było duszno, więc podciągnęłam roletę i otworzyłam okno. Lou, chyba mało przytomna, wygrzebała się wreszcie spod koca, osłaniając oczy od światła, w którym wirowały drobinki kurzu.

– Powiesz mi wreszcie, co się stało? – Postawiłam kubek herbaty na stoliku nocnym.

Zamrugała.

– Mama myśli, że zaraziłaś się Ebolą. Właśnie ostrzega wszystkich sąsiadów z Bingo Club, którzy kupili bilety na wycieczkę do Port-Aventura w Hiszpanii.

Nie odzywała się.

– Lou?

– Złożyłam wymówienie – powiedziała cicho.

– Dlaczego?

– A jak myślisz? – Usiadła prosto, sięgnęła niezgrabnie po kubek i upiła duży łyk herbaty.

Jak na kogoś, kto spędził właśnie prawie dwa tygodnie na Mauritiusie, wyglądała dość okropnie. Oczy miała spuchnięte, w czerwonych obwódkach, plamy na skórze. Włosy sterczały jej z jednej strony. Wyglądała, jakby nie spała kilka lat. Ale przede wszystkim była bardzo smutna. Jeszcze nigdy nie widziałam jej tak przygnębionej.

– Myślisz, że on naprawdę to zrobi?

Skinęła głową, przełykając ślinę.

– Cholera. Och, Lou. Tak strasznie mi przykro.

Wlazłam do łóżka obok niej. Znów łyknęła herbaty, a potem położyła mi głowę na ramieniu. Miała na sobie mój T-shirt. Ale nic nie powiedziałam na ten temat, co świadczy o tym, jak bardzo było mi jej żal.

– Co ja robię, Treen?

Głosik miała cichutki, jak Thomas, kiedy się skaleczy, a on stara się być naprawdę dzielny. Słyszałyśmy, jak na zewnątrz pies sąsiadów biega wzdłuż ogrodzenia w pościgu za kotami. Co jakiś czas zaczynał szczekać jak wariat, wystawiając łeb nad ogrodzeniem i wybałuszając oczy z bezsilnej wściekłości.

– Chyba nie możesz nic zrobić. Boże drogi. I to wszystko, co dla niego zorganizowałaś. Cały ten wysiłek...

– Powiedziałam mu, że go kocham – wyznała mi szeptem. – A on odparł, że to nie wystarczy. – Oczy miała wielkie i puste. – Jak mam teraz z tym żyć?

To ja w naszej rodzinie wiem wszystko. Ja czytam więcej niż ktokolwiek. Ja poszłam na uniwersytet. To ja powinnam znać odpowiedź na każde pytanie.

Ale teraz spojrzałam na moją starszą siostrę i potrząsnęłam głową.

– Nie wiem – powiedziałam.

Wreszcie wyszła następnego dnia, wykąpana i w czystych ubraniach, a ja poprosiłam rodziców, żeby o nic nie pytali. Zasugerowałam, że ma jakiś problem z chłopakiem, na co tato uniósł brwi i zrobił minę, jakby to wszystko wyjaśniało i, na miłość boską, po co robić z tego taką aferę. Mama natychmiast zadzwoniła do Bingo Club, żeby ich poinformować, że zmieniła zdanie w sprawie zagrożeń związanych z podróżami samolotem.

Lou zjadła kawałek tosta (lunchu nie chciała), włożyła wielki, obwisły kapelusz od słońca i poszłyśmy z Thomasem do zamku, żeby pokarmić kaczki. Tak naprawdę chyba wcale nie miała ochoty wychodzić, ale mama upierała się, że wszyscy powinniśmy się przewietrzyć. W jej języku znaczyło to, że już nie może się doczekać, żeby wreszcie wywietrzyć pokój Lou i zmienić pościel. Thomas biegł w podskokach przed nami, ściskając torebkę z suchym chlebem, a my omijałyśmy przechadzających się turystów ze swobodą wynikającą z lat praktyki, uchylając się przed zarzucanymi na plecy plecakami, rozdzielając się, by ominąć pary robiące sobie zdjęcie, by spotkać się znów za nimi. Zamek prażył się w letnim upale, ziemia była popękana, a trawa rzadka i postrzępiona, niczym ostatnie kosmyki na łysiejącej głowie. Kwiaty w donicach przywiędły, jakby szykując się już do jesieni.

Nie mówiłyśmy zbyt wiele. Bo co można było powiedzieć?

Kiedy przechodziłyśmy obok parkingu dla turystów, zobaczyłam, jak Lou zerka spod ronda kapelusza na dom Traynorów. Był to elegancki budynek z czerwonej cegły, którego wysokie okna skrywały wszelkie dramaty, jakie mogły się w nim rozgrywać, być może nawet w tej chwili.

– Wiesz, mogłabyś pójść i z nim pogadać – zaprotestowałam. – Poczekam tu na ciebie.

Spojrzała w ziemię, skrzyżowała ramiona na piersi i poszłyśmy dalej.

– Nie ma sensu – odparła. Wiedziałam, jaki jest dalszy ciąg, to, czego nie powiedziała. „Pewnie nawet nie ma go w domu".

Powoli obeszłyśmy zamek, patrząc, jak Thomas turla się ze stromego zbocza, a potem rzucałyśmy chleb kaczkom, które teraz, pod koniec lata, były już tak utuczone, że ledwo im się chciało do nas podpływać. Patrzyłam na opalone plecy mojej siostry pod bluzką wiązaną na szyi, jej pochylone ramiona, i pomyślałam, że nawet jeśli ona jeszcze nie zdaje sobie z tego sprawy, dla niej wszystko się zmieniło. Niezależnie od tego, co dalej będzie z Willem Traynorem, ona tu nie zostanie. Wyglądała, jakby wiedziała teraz dużo więcej, dużo więcej widziała. Przed moją siostrą wreszcie otworzyły się nowe horyzonty.

– Och – powiedziałam, kiedy zawróciłyśmy w stronę wyjścia. – Przyszedł do ciebie list. Z college'u, kiedy cię nie było. Przepraszam, ale go otworzyłam. Myślałam, że to do mnie.

– Otworzyłaś go?

Miałam nadzieję, że przyznali mi dodatkowe stypendium.

– Masz rozmowę kwalifikacyjną.

Zamrugała, jakby dotarła do niej wiadomość z jakiejś bardzo odległej przeszłości.

– Tak. A co najważniejsze, to już jutro – dodałam. – Więc myślę, że może powinnyśmy zastanowić się nad możliwymi pytaniami.

Potrząsnęła głową.

– Nie mogę iść jutro na rozmowę.

– A co masz innego do roboty?

– Nie mogę, Treena – odparła ze smutkiem. – Jak mam myśleć o czymkolwiek, kiedy dzieje się coś takiego.

– Słuchaj, Lou. Oni nie rozrzucają zaproszeń na rozmowy tak sobie, jak chleb dla kaczek. To poważna sprawa. Wiedzą, ile masz lat, na dodatek składasz podanie w niewłaściwej porze roku, a jednak nadal chcą z tobą rozmawiać. Nie możesz ich olać.

– Mam to w nosie. Nie mam siły o tym myśleć.

– Ale ty...

– Treena, daj mi spokój. Okej? Nie dam rady.

– Hej. – Zastąpiłam jej drogę. Thomas rozmawiał z gołębiem kilka kroków dalej. – Właśnie teraz musisz o tym pomyśleć. Bo czy ci się to podoba, czy nie, to jest właśnie moment, kiedy musisz wreszcie postanowić, co chcesz zrobić ze swoim życiem.

Blokowałyśmy ścieżkę. Teraz to turyści musieli nas omijać i przechodzili obok nas ze spuszczonymi głowami albo też przyglądali się z łagodną ciekawością kłócącym się siostrom.

– Nie dam rady.

– No dobra. Tylko pamiętaj, że już nie masz pracy. Patrick też nie przybiegnie na ratunek. A jeśli nie pójdziesz na tę rozmowę, za dwa dni lądujesz z powrotem w pośredniaku, gdzie będziesz musiała zdecydować, czy wolisz być oprawcą drobiu, striptizerką czy też podcierać tyłek komuś innemu, żeby zarobić na życie. Wierz albo nie, ale ponieważ masz już prawie trzydziestkę, tak właśnie będzie wyglądać twoje życie. A to wszystko – to, czego się nauczyłaś przez ostatnie sześć miesięcy – będzie stratą czasu. Wszystko.

Patrzyła na mnie z wyrazem milczącej furii w oczach, jak zawsze, kiedy wie, że mam rację i że nie ma żadnych argumentów. Thomas podszedł do nas i pociągnął mnie za rękę.

– Mamo... powiedziałaś „tyłek".

Lou wciąż się na mnie gapiła. Ale widziałam, że się zastanawia. Odwróciłam się do synka.

– Nie, kochanie, powiedziałam „motylek". A teraz pójdziemy do domu – prawda, Lou? – i zobaczymy, co dobrego jest na podwieczorek. A potem, kiedy babcia będzie cię kąpać, pomogę cioci Lou odrobić lekcje.

Następnego dnia szłam do biblioteki. Mama zajmowała się Thomasem, więc odprowadziłam Lou do autobusu, wiedząc, że zobaczymy się dopiero po południu. Nie spodziewałam się zbyt wiele po tej rozmowie, ale od chwili, kiedy się pożegnałyśmy, nie myślałam o niej więcej.

Może to zabrzmi samolubnie, ale nie lubię mieć zaległości w nauce i to była ulga odpocząć przez chwilę od Lou i jej nieszczęśliwej miny. Ktoś w takim dole jest jak czarna dziura wysysająca energię. Nawet jeśli się go żałuje, to człowiek ma ochotę mu powiedzieć, żeby wreszcie wziął się do kupy. Ale odłożyłam moją rodzinę, siostrę i nieziemskie bagno, w jakie się wpakowała, do osobnej szufladki w mózgu, zamknęłam ją, po czym skupiłam się na zwolnieniach od VAT-u. Byłam druga na roku z księgowości i nie ma mowy, żebym została w tyle tylko z powodu niuansów stawek zryczałtowanych.

Wróciłam do domu za kwadrans szósta, położyłam papiery na krześle w korytarzu. Wszyscy już czyhali przy stole, czekając, aż mama poda kolację. Thomas wskoczył na mnie, oplatając mnie nogami wokół talii, a ja go pocałowałam, wdychając cudowny, trochę drożdżowy zapach małego chłopca.

– Siadajcie, siadajcie – powiedziała mama. – Tato zaraz będzie.

– Jak tam twoje książki? – zapytał tato, wieszając marynarkę na oparciu krzesła. Zawsze mówił o moich studiach „moje książki". Tak jakby miały swoje własne życie i trzeba je było przywoływać do porządku.

– Dobrze, dzięki. Mam za sobą trzy czwarte kursu księgowości, moduł drugi. A jutro zaczynam prawo przedsiębiorstw. – Odkleiłam Thomasa od siebie i posadziłam na krześle obok, wciąż trzymając rękę na jego miękkich włoskach.

– Słyszałaś, Josie? Prawo przedsiębiorstw. – Tato podkradł z półmiska ziemniaka i wepchnął go sobie do ust, zanim mama zdążyła zauważyć. Wypowiedział te słowa tak, jakby delektował się ich smakiem. Pewnie naprawdę tak było. Opowiadałam im przez chwilę o moich przedmiotach na studiach. Potem zaczęliśmy rozmawiać o pracy taty – głównie o tym, jak turyści wszystko psują. Aż nie chciało się wierzyć. Nawet drewniane słupki przy wjeździe na parking trzeba było wymieniać co kilka tygodni przez idiotów, co nie trafiają samochodem w bramę szerokości czterech metrów. Osobiście chyba podniosłabym cenę biletów, żeby pokryć koszty, ale to tylko moje zdanie.

Mama skończyła podawać do stołu i wreszcie usiadła. Thomas jadł palcami, kiedy myślał, że nikt nie widzi, i z konspiracyjnym uśmieszkiem powtarzał pod nosem: „tyłek". Dziadek natomiast jadł, spoglądając w sufit, jakby myślał o czymś zupełnie innym. Zerknęłam na Lou. Wpatrywała się w talerz i popychała widelcem kawałki kurczaka, jakby chciała je ukryć. „Ojej" – pomyślałam.

– Nie jesteś głodna, kochanie? – zapytała mama, która też na nią spojrzała.

– Nie bardzo – powiedziała.

– W taki upał nie chce się jeść kurczaka – ustąpiła mama. – Pomyślałam tylko, że może poprawi ci humor.

– Powiesz nam, jak ci poszło na tej rozmowie? – Widelec taty zatrzymał się w pół drogi do ust.

– A, na rozmowie. – Lou miała roztargnione spojrzenie, jakby nagle wyciągnął coś, co robiła pięć lat temu.

– Tak, na rozmowie.

Nadziała na widelec kawalątko kurczaka.

– W porządku.

Tato spojrzał na mnie.

Lekko wzruszyłam ramionami.

– Tylko w porządku? Chyba ci powiedzieli, jak ci poszło?

– Dostałam się.

– Co?

Wciąż wpatrywała się w swój talerz. Przestałam jeść.

– Powiedzieli, że jestem dokładnie takim kandydatem, jakiego szukają. Muszę zrobić jakiś kurs przygotowawczy, który trwa rok, a potem się przenieść.

Tato odchylił się na krześle.

– To fantastyczna wiadomość.

Mama poklepała ją po ramieniu.

– Kochanie, świetnie sobie poradziłaś. To cudownie.

– Niekoniecznie. Chyba nie stać mnie na cztery lata studiów.

– Ale nie martw się teraz o to. Naprawdę. Zobacz, jak świetnie radzi sobie Treena. Hej! – Szturchnął ją. – Znajdziemy jakiś sposób. Przecież zawsze jakoś sobie radziliśmy, prawda? – Tato patrzył na nas obie rozpromieniony. – Myślę, że teraz wszystko się dla was zmieni, dziewczyny. Myślę, że to będzie dobry czas dla naszej rodziny.

A potem, ni stąd, ni zowąd, Lou wybuchnęła płaczem. Strasznym płaczem. Płakała tak jak Thomas, szlochając, zasmarkana, zalana łzami, nie dbając o nic, jej łkanie przeszywało ciszę niewielkiego pokoju niczym nóż.

Thomas gapił się na nią z otwartą buzią, więc musiałam wziąć go na kolana i odwrócić jego uwagę, żeby też się nie rozpłakał. A kiedy ja bawiłam się z nim kawałkami ziemniaków i udawałam gadający groszek, ona powiedziała im o wszystkim.

Powiedziała wszystko – o Willu i półrocznej umowie, i o tym, co się stało, kiedy pojechali na Mauritius. Mama, słuchając, uniosła dłonie do ust. Dziadek miał poważną minę. Kurczak zrobił się zupełnie zimny, sos zastygł w brytfance.

Tato z niedowierzaniem potrząsnął głową. A potem, kiedy Lou opowiedziała o locie nad Oceanem Indyjskim i już szeptem powtórzyła nam swoje ostatnie słowa do pani Traynor, odsunął krzesło i wstał. Obszedł powoli stół i wziął ją w ramiona, tak jak wtedy, kiedy byłyśmy dziećmi. Stał tak, przytulając ją mocno do siebie.

– Jezu Chryste, co za biedny facet. I biedna ty. O Jezu.

Chyba jeszcze nie widziałam taty tak wstrząśniętego.

– Co za cholerna sprawa.

– I ty brnęłaś przez to wszystko? Nie mówiąc ani słowa? I napisałaś nam tylko pocztówkę o nurkowaniu? – Mojej mamie nie mieściło się to w głowie. – Myśleliśmy, że to najlepsze wakacje twojego życia.

– Nie byłam sama. Treena wiedziała o wszystkim – powiedziała, patrząc na mnie. – Treena była wspaniała.

– Ja nic nie zrobiłam – odparłam, przytulając Thomasa, który stracił zainteresowanie rozmową, kiedy mama postawiła przed nim otwarte pudełko cukierków. – Ja tylko słuchałam. To ty wszystko zrobiłaś. Ty zebrałaś wszystkie te pomysły.

– I to jakie pomysły. – Oparła się o tatę.

Tato uniósł jej podbródek, tak żeby spojrzała na niego.

– Ale zrobiłaś wszystko, co mogłaś.

– I poniosłam porażkę.

– Kto tak powiedział? – Tato odgarnął jej włosy z twarzy, patrząc na nią z czułością. – Właśnie się zastanawiam nad tym, co wiem o Willu Traynorze i o ludziach takich jak on. I powiem ci jedno. Nie jestem pewien, czy komukolwiek na świecie udałoby się odwieść go od raz powziętego zamiaru. On wie, kim jest. Nie możesz sprawić, żeby człowiek stał się kimś innym.

– Ale jego rodzice! Nie mogą mu pozwolić się zabić – powiedziała mama. – Co z nich za ludzie?

– To normalni ludzie, mamo. Pani Traynor po prostu nie wie, co innego mogłaby zrobić.

– Na początek mogłaby nie zawozić go do tej cholernej kliniki – mama była zła, aż nawet zaczerwieniła się nieco. – Ja walczyłabym o was dwie, o Thomasa, aż do ostatniego tchu.

– Mimo że on już raz próbował się zabić? – zapytałam. – W naprawdę okropny sposób?

– On jest chory, Katrina. Jest w depresji. Ludziom w tak delikatnym stanie nie powinno się dawać szans, żeby zrobili coś, co... – z gniewu aż nie mogła mówić, tylko otarła oczy chusteczką. – Ta kobieta chyba nie ma serca. Ani odrobiny. I pomyśleć, że wciągnęli Louisę w to wszystko. Na miłość boską, ta pani jest przecież sędzią pokoju. Można by pomyśleć, że ktoś taki będzie wiedział, co jest dobre, a co złe. Kto jak kto, ale ona... Chętnie bym tam poszła i przyprowadziła go tutaj.

– To skomplikowane, mamo.

– Nie. Wcale nie. On jest bezbronny, a ja nie rozumiem, jak ona mogła choćby pomyśleć o czymś takim. Jestem wstrząśnięta. Biedny człowiek. Biedny człowiek. – Wstała od stołu, zebrała resztki kurczaka i pomaszerowała do kuchni.

Louisa patrzyła na nią mocno zdumiona. Mama nigdy się nie złościła. Ostatni raz słyszeliśmy jej podniesiony głos w jakimś 1993.

Tato potrząsnął głową, jakby myślami był gdzie indziej.

– Właśnie myślałem – nic dziwnego, że nie widywałem pana Traynora. Zastanawiałem się, gdzie się podziewa. Sądziłem, że wyjechali razem na wakacje.

– Oni... wyjechali?

– Nie było go w pracy przez ostatnie dwa dni.

Lou opadła na krzesło jak szmatka.

– O cholera – powiedziałam, po czym zatkałam Thomasowi uszy. – To jutro.

Lou spojrzała na mnie, a ja popatrzyłam na kalendarz na ścianie.

– 13 sierpnia. To jutro.

Lou nic nie robiła tego ostatniego dnia. Wstała przede mną i wyglądała przez okno w kuchni. Padało, potem się przejaśniło, a potem znów zaczęło padać. Leżała na kanapie obok dziadka, piła herbatę, którą robiła jej mama, ale widziałam, że co jakieś pół godziny jej wzrok wędruje w kierunku zegara na kominku. Aż mnie coś bolało, gdy to widziałam. Zabrałam Thomasa na basen i próbowałam ją namówić, żeby poszła z nami. Powiedziałam, że mama się nim zajmie, gdyby miała ochotę pochodzić potem ze mną po sklepach. Zaproponowałam, że pójdziemy razem do pubu, tylko we dwie, ale ona nie chciała nigdzie iść.

– A jeśli popełniłam błąd, Treena? – zapytała tak cicho, że tylko ja ją usłyszałam.

Zerknęłam na dziadka, ale on skupił się na wyścigach w telewizji. Myślę, że tato nadal cichcem obstawiał za niego gonitwy, chociaż przed mamą udawał, że nie.

– Co masz na myśli?

– A jeśli powinnam była z nim pojechać?

– Ale... powiedziałaś, że nie możesz.

Niebo na zewnątrz było szare. Lou spoglądała przez nasze nieskazitelne okna na smutny pejzaż na dworze.

– Wiem, co mówiłam. Ale po prostu nie mogę znieść tego, że nie wiem, co się dzieje. – Skrzywiła się lekko. – To nie do wytrzymania, że nie wiem, jak on się czuje. I że nawet się z nim nie pożegnałam.

– A może mogłabyś pojechać teraz? Może spróbuj złapać jakiś samolot?

– Już za późno – powiedziała. A potem zamknęła oczy. – Nie zdążyłabym na czas. Zostały tylko dwie godziny do... do zamknięcia. Sprawdziłam to. W internecie.

Czekałam.

– Oni nie... nie robią tego... po piątej trzydzieści. – W zdumieniu potrząsnęła głową. – Chodzi o szwajcarskich urzędników, którzy muszą być na miejscu. Nie lubią... wystawiać zaświadczeń poza godzinami pracy.

Niemal się roześmiałam. Ale nie wiedziałam, co mam jej powiedzieć. Nie mogłam sobie wyobrazić, że miałabym czekać, tak jak ona czekała, mając świadomość tego, co być może dzieje się w tej chwili w jakimś odległym miejscu. Nigdy chyba nie kochałam żadnego mężczyzny tak, jak ona najwyraźniej kochała Willa. Jasne, lubiłam facetów i lubiłam z nimi sypiać, ale czasem zastanawiałam się, czy nie brakuje mi jakiegoś układu odpowiedzialnego za wrażliwość. Nie mogłam sobie wyobrazić, że miałabym płakać z powodu kogoś, z kim jestem. Tylko gdy wyobraziłam sobie Thomasa, czekającego na śmierć w jakimś odległym kraju, coś aż się we mnie przewracało, takie to było potworne. Więc wsadziłam to także gdzieś na tył swojej mentalnej kartoteki, do szufladki opatrzonej etykietką: „Nie do wyobrażenia".

Usiadłam obok Lou na kanapie i gapiłyśmy się w milczeniu na wyścig Maiden Stakes o wpół do czwartej, potem na gonitwę z handicapem o czwartej, a potem cztery kolejne gonitwy, tak skupione, jakbyśmy postawiły na zwycięzcę całe oszczędności swojego życia.

A potem zadzwonił dzwonek u drzwi.

Louisa w ciągu sekundy zerwała się z kanapy i pobiegła otworzyć. Jednym szarpnięciem otworzyła je na oścież, na ten widok nawet mnie ścisnęło się serce.

Ale to nie Will stał na progu. Była to jakaś młoda kobieta, w mocnym, doskonale nałożonym makijażu, ostrzyżona na schludnego pazia. Złożyła parasol i uśmiechnęła się, sięgając do dużej torby, którą miała na ramieniu. Pomyślałam przez chwilę, że może to siostra Willa.

– Louisa Clark?

– Tak?

– Jestem z „The Globe". Czy mogłybyśmy chwilę porozmawiać?

– „The Globe"?

Słyszałam zmieszanie w głosie Lou.

– Z gazety? – Stanęłam za plecami mojej siostry i zobaczyłam notatnik w ręku tamtej kobiety.

– Czy mogę wejść? Chciałabym tylko porozmawiać z panią chwilę o Willu Traynorze. Pracuje pani u niego, prawda?

– Nie mamy nic do powiedzenia na ten temat. – I zanim kobieta zdążyła cokolwiek odpowiedzieć, zatrzasnęłam jej drzwi przed nosem.

Lou stała oszołomiona w korytarzu. Wzdrygnęła się, gdy dzwonek znów zadzwonił.

– Nie otwieraj – syknęłam.

– Ale skąd...?

Popchnęłam ją na górę po schodach. Boże, jak ona się wlokła, szła jak lunatyczka.

– Dziadku, nie otwieraj drzwi! – krzyknęłam. – Komu powiedziałaś? – zapytałam, kiedy dotarłyśmy na piętro. – Ktoś musiał im powiedzieć. Kto jeszcze wie?

– Panno Clark... – Dziennikarka mówiła przez szparę na listy. – Gdyby tylko zechciała pani poświęcić mi dziesięć minut. Rozumiemy, że to bardzo delikatna sprawa. Chcielibyśmy, żeby opowiedziała pani, jak to wygląda z pani perspektywy.

– Czy to znaczy, że on nie żyje? – Jej oczy napełniły się łzami.

– Nie, to tylko znaczy, że jakiś gnojek próbuje na tym zarobić. – Zastanowiłam się przez chwilę.

– Kto to był? – usłyszałyśmy głos mamy na schodach.

– Nikt, mamo. Tylko nie otwieraj.

Wyjrzałam przez poręcz. Mama z ręcznikiem kuchennym w ręku patrzyła na sylwetkę widoczną za mętną szybą drzwi frontowych.

– Mam nie otwierać?

Wzięłam ją za łokieć.

– Lou... nie powiedziałaś niczego Patrickowi, prawda?

Nie musiała odpowiadać. Jej znękana mina powiedziała mi wszystko.

– Okej. Bez paniki. Tylko nie podchodź do drzwi. Nie odbieraj telefonu. Nie odzywaj się do nich ani słowem.

Mamę wcale nie bawiła ta sytuacja. Zaczęła ją bawić jeszcze mniej, kiedy rozdzwonił się telefon. Za piątym razem włączyłyśmy automatyczną sekretarkę, ale wciąż musiałyśmy słuchać głosów tych ludzi, które wtargnęły do naszego niewielkiego korytarza. Natrętów było czterech, może pięciu. Wszyscy proponowali, żeby Lou opowiedziała całą historię „ze swojej perspektywy". Tak jakby Will Traynor był teraz jakimś towarem, który sobie wyrywali. Dzwonił telefon i dzwonił dzwonek do drzwi. Siedzieliśmy z zasuniętymi zasłonami, słuchając, jak reporterzy na chodniku przed furtką rozmawiają ze sobą i gadają przez komórki.

Czuliśmy się jak pod oblężeniem. Mama załamywała ręce i krzyczała przez szparę na listy, żeby się, do cholery, wynosili z naszego ogródka, kiedy tylko któryś z dziennikarzy odważył się wejść przez furtkę. Thomas wyglądał przez okno łazienki na piętrze i pytał, dlaczego w naszym ogródku są jacyś obcy ludzie. Zadzwoniło czworo naszych sąsiadów, którzy chcieli się dowiedzieć, co się dzieje. Tato zaparkował na ulicy obok i wszedł do domu przez ogródek od tyłu, po czym odbyliśmy całkiem poważną rozmowę na temat zamków i wrzącej oliwy.

Pomyślałam jeszcze chwilę, a potem zadzwoniłam do Patricka. Zapytałam go, ile dostał za ten cynk. Sekunda opóźnienia, zanim odpowiedział, wyjaśniła mi wszystko, co chciałam wiedzieć.

– Ty gnoju! – wrzasnęłam. – Tak ci skopię te twoje wrażliwe golenie maratończyka, że uznasz, że sto pięćdziesiąte siódme miejsce to właściwie całkiem niezły wynik.

Lou tylko siedziała w kuchni i płakała. Nie łkała, tylko po policzkach cicho spływały jej łzy, które ocierała dłonią. Nie wiedziałam, co mam jej powiedzieć.

Ale nic nie szkodzi. Miałam sporo do powiedzenia wszystkim innym ludziom.

O wpół do ósmej został już tylko jeden reporter. Nie wiedziałam, czy zrezygnowali, czy też to, że Thomas wyrzucał przez szparę na listy klocek Lego za każdym razem, kiedy oni wrzucali kolejny liścik, zrobiło się nudne. Poprosiłam Louisę, żeby go wykąpała, głównie dlatego, żeby wyciągnąć ją z kuchni, ale też dzięki temu mogłam odsłuchać wszystkie wiadomości na automatycznej sekretarce i skasować te od gazet. Dwadzieścia sześć. Dwudziestu sześciu drani. Wszyscy tacy mili, tacy pełni zrozumienia. Niektórzy nawet proponowali jej kasę.

Skasowałam te wiadomości jedna po drugiej. Nawet te, w których proponowali, że zapłacą, chociaż trochę mnie kusiło, żeby dowiedzieć się, ile oferują. Tymczasem słyszałam, jak Lou rozmawia w łazience z Thomasem, który z pluskiem bombardował grubą na dwadzieścia centymetrów pianę swoim Batmobilem. Tego właśnie nie wie się o dzieciach, dopóki się ich nie ma – kąpiel, klocki Lego i paluszki rybne nie pozwolą ci zbyt długo skupiać się na żadnej tragedii. A potem odsłuchałam ostatnią wiadomość.

– Louisa? Tu Camilla Traynor. Czy możesz do mnie oddzwonić? Jak najszybciej?

Wpatrzyłam się w sekretarkę. Przewinęłam taśmę i odsłuchałam wiadomość jeszcze raz. Potem pobiegłam na górę i wyciągnęłam mojego synka z kąpieli tak szybko, że nawet nie zdążył się zorientować, co się stało. Stał owinięty ręcznikiem ciasno jak bandażem, a ja popchnęłam Lou na dół, tak że aż się potykała na schodach.

– A jeśli ona mnie nienawidzi?

– Nie wyglądało mi na to.

– Ale co jeśli dziennikarze też ich otoczyli? A jeśli Traynorowie uważają, że to wszystko moja wina? – Oczy miała wielkie i przerażone. – A jeśli dzwoniła, żeby mi powiedzieć, że to zrobił?

– Lou, na miłość boską. Choć raz w życiu zbierz się do kupy. Nie dowiesz się niczego, dopóki nie zadzwonisz. Zadzwoń do niej. Po prostu zadzwoń. Do cholery, nie masz wyboru.

Pobiegłam do łazienki, żeby uwolnić Thomasa. Zapakowałam go w piżamę i powiedziałam, że babcia da mu ciastko, jeśli pobiegnie do kuchni tak szybko jak Struś Pędziwiatr. A potem wyjrzałam zza drzwi łazienki, żeby podejrzeć moją siostrę stojącą na dole w korytarzu.

Stała odwrócona ode mnie, jedną ręką przygładzając włosy z tyłu głowy. Wyciągnęła rękę, jakby chciała złapać równowagę.

– Tak – powiedziała. – Rozumiem. – A potem: – Okej.

I po chwili:

– Tak.

Odłożyła słuchawkę i przez jakąś minutę patrzyła w podłogę.

– No i? – zapytałam.

Spojrzała na mnie, jakby widziała mnie po raz pierwszy w życiu, i potrząsnęła głową.

– Nie chodziło o dziennikarzy – powiedziała głosem wciąż otępiałym od wstrząsu. – Poprosiła mnie – błagała – żebym przyjechała do Szwajcarii. Zarezerwowała mi bilet na ostatni lot dziś wieczorem.

26

W innych okolicznościach pewnie wydawałoby się dziwne, że ja, Lou Clark, dziewczyna, która w ciągu ostatnich dwudziestu lat rzadko jeździła czymkolwiek innym niż komunikacją miejską, teraz w ciągu mniej niż tygodnia trzeci raz leci samolotem. Ale zapakowałam torbę podręczną szybko i sprawnie niczym stewardesa, wrzucając tylko najniezbędniejsze rzeczy. Treena krzątała się w milczeniu, zbierając drobiazgi, które jej zdaniem mogły mi się przydać, po czym zeszłyśmy na dół. Rodzice czekali na korytarzu, stojąc ramię w ramię, ze złowróżbnymi minami, tak jak kiedy byłyśmy młodsze i chciałyśmy się ukradkiem wemknąć do domu, gdy późno wieczorem wracałyśmy z imprezy.

– Co się dzieje? – Mama patrzyła na moją walizkę.

Treena wysunęła się przede mnie.

– Lou jedzie do Szwajcarii – powiedziała. – I musi zaraz wyjść. Dziś wieczorem został już tylko jeden lot.

Już miałyśmy ruszyć do drzwi, kiedy mama zastąpiła nam drogę.

– Nie. – Zacisnęła usta, czego nigdy nie robiła, ramiona skrzyżowała sztywno na piersi. – Naprawdę. Nie chcę, żebyś się w to mieszała. Jeśli to jest to, o czym myślę, to się nie zgadzam.

– Ale... – zaczęła Treena, zerkając na mnie.

– Nie – powtórzyła mama, z wyjątkową jak na nią stanowczością w głosie. – Żadnych ale. Zastanawiałam się nad tym wszystkim, co nam powiedziałaś. To jest złe. To jest moralnie złe. A jeśli będziesz w to wplątana i ktoś uzna, że pomagasz temu człowiekowi się zabić, czekają cię bardzo poważne problemy.

– Mama ma rację – stwierdził tato.

– Słyszeliśmy o takich historiach w wiadomościach. To może wpłynąć na całe twoje życie, Lou. Na przyjęcie do college'u, w ogóle na wszystko. Jeśli będziesz miała w dokumentach, że byłaś karana, nigdy nie zrobisz dyplomu ani nie dostaniesz dobrej pracy, ani żadnego...

– Ale on ją poprosił, żeby przyjechała. Nie może tego tak po prostu zignorować – wtrąciła się Treena.

– Owszem, może. Poświęciła tamtej rodzinie pół roku swojego życia. I chyba niewiele dobrego jej z tego przyszło, sądząc po tym, jak się rzeczy mają. A naszej rodzinie też nie przyniosło to nic dobrego – obcy ludzie dobijają nam się do drzwi, a sąsiedzi podejrzewają, że wyłudziliśmy zasiłek albo coś takiego. Nie, teraz nareszcie Lou ma szansę zrobić coś dla siebie, a oni chcą, żeby jechała do tego okropnego miejsca w Szwajcarii i brała udział w Bóg wie czym. Ja się na to nie zgadzam. Nie, Louisa.

– Ale ona musi jechać – zaprotestowała Treena.

– Nie, nie musi. Dość już zrobiła. Sama powiedziała wczoraj wieczorem, że zrobiła wszystko, co tylko mogła. – Mama potrząsnęła głową. – W cokolwiek chcą się wpakować Traynorowie, jadąc do... cokolwiek zamierzają zrobić swojemu synowi, nie chcę, żeby Louisa brała w tym udział. Nie chcę, żeby zrujnowała sobie życie.

– Myślę, że potrafię sama zdecydować – powiedziałam.

– Chyba nie. To jest twój przyjaciel, Louisa. To młody człowiek, który ma całe życie przed sobą. Nie możesz przyłożyć do tego ręki. Jestem... wstrząśnięta, że w ogóle bierzesz to pod uwagę. – Głos mamy brzmiał dziwnie ostro. – Nie wychowałam cię po to, żebyś pomagała komuś zakończyć życie! Czy to samo zrobiłabyś dziadkowi? Może jego też powinniśmy odstawić do Dignitas?

– Z dziadkiem to co innego.

– Wcale nie. Nie może robić tego, co kiedyś. Ale jego życie nadal ma wartość. Tak samo jak życie Willa.

– Ale to nie moja decyzja, mamo. To decyzja Willa. Chodzi tylko o to, żeby go wspierać.

– Wspierać? W życiu nie słyszałam takiej bzdury. Jesteś jeszcze dzieckiem, Louisa. Niewiele widziałaś, niewiele doświadczyłaś. I nie masz pojęcia, jak to na ciebie wpłynie. Jak na miłość boską będziesz mogła potem spać spokojnie, jeśli pomożesz mu w tym wszystkim? Będziesz pomagała człowiekowi umrzeć. Czy ty rozumiesz, co to znaczy? Będziesz pomagała Willowi, temu uroczemu, inteligentnemu młodemu człowiekowi, umrzeć.

– Będę spać spokojnie, bo wierzę, że Will wie, co jest dla niego najlepsze, i dlatego że najgorszą dla niego rzeczą było to, że nie może już podjąć żadnej decyzji, niczego sam zrobić w swoim życiu. – Popatrzyłam na rodziców, bardzo pragnąc, żeby mnie zrozumieli. – Nie jestem dzieckiem. Kocham go i nie powinnam zostawiać go samego, i nie mogę znieść tego, że jestem tutaj i nie wiem, co... co on... – Przełknęłam ślinę. – Więc tak. Jadę. Nie musicie mnie pilnować ani mnie rozumieć. Poradzę sobie. Ale pojadę do Szwajcarii – niezależnie od tego, co myślicie na ten temat.

W niewielkim korytarzu zapadła cisza. Mama patrzyła na mnie tak, jakby widziała mnie po raz pierwszy w życiu. Zrobiłam krok w jej stronę, chcąc ją przekonać. Ale ona się odsunęła.

– Mamo? Jestem to winna Willowi. Powinnam tam pojechać. Jak myślicie, dzięki komu złożyłam podanie do college'u? Jak myślicie, kto mnie zachęcał, żebym zrobiła coś ze sobą, żebym podróżowała, miała jakieś ambicje? Kto zmienił mój sposób myślenia o wszystkim? Nawet o sobie samej? To wszystko zawdzięczam Willowi. W ciągu ostatnich sześciu miesięcy zrobiłam więcej, żyłam bardziej intensywnie niż przez ostatnie dwadzieścia siedem lat mojego życia. Więc jeśli on chce, żebym pojechała do Szwajcarii, to tak, pojadę. Niezależnie od konsekwencji.

Na chwilę zapadła cisza.

– Ona jest jak ciocia Lilly – powiedział tato cicho.

Staliśmy w korytarzu, patrząc na siebie. Tato i Treena rzucali sobie spojrzenia, tak jakby każde z nich chciało nakłonić to drugie, żeby coś powiedziało.

Ale to mama przerwała milczenie.

– Louisa, jeśli pojedziesz, to możesz nie wracać.

Słowa wypadły z jej ust niczym kamienie. Spojrzałam na nią wstrząśnięta. Wzrok miała nieugięty. W napięciu czekała, co powiem. Poczułam się tak, jakby nagle wyrosła między nami ściana.

– Mamo?

– Mówię poważnie. To jest nie lepsze od morderstwa.

– Josie...

– To prawda, Bernardzie. Nie mogę przykładać do tego ręki.

Pamiętam, że pomyślałam, jakby w oderwaniu od wszystkiego, że nigdy jeszcze nie widziałam Katriny tak niepewnej. Zobaczyłam, jak tato dotyka ramienia mamy, trudno powiedzieć, czy żeby ją powstrzymać, czy pocieszyć. Przez chwilę miałam pustkę w głowie. Potem, jakby we śnie, zeszłam po schodach, minęłam rodziców i podeszłam do drzwi. Po chwili moja siostra poszła za mną.

Kąciki ust taty opadły, tak jakby starał się pohamować bardzo różne uczucia. Potem odwrócił się do mamy i położył jej rękę na ramieniu. Spojrzała mu w oczy, tak jakby już wiedziała, co tato ma zamiar powiedzieć.

A potem rzucił Treenie kluczyki. Złapała je jedną ręką.

– Proszę – powiedział. – Wyjdźcie tylnymi drzwiami, przez ogródek pani Doherty, i weźcie furgonetkę. W furgonetce was nie zobaczą. Jeśli pojedziecie teraz i nie będzie korków, to powinnyście zdążyć.

– Masz pojęcie, czym to się wszystko skończy? – zapytała Katrina. Zerkała na mnie kątem oka, gdy pędziłyśmy autostradą.

– Nie.

Nie mogłam długo na nią patrzeć – grzebałam w torbie, próbując ustalić, czego zapomniałam. W uszach wciąż miałam głos pani Traynor po drugiej stronie linii. „Louisa? Przyjedziesz? Wiem, że nie zawsze się zgadzałyśmy, ale proszę cię... To bardzo ważne, żebyś tu była".

– Cholera. Jeszcze nigdy nie widziałam mamy w takim stanie – ciągnęła Treena.

Paszport, portfel, klucze do domu. Klucze? Po co? Już przecież nie mam domu.

Katrina znów zerknęła na mnie kątem oka.

– Chodzi mi o to, że jest wściekła, ale to dlatego, że jest w szoku. Wiesz, że w końcu wszystko będzie dobrze? Kiedy przyszłam do domu i powiedziałam, że wpadłam, myślałam, że już nigdy się do mnie nie odezwie. Ale już po – czekaj – jakichś dwóch dniach doszła do siebie.

Słyszałam obok siebie gadanie Katriny, ale nie słuchałam jej tak naprawdę. W ogóle nie mogłam się skupić. Moje zakończenia nerwowe jakby ożyły, niemal bzyczały w niecierpliwym oczekiwaniu. Zobaczę Willa. Cokolwiek się stanie, zobaczę się z nim. Niemal czułam, jak odległość między nami się zmniejsza, tak jakbyśmy byli na dwóch końcach jakiejś elastycznej liny.

– Treen?

– Tak?

Przełknęłam ślinę.

– Zrób coś, żebym zdążyła na ten samolot.

Determinacja to drugie imię mojej siostry. Wepchnęłyśmy się przed sznur samochodów, popędziłyśmy skrajnym pasem, przekraczając dozwoloną prędkość, i wreszcie pojawiło się przed nami lotnisko. Zahamowała z piskiem opon, a ja już prawie wyskoczyłam z samochodu, kiedy ją usłyszałam.

– Hej! Lou!

– Przepraszam. – Odwróciłam się i podbiegłam do niej.

Przytuliła mnie naprawdę mocno.

– Dobrze robisz – powiedziała. Wyglądała, jakby miała się rozpłakać. – A teraz spadaj. Jeśli po tym, jak ryzykowałam utratę prawa jazdy, spóźnisz się na samolot, nigdy się do ciebie nie odezwę.

Nie obejrzałam się. Biegłam całą drogę aż do stanowiska Swiss Air i byłam tak zdyszana, że musiałam trzy razy powtarzać swoje nazwisko, żeby wreszcie dostać bilety.

Do Zurychu dotarłam tuż przed północą. Ze względu na późną godzinę pani Traynor zarezerwowała dla mnie pokój w hotelu przy lotnisku i powiedziała, że następnego dnia o dziewiątej przyśle po mnie samochód. Myślałam, że nie zasnę, ale jednak zasnęłam – dziwacznym, ciężkim, urywanym snem – i obudziłam się o siódmej następnego ranka, nie mając pojęcia, gdzie jestem.

Rozglądałam się nieprzytomnie po nieznajomym pokoju. Patrzyłam na ciężkie wiśniowe zasłony, które miały zapewniać ciemność, wielki płaski telewizor, swoją torbę, której nawet nie rozpakowałam. Sprawdziłam godzinę, było trochę po siódmej według szwajcarskiego czasu. A kiedy wreszcie zdałam sobie sprawę, gdzie jestem, poczułam nagle, jak żołądek ściska mi się ze strachu.

Wylazłam z łóżka akurat, żeby zdążyć zwymiotować w łazience. Osunęłam się na kafelkowaną podłogę, z włosami przylepionymi do czoła, opierając się policzkiem o chłodną porcelanę. Znów rozbrzmiewał mi w głowie głos mamy, jej protesty, i poczułam, jak ogarnia mnie mroczny lęk. Nie dam rady. Nie chcę znów zawieść. Nie muszę patrzeć, jak Will umiera. Podniosłam się z jękiem, żeby znów zwymiotować.

Nie mogłam jeść. Udało mi się przełknąć filiżankę kawy, wzięłam prysznic i ubrałam się. Zrobiła się ósma. Patrzyłam na seledynową sukienkę, którą wrzuciłam wczoraj do walizki, i zastanawiałam się, czy jest stosowna na tę okazję. Czy wszyscy będą ubrani na czarno? A może powinnam włożyć coś bardziej jaskrawego i pełnego życia, na przykład tę czerwoną suknię, która tak podobała się Willowi? Dlaczego pani Traynor mnie tu wezwała? Sprawdziłam komórkę, zastanawiając się, czy mogę stąd zadzwonić do Katriny. W Anglii jest teraz siódma. Ale ona pewnie ubiera Thomasa, a nie dałabym rady rozmawiać z mamą. Umalowałam się trochę, a potem siedziałam przy oknie. Minuty mijały powoli.

Chyba nigdy w życiu nie czułam się bardziej samotna.

Kiedy już nie mogłam znieść siedzenia w niewielkim pokoju, wrzuciłam rzeczy do torby i wyszłam. Kupię sobie gazetę i poczekam w lobby. To chyba nie będzie gorsze, niż siedzieć w pokoju w ciszy albo przy włączonym kanale informacyjnym, z dławiącymi zasłonami dookoła. Mijając recepcję, zauważyłam komputer ustawiony dyskretnie w kącie, z tabliczką: „Do użytku gości. Prosimy pytać w recepcji".

– Czy mogę skorzystać? – zapytałam recepcjonistkę.

Skinęła głową, a ja kupiłam żeton na godzinę. Nagle wiedziałam dokładnie, z kim chcę porozmawiać. Czułam, że to jedna z nielicznych osób, która pewnie o tej porze siedzi w internecie. Zalogowałam się do czatu i napisałam:

Ritchie. Jesteś tu?

Siemasz, Pszczółko. Wcześnie dziś wstałaś.

Zawahałam się na chwilę, po czym napisałam:

To będzie najdziwniejszy dzień mojego życia. Jestem w Szwajcarii.

Wiedział, co to znaczy. Oni wszyscy wiedzieli. Klinika była tematem wielu burzliwych dyskusji. Napisałam:

Boję się.

To dlaczego tu jesteś?

Bo nie mogłabym tu nie być. On mnie poprosił. Czekam w hotelu, żeby z nim pojechać.

Po chwili wahania napisałam:

Nie mam pojęcia, jak się skończy ten dzień.

Och, Pszczółko.

Co ja mam mu powiedzieć? Jak mam zmienić jego decyzję?

Odpowiedział dopiero po dłuższej chwili. Tekst pojawiał się na ekranie wolniej niż zazwyczaj, tak jakby ważył każde słowo.

Jeśli on jest w Szwajcarii, Pszczółko, nie sądzę, żeby chciał zmienić zdanie.

Poczułam gulę w gardle i przełknęłam ślinę. Ritchie wciąż pisał.

Ja bym nie podjął takiej decyzji. Ani większość nas tutaj. Kocham swoje życie, chociaż wolałbym, żeby wyglądało inaczej. Ale rozumiem, dlaczego twój przyjaciel ma już dosyć. Takie życie jest strasznie męczące, sprawni nigdy tego nie zrozumieją. Jeśli jest zdeterminowany, jeśli naprawdę nie widzi możliwości, żeby jego sytuacja miała się poprawić, moim zdaniem chyba najlepsze, co możesz zrobić, to być przy nim. Nie musisz uważać, że postępuje słusznie. Ale powinnaś tam być.

Wstrzymałam oddech.

Powodzenia, Pszczółko. I zajrzyj tu potem. Po tym wszystkim pewnie czeka cię trudny okres. W każdym razie cieszę się, że mam przyjaciółkę taką jak ty.

Palce zastygły mi na klawiaturze.

Zajrzę.

A potem recepcjonistka powiedziała, że przyjechał po mnie samochód.

Nie wiem, czego się spodziewałam – może jakiegoś białego domku nad jeziorem albo z pokrytymi śniegiem górami w tle. A może budynku z marmurowym frontem, wyglądającego jak szpital, ze złotą tabliczką na ścianie. Nie spodziewałam się za to, że pojedziemy przez dzielnicę przemysłową do jakiegoś zwyczajnego domu, obok którego były fabryki i, co dziwne, stadion piłkarski. Minęłam sadzawkę ze złotymi rybkami, przeszłam przez taras i podeszłam do drzwi.

Kobieta, która mi otworzyła, wiedziała od razu, do kogo przyjechałam.

– On jest tutaj. Czy mam panią do niego zaprowadzić?

Zastygłam na chwilę. Patrzyłam na zamknięte drzwi, dziwnie podobne do tych w przybudówce Willa, przed którymi stałam kilka miesięcy temu. A potem nabrałam powietrza i przytaknęłam.

Najpierw zobaczyłam łóżko; potężny mahoniowy mebel dominował w pokoju, staroświecka kwiecista kołdra i poduszki dziwnie nie pasowały do tego miejsca. Po jednej stronie siedział pan Traynor, pani Traynor po drugiej.

Pani Traynor była blada jak ściana. Na mój widok wstała.

– Louisa.

Georgina siedziała na krześle w kącie, pochylona, przyciskając dłonie do siebie, jakby się modliła. Gdy weszłam, podniosła głowę, a wtedy zobaczyłam cienie pod oczami czerwonymi od płaczu i przez chwilę ogarnęło mnie współczucie dla niej.

Co bym zrobiła, gdyby to Katrina upierała się, że ma prawo zrobić to samo?

Sam pokój był jasny i przestronny, jak w jakimś ekskluzywnym letnim domu. Na pokrytej płytkami podłodze leżały drogie dywany, koło okna wychodzącego na ogród stała kanapa. Nie wiedziałam, co powiedzieć. To był taki dziwacznie zwyczajny widok, jak gdyby byli rodziną, która próbuje wymyślić, dokąd by tu dziś pojechać na wycieczkę.

Odwróciłam się do łóżka.

– Więc – powiedziałam, wciąż z torbą na ramieniu. – Obsługa chyba coś się nie stara?

Will spojrzał mi w oczy i mimo wszystko, mimo całego lęku, tego, że dwa razy wymiotowałam i czułam się, jakbym przez rok nie spała, nagle ucieszyłam się, że tu jestem. Może nie tyle ucieszyłam, ile poczułam ulgę. Tak jakbym odcięła sobie jakąś bolącą, dokuczliwą część i ją komuś oddała.

A potem się uśmiechnął. To był piękny, powolny uśmiech zrozumienia.

Co dziwne, ja też się uśmiechnęłam.

– Ładny pokój – zauważyłam i natychmiast zdałam sobie sprawę z idiotyzmu tej uwagi. Zobaczyłam, że Georgina Traynor zamyka oczy, i poczułam, że się rumienię.

Will odwrócił się w stronę matki.

– Chciałbym porozmawiać z Lou, dobrze?

Próbowała się uśmiechnąć. W jej spojrzeniu widziałam milion różnych rzeczy – ulgę, wdzięczność, żal, że zostanie odsunięta na te ostatnie minuty, może nawet nieśmiałą nadzieję, że moja obecność coś znaczy, że los jeszcze może zboczyć ze swoich kolein.

– Oczywiście.

Wstała, żeby wyjść na korytarz, a kiedy się odsunęłam, żeby mogła przejść, mijając mnie, uścisnęła lekko moje przedramię. Spojrzałyśmy na siebie, jej wzrok złagodniał na chwilę, tak że przez sekundę wyglądała jak ktoś zupełnie inny, a potem odwróciła się ode mnie.

– Chodź, Georgino – powiedziała, ponieważ jej córka nie ruszała się z miejsca.

Georgina wstała powoli i wyszła w milczeniu, nawet jej napięte plecy promieniowały niechęcią.

A potem zostaliśmy sami.

Will na wpół siedział w łóżku, tak że mógł wyglądać przez okno po lewej, gdzie w małym ogrodzie wesoło ciurkał strumyk czystej wody, przepływający pod tarasem. Na ścianie wisiał źle oprawiony drukowany obrazek przedstawiający dalie. Pamiętam, że pomyślałam sobie, że to okropne patrzeć na taki landszaft w ostatnich godzinach swojego życia.

– Więc...

– Chyba nie zamierzasz...

– Nie zamierzam cię przekonywać, żebyś zmienił zdanie.

– Skoro tu jesteś, to znaczy, że akceptujesz mój wybór. To pierwsza rzecz, o jakiej mogłem zadecydować od czasu wypadku.

– Wiem.

To było jasne. On to wiedział. I ja to wiedziałam. Nie zostało już nic, co mogłabym zrobić.

Czy wiecie, jak to trudno nic nie mówić? Kiedy każdą swoją cząsteczką chciałoby się zrobić coś wręcz przeciwnego? Ćwiczyłam to przez całą drogę z lotniska, ale i tak myślałam, że się uduszę. Skinęłam głową. Kiedy wreszcie się odezwałam, mówiłam cichym, łamiącym się głosem.

– Tęskniłam za tobą. – Tylko to mogłam mu powiedzieć.

Odprężył się.

– Chodź tu. – Ponieważ się zawahałam, dodał: – Proszę. Chodź. Tutaj, na łóżko. Obok mnie.

Zdałam sobie sprawę, że Will czuje prawdziwą ulgę. Że cieszy się, że mnie widzi, tak, że nie będzie w stanie mi tego powiedzieć. I zdałam sobie sprawę, że to będzie musiało wystarczyć. Zrobię to, o co prosi. To będzie musiało wystarczyć.

Ułożyłam się na łóżku obok niego i objęłam go ramieniem. Położyłam mu głowę na piersi, czując, jak łagodnie unosi się i opada. Czułam słaby dotyk palców Willa na swoich plecach, jego ciepły oddech we włosach. Zamknęłam oczy, wdychając jego zapach, wciąż tę samą kosztowną cedrową nutę, wyraźną mimo nijakiej świeżości pokoju i lekko niepokojącego zapaszku środków dezynfekcyjnych. Starałam się w ogóle o niczym nie myśleć. Próbowałam po prostu być, wchłaniać obecność mężczyzny, którego kochałam, zapisać ją w sobie na zawsze. Nie odzywałam się. A potem usłyszałam jego głos. Byłam tak blisko, że kiedy się odezwał, czułam wibracje jego głosu.

– Hej, Clark – powiedział. – Powiedz mi coś dobrego.

Spojrzałam przez okno na błękitne szwajcarskie niebo i opowiedziałam mu historię dwojga ludzi. Dwojga ludzi, którzy nie powinni byli się spotkać, a kiedy już się spotkali, wcale się nie lubili, ale potem odkryli, że tylko oni dwoje na świecie rozumieją się nawzajem. Opowiedziałam mu o przygodach, jakie razem przeżyli, miejscach, które odwiedzili, i rzeczach, których nigdy nie spodziewałam się zobaczyć. Wyczarowałam dla niego lazurowe niebo, tęczowe morza i wieczory pełne śmiechu i głupich żartów. Namalowałam przed nim świat, bardzo daleki od dzielnicy przemysłowej w szwajcarskim mieście, świat, w którym nadal w jakiś sposób był tym, kim chciałby być. Stworzyłam świat taki, jaki on stworzył dla mnie, pełen cudów i możliwości. Dałam mu do zrozumienia, że rana, jaką mi kiedyś zadano, zabliźniła się, tak że nie zostało po niej śladu, i że choćby za to będę mu wdzięczna na zawsze. I kiedy mówiłam, wiedziałam, że to będą najważniejsze słowa, jakie kiedykolwiek powiem, i że muszą to być właściwe słowa, żeby to nie była propaganda, próba skłonienia go, żeby zmienił zdanie, ale żeby były pełne szacunku dla tego, co mówił Will.

Powiedziałam mu coś dobrego.

Czas zwolnił, a potem się zatrzymał. Byliśmy tylko my dwoje, w pustym, rozświetlonym słońcem pokoju słychać było tylko moje słowa, które mruczałam mu do ucha. Will nie mówił za dużo. Nie odpowiadał ani nie wtrącał sarkastycznych uwag czy kpin. Czasem kiwał głową, wciąż przytuloną do mojej, i coś mruczał albo wzdychał, być może z zadowolenia, gdy przypominał sobie jakieś inne wspomnienie.

– To było – powiedziałam mu – najlepsze pół roku w moim życiu.

Milczeliśmy długo.

– To zabawne, Clark, ale w moim też.

A potem, zupełnie nagle, pękło mi serce. Twarz mi się ściągnęła w grymasie, straciłam całe panowanie nad sobą. Przytuliłam go mocno, nie dbając o to, czy czuje, jak się trzęsę od szlochu, bo ogarnęła mnie straszliwa rozpacz. Owładnęła mną całkowicie, rozdzierając serce, brzuch i głowę, przytłaczając ciężarem nie do wytrzymania. Naprawdę nie do wytrzymania.

– Nie płacz, Clark – mruknął. Czułam jego usta na swoich włosach. – Proszę, nie płacz. Spójrz na mnie.

Zacisnęłam oczy i potrząsnęłam głową.

– Popatrz na mnie, proszę.

Nie mogłam.

– Jesteś zła. Proszę, nie chcę cię skrzywdzić ani sprawić...

– Nie... – Znów potrząsnęłam głową. – Nie o to chodzi. Nie chcę... – Przycisnęłam policzek do jego piersi. – Nie chcę, żeby ostatnią rzeczą, jaką zobaczysz, była moja zaryczana, zasmarkana twarz.

– Wciąż nie rozumiesz, prawda? – Słychać było uśmiech w jego głosie. – To nie ty tu decydujesz.

Długo nie mogłam się pozbierać. Wydmuchałam nos, odetchnęłam głęboko. Wreszcie podniosłam się na łokciu i spojrzałam na niego. Jego spojrzenie, tak długo pełne napięcia i bólu, teraz było dziwnie jasne i spokojne.

– Wyglądasz pięknie.

– Bardzo śmieszne.

– Chodź tu – powiedział. – Przysuń się do mnie.

Znów się położyłam, patrząc na niego. Zobaczyłam zegar nad drzwiami i nagle poczułam, że czas ucieka. Wzięłam jego ramię i ułożyłam je wokół siebie, przytuliłam się do niego tak, że leżeliśmy ciasno spleceni. Ujęłam jego dłoń, tę sprawną, i całowałam kostki palców, czując, jak lekko zaciskają się na mojej ręce. Jego ciało było teraz tak bardzo znajome. Znałam je tak, jak nigdy nie znałam ciała Patricka – jego mocne punkty i słabości, blizny i zapachy. Przysunęłam się tak blisko twarzy Willa, że jego rysy zamazały mi się przed oczami i zatraciłam się w nich. Głaskałam jego włosy, skórę, czoło, z nosem tuż przy jego nosie, czując, jak łzy spływają mi po policzkach, a on przez cały ten czas przyglądał mi się w milczeniu, uważnie, tak jakby chciał zapamiętać każdą moją cząstkę. Już wtedy się chował, wycofywał w jakieś niedostępne dla mnie miejsce.

Pocałowałam go, próbując przywołać go z powrotem. Przez chwilę zatrzymałam wargi na jego ustach, tak że nasze oddechy się zmieszały, moje łzy zostawiły słony ślad na jego skórze, a ja powiedziałam sobie, że jakieś jego cząsteczki na zawsze będą częścią mnie, wciąż żywe, wieczne. Chciałam przytulić się do niego całą sobą, stopić się z nim. Chciałam dać mu całą swoją energię i zmusić go, żeby żył.

Zdałam sobie sprawę, że boję się, jak będę żyła bez niego. Chciałam go zapytać: „Jak to jest, że ty masz prawo zniszczyć moje życie, a ja nie mam nic do powiedzenia w twoim?".

Ale obiecałam.

Przytuliłam go więc, Willa Traynora, byłego rekina biznesu, wielbiciela sportów ekstremalnych, sportowca, podróżnika, kochanka. Tuliłam go mocno, w milczeniu, powtarzając mu bez słów, że był kochany. Jakże kochany.

Nie potrafię powiedzieć, jak długo tak leżeliśmy. Niejasno zdawałam sobie sprawę, że za drzwiami toczy się cicha rozmowa, szurają czyjeś kroki, gdzieś daleko bije kościelny dzwon. Wreszcie poczułam, jak odetchnął głęboko, z lekkim wzdrygnięciem. Odchylił głowę, tak żebyśmy mogli się lepiej widzieć.

Zamrugałam do niego.

Uśmiechnął się niemal przepraszająco.

– Clark – odezwał się cicho. – Możesz poprosić moich rodziców?

27

Koronna Służba Prokuratorska
Do wiadomości: naczelnik do spraw oskarżeń publicznych, doradztwo poufne.
W sprawie: William John Traynor
4.09.2009

Wydział dochodzeniowo-śledczy zakończył przesłuchania wszystkich osób związanych ze sprawą. Wszelkie stosowne dokumenty w załączeniu.

Głównym przedmiotem śledztwa jest pan William Traynor, trzydziestopięcioletni były wspólnik w firmie Madingley Lewins, z siedzibą w Londynie. Pan Traynor doznał urazu rdzenia kręgowego w wypadku drogowym w 2007 roku i zdiagnozowano u niego uszkodzenie kręgów C5/6, skutkujące paraliżem, z bardzo ograniczoną możliwością poruszania tylko jednym ramieniem, co wiązało się z koniecznością całodobowej opieki. Dokumentacja medyczna w załączeniu.

Jak wynika z dokumentów, pan Traynor dołożył starań, by uporządkować swoje sprawy prawne na jakiś czas przed wyjazdem do Szwajcarii. Przekazano nam poświadczone notarialnie oświadczenie woli sporządzone przez jego prawnika, pana Michaela Lawlera, oraz kopie wszystkich dokumentów związanych z konsultacjami w klinice.

Rodzina i przyjaciele pana Traynora wyrazili swój sprzeciw wobec jego pragnienia, by przedwcześnie zakończyć życie, ale biorąc pod uwagę historię jego przypadku oraz poprzednią próbę samobójczą (opisane w załączonej dokumentacji szpitalnej), jego intelekt i siłę charakteru, najwyraźniej nie udało im się go przekonać, nawet podczas półrocznego okresu odroczenia, wynegocjowanego z nim właśnie w tym celu.

Należy zauważyć, że jedną z beneficjentek testamentu pana Traynora jest jego opiekunka, panna Louisa Clark. Ze względu na jej stosunkowo krótką znajomość z panem Traynorem skala jego hojności wobec niej może budzić wątpliwości, jednak żadna ze stron nie chce podważać udokumentowanych prawnie życzeń pana Traynora. Panna Clark została kilkakrotnie przesłuchana przez policję. Uznano, że dołożyła ona wszelkich starań, żeby odwieść pana Traynora od jego zamiaru (w załączeniu jej „kalendarz przygód").

Należy też podkreślić, że pani Camilla Traynor, matka zmarłego, która od wielu lat jest szanowanym sędzią pokoju, ze względu na rozgłos towarzyszący całej sprawie złożyła rezygnację ze stanowiska. Państwo Traynorowie rozstali się zaraz po śmierci syna.

Chociaż korzystanie z metod wspomaganego samobójstwa w zagranicznych klinikach nie jest postępowaniem popieranym przez KSP, biorąc pod uwagę zgromadzone dowody, jest oczywiste, że działania rodziny i opiekunów pana Traynora są zgodne z obecnymi wskazówkami dotyczącymi postępowania w przypadku wspomaganego samobójstwa oraz możliwych zarzutów wobec osób bliskich zmarłego.

1. Pan Traynor został uznany za zdolnego do podjęcia takiej decyzji i wyraził „dobrowolne, jednoznaczne, trwałe i przemyślane" życzenie, by ją podjąć.
2. Nic nie wskazuje na choroby umysłowe ani też na stosowanie przymusu przez którąkolwiek ze stron.
3. Pan Traynor stwierdził jednoznacznie, że chce popełnić samobójstwo.

4. Choroba pana Traynora była poważna i nieuleczalna.
5. Działania osób towarzyszących panu Traynorowi można opisać jako niechętne asystowanie, wobec stanowczego życzenia ofiary.
6. Wszystkie osoby mające związek ze sprawą okazały wszelką pomoc służbom prowadzącym dochodzenie.

Biorąc pod uwagę wszystkie te fakty, uprzednią nieposzlakowaną opinię wszystkich osób oraz dołączone dowody, uznaję, że wnoszenie oskarżenia w tej sprawie nie leży w interesie publicznym.

Sugeruję, że jeśli naczelnik do spraw oskarżeń publicznych zechce wydać oświadczenie w tej sprawie, należałoby podkreślić w nim jasno, że przypadek Traynora nie stanowi żadnego precedensu i że KSP nadal będzie osądzać każdy przypadek indywidualnie, biorąc pod uwagę jego szczególne cechy i okoliczności.

Z wyrazami szacunku,

Sheilagh Mackinnon
Koronna Służba Prokuratorska

Epilog

Postępowałam po prostu zgodnie z instrukcją.

Usiadłam pod ciemnozieloną markizą kawiarni, wpatrując się w rozciągającą się przede mną Rue des Francs Bourgeois, łagodne słońce paryskiej jesieni grzało mnie w policzek. Kelner z galijską zręcznością postawił przede mną talerz rogalików i dużą filiżankę kawy. Kilkadziesiąt metrów dalej dwóch rowerzystów zatrzymało się na światłach i zaczęło gawędzić ze sobą. Jeden miał niebieski plecak, z którego pod różnymi kątami wystawały dwie duże bagietki. W powietrzu, nieruchomym i parnym, unosił się aromat kawy i ciastek i ostry zapach czyichś papierosów.

Skończyłam czytać list od Treeny (pisała, że chętnie by zadzwoniła, ale nie stać ją na rozmowy międzynarodowe). Jest najlepsza ze swojego roku z księgowości i ma nowego chłopaka, który nazywa się Sundeep. On nie może się zdecydować, czy pracować w firmie handlowej swojego ojca przy Heathrow, i ma jeszcze gorszy gust muzyczny niż ona. Thomas jest bardzo przejęty przejściem do następnej klasy. Tacie nadal doskonale idzie w pracy, przesyła całusy. Treena była pewna, że mama niedługo mi wybaczy. „Na pewno dostała twój list" – napisała. „Wiem, że go przeczytała. Daj jej trochę czasu".

Upiłam łyk kawy, na chwilę przenosząc się na Renfrew Road, do domu, który wydawał się odległy o miliony mil. Siedziałam, mrużąc oczy w słońcu i patrząc, jak jakaś kobieta w okularach słonecznych poprawia sobie fryzurę, przeglądając się w witrynie. Wydęła usta do swojego odbicia, wyprostowała się nieco, po czym poszła dalej ulicą.

Odstawiłam filiżankę, głęboko odetchnęłam, po czym wzięłam do ręki drugi list – list, który nosiłam przy sobie od prawie sześciu tygodni.

Z przodu koperty, wypisane drukowanymi literami, widniało moje nazwisko, a poniżej instrukcja: „Przeczytać w Café Marquis, Rue des Francs Bourgeois, przy rogalikach i dużej filiżance café crème".

Śmiałam się przez łzy, kiedy przeczytałam to po raz pierwszy – cały Will, zawsze musi być tak, jak on chce.

Kelner – wysoki, energiczny mężczyzna z karteluszkami wetkniętymi za fartuch – odwrócił się i spojrzał na mnie. „Wszystko w porządku?" – pytały jego uniesione brwi.

– Tak – powiedziałam. A potem, trochę niepewnie: – *Oui.*

List był wydrukowany na komputerze. Rozpoznałam tę samą czcionkę, co na kartce, którą wysłał mi dawno temu. Usiadłam wygodnie na krześle i zaczęłam czytać.

> Clark,
>
> minie kilka tygodni, zanim to przeczytasz (nawet biorąc pod uwagę twoje świeżo odkryte zdolności organizacyjne, wątpię, żeby udało ci się dotrzeć do Paryża przed początkiem września). Mam nadzieję, że kawa jest mocna i dobra, a rogaliki świeże, i że wciąż jest dość ciepło, żeby usiąść na jednym z tych metalowych krzesełek na chodniku, które zawsze się trochę chwieją. To całkiem niezła kawiarnia, Marquis. Mają tu także dobre steki, gdybyś miała ochotę wrócić tu na lunch. A jeśli spojrzysz w ulicę po lewej, mam nadzieję, że zobaczysz L'Artisan Parfumeur, dokąd, kiedy już to przeczytasz, powinnaś pójść i wypróbować zapach, który nazywa się Papillon Extrême (nie pamiętam dokładnie). Zawsze myślałem, że doskonale by do ciebie pasował.
>
> Okej, dosyć instrukcji. Chciałbym ci powiedzieć kilka rzeczy, które powiedziałbym ci osobiście, ale a) zaraz zaczęłabyś płakać, b) nie pozwoliłabyś mi powiedzieć tego wszystkiego głośno. Zawsze za dużo mówisz.
>
> No więc tak: czek, który dostałaś w pierwszej kopercie od Michaela

Lawlera, to nie jest pełna kwota, tylko mały podarunek, żeby ci było łatwiej przez pierwsze tygodnie bez pracy i żebyś mogła pojechać do Paryża.

Kiedy wrócisz do Anglii, weź ten list i pójdź do Michaela do jego biura w Londynie, a on da ci stosowne dokumenty, żebyś mogła korzystać z konta, które założył dla mnie na twoje nazwisko. Na tym koncie jest dość pieniędzy, żebyś mogła kupić sobie jakieś ładne mieszkanko i zapłacić za studia i utrzymanie.

Moi rodzice wiedzą o tym wszystkim. Mam nadzieję, że dzięki temu i dzięki Michaelowi będzie z tym jak najmniej zamieszania.

Clark, już prawie słyszę, jak zaczynasz protestować. Tylko nie panikuj ani nie próbuj oddawać tych pieniędzy – nie ma tego tyle, żebyś mogła siedzieć na tyłku i nic nie robić przez resztę życia. Ale powinno wystarczyć, żeby kupić ci wolność: i od tego klaustrofobicznego miasteczka, które oboje nazywamy domem, i od wyborów, do których, jak ci się wydawało, byłaś zmuszona.

Nie daję ci pieniędzy, żebyś za mną tęskniła albo czuła się moją dłużniczką, ani na jakąś cholerną pamiątkę.

Daję ci je, bo już niewiele jest rzeczy, które sprawiają, że jestem szczęśliwy, ale tobie się to udaje.

Zdaję sobie sprawę, że stałem się dla ciebie powodem cierpienia i rozpaczy, ale mam nadzieję, że któregoś dnia, kiedy będziesz mniej zła na mnie i mniej smutna, zrozumiesz, że mogłem zrobić tylko to, co zrobiłem, ale też że to pomoże ci mieć naprawdę dobre życie, lepsze, niż gdybyś mnie nie spotkała.

Pewnie przez jakiś czas będziesz się czuła nieswojo w tym nowym świecie. Człowiek zawsze czuje się dziwnie, kiedy musi wyjść ze swojej wygodnej norki. Ale mam nadzieję, że poczujesz także radość. Twoja mina wtedy, kiedy wróciłaś po nurkowaniu, powiedziała mi wszystko: masz w sobie głód, Clark. Nieustraszoność. Tylko zakopałaś ją gdzieś głęboko, tak jak większość ludzi.

Nie mówię, że masz skakać na bungee z wieżowców czy pływać z wielorybami (chociaż cichcem bym się z tego cieszył), ale żebyś żyła odważnie. Zmuszaj się do przekraczania własnych granic. Nie spoczywaj na laurach. Noś z dumą swoje pasiaste rajstopy. A jeśli się upierasz, żeby związać się na stałe z jakimś śmiesznym gościem, zachowaj to gdzieś w sobie. Świadomość, że wciąż masz przed sobą możliwości, to luksus. Świadomość, że mogłem ci je dać, to dla mnie w pewnym sensie ukojenie.

To właśnie chciałem ci powiedzieć. Pozostaniesz na zawsze w moim sercu, Clark. Byłaś w nim od pierwszego dnia, kiedy weszłaś do pokoju, ze swoimi odjazdowymi ciuchami, kiepskimi żartami i kompletną niezdolnością ukrywania uczuć. Zmieniłaś moje życie dużo bardziej, niż te pieniądze zmienią twoje.

Nie myśl o mnie za często. Nie chcę, żebyś się mazała. Po prostu żyj dobrze.

Po prostu żyj.

Ucałowania,
Will

Łza spadła mi na blat chwiejnego stolika. Otarłam dłonią policzek i odłożyłam list na stół. Dopiero po kilku minutach znów widziałam wszystko wyraźnie.

– Może jeszcze kawy? – zapytał kelner, który pojawił się przede mną.

Zamrugałam. Był młodszy, niż myślałam, i wydawał się mniej wyniosły niż przedtem. Może paryscy kelnerzy są uczeni, że mają być mili dla kobiet płaczących w kawiarniach.

– A może... koniaku? – Zerknął na list i uśmiechnął się jakby ze zrozumieniem.

– Nie – uśmiechnęłam się do niego. – Dziękuję. Muszę... Muszę coś załatwić.

Zapłaciłam rachunek, a list włożyłam starannie do kieszeni.

Wstałam, założyłam torebkę na ramię i poszłam ulicą w stronę perfumerii. Przede mną był cały Paryż.

Podziękowania

Dziękuję mojej agentce Sheili Crowley w Curtis Brown oraz wydawczyni Mari Evans w Penguin, które od razu dostrzegły w tej książce to, czym jest – historię miłosną.

Szczególne podziękowania należą się Maddy Wickham, która dodawała mi otuchy, kiedy nie byłam pewna, czy potrafię i czy powinnam ją napisać.

Dziękuję wspaniałemu zespołowi w Curtis Brown, wyrazy wdzięczności niech zechcą przyjąć: Jonny Geller, Tally Garner, Katie McGowan, Alice Lutyens i Sarah Lewis, za entuzjazm i doskonałą pracę.

W Penguinie chciałabym zwłaszcza podziękować Louise Moore, Clare Ledingham i Shan Morley Jones.

Wielkie podziękowania dla wszystkich z grupy Writersblock – mojego prywatnego Fight Clubu, tylko bez „Fight".

Wyrazy wdzięczności niech przyjmą również India Knight, Sam Baker, Emma Beddington, Trish Deseine, Alex Heminsley, Jess Ruston, Sali Hughes, Tara Manning i Fanny Blake.

Dziękuję Lizzie i Brianowi Sandersowi, a także Jimowi, Bei i Clemmie Moyes. Ale przede wszystkim, jak zawsze, Charlesowi, Saskii, Harry'emu i Lockiemu.